波江 著

神女劫

第 壹 卷

天骄

长江文艺出版社

图书在版编目（CIP）数据

神女劫：全三册 / 波江著. -- 武汉：长江文艺出

版社，2024. 12. -- ISBN 978-7-5702-3693-0

Ⅰ. I247.5

中国国家版本馆 CIP 数据核字第 20242J4B94 号

神女劫

SHENNVJIE

责任编辑：周　聪　　　　　　　责任校对：程华清

封面设计：马德龙　　　　　　　责任印制：邱　莉　王光兴

出版：长江出版传媒 | 长江文艺出版社

地址：武汉市雄楚大街 268 号　　　邮编：430070

发行：长江文艺出版社

http://www.cjlap.com

印刷：武汉市首壹印务有限公司

开本：880 毫米×1230 毫米　　　1/32　　印张：26.625

版次：2024 年 12 月第 1 版　　　　2024 年 12 月第 1 次印刷

字数：596 千字

定价：136.00 元（全三册）

序

陈　墨

　　中国画，有画师画和文人画之分。如果武侠小说也这样分，波江先生的《神女劫》当属文人武侠小说。我这样说，理由不止一条。

　　首先，《神女劫》三卷三十章，标题竟是三十个不同词牌，而且每个词牌下都有一首词作；而且这三十首词并非抄自前人词集，都是作者原创；而且词作与故事情节越贴越紧密。若非文人才子书，哪有这种奇观？《宝鼎现》《尉迟杯》《薄幸》《大有》等词牌，我这个中文系毕业生也未曾见闻。说这话虽也脸红，但事实如此，不能不说。我不懂词，自不敢也不必在此评说词作水平高低。

　　其次，作者家乡在湖北黄冈，古称黄州。作者写小说《神女劫》，让主人公项水田从巫山顺流到黄州，且还在江心洲附近生活了十天。是随性，或是任性，总之是文人习性，倒也并不违背文人小说的游戏规则。这是游戏笔墨，却也是在说"日暮乡关何处是，烟波江上使人愁"，有乡思，想必也有自豪。

　　再次，黄州有苏东坡人生踪迹和精神遗存。东坡词曰"问汝平生功业，黄州惠州儋州"，黄州是苏轼首次被贬官放逐之地，他在此精读江上清风、山间明月，苏轼从此号东坡。后代文人，谁不喜欢苏东坡？甚至可以说：是否喜欢苏东坡，可当真假文人的试纸；文人段位，亦可通过熟悉苏东坡程度检验。这部书中说，苏东坡在黄州写的《赤壁赋》《后赤壁赋》中隐藏绝世武功，让主人公用心修炼；又让苏东坡黄州雪堂四友之子出现在小说中，当然是为追忆缅怀苏东坡。

又次，本书是巴人故事，巴人是神奇部族。他们崇巫、尚蛊、蒙昧、迷信，却又坚韧、团结、乐观、重情；异族掳掠，官府欺压，土豪霸凌，水旱灾厄，巴人一直不灭不绝。作者同情巴人，这部小说却非单纯巴人之歌。书中，《下里巴人》之曲响起，立即有《阳春白雪》与之拮抗，意在中和出新气象。巴人项水田所学武功，来自苏轼《赤壁赋》《后赤壁赋》、屈原《天问》、老子《道德经》，证明小说作者不忘生命来处，惦记目标却在文明高处。书中温芊芊说："修炼高深武功，服用天罡龙胆丸，必受琴棋书画的人文陶冶，这样才能心怀善念，不至陷入魔道。"这是文人心思。

最后，《神女劫》即巫山神女之劫。从神仙到人，从老辈巴英娜、陈氏到小辈段瑶瑶、李青萍，无不在劫难逃。仔细看，小说主线实是项水田人生故事，其故事可谓"神子之劫"：生为神子，却成人蛊；担淫贼污名，动情刀剐腹痛，至爱嫁作他人妇；恶魔灵魂附体，生命创深痛剧。项水田始终不改善良纯朴，让人唏嘘。第三卷乾坤颠倒，恶魔迁善，死者复生，棋局重组，项水田换个身份体验人生，打开生命与思想新界面。尤其是，项水田与郑安邦，在前两卷中是同一人，第三卷中一分为二，常或无常，我与非我，须重新审思，也值得重新审思。这个穿越游戏，玩出了生命寓言，这也是高水平文人的手笔当。

《神女劫》很好看。其中有武，有侠，有巫，有仙；有狮虎，有龟鳖，有蛊毒，有巴蛇；有传奇，有玄幻，有穿越，还有让人怜爱的主人公项水田。

作者显然喜欢且熟悉金庸小说。

这不难证明，《神女劫》中有很多金庸细节与笔意遗痕。例如，项水田很像石破天，他随鱼划子学艺、烧饭，像石破天在摩天崖伴随谢烟客。又如，项水田背负受伤巴婆李青萍，颇似令狐冲初次与任盈盈同行。又，赵文豹用判官笔打出苏轼《寒食帖》，像秃笔翁在杭州梅庄与令狐冲比武，将颜真卿《赠裴将军诗帖》憋成了书法杰作。万青云教项水田一夜武功，让他胜过夷陵狂生，很像令狐冲跟风清扬学独孤九剑，再与田伯光比武。书中教众齐呼："唐教主仙寿永享、洪福齐天，五梅教天下无敌、一统江湖！"如《鹿鼎记》中神龙教口号的回声……

请别误会。上面几例，重点不是说模仿，而是说一种文化传播现象。练行书的人，避不开《兰亭集序》；老顽童偷看《九阴真经》，如同惹蛊上身。本书作者熟读金庸，喜欢金庸，想必也如是。是无意渗透也好，有意效法也罢，即便是主动致敬，故意戏仿，那又何妨？喜欢金庸小说者，都知道陈家洛的"百花错拳"："擒拿手中夹着鹰爪功，左手查拳，右手绵掌，攻出去是八卦掌，收回时已是太极拳，诸家杂陈，乱七八糟，旁观者人人眼花缭乱。"这不是模仿，更非抄袭，是要制造"似是而非，出其不意"的艺术效果，不也很好玩？

说《神女劫》中金庸痕迹是"百花错拳"，关键证据是，上述各例，故事前因、过程、后果，人物性格、命运走向、思想主题，都与金庸小说无关，属本书作者独创。例如，《神女劫》中，巫山帮神女陈氏揭露武林人物情孽隐私，表面看似谢逊在王盘山岛揭露海沙帮主，但她既非行侠，也非审判，而是呈现被男性伤害的伤痛与戾气。又，跟随温芊芊的六丑，确实很像桃谷六仙，你以为作者是纯粹模仿闹着玩？请耐心继续看，看到六丑真相，保证你会大吃一惊。

"百花错拳"是一种很高级的玩法，但还不是最高级功夫。证据是，陈家洛无法以此战胜张召重。直到他在西域迷宫之中领悟"庖丁解牛掌"，才得如愿。

波江先生与我素不相识。此次结缘，因他报社同事杨大鸣先生，是我大学同班同学。大鸣师兄来电话，说他同事有武侠小说要正式出版，嘱我看稿并作序。师兄说作者是才子，毕业于名校，当记者，曾荣获全国新闻一等奖；做律师，是律师事务所高级合伙人；业余时间作诗词、写小说，是湖北省作家协会会员。

对波江先生，我既钦佩，且羡慕：做过新闻记者，又当职业律师，业余时则是诗人小说家，人生履历丰富，精神世界充实。波江先生有生活智慧，有艺术才情，既能透视突发新闻中社会实情，又能洞悉法律卷宗里人性真相，内功实力非同凡响；若打破专业壁垒，提炼人学精髓，恣肆艺术奇想，创造独孤新学，区区庖丁解牛掌法，何足道哉？！

我奉师兄之命，不揣鄙陋，谨以诚意，恭贺《神女劫》正式出版。

是为序。

目　录

楔　子

　　天庭。宝光流彤，仙雾氤氲。玉帝升座，王母娘娘在侧，传巫山神女瑶姬觐见。

　　瑶姬身着一袭白裙，面容憔悴，缓步来到大殿之上，向玉帝、王母请安。

　　玉帝道："听说人间有个叫宋玉的，写了一篇《高唐赋》，说你在楚襄王的睡梦中'愿荐枕席'，还说什么'旦为朝云，暮为行雨'，可有此事？"

　　神女脸带薄怒，道："绝无此事。不过是人间的无耻之徒，痴人说梦！"

　　玉帝脸神僵硬，又道："有人说你在巫山跟一个凡人结为夫妻，并生有一子，这事可是有的？"

　　神女闻言神情黯淡，眼睑低垂，沉默不语。

　　王母知道瑶姬向来性格活泼，热情开朗，现在沉默以对，多半此事属实。王母转头看了一眼玉帝，起身离座，向神女招了招手，道："来，到我的瑶池宫去，跟本宫好好说说话儿。"她起身走近瑶姬，挽住了她的手，拉着她出殿，往瑶池宫走去。

良久，王母回到大殿坐定，黯然对玉帝道："瑶姬果然是跟凡人生了一个儿子。"

玉帝闻言震怒："大胆！跟谁生的？"

王母道："她只说是巫山中的一个采药人……"玉帝怒道："巫山中的采药人？她是个神仙，怎会被凡人迷住了心窍？"

王母叹道："瑶姬这孩子心思单纯，成仙之前，未嫁而亡。你派她驻守巫山，那里的人对她很崇拜，她一时迷了心窍，羡慕起人世间的生活来……"

玉帝道："那孽种现在何处？"

王母道："她自知违反天规，孩子出生没满月，她就把他送人了。"

"送人了？"玉帝手上捻着胡须。

王母续道："她将孩子送给了巴族的一户人家，现在已经长到一十八岁，可现在……"玉帝道："怎样？"

王母道："这家已是房塌人空，连个人影儿也没有……"玉帝道："那个采药人呢？"王母道："那人命薄，已经死在巫山中了。"

玉帝双目微闭。这一刻他已神游下界，推演轮回。一会儿，玉帝睁开眼睛，道："这孩子中了巫山蛊毒，与死了也没什么分别。"王母道："世上还有巫山蛊吗？那千年巴蛇，不是好多年不去巫山了吗？"玉帝道："今年的情况，似有不同……不能让那孽种留在人间！"

玉帝降旨：召托塔天王李靖上殿。玉帝要李靖到巫山一趟，找到神女瑶姬的那个儿子，直接将他处死。

李靖奏道："瑶姬与凡人生子，固是违反天规，但其子并无过错，天庭何必将他处死？这事……"

玉帝道："此事由瑶姬而起。违反天条，自要受罚。本帝罚她到下界去守巫山，将功折罪。此事还与巫山蛊有关。你也去下界一趟，找到这个孽子，你变通处理，不留痕迹就是了。"李靖听到巫山蛊三字，脸色微变，道："遵命。"

第一章　雨霖铃

词曰：

驱驰香榭，虎狮同列，怒马环驾。铜铃声盈山下，遭逢骤雨，疏林飞跨。巨笠参天如盖，隐豪强雄霸。现出手，轻点钢枪，博笑红颜竟不怕。

峨娘暗渡修前卦，惹思量，问计归无嫁。今番逆旅乍会，前路险，浪奔霜打。苦劝刘郎，休向魔枭自荐标靶。便算是，重赋高唐，命去皆休罢。

巫山古道。一行八骑正向前疾奔，马上汉子个个衣着鲜亮，身佩弯弓长剑，胯下良驹马勒脚镫银光闪亮，马脖子上的铃铛熟铜为身，红缨为饰，随着骏马奔驰叮当作响，从寂静的山道上远远传出。

转过一个弯道，只见好大一片山林，忽听"嗖"的一声，一支竹箭从右首密林高处射出，射向八骑，眼看便要射中那头马之人。那人身手好快，但见他听风辨形，头不动，身不偏，只伸出左手，往空中一抄，便将竹箭稳稳抓在手中。忽地倒转箭杆，手上一抖，向来箭之处甩出，那箭正要射入林中，猛听得林中弓弦急响，又一支箭疾射而出，只听"嘣"的一声，两支箭头竟撞在了一起，来箭势头不衰，将那人的甩手箭撞飞而去，直奔那人头顶。

那头马之人从没见过世上竟有这等惊人的箭法，急忙一闪，那箭带着风声从他脖子旁边掠过，直插向左下方地面，入地有半尺之深，箭身微微颤动。

头马之人在这八骑之中武功箭法都是第一，全身裹得严严实实，险被一"箭"封喉，吓出一身冷汗，其余七人全都惊得脸孔煞白，呆在当地，不知如何是好。

山林中一片寂静，唯闻风响。隔了一会，忽然又是一阵密密的箭羽射出，总有十几支箭射了下来。其余七名汉子明知性命不保，仍是下意识地急忙拔剑，想要拨打射来的箭杆。但那些竹箭全都是射向那匹灰马身前，如同在地上竖起了一道箭墙。

林中有人高声叫道："来者听了，前面是巫山帮地界，任何人都别想进来，违者格杀勿论!"

头马之人壮着胆子说道："巫山帮中……可没这么好的箭法，敢问是何方……高人，拦住官道？我等是过路的客商。"说的是一口大理国口音。

林中声音大声道："眼下巫山帮要开神女大会，凭你是玉皇大帝、天王老子，都莫想进山!"头马之人回道："神女大会？我们是大理国的客商，正要向巫山帮送一批药材，手上有巫山帮帮主郑安邦的书信，请朋友高抬贵手，放我们过去。"那人道："你说是送药材的，怎么只有你们八人?"头马之人答："商队就在后面，我们是在前面探路……"

这是大宋建炎二年春夏之交的五月初十。其时大宋都城东京被金人攻破，徽宗、钦宗二帝被掳。赵构在临安建都，改元建炎，史称南宋。大宋国已是国力疲弱，偏安一隅，与金、大理、西夏、西辽、吐蕃等国并立。天下纷扰，盗匪四起。

在这马队后面相隔大约两里路的山道上，有一支阵容庞大的商队，正自南向北，缓缓而行。商队中牲口脖子上的铃铛，与前面八骑一般无异。只是这支商队里的所有牲口，全都是令人望而生畏的猛兽。走在最前面的，是十头张着血盆大口的老虎；中间一列，是十头身形威猛的大象；最后一列，是十头张牙舞爪的雄狮。所有这些猛兽的身上都背有包袱物品，身边跟有驯兽师，而那十头大象身上，居然有五头身上装上了一领小厢轿，厢轿外表形同大姑娘出嫁所坐的轿子，厢轿红漆金边，华丽精致，比寻常的轿子漂亮得多了。猛兽的项上挂着的铃铛，随着猛兽的脚步毫不收敛地发出脆响，连成一片，远远向山道以外的林壑传了出去。守在商队两侧的，还有上百人组成的马队。马上汉子个个身佩利器，腰板笔直，目光如炬。这阵势，一看就不是江湖上普通的镖行能比的。

山路越走越高，道旁的树林也越见浓密，林中出奇地安静。马队首端有一人长得肥头大耳，见前后的人都不说话，伸手抹了抹头上的汗珠，悄声对走在他前边的一人道："费老哥，我……我这心口疼的毛病……又犯了！"那被唤作费老哥的往山林中瞅了瞅，调笑道："麻胡桃，又在想你的相好啦？"

麻胡桃压低声音，道："你有没留心？经过三峡的时候……"费老哥道："怎么了？"麻胡桃指着身后的老虎道："连这主儿，都安安静静的，动也不敢动？"

这时，路边的一块山岩上，一只硕大的红蜘蛛和一只金色的蟾蜍正缠斗在一起。麻胡桃手起刀落，将两样毒物一挥两断，向地上吐了一口痰，骂道："他妈的，这鬼地方，真邪门！遍地都是毒虫，还是我们大理好，苍山洱海，蝴蝶泉边，那才是人待的地方！"

费老哥嘻嘻笑道："是啊，不只大理好，蝴蝶泉边你那相好，就更好了！"麻胡桃听了这话，嘻嘻而笑。扭头往象队那边的厢轿看了一眼，小声道："蝴蝶什么的，大哥可不能乱说。你就说说嘛，这三峡中真有神女吗？她唱唱歌就能将船夫的魂儿勾了去？"

费老哥知他往后一望的用意。因为此行的正主儿，大理人给了她一个"风月蝴蝶"的雅号。这次弟兄们受她差遣，动静这么大，行踪却很神秘，连到底去什么地方也不知道。只怕说错一句话，惹祸上身。

费老哥应道："那是鬼话，都是三峡里的船夫编出来的。三峡里暗礁险滩多，船毁人亡是常事，哪里有什么神女来勾魂了？不信你找个出来，让我见识见识。"一说到女人，周围的几名武师立即嬉笑起来。

忽然，一只老虎低啸一声，惊起了树林中的几只山鸡，扑腾着翅膀飞远了。麻胡桃以为是树林中有什么动静，神情一紧，不由自主握紧了身边的腰刀。却听身后的何大贵道："巫山神女，我倒不怕，她抓了我干什么？哈哈……"这人看了看路边的树丛，道，"到了巫山这鬼地方，真正可怕的，是……"他刚要说出口，费老哥指了指路边的树丛，急忙制止，道："兄弟，不要乱说话，多留点神，干完这趟差事，留着头上这颗脑袋瓜子，回大理去享受吧！"

何大贵和费老哥调笑几声，忽然觉得有什么不对劲，耳中忽然传来柔媚的女子歌声，就像勾栏瓦肆里女子唱曲一般。两人扭头往右边的悬崖看去，顿时就惊得拉长了下巴，再也合不上了。只见右边隔着数十丈远的山腰上，堆起了如棉絮般的厚厚的云雾。云层之上，竟然出现了几名妖艳的女子，好似腾云驾雾一般。白衣为裙，千娇百媚，腰姿如水蛇般扭动起来，更有千种的温柔，万般的媚态。口里轻轻吟唱，声音缠绵至极，仿佛在说："来吧，来吧，来到我身边……"两个人顿时口干舌燥，骨酥肉软。身子不由自主，都从马上滚落，口中直喊"神女神女"！丧魂落魄地往悬崖边走去，"扑通"一声，走在前面的何大贵掉入了悬崖，发出长声惨呼。麻胡桃飞身下马，一把抱住了费老哥，总算没让他粉身碎骨。

费老哥尚自眼望悬崖，口中喃喃地道"神女神女"，但众人什么也没有看到，眼前只是一片光秃秃的山岩。

麻胡桃失神地叫道："你们两个……刚才对神女不敬，是不是看到神女现形了？"费老哥如梦方醒，头上冒汗，道："我看到神女了……"

一个威严的声音喝道："不可对巫山神女不敬。大伙便在此叩头谢罪，求神女保佑。余下进入巫山的路上，一定要小心在意！"说话的是一位五十来岁的老者，是这次行程的总管，名叫高瑞升。这人一张国字脸，面色微黑，额上三道皱纹颇深，显得神态威严。听了这话,一众武师慌忙下马,跪倒在地,叩头咚咚有声。

巫山云雨变幻莫测。刚才还是晴天丽日,忽然就已乌云压顶,猛听得天空中一声炸雷,紧接着豆大的雨点洒落下来,将所有的人马淋成了落汤鸡。

有人看见前方右首有座山岩,一块巨石如斗笠一般斜插在山腰,底部空出一处近百步见方的空地,如同一个天然的屋檐,正好可以避雨。高瑞升下令,商队到石崖下暂避。商队鱼贯来到崖前,但见地上杂草丛生,无处踏足。武师们用刀剑清理一番,那些虎、狮、大象在"停""躺下"等口令声中,被卸下包袱,卧地休息。马队很自然地以象队为中心,将五座厢轿围在里头靠崖壁处,有人在四周紧要处值守。麻胡桃等人还没从刚才的一幕中回过神来,望着眼前的雨帘发呆。

雨势稍小,商队正要继续赶路。忽听得高瑞升大声喝道:"上面是什么人?都下来吧!"他这话声带着内力传出,震得身旁的人耳中嗡嗡作响,连远处的崖壁都发出了回声。话声过后,竟有许多身背兵刃的人,从头顶的岩石边从天而降。那块岩石的边缘生有许多藤蔓,那些人是顺着藤条滑下来的。商队中的护卫巡哨时只注意守住四周,却没想到,这处岩石的顶上会伏得有人,只有高瑞升内力深厚,事先听出这些人隐身岩上。

众人惊魂未定,又被一群身带兵刃的武人围住。都手握兵器,全神戒备。

下来的人有上百号人,手上兵刃各异。为首的一人身材高大，络腮胡须纷张如戟，一张紫膛脸，左脸上一道刀疤斜穿而过，手上提着一对铁钩。

高瑞升见对方人数与己相当，回头的道路，已被对方截住，向那刀疤脸说道："请问是何方朋友驾临？"

刀疤脸将手上的双钩往两边一分，眼望象座上的厢轿，大大咧咧地道："云里锦带着花轿，这是要去巫山娶亲吗？"身后的同伙立刻发出一阵哄笑。

高瑞升心中一凛，没想到自己的底细，对方已经知晓，却不认识这人是谁，道："老头儿这个诨号，有二十年没人叫了。阁下要找老头儿的茬，也得报出名号来！"

那人将手上双钩绞在身前，道："大丈夫行不改名，坐不改姓，清风山虎头双钩黄百川的便是。兄弟在清风山坐第三把交椅，今天受两位头领哥哥差遣，下山打个秋风，果然碰到大主顾，托福，托福！"高瑞升道："原来是清风寨的黄头领，失敬失敬！清风寨大当家铁牌手向松，和二当家玉面阎罗巴通权，小老儿倒是听说过。黄头领今日算是初识，能不能高抬贵手，行个方便？"

黄百川脸上一横："你识得我们大当家和二当家的，你自己去跟他们攀交情去。姓黄的，只认得手头上的这对双钩！"

高瑞升冷冷地道："黄头领既不给老头儿这个面子，那就划下道儿来吧！"黄百川道："我知你那女主，就是现今大理国的郡主，叫作什么'风月蝴蝶'，本山寨嘛，正缺一位压寨夫人，你云里锦本来就是川中好汉，不如做个人情，将这'风月蝴蝶'，直接送到山寨，给向大哥办一场喜事，岂不是好？哈哈哈哈，来来来，打开花轿，看看这位清风山的压寨夫人，到底长什么样子?"他说话流里流气，油腔滑调，牵动脸上的刀疤，显得更加难看。身后盗伙又是一阵哄笑。

便在这时，只听得铃铛脆响，一只老虎忽地从地上跃起，发出长长的一声虎啸，直扑那黄百川。原来是虎队中的一只头虎，已颇有灵性，听到这黄百川出言不逊，辱及主人，便朝他飞扑而来。

黄百川吃了一惊。那虎啸声震得山鸣谷应，令人心胆俱裂，虎未至，先以激起一股疾风。黄百川稳住身子，忙乱中挥出双钩，直取老虎颈部。那老虎在空中变招，前爪一拍，要将那双钩打落。黄百川只得收招，着地一滚，避开了老虎这一扑。黄百川顺势掠向老虎后腿，那虎又已高高跃起，居高临下，张开血盆大口，双爪直扑他面门。黄百川身形晃动，又避开这一扑，挥钩指向老虎肚腹。

大理国境内的金沙江上，有一个名叫虎跳峡的地方，一块巨石中流砥柱，立于峡谷中央，如一只巨虎跳入水中，击断中流。皇宫中的驯虎武师得到启示，帮老虎创出了虎跳奇招，就是一吼两扑，冷不丁地使出来，果然威势惊人。

黄百川毕竟出身绿林，有斗熊伏虎的本事。他见到老虎两次跌扑下来，只是声势猛恶，却比不上武林高手出招变化万端。待老虎再次扑过来时，他已算好了方位分寸，身子微偏，将右手的银钩交于左手，待老虎落在他身子右侧时，他眼明手快，右掌忽施，一招摧心掌，打在老虎颈项之中，这一股力道从横里切出，又借用了老虎下落之力，正是借力打力的高招，那老虎被击中要害，一声哀号，身子一侧，眼看就要滚落悬崖。

忽见人影一闪，一只手伸出，在那虎的后腰一兜一托，便将这只数百斤的大虎托住，放在地上。自是高瑞升出手，他露了这一手只手托虎的功夫，本想让黄百川知难而退，道："黄头领拿我家主人说笑，本要紧加追究。只不过主人性子宽和，又急着赶路，就不计较了。今日遇到黄头领和清风山的众位朋友，也算有缘。这样吧，这里有二百两银子，请黄头领转交清风山大当家铁牌手向松和二当家玉面阎罗巴通权，巫山事情一了，在下便上清风山请罪，黄头领意下如何？"

黄百川冷冷道："云里锦年轻时横行巴渝，巴蛇吞象总是听说过的吧？"高总管听了这话，心中一惊，道："黄头领真要走这步棋？"原来，在川东黑道上，有一种打劫的方法，叫作巴蛇吞象，指的是打劫的人不论人数多寡，只出来一个人，与被劫的人单挑，保镖的一方既可一人出战，也能一拥而上，但如果胜不了打劫的单挑之人，那所有的财物人命，都得由打劫的人任意处置。高瑞升明知黄百川武功比自己差了一大截，没想到他竟会口出狂言。

黄百川哈哈笑道："弟兄们来都来了，不能眼睁睁看着到手的肥肉，掉到别人嘴里了。"高总管脸上一紧，眼中射出一道寒光，沉声道："阁下真要自不量力，在太岁头上动土，到底是仗了谁的势头？"

黄百川道："哈哈哈，废话少说。你们这些人中，如果有人胜得了我手中的双钩，就任你处置。否则，那花轿中的美人，就是本山寨的压寨夫人了！"

高瑞升正要出手，忽听有人大声道："这强盗敢对大理郡主出言不逊，让在下来收拾他！"说话声中，一个面色白净的汉子，手拿一杆通体黝黑的钢枪，枪尖上红缨抖动。高瑞升一看，这人是同来的武师中的好手，名叫白玉廷，出身于大理国的名门望族，不便扫了他的兴头，道："好，就请白兄弟讨教黄头领的高招！"

白玉廷对黄百川看也不看一眼，单手将长枪举起，照黄百川头顶，使出一招"铁树开花"，这一招恨不得要黄百川脑袋开花。黄百川举钩一刺一架，他这一招势大力沉的枪法就给卸在一旁。白玉廷左手在枪底一托，钢枪直击变成横扫，向黄百川拦腰掠去，这招是"横扫千军"，黄百川闪身避过，白玉廷又反掠过来，黄百川右手伸钩一带一引，钢枪横扫之力消解。白玉廷一收枪，又中宫直进，一招"直捣黄龙"使出，直击黄百川面门，黄百川双钩一立，一收一送，这一招便又落空。白玉廷的长枪每一招都是夺命的打法，但黄百川双钩招法娴熟，身手灵活。两个人斗了二十余合，仍是不分胜败。

白玉廷的枪法，乃是大理国点苍派中的武功。分为扫、打、点、刺、拨、拖、滚、卷、砸、攒等打法，三十六招枪法已是烂熟于胸，招法狠辣，但是，使双钩的黄百川也非等闲之辈，他的双钩乃是烂银打就，舞动如水银泻地，将自己的守御圈子，护得严严实实，任凭白玉廷使出了吃奶的力气，就是没能奈何得了他。转眼之间，三十六招使完，只得从头再使。两人又斗了五十余个回合，白玉廷杀红了眼，黄百川全取守势，一时之间，还是打了个难解难分。

高瑞升暗暗思忖，眼前这黄百川内力平平，不足为虑，但白玉廷立功心切，却只能打成个平手。这样缠斗下去，不是了局。要想出一个办法，让群盗知难而退。

他这么一想，便有了主意。此时白玉廷正将钢枪高高举起，第十七招再度使出，黄百川举起双钩往头顶一架，钢枪打中双钩，乒的一声大响，溅起几星火花。便在这时，高瑞升双手笼在袖中，手上轻轻一抖，两根象须急射而出，不偏不倚，正好射中了黄百川的两只膝盖。他这一招"象须手"暗器功夫，难就难在射出的时机和力道恰到好处，谁也没有看出他的袖底功夫。

　　黄百川以双钩架住钢枪，正要催动内力，忽感膝上一痛，力道全失，两条腿不由自主，跪了下来。正在这时，白玉廷的钢枪余势未消，一下从黄百川头顶砸了下来。黄百川此时魂飞魄散，不免就要脑袋开花。

　　但见有人伸出一只手，将那杆长枪拿在手中，枪尖与黄百川的头顶，只隔了两寸，再慢一点，他就一命归西了。拿住钢枪的，是使出象须手的高瑞升。

　　白玉廷丝毫没有看出高总管出手，还以为是自己神功无敌，为商队立了大功，得意扬扬地往象座的厢轿这边扫了一眼，又对瘫在地上的黄百川啐了一口，道："就这么一点微末功夫，还敢口出狂言！"他身旁一只雄狮此时发出一声大吼，震得人人耳中嗡嗡直响，大理武师均大声给白玉廷喝彩。

　　那黄百川一张紫膛脸涨得青筋暴凸，挣扎着站起身来，正要说话，高瑞升右手忽伸，将他右手腕的太渊穴扣住，黄百川顿时半身酸麻。高瑞升道："黄头领，按巴蛇吞象的规矩，你总是输了，咱们还得赶路。银子在这里，算是给山寨的众位朋友的小小心意。请前面的兄弟让道，咱们后会有期！"他一边说着，一边拉着黄百川向来路走去。黄百川身不由己地随着高瑞升往前走，神情极是尴尬。挡在路口的盗伙，看见黄百川和这老者手挽手神态亲热，纷纷让开道路。直到商队全部离开，高瑞升才将黄百川右手放脱，将那包银子塞给他，道："黄头领，得罪了！"说着起身便行。黄百川呆呆立在当地，先前的气焰全没有了，眼睁睁地看着商队离去。

路上，麻胡桃不住口地称赞白玉廷枪法厉害，白玉廷谦逊了几句，心中着实得意。眼神不时往象座上的厢轿瞟过去，心中想到，我刚才打败强盗头儿的风采，郡主一定都看在眼里了吧！

众人还没走上正道，忽听一声号炮响起，从左边山道上，一溜烟地冲下来两三百号人。为首一个红脸大汉，耳大口方，眉似卧蚕，手执一把长柄阔背厚刃大刀。口中叫道："统统给我站住了！"高瑞升一看这阵势，果然又有盗伙，且来的人更多。前面薛超等八人的哨队并未回程报警，看来这些人是将八人先行放过，却直冲商队而来。往后一看，清风山的盗伙，也由黄百川带领，在往商队靠近，两伙人对商队形成了夹击之势。

他刚要说话，白玉廷大吼一声，跳将出来，往红脸汉面前一站，叫道："大胆狂徒，快快让道，否则我这手中就认枪就不认人了。"白玉廷胜出一阵，大出风头，也不等高总管的号令，便冲出来要跟红脸汉放对。

高瑞升沉声道："且慢！"对红脸汉道："这位英雄大名如何称呼？有何见教？"只听红脸汉道："废话少说，你们留下财物银两，便可保留性命！"高瑞升道："你等与那清风山黄头领，是同一个山头，还是另有来路？"

红脸汉道："云里锦，我等只是江湖上的小角色，说出来没的辱没了你。与清风山也不做一路，不过是见财有份。看看我手里的这口张飞刀，能不能抢到风月蝴蝶！"白玉廷哪里听得他这句话，长枪一举，便往他头上打落。红脸汉举刀一架，道："看刀！"抽刀向白玉廷前腰砍到，白玉廷长枪一撩，将大刀格开。高瑞升分派人马，将前后的阵脚扎住，严防前后受敌。

红脸大汉仗着兵刃厚重，招沉力猛，大吼大叫地砍杀起来。他身后的汉子见寨主占了上风，一齐大声喝彩，声威颇为雄壮。但是，白玉廷一杆长枪得自家传，使得轻灵活脱，枪头红缨急抖，卷起一团红雾。他一言不发地出招应对，虽然招式上全起守势，但明眼人一看，便知他是以退为进，蓄势待发。

高瑞升看那红脸汉的刀法，果然是昔年张飞刀的路数，这路刀法共有一十八式，招招凶狠，都是进手的招式，但这一路刀法其实更适于两军对垒，用在武林高手之间的单打独斗，未免失于灵巧。而白玉廷的这杆长枪，也能与他斗个旗鼓相当。

白玉廷恨不得一枪就将红脸汉钉在地上。数招过后，他一连使了点苍枪法中的几个狠辣招数，什么"抱月为母""一母生三""三生六合"，他还默默念起了口诀："神枪使动冷飕飕，大蟒穿心凤点头，花枪好似金标起，攻战军中万将愁……"但对手招法丝毫不乱，双方又是势均力敌。

有些大理武师见白玉廷使点苍枪法对红脸汉的张飞刀，正是名枪对名刀，两人刀带劲风，枪挟威势，斗得煞是好看，不自禁地喝起彩来。但在高瑞升看来，白玉廷功夫未纯，招式虽然好看，却不实用。知道他这般猛打猛冲，时间一长，内力必有不济。

又过两合，红脸汉子的大刀噗的一声，砍在白玉廷长枪之上，白玉廷手心出汗，长枪险些脱手，心想再不使出绝技，只怕会败在这红脸汉的手里。一声大喝，枪尖抖动，快中又快，如灵蛇吐信，苍鹰逐兔，快如连珠般地使出了点苍枪法中的"云蒸二十四闷"。要知这二十四闷头的手法，精要全在枪尖上，在一招之内包含二十四个后招，难度在于一个快字，二十四式一气呵成，有如一招，当初白玉廷苦练数月，终于练成这一绝技，刚才对付清风寨的黄百川都不愿使出来，大理国不知有多少成名的英雄，都败在他这家传的绝招之下。

可是，那红脸汉子身法更快，口中叫了一声"好招法"，身子退了几步，举刀将长枪枪尖截住，顺势反撩，刀锋往白玉廷握枪的手指上横掠过来。高总管眼见如果再不出手，白玉廷十根手指必然不保，只得将两根象须从手中发出，射向红脸汉的刀锋之上，他用力十分之巧，象须带着一股不易觉察的内力，冲着红脸汉的刀身急射而去，这么一阻，红脸汉的刀锋，忽地就使偏了。

旁观众人无一人看出是高总管暗中相助，交战的两个人也是浑然不觉，那白玉廷还以为是自己技艺高超，枪法如神，长枪使出来更加狠辣，枪上红缨飞舞，枪尖左旋右转，招招指向对手要害。红脸汉长刀微收，避过了他这几招厉害的枪法，忽地中宫直进，刀锋抖动，将枪杆拍开，一招"勇冠三军"，向白玉廷当胸搠了过来。

高总管看得暗暗摇头。自觉如再不出面将红脸汉打发了，不知二人要战到何时。便将两根象须直接射向红脸汉的膝盖，那人当即跪倒，与黄百川的败象毫厘不差。旁观的大理众武师又是彩声雷动，以为是白玉廷以点苍枪法胜了这人的张飞刀。

大理商队一出手便由白玉廷一人连胜了两阵。一众武师齐声喝彩，均觉中原武林这些人武功莫过于此。

高瑞升见眼前的情势，商队被夹在这两伙强人当中，对手人多势众，一时难以脱身。此时天色又转阴暗，一团乌云从前山转出，眼看又要下雨，前面路上却没有薛超等八人的任何信息，一种不祥之兆涌上众人心头。

　　忽然，前面山林中有人吹起了法螺，声音呜呜咽咽的，凄厉急促。跟着一阵箭雨射向道中，有人大声喝道："前边是巫山帮地界，胆敢越过此箭的，格杀勿论！"那红脸汉此时如同得了号令，拾起地上的大刀，大叫起来："兄弟们，操家伙杀敌人呀！"说着向白玉廷举刀便砍，他身后的人也一齐大声呼喝，抽出兵刃冲向商队。猛听得身后清风寨的盗伙也一齐发喊，包抄过来。大理众人见这两队人马前后夹击，全不顾江湖上单打独斗的规矩，知道大伙已是面临生死关头。这些人都是久经战阵，临危不乱。立刻在高瑞升的号令之下，卫护中央象座上的厢轿，布成阵势，与这两股人马竭力拼斗，一时间人吼马嘶，刀剑相击，铿锵不绝。不一刻，就见双方有人挂彩，越斗越恶，杀红了眼，盗伙这边已有十数人身上挂彩。

　　猛然间从前边山路上传来一声鹰叫，又传来阵阵铃铛的响声。那铃声来得好快，只一会儿，铃声便由北面转到了东面，再过一会，更是由东边到南边，仿佛是围着商队在转圈子。

　　高瑞升武功高强，身旁无人近得了身。他已看出，那是一名轻功极高的人，带着风铃，在双方恶斗的现场四周绕圈。其时雨雾迷蒙，那人在空中时隐时现。

　　高瑞升心中焦急。眼见这人轻功少有人及，多半是敌非友。目前对付两股敌手，还算不落下风。但那林中还不知伏有多少射箭的人，再要有人加入对方助力，大理诸人只怕就挡不住了。后悔不该接受郡主这趟差事，自己一条老命，莫非要断送在这巫山故道上了？

忽见空中那人冲着象座俯冲而来，似要直扑郡主所在的厢轿，这一下似鹰击毛挚，急冲直下。高瑞升连发数掌，将身旁的几名盗伙震飞。飞身跃起，想要上前救援，但空中那人实在太快，距离又远，已经来不及了。

就在这时，最前一座厢轿轿门打开，一个青衣女子从轿中跃出，直扑空中那人。高瑞升心中一宽："我怎么忘了！轻岚护卫可以出手！"原来这青衣女子是郡主的贴身护卫，轻功最好，名叫轻岚。

轻岚护卫俏丽的身形往空中一跃，带风铃的那人即在空中一个转折，如同鹞子翻身，向天空中急冲而去。轻岚急向那人后背递出一剑，那人身子一缩，这一剑便没有刺中，却听那人发出一声娇笑，显然也是女子。跟着铃声往东边而去，越去越远，那轻岚护卫自是跟着追过去了。高总管叫道："小心调虎离山！"话音未落，两人的身影又折了回来，围着商队，绕起了圈子。

几乎就在同时，商队中许多人发出惊叫声，只见左前方林中飞出许多黑乎乎的如拳头大的石块，似是用什么机栝发出，直冲象队而来。这些石块虽是向象座发出，但也有一些落在正在拼斗的双方武士身上，一时中了石块的盗伙，也纷纷叫骂。

又一座厢轿轿门打开，一位绿衣女子飞身跃出，身负一个布袋，身子甫一站定，便伸手从布袋中掏出什么物事，向空中飞来的石块掷去。只听空中发出啪啪的响声，那些飞过来的石块，全被绿衣女子发出的物件击中，失去了准头，中途坠落，再也无法伤人。道旁正与一名盗伙恶斗的麻胡桃，伸脚将盗伙踢开，大声叫道："多谢花雨护卫石弹！"大理众人自然知道，这绿衣女子是郡主四大女护卫之一，名叫花雨，使的是一门手掷石弹的功夫。这门功夫在大宋朝已是大大有名，梁山好汉没羽箭张清所使的飞蝗石，就如出一辙。这位花雨护卫能同时发射数十枚蝗石，如满天花雨一般。

便在这时，左首林中又跃出了两个灰影，一使单刀，一使峨嵋刺，自空中直扑第二座厢轿。高总管这回有备而来，提气使一招"一鹤冲天"，朝这两个灰影飞扑过来，距两人尚有六尺开外，向两人后背各击出一掌。两个灰衣人身子轻巧，也是女子，两女同时向身后回了一掌，两股掌力在空中相交，只听蓬蓬两声大响，两女虽受掌力震动，却并未落地，反而借着这股掌力，向前滑出数丈，正要落在第三座厢轿旁边。

却见第三座厢轿中，又跃出一个白衣女子，高总管一声低呼："晴雪护卫！"那晴雪护卫一身白衣，脸如映雪，发出一声娇叱，竟是赤手空拳地与那使单刀与使峨嵋刺的两人斗了起来。高瑞升本来与她三人只隔数尺，但他知晴雪护卫既敢空手独斗二人，自是艺高胆大，便不再加入团战。转过身来料理逼近象座的盗伙。

大理国有四大奇景，分别是"上关风，下关花，苍山雪，洱海月"，合称风花雪月，天下驰名。大理白族女子所戴的头饰，就正好将这四大奇景浓缩在一起：红白相间的头饰，与白族女子圆润妩媚的脸蛋相映衬，煞是好看。这位大理郡主对四大奇景十分钟爱，居然用这四个字，分别为自己四位女护卫赐名，其中，那轻功最高的，名叫轻岚；擅使蝗石暗器的，名叫花雨；内功最佳的，名唤晴雪；会使琴剑功法，武功在四人中最高的，名叫娟月。四女除武功高强以外，均是姿容端丽，玉雪可爱，在大理皇宫中令人称奇。

高瑞升分析周边情势，除郡主三大护卫已出手迎敌以外，一众武士正在与那两股盗伙混战。这些绿林强人并不可怕，大理武师尽可抵挡得住。但三大护卫的对手反而更为棘手，竟是连个问讯也不打，就直冲着郡主的象座而来，显是要不利于郡主。目前武功最高的娟月护卫还没出动，却也不知是否还有新的对手出现。高瑞升一边干净利落地击退盗伙，一边思索商队的脱困之计。

眼看轻岚护卫与那带着风铃的人在空中前后追逐，一时分不出胜败。花雨护卫以石弹回掷林中的石块，也足可以寡敌众。晴雪护卫空手斗两个灰衣女子，丝毫不落下风。大理武师与两伙强人接战数十合，虽有几人倒地死伤，但两伙强人死伤更多，已无力向象座冲击，反而在步步后撤。那白玉廷连捅了几名盗贼，心中有些得意，一瞥眼间，看到郡主的三大护卫出手，虽是一介女流，功夫都在自己之上。此前他对四大护卫的功夫，只有耳闻，今天亲见，方才大开眼界。

白玉廷细看晴雪护卫与两个灰衣人的比拼。晴雪护卫仅凭一双肉掌，与两个手执兵刃的灰衣女子放对。晴雪所使的拳法，是一套武当长拳。这是大宋武林之中几乎谁都会使的功夫，出手之际，招式似乎平淡无奇。与她过招的两个灰衣女子都身手不凡，其中使弯刀的招法凶猛，使峨嵋刺的刁钻老到，但晴雪护卫不慌不忙地应对，有好几次两个人都要得手，却被她轻描淡写地一扭身躯，或者伸手抬脚，便将两人狠辣的招数避过了。

三十招过后，使弯刀的砍她前胸，这时她一回身，用招"魁星踢斗"，上身保持不动，提起左脚，伸直右腿，成独立步站定，左腿顺势向前直蹬而出，眼看要将那使弯刀的踢个仰面八叉，这时那使峨嵋刺的刚好双手一上一下地刺她面门和小腹，她便使出一招"叶里藏花"，伸左手点那人右手腕上的内关穴，右手臂再使一个铁拐靠。那使峨嵋刺的中了这招，峨嵋刺差点脱手，发出一声惊呼。两个灰衣女子各自深吸了一口气，又是一左一右地扑上来再斗，晴雪护卫使一招"白马奋蹄"，将那持峨嵋刺的来势引向持弯刀的刀锋，将两人的攻势化解。

　　白玉廷看得衷心佩服。只见这位晴雪护卫出招之间长打短靠，不拘形迹，内力均匀悠长，源源不绝，招式中多取守势，将拳斗局限在卧牛之地，看似平淡无奇，实有过人之处，其不露痕迹，用心之深，比自己可要高得多了。

　　忽听高瑞升的话音声若洪钟般地响起："各方且都住手！今日阵中的女流，都是峨嵋派的师太。在下听说峨嵋派掌门人天风师太，是一代大德，是否亲临现场？可否现身一见，化解这场误会？"他内力深厚，声音在山谷中回响。话声甫毕，一团灰影从左首林中跃起，飘然落地。众人定睛一看，那人白发飘飘，身穿灰色道袍，手上拂尘与白发相映成趣，面色红润，并不是如何苍老，竟然是一位仙风道骨般的中年尼姑。那道姑现身后，两伙强人及大理武师相斗的诸人，都停手罢斗，连那空中的带铃而飞的灰衣人也飘然落地，与使弯刀和峨嵋刺的两女一起，围在中年道姑身边。

　　高瑞升一见这位师太，只觉十分面善。一时想不起在何处见过。却听天风师太神色平淡地道："居士现在是大理皇宫的御前总管，那可威风得很呀!"高瑞升听了这声音，突然明白了眼前的师太是何人，心中有如雷轰，声音都发颤了，道："原来……原来你便是天风师太……"一时百感交集，不知说什么好。

却听天风师太道："以前的那个人已经死了。总管大人这一程是要去巫山了?"高瑞升显是还没回过神来，颤声道："那些年我找遍了巫山……可是……可……，现下……是陪大理郡主，去巫山办一件买卖……"天风师太淡淡地道："瞧在十八年前相识的分上，有一句好言相劝。"高瑞升只是呆看着她，要听她的下文。天风师太续道："巫山帮不去最好。贫尼虽然不问世事，但巫山帮帮主郑安邦毒害一方，恶贯满盈。眼下中原武林各派已定下盟约，不日就要来巫山帮除此妖邪。神女大会绝不是什么好会……"

高瑞升清了清嗓子，对天风师太道："师……太，大理郡主此去巫山帮，只是办理一件私事，与中原武林和巫山帮的恩怨毫不相干。我们井水不犯河水，两不相帮，自是不妨。只不知……师太可否借一步说话?"

天风师太道："大理郡主在这个当口去巫山办私事，有谁相信? 那郑安邦心如蛇蝎，又是最能讨好女子，天下被他所害的女子，还少了吗? 奉劝总管还是劝劝这位风月蝴蝶，就此打道回府，免得人财两空，性命不保。"她最后这话有意提高了嗓音，意在让厢轿中的郡主也能听见。

忽听厢轿之中一个清脆的女子声音说道："多谢师太提醒。好意心领了，恕奴家难于从命。"正是大理郡主，她以江湖之礼跟天风师太说话，却没有从厢轿中出来，也无取消行程之意。

天风师太听了这话，摇了摇头，对高瑞升道："既然不听良言相劝，那就与贫尼过过招。如果你云里锦胜得了本人手中的拂尘，就任你过去了。"

高瑞升道："你我之间，何必动武？"天风师太语气刚硬，道："多说无益，动手吧！"天风师太举起拂尘，衣袖带风，内力鼓荡，已将拂尘上的白丝激成了一根根笔直的细线。

见拂尘已达面门，高瑞升只得举手应对。两人一动上手，便把所有的人看得眼花缭乱。只见一团灰影和一团黑影倏忽进退，两个人手上使的招数全然看不清楚。天风师太手上的拂尘舞起了一团白雾，高总管却只是一双肉掌，在天风师太的拂尘之间左右穿梭，上下翻飞。一个攻得快，一个守得灵，拂尘一直未碰到高总管的手掌。刹那间，两人就斗了几十招。

高总管外号叫作云里锦，那是说他内功、外功和轻功俱佳，二十年前在中原武林就闯出了名声。天风师太是中原武林名门峨嵋派的掌门人，两人的这一番比拼，与先前所见与绿林强人的打斗，大不相同。两人只斗了不过五十招，固然是两个人手上的招数让人看不清楚，到得后来，两人身周所激起的力道越来越大，如疾风狂飙，将地上的树叶、草丛吹得东倒西歪，藤叶乱飞。两边观战的人渐渐抵受不住，不由自主地退向了两边，直到二十多步以外，才可稍稍站定身子。

又过一会，两个身影向右边山峰上移去，那是一片光秃秃的岩壁，有数十丈之高。只见天风师太的灰影在前，高瑞升的黑影在后，地上所激起的旋风渐向岩壁上移去。旁观众人都是看得头昏目眩，只觉得两个身影在岩壁上越升越高，也不知两人在岩上如何着力，如何借力上升，又互有攻防。每有惊险处，一人忽有失手，突然急坠，但顺势往岩壁上一撑，又纵跃而上，续招又战，看得众人连声惊呼。

两个身影直至峰顶。忽然，天风师太住手，对高瑞升道："你真的要去巫山帮送死？"高瑞升两眼直勾勾地看着眼前这位峨嵋派师太，颤声道："蚕儿……"天风师太一听这话，道："那个人已经死了，这个名字再也休提！"立即飘然向悬崖下滑去。

高瑞升跟着她身影，悄然落下。两人一前一后，落到众人面前，都是一口气也不喘。天风师太对几名女弟子道："贫尼挡不住这位居士的高招，就让他们去吧！"一挥手，头也不回地走了。三名弟子随她悄然离去，左首林中一阵骚动，自是发出石块的峨嵋派门人，也随天风师太离去。

高瑞升神色大不自在，退在一旁，眼望天风师太的背影，直到她慢慢消失在山林的尽头。

众人惊魂未定，高瑞升呆立不动。不知是谁好奇地问了他一句，如何识得这位天风师太？高瑞升看着天风师太离去的那片林子，长叹了一声："陈年旧事，不提也罢！"

峨嵋派天风师太在川渝一带乃至中原武林是大有身份之人。黄百川和那红脸汉子一看，天风师太都没能挡住大理一行前去巫山，知道凭自己这两方，更是无能为力，两伙强人自觉无趣，各自搀扶受伤的同伙，一言不发地退入林中。

林中射箭之人也已悄然退走。

山道上重归寂静。

一个身着淡红衫子的女子，悄悄来到高瑞升身边，道："总管大人，郡主知你与那天风师太是旧识，允你前去与她叙旧，你现去寻她，还来得及。商队可与你在巫山帮会合。"高瑞升听了这话，从失神中惊醒，一看这女子是郡主的护卫娟月，忙道：

"谢谢郡主好意，请转告郡主，保护郡主要紧，卑职忠心护卫郡主，誓死不会离队。"

天空中猛地又响起了一声炸雷，伴着一阵急雨，哗啦啦打在众人身上。高瑞升传令商队冒雨继续前行。

忽然，前路传来马嘶之声，兼有风铃声零零落落地传出，众人心中一紧，不知前面又会遇到什么事。

第二章　忆秦娥

词曰：

巴山阕，抚琴惆怅阳春雪。阳春雪，竹箫凄恻，花残人缺。

剑吟休怨西窗月。香帏寒梦迷蝴蝶。迷蝴蝶，幽情不再，沧海难绝。

众人往前看时，只见密密的雨幕之中，渐渐显出八匹马的影子。奇怪的是，马上并无骑士，八匹马一匹跟着一匹，像是由缰绳串在一起，在大雨中不紧不慢地走着，马蹄声踢踢踏踏，伴随着铃铛发出单调的脆响，叮叮当当，越走越近。

忽听有人惊叫："是薛都统他们！"众人终于看清，马身上并非无人，而是在马鞍上都横卧着一个人，其中那匹"乌云盖雪"的头马身上，赫然便是"穿杨手"薛超，而最后一匹马的身后，竟然倒拖着一人，不知是从马身上滑落，还是被人有意为之，拖行在地，满身泥污。马身上的薛超等人和被拖在地上的那人，全都毫无声息，一动不动。

一阵惊恐、不安的情绪，迅速在大理众武师的心中弥漫开来。似乎头上身上的雨滴，都粗重地打在了每个人的心头上。

高瑞升在薛超的颈上一摸，触手冰凉。白玉廷与众武师将其余六人抱下马背，连同地上那人，都是已死去多时。

奇怪的是，八人身上衣饰完好，头脸手足均无一处伤痕。就连薛超等人的弓箭箭袋，都好好地背在身上。不知被人使了什么手法，一招夺命。薛超在大理侍卫中做到都统，武功向来不弱，射箭更是有百步穿杨之能，故而得了个"穿杨手"的雅号。这次高瑞升让他在前探路，对他的武功能耐，自是首肯。以他这样的武功，怎么会在被人攻击时，毫无招架之力？

既然身上无伤，有人想到天下第一毒的巫山蛊毒，但高总管轻轻摇头。他年轻时久历巴蜀，一看便知，这八人并非中毒而死。几个抱过尸身的人看了看手上，除了湿漉漉的雨水以外，一无异状，更没见什么蜈蚣、蝎子等毒虫。

"将八人的遗体就地掩埋，对其家属重重抚恤。商队继续前行！"娟月护卫传达了郡主的指令。

高瑞升安排人手，将八个人的尸体，在林中做了简单掩埋，商队继续上路。在遗体下葬前，高瑞升解开薛超的衣饰，终于看到，他小腹上有一道清晰的指印，内脏均已震碎。再看旁人，全都如此。高瑞升心中怦怦乱跳：薛超等人在马上行走时，就被人以这种掌法，连环攻击，瞬间毙命。这样的身手，这样的掌法，比他高瑞升，可高明多了。不禁冒出一头冷汗，混着雨水，纷纷滴下。

大理商队以狮虎象等猛兽做牲口，从云南到宜宾，一路上威风凛凛。在宜宾租了大船顺江东下，在巫山的大宁河口登岸，也是平安无事。但是，自踏上这条山道以来，接连遇到艳女在岩上吟唱，绿林豪强围堵，天风师太这位与高总管有旧的峨嵋掌门的阻拦，更有薛超等八人横死，一众侍卫这才意识到，这次巫山之行，绝不只是"随同郡主办理一件商务"这么简单。此时已是步步荆棘，随时都有性命之忧。

雨还在下，山路难行。商队中的所有武师，都是全神戒备，默默前行，狮虎象这些大兽，也不见嘶叫。

高瑞升在马上默想："前面清风山和红脸汉的人，应该没有杀掉八骑的能耐，峨嵋派的天风师太是我旧交，虽然性格刚硬，也不会对八骑下此毒手。天风师太说到，中原武林要来跟巫山帮作对，难道八骑的死，便是中原武林的高人出手警告？不知郡主到底为了何事，要甘冒风险去巫山？而到底是什么人有这等功力，能将八骑瞬间毙命？凶手是专门针对大理这支商队，还是所有前往巫山帮的人？又或者凶手是巫山帮或者是魔教中的高人？"一想到魔教，还有那个魔教教主唐凤吟，他脸上肌肉，就不由自主地抽搐起来。

天色向晚，雨也住了。忽然，前队停卜了。原来，前面出现了一条岔路，往右是继续前行的官道，往左则是去巫山帮总坛灵鸠峰的一条小路，路边立着一块毫不起眼的石碑，上面刻有五个大字：巫山帮地界。五个大字下面又有四个小字：擅入者死。

高瑞升对呆立在石碑前的几名武师道："本商队是前去跟巫山帮做生意的，不算擅入，走吧。"随即分发了雄黄、天葵子、白花蛇舌草等解毒药物，商队朝左道走去。

这时天将断黑，山间的雾气，还未散尽。树叶上的水珠，滴落在石上路面，滴答作响。偶尔有蜘蛛、蝎子，甚至是毛虫掉落地面，都会引得这些赳赳武夫惊走趋避。虽是骤雨初霁，空气中全无清新舒畅的气息，反而弥漫着紧张、恐惧，甚至是死亡的气氛。

在忐忑不安中前行了数百米，猛地有人惊叫："有死人，有死人！"

淡淡夜幕之下，许多具尸体，横七竖八地躺在林间道上。死者面目狰狞，脸上、手脚均已发黑，兵器上、地上还有死去的毒蝎、金蟾、蜈蚣等毒物。

商队中有人从未见过这等恐怖的场景，当即呕吐起来。

高瑞升命人仔细清点，死者一共五十七人。这些人衣饰各异，手上的兵刃也各不相同。武师费大通指着躺在一起的三具尸首，惊叫道："这不是怒江的阮氏三雄吗？"随即告知高瑞升，这三兄弟原是山西阮家九节鞭的传人，为躲避仇家，十年之前来到怒江另谋生路，在怒江数百里上下闯出名头，去年夏天费大通在怒江办差，与三人交过手，就此相识。不知为何，将性命断送在这里。

高瑞升心头发紧。一瞥眼间，又见路边一名死者手上，一条毒蛇已被铁飞抓挥成了两段，蛇头和蛇身并未断开，而是仍然蜷曲在那飞抓的铁齿上，那蛇虽已死去，蛇头仍然张大了口，模样恐怖。高瑞升识得这名死者，知他是浙东的神抓张天冀，此人年轻时被仇家砍去右手。此后他将飞抓做成机栝，装在断手上，攻敌时可伸可缩，飞抓上的铁索收放自如，端的是厉害。一晃二十年没见此人，相貌虽略显老，但那只露出来的断手和飞抓，却错不了。推想此人在死前用飞抓奋力一击，将毒蛇抓成了两段，但自己也被毒死。没想到此人向在浙江，却与那大理的阮氏三雄一起，死在这里。

沉沉夜色中，这些死尸的面目越发看不清楚。大理商队诸人，谁也不敢去碰死尸，也不敢越过死尸，向前挪动一步。高瑞升请求了郡主，传令大家原路退回，直退到数百米开外的巫山帮界碑处，在官道上安营扎寨，将三十余头狮虎大象等猛兽在营寨之外围成一圈，又派人在四周值守，在惊恐不安之中，度过了一个不眠之夜。

次日一早，天已放晴。商队再度来到那片死尸面前。高瑞升吩咐武师们用长枪棍棒之类的兵器，将那些横在路上的死尸，推移到路边树丛中，商队小心翼翼走过了这段死人堆，往前走了不到一里地。

忽听高瑞升道："停步！有人来了。"一众武师毫无知觉，再过一会，隐隐听到前面山道上，传来"嘚嘚嘚"的马蹄声。

那马走得慢条斯理，全不像大清早要赶路的样子。再过一会，马儿终于从前面的弯道现身，原来是一个白衣书生，骑在一匹白马上，手上还拿着一本书册，口中念念有词。晨光熹微之中，似乎是在读着什么佶屈聱牙的句子，到底念的什么，全然听不清楚。那书生读得全神贯注，对迎面而来的商队，竟然视而不见。高瑞升暗暗摇头。

相距商队二十来步时，众人看到了另一件稀奇之事。在这书生的马后，竟然还有一人，被一根绳索牵引，拖地而行。身上脸上都是泥污，不知是生是死。那匹白马突然见了这么多的狮子老虎，忽生畏惧，不肯挪动一步。书生扬起左手的马鞭狠抽马臀，那马儿惊叫癫狂起来。只见他在马上左支右绌，东倒西歪，好像随时都要从马上摔下来。他脸上一片惶急，口中不停叫嚷，商队里一众驯兽师，都看着好笑。

只听那书生骂道："没用的畜生，正要靠你活命，却又不肯挪步！"一边说着，一边再用力抽打那匹马儿。

大理的驯兽师都爱护牲口，眼看着那书生折腾那匹白马。只听皮鞭抽打马臀啪啪作响，马儿又叫又跳，心中不忍。想出言制止，终于忍住了。

便在这时，四个黑衣人从那书生的身后急奔过来，有一人大声叫道："大胆狂徒，快快下马受降，看你往哪儿逃？"

书生一听这话，皮鞭子抽得更急。忽听"咚"的一声，书生掉下马来，原来是那白马吃痛，将那书生颠下马来。众人看着好笑，却又不好笑出声来。那书生手上缰绳松了，书册马鞭也掉在地上，白马挣脱缰绳往来路奔逃而去，那地上被拖着的人，也一起被拖回。

书生摔到地上有些疼痛，口中大骂"畜生看我的笑话"，对追来的四个黑衣人看也不看，拍了一拍身上的灰尘，做了个甩手扭肩的动作，一转身，却大摇大摆地向商队走了过来，口中叫道："岂有此理，岂有此理！谁是你们的混账头儿，叫他出来跟我说话！"

一个驯兽师对他哄笑道："你那书生，后面有人捉你，快快逃命去，别来惹是生非了。"书生道："王道衰而礼义废。谁让你们用老虎狮子和大象挡道了？这样别人还有路走吗？"

那书生脚步虚飘，全不似有武功的样子。驯兽师见那四个黑衣人，对那马和地上的人不管不顾，仍然前来追赶书生，悄声对书生道:"快快走吧!"

那书生听了这话,全不领情,黑着脸走到商队前面数尺之处,道:"他四人能奈我何?倒是你们,又是狮子又是老虎,将我的那匹宝贝马儿吓跑了,叫我如何逃命去?"又走上两步,指着高瑞升所骑的那匹"乌云盖雪",道,"倒不如将你这匹马儿赔了给我。"

高瑞升对那书生全不理睬,只冷眼打量书生和后边四个黑衣人。只听那书生续道:"别看你骑着这匹高头大马,但你知这马叫什么名儿吗?黑云压雪,大凶之兆。奴乘客死,主乘弃市。说不定,我明日骑了这马,给你收尸呢!"

高瑞升正在思索,此人为何说出这等大为不敬的话来,忽地眼前一花,那书生从地上一跃而起,直向商队中的一只雄狮扑了过去。

这一下突如其来,商队毫无防备。那书生几个起落,毫不费力地跃上了狮队中第四头狮子的背囊。那狮子缩身惊避,书生早已稳稳站上狮背。狮子身边的武师抽出戒刀,向书生腿上撩去,书生伸腿一踢,那人连人带刀,滚落在地。趁周围的武师还未近身,书生低头弯腰,运手如刀,一划一扯,背囊的绳索崩断,囊中药草纷纷抖落,更有一股奇异的药香扑鼻而来。书生伸手向背囊底部一掏,拿出一件物事。竟是一管黄灿灿的竹箫,有两尺来长。那四个黑衣人走到商队前,见书生拿出竹箫,一齐站住,眼中精光大盛。

书生此前的障眼法,将一干大理武师全骗倒了。他跃上狮背,踢人取箫,一气呵成。

那书生举起手中竹箫看了看，道："果然是七孔箫！"

大理商队武师，包括高瑞升在内，谁也不知，在这头狮子的背囊之中，会藏有一支竹箫，不知这书生为何事先得知，一出手就直奔鹄的，如探囊取物一般。许多不懂音律的人，更不懂他说出这句"果然是七孔箫"，又是什么意思。

高瑞升听到这话，四根象须向那书生急射而出。他听到书生说出"果然是七孔箫"这句话，立即想起一事，知道兹事体大，想要夺回竹箫。便在这时，绿影一闪，花雨护卫跃出厢轿，三颗蝗石向那书生身上疾飞而去，分打他上中下三处要穴，也想夺回竹箫。

那书生对两人打来的暗器浑不在意，袍袖一挥，两般暗器全被打落。身形一晃，如足底生风，从狮背上高高跃起，轻飘飘地落到路边的一棵大樟树上，在一根粗壮的树干上稳稳落座。如果不是想到这人将竹箫抢走，好多武师都要为这书生潇洒飘逸的轻功，大声喝彩。

那书生背靠树干，以箫就口，十指轻按，吹出了一段缠绵悱恻的曲调：

> 此心属汝，从此思汝。
> 此梦归汝，夜夜梦汝。
> 此魂依汝，魂魄牵汝。
> 生当汝妾，死为汝鬼……

那曲调有如丽日生春，花香醉人。仿佛有无数的青年男女游冶春郊，纵情欢闹。听了令人如饮佳醪，意乱情迷。原来，这是一首流传极广、天下知闻的曲调，名叫《下里巴人》。此曲实是古巴人所创，曲中描写男欢女爱，大胆奔放。当年歌者在楚国的郢都演唱时，已是和者数千，到此时，从大宋大理，到西夏金国，已是市井传诵，人人会唱。大理的这些皇宫武师，自然也能随口唱出。

那书生在吹奏这首柔媚的箫曲时，带上了一股内力。大多数武师听到曲调，心念一动，竟然不由自主，甩臂耸背地扭动起来。麻胡桃和费大通两个人，更是不能自已，直接溜下马鞍，互相搂抱，随曲而舞，丑态百出。

此前何大贵坠崖而死，现在这些武师又挡不住这摧人情致的箫曲。高总管担心，再不出手，只怕有人会撕破衣襟，发狂而死。他一声清啸，纵离马鞍，挥掌拍向费、麻两人后背，二人立即坐倒在地，呼呼喘气。高总管又命众人撕开衣襟，将耳朵堵住。

忽然，箫声转而低回，似是为情所困，愁肠百结。时而如残山剩水，寒鸦悲鸣，时而如夜漏更深，辗转反侧。不一会儿，有人听到，对面的山岩上，也发出了箫音，以为是另一人在吹箫，仔细一听，原来是山岩发出的回声。凄恻缠绵的箫音，在山岩间激荡回响，更增了悲愁之意。

便在这时，一阵琴音从象轿之中响起。那书生听出春阳初生，冰雪消融之意，立时便知这是那首《阳春白雪》。商队众人先是被箫音引得心烦意乱，如痴如狂，及至琴音一起，忽地如遭当头棒喝，如梦方醒。虽然大大松了一口气，却不敢将耳中之物取出，害怕被琴箫攻伐的内力震慑心脉，毁去内功。

大理商队之中，高瑞升的武功可以说是数一数二，在大理众人不得不坐在地上，捂着耳朵时，只有高瑞升鹤立鸡群般站在当地，冷眼旁观郡主的护卫娟月，与那书生的这场琴箫比拼。他忽然想起，中原武林之中，有一个名叫夷陵狂生的年轻侠士，武功高强，且又精于琴艺，难道便是此人？却不知他从何处知道了商队中藏有竹箫，又为何在抢得竹箫之后，并不立即逃走，而要演奏这一首《下里巴人》，这首欢愉的曲调，他为何吹得如此哀伤？

这时厢轿中瑶琴再度高亢起来，一股力道激冲而出，如沛然倾泻的山洪。书生箫音一变，立时反击。琴音如天风浩荡，横扫千军，如日出泰山，光芒万丈，如飞瀑狂泻，势不可当。但那箫音却如从万丈高山上蜿蜒奔腾的溪流一般，百折不挠。

箫音的柔媚之气渐占上风，高瑞升面色越来越严峻，脸也拉得越来越长。瑶琴的攻势飘风不终朝，骤雨不终日。琴箫的攻防就要倒转。

那书生知此时到了最紧要时刻。他着意卖弄，要对手多耗内力。忽地箫音调门变长，曲意更加酸楚凄凉，仿佛屈子行吟，怨妇思夫，又如暗夜孤旅，巴山鬼哭，只听得人要流下泪来。商队里一名武师再也承受不了，大声号哭起来，高总管只得将他双耳穴道封住，又用手托住这人后背，输入一股内力，但那人仍是瘫倒在地，神情委顿，大汗淋漓。

琴音戛然而止。但见轿门打开，走出一位容色清丽的女子，一袭红裙，手拿一张乌黑的瑶琴，直视那吹箫的书生。那书生眼见与他以琴音比拼内力的，竟然是这么一位绝色女子，心中一愣，立时也停了箫声。只听那女子言道："公子的大名，便是夷陵狂生吗？箫吹得好，果然是应了古人那句'昆山玉碎凤凰叫，芙蓉泣露香兰笑'!"

书生见这女郎知道自己名号,又称赞箫艺,不禁大感得意。他是有备而来,早已知晓此行的正主儿,就是那位有名的大理郡主"风月蝴蝶",没想到甫一交手,就在内力和曲艺上令美人心折,心中越发得意。身子一动,轻飘飘地从树顶滑落,停在女子对面五尺之地,一改平日的狂狷,举手行了一礼,道:"正是在下。得与风月蝴蝶琴箫合奏一曲,又获凤凰作比,实慰平生之愿!"

汉代名士司马相如以一曲《凤求凰》,琴挑富家女子卓文君,引得文君与他私奔,成为千古佳话。红裙女子用了唐代诗人李贺的诗句,夸赞书生的箫技,虽有凤凰二字,却并无《凤求凰》的含义。夷陵狂生一厢情愿地拿来为我所用,他言语神态虽极尽谦卑,仍掩不住轻佻之意。

却听那女子冷冷地道:"公子认错人了,我家主人岂肯轻易与人合奏?"又道,"公子号称狂生,果然是轻狂大胆,明偷暗抢,这等行径,与土匪强盗何异?还不将竹箫还来!"

夷陵狂生听了这话,顿时从云端掉入了冰窟,脸上红一阵白一阵,大是尴尬。他见这女子玉容雪肤,兼具琴艺武功,且又吐属文雅,以为必是那位美人风月蝴蝶,哪知这女郎只是郡主座前的侍女,侍女便有这般风姿,这等武功,那郡主本人该是怎样的绝世芳华?

四个黑衣人中的一人大声道:"竹箫是圣教之物,快快交还圣教,方可恕你大罪!"高瑞升一听此人口称圣教,知他是魔教之人,魔教是中原武林的死敌,目前气焰熏天。不知这竹箫,如何与魔教扯上干系。

夷陵狂生对黑衣人毫不理睬，转头对那女子道："拿回竹箫不难，却要交到正主儿手上！"那女子冷冷地道："听说公子的出生颇有来历，可否讲来听听？"夷陵狂生一听这话，顿时脸色死灰，罩上了一层严霜。

那女子正是郡主的四大护卫之一的娟月护卫。她见自己的问话，令夷陵狂生气势大挫，知道已打到他痛处。又道："一十八年前的一个夜晚，有个婴儿出生还没满月，他母亲悄悄将他送到灵鹫峰下的一间小屋，小屋的主人没有嫌弃他，将他看作亲生儿子一般，冒着被人追杀的危险，将他一手养大，又教他一身惊世骇俗的武功，再把美若天仙的女儿许配他为妻。于他是有天大的恩情，但这人是如何报答的？这个人……这个人狼心狗肺，竟然害死了他的妻子，真是猪狗不如……"

高瑞升听到娟月说到一十八年前的那个夜晚，一位母亲将刚刚出生的婴儿，送到灵鹫峰下的那间小屋这句话，心头一震，脑中立即浮现出十八年前那个夜晚，他在灵鹫峰下的小屋外，见到一个白衣女子，将孩子送给小屋主人的情景。这件事与他大有关联，可以说是改变了他的人生轨迹，直接导致他离开中原武林。他直盯着夷陵狂生，想着十八年前的那个婴儿，今日已长成玉树临风、一表非凡的奇男子！世事真有如此凑巧，偏偏安排他在这巫山古道上，与这孩子相见。夷陵狂生抢去了商队的竹箫，本是不怀好意的敌手，高瑞升却对他忽生好感。他思绪突然回到十八年前，对娟月后面所说的话，就没有听见。

娟月揭破夷陵狂生的身世，痛骂他恩将仇报，众人以为这书生恼羞成怒，定然要疯狂报复，一旦动手便是夺命的招数，都替娟月捏着一把汗。

却见那书生如泄了气的皮球，口中喃喃地道："本人确实是狼心狗肺，确实是猪狗不如……"

娟月知道此时正是出手的良机，当即以琴当剑，右手握住琴身，琴尾斜斜向上，直往夷陵狂生面上刺去，内力到处，已有一股疾风扑面而至。

夷陵狂生一动不动，对娟月所发出的剑招竟不出手抵御，眼看就要丧身瑶琴之下。

一只手伸过来，抓住竹箫，向外飞夺。却是高瑞升抢先出手。他力道用得恰到好处，趁着竹箫向外一荡，正好碰上了娟月刺过来的瑶琴，当的一声，瑶琴攻势就此化解。

夷陵狂生见竹箫要被夺走，蓦然惊觉，手上自然使出一股内力，传到竹箫之上。高瑞升手一震，只得放手。他不着痕迹地救了夷陵狂生一命，娟月竟没看出来。

夷陵狂生旁若无人地将竹箫一立，又吹起了一首箫曲。此时他被揭破心头伤疤，懊恼至极，所吹的是唐代李白的《忆秦娥·箫声咽》：

> 箫声咽，秦娥梦断秦楼月。秦楼月，年年柳色，灞陵伤别。
>
> 乐游原上清秋节，咸阳古道音尘绝。音尘绝，西风残照，汉家陵阙。

诗中所写，正是爱侣别离，再难相见的情景。这一回他不带内力，曲调更是幽咽惨淡，凄清悲切，伤心到了极处。

娟月见夷陵狂生自顾吹箫，浑没将她放在眼里，叫道："喂，不要为死人叫魂了！快快将竹箫还来！"跟着斜身上步，双手持琴，一招"平沙落雁"，向夷陵狂生下盘攻了过去。夷陵狂生一曲未完，正沉浸在箫曲之中，对娟月的刻薄话充耳不闻。他只略略侧身，便避过了娟月的剑招。娟月一连使出几招琴剑招法，什么"梅花三弄""汉宫秋月""高山流水"，这些都是将诸般琴曲融合到剑招之中，手挥五弦，琴吐内力，借此扰乱箫声，但都被夷陵狂生轻描淡写地化解，箫音仍是连绵不绝。

娟月笑道："好，教你见识一下姑奶奶的剑法！"身子前倾，双手握住琴身，朝夷陵狂生当胸刺去。白玉廷惊叫道："冼夫人剑法！"

冼夫人是数百年前威震岭南的氏族女首领，能征善战，剑法高超，且又性子刚烈。这套冼夫人剑法在岭南、大理也流传了几百年。娟月使出的这手"昆冈玉碎"，招式猛恶，意在不留余地，同归于尽，她口头上也是一语双关，将自己和那位前辈巾帼，都算在姑奶奶之列。

夷陵狂生不肯断绝箫音。他一个纵跃，越过了娟月的头顶，箫声在空中转了一个圈子，依旧呜咽不绝。娟月使得兴起，全无守御，尽出杀招。夷陵狂生仍是迅疾如飞，转折自如。这等轻功内力，大理武师自叹不如。

娟月所使的冼夫人剑法勇武刚烈，全是进手的招式，可谓招招夺命，步步惊心，全部招数只有一十三招，均是宁为玉碎，不为瓦全的拼命打法。娟月既想夺回竹箫，又有替夷陵狂生的妻子报仇雪恨之意。

但夷陵狂生的武功，高出她何止倍徙。对她这种势若疯虎的打法，夷陵狂生只是一味纵跳躲闪，仍是没有中断吹箫，直至她一十三招剑法使完，夷陵狂生的箫声还是余韵未尽。大理武师都能看出，如这书生停止吹箫，出手反击，娟月多半不敌。

高瑞升早已看出这点，只是不愿坏了这位郡主贴身护卫的兴头，几根象须捻在掌心，迟迟未发。他倒不是顾虑偷袭或者倚多为胜这类江湖规矩，因为娟月揭破此人身世，想必与他渊源颇深，如能夺回竹箫，自是由她一人出手最好。而此人与自己也是大有渊源。半个时辰之前，自己不知此人身世，如跟他过招，自是不留余地。现在情势不同，只能相机而动，引而不发。

眼看娟月气喘吁吁，内力不继，事关夺回竹箫，已经不能不出手了。高瑞升轻声道："娟月护卫莫将那张宝琴摔坏了！让老头儿跟这狂徒过过招。"娟月答应一声，但心有不甘，趁夷陵狂生身在半空的当儿，几粒暗器打出，竟是四粒黑色围棋，直冲他头上、胸中、小腹、右腿的四处穴道而去，道："送你几粒棋子，算是小小惩戒！"飘然退开。

但听得暗器破空之声，疾飞而至。夷陵狂生身在半空，距离又近，要叫他避得开头上，避不了脚下。好个夷陵狂生，真个是翩若惊鸿，宛若游龙，上身在空中略动，已避开打向头胸的两子，却用竹箫在空中一抄，只听"噗噗"两声，打向他下盘的两子，竟然不偏不倚，嵌入了竹箫下面多出的两个气孔之中。围棋乃是中土国粹，大理所制围棋，称作云子，最负盛名。两颗黑棋晶莹温润，闪闪发亮，如同技艺精湛的工匠，精心嵌在箫管上的黑色宝石一般。

此时一曲刚好奏完，两子将气孔堵住，竟不影响音效，将余音收得干净利索，戛然而止。同时他身子也稳稳落在了当地。

便在这时，众人只见眼前一花，夷陵狂生白色的身影和高瑞升的灰色身影，似乎在倏忽之间碰触在一起，只听"啪"的一声，两人对了一掌。各自向后退开了三步，那支竹箫尚握在夷陵狂生的手中。

夷陵狂生眼望高瑞升，道："阁下是大理御前总管、云里锦高大人了，锦掌功夫果然了得！"

高瑞升道："老了！夷陵狂生，你抢夺商队的竹箫，到底意欲如何？"

夷陵狂生叹了一口气，道："晚生听说大理郡主到巫山来，用意非同一般。今日也来凑凑热闹。"顿了一顿，又道，"有一句江湖传言'巫山蛊，七孔箫，神女会天骄'，高总管见闻广博，能说说这句话是什么意思吗？"

大理一众武师全都迷惑不解。他们身在千里之外的大理国，从未听过这句江湖传言。此行见到多名江湖汉子被毒死，还说有什么神女会，已如惊弓之鸟。及至夷陵狂生从狮队里搜出竹箫，又是谁也没想到。稍通韵律的人都知道，其时天下流行的，都是只开五孔的箫，而这支箫偏偏就是七孔，正好与这句江湖传言相符。既没听过这句传言，更不知传言是什么意思了。

高瑞升早年行走川中，对这句传言如何不知？只不过没想到这七孔竹箫，会出现在郡主的行囊中，一时不知深浅，只好装装糊涂，道："巫山这地方神秘莫测，传言多得很，我等远在大理，哪里知道是什么意思？"夷陵狂生斜了高瑞升一眼，摇头冷笑。高瑞升道："废话少说，快快将竹箫归还商队！"

夷陵狂生仰起了头，眼中现出光彩，大声道："当年宋玉写下了《高唐赋》和《神女赋》，说那神女'在巫山之阳，高丘之阻，旦为朝云，暮为行雨'，又赞她的美貌'上古既无，世所未见''貌丰盈以庄姝兮，苞温润之玉颜。眸子炯其精朗兮，瞭多美而可视。眉联娟以蛾扬兮，朱唇的其若丹'……"

高瑞升打断了他："神女长得好看，跟咱们粗鲁武人有什么关系？"夷陵狂生道："关系可大了！时为云雨，时为日月，时为游龙，这等改容换位之术，高总管你会吗？"高瑞升舌头打结："莫说练武变成太阳月亮，就是要变成飞龙，这个……这个也未免太离谱了吧？""什么太离谱，只不过你没到那个境界，也想不到罢了，"夷陵狂生道，"得到巫山盅和七孔箫这两样宝物，再去巫山帮的神女会，得神女传授天机，就能有翻云覆雨、改容换位之能，那时便是天下无敌的一代天骄。这就是'巫山盅，七孔箫，神女会天骄'这句传言的含义吧！"

大理武师听了这话，全都目瞪口呆。如果夷陵狂生这话是真，那被抢去的这支竹箫，就是非比寻常的宝物了。眼下大伙随风月蝴蝶去的是巫山帮，即将要开的是神女会，必然用到这支七孔箫，风月蝴蝶自然要大家拼死夺回。

忽然，众人眼前一花，似有一个人影，如大鸟般扑了过来，与夷陵狂生接上了手。两人以快打快，一瞬间就过了十余招。看那夷陵狂生凝神接战，这人的身手竟不在他之下。但夷陵狂生竹箫在手，以箫当剑，横削直斫，挑刺点打，挥洒自如。那人想夺回竹箫，投鼠忌器，缩手缩脚，堪堪只能与书生打成平手。

高瑞升吃了一惊，一时想不出，此行的武士之中，竟有这等好手。定睛一看，此人身穿马夫短衣，竟然是郡主所乘第四座象轿的驯象师，哪里是御前侍卫了？这人与马夫同列，一路上不言不语，却在竹箫被抢时出手，看来是郡主暗中伏下的高人，足见这支七孔竹箫，对郡主何等重要。两人相斗甚急，只听"啪啪"两声，两人身上各中了一掌。夷陵狂生的身子已退到悬崖边，手上的竹箫伸到了悬崖以外，他咳嗽一声，吐出了一口鲜血，道："好五行八卦掌！"转头对高总管道："叫这人退开，否则这支竹箫就碎成几段了！"那驯象师连叫："别！别……"却不敢上前半步。

却听那女护卫娟月对夷陵狂生道："你抢到七孔箫，是想去找神女传授天机，练成武功天下第一吗？"夷陵狂生哼了一声，道："小人没那兴趣。"娟月又道："听说你那亡妻是出了名的美人，她到底是怎生一个美法？"夷陵狂生喃喃地道："其象无双，其美无极……澹清静其愔嫕兮，性沉详而不烦……陈嘉辞而云对兮，吐芬芳其若兰……"

娟月知他在吟诵《神女赋》中的句子，那是说他妻子的美貌无双，无人可比，不耐烦再听下去，道："哼，你把你妻子看成了神女。她既然这么好，你为何弃她而去？明明是你背弃她，现在又假作痴情！伪君子！"

夷陵狂生沉默片刻，忽有所悟，道："你就是她的小师妹，难怪你什么都知道。现在你做了大理郡主的贴身侍卫，求你帮帮我，满足她最后一个心愿。"娟月道："她叛出师门嫁给你，我凭什么要满足她的心愿？"夷陵狂生道："小师妹听我说，你那师姐弥留之际，我问她还有什么心愿，她轻轻一笑，说道，听说大理的郡主名叫风月蝴蝶的，是出了名的美人儿，可惜我没见过她。你就代我去见一见她，看她到底美成什么样子……"娟月道："大胆狂悖，异想天开！"夷陵狂生道："小人拿到这七孔箫，并非是想去参加什么神女会。只是想能见一见郡主之面，画上风月蝴蝶的画像，在她坟前焚烧，满足你师姐的一番心愿。请小师妹求一求郡主，赐见一面，这支七孔竹箫便当璧还。从此我浪迹江湖，再无牵挂。"

娟月道："我家郡主是金枝玉叶，哪能见你这无赖狂徒？再说你抢夺在先，勒逼在后。你听好了，大理郡主绝不会满足你这无理要求。被你抢去的这支竹箫，我大理国自有人夺回。"大理诸人听她应对得当，纷纷叫好。

夷陵狂生嗓音干涩，道："在下也不是强求，今日已备一份薄礼相送……"说着向身后一指。跟着吹出一声口哨。他所乘白马连声嘶鸣，从前面的山林中奔了过来，马身后仍然拖行一人。

夷陵狂生指着地上那人道："此人是魔教青龙坛副坛主安金魁。在下得知他们要不利于大理商队，本想及时阻止，但得信迟了，到蜈蚣岭时，他们已将大理八骑杀害。在下当即杀死他们十人抵命，将这个领头坛主擒到商队面前，听候处置。"高瑞升心中略动，问道："他们杀死八骑，使的什么手法？""无影神掌！"夷陵狂生道，"据说魔教教主唐凤吟，新练成了这种掌法，能杀人于无形，已经传给了部分职位较高的人……"高瑞升的锦掌功夫是成名绝技，但他听到魔教教主唐凤吟新练成了无影神掌这话，脸上肌肉不自禁地痉挛起来。他上前弯腰往那人颈上一摸，道："这人也死了！"夷陵狂生道："我只是点了他的穴道……"

忽听一个黑衣人大声道："你这不知天高地厚的狂徒，竟敢杀我教友，害死坛主，犯下滔天大罪。那七孔竹箫是我教神物，快快还来，饶你不死！"

话音未落，一股大力凌空而来，直冲夷陵狂生。娟月本在十步之外，也被这股大力扫到，身子一晃，就要跌进路边悬崖之下，幸得高瑞升出手将她托住。那驯象师与夷陵狂生相隔了五步，也被这股大力逼得腾腾腾地退开了几步。再看夷陵狂生时，正摆开马步，双掌竖立，与这股大力相抗，那支竹箫，已插进了他腰间。

发出这股大力的，正是那说话的黑衣人，他站在数丈远的一株银杏树下，使出这股大力，意在将夷陵狂生从悬崖边逼回，以便夺取竹箫。另三个黑衣人并未加入，只是冷眼旁观。

只听得吱吱吱的声音不绝发出。那黑衣人所发掌力有破空之声，气势惊人。夷陵狂生知这人大是劲敌，脸上神色凝重，双掌齐出，抵御黑衣人的掌力。他见那人力道来得猛恶，便只使出了六成的内力，将对方掌力挡在身前三尺之处，意在节省内力，长久周旋。两个人的两股掌力正面相撞，发出吱吱吱的响声。

另三个黑衣人眼看两人相持不下，齐声喝骂起来："猪狗不如的下贱东西，还不将竹箫快快还来！""你是个打入十八层地狱，永世不得超生的贱种，怎配拿我教圣物？""你妈偷偷生下你这个下流坯子，你个贱种！"

大理众人刚听到那娟月揭破夷陵狂生的出生来历，只是说到他母亲在他没满月时将他送人，现在听到三个黑衣人辱骂他的母亲，却不明白有什么内情。只听娟月大声斥责："喂，有本事就来真刀真枪，怎可这么恶毒地骂人？"她先前对夷陵狂生出言讥讽，这时却又对他出口回护。

黑衣人的叫骂，似乎戳中了夷陵狂生的痛处，他脸上肌肉扭曲，眼中如要喷出火来，大吼一声，催动内力，将对手的掌力向外推出了三尺。但究竟功力有限，无法反守为攻，更无法腾出手来，对付喝骂的三人。娟月对夷陵狂生道："你将竹箫还来，大理高手帮你料理了这几个恶人！"她这话说得轻松，但高瑞升却知，这黑衣人内力高深，大理诸人之中，能与这黑衣人放对的，恐怕只有那驯象师和他两人而已。更何况，这四个人说什么"竹箫是本教之物"，事情更加扑朔迷离。今日之事，恐怕不易了断。

夷陵狂生对此如何不知？他对娟月的话无暇顾及，只是使出内力挡住那黑衣人的攻击。

高瑞升这时要夺回洞箫，只要使出两成的掌力，便能将正在比拼内力的夷陵狂生击倒。但一来这么乘人之危，大非君子行径。二来夷陵狂生如落败之前，拼死将竹箫扔下悬崖，也是适得其反。再说他与夷陵狂生已有渊源，这一节不欲让众人知晓，内心里也有对夷陵狂生的保护之意，在娟月攻他时就不露痕迹地使了一招。这时自是不会对夷陵狂生动手。

忽然，那黑衣人招法一变，左手晃动，发出一个火球，顺着他的内力，向夷陵狂生急射而出，瞬间就变成了一道火龙，眼看便要将夷陵狂生吞噬。火光一起，大理众人都是大声惊呼，身子不由自主地向后一缩。

但听得夷陵狂生断喝一声，运力一推，在火球尚未及身的一刹那，将火龙挡在了身外五尺之处，只听得"嘣"的一声，他身前已是火花四溅，青烟腾起。这等以掌力催动火龙的招法，大理武师都是首次见到，只看得目眩神驰。但高瑞升却知，这不过是将火绒加进了内力之中，关键还是要看谁内力高强。果然，双方僵持了一会儿，黑衣人火绒用尽，无法再发出火球，火头熄灭，青烟散去，只剩下了内力相撞的嘶嘶声了。

高瑞升暗想，这魔教的黑衣人只用了内力与火攻，却未使毒。没想到说到曹操，曹操就到。那黑衣人火攻不逮，立时变招，更加诡异的一幕出现了：只见黑衣人掌中突然推出了红、黄、蓝三道雾气，如同三条吐芯的毒蛇，向夷陵狂生身前缓缓逼近。"夺魂三香，快退开，捂住口鼻！"高瑞升知道这是魔教的独门毒药，一旦沾上，便会中毒而死，边说边带同大理诸人，向后退出了十几步，掩住口鼻观斗。那三名叫骂的黑衣人，见大理武师被吓退，更是高声狂笑。

三道毒雾向夷陵狂生慢慢逼近。夷陵狂生眼中闪出一丝恐惧的神色，但对夺魂三香似不陌生，仍在全力抵御。众人看得分明，三道颜色鲜艳的毒雾，却不像先前的火球那么迅疾猛烈，而是黑衣人的内力推动，缓缓前行。

高瑞升察貌辨形，猜度两人应该是分出了两股力道，分别进行内力和毒雾的交战。先前的内力比拼仍有吱吱之声，但毒雾前行在不到一半时，便已停住，显是夷陵狂生知道毒雾的厉害，在毒雾不到两人一半的距离之间，就已分出内力，将毒雾截住，使自己身子与毒雾隔得更远。这等细微的差别，非得要高瑞升这样的高人，方才看得出来。

高瑞升看得冷汗淋漓。他知道这样比拼内力，实是两人以性命相搏，最后不敌的一方，必定油尽灯枯而死。夷陵狂生以欺诈手法夺走竹箫，按理说应该希望此人输掉，但魔教在江湖上的恶名，比巫山帮更甚。巫山帮还只是擅于使毒，魔教则是毒物武功俱全，魔教教主唐凤吟更被称当今武功天下第一。如果竹箫落入魔教的手中，只会比被夷陵狂生抢去更坏。大理诸人都是这个想法，不愿意看到夷陵狂生败在那黑衣人手里。

眼见得那红、黄、蓝三色毒雾正一点一点，像蠕动着的毒虫，向夷陵狂生移近，虽然缓慢，但绝不稍止。再过一刻，那三道毒雾越过了两人的中线，又逼近了内力相撞之处，从五尺到三尺，眼看就要到达夷陵狂生身前。

那夷陵狂生仍在苦苦支撑。他的眼中已能看到死亡的气息，但他并不畏惧死亡，也许他正想用这种方式，与他的爱妻相会，加上他狂傲的性格，绝不肯认输，只能撑到死神降临的最后一刻。

另外三名黑衣人已停止了咒骂，面露得意之色，只等夷陵狂生倒地死去，便可一拥而上，抢到竹箫。

高瑞升无可奈何，他就算有这份内力救了夷陵狂生，却绝无办法对付得了魔教的夺魂三香。竹箫虽然万分重要，只能再想法夺回，一想到魔教高手如云，如龙潭虎穴，便知夺回竹箫云云，那只是自我安慰而已。高瑞升眼望那施放毒雾的黑衣人，只见他满脸得意，眼中放光，一时想不起，魔教中何人的内力有如此之强。他脑中忽然闪出一个名字——金蚕子冯枭，位列五大坛主之一，定是此人。

其实，夷陵狂生还有一手绝招火焰刀法尚未使出，一旦使出，有可能对付得了这三道毒烟，只是他没有必胜的把握，加之内力不继，不到最后时刻，不肯使出这救命绝招。

便在这时，一件暗器破空而至，似是从象座那边飞来，飞到那黑衣人身前三尺之处，"砰"的一声，如爆竹一般炸裂开来。爆裂声中，立即飘散出赤、橙、黄、绿、青、蓝、紫七色烟雾，将那黑衣人罩住。"七尸脑神丸！"那黑衣人一声惊叫，掌力一收，急向身后跃开数丈，他的毒烟攻势就此破解。

高瑞升心念一动，立时想起"夺魂三香五仙丹，七尸脑神摧心肝"这句话。那是说魔教的夺魂三香、五仙丹和七尸脑神丸这三样毒物，一个比一个厉害，令人闻风丧胆。不知何人，此时反而向魔教的坛主冯枭，施放出魔教最厉害的七尸脑神丸，以毒攻毒，破了他的烟阵。高瑞升向象座这边看去，但见风动树梢，象队耸立，四座厢轿寂然无声。看不出是何人发出七尸脑神丸。

夷陵狂生在这紧急关头，侥幸逃得性命。这时他顾不上内力大损，趁众人注意七尸脑神丸爆裂的一瞬，猫腰冲向白马，扯断绳索，一跃上马，向岩边一条小路疾驰而去。

高瑞升和冯枭发现夷陵狂生逃脱时，已不及阻拦。两人都意识到，夺回洞箫要紧，同时大喝："快追！"高瑞升一马当先，白玉廷和那驯象师尾随，冯枭也带同三个同伙，一溜烟向岩下追去。

大理众人立在岩边，看着夷陵狂生白衣白马，向谷底疾奔。高总管等大理三骑和四个黑衣人在后追赶，两方只隔着不到五十丈的距离。奔到数百米深的谷底，再无去路，前面又是一座山峰。夷陵狂生只顾打马上山，高瑞升边追边喊："归还竹箫，有事好商量！"夷陵狂生不答，催马继续往山顶奔去。眼看就要接近山顶，转头山峰，也许就能下山逃脱。

但夷陵狂生内力耗尽，已近虚脱。就在白马快到山顶之时，他竟无力在马背上坐稳，缰绳一松，从马背上滑落在地。这时大理众人与魔教四人都是齐声欢呼。本来高瑞升三人纵马在前，但这时冯枭一声啸叫，身子如离弦之箭，向山上飞驰，后发先至，赶在了高瑞升的马前。大理众人看得分明，眼看冯枭距离夷陵狂生越来越近，十丈、八丈、五丈……就要将竹箫得手了！

便在这时，忽地从峰顶跃出一个人影，似是一个单衣薄衫的村夫。那人几步冲到夷陵狂生身边，一把将他抱起，向山峰上奔去。他虽抱着一人，但毫不费力，如猿猴般连蹦带跳，翻过山峰，每有树枝山石，他便轻轻腾跃而过，在众人的注视之下，快速攀上峰顶，消失在了山后。

冯枭气急败坏，对那人发出几枚毒针。但那人脚下太快，毒针也没能伤得了他。冯枭和高瑞升等人再也追不上了。

第三章　眼儿媚

词曰：

眉羽含春远山斜，潭水度明霞。帘栊轻启，佳期如梦，
人面桃花。

也曾前度依芳华，梅萼暗星槎。相逢不识，只夸仙范，
思量无邪。

冯枭等四人翻过山峰继续向前追赶。郡主使人高声传令：
"高总管不必追赶，回到商队继续赶路。"高瑞升、白玉廷和那驯
象师，只得回到商队。郡主从厢轿中温言安慰："竹箫不是什么
要紧的物事，到巫山帮办事要紧。"听了这话，高瑞升稍感宽慰。
传令商队继续前行，路上自然对那驯象师另眼相看。一问才知此
人是大理内家拳高手，姓段名云飞，果然是郡主伏下的好手。

高瑞升将娟月叫到一边，悄声问道："娟月护卫早就认识这
个夷陵狂生？"

娟月立时明白高瑞升这话的含义。那意思是说，既然早就认

识这个狂生，为什么不在他一露面时就揭穿，而要等到他来到商队面前，一番表演过后，直到抢走了洞箫，这才出面，造成了竹箫被抢的严重后果。

娟月忙向高瑞升郑重解释："总管大人，这人我也是今天第一次见到。他虽然娶了我师姐，但他并未去到青城派，且我师姐是叛出师门回来嫁他的。这些事在青城派引起轩然大波。后来我到了郡主身边，就更没有机会，见到这个肮脏狂生了。再说，我也不知那个狮囊中，会有一支竹箫！直到这人持箫吹奏，我才猜到他的身份。"

高瑞升面色轻松下来，赔笑道："娟月护卫别误会，我没有责怪你的意思。你出面揭穿这人的老底，又出手教训这个狂徒，为商队立了大功！"续道，"夷陵狂生这人身世，到底是怎么回事？"

娟月道："这人的母亲，出自巴族的陈家，二十年前的神女会上，被巫山帮挑选出来，当了神女，负责掌管巫山蛊，并受帮众膜拜。"见高瑞升睁大眼睛倾听，娟月续道，"总管久历巴蜀，自然知道，巫山帮的神女，每十年选一次。一旦当了巫山帮的神女，十年之内，就不能嫁人。要等到十年过后所召开的神女会上，选出新的神女之后，才能变换身份，还俗嫁人。"娟月神态忽见忸怩，续道："不知何故，他母亲在做神女第二年的时候，竟然……竟然违规跟人……怀上了身孕。这男人到底是谁，她始终没说。最后偷偷将儿子生下来，并且设法送到了附近的一位世交的家中，此后他母亲就变成了下贱之人，再也当不了神女了……此后，他的生母陈氏，不知何故，又将他送给灵鹪峰下的郑家，给郑家做了养子。郑家是个富户，四处延师，教会了他读书习武诸般本事。他在郑家庄长大后，他的养父母，将正在青城派学艺的女儿，也就是我的师姐，召唤回家，与他成亲。我师姐来青城辞别时，师父不知从何处听说了这人的身世，加上当时要合练一个剑阵，便不许师姐下山嫁人。最后师姐偷偷下山，相当于是叛出师门，下嫁此人。谁知新婚半年之后，也就是今年立春过后不久，这个狂徒不知为了何事，要远来大理一趟，临行之前，我师姐已经预见到巫山帮会前来生事，求他不要出门。但这人听不进去，说是速去速回。他前脚出门，巫山帮帮主郑安邦，那个淫邪之徒，就找上门来，要将我师姐掳走。好像……郑安邦那恶贼与我师姐也是旧识，虽然没有用强，但我师姐因为郑安邦那恶贼在家中待了几天，自知清白受污，竟然挥剑自尽。这个夷陵狂生赶回家时，我师姐还没有断气……我青城派的师兄妹们，自是认定这夷陵狂生害了我师姐性命！"

高瑞升听着娟月述说，听到她讲述那位巫山帮的神女陈氏，设法将自己的儿子送到郑家庄。他眼望对面那座夷陵狂生被人救走的山峰，心中默想：这不就是那座乌梅峰吗？山峰背后有好大一片梅树，梅林的尽头还有好大一湾湖水，湖两边有十几户人家。巴族人那个有名的神女会，就是在这湖的两岸召开。男女对歌，跳摆手舞。他的思绪又回到过去，他在神女会上遇见蚕儿，十八年前的那个夜晚……哎，他真不愿意再想下去。

"巫山帮也因此事，导致十年前的那次神女会，没有召开，也就没有选出新的神女。巫山蛊毒的法力，也越来越差。现在，那句'巫山蛊，七孔箫，神女会天骄'传言，在中原武林中传得很广，而巫山帮受魔教控制，听说那魔教教主唐凤吟一直都在巫山帮中，谁当帮主都是他说了算。这两年新上来的这个帮主郑安邦，荒淫无耻，作恶多端，反而最受唐凤吟的看重。听说再过十来天的六月初六，便是今年神女会的召开之日，一定会选出新的神女，巫山帮又会炼出新的巫山蛊毒，又要危害武林。所以，中原武林要联手来巫山大会，除掉这个郑安邦，但那五十七名中原武师已死于非命，可见并非易事……"见娟月对巫山帮所知甚多，高瑞升本想问她一句："郡主到巫山帮到底所为何事？郡主又怎么会有这个七孔箫？"但话到嘴边，又忍住了。

有武师前来报告："商队后面有人赶来，手上拿着那支七孔竹箫！"

一听这话，高瑞升快步走到队尾。只见一个身穿麻布短衣的少年男子，站在道旁，一根麻绳系在他腰间，那根七孔竹箫，赫然插在他胸前。

高瑞升一眼认出，此人正是刚才救走夷陵狂生的那人。当时距离很近，他在马上看得分明，这个人年纪轻轻，浓眉大眼，一头乱发，身穿短衣，他一下子就记住了。

高瑞升顿时对这个年轻人不敢怠慢。

"请问壮士去而复回，是何用意？"高瑞升开门见山地问。

"我是来替我们少东家——归还这个竹笛子的。"少东家，竹笛子，高瑞升一时摸不着头脑，问道："那个被你抱走的夷陵狂生，是你的少东家？"那人道："你说什么泥巴花生，我不懂。我们少东家，名叫郑健雄。"旁边几个武师一听乐了。

高瑞升道："你说来归还竹笛子，就是你胸前一根吧，拿来就是！"说着伸出了手。那少年身材高大粗壮，比高瑞升高出了半个头。见他伸出了手，摇头道："不行不行。我少东家说，要将它交到大理郡主手里。你不是大理郡主吧？"高瑞升道："郡主怎能见你？把它交给我，我转交郡主，也是一样。"那人道："那不行，少东家说，如不让见郡主，这根竹管就当我的放牛鞭了。"说着将那竹箫从胸前抽出来，底部已跟麻绳相连。原来他将那竹箫的底部气孔，系上了麻绳，变成了放牛鞭。

高瑞升想查考这人的武功门派，道："请问壮士所练武功，属于哪个门派？"那人将一双眼睛睁得大大的，道："老伯是说我练了武功，属于哪个门派？哈哈，我没练过武功，倒是我们少东家又是读书，又是练武，可他从来不会教我。"

高瑞升知他是假作痴呆，道："你抱着一个人，上山下山，比人在平地上还跑得快，谁信你不会武功？"那人道："我整天帮东家背了东西在山上跑，自然跑得快了。"

他这么唠叨半天，旁边的麻胡桃早就听得不耐烦了，心想只要将这支竹箫抢回了，就万事大吉，一伸手，就往那人手上的竹箫抢将过去。

却不知这人反应着实不慢，身子一缩，麻胡桃手上顿时落空。麻胡桃再次伸手，用了一招本门的"麻氏十八抓"，前招继后招，倒是将那段麻绳牢牢地抓在手里，用力回夺。那少年抓住绳子另一端不放，口中大叫："干什么，干什么？想抢我的牛鞭子呀！"

高瑞升本想制止，却也想看一看，这男子身手到底怎样。麻胡桃在武师中也是身高力大，与这少年站在一起不相上下，再次用上一招"顺手牵羊"，用力回夺，见那绳纹丝不动，伸出右掌，直取那少年面门，招式未老，又中途变招，袭他前胸，跟着左手使出全力，要将麻绳和竹箫一起抢回，口中喝道："拿来吧！"高瑞升知麻胡桃这一招"尉迟夺槊"，两虚一实，夺下过不少成名人物的兵刃，也算他的一个绝招。

那少年身子略动，仍将那箫管连着绳子，牢牢握在手中，与那麻胡桃成了对拉之势，他两眼睁得如同牛眼似的，口中叫道："想抢走我的牛鞭子，这可没门！"也不知他哪来的一股蛮力，尽管那麻胡桃连绝招都使出来了，却没办法将绳子拉动分毫。这一下，麻胡桃的脸可真成了猪肝色。不明内情的人，还以为他这只是跟这乡下放牛娃斗气而不斗力。

麻胡桃大吼一声，拼尽全力去扯那麻绳，终于使麻绳向自己这一端移动半寸。那少年突然一松手，"给你吧"，麻胡桃这一下突然失去重心，像断了线的风筝，一个硕大的身子，猛地向后倒去。背后就是悬崖，眼看就要摔得粉身碎骨，几名武师发出了惊呼之声。

高瑞升手一伸，将麻胡桃后背稳稳托住，方才救了他一命。麻胡桃脸孔煞白，跳起身来又想动手，被高瑞升拉住了。那少年趁他跌倒时，早已将绳索收回，笑道："哈哈，你想跟我比牛劲，那可比不过我这放牛娃！"

高瑞升两道扫帚眉向四周扫去，既没看到夷陵狂生的身影，也没见魔教冯枭等四人的踪迹。刚才白玉廷已在四周察看，确认周围并无他人。在确信这放牛娃模样的年轻人是孤身一人后，高瑞升只想尽快拿回竹箫，道："小兄弟，你到底要怎样，才肯将这竹箫还来？"

那少年脸色一变，道："谁是你们的头儿？我只跟你们管事的人说话。郡主是不是最高的头儿？我要她赔我的牛儿！"高瑞升道："赔你的牛儿，我们没见过你的牛儿呀？"几名武师又跟着哄笑。

少年道："都是你们官家的畜生不好，狮子老虎上路，把我们的牛儿都吓跑了……"他说出官家的畜生这话，明明是骂人，高瑞升也不好辩驳，道："我们这些狮虎大象，都是用来驮东西的，温顺得很……"那少年道："你说温顺就温顺，那我的牛儿怎么吓跑了？你说没见到我的牛儿，一定是在骗我。我那牛儿力气大得很，一口气能犁三亩水田不歇脚，拖着牛车走山路又快又稳，比起你们这些畜生，可强得多了……"他一再说出你们这些畜生的话，明明是绕着弯子骂人，高瑞升见这人说话之间，地地道道是个放牛娃的口气，只好截住他话头，道："小兄弟，我们真没见你的牛儿。这样吧，这里有五十两银子，就算我赔了你的牛儿，连同你那根牛鞭子，一起卖给我如何？"说着让人拿出一包银子，递了给他。

那少年对银子看也不看，道："你这位老伯好奇怪！我说要赔牛儿，又没说要银子。再说了，这根竹笛子是我少东家要我送来的，说是要当面交给郡主。如不能见郡主，就交给牛穿草帽。你们这里，有一个叫牛穿草帽的吗？"

一听这话，高瑞升等人更是一头雾水。那牛穿草帽是什么意思？心想这人真是夹缠不清，竟然连话也说不清楚。高瑞升脸色十分尴尬，一时不知如何作答。

便在这时，忽听那象座上郡主的厢轿门打开，娟月走出来说道："这位朋友是来考较咱们的学问的。他刚才说的牛穿草帽，其实是说的两个典故，一个是古时候有个叫刘宽的人，还有另外一个叫草茂的人，两个人都是生性宽厚大度，有个人丢了牛，便将刘宽的牛当成自己的牛认领了去，最后自己的牛找到了，才将牛还回来，并认了错。丢了马的人也是将草茂的马错认了去，最后前来道歉。所以，这位朋友说你们这里有没有刘宽草茂，不是说的牛穿草帽，是说我们的商队不应那么大的动静，惊走了他的牛，要学刘宽和草茂那样，宽厚待人。"

高瑞升精于武学，读书不多，对这个典故自然不知道。他听到娟月这么一说，顿时明白，道："小兄弟，原来你有这么大的学问。牛儿也找不到，钱也不要，到底怎样，你才肯还这竹箫？"

那男子尚未回答。忽听象座那边，传来郡主娇嫩温柔的声音："壮士要见一见我，又有何妨？"

谁也没有想到，大理郡主竟然愿意见这个放牛娃。

峨嵋派掌门天风师太，在江湖上大有身份，郡主只与她说了一句话，没有出来相见。此前那夷陵狂生软硬兼施，死缠硬磨，风月蝴蝶只要说一句话，见他一面，就能使竹箫失而复得，郡主也没有见。还有大理的这些武师，每天与她近在咫尺，却也难得一睹她的芳容。

此时，这个放牛娃，言语之间夹缠不清，口口声声，要见了郡主，才肯归还竹箫。他是替他东家归还竹箫，莫非隐藏着什么花招？

郡主为何独独肯见他？

那牛倌大喜，拍手道："哈哈，真的能见到新娘子了。"这又是一句没头没脑的话。高瑞升笑道："我们郡主还没出嫁，不是新娘子。"牛倌也笑："不是新娘子，怎么坐在花轿里，生怕被人看见？我们这儿，只有新娘子才会害羞，怕见人，再说了，你们这又是花轿又是大包小包的，不是新娘子出嫁，又是什么？"有些大理武师见这人口无遮拦地插科打诨，说的又是喜事，也都带上笑容。

只听郡主又道："高总管，请带这位壮士，前来见我。"听起来语气轻松，似乎这牛倌说她是新娘子，她并不着恼，倒很快活。

高总管见这人一副傻里傻气的样子，尤其是得知他是夷陵狂生家的放牛娃，又是主动来送还竹箫的，实不相信他是一位大高手，会对郡主图谋不利。虽然亲眼见到此人将夷陵狂生救走，但山里的人会爬山，这话他也相信。当然，就算这人有什么异动，有他高总管和那个名叫段云飞的驯象师，还有郡主的贴身护卫娟月，也足可应对。

这么一想，便领着这放牛娃，来到了郡主所在的第三座厢轿面前。

此时，大象已经俯伏在地，那厢轿的四脚，正好平稳落地。

红漆金边的轿门打开，露出一张湖蓝色的呢绒布帘，布帘徐徐打开，一个女子的身影露了出来。

少年先闻到一股异香扑鼻而来，这种香味十分独特，与山间的野花分外不同。

恰在这时，一缕阳光照射到了厢轿之内，明艳的阳光照耀之下，象轿中的女子更显出惊人的美丽，那男子只看得呆呆出神。

只见那郡主全身裹在一袭宽大的红绸裙中，如在周身罩上了一团耀眼的红云。她脸上不施朱粉，只在两颊上各贴上一朵小小的红杏花瓣，称作面靥。她长发披肩，发上缀满了七色宝石。额头正中戴着一顶金色凤冠，闪闪发亮。她粉脸似雪，鼻梁高挺，红唇轻启，笑靥如花。眉毛细长如远方的春山，一双大大的眼睛，如秋水般明澈。

那放牛娃长在山野，所见无非是村姑田妇，哪里见过郡主？本来在满不在乎地调笑，这时完全被那郡主驰魂夺魄的美丽震慑住了。隔了半天，才喃喃地道："仙女！仙女！我看到仙女了！"

娟月在轿内说道："你是来送竹箫的吧？"男子受此提醒，忙不迭地将竹箫递了过去，道："是，是。"娟月伸手将竹箫接过。

那郡主朱唇轻启，吐气若兰，道："对不起了，我这是要跟巫山帮的郑帮主见面，这才穿戴得这么整齐。你知道巫山帮的郑帮主吗？"声音柔婉动听。

那少年两眼发直，傻傻地站在轿前，嘴上嗫嚅着，全不知回答郡主的问话。

那驯象人段云飞见多了别人看了他家郡主时，神魂颠倒的模样，有的语无伦次，有的说话哆嗦，但从来没有像这个男子一样，呆若木鸡。心想这乡下少年没见过世面，这么直勾勾地看着郡主，也是十分粗鲁无礼，道："醒醒啦，我家郡主跟你说话呢！"

那少年如梦方醒，一下子涨红了脸，喉头一动，道："是……是……我……"

郡主道："请问壮士如何称呼？"少年道："我叫……项水田。"声音发颤，连他自己也不知道，这声音是如何发出来的。听了这话，郡主轻声道："你是叫……项水田吗？没有弄错？"少年若有所思地答："是的……"那郡主又问："你家是在这山下吗？"项水田迷迷糊糊地答："就在山下的项家坝……"

郡主眼望左边的山峰，又问："你刚才就是在那座山上，救了你的少东家吗？"说到山上的事，项水田渐渐回过神来，道："是呀，我……我在山顶上晒太阳……睡了一觉，一觉醒来，听到山腰有马蹄声，起身一看，后面有好几个人，正在追赶我的少东家，后来他从马上掉下来，我就将他抱起来，冲下了山。"

郡主又道："你的少东家让你来还这支竹箫，倒是很信得过你。"项水田道："少东家交我办的事，那就一定要办好。""你知道吗？这支箫，江湖上很多人都想要呢！"听郡主这么说，那少年似有不信，道："这个……我也不会吹，就算给了我，只能做一根牛鞭子了。"

郡主似乎并不急着赶路，又问："那座山峰，叫什么名字？""叫乌梅峰呀，很有名的。""哦，那就是乌梅峰，神女大会就是在那里开的吧？""是呀，十年才开一次，可热闹啦！不过，我们住在这儿的人，逢年过节，也去那峰下的湖边唱歌跳舞，吃酒席的。"

郡主忽然呵呵笑道："我知道，你去那乌梅峰顶，不是在睡大觉，是在等一个人，是不是？"项水田听到郡主问出这话，顿时脸就红了。

他这么不说话，等于是承认了。郡主轻轻笑道："你是等你喜欢的女孩子是吗？能不能告诉我，你等的那个女孩子，她叫什么名字？"

"她叫……枣花。"项水田低声说道，脸上更加红了。郡主笑起来，道："枣花，枣花，她是不是你们村里最好看的女孩子？"项水田喃喃地道："不，她是世上最好看的女孩子，谁也没她好看……"这时他的眼睛望着对面那座山峰，眼中充满柔情，眼珠闪闪发亮。

郡主又道："那你见到她没有？"项水田脸色转暗，道："没有见到。我，我每天都会去那儿等她的。"在众人听来，原来这人是个浑小子，人家姑娘并不来赴约，他还每天傻傻地去等。高瑞升想：如果让郡主这么问下去，只怕两人过了几回家家，吵过几次架也会被问出来。插嘴道："郡主，商队还要赶路，是不是早点启程？"

郡主蓦然惊觉。她长在深宫，似觉与一个放牛娃聊天很是有趣，有些依依不舍。这时听那高总管催促，才道："好了，你叫项水田，我记住了。再次谢谢你将竹箫送回。我再问你，有一个女孩子，名叫腊梅，你记不记得？"声音已低到极处。

少年双眼迷惘："腊梅，我不记得……"郡主听到这话，顿了一顿，拿出一个小小药瓶，道："这是一瓶小小药丸，只是大理治疗跌打损伤的药物。你今天救了少东家，身上一定有些伤痛，回去就将这药服了，可能小有裨补。咱们……就此告别。"说着将那个瓷瓶，递到项水田的手中。那少年伸手接过了。

娟月将帘子一收，关上轿门。那大象已在口令声中站起身来，随着商队，启程而去。

竹箫就这样失而复得。高瑞升将那包银子，塞到少年手中，道："小兄弟，这些银子你拿着，算是给你娶媳妇的一点彩头，谢谢你了。再会！"

那项水田呆呆立在路边，口中喃喃而动，不知在说什么。

厢轿内，郡主端坐轿内，一双大眼，痴痴地望着远方，一动不动。

不知为何，她眼中大滴大滴的泪水，沿眼眶流了出来。她不去擦拭，任那眼泪，一滴滴流下来，沾湿了她的云锦红裙。

大理武师们略感奇怪。在进入巫山帮地界之前，经历了那么多的惊险，反倒是进来之后，虽然也见到狂生抢箫，与魔教黑衣人交手，但也看到了前来还箫的这个憨厚的放牛少年。虽然离巫山帮总坛灵鸠峰越来越近，大家心中反而轻松下来。山路开始向谷底下行。高瑞升指着前面那座山峰道："那便是灵鸠峰。"众人见到山谷尽头，一座孤峰孑然耸立，山也不高，过了脚下的大宁河，就能踏上那片神秘的谷底。隐约听到轰轰水响，谷口似有一条瀑布。

忽然，郡主所乘坐的那头大象发起狂来，又叫又跳，如同中了邪一般。喉咙中所发出的嘶鸣，声传数里，连那些狮子老虎，也是惊得站在原地，一动不动。众人不知这只大象为何突然癫狂。一个老的驯象师赶过来大呼小叫，甚至用手拍打大象的脸颊，但全不管用。眼看大象身上的厢座，正随着大象乱跳而不停颠簸，东倒西歪，随时都会从象背摔落下来。厢座中郡主所受的这番罪，也便可想而知。

驯象师急中生智，用平时驯象所用的粗木棍，一棍打在象鼻最上端，想制住大象发狂，但这全没效用，大象仍在原地不停颠跳。突然，那大象脱离象队，朝前面猛跑过去。象腿本就高大粗壮，所以奔跑起来，一个普通的汉子，根本就追赶不上。大象离开山路，竟往山下冲去，山下是流淌着的大宁河水，要是大象冲进了河中，后果不堪设想。这时有人大声喊道："郡主快跳出来！郡主快跳出来！"却不见郡主和那娟月两人有何动作。事发突然，高瑞升等众多武林高手僵在当地，一时没能动手击杀大象，阻止它继续向河中走去。

就在这时，忽地从路边跃出一个身影，飞身跃上了大象的后背，大象的背上本来就放置了一个巨大的厢轿，这时那人只能将身子贴在大象尾部。大象仍在奔跑，而它的两条后腿不停摆动，那人随着大象后腿前后摇摆，随时就能将他颠落在地。但这人似乎紧紧抓住了象尾，不令自己掉下来，大象仍是不顾一切地往水中奔跑，就在快要进入水中的时候，大象忽然停下来了。身子一蹲，竟然瘫坐在地上。

高瑞升急忙赶上前来，厢座的门已打开，郡主和娟月两人走了出来。

众人再看那抓住象尾的人时，竟然便是那放牛娃项水田。项水田从地上爬起来，举起手掌，竟是一只铜钱大小的灰黑色虫子，已被捏得稀烂。

"马屁虫，"项水田道，"它紧紧叮在大象的后腿上，喝大象的血。这是我们巫山这里才有的厉害角色，专门叮住牛马大腿、屁股这些地方吸血，又痛又痒，牛马没法用头脸、尾巴蹭到它，受痛不过，就往水里钻。"那驯象师道："难怪！这家伙长得跟大象一个肤色，叮在大象身上，不仔细看，还真看不出来。幸亏你赶上来拍死了它，要不然郡主就要被大象带到水里去了。多谢多谢！"

郡主见了那少年，顿时喜出望外，大声道："多谢你了，又帮了我一回！过了河就是巫山帮的灵鸠峰，你不过那边去吗？"项水田急忙摇头："我不去了，我就在这边……"说着，噔噔噔往路边的树丛中退去。

项水田刚要退入树林，高瑞升赶上来，道："你那少东家呢？他现在哪里？"项水田道："他将那竹笛子交给我后，就离开了后山，不知到哪里去了。"高瑞升道："你们是怎么躲过黑衣人的？"

项水田憨笑道："后山有个山洞。外人不会知道的。"高瑞升心中稍宽，挥挥手离去了。

商队再往前行，白玉廷往树丛中一望，知道那项水田仍在林中尾随商队前行，这个放牛娃竟得郡主垂青，他心中十分妒恨，向麻胡桃挤了挤眼。麻胡桃会意，下马窜入林中，悄声来到项水田的身后。麻胡桃在他肩头拍了一掌，他吓了一跳，睁大了眼睛看着麻胡桃，道："大哥，你这是……"麻胡桃哈哈笑道："小二哥，你这么盯着我们郡主的轿子看，是不是魂儿已经被勾跑了？"项水田道："她不是你们的郡主，她是天上的仙女……"麻胡桃道："行了吧，她是仙女也好，是郡主也好，你跟她已见了两次面，说过两次话，已经是天大的造化了。怎么着，还要这么跟着我们的商队走下去吗？"

项水田道："我……我要帮着保护郡主。"麻胡桃道："保护郡主的人多得很，用不着你。我这里有一件好东西要给你，跟我来就是了。"项水田道："不，不，我不跟你一起去，你是要我跟你到一个没人的地方，好一刀将我杀了，让我做了鬼，这巫山上到处是鬼，我不去……"麻胡桃一愣，道："好兄弟，你想错了，我不会杀你的，我也不是一个人，你看，那边还有几个兄弟在等着你呢！"说着向身后一指。

项水田顺着他手指的方向看过去，果是有几个人在那儿向他直打手势。却听项水田道："那我更不敢去了，你几个人一起，将我一个做了，这叫作合力杀牛，按腿抱头，稳稳当当，我不去，我不去。"

项水田不肯往身后那边退，却被麻胡桃挡住了没法往前走，此时商队已经往前走出上百丈了，白玉廷和费大通等几个人却笑嘻嘻地走了过来。有个名叫朱继保的，本就生性残暴，与人过招，出手狠辣，将人断手折骨是常事，外号三眼狗。那朱继保笑眯眯地走到项水田的面前，道："来来来，大爷送你一个香香。"说着将头往他脸上一碰，项水田本能地将头往旁边一让，朱继保贴身使个绊子，只听扑通一声，项水田跌了个仰面八叉。朱继保这手虎抱手，便是江湖上成名的英雄，也难免着他道儿，项水田只是个放牛娃，如何是他敌手？当即跌倒在地，脑袋肿起一个大包。麻胡桃等几人立即发出一阵哄笑。

项水田从地上爬起来，用手摸头，道："几位大哥，我哪里得罪你们了，干吗跟我过不去？"这几个人不感念项水田归还了七孔箫，只觉这放牛娃竟然得到了万人迷的风月蝴蝶的垂青，心中不是滋味，他们也知高总管不想要这小子纠缠不休，所以一同来将他打发走。跟高手过招不行，欺负项水田这样的山野村夫，那是他们最拿手的了。

麻胡桃走近项水田，道："你说要帮着保护郡主，那我来看看，你有多大本事！"说着，左手一个"冲天炮捶"，直奔项水田面门。项水田见势不妙，本能地将头一闪，避开了这一招。麻胡桃这只是一个虚招，左手收回之际，抓住了项水田右肩的衣襟，向外一发力，意图将他摔倒。项水田自然将身体稳住，正想伸右手拉住麻胡桃的前胸衣襟，不料麻胡桃右手抢在前头，抓住了他左肩，五个手爪连衣带肉地将他抓住，却又向外侧摔出。这般左右摇摆了两次，忽觉对方抓住自己右手肘窝，脚下一顶手上一掀，项水田一个粗壮的身躯，不由自主向外飞出，摔在地上，又连着滚了十几滚，脸上被山石划破了好几处。

麻胡桃在跟项水田争夺牛鞭子时，因为急着要夺回竹箫，被项水田松手放倒，差点没命，自是恼恨项水田。此时他用大内武功，将项水田摔得滚出老远，心中特别解气。

麻胡桃这一招"洱海三叠浪"是大理武师最粗浅的入门功夫，讲究的是借力打力，在两虚一实的过程中，如同洱海中的三个相叠加的浪头一般，借助对手身上的蛮力，将他打倒。大理拳师人人都会。项水田摔在地上，皮肉生疼，骨头便如散了架一般。

"你不是有救你的少东家的能耐吗？怎么这么熊包，不经老爷打？"他左脸上一个疤痕火辣辣地疼痛，伸手一摸，已破皮出血。忽然想起，这个疤痕是幼时跟人打架留下的。那时他才七岁，寒冬腊月的一天，他刚穿上一双新布鞋，就被同村最顽皮的郑三发用尖石块划破了。那双新鞋是他娘起早贪黑，一针一线给他做好的，他实在心痛，与郑三发打了起来，郑三发比他大，个头也比他高，但他有一股子蛮力，反而将郑三发压在身下痛打了几拳。但郑三发突然抓起石块，猛砸在他脸上，当即破了一个大血口……事后左脸留下了这个疤痕。现在，麻胡桃又在这疤痕上添了新伤。

低头一看，怎么自己身上手上还有不少伤疤，这些伤疤是怎么来的？一时却想不起来。

四名侍卫之中，只有白玉廷对项水田最为妒恨。这人对风月蝴蝶爱慕已久，本就打算请求在朝中担任大臣的父亲，托人请求王爷，将这位美若天仙的郡主，赐给自己为妻。这次随郡主来巫山，两次主动出战，就是为了博取郡主对他的好感。却没想到自己的功夫，比郡主的四位贴身护卫还有所不如。听说这位郡主自己也是身手不凡，这两天正为自己学艺不精而懊恼。

更没想到的是，自己一连胜了两阵，郡主在轿中当没看见一般，没半句夸赞。可这个山野匹夫，仅仅是替他东家送回竹箫，便得郡主青眼有加，聊得不肯走，还送药治伤，刚才他救了大象发狂后，郡主竟出言邀请他同去巫山帮。想到这些，白玉廷更是妒火中烧。

在随同高总管追赶夷陵狂生时，他亲眼见到了这个放牛娃的身手，还以为这人是个会家子。现在看到，他连麻胡桃也打不过，方知这人不过是皮粗肉厚跑得快而已。那他就可以毫无顾忌，痛打这人一番，出口恶气了。

项水田见被这四个人围住，知道没法打过他们，只想往外逃走。但四个人将他围得死死的，他刚往山下的方向蹿去，白玉廷刚好挡在这个位置。照准他身子，猛出两拳，那真叫作上打雪花盖顶，下打古树盘根。项水田避无可避，脸上、小腹各被重重一击，顿时鼻血长流，小腹痛得"哎哟"一声，蹲下了身子。

白玉廷还不解恨，一边说道："你不是要我们赔牛吗？你不是要找牛穿草帽吗？来，这一脚窝心脚赔给你，这一脚鸳鸯脚就是牛穿，这一招连环腿就是草帽！"这三招每招都结结实实打在项水田身上，咚咚有声，一招接一招，把项水田打出数丈远。

项水田爬起来，又想往来路上退去，那朱继保正好挡在这个方向。朱继保笑道："哎哟，大爷送你四只果儿！"忽然在他两肩两肘上一捏一扭。他使上了大内密招中的五云手，当即就将项水田两个肩关节和肘关节卸脱了臼，项水田只感到一阵钻心疼痛，两条手臂，已经软软地垂在了身侧。

麻胡桃等三人大声哄笑起来，道："朱三哥好手段，这小子可再也没办法爬上象背了！"费大通赶上来朝他胸口补上一脚，道："是啊，谁知这小子是不是在咱们郡主的大象身上，故意放上了那只虫子！"项水田望着费大通道："你冤枉人！"麻胡桃哈哈一笑，抬手在他面门上补了一拳："大爷冤枉你了，怎么着！"项水田顿时鼻血狂喷，满脸都是鲜血，喊道："我要去找少东家，让他来评评这个理！"

四个人一听这话，立即住手。麻胡桃道："好啦，你现在是眼福也饱了，彩头也有了，就再也不用跟着我们了，好好放你的牛去吧！"几个人哄笑着将他身上的五十两银子，还有郡主给他的那瓶药丸，全都一搜而空，大摇大摆地追赶商队去了。

流水声越来越响。商队走到了河边，面前是一道数十丈宽的瀑布。此时因为上游下雨，河水上涨，水深流急，河水如一道白练，飞下数十丈高的潭底，声势惊人。

河边一个人影也没有，巫山帮并无人前来接应。有人想到，接近巫山总坛，连一个把守的人也看不到。稍稍一想，当即明白，巫山蛊毒令人谈虎色变，这种冷寂阴森的气氛，比三步一岗五步一哨的守卫，更加令人害怕。

便在这时，水声一响，一条小船从河对岸的小树林中，快速划出。船上一人手持竹竿，左右划动，转眼之间，已来到岸边。高瑞升看那人的身手，知这人不是寻常的摆渡之人。

那人将手中竹竿往岸上一搭，将船停住。冷冷地道："大理商队好大的派头！"高瑞升见这人身穿一身黑衣，四十来岁，身材如一根瘦竹竿，说话也是尖声尖气的，道："尊驾可是巫山帮的朋友？在下是大理商队的高瑞升。"

只听那人尖声道："高总管认错人了，鄙人不是巫山帮的，只是巫山帮的访客。"高瑞升道："阁下是……""五梅教玄武坛凌云。"高瑞升心中一凛，玄武坛远在北方，坛主凌云也到了巫山，可见魔教对神女会何等重视。五梅教与中原武林争斗了数百年，积怨甚深。中原武林多称他们是魔教，而他们则自称是五梅教或者圣教。

高瑞升忙道："原来是霹雳手凌云，真是如雷贯耳。凌坛主何时来到巫山？"凌云道："鄙人也是昨天才到，今天就被教主临时拉来当差，迎候大理商队。"高瑞升心想："巫山帮果然是被魔教控制了，接待访客，都不是巫山帮的人出面，反是由魔教的坛主越俎代庖，连面上都不加掩饰。"高瑞升道："那可有劳凌坛主了。大理商队货量大，又是狮虎大象这些巨兽，是不是要一条大船，摆渡数次，才能过河？"

只听凌云道："大船就在对岸。不过，本教唐教主和巫山帮郑帮主吩咐，大理商队要过此河，得满足一个条件。""什么条件？""选出一个人，坐上这只船，行到瀑布中，给巫山神女当祭品。"

他这话说得平静，声音也不大。但大理商队诸人听了，全都面面相觑，心惊肉跳。拿活人祭祀神明，中原和大理都古已有之。大理国给神灵的祭品，多半是敌方的俘虏，又或者是修行极高、心甘情愿的人。但这次大理商队全都是武师和驯兽师，谁愿意坐着这条船，活生生地掉入瀑布之中，成为祭品呢？

这时，那瀑布的流水声轰轰地传了过来，直击大理众人心底，只觉这瀑布比刚才看到时更加令人害怕。

高瑞升声音生涩："凌坛主，您看这事……"凌云提高声音道："神女大会临近，男过女不过，老过少不过，这是老规矩。

你商队中的郡主，是妙龄女郎吧？男子中能称老人的更少。让你们过河，就是不合规矩！如果不给祭品，冲撞了神灵，谁能吃罪得起？"

高瑞升道："敝国郡主精心准备了上好的云南药草，还有这些巨兽，听说巫山大会正用得着，这是有益之事，怎么会冲撞神灵？"凌云脸色稍和，道："云岭之南的药材，固是神女大会所需，但巫山帮数百年的规矩，却也不能改。再说了，此中缘由，大理郡主心中自知。"高瑞升一听这话，不知有何内情。此次巫山之行，全由郡主亲自联络，高瑞升只是负责路上的安全。这时他往郡主厢轿看过去，等待郡主示下。

只听郡主在厢轿中说道："行前巫山帮并未言明，要祭祀神女，方可过河。"凌云道："此事教主已对属下言明，绝无更改。你们还是快快选出一人，给神女当祭品吧！谁有幸当上神女的祭品，可是一份无上的荣耀啊！"他尖细的声音，故意将最后一句说得慷慨激昂。说完，眼神朝大理众人脸上一一扫过。一众武师谁也不敢与他的眼神相接。

这些武师是郡主的侍卫，如果是上阵杀敌，那是职责所在，这些人不会皱一下眉头。但要作为祭品，活生生地随一叶小舟坠入瀑布，谁也没这份胆略和勇气。

凌云又追问了一句："到底谁愿意出来当祭品？"

大理侍卫之中，白玉廷自是对郡主爱慕有加，但他要留着这有用之身，回去央求父亲，托人向郡主提亲，自是不能当这个祭品。

另有一名侍卫，名叫姚玉根。此人平时不声不响，但对风月蝴蝶最是崇拜。见众人一片沉默，顿时心中热血如沸，想豁出来当祭品。他心中激动，脸上发烧，喉头发硬，正要站出来说话。

忽听商队后面有人大声说道："我愿意!"

众人回头一看，说这话的，竟然便是那个放牛娃项水田。

只见这人头上脸上满是血迹，两只手臂软软地垂在身侧，短衣上全是泥污。他拍死大象身上的虫子时，还是一个鲜龙活跳的少年，现在却成了这般狼狈的模样。

白玉廷和麻胡桃等四人一见项水田现身，立即脸上冒汗，大为紧张，都害怕项水田将他们四人围殴他的丑事，当众抖出。但项水田连看也没向他们这边看一眼。

高瑞升问道："小兄弟这是怎么了?"项水田答："刚才不小心摔了一跤，手也脱臼了，请老伯帮我接上。"说着走到了高瑞升身边。高瑞升帮他接上了双臂。

白玉廷等四人听到这话，当即宽心。

凌云却看出不对劲，道："你那少年，听你口音，像是本地人氏，不属大理商队，你是心甘情愿去做神女的祭品吗?"

只听项水田道："只要有人当了祭品，就能消灾除祸是不是?"凌云嘿嘿笑道："倒也是。只要是你不是被大理商队逼迫，那便不妨。倒是便宜了大理商队的人。上船来吧!"他故意将"不是大理商队逼迫"几个字，说得特别响亮。

项水田正要走向那只小船。

忽听有人道："且慢!"厢轿的门打开了，说话的是大理郡主。只见红影一跃，人已下地。

风月蝴蝶双眼直视凌云，道："凌坛主，你是说只因为商队要过河，唐教主才要我们向神女献祭，如果商队不过河了，那又如何?"

只听凌云道："郡主此话差矣。你在信中白纸黑字，说是要将巫山帮所订的药材，还有……那一件物事，亲手交到唐教主和郑帮主手中，此时，只因为要守这条规矩，就打了退堂鼓，作为一国郡主，岂可言而无信？"

郡主大声道："这位壮士一再有恩于商队，不能要他来做祭品。就由我本人，来做神女的祭品吧！"这话一说，大理众人全都目瞪口呆。

那凌云冷笑道："郡主说笑了。商队中谁都可以做祭品，就是你不能做！"

这时，只见项水田走到郡主身边，向她悄悄说了一句话，又大声道："郡主，这个祭品，我做定了。我都做了好多次梦了，我要去见神女，我甘愿去做她的祭品。"

郡主思索他刚才所说的话，似有了答案。一双眼凝视着项水田，道："你这么做，真是有十足的把握吗？"项水田眼睛眨也不眨："是的。"跟那个傻里傻气的形象，已判若两人。

郡主柔声道："你不去等你那枣花了？"项水田神色黯淡下来，道："枣花……她已经死了。我再也等不到她了！"这句话大出众人意外。几个时辰之前，他还对郡主说在等他的心上人，怎么只过了半天，那女子就死了？

郡主沉默半晌，大声道："记住你跟我说的话，记住你要办的事。"项水田沉声道："是。"

郡主回身到厢轿里，拿出那支竹箫，那段麻绳还连在上面，道："这支七孔箫是你还回来的。现在你带上它，一并敬献给神女吧！"

众人没有注意到，郡主一转身，眼中再次噙满了眼泪。

凌云见那竹箫要一齐献祭，大叫一声"不可"，飞身跃起，扑上来要抢夺竹箫。但听得"噗噗"两声，他被高瑞升和那驯象师段云飞两大高手前后夹击，中了两掌，摔倒在地。凌云号称霹雳手，位列魔教坛主，功夫着实了得。但这时关心则乱，一心要抢到这支竹箫，竟然生受了两大高手的夹击。

众目睽睽之下，项水田将那麻绳重新束在腰间，将竹箫插进胸前，大步走上了那只小船。凌云双手在地上撑了撑，但没有力气爬起身来。

这时，一抹残阳照射在水面上，将项水田周身镀上了一层圣洁的光芒。大理一众武师全都低下头去，为自己的懦弱而感到羞愧。

小船一尺一尺向瀑布口漂去。

就在这时，项水田忽然感到胸腹间一阵钻心的疼痛。就像有千万根银针在刺钻，又像是被凶恶的野兽在撕咬，又像是肌肤全被撕裂，又像是被烈火烧灼。种种痛状一齐袭来，真是痛不欲生。他不知为何有这么大的疼痛，他就要死了，不知这是不是给神女做祭品的苦楚。真希望船儿快些下去，快些结束这种痛苦……

小船到达瀑布口，忽然加快，向下一歪，瞬间掉入了瀑布。那瀑布如同张开了的巨口，悄无声息就将这只小船，连同船上的这个大活人，吞入了口中。

岸上众人，全都紧张得大气也不敢出，很多人已全身被汗水湿透，无一人敢发出一丝声音。

过了片刻，发生了令所有人惊呆的一幕：瀑布口水流忽然变大，河水正急速下泻。不一会儿就露出了部分河床和河底的石头。大理商队只要蹚水，就能过河了。"神女显灵了！快快叩谢神女！"所有的人被这一奇景所震慑，一齐跪倒在地，连连向神女叩头。

第四章　水龙吟

词曰：

　　银潭飞坠疑身没，入水或为鱼鳖。河洲柳岸，芦花瑟瑟，楚江空阔。野老渔樵，诵吟苏赋，品题风月。借窈窕之章，比兴怨愤，英雄气，真豪杰。

　　堪信赤心义烈，救苍头，虎狼群慑。漫山耸翠，云霞掩映，行藏鹁鹈。疑叩秘辛，影疏林暗，紫袍惊瞥。吹帆行似箭，云庵寂静，不闻鹅鹉。

　　项水田从瀑布跌入潭中，当即昏死过去。如果不是发生了一件奇之又奇的事情，那他这条性命，就真的交给巫山神女了。

　　就在他跌入水中的时候，恰好有一只三足巨龟，悠游到此。这只巨龟颇具灵性，也很调皮，它以为瀑布中掉下什么食物，准备一口咬住，大快朵颐。到了嘴边，才知是个大活人。这只巨龟与人世间很有缘分，它只有三足，左前足天生缺失，正好有个可装下一位成年人的空囊，此时，这只巨龟又来了兴头，将昏死过去的项水田，轻轻放进了它的空囊中，一路向下游游去，进长江，过荆江，来到了鄂东黄州府上游的江面。这里有一个江中沙洲，巨龟将项水田放在长满芦苇的岸边，便又去江中逮鱼吃去了。

一只乌篷小船停在项水田身边，船上一位蓑衣老者。见他微有呼吸，老者走下船来，在他颈中一摸，确信他还活着，将他抱回船上。

老者眼望项水田，叹道："这小子如果就此死了，倒也一了百了。现在要死不活的，却叫老夫为难。"一会儿，老者摇了摇头，道："也是命数使然，还是救活了他吧。让他去办一件救他族人的正事。"说完给他施治。

迷迷糊糊之间，项水田听到有人说话，睁开眼来，看到那老者，侧身对着他，口中念道："少焉，月出于东山之上，徘徊于斗牛之间。白露横江，水光接天。纵一苇之所如，凌万顷之茫然。浩浩乎如冯虚御风，而不知其所止；飘飘乎如遗世独立，羽化而登仙……"这是大宋文豪苏东坡的《赤壁赋》，此时苏东坡已经去世了二十八年，但他在黄州所写的《赤壁赋》《后赤壁赋》，已风靡士人，广为流传。

项水田没读过书，全听不懂。他转动眼珠，发现自己在这条乌篷船上。渐渐想起，自己是从大瀑布掉进了深潭，不知为何到了这里。

低头一看，不禁大吃一惊，只见自己上身赤裸，胸前留下许多血点，而湿漉漉的裤子上，躺满了黑压压的水蛭。他在水塘里常被水蛭咬，见到身上这么多条，还是第一次，他不明白，为何这些水蛭全都死了。

那老者用水蛭给他吸去身上的瘀血，见水蛭死去，心中已明其理。见他发出动静，扭头说道："小娃娃，怎么被人丢到江里喂鱼了？"

项水田答："郡主的人要过河，对岸的人不让郡主的人过河，说要一个人给神女当祭品，是我自己愿意的，我当时想为郡主办一件事……后来就昏死过去，怎么到了这里？"他说话词不达意，那老者对他所说，却并无多大兴致。

项水田问："老伯，这是哪里？我是死了，还是到了天堂？"老者道："你一时死不了。这里是个江心洲，名叫鸭蛋洲。"项水田道："鸭蛋洲？那跟巫山相隔很远了……"老者道："算你命大。"见他不作声了，老者又道，"你是孤身一人吗？你的父母呢？"项水田道："我……我从小就没见过父亲，母亲给人帮工……"

老者指着他身旁的那根箫管，问道："你会吹箫？"项水田脸上一红，道："不会。这……是我的放牛鞭子。"老者似有不信，道："放牛鞭子？你这是七孔箫，江湖上使毒的人都在找它。"

忽听远处有几个人从芦苇丛中走过，一边走一边说道："有人说在附近发现一具尸体，身上插着竹管，会不会就是那个小子？"另一个声音道："对，再找找看，定要找到那支竹箫。"声音渐渐远去。

等那两人走远，他问起自己的详情，知是老者救了他一命，起身要向老者叩头。老者道："不要动，你身子尚未复原。"他又请教老者尊姓大名，老者道："老夫打鱼为生，你就叫我鱼划子吧。"见老者不肯说出姓名，他也不再多问。

老者心想："要他办这件事，得教会他一套武功。这也是他命数使然吧。"

项水田睡了一觉，到第二天早上，精力已经恢复。老者道："小子，遇到你也是一场缘分。你身中极深的内毒，能活到今天，也算奇事一桩。正好我要在这儿待上十天，就教你一套拳法，也不知能否调理得了你的内毒。看你的造化吧。"项水田听了这话，一时也想不起，自己中了什么内毒，脑中只浮现出，他被白玉廷等人围殴的情景，只觉得学会打拳，总胜过被人欺负。忙道："多谢老伯伯教我学拳。只怕我太笨，学不会……"老者道："你哪里笨了？一定学得会的。"当即开始从头教起。

他将苏东坡的《赤壁赋》和《后赤壁赋》这两篇文章，一字一句，教项水田背熟。项水田不识字，如何听得懂？老者道："你先只管记住，以后你自会识字更多，越学越通的。"项水田记忆甚好，两篇文章也不长，很快就倒背如流。

老者又道："苏学士名满天下，被贬到黄州这地方，写了这两篇赋文。普天下的文人学士，只知它辞采华美，哪里知道，文中不仅藏有一套绝世武功，还有另一个大秘密。老夫也算机缘巧合，知道这套惊世骇俗的武功，但其中的大秘密，却至今无人破解。"他说出这话，项水田听了也就罢了，他既没读过书，也不会武功。如果是天下武学之士听了，一定会大喜过望，如获至宝。

那老者道："你看《赤壁赋》中这一句：'盖将自其变者而观之，则天地曾不能以一瞬；自其不变者而观之，则物与我皆无尽也……'这完全是拳术的至理。"他给项水田解释了这两句话的意思：从事情变的一面来说，天地万物随时在变，连一眨眼的工夫都不停止；从不变的一面看来，万物同我们来说都是不变的。

老者道："这是讲的拳术中的变易之道。打拳并不只是随机应变，料敌机先，而是要更进一步，一动无有不动，一静无有不静，达到物我两忘，难分彼此。到这等境界，还有谁是你对手？"见项水田疑惑的眼神，又道，"要你一下子懂得这么高深的武学道理，确非易事。这样吧，我们还是先易后难……"于是先从拳术的入门功夫讲起，乃至天下武学门派、内外功法、轻功暗器、使毒等，一一给他做了介绍。

老者又向他解释，《赤壁赋》《后赤壁赋》中的武功，正好是内外兼修，《赤壁赋》主要是讲内功修炼，《后赤壁赋》是讲外功招数。他想项水田读书不多，须得化繁为简，变雅为俗，这样才能尽快让他学会。便道："这套拳名叫九天拳。你只要学九天，就能学会。"项水田一听，学起来更来劲。他的少东家可是学了十多年，才成为武林高手的。

老者对他说，这套九天拳一共也就九招，全是从两赋中化出，九招的名称是：冯虚御风、羽化登仙、幽壑潜蛟、乌鹊南飞、麋鹿乘风、栖鹘危巢、冯夷幽宫、风起云涌、孤鹤缟衣。每一招拳法又有诸般变化。对于这九个拳法的名称，他都改成了项水田能听懂的通俗名字，分别是：靠树挡风、当个神仙、深水蛟龙、乌鹊南飞、鹿儿乘风、老鹰回巢、水神宫殿、风起水涌、一只黄鹤。

在传授每一招时，如禽鸟如何飞渡、龙蛇如何灵动、麋鹿如何奔跑，自然都讲得活灵活现，并且连说带比，亲自示范。项水田对这些平时就司空见惯的物事一点就通。正是一个教得好，一个学得快。那套精深繁复的拳术，项水田一天学一招，九天过后，这套九天拳，他竟然学会了。

项水田在掌握了全部招数之后，尚不信这拳真能打人。那老者让他主动出招，最初，不论是在船上的卧牛之地，还是在宽阔的江滩上，他全被老者打得惨败。到得后来，他拳招中激发出天生的内力，使出那招"冯虚御风"，只见身周如狂飙突起，连船边的江水都掀起了大浪。要不是亲身体会，他真不信人间有这么厉害的拳法。

到第十天，老者见他练得有模有样，便道："这套拳法中还有一招，就叫作龙吟功，那是要将你学的内功和外功融会贯通之后，从你口中发出龙吟一样的啸声，有点像少林派的狮子吼。但龙吟与狮吼，哪个意象更高？你用心体会，不到一定程度，不可使用这个功夫，免得反受其噬。"项水田用心记忆呼吸吐纳之法，练气发功之形。

老者道："你道苏学士为何在这里写出这两篇文章？那是因为他有特殊的机缘，而此处的江面，又独得地利。万里长江之中，你看过哪一处的江面，有这么宽阔？所以，练这套九天拳，吸天地灵气，得拳术精髓，自是在这江心洲上最为合适。可惜与你相聚时日有限，只能看你以后的造化了。"项水田这十天里每天所见，江中芦苇随风摇曳，不见尽头。向西北方向的对岸望过去，果然是烟波浩渺，横无际涯。他生活的峡江，大宁河两岸只隔数丈，窄的地方用绳子也荡得过去。

学拳的间隙，他帮助老者从江中捞鱼捕虾，用船上小灶煮食。他自幼就会这些烹煮之事，弄出来的饭菜，老者赞不绝口。江心洲的生活与峡江又有不同。这里水阔鱼肥，稻禾丰茂，比之山民的生活，要好得多了。只觉得江上绿洲，月白风清，渔舟芦荡，过着与世无争的生活，倒也快活。到后来，他身手灵活，出手如电，下地就能抓到兔子，入水就能捉到大鱼。用捕到的兔子和鱼，与当地农家换些白面馒头。村民多善良纯朴，纷纷送他食物，令他流连忘返。

老者对他说道："今日咱们缘分到此，你要去办一件事了。"这些天下来，项水田跟这老者学习这套拳法，只觉得这位老者虽然口中冷淡，一句夸奖的话也没说，但心中对他极好。他自幼丧父，从未得到过父亲的教诲指点。除了给东家放牛帮工，何曾有人对他这般循循善诱，悉心教诲？这时一听要与这老者分别，心中有些不舍，眼圈儿一红，就要滴下泪来。

老者眼望江水，道："沿江顺流而下，过了黄州，北岸有一条河，名叫巴河，我把你送到一座名叫燕云山的地方，就是你要办事的地方了。"

老者见他将那支箫挂在腰间，时时把玩，一时兴起，本想教他吹箫按孔之法，转念一想，这支竹箫吉凶难知，如果让他学会吹箫，说不定会卷进那个传言的纠葛里去，还是不教他为好。

临别之际，那老者又对项水田道："上岸后你就会看到，有官军在残杀村民。你去用所学的拳法，将官军打跑，然后按村民的要求去做就是。"项水田心道，这老伯教拳要求料敌机先，对还没发生的事，竟也知道，对老者实是又感激又敬佩，跪下向老者叩头。老者将他扶住，道："你我只是萍水相逢，无师徒之分，就不用这些虚礼了。"用船将他送到岸边，船桨一点，舟已掉头，只一刻，已不见那老者的踪影。

项水田依老者的指点，向巴河边的那座燕云山上走去。山不甚高，刚走上山腰，便看到白墙黑瓦，一个村子隐在山腰绿树林中。忽听狗叫之声，赶到村口，眼前的一幕使他惊呆了：只见地上横七竖八地躺着许多村民的尸体，身上都是血肉模糊。有的是被长矛从背后捅死，有的是当胸被刺，有的人咽喉被割，更有的人身首异处。死者男女老幼皆有，鲜血流了满地。看着这番惨景，他不禁大口呕吐起来。

再走几步，只见右边的一个打谷场上，上百名军士将几十个老幼村民围在一起，还有小儿在妇人怀中啼哭。一个骑在马上的军官吼道："再不说出那巴婆的下落，老子又要杀人了！"

"住手！"那军官正要动手，忽听一个炸雷般的声音响起。定睛看时，一个衣衫破旧的少年，怒目圆睁，站在他面前。这少年说话的口音，跟当地人差别不大，他不明白这个乡野少年，怎么会有胆量在他这位军爷面前，大喊大叫。他这时已经杀红了眼，想也没想，便举起手中长枪，从马上向这人胸口捅了下去，要将这人一枪穿胸。

哪知他枪尖还没触到少年的衣襟，那少年右手突伸，一把握住了长枪的枪柄，接着向上一扳。如果那军官及时松手，这柄长枪便会被这少年单手夺了过来。但那军官怎么也不相信，这少年会有这么大的力道，一双手还死死地握住长枪。这么一来，他整个身子跟着长枪，从马上腾空跃起，从那少年头顶转了一个圈子，向后面的山谷跌了下去，随着一声惨叫，眼看没命了。这一招"鹿儿乘风"，他使出时还不熟练，但已得料敌机先的真义，一下就将那个军官料理了。他从没杀过人，心不禁怦怦乱跳。

这一幕发生得太快。那些军士看见这少年摔死朝廷命官，有人喝道："反了反了，大家合力杀了这厮！"

话音未落，四人手拿大刀，向他围了上来，一齐向他头上颈上砍了过来，只想将他砍个身首异处。忽听"呛啷""哎哟"的声音先后响起，原来项水田猫了一下腰，在一瞬之间，伸手在这四个人握刀的腕上轻轻一点，四个军士手上一痛，大刀脱手。他这一招名叫"靠树挡风"。这时别说是只有四个人，就算是有十几个人，他也是一样能将这些人的手腕点中。只因他心生善念，手上的劲力还留有余地，要不然这四人的手腕，早已是筋断骨折。

又有八名军士手执长矛，齐声呼喝，向他围了过来。原来这是一个阵法，名叫"天罗阵"。面对战场上厉害的敌手时，先是四名刀手攻上，专取敌人头顶，随后却是八名长矛手加入，攻击敌人胸腹。眼看八柄长矛像圆盘上的八枚指针，全部刺向了圆心，便要将项水田前胸后背刺个对穿，只见他轻轻一跃，人已高了三尺，他脚尖正好比刺过来的八个银晃晃的矛尖高了几分。那八人矛尖使得恰到好处，矛尖凑到一处，却并未碰触，正好形成了一个小小平面。如果项水田没有逃脱，八柄长矛便将他扎成刺猬。

但见项水田跃起的脚尖，在那八柄长矛尖上轻轻一跃，忽向八人脸上一扫。只听"哎哟""哎哟"的八声连叫，那八个人骨牌般地倒在地上。这招"风起水涌"，是将自己与敌手的功力合成一体，借力打力，便再有八人，也是一般地会被他打倒在地。

这些官军残害百姓如杀猪屠狗，这时突然遇到一位少年，使出的这般石破天惊的武功，知道不是他对手。再打下去，必有更多人送命。只听一人大声呼喝，上百军士抱头鼠窜而去。

项水田在前十天还在受麻胡桃等四人的欺负，这时学到九天拳，首次出手，就大获全胜，方知武功在身，大有用处。心中这份快活，简直没法形容。

　　眼看官军走得干干净净，一位白发苍苍的老农，带着现场的几十个村民，一齐在打谷场跪倒，连声道："感谢少侠，前来救了大伙的性命。"项水田从没见过这等场面，一时六神无主，结结巴巴地道："各位长辈快起来，这个……真是经当不起。小人只是受了老伯伯的差遣……"众人听出他口音略异，一位白发的五老爹道："少侠，你是哪个村的?"项水田道："项家坝的。"项家坝是个很普通的名字，五老爹以为是前边十里的项家坝。"我们那个项家坝，在巫山……"五老爹手上颤抖，一根烟杆掉下地来，道："你是从巫山过来的?"忙道："快，快去救巴婆!"

　　项水田随着五老爹一行人往后山赶去。一路上只见峰峦起伏，林静山幽。

　　路上，五老爹问了他姓名，又告诉他，巴河这一带都是巴族人聚居的地方，他是从巫山来的，实际上救了自己的族人。

　　黄州府北依大别山，有五条河流入长江，分别是举水、倒水、巴水、浠水、蕲水，两晋以来，不断有巴族人被官府迁移到这里定居，这些人史称五水蛮。巴人到了黄州府后，说话和劳作仍是自成一体，保留了故乡的风俗语言，常受官府的欺压。直到数百年后，方与当地居民融为一体。

　　项水田听到五老爹的口音，与他的巫山话已略有区别，但双方一听便知都是巴人。

　　项水田又问巴婆是什么人，为什么官军要捉拿她。五老爹告诉他，巴婆是整个黄州府里巴族人的恩人。她是个巫祝，在巴人中行医问卦，做了很多善事。至于这些军官捉拿她，据说与近日要开的巫山神女会有关。项水田一听神女会，立即想到灵鸠峰，想到了枣花，以及想到了那位大理郡主……当即默默而行。

转过了几座山峰，来到一处濒临巴河的青峰下。一条隐秘的小路通向山顶，峰顶云锁雾罩，绿荫覆盖。五老爹手牵一根麻绳向上攀爬。项水田自小就会爬山，自学了九天拳后，上山更是毫不费力。约莫走了半个时辰，穿过浓雾，来到一处缓坡，只见几株乌桕树下，荫着一间小木屋。木屋外层的树皮并未剥去，已呈乌黑之色，显是已年深月久。

五老爹来到木屋前五尺之处，恭恭敬敬地站定，躬身道："奉告巴婆，巴婆五日前预言有人来解救族人，今日果然应验，这位项少侠，就是全村四十多口人的救命恩人。"

只听木屋内有位女子轻轻说道："可惜有十多人遭了毒手，那些官兵又造了恶孽呀！"听声音却并不如何苍老。

五老爹顿足道："只怪我等愚笨，没听巴婆的劝告，及时进山躲避……"那巴婆轻轻叹息："这是天数，终难改变。"五老爹道："巴婆料事如神。现在老汉把这位项少侠带来，请项少侠帮巴婆渡过难关。"说着请项水田走上前，自己退到一旁。

只听那巴婆道："项少侠是村寨的恩人。木屋简陋，不能招待贵客。请恕……请恕老婆子不便见面，只能将少侠拒之门外，隔门交谈……"项水田不会像巴婆这么文绉绉的客套，忙道："婆婆不用客气。我是个放牛娃，总是站着跟东家说话的。"那巴婆微感诧异，道："少侠宅心仁厚，必获天佑。少侠到木屋是客，本当礼遇。只是巴婆与人闭门交谈，规矩如此，再次请少侠谅解。"又道，"少侠给人帮工，是如何学到这一身本事的？"

项水田道："十几天前，一位在长江中打鱼的老伯教我的。

说这套九天拳，是从苏大学士的两赋中化出，要我学会了就来这里，帮族人打跑官兵。老伯也像婆婆一样，事先预见到了官兵杀人的事，婆婆认识这位名叫'鱼划子'的老伯吗？"巴婆道："鱼划子？多半这位老先生没有说出他的真名。江表多神异之士，恕老婆子浅陋，也不认识这位救人急难的高人。"又问，"少侠是何时来到江心洲的呢？"项水田又简略说了自己当了神女祭品，以及大理郡主将竹箫给他，他被老者所救的情形。

那巴婆一言不发地倾听，沉默半晌，道："少侠大仁大勇，果然得到神女护佑。福大命大，福泽深厚。那支竹箫你仍然带在身边吗？"项水田从身上拿出那支竹箫，道："是的。请问婆婆，那位……那位大理郡主，为什么要将我交给她的竹箫，又还给我，带去做神女的祭品呢？"巴婆沉默片刻，道："以老婆子愚见，那郡主感念你舍身赴难，想用这支竹箫来保佑你，据说这是神物，果然你逢凶化吉。另外，江湖上的人都想得到这支竹箫，由你带着它坠下了瀑布，就会引发他人寻找。这样，一旦发现了你，便增加了你被救的机会。救你的人想从你这儿得到这支箫的秘密，自然不会害你性命。"

项水田想起，果然是有人在江心洲找过他。不过他听着有些糊涂，道："这支箫有什么秘密？"巴婆道："你没听过吗？那句传言'巫山蛊，七孔箫，神女会天骄'。传说这是有关巫山蛊的一句秘诀。秘诀中的七孔箫，就是指的这支箫吧。那位江舟上的老伯伯，也没告诉你吗？"项水田道："没有。"

只听巴婆又道："恕老婆子再多说一句，那位大理郡主将竹箫给你，还有一个用意，她希望你得救之后，还去找她。她可能对少侠有情意呢！"项水田道："那不会。我喜欢枣花的……"一想到枣花已死，后面巴婆问枣花的话，就没听见。

巴婆道："请少侠来到窗前，老婆子替你拿拿脉。"项水田依言走到小木屋的窗前，里面的竹帘打开，一个全身从头到脚都罩在一件紫色白点粗布之中的人影，坐在窗内。项水田将左手放在窗槛上，那巴婆将罩布盖住项水田手腕，伸手在布内搭他脉搏。一会儿，巴婆问道："少侠可有过什么疼痛？"

项水田忽然想起，那天小船要坠进瀑布之前，自己腹部突然一阵大痛。那种疼痛，以前从未有过，便对巴婆说了。

又过一会，巴婆道："少侠的这种疼痛，多半与巫山蛊毒有关……老婆子浅陋的功力，没法看出病症的所在。老婆子有一言，奉劝少侠尽快回到巫山，找到那位大理郡主，她或许有办法，帮少侠找出病因……"

那五老爹道："巴婆你不是说这两天就有魔教的人会找上来吗？这位项少侠古道热肠，请他在这儿保护你……"

那巴婆道："少侠远来是客，怎能再麻烦他？多谢五老爹和少侠的好意。老婆子今天就准备另换藏身地点。少侠将五老爹送回村中，便早早回巫山去吧！"五老爹听了这话，便带着项水田告别巴婆，踏上返程。

刚走入林中，忽见一道黑烟从山顶急冲而下，到小木屋前十余丈远的空地上，倏地停住。项水田和五老爹隐身树丛，定睛看时，原来是一个黑衣人，手上拿着一根乌沉沉的木棍，黑烟便是从那木棍的顶端冒出来的。

巴婆的声音从木屋中传出："来者是魔教的白虎坛的人吗？"
黑衣人道："教主夫人，躲到这深山里，以为属下找不到吗？快将那件东西交出来，养在身边这多年，声音也变得越来越嫩了！"巴婆道："巴婆与魔教再无瓜葛，并且有约在先，二十年内，你们不能残害黄州的巴人，今日你们却假手官军，杀我同胞，是何道理？"那人道："是何道理？还不是你迟迟不交出那物，教主已经忍无可忍了！"巴婆道："我说好在神女会开会之前交他，现在尚有数日，你们为何苦苦相逼，言而无信？"黑衣人道："夫人是明白人。你迟迟不交那件宝贝，中原武林正在蠢蠢欲动，要不利于圣教和神女会，你一日不交，一日便是巨大隐患，教主不早些练成神功，如何应对那些狗贼？"巴婆道："唐凤吟多行不义，罪有应得。魔教越早被中原武林灭了，我老婆子就越高兴。"

黑衣人道："废话少说，你今天就将此物奉还，不然就是躲到天涯海角，也难逃一死。"巴婆道："此物并非魔教之物，而属巫山帮。听说巫山帮那新任的帮主郑安邦，虽然名声不佳，也是一个堂堂男儿，为何甘愿受唐凤吟驱使？"黑衣人将木棍在地上重重一蹾，道："偏有这么多废话！动手吧！你命在顷刻，少啰唆了。"巴婆道："既是如此，你一起来的两位，也一同显身吧！"

那黑衣人吃了一惊，道："好厉害的夫人，竟给你看出来了。好，出来吧！"两个黑衣人从树林里钻出来，脸上神色尴尬。

三名黑衣人并成一排，站在木屋之前十余丈远处，手上各执木棍。木棍一端似装有机枢，一瞬间，木棍顶端分别冒出红、黄、蓝三道烟雾，每一道烟雾有碗口粗细，缓缓向木屋延伸。这情形瞧上去十分诡异。那婆婆道："魔教夺魂三香，不是什么新鲜玩意！"三名黑衣人却不说话，正在全神贯注地施用内力，将木棍中的烟雾向前推进。

三道烟雾冲到木屋前三尺处，忽然停住。似有一道无形的内力，将三道烟雾挡住，再也无法前行。三名黑衣人急催内力，想要将那无形内力冲垮，但那无形内力丝毫不为所动。聚在无形内力前的三道烟雾越来越多，但都只能向两边散开，却无法向木屋渗进分毫。

三名黑衣人的衣襟渐渐鼓起，像吃饱了风的船帆。三个人都已是大汗淋漓，却仍在勉力支撑。

只听那巴婆说道："三位还是请回吧！请转告唐凤吟，夺魂三香奈何不了老婆子。"

便在这时，只听一个粗糙的声音从空中传出："夺魂三香奈何不了你吗？"又一个黑衣人随声而至，如一头黑色的大鸟，从空中扑到三人身前，双掌凌空一推，三道烟雾忽然聚成了一道旋转着的烟绳，"呼"的一声，突破了无形的墙壁，直冲屋内而去。

那婆婆惊呼一声："奸贼偷袭！"随即哎哟一声，屋内有人倒地。那最后一个黑衣人偷袭得手，欢声大叫："夫人中招了！我可以拿到灵芝软香了。"随即向木屋奔了过去。他身后的三名黑衣人这时再也支撑不住，一齐坐倒在地。

忽见一个短衣少年，从屋后一跃而出，挡在了木屋前。

那第四个黑衣人是魔教白虎坛副坛主罗霄，身份在四人中最高。奔到屋前五尺之处，突见有人挡在屋前，吃了一惊。大喝道："哪来的野小子，敢搅五梅教的浑水？"声音十分刺耳。项水田见这罗霄身材高大，满脸阴鸷，心中不自禁地有些害怕，道："我不是野小子，不许你们欺负巴婆！"他刚才已经听出巴婆是教主夫人，但仍叫她巴婆。

罗霄全不将这乡野少年放在眼里，大踏步地上前，伸右手一挥，便要将这少年扔出数丈以外，像摔死一只小猫一般。

他这一招看似轻描淡写，却是他绝招"翻云覆雨手"。所谓翻云，是指手上内力奇大，就是武林高手，一旦被他这么抓住掀出，就会被跌出数丈以外，跌个筋断骨折；所谓覆雨，更是阴毒，那是手上同时还将他自制的毒药"紫电青霜"施放到对手身上，对手连哼一声都来不及，摔到地上就已经被毒死。白虎坛多在江浙苏皖活动，这数省的武师，说到五梅教的罗霄，都是谈虎色变，那是因为，这人身具绝世武功和绝命毒药，死在他手下的成名人物，有数十人之多。

项水田哪里知道罗霄的厉害。见对方出招，便还了九天拳的一招"幽壑潜蛟"。罗霄手掌与项水田接上的那一刻，陡觉力道惊人，似乎自身的力道也全然反击回来，毒药对项水田全无效用。项水田显是毫无临敌应变的经验，所使的这一招也显得毛手毛脚，手忙脚乱。但罗霄功夫何等老到？顺势将掌力一引一吐，项水田就被他掀倒在地。饶是如此，罗霄对项水田的内力和招式，仍是不由自主发出了"咦"的一声惊呼。

尽管项水田招数新奇，但罗霄满不在乎，拿到所要之物才是他的当务之急。他对那正从地上爬起的少年毫不理睬，径直跨上台阶，准备破门而入，直接拿到灵芝软香了。

但他没料到，他右脚刚踏上屋前的台阶，脚下便是一软，身体向下直坠，跟着有几支箭矢疾射而出。原来那个台阶是个陷阱。门板一经触动，陷阱就会打开。

罗霄见机极快。右腿一虚，左腿立时一个弹腿，下坠之势立减，身子倒跃而出。但仍有一箭没能避开，被射中了左臂。他忍住剧痛，在板壁上借力一撑，身子倒纵出了门外数丈之远。但陷阱的设置者算准了他落脚的方位，当他脚一触地，又一处陷阱被打开，眼看罗霄又要坠入陷坑。好个罗霄，应变功夫实已妙到毫巅。身子在空中又是一扭，避开了第二个陷坑。半空中他右手抛出一道黑索，将数丈以外的·根树枝缠住，一拉绳索，身子借力飘向树顶，大叫道："好，教主夫人，你靠了这野小子逃脱我手。还有两日就是最后期限，我回去禀告宇文坛主，也不用守那个约定了。"话声逐渐远去。

项水田没想到木屋前有这么厉害的机关，他只是救人心切，这才折返回来，挡在屋前。这时见那罗霄和另外三名黑衣人已落荒而逃，这才松了一口气。他关心巴婆的伤情，道："婆婆，他们逃走了，你伤得怎么样？"那婆婆道："那罗霄的紫电青霜十分厉害，你先调匀一下呼吸，看看是否中了他的毒。"项水田深吸了一口气，觉得并无异样，道："他施放了毒药吗？我好像没什么事啊。"巴婆道："是了，你不惧他的毒药……你冒险回来救我，这可谢谢你了。五老爹呢？"项水田道："我怕他被伤到，已劝他先回村里去了。"

巴婆道："你进来吧！对不住你了，得靠你帮帮我了。"她说话已经有些吃力，显是受伤极重。又道，"门板合上了，没事，你可以进来了。"项水田依她说的，踏上了门前的台阶。那块木板已经合上，与地面几无分别。他用力一推大门，门闩应声而断，大门开处，屋外的阳光透了进来，看清了那巴婆已躺倒在地，粗布袍仍罩在她身上。

巴婆勉力想起身，但全无力气，道："你扶我坐起来。"项水田忙俯身将她扶起来，坐在当地。似乎她在罩衣内拿了药，不知是吃了还是嗅了，只闻到一股奇香。用药之后，她说话声音大了一些，用手撑了一下地面，还是无法起身，叹道，"小伙子，今天幸亏有你在这里。这里是不能待了。"项水田道："婆婆，我带你离开这里吧！"那巴婆轻叹一口气，道："那就有劳你了。"又道，"要带上我这么一个老婆子，那不是难为你了？"项水田道："救人要紧，不为难的。"

那巴婆道："这其中另有一个难处。"项水田道："什么难处？""你道我为何要这么全身裹得严严实实？我门中有规矩，就算病了死了，也不能见光透风。否则，我这个又老又丑的老婆子，见见人又有什么要紧？"项水田道："哦，那我知道了，路上让你罩上衣服就是了。"项水田是农家出身，想到怎么让这婆婆路上舒服一点，道："婆婆，你屋中有竹箩吗？或者你坐在竹箩之中，另一头放点随身衣物，我担上你走。又或者我帮你扎个担架，我挑着走，你会舒服一些。"那婆婆一愣，道："多谢你想得周到。只是我这里没有竹箩，一时之间也来不及扎担架。你就……你就背着我走吧。下山后就到了巴河边上，有一条小船，到船上就不用你背了。"项水田道："坐船走？要到哪里去？"婆婆道："顺水而下，到庐山去。半天就能到。紫云庵有一位师太能为我治伤。"

项水田俯身将那婆婆扶起来，背转身子将她背在背上，快步走出了木屋，往后山中走去。那婆婆身子甚轻，虽然隔着宽大的粗布罩衣，但仍然闻到那股异香。项水田以为是她练功的香气，但似乎另有一股幽香，他也难以分辨。那婆婆受伤很重，被他背在背上，即沉沉睡去，只在林中要转弯时轻声指点。项水田脚步轻快，已有功夫在身，有时他轻轻纵跃，已经下落数丈。不到一盏茶的工夫，就已听到潺潺水声，来到水边，果然停着一只小舟。

项水田轻轻将那婆婆背上船，扶她躺在船舱中，解缆起帆，小舟向下游快速驶去。

船行江中，江风拂面，十分惬意。那婆婆咳嗽几声，道："你跟我一个老婆子在船上，是不是闷得很？"项水田一边掌舵控帆，一边说道："婆婆身上有伤，不用多说话。"那婆婆道："没事的。我说说话儿，会舒服一些。你刚才对付那罗霄的功夫，俊得很啦！真没想到，苏东坡的两赋之中，藏着这么厉害的武功！"

项水田道："婆婆夸奖了！我新学乍练，使得还不熟。要不然也不会打不过那个人……"巴婆道："你新学乍练，就有这等功力，说明你是个练武的奇才呀！要知道，多少成名的英雄，都死在那恶徒手上。"隔了一会，轻轻笑道："你在木屋前说，你不喜欢那个郡主，另外喜欢一个叫枣花的姑娘，这个枣花姑娘一定长得很标致吧，笑起来有一对小酒窝？"项水田不愿提起枣花已死这件事，淡淡地道："是啊，她有一对小酒窝。"

那婆婆轻咳一声，道："你喜欢的女孩子有酒窝，就该对她更好。"项水田心中难过，道："为什么呢？"那婆婆道："知道吗？有酒窝的女孩子，那个酒窝是孟婆给她留下的，因为她要留住前世的记忆，不想喝下孟婆汤……"孟婆的故事，项水田的妈妈也给他讲过。

项水田觉得这位婆婆说得有趣，忍不住问道："不喝孟婆汤，能让她不死吗？"巴婆道："谁都要死的。不想喝孟婆汤，孟婆就给她做个记号，那记号就是酒窝呀！""婆婆是说，有酒窝的女孩子，就记得前世的事吗？"巴婆道："那也不一定。记得前世的人，少得很。你那枣花姑娘有酒窝，可能跟你还有前世的姻缘，是不是要加倍对她好呀！"项水田听了这话，眼泪就要夺眶而出。

正要挥手擦泪，忽听巴婆道："你问一问，对面船上，是不是紫云庵静尘师太？"项水田一看，正好有一条乌篷小船从对面行来，没想到巴婆头脸罩在长袍里，仍然知道。依言高声问了一句。

来船中一位身穿灰衣的中年尼姑大声回应："贫尼就是静尘，居士从哪里来？"巴婆告诉项水田，说巴婆在这里，让师太将船靠过来。那静尘师太听了这话，忙叫艄公掉头，两船靠拢，静尘和另四位尼姑走上船来，都身带刀剑。项水田简略说了巴婆受伤的情形。静尘连声道歉："紫云庵救援来迟，巴婆多多包涵！"巴婆道："不碍事。这位项少侠及时相助，将魔教的罗霄等四人打跑了！"那五名尼姑听说项水田一人将罗霄等四人打跑了，都脸露惊讶。

随后两船一前一后，出巴河、下长江，顺风顺水，不到半天，就到达庐山脚下。巴婆谢过项水田，要他早点赶回巫山。项水田觉得放心不下，想等到巴婆治好伤再走。静尘也邀请项水田到庵中吃斋饭，巴婆不再坚持。七人弃舟登岸，巴婆由静尘负在背上，向山上走去。不一刻便到了庐山五老峰的山腰。

庐山是名山，陶渊明辞官归隐，开田园诗之先河，所写名句"采菊东篱下，悠然见南山"所指便是此山。因雄峙大江边，环境清幽，山上寺庙道观，已有上百之数。项水田自不知庐山的这些掌故，只看到山上的台阶较多，比起他巫山老家的那些山路，好走多了。眼看前面山边两间青砖房舍映入眼帘，那便是巴婆要去治伤的紫云庵了。

忽听背后山道上传来叫喊之声，跟着有嘈杂的脚步声，在寂静的山道上清晰传来。有人大声喊道："前面那和尚站住了，快将祭品留下，不然要你的命！""他妈的，快停下！"喊声越来越大。项水田转身朝山下看去，只见山脚下有七八人身穿灰袍，手拿棍棒，边喊连骂，正往山上飞奔而来。在这群人前边约有一箭之地，有一个和尚，似乎身后背着个人，正拼命往山上跑。

静尘也听到叫骂声，道："给巴婆治伤要紧。还是尽快赶路吧！"奔了一程，只听后面的叫骂声越来越近，竟是直冲他们身后而来。更有人喊道："那和尚是朝紫云庵去的，看他往哪里逃。"

转过一道弯，正巧是一处裸露的山脊，那伙人看到了项水田等人的身影，叫骂声不绝。好在紧赶一阵，他们便到达庵堂了。

静尘将巴婆送进内堂的禅床，请庵主静虚师太治伤。静尘转身对项水田道："我们到门口去，不让那伙人进来啰嗦。"项水田答应一声，随静尘师太到庵堂门口。

那伙人已到庵堂门口，正在大声叫嚷："和尚快点出来，不要躲在庵堂里面，我们搜出来可要你好看！""和尚快点将祭品交出来，不然要你抵命！"静尘说道："你们是什么人？庵堂是佛门清静之地，在这里大呼小叫想干什么？"一个满脸横肉的灰衣人瞟了一眼项水田，大声道："我们是圆通寺香严大师的弟子。本人名叫龚义。刚才有个和尚抢走了我们的祭品，明明就躲进了你们庵堂，快快交出来，那便没事。不然别怪我们不客气。"静尘道："原来是香严大师的弟子，好大的名声。各位没有搞错，真的看到有位僧人，进了我们紫云庵吗？"另一个高瘦的灰衣人抢着道："那还有错？我们一路追赶，眼睁睁看着那和尚进了庵堂。"静尘道："阿弥陀佛，出家人不打诳语，刚才是有一位女子来紫云庵治伤，并没有僧人来到本庵。"

那高瘦的灰衣人听了这话，似有不信，拿眼睛盯着项水田，道："明明看着那和尚进了庵堂，怎么会错？"龚义大声道："别听他啰唆，进去搜就是了！"说着将手一挥，就要冲进庵堂。静尘师太伸手拦住，道："居士请留步。紫云庵与圆通寺同在庐山礼佛，紫云庵主正在内堂为女子治病，各位身为香严大师的弟子，直闯庵堂，如此造次，贫尼是不是要去跟香严大师讨个说法？"那高瘦灰衣人一愣，道："别拿我师父来压人。你既说那和尚没进庵堂，怎么就不让我们进去搜一搜？"静尘道："居士这话好没道理！紫云庵是你想搜就搜的吗？你圆通寺是官府还是玉皇大帝？"那满脸横肉的龚义再也不耐烦了，道："我们大伙全都瞧得明明白白，紫云庵窝藏盗贼，还不让我们捉拿。大伙上呀！进去抓住那和尚，看她还有什么话说！"说着就往大堂迈步。

静尘再也忍耐不住，道："岂有此理！"抬腿一踢，便将龚义头上脚下，翻了个筋斗。他一身肥肉，摔在地上咚咚直响，着实不轻。龚义吃了一惊，爬起来道："好哇，紫云庵跟那和尚勾结在一起，跟圆通寺过不去，来呀，大伙并肩子上啊！"这伙人共有七人，全是圆通寺的俗家弟子。圆通寺跟紫云庵虽同在庐山，其实相隔很远。这些圆通寺的俗家弟子，见紫云庵就是两间小小庵堂，没法跟圆通寺庙宇宏富之可比，更没想到静尘武功高强，一出手就吃了亏。

静尘腰间的宝剑并未出鞘。见那七人一齐扑过来，闪身迎了上去，挥拳踢腿，指东打西，数招之间，就将七个人打倒在地。

项水田都没来得及插手。紫云庵中尼姑、厨工十来人出来看热闹，见静尘轻松将这伙人揍倒，一齐拍手称快，道："打得好，这些人平时骄横惯了，就该教训教训！"那为头的龚义没想到静尘有这等身手，连滚带爬地带着这伙人落荒而逃。跑出几十步后，回头大声道："你们等着，有人会来算这笔账的。"

项水田和静尘退回庵堂。静虚师太仍在内堂给那巴婆治伤。静尘安排项水田吃斋饭，他吃了三大碗米饭。

刚放下碗，忽听庵堂外有人轻轻说道："阿弥陀佛，小僧有礼了，请师太施舍一碗斋饭吃。"项水田抬头一看，只见一位年轻的僧人双手合十，站在门外，身边站着一个七八岁的男孩。

静尘起身道："阿弥陀佛，法师不须多礼。请进来吧。师父如何称呼？宝号在哪里？"那僧人道："小僧是辽东大悲寺行脚僧苦觉。不敢进门打扰众位师太，请施舍小僧斋饭，再就是……给这位小施主一些饭食，他也饿得很。"静尘道："原来是苦觉禅师，不碍事的。进屋坐下喝口水吧！这位小施主……哎哟，怎么回事？"原来那男孩身子一歪，已经瘫倒在地。苦觉忙将男孩抱起，放在屋内的椅子上，早有庵中的厨工来喂水。男孩子醒来后，又安排两人食了斋饭。静尘道："小师父正是刚才圆通寺的那伙人要找的人吧？他们说是丢了什么祭品？"苦觉一指那男孩道："他就是他们要找的祭品。"

他这么一说，静尘和项水田都是大吃一惊。原来苦觉前两天来到圆通寺挂单。他半夜发现一个吐蕃国的密宗派僧人，名叫宗赞的，带着一个男孩子。那宗赞与圆通寺的住持香严交谈之下，竟称这男孩子是他买下来的祭品，说是巫山神女会要开了，他无由进巫山，听说只要送上一个宝贝给神女做祭品，就能参加神女会。

　　苦觉趁那番僧不备，带着男孩逃出了圆通寺，引得圆通寺派出多人追赶。刚才差点被龚义那一伙人追上，幸好在山腰中及时躲避，才没被抓住。到这时两人肚中饥渴，那男孩子更是饿昏了，才到紫云庵化缘。

　　项水田一听这事，霍地站起，本来想说自己就是神女的祭品，知道不妥，还是忍住了。他知庐山与巫山距离很远，人们敬的是佛道儒法，并不敬神女。

　　入夜后，静尘和苦觉商议如何将那男孩子带下山去。在后堂给巴婆疗伤的静虚庵主传过话来，说她和巴婆商量，让静尘和项水田护送苦觉带男孩下山，只需如此如此。

　　后半夜，月明星稀。苦觉一个人最先离庵，他只拣小路下山。才下到半山腰，树丛中忽然闪出一个僧人，道："站住了，那男孩呢？"苦觉将双手合十，道："阿弥陀佛，出家人慈悲为怀。请问大师上下如何称呼？"那僧人手握一把戒刀，傲然道："圆通寺武僧慧果！"这时，龚义等七人也从树丛中跳出，口中叫道："慧果大师，快快教训这个野和尚，他将上师的祭品抢跑了。"那慧果哼了一声，道："看刀！"戒刀伸出，朝苦觉当胸砍来，只听"当"的一声，苦觉举起手中的钵碗，挡住了对方戒刀的一击，原来他这个钵子，是个铁制之物。慧果这一刀出手，钵上回过来的力道，令他手臂一麻，知对方手段不弱，不敢小觑。

　　慧果使戒刀直上直下地砍出，但听得当当当当之声不绝，苦觉拿手上的钵碗跟他见招拆招，毫不费力地与慧果斗了起来。

　　旁观七人见慧果久战不下，也不管什么江湖的规矩，各自使出兵刃，直往苦觉身上招呼。这样一来，成了围攻苦觉一人。忽听得"吱"的一声，苦觉右臂僧袍被慧果的戒刀割破，臂上被拉出一个大血口子。原来是他奋力避开龚义的一击，右臂露出破绽，给慧果捡到了便宜。但龚义也被一脚踢中，圆滚滚的身子又被踢倒，滚出老远。其余六人大声欢叫："大伙儿手上勤快点，早早料理了这野和尚！"七个人各出死力，竟是要将苦觉置之死地。但苦觉极是倔强，背靠山岩，右腿微屈，力战八人，仍不露败象。

苦觉与八个人斗得难解难分之时，项水田又出了紫云庵，他身后围上了一件披风，似有一个人背在身后，由另一条小路下了庵。走到山腰，忽然有一人从树丛中闪出，挡住去路。只见是个满脸络腮胡子，身披一件朱红色袈裟的高个僧人，来到近前，却是满脸慈祥。只见他双手合十，道："施主有礼了！"声音悦耳动听。项水田猜想这人就是那吐蕃和尚宗赞。正要答话，那宗赞又道："我佛慈悲！"说话声中，忽地从他手中，飞出了一连串的细小物事，直冲项水田面门而来。项水田吃了一惊，急忙中低头一闪，那些暗器全都打到他身后的一棵树上，嗖嗖直响，力道强劲，原来全都是细小的佛珠。项水田想不到这僧人面色慈和，出手却是如此狠毒。

项水田怒道："你这出家人，为何这么歹毒！"

那人又开大手，向项水田的背后抓了过来，叫道："你背着上师的祭品，神菩萨会降罪于你！"他这一抓，是一虚四实，后招连绵，是吐蕃波罗多拳的一招"五蕴皆空"。这种左右虚实之分的拳理，与中原内家拳法颇为接近。

项水田急忙使出一招"乌鹊南飞"，身子像一只灵巧的鸟儿一般，从那人掌底滑了出来。那番僧吃了一惊，道："你这使的什么拳法？"

项水田道："我这拳名叫九天拳。"那番僧道："小娃娃胡说
八道，哪有九天拳。"一边说着，右手向项水田腰间扫了过来，
这一招"不垢不净"，毫不留余地。

项水田不闪不避，却也伸出右手，闪电般将番僧的手抓住，
用力一摔，这一招"风起水涌"使得恰到好处，这一下竟然将那
番僧的身子，摔出老远。

那番僧大吃一惊，万料不到，这少年有这么惊人的内力，有
这么惊人的招式，一下子哇哇大叫起来。

项水田趁那番僧立足未稳，伏低身子，向那人当胸一拳，这
一招"水神宫殿"，那僧人哪里识得？仰天一跤，摔倒在地。

宗赞拳法一变，又使出一套金刚伏魔圈法。他一串佛珠在
手，时作长鞭，时而展开成圈，鞭击时虎虎生风，变圈时如张网
捕雀，要将项水田的人头身子，罩进珠圈之内，其中尤其是锁喉
的一招，意在伏魔，最是厉害。这是他最拿手的功夫，这么势若
疯虎一般使出来，配之以雷鸣般的吼叫，早已没了先前那出家人
的从容淡定，只想将项水田一招毙于佛珠之下。

项水田浑不在意。他仔细体会舟子老者所授拳理，深得"料
敌机先，敌我两忘"的拳法精髓，内力充沛，身子灵敏，数招就
将那番僧击倒，招招击中要害。那番僧经此一战，知道中原一个
年轻人的拳法就这么厉害，再无斗志，逃回吐蕃，再也没心思去
参加什么神女会了。

项水田将番僧打败后，又赶去帮苦觉对付那八人。三拳两
脚，便将慧果打倒。其余七人得知番僧被打败，全无斗志，作鸟
兽散。

静尘在这两场拼斗后，知道圆通寺的人及番僧尽出，便从容下山。

第二天，巴婆伤愈，辞别紫云庵，要前往黄州府。说是那里将有一件大事要发生，不然就来不及了。巴婆本要静尘前去作援手。静尘似笑非笑地道："这位项少侠的功夫，比我们强多了。还是让项少侠陪你去吧。"巴婆请静虚师太诊断项水田身上的内伤，静虚给项水田切脉后，只是摇头，表示无能为力。

项水田知道自己身中内毒，难于医治，但他生性开朗，不把这放在心上。得知返回巫山经黄州顺路，慨然答应护送巴婆去黄州。

第五章　苏幕遮

词曰：

伴星行，乘醉卧，人约栖霞，飞剑惊楼座。非是江城多婀娜，不报深恩，便受千夫唾。

浅梨窝，眉紧锁，菩萨心肠，救世招横祸。休教虎狼销束缚，遍啖五蛛，应笑狂魔破。

从庐山到黄州水路有百来里，但是逆水行舟，慢得多了。幸好项水田熟于张帆摇橹，小船借助风力，沿之字形溯江而上，倒也轻快。

项水田昨夜帮助紫云庵赶走番僧，救出男童。巴婆对他不住口地称赞。项水田只说是顺便帮忙。巴婆又说他学到九天拳是天赐的机缘，到黄州后，会先带他去东坡赤壁，让他好好看看《赤壁赋》《后赤壁赋》的碑文，对破解其中的秘密，大有帮助。

项水田笑道："这就免了吧！我一个大字不识，怎么破解文章中的秘密？"巴婆却道："那倒不一定，有时候当局者迷，旁观者清。再说，不识字也可以学的。"于是在舟中又向项水田详细讲解苏东坡写《赤壁赋》《后赤壁赋》的背景，并给他解释赋文的具体意思。项水田已能背诵两赋，对其内容不甚了了，那舟中老者教他九天拳时，自然是以拳理为主，而这时巴婆对他所讲，全是原原本本的文意。巴婆语音清脆，知识丰富，用语婉丽，娓娓道来，令项水田这个不识字的人，听懂了《赤壁赋》《后赤壁赋》的全部含义，对九天拳的理解，又进了一层。

项水田急着早些赶到黄州，巴婆却说等天黑进城最好。项水田不明所以。巴婆笑道："你想想，大白天的，一个人走在路上，从头到脚都罩在布袍中，会不会让人觉得怪怪的?"项水田想想也是。他也想到一件事，道："婆婆，我的这支箫也不担心。"巴婆道："为什么?""一来我是个放牛娃，不像个吹箫的。二来这支箫本来是七孔，现在被我少东家用来接暗器，堵上了两孔，所以，与平常的五孔箫也没什么两样了。"巴婆道："是啊，抢眼一看，还以为这两颗黑棋子，是竹箫上的装饰呢。"

项水田又道："还是将这支箫放在婆婆那儿为好。"说着将箫递给巴婆。巴婆有些诧异，道："那为什么?"项水田道："插在我腰间，太扎眼。放在婆婆的布袍内，谁也看不见，不是更稳当吗?"巴婆忽道："我又不能跟着你去巫山……"项水田道："没事的。办完你这件事，还我就是了。"巴婆道："这可是江湖上人人想得到的宝贝，你放在我这儿，不怕我……你竟是这么信任我吗?"项水田道："我知道婆婆是好人，不会害我的。"又问，"婆婆到黄州，到底要办什么大事呢?"巴婆道："明天你就知道了。"

小船行到黄州城的赤壁矶边，天已黑下来了。

有宋一代，黄州城已是一个郡治所在，赤壁胜迹，四大名楼，寺庙道观，街巷阡陌，颇具规模。但此时兵荒马乱，百业凋敝。小船靠近城边的码头时，平日里人货喧哗的情景已不复存在。

一轮新月从东山升起，四野寂静。赤壁矶所在的褐色岩石，在夜色中看不真切，矶上立着数间飞檐翘角的阁子，月色下颇有飘飘欲飞之感。巴婆道："这就是东坡赤壁，黄州人修建的，里面都是他写的诗文碑记，我们去看看吧。"项水田将小船锚好，随巴婆一起走上十来丈高的矶顶。就着月光，看到两块立在亭中的碑石，上面镌刻着两赋。项水田不识字，如睹天书。两人看完后便下到矶底的船边。

赤壁矶的江边有很多鹅卵石，晶莹如玉，红黄白色，应有尽有。那巴婆时不时蹲下身，捡拾江边玉石，项水田问是何用途。巴婆答是用于占卜算卦。

两人刚刚走回船边，忽听上游岸边有个老者的声音说道："老潘，你先来了！他们两人呢？"那老潘声，道："老庞，不知他二人何时到。"说着眼望江面。项水田把船停在江水回湾处，那两人站立的地方突出江岸，相距几十丈，项水田看得见两人，两人看不到他这边。项水田只看见那姓潘的头大而矮，那姓庞的瘦高，两人的相貌却看不真切。

忽然，江上传来一阵清越笛声。那笛声先是极低极细，仿佛自远而来，渐渐地愈来愈近，继而清越嘹亮，原来是一人身穿白衣，乘一叶小舟自对岸而来。黄州的对岸鄂城宋时仍称武昌，三国时吴国孙权曾在此称帝，樊口的武昌鱼天下知名。

正在这时，空中忽又传来一阵啸声，竟如龙吟虎啸，间有羽翼飞腾之声，两音相杂。月光下一团白影自空而降，原来是一只大白鹤，背上驮着一个白须老者，以口作啸，翩然而至。

项水田自从江心洲苏醒以来，所历奇人异事颇多，自觉以此为最。那骑鹤老者以口作啸，项水田立时想起舟中老者教给他的龙吟功。可他只是初学，绝无骑鹤老者这份功力。

那吟啸之声与笛声互相唱和，似渔舟唱晚、渔樵问答。再听下去，似乎两人起了竞比之心，笛声忽然愈发尖厉，似乎天上的云雀，高远缥缈。而那啸声则越来越低回，似流水呜咽。有一刻，两人极高极细的乐音忽然停住，像是两大高手气息间的转换，又像是两军对垒中的短暂喘息，但此时无声胜有声，停顿后的爆发，使得两音更加激越铿锵，听者也愈发心神激荡。到得后来，已无法辨别何为人声何为笛声，直如大漠鸣沙，穿云裂石，不知何方为胜何方为败。忽然，笛声人声戛然而止。唯见明月在天，江流拍岸。

两人拍掌大笑。那吹笛的人道："鹤老宝刀不老，这份内力，迫得我的笛声快吹不出来了。"那鹤老笑道："还是你的龟兹调厉害。"转头问潘、庞两人："明天的事，大伙是一起去吗？"两人都说要去。

陈鹤老道："苏公当年离开黄州之时，要我们的父辈守好这只鹤，他的《赤壁赋》《后赤壁赋》中，似乎有个什么大的秘密，要我们好好守在黄州，等待有缘之人，这已经过去两代人了，还是没有等到什么人。眼前却是恩人有难，我们不可袖手旁观。大伙都去，不是万全之策，是不是留下一人为好？"那老潘咳嗽一声，语带调笑地道："鹤老，这次由我们几个去顶一顶，你身体不大好，一人一鹤，身系苏公嘱托的大事，还是你留下为好……"那陈鹤老道："这个时候要我做缩头乌龟，你把我看作什么人了?"老潘笑道:"就怕你把持不定,在你那个老……老朋友面前,心神不宁,功夫失准,最后适得其反……"那陈鹤老长叹了一口气,道:"一晃四十年没见她,我们都老了。不过,明天是她性命攸关的当口,又事关黄州武林同道的身家性命,我就是拼了这条老命,也是要跟那宇文彪搏上一搏……"那老潘笑道:"佩服。鹤老对老相好痴心不改,我们自当助你一臂之力……"那陈鹤老对姓潘的举掌欲打,道:"胡说八道,什么老相好!"

项水田见四人说到明日之事,侧头看了巴婆一眼,却听巴婆扑哧一笑,轻声道:"这个鹤老还真痴情……"跟着给项水田解释:"苏东坡在黄州待了四年,不仅写出了一生中最好的诗文,还结交了本地一大帮朋友。现在这四人称作雪堂四友,就是苏东坡几位朋友的后人,这位姓潘的,是以一句诗'满城风雨近重阳'而留名的诗人潘大临的儿子;那位骑鹤的陈鹤老,是当年以一句'河东狮吼'称奇的陈季常的儿子,武功也得自家传;那位吹笛子的,是吹了一曲《鹤南飞》的李委之子;口中发出啸声的,是名医庞安时的儿子。"项水田对苏东坡这些奇闻逸事,全不知晓。这时听巴婆说起这些人,虽然听得有趣,但还是不全懂。又听巴婆道:"他们说到明天的事,正好就是我要办的事。不过,到时候你待在我身边,继续当你是放牛娃。"项水田满口答应。那四个人最后商量,雪堂四友还是共同进退,明天要一同去给恩人报恩,便匆匆散去。

项水田也到岸上东坡赤壁的亭中宿了一夜。那巴婆宿在船舱中。一夜无话。

栖霞楼是黄州四大名楼之一,可凭楼观赏江景,位居东坡赤壁下游的山顶。巴婆和项水田两人来到栖霞楼时,天色尚早。店小二口齿伶俐地高声唱喏："客官早呀，有刚打上来的江鲢，有黄州名菜东坡肉，还有板栗子鸡、藕炖排骨，还有菱角、莲米，要喝茶有上好的英山毛尖……"

早有黄州当地武林门派邾城派的一名弟子，将两人带上二楼，来人对身着罩袍的巴婆极是恭敬，请她上座，但巴婆拒绝了，只择临江的一个角落落座。那人安排了上好的点心熟食，便躬身退去。

不一会，只见人声喧哗，有人高声叫道："黄州邾城派掌门邹方先生驾到!"只见一个五十来岁、身穿淡紫色绸袍的富态老者，手摇折扇，在四五个人的簇拥下来到大厅，厅上的人都站起身来相迎，那老者拱手与各人为礼。看到巴婆和项水田两人背向大厅而坐，眼光略微停留，便继续与其他人叙礼。

巴婆低声给项水田解释："一千多年前，楚国灭了山东的鲁国和邾国，将邾国的都城和君臣都迁到这里，建了一座邾城，成为黄州的首府。所以，这里有个邾城派，武功传了千年，仍有山东豪侠之风。"听了这话，项水田不自禁地对那人心生敬意。

不一会，先后有四个门派的掌门人，带着门人弟子，其中还有几个女子，走进大堂。四个门派是五祖、九宫、东林和九华派。五祖派来自黄梅五祖寺，掌门人是个高瘦老僧，名唤苦乔。九宫派在鄂南的九宫山，掌门人是个声音尖细的道人史达，腰间插了一把药锄。东林派来自庐山东林寺，东林寺是庐山第一大丛林，掌门人枕尘法师面色红润，目光慈和，举手投足之间，大有高僧风范。九华派来自安徽的九华山，掌门人是个矮胖老者，名叫管柏英，腰悬一口宝剑。

邾城派掌门邹方跟另四大掌门人寒暄过后，即转入正题。他站起身来，作了个四方揖，高声道："今日五大门派相聚黄州，是要商量一件大事，这件大事就算不明说，大伙心里也是清楚的。"他这么一说，席上的人都神情肃穆。邹方又道："再过几天，便是巫山神女会了。大伙都知'巫山蛊，七孔箫，神女会天骄'这句传言，一旦选出新的神女，巫山蛊的毒性会更强。魔教唐凤吟夺占了巫山帮，魔教取到蛊药，中原武林将面临灭顶之灾。上个月由少林武当掌门联手派出的前队六十人，有五十七人被毒死在巫山帮，只逃回了三人，且口不能言，耳不能听，形同废人。当此之际，武当少林再次联手发出传召令，要中原武林门派近日全部向巫山进发，与魔教和巫山帮决一死战，将神女会开成灭巫大会。大伙今日在这栖霞楼盟誓之后，就将前往巫山灭巫了。"

邹方说完之后，其余几个门派的头面人物，也上台慷慨陈词，大意都是说要带领本派的门人，随武林同道一起，赶去巫山，参加六月初六的除巫大会。

项水田还是首次见到江湖门派聚会，没想到自己就在巫山脚下，却不知这个巫山帮有这么坏，还有占了巫山帮的魔教教主唐凤吟，他也是首次听说。这时听说大伙要去参加除巫大会，那便是要跟巫山帮打架。自己正好要回巫山，也可以去瞧瞧热闹。又想，不知那位美丽的大理郡主，是不是还在巫山。

只听邹方又道："神女会召开在即，魔教和巫山帮气焰更加嚣张。听说巫山帮帮主郑安邦，最近已来了黄州一带活动，大家要格外小心在意，防备这恶徒先发制人。"他话音未落，众人顿时议论纷纷，有人甚至稍稍有些担心。有的说："这恶棍不会正经武功，全靠下三滥的放毒，可有点防不胜防呀！"有的说："郑安邦这小子无恶不作，要是能将他除去，就是为武林和天下苍生除一大祸害。"又有人说："听说这小子年纪轻轻，却专喜欢残害良家妇女，是个大大的淫贼。"

忽听右边桌上一个红脸汉子悄声道："郑安邦可能没来咱们这儿。听说什么大理国的郡主，眼下到了巫山帮。现在啦，郑安邦正享用送上门来的天鹅肉呢！"只听桌上另一人道："人家一个金枝玉叶的郡主，为何要垂青一个江湖无赖呢？""这你就要去问那郡主了，萝卜白菜各有所爱，说不定那郡主就喜欢郑安邦风流潇洒呢！""难怪呀，所以那大理郡主才会巴巴地那么远，赶到巫山，求那巫山帮帮主收留自己，给他做几房的姨太太……"

项水田再也忍耐不住，站起来大声道："你不要胡说，哪有这等事？"那人听到这话，一时不明所以，道："哪来的野小子，还为巫山帮说话……"忽见项水田跟头戴罩衣的人同席，似乎突然明白了什么，急忙自打两个耳光，道："是我乱说话，是我胡说八道……"项水田见这人前倨后恭，全不明白这是怎么回事。

这个小插曲过后，大堂中安静下来，众人似乎都在等什么人，时不时往大堂入口看去。

一个年轻的武师转换了话题，向身边的一位老者问道："谢师叔，那蛊毒到底是怎么一回事儿？"那谢师叔看了看四周，脸上肌肉抽搐几下，道："巫山蛊是天下最厉害的毒药，吃下了就会人不似人，鬼不像鬼！"

话音未落，只见一个身穿青袍的中年人站起身来，拱手说道："各位武林同道，家兄上个月已同那五十七名武林同道一起，死于巫山帮的毒手，本人这次前来，原也没打算活着回去。本人武功低微，无力攻进灵鸠峰去手刃恶贼。但本门克制毒物的解药，或许还能助各位一臂之力。现请各位先来领取。这是防蝎子的，这是治蜈蚣咬的，这是治毒蛇的……"他这么一说，众人都是面上变色。说起大伙一起去巫山灭巫，可真要面对毒物，这些人都有些害怕。

有人认识这人是百药门的，道："占龟兄，你倒是考虑得周到。不过，你既然来了，大伙就放了一半的心。你也不用给我们发药了，反正如果被毒倒，就由你给我们治。不然，这许多的药，我们哪里记得住？再说了，最主要的，有没有克制巫山蛊毒的药……"

那占龟兄面露难色，两手一摊，道："这巫山蛊，是天下最毒、最厉害的毒物，连巫山帮自己都没解药，我如何能有解药？"

众人听到这话，都是心中凉了半截，一时无话可说。

便在这时，只听一个老者道："是哪个没出息的小子，在这儿长巫山帮的志气，灭我等的威风？什么巫山蛊、五仙丹，老子全都不在话下，任他什么毒物，老子都要将他灭了。"

那占龟不知这人是何人物，道："老爷子，小人说的是实话。想我那家兄是使毒物的高手，比在下不知要高出多少，也栽在那郑安邦的手上。要不然，老爷子有什么绝活，在这儿给大伙露一手……"

那老者道："你那儿有什么毒物，一齐拿出来，我一口全吃下去，看看是不是毒得死我？"

占龟一言不发，双手一抖，只见两只手掌上，各出现了五只毒物：蝎子、蜈蚣、蜘蛛、银环蛇和金蟾。奇的是，十只毒物还在他手上不停游走，这情景实在令人恐怖。

那老者一见此景，立时变色。道："这这这，这是最厉害的吗？有没有巫山蛊那么毒？老子要更毒的……"一边说着，一边将头扭到了一边。

占龟察言辨色，知道此人是说大话，原来并无克制毒物的本事。正要收手，却听老者道："拿酒来，老子要喝酒，喝了酒自然便将这些毒虫一股脑儿地吞下肚去，看是它厉害，还是我老人家厉害。"

众人一听乐了，刚才已经有邹方的门人抬上来几大缸本地杏花村美酒。更有人叫道："最好将这五样毒物泡到酒里，让老先生喝下去，滋补身体，大增功力。"

占龟二话没说，双手一翻，十只毒虫全都倒进了桌上的一只大瓷杯中。十只毒虫掉入杯底，色彩斑斓，寂然不动。忽然，十只毒虫全都斗成了一团。占龟道："这就是制蛊，最后胜出的一只毒虫，就是一个蛊。这只是最低极的蛊毒，你们去了巫山帮，那里的蛊毒要比眼前这个，厉害千倍万倍……"

忽听一个女人尖厉的声音吼道："许飞熊，不许你看别的女人，你只能看我一个！"一个男人低声道："我哪里看了？只是看杯子里的毒虫……"女人叫道："还说没看？你明明就是看她的脸，你看她就是想着她了。不行，老娘跟你拼了！"说着银钩一挥，直刺男人胸口。男人道："琪琪，别误会，我真的只是……"边说边使开手中双笔，将银钩架开。

这女子竟然为了这件小事动手。两人拆招时熟练已极，一个攻得快，一个守得快。旁边有人将女子双钩的招式一一念出：

"燕子抄水、野猿上树、猴子捞月……"

突然，只听"吱"的一声，那女的一钩将那男人衣袖划破，手臂上也划出一道血痕，正好旁观之人念出这招是"玉兔偷桃"，那男人脸上一红，道："臭婆娘，真打吗？"突然他转守为攻，将双笔使得呼呼风响，顿时便在银钩上发出当当当的响声。那女子一边拆招一边应道："不放点血，怎能叫你长记性？"

两人一转眼斗了数十招，那男人明明占了上风，却并不真下狠手，如同陪女人喂招一般。旁边众人有些兴味索然。有人道："有没新鲜的，让大伙开开眼界。"有人低声嘀咕："这个女人这么厉害，男人看了别的女子一眼便要拼命，真要这样，干吗不将巫山蛊夺到手，逼她男人吃了，便不会看别的女人了……"另一人道："凭这点本事，怎能上得了巫山……"一言未毕，那妇人忽然转身，银钩向这人脸上直刺过来，口中道："你胡说什么？"

那人突见寒光一闪，银钩已奔向面门，他也是会家子，百忙中已抽出手中长剑，轻飘飘将妇人手中银钩荡开，正想嘲讽她一句，忽然又是金风拂面，原来那男人同时使出了一招铁笔点穴，"当"的一声，这人手臂发麻，长剑当即落在地上，他毫无防备男子与妇人合二为一的这一招，以致落败，一时脸都吓白了，僵在当地。

邹方走上来笑道："三位请住手。大敌当前，不必争这等闲气。"他这话一说，那三人脸上都是一红，道："邹掌门说的是，对不住了。"邹方道："大伙还是留下气力，去巫山灭巫吧！"

忽听一个阴恻恻的声音说道："去巫山灭巫，好大的口气！"这人何时进来，众人都没看见，听他说话时，人已在大堂前厅。

众人朝他看去，见是一个黑衣人，身材魁梧，满脸虬须，脸上满是嘲讽之色。

邹方道："阁下便是五梅教白虎坛坛主宇文彪？"那人道："正是，今天是各位的大日子了。黄州武林耀武扬威，清福享了二十年，早就不该活在世上！今天是期满之日，各位主动来栖霞楼受死，那再好没有了。"

这话众人听了心中发凉。邹方道："魔教妖人言而无信，前天勾结官军，在燕云山杀害了村中十几条人命，又添罪孽……"宇文彪道："你是邾城派的邹方，黄州武林以你为首。很好！你说本教结交官府，有何凭证？再说了，那跟我们订约的人，守好了她的诺言吗？神女会还剩三天就要开了，她还不将那物事交还本教。如果她今天仍不交还，我第一个要的，就是你项上人头。"

邹方道："魔教妖人休得猖狂。我中原武林各路英豪，都已动身前往巫山，与魔教和巫山帮决一死战。英豪毕聚，誓将踏平回龙山。你白虎坛作恶多端，也蹦跶不了几天了！"

宇文彪哈哈大笑，道："蚍蜉撼树，自不量力。你中原武林凭什么踏平回龙山？就凭你们这些白痴吗？上个月你们派了五十七人去送死，现在想一股脑送上门是吧？好！来吧！"

邹方道："小小毒物，何足道哉！中原同道自有克制之法。有本事，真刀真枪地比画，那才是英雄好汉的手段！"

宇文彪哼了一声道："我知道，本教会使毒，你们不服。我今天单枪匹马，就跟你们赌一个公道。今日我一不使毒，二不使诈，就跟你们真刀真枪比试武功，内功外功，轻功暗器，比哪样都行；车轮战也好，一拥而上也好，只要现场有人胜得了我，便饶了所有人的性命……"顿了一顿，阴森森地道，"如果无人胜得了我，你们全都自杀好了，省得我来动手!"

项水田先前听那邹方一番慷慨陈词，以为他话一说完，大伙就会马上踏上去巫山的行程。但这与巴婆所说大事似有不符。现在这个魔教的坛主一出现，听了他跟邹方的对话，方知这才是今日的正题。他眼望巴婆，见她在罩袍中纹丝不动，真佩服她的定力。

项水田见宇文彪四十岁上下的年纪，心中想：这人也没有三头六臂，竟敢夸口大厅中无人胜得了他，他真有这么大本事吗？不由得对他的胆气暗自佩服。忽又想到，要是那舟中老者"鱼划子"在场，这个魔教坛主一定不是他对手。

大厅前台是戏班子唱曲拉琴之用，数丈见方，正好可用于比武。邹方收拢折扇，大步走上前台，道："本人先来领教阁下的高招!"宇文彪更不答话，伸右手朝邹方当胸拍来一掌。邹方左手挥折扇一封，右手出掌，"啪"的一声，二人对了一掌。

邹方腾腾腾退出三步，胸口气血翻涌，知内力与宇文彪相差太远。这时虎吼一声，左手折扇打开，平平向宇文彪胸口推出，右手指向宇文彪太阳穴，这是一个虚招，待对方伸左手相隔时，又伸左腿虚踢，利用身体腾空之势，突然飞出右脚，对准宇文彪胸口膻中穴猛地踢出，这一击才是实招。这一招四式，名唤"大江东去"，正是从苏东坡《念奴娇·赤壁怀古》的词意化成。宇文彪略略后退，避开了这一招。邹方身为一派掌门，武功不拘形迹，一击不中，顺手抓起一名弟子的长棍，直取宇文彪咽喉，力未使老，木棍顶端如灵蛇吐芯，连点对手中盘六处穴道，待对手闪身避开，忽然将木棍一收，变直击而为横扫，自左至右，狠狠向宇文彪胸腹间打出。这是一招"横槊赋诗"，是得自曹操乌林之败的启示。宇文彪已避过两招，这时已不耐烦只守不攻，抬腿一踢，便将木棍踢飞。

邹方临危不乱，又从一名弟子腰间抽出一柄长剑，飞身一跃，凌空向宇文彪刺出夭矫三剑，一剑快似一剑，这一招称作"吴王试剑"。吴国孙权曾在鄂城西山留下试剑石，这一招便是试剑的余意。宇文彪不慌不忙将三剑避过，趁他收招时伸指一弹，长剑又已飞出。

邹方两次兵刃脱手，已知功夫跟此人相差太远。他想今日与宇文彪的这一战，已不关胜败，而是他郏城派及个人的荣誉之战。这时候已不顾自身守御，只一味进攻。他低头猫腰，着地一滚，向对手下盘猛踢三脚，这是一招"采菊东篱"，宇文彪轻轻一跃，这招又已避过。

邹方拳招再变，使出看家本领。只见他突然一矮身，拔跟掀脚，步履蹒跚，甚至跪地跋行，手上折扇直取对手胸胁要害部位。

宇文彪一见这个招式，略为吃惊，道："想不到在黄州还能看到孙膑拳。"便留意看邹方使出第一招、第二招，邹方使到第三招"三出一主"，所谓三出一主，就是指以两臂和一腿一齐出击，而以腿为主。这一招是孙膑拳的独门绝技，发出时往往是在跪地或者跋足而行时，突然出其不意，两臂作为虚招，而一个飞腿凌空击落，常常一招取胜。宇文彪看到这第三招上，觉得邹方功力也自平常，不想让他再使下去，身形一晃，竟是后发先至，在邹方飞腿未发时，右手已抢到邹方腰际，发力一推，邹方一个硕大的身躯，蓦地飞到窗边，压垮了一张木椅，重重摔在地上，嘴角流血，挣扎不起。

邹方这一败，其余四派掌门人均知不是宇文彪对手。

五祖派掌门人苦乔将齐眉棍重重在地上一蹾，上前跟宇文彪过招。只听他大吼一声，只震得屋顶的灰尘簌簌而落，旁观众人耳中嗡嗡直响。只见他双手握住长棍底端，长棍上扬，双腿往空中一跃，而向后弯曲，与上扬的双手形成一张弓形，跟着全身发力，长棍劲力如离弦之箭，"呼"的一声，向宇文彪头顶猛地击落。"好一招'当头棒喝'！"宇文彪身子一闪，避过了这一招，竟为对手声势惊人的这招喝了一声彩。

苦乔一击不中，长棍打到了地上，一声大响，烟尘腾起，地砖被打裂一条大缝。他变招神速，长棍一收，以棍撑地，飞腿向宇文彪腰间踢出，右手圈转，向对手太阳穴击出，这一招叫"回头是岸"，宇文彪一个铁板桥，就势伸腿在那棍上一踢，身子斜飞而去，这招又已化解。苦乔又大吼一声，他瘦长的身影跟随那根长棍，向宇文彪上中下盘连珠炮似的点刺，这一招"菩提无树"打法跟邹方一样不留余地，在被宇文彪避开后，他后面一招"明镜非台"，凝聚了全身内力，只是将那条长棍使开如拨风一般，长棍如转轮，呼呼风响，只想有一棒能及于对手身子。宇文彪连连后退，忽地乘隙将长棍踢飞。苦乔虎吼一声，用两手撑地，以手代足在地上行走，竟然快如疾风，双足连环出击。俗话说"手是两扇门，全凭腿打人"，他这两条腿上的力道，比双手要大多了。这招"一寺二祖"，身法倒转，出招方位出奇，大出对手意料，败过不少好汉。但宇文彪轻哼一声，见他中腹大开，拼着肩上受他一踢，伸掌一拍，正中苦乔肚腹，将他打倒在地。宇文彪伸手拍了拍肩头，道："好本事！差点着了你的道儿！"

苦乔出手的招式，项水田全然不懂，见他声势惊人，看得出神，巴婆给他轻声解释，这个五祖寺就在庐山对面的江北黄梅县，是佛教禅宗的祖庭，出了五祖弘忍和六祖慧能。那六祖更是三岁丧父，家境艰贫，卖柴度日。也是大字不识，却也开宗立派，讲经说法，信众无数。项水田听了大受启发。

九宫派掌门人史达一言不发地上前，挥起药锄向宇文彪出招。宇文彪一边招架，一边调笑："采药的来了，看看能挖到什么宝贝！"史达这人沉默寡言，对他的话充耳不闻。将一把药锄使得呼呼风响。他这把药锄长度不到一般长剑的一半，但在他身周使动，圈子虽小，却十分绵密紧凑。他的功夫是将九宫山瑞庆宫一套云松剑法融化在药锄之中，在剑尖的挑、拨之处，改为锄头的挖、插，力道更为凶险。这等兵刃在武林中较为少见，史达又是招法娴熟。但那宇文彪应对起来却是行有余力。史达使出"拨锄中行"，宇文彪后退一步，口中调侃："这一锄没挖到当归！"史达又使"挥锄分锋"，出锄也极凶险，宇文彪又道："这一锄要更狠一点，可能找到黄芪！"旁观众人知道史达终是无法胜得了宇文彪。果然又过数招，史达手上药锄被宇文彪一脚踩到地上，跟着他身子向后飞出，又将几名弟子撞倒。宇文彪拍了拍身上衣，好像拂去身上灰尘似的，道："道长最后这招黄莺扑蝶使得最为神妙！"

庐山东林寺法师枕尘本来目光慈祥，这时沉声道："魔教妖人，不可讥笑道长的功夫！"闪身与宇文彪斗在一起。只过了几招，宇文彪道："法师的拳法有飘然出尘之意，果然有些意思！"枕尘的功夫属于庐山东林寺净土宗的功法，功法轻灵飘逸，拳架高开高起，将两拳往宇文彪双耳击去，这是一招"尘中幻梦"，宇文彪双拳一架，将他两臂卸开。枕尘又使一招"神游物外"，一步踏上对手肩头，又使连环腿踢向对手头上涌泉穴，这一招如平地惊雷，使出之时无半点征兆，他身形高高跃起，正是看准了宇文彪出招时正要身体下沉，正是全力收缩后力未接之际，迅猛而发。旁观众人见到如此精妙的招数，都是大声叫好。但宇文彪对这么险到极处的一招来攻，只是伸指头一弹，便将枕尘的小腿外侧的悬钟穴点了，但见他高大的身形突然中途力道中断，从空中跌倒在地，再也爬不起来。

九华派掌门人管柏英脾气暴躁，声若洪钟，出招之中大吼连连，把宇文彪的声音全盖过了，宇文彪要对他的武功说上一言半语，也说不出来了。管柏英的长剑比一般长剑要宽，剑法厚重沉雄，法度严谨，他一连使了"九子战妖""钓龙成仙""金乔修行"几招，或中宫直进，或旁敲侧击，或虚实兼顾，尽得九华派地藏剑法的精髓，但那宇文彪实在了得，只一双肉掌，便在他长剑中往来穿插，数招之间，已反客为主。眼看管柏英身子被渐渐逼到墙角，手上长剑的圈子越来越小，忽听呛啷一声，长剑掉在地上。便在这时，管柏英一声大吼，跟着呼呼呼三声，三把飞锥从管柏英身上飞出，只见宇文彪向上一个纵跃，避开了飞锥，三把飞锥呈直立的三点，射向了宇文彪身后的墙壁，深入墙上数寸。宇文彪身子尚未落地，管柏英又是三把飞锥，向宇文彪上中下三路发出，宇文彪双腿跪地，身子后仰，将三把飞锥避开，身子已滑到管柏英面前，足尖踢中管柏英脑门，管柏英应声倒地。

看着插在墙壁上的六柄飞锥，宇文彪道："这等飞锥，只能对付平庸之辈!"旁观众人看到管柏英在剑法之外，还使出飞锥绝技，比前面四人已有超越。但仍然没将这个魔教坛主打败，不禁在心中大呼可惜。

五个门派的掌门人全都败在宇文彪的手下。宇文彪似乎有些扫兴，又道："看来黄州武林只有等死的份了！"

　　项水田看到宇文彪与五位掌门人过招，真是大开眼界。舟中老者教会了他九天拳之后，毕竟不逾旬日，而真刀真枪的实战，也只在燕云山打跑过官军，还有庐山上与那个番僧交手。今天看了这五大掌门的神奇招法，尤其是这个魔教坛主的功夫，方才见识了武功的真实面目。他一边惊叹于交战双方的攻防应对，一边又与舟中老者所授九天拳加以印证，对功法的理解又有进展。

　　忽听楼下有人大叫："谁说黄州武林没人了？"

　　楼板一响，有人趿拉着鞋皮，手上拿着一把旧蒲扇，走上楼来。只见这人长相十分奇特，五短身材，一个硕大的脑袋顶在肩上，偏生他全身是肉，整个身子都像个大肉球似的。他的头顶油光发亮，头上几个疤痕格外显眼。

　　这人上楼后，走到宇文彪身前五步处，斜着眼瞅着他，粗声道："他妈的，我癞头龟一生之中，最看不惯的，就是欺负女人的胆小鬼，来呀，爷们跟你打！"说的是黄州本地口音。

　　项水田一看这人，认出此人就是昨夜赤壁江边的老潘，虽然月光下看不分明，但他一颗大脑袋十分显眼，不知为何他在这儿自称癞头龟。

　　宇文彪睨了这人一眼，摇了摇头，道："又多了个送死的。"正要看这人会使出什么功夫，却见此人慢条斯理地将手上蒲扇在身上拍了拍，又对楼下叫道："软皮蛇，怎么还没上来，慢腾腾的，是要去见死人吗？"

　　"来——啦！"楼下一个有气无力的声音答道，跟着一个人脚不点地上了楼。没想到此人声音拖得长，上楼却快。众人一看，此人四十来岁，瘦高如竹竿，手上拿着一根碧绿的细竹竿，是个痨病鬼的模样。

项水田又认出，此人就是昨夜见过的那姓庞的。只听那癞头龟道："软皮蛇，我是不是跟你以两钱银子打赌，十招之内，我就能打败这个恶贼？"软皮蛇却答："不对，我不是跟你赌两钱银子，是一钱银子，也不是赌你十招以内，而是赌你跟我两人联手，在一百招内打过这坏蛋！"

"砰"的一声，宇文彪抬腿一踢，身前的一张座椅直向两人飞了过来。软皮蛇伸竹竿将那张椅子一接一引，轻轻拿在身边，眼望癞头龟道："第一招。"癞头龟会意，扬起蒲扇，向宇文彪肩头打了过去。

软皮蛇使的是一套灵蛇拳。他出手之际，手上有灵蛇昂首之状，全无病弱之态。尤其令人叫绝的是，他在应付宇文彪来招时，身上滑如泥鳅，宇文彪虎虎生风的招式使出，都被他轻飘飘地卸去掌力。这一下招招争先，每一步都抢在前头，癞头龟一口气数到了三十招后，软皮蛇气力渐缓。

癞头龟停止数招，伸开蒲扇，在宇文彪身上点打拍戳。他见宇文彪抬右脚向软皮蛇身上踢出，便伸出蒲扇，直点宇文彪膝盖外侧的足三里穴道，宇文彪一惊，急忙将腿收回。转而双拳齐出，要将两人逼出圈外，癞头龟见他这一下门户大开，不避他拳锋，反将蒲扇指向他上腹的中脘穴，这个穴道在肚脐上四寸，若被点中，必会动弹不得，只得将双拳收回，右拳左掌，分攻二人。

宇文彪以一敌二，软皮蛇的灵蛇拳自可应付，但癞头龟的点穴打法却着实令他忌惮，不由得缩小了防御的圈子。旁观众人先前见他与五门派掌门对敌，全处上风，现在以一敌二，现出劣势，以为出现转机，为二人大声喝彩。

又斗片刻，软皮蛇使出一招"灵蛇出洞"，攻向宇文彪右肩，癞头龟身子伏低，伸蒲扇点向宇文彪左大腿后侧的殷门穴，宇文彪右肩内收，身子旋转，伸左腿飞脚踢中了癞头龟的屁股，癞头龟忍住剧痛，反身将头狠狠撞向宇文彪的脑袋，他一颗带着疤痕的光头，也当成了点穴道的武器。眼看宇文彪避开了灵蛇拳的一招，就躲不过脑门上的一击，宇文彪避无可避，手上卸去来招，头顶反而迎了上去，只听"砰"的一声，两人以硬碰硬，癞头龟头皮发麻，退在一旁。宇文彪知二人内力有限，不再忌惮，道："龟也好，蛇也罢，都是平庸货色!"打得二人连连倒退。

到这时，早已过了百招之数。癞头龟知道两人难以支撑下去，也只得拿出看家本领。他忽然大声道："不打了，不打了，银子不够，为这等卑鄙小人输我的银子，太不值了……"一边说着，忽地转身，手指张开，一大把豆大的圆石向宇文彪掷出。他说话时，软皮蛇已经先行收招，宇文彪正待进招，忽闻风声劲疾，知道不好，急忙飞身跃起，但这些圆石有二十余颗，分打他多处穴道，他只避开了十来颗，情急之中，伸衣袖一抄，将剩下的十来颗圆石接住。这一招乃是老潘的家传绝招"满城风雨"。

潘大临当年在黄州写下"满城风雨近重阳"这句诗，正在思索第二句怎么写，突然房东前来催讨租金，顿时诗兴全无，由此就再也没法将全诗写完。但仅这一句诗就名垂青史，留下了"满城风雨"这个成语。老潘不忘乃父毕生的荣耀，将四字化成了暗器绝技。

就在这时，软皮蛇忽然向窗外喊道："那吹笛的跟骑鹤的主，还不现身，是要我俩死在这臭贼的掌下吗？"一边说一边往靠江一边的窗户望去。他这么一打岔，宇文彪听到什么吹笛的骑鹤的，眼神也不免向窗外望了一望，手上自然也缓下来了。再过得几招，软皮蛇已是进攻少而遮拦多，那宇文彪反客为主，步步紧逼。

软皮蛇忽然从身上掏出一个皮囊，毛乎乎地向那宇文彪掷出，宇文彪以为是暗器，正欲避开，但那个皮囊竟然中途加力，快速飞向他脑门，宇文彪慌忙低头避过，惊出一身冷汗。又过几招，软皮蛇更将他的半截鞋子踢向宇文彪的脸上，风声劲疾，宇文彪侧脸避过，这一招引得旁观众人哄堂大笑。宇文彪气得哇哇大叫。

忽闻楼下笛声悠扬，如风入松林，柳岸鸣莺。笛声从一楼到二楼。众人见一白衣书生走上楼来，横笛而吹。那书生见那两人双战宇文彪不下，立时以笛声带上内力，夹攻宇文彪。笛声激越、高亢、嘹亮，如深空中的星辰，又如啸叫着的鹰隼，直有穿云裂石之势。大厅中已有人感到不适，但知这是为了对付那魔教恶徒，尚自强行忍耐。

项水田也已听出，这白衣人正在吹奏昨夜的笛曲，所不同的是，昨天是那骑鹤老者以啸声相抗。不过，宇文彪内功深厚，并未受这笛声干扰。反而在攻守之间，时不时向白衣人飞出一脚。白衣人笛声一停，立即以竹笛为兵刃，猱身而上，这一下成了三人合斗宇文彪的局面。那白衣人一上来就快招迭出，令人眼花缭乱。他手中的竹笛，有时当剑，有时当成判官笔，有时当成铁鞭，诸般打法层出不穷。他这么一加入，顿时将攻守之势倒转。

旁观众人对白衣人花样百出的招数不能不服。他刚使过了一招华山剑法的"力劈华山"，又变招成了铁鞭招法中的"呼延落草"，宇文彪刚避过这招，他又使出判官笔中的"透骨钉打穴"。忽然他两手一分，那笛子又一分为二，变成两支短小匕首戳打攒刺，原来他那竹笛中间可以分开，以铜套相接。

但是，武功一道，到底比拼的是真实功夫。这书生变换多般兵器的招数，再加上那软皮蛇的灵蛇拳和癞头龟的点穴打法，在三人围攻之下，宇文彪始终用他本门的一套"撇身拳"，毫无花哨，却很实用，避敌攻击之外，只在一两招间，就将对手击溃。时间稍长，三人又已不敌。软皮蛇两次被踢倒，癞头龟一次腹中被击，痛得蹲下身子。眼看宇文彪一只手往书生头顶拍落，那书生身子一矮，只得使出最后一击，笛身一合，对准宇文彪竖着一吹，笛中飞出无数银针，但宇文彪袍袖一挥，将银针尽数挡开，同时飞起一脚，将书生踢倒在地。

这三人也败了。

大厅里一阵沉默。有好事者有感于那潘大临一句"满城风雨近重阳"再无后文，伤痛当日黄州武林众人败在魔教恶贼手里，为这一佳句续写了一首《七绝》：

满城风雨近重阳，
西岭妖魔独恣狂。
金笛不销神女劫，
栖霞楼上断肝肠。

这首诗描摹当日情景，虽然时令不合，诗意倒也相符。

忽见一人骑马仗剑，从楼梯一冲而上，是个眉清目秀的少年公子。他从马鞍上跳下来，大声道："蕲春赵文豹来迟。昔年有人大恩于先父，今日小子前来替父上场。"

　　宇文彪擦了擦汗，冷笑道："好，好！你倒是个孝子。"那赵文豹道："废话少说，看招吧！"他说着从背后抽出了一支判官笔。

　　那判官笔先是斜斜地自右上画向左下，接着是自上而下地画出，再一个横折，连画了三横。宇文彪已然看出，赵文豹这套笔法，竟然是一套书法，这起笔写的是一个"自"字，只见赵文豹笔尖一提，第二个字又已写出，乃是一个"我"字，这个字还没有写完，那瘫在地上的癞头龟已经啧啧称奇："苏公的《寒食帖》！"他说的是苏东坡在被贬黄州第三年的寒食节，作了二首五言诗："自我来黄州，已过三寒食。年年欲惜春，春去不容惜。今年又苦雨，两月秋萧瑟。卧闻海棠花，泥污燕支雪。暗中偷负去，夜半真有力。何殊病少年，病起头已白……"苏轼撰诗并书，行书十七行，一百二十九字，被称作《黄州寒食帖》，其时苏东坡去世二十余年，但此帖已是洛阳纸贵，被称作"天下第三行书"，现在这个赵文豹以判官笔法，使出了苏东坡的这个诗帖，令人啧啧称奇。

　　赵文豹使出这套笔法时，已将生死置之度外，笔法使得全无滞碍，如行云流水。他全神贯注于笔法之中，将诗意中的苍凉沉郁、寂寞孤独，全都抒发得淋漓尽致。笔意起伏跌宕，奔放洒脱，笔法更见爽朗俊健，气势雄强。使到五十余招之后，赵文豹完全进入物我两忘之境，他已不理宇文彪如何应对，只管将这路诗帖书写出来，真个是"犹夫雾谷卷舒，烟空照灼，长剑耿介而倚天，劲矢超腾而无地……"。

宇文彪在他使出第一招之际，便知此人功力尚浅，只因此人是代父报恩，心中对他认可。直到最后一句"死灰吹不起"的起字写完了，这才出指一夹，将赵文豹的判官笔收在手中，道："武功未臻上流，笔法倒是不错！"赵文豹倾注全身精力书写出这套《寒食帖》，似乎全身虚脱，坐倒在地，喃喃地道："试使东坡复为之，未必及此……"

第六章 醉垂鞭

词曰：

> 骑鹤舞翩翩，情难断，轻声叹。白羽动丝弦，烂柯分
> 外妍。
>
> 持杯休换盏，人终散，逝如烟。独自莫凭栏，人前传
> 醉鞭。

忽听得羽翼扑腾之声，伴随着一阵疾风劲吹，一只大白鹤从
江面的窗口飞了进来。白鹤背上一人鹤发童颜，身子轻飘飘地从
鹤背上滑落，一人一鹤走向前台。那只鹤比人的头顶还要高，昂
首阔步，顾盼自雄。

项水田一看，这人正是昨夜在赤壁江边骑鹤而来的老者。癞
头龟等三人对骑鹤老者摇头苦笑："技不如人，只能靠你了！"只
听这陈鹤老说道："雪堂四友怕过谁？打不过也打。"宇文彪听到
雪堂四友四字，又见到这只大白鹤，神色微变，道："雪堂四友
好大的名声，只怕是浪得虚名。"陈鹤老道："老夫这时与你比

武，未免乘人之危，我们就下局棋吧！"

说着提剑在身前的一张桌上一横一竖地画了起来。不一刻，纵横一十九道的棋盘便已画好。众人惊叹这老者手上的力道使得恰到好处，棋盘的线条不仅平直如尺，而且精细深浅也是分毫不差，就像用尺子刻画的一般。

宇文彪将那装有十只毒虫的大瓷杯拿到手边，众人不知他是何用意。有人看出，在宇文彪与前面九人比武的这个当儿，十只毒虫也经过你死我活的惨烈搏杀，一条个头最大的银环蛇成为最后的胜者，其余九只毒虫全都尸横杯底。这些色彩斑斓的毒虫，就算是死了，也令人莫名恐怖，有人连向杯中看上一眼，也是不敢。

宇文彪将手伸进杯底，众人发出一声惊呼，却见他手中拿起一只黑色毒蛛的尸体，手上一撕，毒蛛立即变成四片，又往棋盘上一弹，只见棋盘的两个星位上，各出现了一片毒蛛的尸块。一见之下，不禁让人心惊胆战，毛骨悚然。原来这人竟然以毒蛛的尸块作为棋子，实在是闻所未闻。

陈鹤老神色木然，也不见他使了何种手法，似乎在那只白鹤身上拂了一把。忽然，众人眼前一花，只见两团柔软至极的羽毛，轻飘飘地落在了棋盘的另外两个星位上。蜘蛛到底是有形有质之物，既是尸体，要摆放到桌面的棋盘之上，除了让人恐怖以外，放上棋盘就不是什么难事。但陈鹤老以羽毛当棋子，那么小小一团羽毛，是他现场以小巧手法裁成毒蛛大小的圆形，更难的是，那羽毛自离了陈鹤老的手之后，似乎仍有一股黏力，一落到棋盘的星位之上，就牢牢吸住，与自带重量的棋子无异。众人又是惊叹又是佩服。有人更觉得这一手内力，比那宇文彪已经高出了一着。陈鹤老道："山人就借这只老鹤的羽毛，跟坛主下一局吧。"宇文彪道："一羽不能加，蝇虫不能落。鹤老的内功令人佩服。"

古人下围棋与今人不同，是先在四个星位上摆上黑白两子，称作四隅，然后由白棋先落子。宇文彪选了黑子布好星位，那便是给陈鹤老让先。陈鹤老心想：此人见自己不肯比武占他便宜，便在棋局上让我一先，也算硬气。当下二话不说，率先落子。

陈鹤老既得了这个先手，便毫不手软，展开布局。只下出了十几手，旁观众人都已是惊叹连声。原来有不少人都是局中好手。棋谚有云，金角银边草肚皮。下棋先占边角，自然就握有实地，而"高者在腹"，那是说要围住棋盘的中腹是很难的，只有高手才能做到。但是，那陈鹤老招招都在五路以上的中腹，而且每每那宇文彪跟他硬碰，都被他轻灵地避开。这样一来，双方下了四十余手之后，黑方已经掌握了三只角，实地领先，而白方隐隐形成了中腹之势，而黑方已在中腹投入数子，只要这几子腾挪救出，或者就地成活，黑棋就能稳操胜券。一众围观的人不禁替陈鹤老着急起来。

蜘蛛尸块用完，宇文彪便用剩余毒虫的尸块，一张棋盘上已经散布着四五十片蜘蛛、蝎子、蜈蚣的碎块，或者就将毒虫蜷曲着的一条腿当作一颗棋子。棋局越到后面，用子越多，那些毒虫切成薄薄的一片，棋盘上血色淋漓，这等情形实在恐怖。不知是因为看了棋局已经对陈鹤老不利，还是因为这等血淋淋的棋子令人作呕，旁观一名年轻弟子哇的一声，忙用手捂住嘴巴，到一旁呕吐。

棋局进入最紧张的中腹搏杀。宇文彪巧妙地在中腹腾挪，弃掉数子，形成了一个劫争。谁输了这个劫，也就满盘皆输。旁观的围棋高手替两人数劫，发现陈鹤老的劫材比对手多了一个，只要打完劫，陈鹤老终将杀掉中腹的黑子，就能赢得这盘棋了。

这一节那宇文彪如何不知？他苦思良久，正要认输，忽然发现毒虫的尸块已全部用完，而几个劫并未打完。这人也算是个棋痴，不到最后一步，不肯认输。顺手去抓瓷杯中的那只蛊王——最后胜出的银环蛇，那蛇毒性大增，更显暴戾，见宇文彪伸手来抓它，猛地一口咬住了宇文彪的手指，宇文彪哎呀一声叫了出来。众人有的吃惊，有的暗自高兴，巴不得这个恶贼被这蛊王毒死。却见宇文彪两个指头一捏，轻轻松松将那蛇儿捏死，自是有他克制蛊蛇的法门。那指上被咬的一口，也只是小小疼痛而已。

宇文彪再将这只蛊蛇的尸体切成碎片，去填上打劫的棋子。他被蛇儿咬了一口，脑子反而更见清明，瞥眼之间，竟然发现右边角之上还有余味，在角上他又挑起劫争，这样反而他能多出一个劫。

这一下绝处逢生，胜利的天平又向宇文彪倾斜。陈鹤老望着棋盘凝思，额上冒出几滴冷汗。一团羽毛拿在手中，迟迟不知如何落子。

但软皮蛇等几个人却又看出，那角上的劫争，隐藏了一个"十王走马"的妙手，陈鹤老只要自填一气，就能将黑子角上那片棋杀掉，仍是白方赢棋。可是陈鹤老身在局中，没有看出这一个妙手。急得那软皮蛇嘴鼓唇摇，抓耳挠腮。软皮蛇心生一计，他起身走到宇文彪身后，将鞋子脱下拿在手中，又穿上脱下，做了好几次。陈鹤老还在苦苦思索，未见到软皮蛇的动作，直到软皮蛇咳嗽一声，他抬头见了，立时恍然大悟，当即落子自填一气，被提五子之后，再打吃反败为胜。

宇文彪没想到陈鹤老破解了这局棋，心中极是懊恼，知道软皮蛇捣鬼，对他怒目而视。按武林规矩，这个棋局不仅仅只是下棋，也是两人武功内力的比拼，陈鹤老既然胜了，就是替黄州武林胜过了宇文彪，宇文彪先前所说的赌局便已输了。他再也不能动现场黄州武林人士的一根毫毛。

却听陈鹤老道："宇文兄不必懊恼，老夫这处倒脱靴的手筋是受人指点，本局老夫还是输了。"

这局棋使他大耗内力，陈鹤老脸色蜡黄，走起路来东倒西歪，有气无力地道："拿酒来。"两名年轻弟子将两坛杏花村酒拿到他面前。

陈鹤老将酒坛的封盖打开，顿时酒香四溢。陈鹤老扭头对那只鹤说道："鹤兄请了！"那鹤本来挺立在棋桌边，便全然会意，将长喙伸入酒坛之中，大口大口喝起酒来。陈鹤老将两只碗放在桌上，一名弟子将两碗酒酌满。陈鹤老对宇文彪道："杜牧在黄州有诗'借问酒家何处有，牧童遥指杏花村'，这是本地有名的杏花村酒，宇文兄要来一碗吗？"宇文彪摇摇手道："本人不喝酒。"陈鹤老端起酒碗，递到口边，咕嘟嘟一口气喝了个底朝天，将空碗放在桌上，将另一碗酒也拿起来，仰头喝干了。咂了咂嘴，道："干脆喝个痛快！"一只手开了另一坛酒，提上肩头，身子随着酒坛一斜，陈鹤老张大了口，如饮甘泉一般，将酒水吞下肚去。

眼见陈鹤老将坛中酒稳稳地倒入口中，既不见一点一滴溅出，也不见酒柱的大小变化，甚至看不见他的一呼一吸的吞咽停顿，令人称奇。

那鹤也是自顾自地喝酒。随着酒坛见底，陈鹤老肚子也鼓了起来，脸上也渐见红润，有人更是吃惊地看到，陈鹤老这时精神焕发，目光炯炯，如同换了一个人。就在众人啧啧称奇声中，一人一鹤，将两坛酒全都喝下了肚。

陈鹤老将酒坛往地上一搁，酒坛立时跌成碎片。只听他说道："宇文兄，老夫既然棋下输了，本来不用再打。不过，此事关系中原武林的兴衰和我们欠别人的一份恩德，就算这条命不要了，还是要打上一架。"宇文彪听了这话，佩服陈鹤老为人光明磊落，道："悉听尊便。"

陈鹤老道："我这一人一鹤，都是同进退的，鹤兄跟我一起出手，可不能算两个打一个。"从腰间抽出一条软鞭，歪歪斜斜地向宇文彪头上击出。那鹤将两翅展开，顿时如同大将军展开大氅一般，威风凛凛，它身子比常人高出了一大截，居高临下，伸出长喙，向宇文彪狠狠一击。但所击的神态，也有如醉酒之状。

宇文彪听风辨形，身子一晃，避开了陈鹤老的鞭法怪异的一击，他左右照应，白鹤的一击，也惊险避过。

陈鹤老的软鞭，展开来长有丈余。使动之际，配合他内力达于鞭梢，发出啪啪的响声，真有崩云裂石的力道。这时他使出的鞭法，东倒西歪，那只鹤出喙的角度也是大异常态，一人一鹤都是歪歪斜斜，出招的方位全然不合正理。众人这才看出这套鞭法的妙处，原来是一套醉鞭。江湖上醉鞭本就极少，加上众人极其希望陈鹤老能挽回败局，陈鹤老每一鞭出，众人都是轰然叫好！

项水田是个放牛娃，本就极少饮酒，这时闻到满堂的酒香，又看到那陈鹤老使出鞭法醉态可掬，那只鹤更是醉态十足。他平日里放牛，用得最多的就是牛鞭子，只觉得那陈鹤老挥鞭之际，与他使出牛鞭时固然是大异其趣，但落向对手的方位，总是妙到毫巅。前面的拳斗他已大长见识，这时他对于陈鹤老鞭法的理解，也是渐入门道，直窥堂奥。一时看得热血上涌，不停地随着众人大声喝彩。

整个大堂之中，只有那个戴着头罩，静静坐在项水田身旁的巴婆，对所有的这些打斗视而不见，充耳不闻。

良久，项水田不能不佩服宇文彪出神入化的武功。只片刻工夫，陈鹤老一人一鹤，已经向宇文彪攻出二十余招，而且全是令人意想不到的方位。先前败在宇文彪手下的五派掌门，此前心中或有不服，总觉得宇文彪与自己相比，武功内力或有过之，但自己如果发挥得好，也有得胜的机会，这时见了宇文彪应对陈鹤老一人一鹤的进攻，那才叫自叹不如。但见宇文彪一身黑衣，如同一个黑色的怪影，在一人一鹤的鞭来喙往之间不停穿梭，明明是避无可避，偏偏能化险为夷。这等身法，无论高跃低伏，都是险到极处，妙到极处。后来，那喝彩之声，似乎不全是给了一人一鹤，而是给了攻防完美无瑕的双方。

这套一人一鹤的醉鞭攻法，宇文彪也是首次遇到。宇文彪今日前来现场，对于所见之人的武功门派，全都了然于胸。如果不是胜券在握，他也绝不会说出那番大话。但没想到陈鹤老和软皮蛇、癞头龟这些苏东坡在黄州旧友的后人，武功之高，丝毫不比武林中人差，尤其这个陈鹤老，一人一鹤更是名闻中原。这些人平时都不与武林人士来往，直到今日才知真人不露相。宇文彪初次与一人一鹤接招时，是凭借灵活的身法趋避腾挪。五十招过后，他便渐渐看出门道，数招之中便有一招反守为攻，随着对这一人一鹤招数的熟识，他渐渐化被动为主动，陈鹤老一人一鹤的攻防圈子，越变越小。

百招过后，双方仍是势均力敌，不分胜败。但宇文彪内心雪亮，先前他与所有的人相斗，都是行有余裕，但这时与一人一鹤相斗，所耗功法内力，比先前所有人加起来还要多。如果不尽快将这一人一鹤打败，自己反而会气力不继，败在当场。

就在这胜败难分的关头，忽见陈鹤老身子一歪，像醉酒一般，倒在地上。原来，宇文彪用作棋子的那些毒虫，已放出巨大毒性。尤其是那蛇蛊死前咬了宇文彪一口，他也未加包扎。与陈鹤老一人一鹤斗了半天之后，那毒性自然挥发出来，宇文彪虽未故意使毒，却收到了放毒的实效。陈鹤老在剧斗中渐觉麻痒难忍，再也支撑不住，倒地昏了过去。

自从进到大厅的那一刻起，陈鹤老至少有一半的心思在巴婆这一边，但他绝不向这边看一眼。到这时他昏倒在地，真希望那巴婆能起身问候一声，甚至上来搀扶他一把。但那巴婆在座位上一动不动，甚至也没有转过身来看他一眼。

陈鹤老心中伤痛，想起了那一段刻骨铭心的往事。

就是那个名叫杏花村的村子，就是那个出产美酒的村子，村子在麻城的歧亭镇，跟他陈家村只隔了十来里路。杏花村不仅产美酒，还有美人。那位名叫杜芸的女孩，就是他未过门的妻子。这门亲事是他刚出生不久，由他父亲与杏花村的这位开酒庄的未来岳丈说好的。陈瑞鹤与杜芸青梅竹马，十二岁前时在一起耳鬓厮磨，早就心心相印。可是，等陈瑞鹤二十岁时前去提亲时，他的父亲陈季常已经去世，家道中落，杜芸的父亲有些不愿意了。那个美丽又聪明的杜芸却对他痴心不改。

在一个杏花春雨的日子里，杜芸跟他相约，从家中出走。

本来，两人相约，在村后的小河边见面。但他赶到见面地点时，却飞来横祸，杜芸却被临时经过的恶魔唐风吟抢先一步劫走了。唐风吟当时已经是魔教的一个副坛主，正在黄州府的巴人之间寻找蛊毒线索。他假扮成了富家公子，抢走杜芸之后，用麻药将杜芸玷污了，又使她求生不能求死不得。此后以夫妻身份在巴河一带藏身数年，获知了巫山帮中的许多蛊毒的秘密，最后他步步为营，当上了魔教教主。杜芸被胁迫后，本想一死了之。后来想到，这样死了，太便宜了唐风吟，一定要给唐风吟致命一击，才是他应得的报应，才算天公地道。她精心策划了一个计划……

就在二十年前的这一天，杜芸将唐风吟千方百计弄到的灵芝软香偷到手，这是炼制巫山蛊的最重要的药草。她带着灵芝软香逃离巫山，回到了黄州。魔教的人追到了栖霞楼，杜芸跟他们约定，二十年内不能再来黄州，不能对黄州百姓和武林人士动一根毫毛，否则，她就会将灵芝软香毁去。二十年期满之时，她才会将灵芝软香还给唐风吟。

杜芸再也不回杏花村，也不跟黄州武林的人来往，而是在巴河给巴族人看病算卦。

陈鹤老一人一鹤的名声是在四十岁后才得到的，后来也知道杜芸回到了黄州，却再也没跟她见过面……

只听宇文彪干涩的声音道："还有人来打吗？"软皮蛇、癞头龟等人将地上的陈鹤老搀扶起来，怒道："魔教妖人，下毒使诈！"宇文彪冷笑道："他只是被你百药门的这十个小小毒虫熏倒，要是本人下毒，还能让他活着？"

宇文彪转过了头，高声对巴婆这边说道："教主夫人，黄州武林，还有他们请来的帮手，舍出命来给你挡驾，现在都败了。你若还不交出那物，我可要大开杀戒了！"

只听罩袍中的巴婆对那宇文彪道："奉劝白虎坛主一句，今日之事与你的命理相克，还是请你好自为之，方可自保。"她的声音从罩袍里发出，有些含糊不清，听起来有些不太自然。

宇文彪听出她声音有异，道："今日之事不是明摆着的吗？你们谁也不是我对手，你老老实实交出那物，我回去禀告教主，饶了你的大罪，黄州这一干武人的性命，也保住了……"

巴婆缓缓地道："没有用的，你一意孤行，违逆天意，命断今日，那是自找的。"说话声中，一件物事向宇文彪飞了过去。

宇文彪伸手接住，竟然是一块鸡蛋大小的鹅卵石，颜色灿烂，纹路颇见山水笔意。宇文彪道："这是什么玩意？"巴婆道："这是我昨晚从赤壁矶头采得的七色玉石，最是灵验。这块玉石已有明示，你今日毕命于斯……""胡说八道！"宇文彪恼羞成怒，将那石头狠狠向巴婆身上掷出，这一下势大力沉，眼看巴婆就要中招。

忽见一人如大鸟般扑过来，伸手接住了那颗圆石，接着又向宇文彪扑过去，一把将他抱住，大声叫道："芸儿快骑上白鹤离开，这里交给我……"正是陈鹤老。刚才百药门的占龟已经给他服下解药，毒症立解。这时见宇文彪向巴婆出招，情急之下，想要巴婆乘鹤逃走。

却听巴婆道："陈鹤老此言差矣，我如要逃走，今天何必前来？"陈鹤老一听这话，手上松开。宇文彪一掌击中陈鹤老腹中，陈鹤老哇地吐出一口鲜血，倒在地上。宇文彪大踏步往巴婆这边走来，大声道："听说你幽冥烟阵将我四个副手都打败了，让我来跟你较量较量！"

宇文彪进门那一刻，就注意到了巴婆身边的项水田。见这小子身穿短衣，像个打杂的厮仆，冷笑道："听说巴婆身边有个打怪拳的小子，是你吗？你是哪一派的弟子？"他知道这人既然坐在巴婆身边，必是与她关系非同一般、又或是她武功上的帮手。说话声中，忽然一股大力从宇文彪掌中发出，直冲项水田身上而来。这一招用了八成的内力，旁观的一名老者摇头叹息，知道这一掌过来，这小子非死即伤。

但见宇文彪正面来招，项水田不暇多想，起身就应了一招"冯虚御风"。他本就跟巴婆坐在一起，知道如果闪身避开，巴婆必会受伤，这时只能以硬碰硬，记着老者所授之法，将身上内力尽数运用到手掌。两股力道碰到一起，发出巨大声响。旁观众人以为这个短衣少年必定被打得筋断骨折。但只见他傻傻站在当地，一脸迷惘。

终是他临敌经验不足。宇文彪发出这一招，只在吸引项水田起身应对，发招之后，宇文彪闪身跃到一丈开外，对身边的武林人士拳打脚踢，这时候他出手毫不留情，有的功夫稍差的人当即昏死在地。大厅中一片惊呼。邦城派掌门邹方吼道："大伙跟这恶贼拼了！"几个掌门人应声往这边飞跃过来。只见宇文彪又是一个倒跃，自空而降，正好落在项水田身后，抬脚一踢，项水田扑倒在地。右手画了一个圈子，一掌向身穿罩袍的巴婆拍出，眼见那巴婆快捷无伦地应了一掌。

"砰"的一声，巴婆已然中招。只见披在巴婆身上的紫色罩衣被击成了碎布条，无数细碎的布条像紫色的树叶，从她四周翻卷飘落，缓缓散落在地。

这时，所有的人都看到了一个奇景：那件紫色的罩袍被击成碎片之后，一个美貌绝伦的少女出现在众人眼前，那少女容色清丽，肌肤胜雪，眉目如画，实有绝世姿容。尤其是两边的脸颊上，还有一对又大又圆的酒窝，她脸色苍白，脸上一对酒窝随着她呼呼喘气时隐时现。那少女绝没想到宇文彪会使出这等碎叶掌法，将她罩袍震碎，却不伤及她肌肤，连她穿的一件青布裙子也毫无破损。不知是气愤已极还是羞愤难当，竟然说不出一句话来。

出乎所有人的意料之外，大厅中赶上来要跟宇文彪拼命的人全都惊呆了。

项水田简直不相信自己的眼睛。没想到，这个几天来一直跟自己在一起的巴婆，竟然是一个美貌少女。

陈鹤老挣扎着爬起来，看到这个少女，这不是他的未婚妻杜芸。

宇文彪看到这人不是他要找的教主夫人。

所有黄州的武林人士都看到这少女不是他们的大恩人。

宇文彪本就觉得巴婆的声音与教主夫人有异，他在使出一连串声东击西的招法后，施展碎叶掌法，既是怕误伤了教主夫人，又是为了便于揭开罩袍中这人的真面目，却没想到是个陌生的少女。他盯着少女道："你是谁？教主夫人在哪？"

那少女已经恢复了平静，道："宇文先生，我师父拿了灵芝软香，那又怎样？你们找我师父就是，何必拿黄州的百姓和武林人士出气，甚至残杀村民，今日又拿黄州武林人士做要挟，还夸口什么没有使毒，只比武功，这比使毒更加下三滥。你尚留有余地，没有让在场的英雄丧命，罪孽还不至深重。你快走吧！否则你必命丧当场。"

宇文彪怒道："小姑娘到底是谁？装神弄鬼，胡说八道，骗不了我的。前天是你跟我那副坛主罗霄对阵的吗？"说着向那女孩走近两步。

项水田起身挡在女孩子身前，道："你……你不能欺负这个……这个小女孩。"

想到被这个小姑娘骗了，宇文彪一时怒发如狂。一股大力直冲项水田身上推了过来，实有开碑断石的力道。

项水田刚要出手抵御，忽然感到胸腹间一阵钻心的疼痛。这种疼痛不是第一次，而是第二次了。他痛得无法出招护身，只能双手捂住胸口，似要将胸膛掀开，才能减轻剧痛。

这就相当于自己成了宇文彪的活靶子。只听"嘭"的一声大响，那一拳不偏不倚，正中项水田胸口。项水田胸口一震，也不知是不是有骨头断折，但那股疼痛居然大为减轻，立时大声喊道："痛快，打得好！"那宇文彪吃了一惊，自己这一招拳法，便是将大牯牛也打死了，这个少年竟能承受，还大叫打得好。

这叫好声，在宇文彪耳中，简直变成了嘲弄。宇文彪心中却有巨大疑问：这是哪来的野小子？自己与人过招无数，挨打后叫"痛快，打得好"的，这还是第一次。看他脸上神色痛苦，双手捂住胸口，一时猜不透他葫芦里卖的什么药，只想将这碍手碍脚的小子尽快打发了，第二拳使了出来，这一拳又打了个正着。

项水田受了这一拳，竟然大为受用，腹中疼痛立减，叫道："打得好，再来一拳！"旁观众人以为宇文彪手下留情，更有人以为这小子是个疯子。

陈鹤老这时却知道事有蹊跷。他蹒跚地走上前来，对项水田道："小伙子，试试调匀内息，是不是受了内伤。"项水田受这两招，腹内的疼痛大减，这时陈鹤老来跟他说话，试着呼吸吐纳内气，过了一会，腹内已不再感到疼痛。

陈鹤老擦了擦嘴角的血迹，问他："你是谁的弟子？"项水田嗫嚅道："我，我不是谁的弟子，我只是个放牛的……"陈鹤老望了那少女一眼道："我是问，谁教了你武功？"项水田答："是那位江中的老者，叫鱼划子的，他教了我九天拳。"这话在陈鹤老听来，以为是在长江里一个打鱼的人，教了这个小伙子九天的拳。

陈鹤老沙哑着嗓子对宇文彪道："跟你的赌局还没有完。你赌我们在场的人，无人能胜得了你。我看这位小友就能胜得了你。"宇文彪见巴婆已被调包，一时对赌局全无兴趣。道："先寄下你等的性命！"转头又对那女孩子道："快说，教主夫人去哪里了？"那女孩子道："我知道你的教主夫人在哪里，也知道你要的灵芝软香在哪里，可是——"宇文彪急道："可是什么？"那女孩道："可我就是不告诉你！""砰"的一声，宇文彪听到那女孩这句话，抬手将身前的榆木饭桌用力一劈，那桌子立即被切下个角。

那女孩子又转头对项水田道："项少侠，这位陈鹤老要将他的醉鞭教给你，你愿意学吗？"项水田刚才就见识了醉鞭的厉害，这时腹中也不再疼痛，他看着陈鹤老，忙点头道："愿意的。"陈鹤老点了点头，道："小姑娘竟猜中了老夫的心思，我现在就将这套醉鞭传给这位小友。"那女孩子又转头对宇文彪道："你想要我说出巴婆的下落，那是痴心妄想。那这样吧，陈鹤老要教少侠醉鞭，如果将你打败，你就自己抹脖子，如果他打不过你，我便告诉你教主夫人的下落，如何？"

宇文彪一想，眼前这么一个娇滴滴的小女孩，自己是圣教的坛主，年纪大她一倍有余，实在不好意思对她动粗。就算想将她掠走，也不易脱身。看看眼前这个放牛娃，他天分再高，怎么可能就在这一时半刻学得醉鞭，还能将自己打败？想到这里，他用手一指楼外，道："你们往楼下看看就知道，就算拖到天黑，你们能逃得掉吗？"

这时正好一个年轻弟子从楼下奔回，大叫"魔教将整个楼都围住了"！众人朝楼外看去，发现楼下已经被数百黑衣人团团围住，手上都拿着弓箭，看来楼上的人是插翅难飞了。

那女孩子道："宇文坛主，你这时就是把在场的人全都杀了，也是无益。不如你撤了箭阵，再与这位项少侠比一场，或许还有希望知道教主夫人的去向。"宇文彪听到这话，道："小姑娘，你到底是什么人？"那女孩道："你先撤了箭阵。"宇文彪向楼下挥了挥手，楼下黑衣人撤了箭阵，但是并没撤去包围。那女孩道："我是巴婆的第十二代传人，已得了我师父的衣钵。"宇文彪急道："那你师父？"那女孩俏皮地眨了眨眼，抬起手来摇了几摇，表示无可奉告。

宇文彪气急败坏地道："让那小子学他的醉鞭吧，我先斗一斗小姑娘的幽冥烟阵！"那少女向先前跟丈夫比武的女子走去，低声道："姐姐，借你的披风一用。"那女子将背上一件蓝色带花的披风解下来，递给了少女。那少女将披风盖在头上，走向前台，对宇文彪道："我在这儿领教你的五仙紫烟。"

陈鹤老从腰间解下软鞭，将项水田拉到先前临窗的空位，对项水田道："他们比试毒烟阵，我们来练醉鞭！"他一边比画，一边说出口诀："收住真力藏心间，灵机霹雳手擎天，疾步流星冲霄汉，金罗伏虎醉挥鞭……"项水田虽未进过学堂，但记性很好，对老者的口诀用心记忆。

　　五大门派掌门人见宇文彪和那女孩子要比试毒烟阵，急忙吩咐门人全部退后，并用布条塞住口鼻。陈鹤老抓住这个当口向项水田传授醉鞭。他在重伤之余，仍是声嘶力竭地连讲带比，恨不得将醉鞭的窍要一股脑儿地教给这年轻人。项水田拿着那根软鞭，觉得跟自己的放牛鞭子一样顺手，学得兴味盎然。

　　大厅前台，宇文彪双掌一推，身前出现一道紫色烟柱，急速向那少女身前飞去。那少女双掌齐出，和宇文彪的烟阵比拼就此开始。

　　宇文彪掌中紫烟成一道拳头粗的烟柱，向那少女身前延伸。到少女前方五尺处，便即停住。

　　那少女头上盖着披肩，上半身全被盖住，仍是眼能视物。她一双玉手平平竖在身前，腰身笔挺，双臂微弯，姿态娴静端严，她身前五尺以外的那道无色烟墙，将宇文彪的烟柱稳稳挡住。

　　宇文彪加催内力，紫烟柱不见向前推进，却在那无色烟墙前散开，渐渐沿着无色烟墙的外围伸展开来。这样一来，旁观众人便将那少女给自己设定的防护圈子看得清清楚楚。只见那是一个比她人头略高的圆柱体，就像她的身周罩上了一个比常人还要高的玻璃杯体，她就站在这个横放着的玻璃杯体的中间位置。宇文彪发出的紫色烟柱只是沿着玻璃杯体的外壁前行，却无法进入杯体内。

紫气氤氲，毒雾侵突。不一会，竟将那少女身周的无色烟墙全部盖住，成了一个被紫烟裹住的巨大圆柱体。

旁观众人都只将习练拳脚器械，视为正宗武学，自然不会使毒，更未见过这种毒烟对阵。初见宇文彪发出紫烟，这些人害怕中毒，纷纷走避，退到距前台数丈以外，捂住口鼻。待看到紫烟只冲少女而去，并不向这边散开，渐渐放下心来。有人甚至大着胆子将口鼻中的布条取出，以免呼吸困难。看到少女周身都被紫烟罩住，不免替她着急，怕时间一长，她内力不济，会败在宇文彪紫烟之下。

局面相持不下，宇文彪又出新招。只听他以口作哨，尖啸之下，他的身前竟然出现了一只只毒虫。有人惊叫之下，见这些毒虫一共正好有五种：毒蛇、毒蛛、蝎子、蜈蚣、蟾蜍。这些毒虫似乎受到他哨声的驱使，纷纷向少女站立之处爬行。爬行速度也不甚快，但与那少女的距离却越来越近，而毒虫似乎不绝涌出，越来越多。

毒虫一出，旁观众人大是惊恐。先前百药门那人只拿出十只毒虫，众人尚避之唯恐不及，及至宇文彪用毒虫的尸体做棋子，跟他下棋的陈鹤老就被熏倒，要服下解药。眼前这毒虫源源不断，随着宇文彪哨声而前，这种情景又比那十只毒虫更令人恐怖万倍。有的人两腿发软，口中呕吐，更多的人不由自主，缩身退后。这样一来，后面留给陈鹤老教项水田学醉鞭的空地，也被退过来的人群填满了。项水田再也无法学练鞭法，所幸那套鞭法，他已学会了四招。

项水田也挤在人群中，观看战局。眼看毒虫向前爬行，一寸一寸，与那少女的无色烟墙越来越近。再过一刻，最前面的毒虫已抵达了那堵烟墙。但是，那堵烟墙似乎有克制毒虫的药物。众人站得远远的，仍能闻到一股药香。那些毒虫不敢前行，有的毒虫还往后退去。这样一来，挤到烟墙前的毒虫越来越多，互相叠压，把烟墙的前端变成了虫墙。众人屏声静气，大气也不敢出一声。

突然，宇文彪一声大吼，双掌猛地向前一推，一股大力疾冲而出。那少女显是内力较弱，仍在勉力支撑。她无色烟墙的圈子向后退回了一尺。宇文彪哨声更见尖利，意在加紧驱使毒虫前行。有的毒虫被药气熏得或死或昏，但后面的毒虫被哨声所逼，爬过同伴的身体，继续前行，越过药线，钻进了烟墙以内，一只、两只、三只……宇文彪见紫烟无法攻破少女的无色烟墙，干脆撤去紫烟，只不撤去内力，专心驱使毒虫向少女发起进攻。这一下众人看得更加清楚，只见不断有毒虫突破少女的药物防线，逐渐逼近她四周，由五尺而三尺，二尺，一尺……

众人终于明白，宇文彪的毒烟阵为何要叫五仙紫烟，紫烟自是毒气，五仙便是那五样毒虫，毒烟与五样毒虫齐施，仅是毒烟，便能让人丧命，毒虫更不必说。却不知他是如何能调动这么多的毒虫，这么看来，就算是成百上千的人在他面前，一样会被毒死。

突见那少女手一扬，她身前的毒虫就被钉死在地，原来是她发出了数十只细小银针，这些银针比头发丝略粗，发出之际，便将面前的毒虫杀死。见她在危难之际，使出了这个绝招，众人又大大松了一口气。

毒虫仍在蠕蠕而动，不绝前来。众人知道这少女的药力终是有限，银针也有用尽之时，这样持续下去，少女终要败在宇文彪之手。

项水田也看出这点，自是替这少女担忧。现场所有的人，可以说只有他跟这个少女最为亲近。虽然只接触了几天时间，先是以为她是一位年纪老迈的婆婆，但一路上跟他交谈，爱好关爱指点，共御强敌，已结下深厚感情。现在她一人对抗这个魔教的坛主，眼看她陷入困境，自己怎能袖手旁观？

一想到要为这个少女施援手，他的胸腹间突然又是一阵钻心的疼痛，这个反复发作的疼痛，使他烦闷异常，恨不得要大叫大跳。这时，他再也耽搁不得，提着手上的软鞭，大步抢到两人比拼的前台。

他举起软鞭，朝着毒虫坟起最高的那一处，狠狠一鞭抽了下去。只听"呼"的一声，那鞭如同打到一根软绳上面，鞭头尚未触地，竟又反弹回来。这一招"纸醉金迷"，招法上大开大阖，势大力猛。他并未喝酒，也无白鹤配合，招式或有缺陷，但他自有一股浑厚内力，加之胸腹内的剧痛，激发了他更想猛施鞭法，转移胸腹中的疼痛，这一招使出的内力，比陈鹤老使出时还要强劲，人丛中的陈鹤老忍住伤痛大声叫好。

宇文彪与那少女仍在比拼内力，项水田的这一招鞭法，打在两人相撞的力道之上，受力之处，正好是两股内力交接处，故而软鞭并没打中地下的毒虫，反而弹回。这一击实在极为凶险。两大高手比拼内力时，若有旁人突然加入，必须内力相当或者内力更强，方能奏效。否则必然被两大高手的内力所伤。项水田的这招"纸醉金迷"，内力比交战中的二人都要高，宇文彪被项水田的这一鞭横里一冲，竟然气血翻涌，不得不收回内力，以求自保，这样一来他的五仙紫烟阵就此破了。

宇文彪撤去烟阵，地上毒虫除了死尸，其余的瞬间消失。那少女也收了内力，向项水田这边走了过来，道："谢谢少侠出手!"说着在一张椅上坐下。

　　宇文彪本想在众目睽睽之下，将这少女幽冥烟阵破了，再逼她说出教主夫人去向。原想那放牛娃不足为虑，但项水田只此一鞭，便将他五仙紫烟阵破去，心中自是惊怒交集。这时他方知项水田内力不可小视。一时不肯相信，在荆楚江汉之间，忽然冒出一个内力超凡的大高手，瞧他也不过十八九岁年纪，活脱脱是个放牛娃，怎么会有几十年修为的内力。他从地上操起一根熟铜棍，往地上狠狠一蹾，道："你那少年，来我棍下受死!"

　　项水田一想到要与宇文彪交手，腹中疼痛立时减轻。他持鞭走上前，道："宇文坛主，鹤老的鞭法我才学了四招，使得不对，你多担待着点!"宇文彪不耐烦听他啰唆，道："出招吧!"熟铜棍已经斜握在手。

　　项水田挥鞭在手，记着陈鹤老所授之法，再次使出那招"纸醉金迷"，这一次因为不需要转移腹中疼痛，力度反而稍小，但仍是虎虎生风。宇文彪伸出熟铜棍，用棍头承受了这一鞭。项水田这一鞭暗含了九个力道，可以分打软鞭范围内的九个目标。宇文彪棍上所接的，只是其中一股力道，却也震得他虎口发麻。这下完全证实了这个少年内力丰沛，远超常人。他本来想用棍头缠住软鞭，再用力回夺，便可致对手长鞭脱手，但这时只得知难而退，转为自保。

　　第一招过后，一众武师均已看出项水田力道惊人，都大声喝彩。

　　项水田又使出第二招"醉生梦死"。只见他身体极度倾斜，意态之间，忘乎所以，大有醉酒的意趣，看上去全不在意，出鞭的位置却是更为宽猛。说实话，项水田这一招本是新学，又未喝酒，使出之际，远比不上陈鹤老的醉态可掬，妙到毫巅。但项水田天生的内力，是现场所有的人无法相比的，他招式上的不足，以内力的有余而得到补偿，仍是声势惊人，如虎添翼。

宇文彪见这一招来得猛恶，再也不敢以棍相接，只得避开，而鞭头闪烁，余意不尽，有如灵蛇吐芯，宇文彪自知单靠步法还避不开这一鞭法的后招，只得将棍往地上一撑，逃开到五步以外，才避开了这凌厉的一击。

旁观众人见宇文彪先前跟其他人过招，全是赤手空拳，这时应对项水田的软鞭，不仅首次拿上了熟铜棍，这一招避开的身法，也可说是狼狈，都是大感痛快，喝彩之声更大。

陈鹤老见取胜有望，呼出那只白鹤，让它跟项水田双战宇文彪。项水田与那只白鹤联手，接连使出了"醉翁之意""醉打金枝"，这两招同样招沉力猛，白鹤也乘隙攻击，但宇文彪到底是久经战阵，稳稳守住自己的圈子，任凭项水田一人一鹤，仍是无法将他打败。项水田久攻不下，内心也焦躁起来。

便在这时，忽地从楼下走上来四个黑衣人，其中一人左臂上缠着布带，项水田一眼认出，这人就是前天在巴婆木屋外，被陷阱射中左臂的魔教副坛主罗霄，后面三人正是当天跟他一起施放黑烟的同伙。

罗霄见项水田一人一鹤与宇文彪对阵，脸现惊讶。见项水田一鞭飞来，声势猛恶，右手拍出一掌，帮宇文彪卸去一部分鞭上的力道，大声道："住手。"项水田和宇文彪同时罢斗。

罗霄跟宇文彪耳语几句，宇文彪一边听一边眼望项水田，满脸惊奇。他又对罗霄轻声说了几句，这一回罗霄眼望戴着披肩的少女，得知她并非教主夫人，大感意外。

　　宇文彪走近项水田，问道："请问这位小友，你可是从巫山来的？"项水田答道："是的。"宇文彪与罗霄对望一眼，似是确认项水田的巫山口音。宇文彪道："请问你尊姓大名？"项水田答："你是问我叫什么名吧？我叫项水田。"宇文彪又与罗霄对望一眼，摇了摇头。

　　宇文彪转头对现场的众人说道："本人今天之所以大费周章，跟各位现场过招，一来是与那教主夫人有言在先，要她交出本教之物，我也不伤害黄州武林人士性命。现在教主夫人已经失约，派了这个女娃子前来掩人耳目。这样看来，原来的约定一概不守。今天既无人武功胜过本人，那各位就任我处置。各位大言凿凿，要去巫山灭巫，那就是我圣教和巫山帮的死敌。我在这里将各位全部处死，也是胜负常理……"

　　九华派掌门管柏英道："不对，这个女孩和这位项少侠并未输给你！"宇文彪道："就算这女孩是巴婆的传人，她也不属于黄州武林。这位姓项的小友，大家刚才听得清楚明白，他不是黄州人，而是巫山来的。"那女孩了道："我师父并未失约，她已经前往巫山……"宇文彪听说教主夫人去了巫山，脸上一怔，道："她既去了巫山，自是向教主自投罗网！"咳嗽一声，高声道，"今天这座栖霞楼已被我教围得铁桶也似，本坛主可将你们全部处死。"他将这话故意高声说出之后，语音一转，道："不过，圣教并不想与中原武林为敌，何况各位若往巫山，必然多造杀孽，不如与本教化敌为友。"他说着手上举起一颗黑色药丸，续道：

"只要各位喝下这颗小小药丸，本教就与各位化敌为友，各位自可从栖霞楼扬长而去，此后照样纵横江湖。这个药可是大补……"

那女孩大声道："不要相信他的鬼话，这药就是魔教的五仙丹，吃下之后，便受魔教控制，发作时痛苦不堪，每年还要解药。"这话一说，众人心中雪亮，这人不动杀机，就没安好心，这时听说这药丸是五仙丹，年长一些的武师立时记起"夺魂三香五仙丹，七尸脑神摧心肝"这句话，那是指魔教最厉害的三种毒药。如果服下五仙丹，没有解药，那可是生不如死。

这时场中都吼叫起来："不能喝他的毒药！""跟他们拼了！"众人都感到面临生死关头，自动聚拢到一起，抽出兵刃，准备要跟宇文彪等黑衣人决一死战。

项水田见两边的人就要生死相搏，一时脑袋转不过弯来。魔教到底如何坏法，他其实并无切身感受，魔教和巫山帮与中原武林的恩怨他全不清楚。几天来他就算与官军动手，都是事在仓促。像这样大伙前一刻还在切磋武功，后一刻就要性命相搏的事，他是头一次遇到。那宇文彪一人独战黄州八九人，并没痛下杀手，这时见宇文彪要众人吃下药丸，他也没想到有多么严重。这时，他见两边剑拔弩张，便想在乡村中劝架时那样，做个和事佬。

在乡间要做和事佬，往往不会评判争执双方的是非，开场的第一句话总是这么说的："各位，今日之事都是我的错。各位冤家宜解不宜结……"他正是这么说的。宇文彪听了他这句话，只觉这人是个没见过世面的乡下小子，说话不知高低，异想天开。轻蔑地道："你胡说什么……"

项水田道："宇文坛主，我要怎么做，才能化解你们两边的这场冤仇？"宇文彪对这个多管闲事的巫山放牛娃十分厌恶。罗霄上楼来转达，宇文彪还以为项水田是他们要找的另一个重要人物，待问清了项水田姓名，确信他只是个放牛娃之后，只把他看作一个空有一身内力的放牛娃了。这时见他多管闲事，便想找一件极难的事难倒他，让他知难而退。本想让他也吃下一颗五仙丹，但一想，这最多不过是手下多了个听话的人，却并不能让现场众人全部服下丹药，这么一想，便有了主意。道："你想出头劝解我们两方是吧？那好，刚才你那女娃子钉死了我的活药丸子，现在，你把它吃了下去，今天这件事，就算完了。"说着，用手一指地上那十几只死去的毒虫。

这话一说，众人都想这个放牛娃固是好心，却是自讨没趣。那些毒虫，就是看上一眼，也是令人恶心，怎么可能吃得下去？真吃下去了，那不也中毒而死了吗？

却听项水田道："宇文坛主，如果我真将这些虫儿吃下去了，你就放他们这些人走是吗？"宇文彪本来指望这小子就此闭嘴，却没想到他真动了吃下这些毒虫的心思，立时后悔不该出这道题，但话已说出口，却再也收不回来了，道："你真的敢吃下去？"

项水田身在巫山，所见毒虫多得很，小时候还跟小伙伴一起，将蝎子、蜈蚣等毒虫烧熟了来吃。这时要生吃，自是大为犯难。他又想到，自己已经两次出现腹中疼痛，说不定是有什么病症在肚中作祟，俗话说以毒攻毒，说不定吃下了这些毒虫，肚中的病痛也会好。

这么想着，走上前去，在众人咋舌之下，将地上毒虫一条一条，丢入口中，那一根根细小银针，自是丢在一旁……他这一个举动，黄州众人大受感动，衷心佩服，宇文彪等几个黑衣人面面相觑。

项水田吃下十几只毒虫之后，腹中开始翻江倒海，又是麻，又是痒，眼冒金星，头痛欲裂。

便在这时，窗外楼下一阵骚动，伴随着吆喝之声，忽然从一个窗中轻飘飘飞进来一个人影。原来是个青衣女郎，那女郎下地之后，一眼看到项水田，快步走到他身边，躬身行了一礼，道："项少侠，我是大理郡主的护卫，名叫轻岚。郡主带着我们四人前来找你，你跟我们走吧！"忽听楼外一声爆响，烟雾腾起，有黑衣人大叫："有人施放了七尸脑神丸，大伙快加防护。"项水田耳中听得大理郡主前来找他，已经有些迷迷糊糊。又听那轻岚低声问了一句："你的那支箫呢？"项水田记起这支箫是要还给郡主的，眼望那个当了巴婆传人的女孩。那女孩也听到这句话，起身走上前来，从腰间将那管竹箫，递给了项水田。

宇文彪一看到那支竹箫，正是罗霄转达教主所要追查之物，立知事关重大。与罗霄打了一个手势，两人同时飞身扑了上来，罗霄向那两女各使出一拳，宇文彪直取项水田，左手夺箫，右手向项水田胸腹拍了一记"玄阴掌"。

项水田腹中异常烦乱，也知此箫绝不能被宇文彪夺走，他护箫心切，见宇文彪已夺箫在手，拼着胸口中了一掌，却向宇文彪敞开的腹部使出了一招九天拳中的"幽壑潜蛟"，这一招他用上了十成的功力，宇文彪从未见过这么威猛的招式，虽然夺箫在手，但口中鲜血狂喷，被打出数丈远，眼看不活了。

项水田也受了玄阴掌一击，加之腹痛难忍，腿上一软，扑倒在地，便什么也不知道了。

第七章　一剪梅

词曰：

　　一剪梅遮冰玉盘，琴音缠绵，人是婵娟。当时一诺蜀山轻，隔岁参商，雁字吹弹。

　　歌罢引来百鸟喧，满腹心事，都付池鸳。谁看云雀是凶鸢，结网驱渊，且莫言欢。

昏昏沉沉中，项水田梦到自己从瀑布中跌落下去，手脚拼命晃动，想要抓住一根救命稻草，但无济于事。眼看就要葬身水底，突然，有一双大手托住了他，将他抱进一个温暖的怀抱，他定睛一看，是一位美丽的妇人，好像是他的母亲，细看那妇人，比他的母亲更年轻，长得更美，那女子将他环抱在怀里，在云端里飘行，来到了灵鸠峰，梅花开得烂漫，淡淡的花瓣，如云似梦，像雨又像烟。在那女子的怀抱里，他感到从未有过的温暖和喜悦。那女子满眼都是慈祥和怜爱，用温柔的纤纤玉手，轻轻抚摸他的头，用银铃般的美妙嗓音呼唤着他："儿子，我的儿子！"

忽然，天空中有什么无形的力量，将那女子一把抓走，地上却有一股力道将他拉住，两股力道将两个人活生生地分开，那女子被拉着在天空中越飞越高，只一会儿就看不到一点儿踪影，只留下在地上的他孤零零的一个小小人影，他撕心裂肺地大声喊着"妈妈！妈妈"！睁开眼来，才知道自己做了一个梦。

一个女子坐在他面前，道："你醒过来了。"身穿红裙，长发披肩，正是那位大理郡主。

眼前是自己最熟悉的乌梅峰。山顶上又有两个相对而立的小山包，形同笔架，两个山包之间有一个小湖。岭上遍植梅花，一到冬季，梅花盛开如织锦。自己身处的小湖边，种了许多垂柳和杜鹃，此时杜鹃花开，绿杨烟岸，红霞似火。

项水田挣扎着坐起来，道："郡主，我怎么会在这里?"那郡主道："你别动，先好好休养身子。"又让他躺下，闭目养神。只听得铮铮铮地响了数声瑶琴，那郡主移步到了数丈外的花溪旁，边弹边唱道："摽有梅，其实七兮。求我庶士，迨其吉兮！摽有梅，其实三兮。求我庶士，迨其今兮……"这是诗经《召南·摽有梅》，表达的是一个主动追求爱情却又有些矜持的女孩子矛盾的心情。琴音缠绵悱恻，歌声柔婉动听。

项水田是个乡下少年，从未见过瑶琴，只觉得那琴音和歌声令人面红耳赤，意乱情迷，却全然不懂琴音中的词句是什么意思。他听得十分舒畅和轻松，渐渐地眼皮沉重，不知不觉又睡着了。

等他再次醒来，郡主又坐到他身边，已停止了弹琴。一觉醒来，他精神好多了，坐了起来，那郡主笑道："你再看看我是谁?"项水田看着她，虽然她头饰去了，但那一身红衣却是没变，身有幽香，吐气如兰，道："你是大理郡主呀！你弹的琴真好听！对不住了，我却睡着了。"那郡主道："你太客气了。我粗浅的琴音，原是想助你好好睡一觉的。"

项水田道："我怎么回到了这里？"那郡主道："你当时在河边悄悄对我说，你有办法让我们过河，我就觉得你去当祭品不会有事的。后来那河水是怎么降下去了？是神女显灵了吗？"项水田道："瀑布口的下面，有一个凹进去的水帘洞，从瀑布口一跳就能跳进去。这只有我们当地的人才知道。洞内有一排石栓，用来调节河水的水量。每根石栓边立着一根石柱，推倒一根石柱，所有石柱就会像骨牌那样倒下，也就打开了石栓。石栓打开，拦住河水的石块就倒下了，水流变大，瀑布上边就可以涉水过河了。"

中国古代就有大禹治水，秦代李冰父子修建的都江堰举世闻名。所以，那郡主听说这个调节洪水的石坝也不以为意。郡主道："这么说给神女送祭品什么的，是那魔教坛主故意为难我们。"又道，"那你怎么又到了那么远的黄州去了呢？"项水田道："水帘洞内的出口在河对岸，从外面锁死了。我打不开，只好冒险跳入瀑布下面的深潭，结果，醒过来就在黄州那个江心洲的芦苇滩上了。"接着简单讲了老者教他学武以及遇到巴婆之后的经历。又道，"你和那个会飞的姐姐，又是怎么找到我的？"

郡主道："我们一过了河，就让那个高总管带人到河边去找你，没有找到。我又跟那风花雪月四个护卫，雇了船沿江寻找。找了十来天，后来到黄州，听人说有位少侠杀败官军，再到黄州，又听说有人骑鹤在栖霞楼打架。功夫不负有心人，就这么找到你了。"

"你的那支竹箫拿回了吗?"项水田又问。

"那个抢你竹箫的魔教坛主,被你一掌打死了,竹箫被他的同伙趁乱抢走了。"郡主答道。

项水田道:"那可对不住了。这支竹箫对你很重要呀。"郡主道:"竹箫没什么紧要。找到你这位项少侠,才最紧要。"项水田给她说得不好意思,道:"那我又是怎么回到灵鸠峰这里的呢?"郡主道:"你救了黄州那么多人的命。其中那位陈鹤老,他一定要用他的那只鹤送你回来,他自己又受了伤,便让我……让我趁机借光了,跟你一起,乘坐这只鹤,不到几个时辰,就飞到了这里。""那鹤呢?""又飞回去找陈鹤老了。"

想到这位郡主亲自带人沿江去寻找自己,最后又带人打跑了魔教的人,项水田心中感动,道:"多谢郡主找到我,又救了我。"

却听那郡主道:"别郡主郡主的。我有名字的。你猜一猜,我叫什么?"项水田道:"你是郡主,你爸爸就是王爷了。王爷怎么取名字,我哪里知道?反正你不会叫枣……"他本来脱口而出想说枣花,忽觉不妥,当即忍住了。那郡主道:"我叫——段瑶瑶,你叫我瑶瑶好了。"项水田道:"瑶瑶,真好听。"段瑶瑶又道:"你的枣花,她跟你一起,在这里参加过神女会吗?"项水田道:"神女会是巫山青年男女的大日子。十年才开一次,十年前的这一次却没有开,我和枣花,都只是不到十岁的小娃娃……"段瑶瑶道:"你上次说到你的枣花……除了枣花以外,你再也没约过别的女孩子吗?"项水田摇了摇头,道:"我就喜欢枣花,没约过别的女孩子。"

段瑶瑶又问:"我上次给你的药,你用过吗?"项水田不愿意说出被麻胡桃殴打和抢走药瓶的事，道："掉到江里去了。"

他向四周望了望，发现这里静悄悄的，就只有他和郡主两个人，道："你的那些手下的人呢？"段瑶瑶道："我让你在这儿静静养伤，他们都在巫山帮的驻地里。"项水田道："巫山帮的那些人对你们好吗？我这次听说，他们的帮主叫郑安邦的，是个坏人，你可得好好提防。"

段瑶瑶眼看着项水田，道："你以前从来没听过郑安邦的名字吗？""没有呀，我们在河这边，从来不敢过到那边去的。"

段瑶瑶见他精神旺健，问他肚腹受伤之处是否疼痛，项水田用手一按，倒也没有什么感觉。段瑶瑶拿出肉饼，还有几样点心，道："没有什么好吃的，将就着充饥吧！"项水田也真饿了，道："这么多好吃的。"一阵狼吞虎咽，很快就风卷残云地吃得干干净净，却突然想起，郡主是否吃过。段瑶瑶道："我吃过了。"

段瑶瑶望着右前方的山谷，对项水田道："可以起来走走路吗？"项水田爬起身来，随她向前走去。

湖边是一个空寂的山谷。绿草遍地，间有高大乔木。一条羊肠小道通向山腰。路上偶尔有一枝梅枝，似乎在指示路径。再往前走，小径尽头，忽然见到一大片竹园。段瑶瑶一路数过去："小琴丝竹、紫竹、斑竹、崖州竹、破篾黄竹……"项水田心中感到奇怪：这些竹子看上去都差不多，她怎么能认出这么多竹子的名儿？两人再往前走，见到除了绿竹摇曳以外，还有两个小小的水塘，塘中荷叶参差，红莲数朵，十分清幽。

水塘尽头，一座小小寺庙立在山坡上。"这是娘娘庙！"项水田喊道。两人快步来到庙前。

这是一座破败的女神庙，围墙倒塌，茅草丛生。庙中供奉的巫山神女泥塑彩像虽然年深月久，仍然栩栩如生。段瑶瑶道："听说这位神女娘娘很灵验的，我们来拜拜她，就能保佑我们得到好运。"项水田踌躇道："我在瀑布那儿本来是要做她老人家的祭品的，却活过来了，她会不会生气？"段瑶瑶道："她老人家看你仁善厚道，又准了你八十年的阳寿，你赶快拜谢她老人家吧。"说着盈盈拜了下去。

项水田双膝跪地，向那女神连连叩头。他心中着实感激，如果在瀑布上摔死，那便真的成了神女娘娘的祭品了。他这么一起一伏地跪拜的时候，心中一片宁静平和，天空云翳不生，林中虫鸣寂寂，一时仿佛脱离了眼前这个世界。两人叩拜了起身，段瑶瑶问道："你刚才叩头时许过愿了吗？"项水田道："啊，我忘了。"段瑶瑶道："那你以前拜过这位女神娘娘没有，你以前许过的愿，也是一样会灵验的。"项水田道："我小时候跟我妈妈来过这里祭拜神女娘娘，许过什么愿，却不记得了。"段瑶瑶听到这话，又悄悄流下泪来，赶忙擦干了。

她流泪的情形，项水田没有注意到。

出了庙门，林中寂静无人。段瑶瑶听说项水田在黄州学到了两门功夫，甚为高兴，笑道："你以前没有学过功夫，这次出门，一下子学了两门功夫，也是你福缘好，这下就不用担心有人欺负你了。"项水田道："不是两门。其中那套鞭法只学了四招。我新学乍练，也不知能不能对付得了坏人。"段瑶瑶道："这么着吧，你说的这个九天拳，名字听着倒也新鲜，不如我跟你过过招。既是让你多些习练，也让我见识见识。"项水田道："让我跟你过招？不妥不妥。你是个郡主，身体金贵得很，要是一不小心，弄伤了你，那可不好……"

段瑶瑶道："你当我是个整天坐在轿子里的郡主，那可错了。我也练过功夫的，要不然从大理到巫山这么远，我怎么过得来？没关系，项大侠，我们比武过招，点到为止，绝不伤你性命便是。"说着扑哧一笑，举起右拳，一招大理皇宫的拳法"香象渡河"，便朝项水田面门打了过来。

项水田见她说打便打，拳头的一股劲道不弱，只得将两手一架，应了一招"麋鹿乘风"。这一招实有四个后招，但面对这位如花似玉的郡主，项水田只能蜻蜓点水地做个样子，出拳显得畏畏缩缩。即便这样，段瑶瑶与他拳招接触，便已感受到他浑厚的内力，而招式更是从所未见。

段瑶瑶大声赞道："妙招！"跟着又向项水田腰间使了一招"羚羊挂角"，这一招若有意若无意，要旨在于灵动飘忽，不着痕迹。项水田忙应了一招"冯夷幽宫"，这招于防守之中身体下探，有如临深渊的沉潜，又积蓄着动如脱兔的蹿升。这些天来，他一有空便在脑中回想九天拳，又有几次真刀真枪的实战，招法越见娴熟。但对郡主使出来，自然也只用了三四成的力道。

见项水田两招应对都是滴水不漏，着实新奇，段瑶瑶童心大起，第三招使出了一招"龙行虎步"，这一招是一虚一实，右手攻敌左脸，乃是虚招，左手却是以点穴手法，指向对手右腰的京门穴，手上的内力也用到了六成。段瑶瑶使出之际，还说了一句："小心了，我这一招龙行虎步，前虚后实。"项水田见她这一招劲风扑面，左手已达后腰，应了一招"孤鹤缟衣"。这一招取意白鹤孤傲之状，翱翔之意，一飞冲天，便从段瑶瑶身旁跃出。

段瑶瑶大赞一声："太妙了！"这时她知项水田所学这门拳法

实是一门天下罕闻的神功，加之他身上的巨大内力，已成武学高手。既为他高兴，也就更加放开手脚，出拳不留余地，要他拿出真功夫应对。但项水田每与她手足相触，便立即收招，真可以说是点到为止，行乎当行，止乎当止。这样一来，两个人的过招，便成了花团锦簇、俊雅流美，出拳时如力敌千钧，着手时却轻如鸿毛。如回风舞雪，似凌波微步。两个人渐渐进入佳境，全然领会招数间的神妙交接，进退趋避。

两人再回到湖边，不觉天就黑下来了。段瑶瑶再拿出干粮，跟项水田分食了。一轮明月从东山升起，繁星点点。望着夜空中的星星，项水田指着星空，不停地指点着。"你看，这颗星是牵牛星，那颗是织女星，两人隔着一条银河，一年只能有一次七夕相会。""那是天狗星，还有太白金星、北斗七星……"

段瑶瑶长于宫廷深院之中，虽然也曾看见星星，却没有机会跟一个同龄男子一起看过，心中十分快活，问道："你怎么会认识这么多的星星？"项水田道："都是小时候我妈妈教给我的。我们娘俩常常在夏天的夜晚，在房前的空地上纳凉，我妈妈就教我认天上的星星，还讲牛郎织女的故事。"段瑶瑶道："你说是在天上做神仙好，还是在地上做个普通的人好呢？"项水田道："各有各的好处吧。""为什么？""在天上做神仙，又快活，又能长生不老。可是，不食人间烟火。要不然，为什么七仙女也要下凡来，嫁给人间的董永呢？"

段瑶瑶道："这么说，还是做个大活人的好。"项水田道："在凡间做人呢，生老病死，生儿育女，实实在在。不过，做人有许多烦恼，尤其是你喜欢的人会……还是你这样的郡主，生在帝王家，自然是快乐幸福，没烦恼了！"段瑶瑶道："人人都有烦恼，哪怕是神仙，也有烦恼的。牛郎织女不能见面，是不是烦恼？七仙女不能见到董永，是不是烦恼？"两个年轻人说到烦恼，都觉得世事无常，也感受到了人生烦恼的滋味。

见项水田沉默不语，段瑶瑶换了一个话题，道："我来跟你讲个故事吧！"一听说讲故事，项水田来了兴头，道："好呀，你讲个什么故事？"段瑶瑶道："很久以前，在渤海的东面……"项水田从没去过海边，更不知渤海为何物，道："渤海在哪里？"段瑶瑶道："就在东北面的海边。那渤海的东面，也不知有几万里远，都是茫茫的大海。这里的海面深不见底，却有三座互不相连的山，在海中间上下浮沉。弄得海里的鱼鳖惊慌失措，时常担惊受怕，连那东海龙王也奈何不得。事情告到了玉帝那里，玉帝就派了一只大鳌鱼……""大鳌鱼是什么？"段瑶瑶道："大鳌鱼就是海里的神龟。这只大鳌鱼受到天帝的差遣，游到三座大山上下浮沉的地方，一次背一座山，一连背了三次，背一座就使个神法，将它定在海底，终于使这三座大山一座连着一座，安安静静地躺在海底……"

项水田忽道："哦，我知道了，你说的这事叫'龟背三山'……"段瑶瑶喜道："这故事你听过？"项水田道："是我妈妈讲给我听的，不过没有说得这么具体，就是说海里，还有神龟……"段瑶瑶这个神话故事，是她皇宫里的国师对她讲的，她睁大一双妙目，对项水田道："明明是'鳌戴三山'，你怎么说是龟背三山？"项水田道："我也不知道，我妈妈就是这么讲的。"

听了这话，段瑶瑶脸上一红，没想到项水田知道这个故事，以为项水田也由此知道了她讲这个故事的用意。段瑶瑶心热脸薄，明明知道项水田已经三次有恩于她，一直不愿意当面说出感恩的话，只想借这个鳌戴三山负重前行的典故，将这个事情在项水田面前说出来，以免自己当面谢恩的尴尬。

"有人！"项水田用手一指右边，轻轻对段瑶瑶道。项水田内功深湛，耳力十分敏锐。段瑶瑶仔细倾听，果然发现有人来了。"走，看看去。"她好奇心起，要看看是什么人在暗夜之中来到这里。两个人蹑手蹑脚，往右边的林中小径走了过去。视线所及，隐隐约约看到两个人影，似是一男一女。因怕被对方发现，两人不好走得太近。在相距那两人数丈远的树丛中蹲下，屏息静听。

只听那男人一声叹息，道："唉，一晃二十年了。二十年前，我就是在这儿与你相识的。"段瑶瑶心中一震，原来这男人是大理御前总管高瑞升。那女子道："二十年前，我来参加神女会，当年只有一十六岁……"段瑶瑶几乎已经猜出，这女子便是上个月在巫山道上遇上的峨嵋派天风师太。

只听高瑞升叹道："当年我若不是贪图巫山帮的绝命蛊，定然跟你成亲了，现在，孙儿孙女也有一大群了……"天风师太正色道："我已是出家之人，施主还说这些疯话做什么？"高瑞升道："你现在是天风师太，可在我心里，你永远是我的蚕儿……"天风师太冷冷地道："蚕儿已经死了。"高瑞升道："那时你已怀了身孕，我跟你信誓旦旦，说是跟你去川西过快活日子。可是总是惦记着巫山帮中的绝命蛊。终于在那一夜铤而走险，潜回巫山帮盗取绝命蛊。失手被擒。我跟你相聚两个月了，你明明有家传的蛊药在手，为什么不给我放蛊？如果你在我身上种了蛊，我一离开你，你便能察觉，便能将我催回……"

天风师太淡淡地道："我们巴山女子，十之八九都有祖传的蛊药，可有几个在男人身上种了蛊的？男人的心是不是在你身上，全在他自己。如果要靠种蛊才能拴住男人，那又有什么用？"高瑞升叹道："我那时真是鬼迷了心窍，居然想去偷那绝命蛊……"天风师太道："听说那绝命蛊是天下最厉害的蛊药。普通巴人、苗家的蛊药敌它不过，就是魔教的夺魂三香、五仙丹、七尸脑神丸，都是小巫见大巫。"高瑞升道："是啊，没想到有我这种想法的人还大有人在。只不过比我手段更高明。我是明偷，别人是暗抢。"天风师太道："你被巫山帮擒住之后，自是吃了不少苦头。听说他们最厉害的，是逼人吃下巫山蛊，这一下，蚕儿当时没有给你服下的蛊药，反让巫山帮让你服下了，从此叫你服服帖帖……"

高瑞升打了一个冷战，道："他们没有给我服蛊药，将我丢入了万蛇窟中，想要变成他们的蛊药……"天风师太本来神色淡然，听到这话之后，突然双手颤抖起来，明明知道高瑞升后来逃了出来，仍是十分紧张。颤声道："听说被丢进万蛇窟的人，没有能够活着出来的。"

高瑞升道："我是因为中了迷药而被擒的。醒来后，被锁在地牢之中，知道不但无法活命，还必受诸般残酷折磨。便想干脆死个干净，想一头撞死。但头破血出，人是昏迷了几天，却又醒了过来。醒过来后，我不停地高声叫骂，只说巫山帮手段卑鄙，用下三滥的迷药擒住我，若凭单打独斗，无一个人胜得了我，我死也不服。其实，我摸黑去盗那绝命蛊，手段哪里光明正大了？正骂得起劲，牢门忽然打开，有人将我带进一个大厅之中。厅上有巫山帮帮主陈世炬，另外还有一男子，相貌英俊，衣饰华贵，像贵公子一般。那华服公子笑吟吟地道：'云里锦这个名号我是听说过的，你是说巫山帮中武功没人胜得过你？'我说：'是的，便是今日在场之人，只要有人武功上胜我一招半式，我便死个甘心。'那公子笑了一笑，道：'你死个甘心没多少意思，这样，我跟你打个赌。如果你武功胜过我，我来向陈帮主说情，你从此门扬长而去。如果你胜不过我，那你这条命，就由我来发落了。'"

"我见此人年纪轻轻，看来比我还要小上几岁，绝不相信此人能胜得了我，道：'你是何人？'那巫山帮主陈世炬道：'这位是本帮的贵客，五梅神教白虎坛副坛主唐凤吟。'我听了这话后，虽然吃惊，仍然愿意跟那唐凤吟比武。唐凤吟道：'帮他除去链锁，让他吃一顿饱饭，再来跟我比试。'我见有一线生机，连吃饭也等不得了，除去链锁便跟此人放对。谁知没过三招，便被此人制住，而且是败在自己最拿手的锦掌功夫上，被他抢先在胸口印了一掌。这一掌的掌印至今还在……"

"我当时心灰意冷，方知人上有人，天外有天。只能由他发落。这人拍了拍身上的灰尘，对陈世炬道：'听说巫山帮的万蛇窟是个好的去处，这位英雄刚才不肯去吃个饱饭，现在就到那里去享用大餐吧……'"天风师太道："是啊，那个时候这个唐凤吟就是这么心狠手辣，据说，他很快就害死了巫山帮帮主陈世炬。"

高瑞升道："我就这样被丢进了万蛇窟。不知此时蛇儿尚无胃口，还是我身上的迷药尚有药性，我被丢进去后，四周都是大蛇小蛇，成堆蠕动。我已经万念俱灰，想着连你娘俩也害惨了，也不挣扎，任由群蛇咬死算了。谁知蛇儿只在我身周翻滚，就是不见咬我。我心中更加害怕，想到一时不死，却最终会被蛇咬死，又或者先在这儿饿死，变成尸体再被蛇吞咬。便想再撞一回，死了算了，可偏偏身上没劲。直到后半夜，观音菩萨救我来了。"

天风师太道："观音菩萨?"高瑞升续道："我正在心惊胆战的时候，看到一个白衣女子，翩翩来到我面前，脚下的蛇儿纷纷避开，自是她有克制蛇儿的解药。她悄声对我说，前来救我出去，但有一个条件，得把她也一起带出巫山帮。没想到她背上还背了一个包袱，我起先不知包袱内是何物。我忙问她是什么人，她说不用管了，只要将她送到灵鸠峰下的郑家庄就行了。我想巫山帮中有几处戒备甚严，带着这位女子出去并不容易。但也只是勉力一试。便随着她用绳索攀上了石岩，逃出了万蛇窟。可说来真怪，我们经过几处有人值守的关口，都是异常顺利，似乎根本没人注意到我们。直到当晚我们走出巫山帮，过了大宁河，来到郑家村，在那郑家的那个大门外，她将包袱打开，突然传来了孩子的哭声，我才知道，她那个包袱中是个孩子。"

"我看着那女子敲门，将孩子送进那个大户人家，关上了门之后，我便向大宁河的瀑布下游走去，尚自不信逃出了巫山帮。就在到了河边的时候，突然有人从我背后窜出，朝我后背狠狠刺了一刀。我本能地出招反击，使他出刀稍偏。这人出招太快，正要使出第二刀时，不远处有人咳嗽了一声，持刀人可能害怕被发觉，立即逃走，我才逃得了性命。我被刺成重伤，抢到一条船，行到下游江口，在一个猎户家中养了三个月的伤，才勉强恢复。"

"等到能出门找你时，你已经不见人影。又过了半年，我找遍了巴渝川中，还是找不到你。"

"后来听说，那个白衣女就是巫山帮的神女，不知跟什么人怀孕，生下了那个孩子。她救了我，我又帮她把孩子带了出来。"

天风师太道："此事也很奇怪，似乎有人利用你将那女子救出，却又要杀你灭口。而此人多半就是害那女子怀孕之人。"高瑞升道："我也在想，本来唐凤吟嫌疑最大，据说他的妻子一年前偷了巫山帮的灵芝软香离他而去。他也有本事杀得了我。但是，以他的本事和对巫山帮的掌控，要送出那女子不是易如反掌吗？何必要假手于我呢？"

"经此一事后，我心灰意冷。自觉无法在中原待下去，便一直往南，逃到了大理，后来投托在大理段家，苟活到今天。本来此生是不会再踏进中原的，没想到，郡主一定要我参与这趟差事，而偏偏是到巫山帮来。好在，当年的陈帮主已经不在了。而新任的这个郑安邦，年轻得很，那就不会认得我了。而这个唐凤吟教主，此时就在巫山帮中，可他就算见了我，哪里会认出我这个当年被他丢进万蛇窟的人呀！"

高瑞升说了这些，叹了一口气，道："没想到这一生中，又能见到你。你还成了峨嵋派的师太。跟我说说，你后来去了哪里？我为何找你不到？"天风师太道："贫尼已是佛门清净弟子。此生是不会再跟施主见面了。前事早就过去了，还提它做什么？"高瑞升道："求求你，发发慈悲，我这一生之中，心中便只有你蚕儿一人，我那孩子，是怎么失去的？"天风师太声音几不可闻："还能怎么失去的？你一去不回，都三个月了，我生了一场病，又困又饿，差点死了。幸亏遇到我的师父觉月师太，救了我一命，又收我为徒。那孩子在我生病时，在腹中就没了……"

高瑞升长叹了一口气，沉默半晌，忽道："没想到我这次来到巫山，路上见到了十八年前那个孩子。"天风师太道："见到了那个孩子？""是呀，竟然就是那个江湖上有名的夷陵狂生。"天风师太道："江湖上哄传，那夷陵狂生抢了大理郡主的竹箫，后来竹箫又得而复失。这是怎么回事?"说到大理郡主，高瑞升谨慎起来，道："这次郡主要来巫山帮，我完全是听从调遣，事先全无知会。竹箫的事，我也是在路上才知道。"

天风师太道："我这次随中原的武林人士来到巫山帮，本来在路上就劝你们不要来，可你这位大理郡主还是来了。这一两天之中，中原武林的人已经大举来到灵鸠峰，行前分发了防备蛊毒的药物，魔教和巫山帮暂时按兵不动，听说唐凤吟和郑安邦，都躲在红黑二洞中没有出来，不知正在酝酿什么样的毒计。中原武林的人以少林武当派为首，估计明早开始，中原武林就会发起一场总攻，到时免不了一场大战，死伤必重。今天跟你见面，还是请你好自为之，如果可能，就劝劝郡主，不要站到巫山帮一边，与中原武林为敌。"高瑞升道："大理商队这次前来，不会掺和中原武林的事。这个倒可以放心。"

项水田听到这里，才发现自己在这儿疗伤，中原武林的人真的来到了巫山。不知黄州的那些人来了没有，还有那个长着酒窝的女孩子。因为这处乌梅峰十分幽静，跟巫山帮总坛有上十里的山路，所以，那边发生什么，这边竟然全无知觉。他此前没学过武功，自然是对这些打打杀杀躲得远远的，现在他经历稍多，又跟这位郡主在一起，知道自己已经无法置身事外。

正在这么想着，郡主也扭过头来看着他。见那两个人说了几句互道尊重的话后，便分别离去。此时，已是下半夜。两个人便在树枝上打了个盹，不多时，天已破晓。

段瑶瑶和项水田商定，两人一起去灵鸠峰的现场看看。

刚走几步，忽见林中一前一后奔过来两个男子，到段瑶瑶身前站定，正是大理国御前侍卫白玉廷和麻胡桃。两人看到项水田时，都甚为惊讶，齐问："你没死?"项水田道："是的，两位大哥，我没死。"

白玉廷向段瑶瑶禀道："启禀郡主，高总管有要事相告!"段瑶瑶淡淡笑道："白侍卫不用多礼，高总管有什么事呀?"白玉廷顿了一顿，望了一眼项水田，道："中原武林与巫山帮大战在即，有请郡主回驻地，确定大理商队的行止。此外，巫山帮回话，他们的帮主郑安邦即将回山，可以与郡主相见。"段瑶瑶望了项水田一眼，道："他们两边要打起来了，跟我们有什么关系? 郑安邦真的能跟我们见面吗? 你们先回去禀报高总管，我稍晚些再回馆舍。"白玉廷看了看四周，低声道："巫山帮回话，郑帮主愿意为我大理国效力。郡主应当精心准备与巫山帮帮主会见之事，别在不相干的人身边，耽误了宝贵的时间……"

段瑶瑶哈哈笑道："白侍卫，什么叫作不相干之人? 这位项大哥能够为了我们大伙跳进河中当祭品，这番大仁大勇，有几个人能做到?"白玉廷脸上红一阵白一阵，道："这位项兄弟固然神勇，可是他……"麻胡桃忍不住插言道："这小子不过是个放牛娃，不配跟我大理郡主在一起……"段瑶瑶轻轻笑道："麻侍卫不可无礼。想想你们大伙儿，谁能一生下来就是皇宫侍卫? 放牛娃便怎的?"麻胡桃气鼓鼓地道："这小子只有一股蛮力，丝毫不会武功，保护不了郡主!"段瑶瑶道："我听说学武之人，人品正大，守信重诺最重要，武功高低尚在其次。再说了，你说他丝毫不会武功，我看不见得!"麻胡桃正要说话，白玉廷忙向他使了个眼色，免得他将故意将几个人殴打折辱项水田的事说出来。却听麻胡桃道："卑职试过了。这小子连最粗浅的武功也不会。"段瑶瑶道："士别三日，当刮目相看。就请麻侍卫以大理皇家的武功，向这位项大哥讨教几招。"项水田双手连摇："我不是这位大哥的对手，打不过他……"段瑶瑶向他笑一笑，以示鼓励，项水田向麻胡桃一抱拳，道："那好，我就以新学的拳法，讨教麻大哥的高招。"

麻胡桃将郡主的这话听成了嘲讽之语。他绝不相信，项水田在这十几天之内，就能学到什么神妙武功。白玉廷斜眼瞧着项水田，见段瑶瑶神态亲密地跟他站在一起，眼中满是妒忌和轻蔑。麻胡桃只想故技重施，摆开"洱海三叠浪"中的起手式，双手右上左下，足成弓步，拉长声调对项水田道："项大英雄请赐教。"

项水田见麻胡桃的动作姿势，知道他又会使那招"洱海三叠浪"，这一刻他脑中电光石火，一下子想到了九天拳中的那些招式，对方既然是"洱海三叠浪"，正好便以九天拳中的一招"风起云涌"应对，这一招，是九个拳招中，较为少见的后发制人的招法，以浑厚的内力为基础，先让对手出招，以虚招避过，等对手力道用尽，后招未出时，突然施以重击，端的是厉害无比。麻胡桃的"洱海三叠浪"一招中含有三个后招，起手式先敞开胸腹，只是为了布下陷阱，诱敌深入，一旦项水田中招，后面三招齐施，轻则中招倒地，下手稍重，便能令他双肘齐断。对这个获得郡主垂青的放牛娃的妒恨，麻胡桃与白玉廷是一样的心思，明明知道郡主会不高兴，也顾不了那么多了。

麻胡桃眼中如喷出火来，足足使出了十成内力，一股势如虎般的力道，朝项水田使了出来。白玉廷看到这里，心中暗暗解恨，知道项水田的双肘，是保不住了。

但见项水田身子一沉，不慌不忙避开了麻胡桃的一招三式，还没等麻胡桃缓过气来，忽施反击，内力一吐，只见麻胡桃一个肥大的身躯，像纸鸢一般地向后飞出，直飞出了十几丈远，才直挺挺地落在地上。

项水田上一次被麻胡桃殴打，虽然竭尽全力，依然被打得鼻青脸肿，胳膊脱臼。这一回用上了新学的九天拳，一招之间，就让这个不可一世的大理侍卫，摔成了木偶泥人一般。在麻胡桃在地上挣扎，难于起身的时候，项水田仍是呆立当地，简直不相信自己的眼睛。

"恭喜项大哥学到了绝世武功！"段瑶瑶笑盈盈地鼓掌祝贺。

麻胡桃摔得极其狼狈。但他心中记得，这个放牛娃只有一身蛮力，绝不可能是他这个大理侍卫的对手，刚才击败他的招数，明明奇妙新奇，但他脑袋一时转不过弯来，只记得上次将对方打得无还手之力，绝不肯咽下这口气。这时从地上爬起来，气急败坏地奔到项水田面前，又是一个冲天炮捶，直奔项水田面门。上次项水田被他这招打倒。可这一次，项水田将头一闪，轻松避开。他只觉得麻胡桃内功和招数，比自己差多了，还没等麻胡桃伸指头抓到自己肩头，项水田又使出一招"麋鹿乘风"，又将麻胡桃向外摔出，这一次麻胡桃摔得更远，着地处正好是个斜坡，一连往坡下滚了十几滚，脸上被山石划破了好几处。

麻胡桃气得哇哇大叫，只因这两招摔得太狼狈，他心中无法接受。这人本就有一股蛮横劲头，第二次爬起来之后，再次奔上来，使上了分筋错骨的五云手，还想将项水田两臂的关节卸脱。项水田双手上举，轻易将麻胡桃十指隔开。这时他手上加力，一招"羽化登仙"使出，右手伸向麻胡桃后腰，使内力拍出，麻胡桃肥大的身躯摔出了数丈以外，再也爬不起来了。

"唰"的一声，白玉廷抽出腰间长剑，眼中已经丝毫不敢怠慢，向项水田道："在下以点苍剑法，讨教项兄的高招。"刚才项水田击发麻胡桃的这三招，他从未见识，那摧枯拉朽的内力，更是刮得他脸上隐隐生疼。他再也不敢以拳招与此人对敌，只得拿出长剑，以自己最得意的剑法，与这人一争高下。

　　项水田见这面目英俊的大理侍卫手提宝剑，向自己索战，心中有点胆怯。只听段瑶瑶轻轻笑道："这位白侍卫的点苍剑法，是大理家传的武学，便胜了你，也不稀奇，你请他手下留情便是。"

　　项水田心想：九天拳中"栖鹘危巢"这一招中，便有空手破剑的变化，这位白侍卫使剑，我正好来试一试，道："我刚学空手夺剑，请白侍卫手下留情。"话音刚落，只见剑光闪烁，白玉廷已先行出招，使出他的一招"玉雪争辉"。这一招剑光霍霍，一出手便将项水田的全身笼罩住了。白玉廷剑刃幻成了一片白色，同时发出嗡嗡之声。项水田缩身闪避，白玉廷中宫直进，剑尖点向项水田手足胸腹，只想一剑便切下这人双手双足，将他大卸八块。

　　如果是在十多天前，项水田面对白玉廷的这招剑法，一定会手忙脚乱，甚至命丧剑底。但这时他内力充盈，头脑灵敏。这招剑法在他眼中，也只平常，来剑方位，更瞧得清清楚楚。他每退一步，都恰到好处地避开了剑招，待对方手上稍缓，他便手臂疾伸，要将那长剑夺过来，只因不甚熟练，这一招并未使老。

　　白玉廷大吃一惊。对方手上力道太大，险些长剑脱手。慌乱中又使一招"麻姑献寿"，这一招剑光闪烁，指向项水田下盘，一连向项水田下三路，攻出了十几招。项水田对他剑招渐渐熟悉，身子如灵狐般自如。白玉廷连变了十多个剑招，对项水田全没奈何。到后来，项水田只觉要夺下这位白侍卫的长剑，已是易如反掌，只是不想让对方出丑，所以全取守势，始终没有出手反击。白玉廷已杀红了眼，只觉得在郡主面前败给一个放牛娃，这比杀了他还要难受。在反复使过这套家传剑法，竟然伤不了这空着手的放牛娃时，他"哇"的一声吐出一口鲜血，突然连人带剑，扑了上来，想要跟项水田拼个同归于尽。

项水田见他使出这般拼命的打法，只伸指一弹，那柄长剑便从白玉廷手中脱手飞去，落到数丈以外。项水田轻声道："得罪了!"

白玉廷脸色死灰。这时恨不能地上有一条缝儿钻进去。麻胡桃手抚胸口，将地上的长剑拾起，前来拉着白玉廷，道："走!"两个人连一句场面上的话也不说，扭头离去。段瑶瑶轻轻笑道："两位武功教人大开眼界，多谢手下留情。"

没过多久，段瑶瑶和项水田两人，来到了灵鸠峰前的红黑二洞一侧。红黑二洞对面的谷口，中原武林大兵压境，人声喧哗。

迎面奔过来四个青衣汉子，手拿兵刃。看到项水田和段瑶瑶时，几个人突然一齐跪地，大声叫道："参见帮主，属下不知帮主在此，未及回避，罪该万死!"

段瑶瑶听了这话，眼望项水田，项水田道："帮主? 你们这是在喊谁呀?"四个人匍匐在地，连声央告："小的奉桐木堂主之命，出山备药，不知帮主在此，请帮主饶过小人冲撞之罪。"四人在地上叩头如捣蒜。

项水田从未见过这等情景，道："几位大哥快快起来，你们认错人了!"几个人将信将疑,畏畏缩缩地站直了身子,你看看我,我看看你,不知他们的帮主为何会这么说话。见到几个人仍然不敢离开,项水田和颜悦色地道:"你们肯定认错人了,我不是你们的帮主,是郑家村陈大财主家的放牛娃,名叫项水田。"

听了这话,那几个人更是不知所措,他们的帮主明明是叫郑安邦,怎么说是个什么放牛娃,名叫项水田?四人中有一人心思机敏,又知这个帮主是个大淫棍,只要见到姣好的女子,必加欺骗玷辱。现在跟中原武林大战在即,帮主却跟这个美若天仙的女子在一起,说自己叫什么项水田,十有八九,是为了欺骗这个女孩子。这一下几个人遇上这事,多半性命难保。这么一想,眼睛不免向段瑶瑶多看了几眼。

却听项水田道:"这位是大理国的郡主。我们就不打扰你们出山办事了。"那几个人更是张大了嘴巴,说不出话。既然这是大理国的郡主,怎么又会跟一个放牛娃在一起,真不知这位帮主葫芦里卖的什么药。

项水田反复催促,那四人侧身倒退着走了十几步,才转身离去。

望着他们走远,项水田百思不得其解,口中喃喃地道:"他们认错人了,他们认错人了……"段瑶瑶道:"你再仔细想一想,会不会你真的就是巫山帮的帮主?"项水田道:"这怎么会呢?我从来就没有去过巫山帮……""你从瀑布摔下之后,昏了过去,会不会将过去的事儿,忘记了……"项水田道:"没有的事。摔下瀑布之前,我给东家放牛。摔下瀑布之后,除了昏过去的十几个时辰,其余的事我记得清清楚楚。在黄州江心洲学了武功,现在又回到了巫山……"

段瑶瑶又道："会不会有人给你服过了什么药，让你失去了在巫山帮的记忆？"项水田道："不会的，不会的。我长这么大，就没生过什么病。我看哪，是不是他们那个帮主，跟我长得太像了，所以他们认错了人。"

段瑶瑶轻轻笑道："怎么会有那么巧？你跟巫山帮只隔了一条河，他们的帮主却跟你长得很像……"项水田道："这样好了，刚才你的白侍卫和麻侍卫，还说那巫山帮帮主要见你，可见这个帮主就在巫山帮里，我们去见一见他，一切不就清楚了吗？"段瑶瑶顿了顿足："你真的什么都不记得了吗？你再去巫山帮，还能见到什么郑安邦呀，你再想一想……"她说到这里，只急得眼中要掉下泪来。项水田见她着急，又怕误了她的大事，道："白侍卫和麻侍卫要你别跟我这个放牛娃在一起，以免误了你的正事……"段瑶瑶急道："什么正事？我偏要跟你在一起……"

忽听一个洪亮的声音，从林中高处传来："傻小子，这女娃子喜欢上你了！"项水田听了这话，心中一阵迷惘。他四处张望，只看到高大茂密的松树，看不出说话之人身在何处，道："你是谁？怎么知道……"

"哈哈哈哈——"那男人的笑声在林间回荡，"傻小子，不但老夫知道，连这些鸟儿都知道，都来恭喜你了，你听——"四周树上，真的传出阵阵鸟鸣，斑鸠、布谷、黄鹂、喜鹊，各种鸟儿应有尽有，此鸣彼和，热闹非凡，一时蔚为奇观，却见不到一只鸟儿的身影。

"听出来了吗？它们在说，这小子艳福不浅，讨个漂亮女子做老婆。"只听段瑶瑶道："以箫音奏出鸟鸣，这个绝技只一人会使。您一定是五梅教唐大教主！大理段瑶瑶有识尊范。"

"哈哈哈，女娃子有眼力，给你认出来了。"松枝一晃，一个身影从左边的树顶飘然而下，在两人身前轻轻落地。只见这人五十来岁，身材颀长，凤眼疏眉，一张脸白如金纸，手上拿着一根竹箫。项水田看到那竹箫上的两颗棋子，果是那支被抢去的竹箫。

那唐凤吟道："大理郡主来巫山十来天了，老夫今日才识真颜。女娃子真有能耐，将这个开小差的巫山帮帮主找回来了。来来来，老夫今日就当个红绳月老，你们便结为夫妇如何？"

项水田刚才听到这人在空中说话，声音似是从右边的树顶传出，但人却是从左边下地，正想这人轻功之高，对他那句"将巫山帮帮主找回来"的话，就没在意。见唐凤吟说出做媒的话，项水田忙道："万万不可！她是大理国的郡主，我怎配得上……"唐凤吟道："你是堂堂巫山帮的帮主，怎么配不上？老夫做媒，那就更配得上了。"项水田道："我不是巫山帮帮主，你认错人了……"

唐凤吟大声呵斥："老夫哪里会有错？你只需要痛快说一句，你是不是想讨这女娃做老婆？"项水田眼望段瑶瑶，一朵红云飞上了她脸颊，与她的一袭红裙相映衬，更显明艳动人。见她眼含秋水，正脉脉含情地看着他，项水田不敢直视她眼睛，转开了头，道："我喜欢枣花……"

唐凤吟道："枣花早就不在人世。你还记着她干什么？"回头对段瑶瑶道："女娃子，你呢？喜不喜欢这傻小子？"段瑶瑶一张脸变得更红了，低下了头，悄声道："婚姻大事，小女子需回大理禀明父母……"唐凤吟道："女娃子是学武之人，就不要那些俗套了。老夫就在此为你们主婚。哼哼，当今武林之中，要请得动老夫做主婚人的，只怕没几个了。你们就在这里拜天地，拜过之后，你大理郡主就是巫山帮帮主的媳妇了。同这小子一起，帮我将中原武林的人打发掉，事情一了，今晚去灵鸠峰参加神女会，你们就可以洞房花烛了……"项水田双手乱摇，道："老伯伯你认错人了，我真的不是巫山帮的帮主，我叫……"

唐凤吟哈哈大笑，道："你这郑安邦的名字，也是老夫给你取的，怎么错得了？"不由分说，伸手从背后将项水田领口抓住，将他拉到身侧。唐凤吟又对段瑶瑶道："来，女娃子，跟他站在一起，拜天地，拜父母，夫妻对拜，再拜我这个主婚人和大媒人……"这曲好戏在唐凤吟安排之下，即时上演。段瑶瑶满脸羞红，配合着每一个环节，一步不落地完成下来。项水田心中怦怦乱跳，明知不妥，却也无法拒绝。

礼毕。唐凤吟笑道："好，你们现在是夫妻了。到谷口去跟中原武林的人比画比画……"项水田道："我武功只怕不成……"唐凤吟道："老夫看过你新学的武功。招法新奇，另出机杼。你只要抵挡一阵就是了。过了午时这个最紧要的时辰，那便没事。如果你输了，跑来后山就是，后山还有本教布下的大网，老夫自教他们有来无回。"

三人正说话间，只见有两人手提长剑，一前一后，奔了过来。后面那人叫道："沈默，你给我站住了，你这泰山派的叛徒，碰在我秦千尊的手里，还不束手就擒？"前面一人回头道："秦师弟，我一路对你一再容让，那是看在咱们师兄弟一场，情同骨肉，你却一再使出杀手，到底是为何？"秦千尊道："你与魔教勾结在一起，就是我泰山派和中原武林的大敌，这时候还有什么师兄弟之情？"

前面那人身材高大，奔到唐凤吟面前，一怔之后，忽地弯腰行礼，大声道："唐教主，在这里遇见你，最好没有了！泰山派沈默前来领死。"项水田和段瑶瑶听了这话，都吃了一惊。刚才听到他两人对话，这人正被泰山派当作叛徒追杀，这时候却要主动来向唐凤吟领死，唐凤吟看着这人也是满脸疑惑，不知他是何用意。

沈默大声道："三年前的冬夜，泰安沈家堡，唐教主救了小人性命，难道忘了？"

唐凤吟听了这话，想起他一生之中难得做过的一件好事。

沈默生于泰安大豪之家。三年前，一个仇家集结了大批人马，对他家忽施突袭，将他全家父母兄弟一共三十六口，全部杀死，连小孩也不放过。沈默身在泰山派中，得家丁冒死相报，赶回家中已然迟了。加之仇家邀请的帮手全都武功高强，沈默想着这只是家事，一时未带帮手，只一人赶回家中，到家时家人已全部被杀，家中大火冲天。沈默在满腔愤恨之中一人与那仇家和另外一十二名好手拼死恶斗，终因寡不敌众，身上两处受伤，就要命丧这伙人之手。

就在紧急关头，忽然有一黑衣人出手，三拳两脚，便将那仇家一伙人打得落荒而逃。沈默一问之下，得知救他性命的，竟然是当今五梅教教主唐凤吟。唐凤吟只是偶然经过，与沈默及他仇家全不认识，救人之际全凭兴之所至。五梅教和巫山帮因为使毒，与中原正派是死敌，这一下沈默却由五梅教教主救了性命。好在此事是他家仇，与泰山派的事务无涉，沈默恩怨分明，当即跪地，谢过唐凤吟，但当场立下重誓，只因有血海深仇在身，今日得唐凤吟救了性命，这条命便交在唐凤吟手里，此后会勤练武功，去找这些人报仇，等报得大仇之后，一定前来五梅教唐凤吟面前领死。唐凤吟哈哈大笑之后，当即离去。

此后，沈默由唐凤吟出手救命之事，便在泰山派中传出风声，派中一直对他暗加防范，有人甚至怀疑他是五梅教的奸细。他对此全不理睬，只一心一意练功，三年来终于将那些仇家一一杀死，报得大仇。正赶在神女会之日，与泰山派一同前来巫山帮，这一天他直接过河，想来向唐凤吟交代这事，却被派中师弟跟踪，以为他来五梅教是充当奸细，这才有刚才两人的争斗。

唐凤吟早将此事忘记了，但见这人信守承诺，也觉得他是条汉子，哈哈笑道："沈兄弟的家仇都报过了?"沈默答道："是的。"唐凤吟道："今日便是神女会之日，听说你泰山派也来跟巫山派和圣教为敌，你这么来找我，不怕贵派误会了你吗?"沈默道："这是在下的私事，与中原武林和贵教的事无关。"唐凤吟道："很好! 既是如此，你便将你这师弟杀了，然后跟这巫山帮帮主一起，抵挡一阵那些中原武林的人，我就跟你两清了。"那沈默看了项水田一眼，满脸鄙夷，长叹一声："师弟，你快走!"挥手一剑，插入了自己胸口，道，"唐凤吟，我这条命，算还给你了……"言毕断气。

唐凤吟见沈默死去，毫不介怀。泰山派秦千尊眼见师兄在唐凤吟面前自杀，惊怒交迸。他知在这个天下最大的恶魔面前，要逃得性命，绝无可能。他不愿意输了这口气，大叫道："唐凤吟，你这个大魔头，与天下武林为敌，一定不得好死。我今日死了，也要变成恶鬼，找你索命!"唐凤吟哈哈大笑，道："老夫是魔头，你成了恶鬼，咱们倒成了一路。好，有胆量，有骨气！老夫成全了你！"话音刚落，一股疾风卷地而至，秦千尊只觉得自己的身体如同狂风中的一片落叶，被从地上掀起，在空中翻了几个跟斗，在十几丈外的地上落下。但落地时竟然仍是两腿直立。他心头翻江倒海，两眼金星乱冒，差点喘不过气来。知道唐凤吟只要稍加内力，自己便性命不保，但此时并未受伤，一时待在当地，不知唐凤吟留下他性命，是何用意。

只听唐凤吟笑道："郑帮主，此人自居名门正派，想要灭了你的神女会，好像前山已经聚焦了十多个门派的人马，他们泰山派的人也在其中，你便将此人带去交给他们的什么赤松子掌门人。你去打发他们，老夫在后山等你！"说着身子离地，飘然而去。只听一阵柔媚的箫音从空中传出，如闺阁生春，月圆花好。箫音越去越远，骤然而逝。

秦千尊望了项、段两人一眼，惊慌失措地向谷口奔去。

项水田见唐凤吟去远，望着沈默的尸身，道："这人是个恩怨分明、说话算数的好汉子。还是让他入土为安吧！"说着用剑在地上掘坑。段瑶瑶也给他帮忙，道："是啊，一个人说过的话，做过了的事，就不能反悔……"

项水田听出她话中之意，摇头道："这个唐教主真胡闹。刚才拜天地只是好玩的，算不得数。"段瑶瑶低声道："天地都拜过了，婚姻大事，岂是儿戏？"项水田道："你是郡主，比天上的仙女还要高贵，我只是一个放牛娃，怎么配得上你？使不得，使不得！"

段瑶瑶道："郡主怎么了？放牛娃又怎么了？你这么说来，是不是嫌弃我来着？"一双眼睛定定地看着项水田。

项水田听了她这话，看着那双明净如秋水的眼睛，立时急得脑袋直摇，连声道："我是个穷人家的放牛娃，怎么会嫌弃你这金枝玉叶的郡主？我只是觉得，我俩实在相差太远，郡主是天上的一只天鹅，我好比地上的一只癞蛤蟆，这怎么可能呢？"

段瑶瑶道："你只跟我说一句，你想不想跟我成亲？你喜欢跟我……在一起吗？"项水田道："我……"

便在这时，三名身上带血的年轻汉子奔跑过来，对项水田道："帮主，中原武林的十大门派在前山叫阵，说是一定要见您，已经伤了我们几十个兄弟……"项水田道："我不是你们的帮主……"三个人跪倒在地，只是叩头。

项水田又向那三名带伤的巫山帮帮众问道："中原武林来的那些人，是不是还有黄州的郏城派、江西的东林派、安徽的九华派？"他在黄州知道了这几个门派，便有这么一问。那三人齐答："是的，那些人凶得很，连这位大理郡主的人也跟他们打起来了……"段瑶瑶听了这话，道："走，咱们去看一看！"拉起项水田，向谷口奔了过去。

第八章 解连环

词曰：

> 万夫齐指，问君无惧否？应无霄峙。怎奈他，连雾重烟，恣意处，前葩乱摧新蕊。花蝶蜂蛾，越重嶂，萧疏云翳。赖林幽谷翠，水抱岭岚，块垒堆砌。
>
> 雄姿更谁媲美？有群芳荟萃，孤岸瑰伟。独木支，称冠豪强，唤绿蚁飞觞，举鞭垂醉。英落缤纷，缟鹤舞，临风披靡。引奇箫怨慕，休羡帝仙府第。

两个人急奔了几里地。路上，段瑶瑶对项水田说："中原武林的人害怕巫山帮的蛊毒，还不敢攻进巫山帮总坛。待会他们要是认你是巫山帮帮主，你可以先应付一下，不要跟他们较真。那唐凤吟说过，打不过他们，你可以逃往后山。"项水田道："我要劝一劝他们，不结冤仇最好。"段瑶瑶想到他这话未免一厢情愿，又道："我大理商队明面上是两不相帮，但如果你遇到危险，我一定会跟你同进退的。"说着跟他拉开一段距离，两人一前一后来到谷前。

灵鸠峰前山谷的一处开阔地上，已聚集了数千号人。项水田隐约看到，黄州郲城派的掌门人邹方、五祖派掌门人苦乔、庐山东林寺方丈枕尘、九华派掌门管柏英带着门人弟子，也都来了，其余的人他不认识。

这些人服色各异，每个门派站成一堆，数千人排成了几十丈宽的巨大队列。这些江湖汉子多是桀骜不驯之徒，更有人污言秽语，骂声不绝，有人大喊："为死去的五十七人报仇！"有人高叫："灭了巫山帮！灭了魔教！"

巫山帮这边，只有不到百人，已全部倒地受伤，伤者中还有女子。大理商队数百人跟巫山帮的人隔着几十丈的距离，也站在中原武林的对面。不知什么门派的人，对大理商队推搡叫骂。大理商队的三十余头狮虎大象，匍匐在一众侍卫的身后，这些猛兽时时发出低啸，中原武林较少见到这种情景，也有几分忌惮。

段瑶瑶一走进谷口，就十分惹眼。她一袭红裙，貌若貂蝉。她一出现，就吸引了所有人的眼光，数千人全都安静下来。眼睁睁看到她，走过巫山帮的阵前，走入大理商队，有人不停大喊："风月蝴蝶！风月蝴蝶！"

看到项水田走在段瑶瑶身后，巫山帮中便有人大喊："郑帮主到了，郑帮主到了！"

中原武林群雄一听说巫山帮帮主到了，纷纷往前涌动，口中喝骂不停。有人喊道："这小子见到我们下的战书，一直躲着不出来，原来是跟那风月蝴蝶鬼混去了！"有人叫道："杀了这狗崽子！""将这狗娘养的碎尸万段，替我死去的亲人报仇！""将这小子活捉了，让他自己尝尝巫山蛊的味道！"

项水田从没经历过这么大的场面，心怦怦乱跳。想着：这个郑安邦做了这么多的恶事，现在中原武林的人找上门来，他却躲了起来。这些人把我看成是他，这可怎么办？

忽听有一个女子吼道："滚开！"原来是几个血刀门的弟子，在众目睽睽之下，正在使用刀剑，挑去地上几个巫山帮的女弟子的衣服。有一个女子奋力反抗，被斩去一只手臂，鲜血直流，她的上衣被划破几块，肩头也露出一部分肌肤。现场武林的老者暗暗摇头，但一些浮浪子弟却大声鼓噪，巫山帮使毒害死了中原武林同道，巫山帮帮主郑安邦更是个大淫棍，血刀门的人折辱这巫山帮的女子，不过是一报还一报。不少人大声叫好。那女子手臂被斩，却十分硬气，一声不哼。见项水田走过来，道："帮主，杀了我吧！"项水田道："我不是你们的帮主，你认错人了！"

他这话一说，巫山帮的上百号人全都露出错愕的神色，不知帮主怎么会说出这样的话。

忽然，一个全身衣衫褴褛、蓬头垢面的中年女子，发疯似的从人丛中跑出来，一把抓住了项水田，口中叫道："你这个猪狗不如的恶贼，你害死我的女儿，我跟你拼了，你还我女儿的命来！"项水田一愣，不知她为何说出这样的话来，但他一想，知是这女子认错人了，想是她痛失了女儿，便没有推开这女子，而任由她在他身上拳打脚踢。

这时，另一个老者也冲出人群，几步蹿到项水田面前，一把将他抱住，道："郑安邦，老夫要你还我儿子的命来……"说着张口便朝项水田咽喉咬了下去。

项水田本就无心伤人，更没想到，这老者一上来就直接抱住咬人，情急之中，顺手使出九天拳中的"乌鹊南飞"一招，将这人从自己肩头摔出。但肩头仍被咬破，流出鲜血。那老者没料到项水田有这等武功，被摔出十几丈开外。忽然脸上抽搐，直翻白眼，在地上扭动几下，当即死去。项水田心中一片迷惘，他使出这招，没用多大内力，最多只会将老者摔出数丈，绝不至一招致命。只听有人喝道："好哇，这小子蛇蝎心肠，已将海沙派掌门秦宗万毒死了！他儿子就在死去的五十七人之中。"项水田心中不解："我在黄州吃下了毒虫，难道身上有毒了？"

那几个用剑挑女子衣服的血刀门弟子，见那老者瞬间毙命，全都停手，惊恐地看着项水田。项水田用手擦拭着肩头的伤口，对那几个人道："各位请回吧，让巫山帮的人帮这位姐姐包扎伤口。"几个人一听这话，抱头鼠窜而去。那中年女子也退回了人群。

忽听一个声音从对面传了过来："各位先冷静一下。此人身上背着那么多中原武林的血债，我们要慢慢来算。眼下灭巫的大事很多，先要让此人找出巫山帮的余孽，交出全部的巫山蛊毒，还要交代那个大魔头唐凤吟的去向。如果现在就一掌将他劈死，这些事情就办不成了。"说话的人身穿灰色道袍，中等个头，内气充足，是这次中原武林的召集人，武当派掌门人虚云道长。他这么一说，数千人渐渐安静下来。

项水田喃喃地道："又死了一条人命。这误会可大了，我不是巫山帮的帮主，你们认错人了！"

江湖上的名门正派都不屑与巫山帮交往，所以，现场的大部分人都不认识巫山帮帮主。他这句话清清楚楚传入了众人耳中，连大理高瑞升、白玉廷以下诸人，也是迷惑不解：这人明明是个傻乎乎的放牛娃，做了神女的祭品，不知怎么逃得了性命，现在怎么成了巫山帮帮主？

但眼前之事，连巫山帮自己人都喊他是帮主，刚才一招稀奇古怪的拳招，将老者摔倒在地，老者是中毒而死，多半就是这人做了手脚。中原武林的人都想，此人不承认帮主的身份，多半隐藏着什么恶毒的计谋。

"这小子满口胡言，莫要被他骗了！刚才就在谷口，我亲眼所见，魔教教主唐凤吟称呼这小子郑帮主，他现在却来抵赖。"说话的是泰山派的秦千尊。

武当掌门虚云道："少侠刚才在谷口，还见到了唐凤吟？"言下似乎不信。有些人听说魔教教主唐凤吟来到谷口，不禁暗暗感到紧张和害怕，人人都知此人是当今武林第一人，使毒和武功上的手段，比这个年轻的巫山帮帮主，难对付得多。

秦千尊道："弟子追杀本门叛徒沈默，功夫不济，沈默逃到唐凤吟面前，被唐凤吟害死了！"

项水田道："你怎可诬陷你的师兄？那位沈大哥不是泰山派的叛徒，他是自杀而死的。"江湖上有不少人知道沈默的名头，只知他全家被杀，在不停追杀仇人，却没想到会与魔教扯上干系，秦千尊说他是本门叛徒，这些人本来将信将疑，但项水田这么一解释，这些人反而越听越糊涂。

忽见几个人走出人群，来到项水田身边，其中一人大声道："项少侠不会是巫山帮的帮主！"说话的是黄州郏城派的掌门人邹方。他身边的另外四派掌门人苦乔、枕尘、史达和管柏英，五人一齐对项水田弯腰施礼，道："项少侠在黄州以一人之力，除去了魔教的白虎坛坛主宇文彪，张口吃下了魔教的毒虫，救了我们六十多人的性命，大仁大义，我们还没来得及当面感谢!"

项水田拉住几人的手，连声说他只是劝个架，没那么大的功劳，言语中就像老朋友重逢。他太需要有人证明，他不是巫山帮帮主了。东林寺方丈枕尘高声道："这位义薄云天的项少侠，怎么会是恶贯满盈的巫山帮帮主郑安邦呢?"枕尘在江湖上颇有名望。他这么一说，中原武林和巫山帮的人都是一片疑惑，听说这人打死了魔教坛主宇文彪，还敢生吃毒虫，许多人觉得匪夷所思，不敢相信。

只听那泰山派的秦千尊道："莫要中了巫山帮和魔教的毒计，他们有时假意做点好事，引得我们上当。今日大伙来此，就是要将巫山帮和魔教一股脑儿地挑了，免留后患。"不少人听了这话，大声叫好!

有人大叫："不行，这个人坏事做绝，欠着我们五十七条人命，不能让你们几个人一说，就将他解脱了!"有人道："耳听为虚，眼见为实，这人在大伙面前毒死了海沙派的掌门，怎么能相信他不是郑安邦?别看这小子年纪轻轻，小心中了他的离间之计!"东林寺方丈枕尘一听这话，怒道："你胡说什么离间之计?你有什么本事，来跟他较量较量，看看我说的是不是真的?"

项水田对这些话，一句也没有听进去。他知道这些人是认错人了，道："你们说的这个人真的不是我。这些事我没有做过，这些我全不懂。俗话说冤家宜解不宜结。大伙不要动手，我真的不愿意多伤人命……"他说话有些语无伦次，有人听他这话，反而更想找他动手。

一名崆峒派的长老走上前来，从头到脚地打量了项水田一遍，他绝不相信这人有什么大本事，道："巫山帮毒死了我儿子。

今日老夫就来讨回公道!"说着一上来就使了前后两招擒拿手,一虚一实,本来前面一招拿住项水田右手,待他左手回救,再顺势一扭,便可扼住他咽喉。

项水田对于这种近身擒拿的功夫缺少练习,加之死了一名老者,全没想到出手防御,被这崆峒派的长老一出手,就结结实实地抓住了右手神门穴,扼住了咽喉。那老者大出意料,没想到这么轻而易举,就将这巫山帮帮主掌控在手中。在他耳边低喝:"快说,'巫山蛊,七孔箫,神女会天骄'这句话是什么意思?"众人一听,原来这个崆峒派的长老为儿子报仇只是个借口,实际上是要想获知这句江湖传言的含义。

中原武林前来灭巫,除了铲除巫山帮和巫山蛊毒以外,对这句江湖传言的真实含义,无疑也是想知道的。只待揭开这个传言的真相,如果不利于中原武林,自可将隐患去掉。但这些都要靠步调一致的行动。眼前这个崆峒派的长老,在控制了项水田后,胁迫他说出这传言的含义,显是想独吞这个秘密。苦在此人已将巫山帮帮主控制在手中,一时不知如何应对。

忽然那老者身子抽搐,白眼一翻,双手松开,又倒地死去。原来是他用力扼住项水田咽喉,将项水田肩头那处伤口逼破,沾上毒血,又是瞬间死去。项水田脸孔煞白,没想到又一位老者因他送命。道:"什么传言?我哪里知道什么意思……"

众人亲眼见了两名老者瞬间死在他的面前,彻底相信了这人是个笑里藏刀的大奸大恶之徒,相信他就是恶名昭彰的巫山帮帮主郑安邦。

泰山派掌门人赤松子满脸悲愤,道:"你这人面兽心的恶贼,本派弟子沈默死在唐凤吟手上,你既然在场,自也难逃干系……"项水田道："那姓沈的是个说话算数的汉子，是自我了断的，他与唐凤吟一命抵一命……"他这么说话，现场除段瑶瑶和秦千尊以外，谁也不懂是什么意思。

那赤松子满脸青筋暴突，道："好，就让道爷教训教训你!"说着长剑出鞘。一招"昂头天外"朝项水田的脸上直刺过来。

"且慢!"说话的是武当掌门虚云。虚云想到今日中原武林与巫山帮和魔教开战，与巫山帮帮主的交锋才开始，有一件事却必须先讲清楚。他大声对大理商队说道："今日是中原武林与巫山派的较量，大理国的商队置身事外，能否做到两不相帮?"大理郡主段瑶瑶答道："冤有头，债有主。你们有仇报仇，有冤报冤，只要不滥杀无辜就行。"虚云摇头道："就是这样。你们两不相帮最好。"

虚云双眼盯着项水田，连连摇头，一字一顿地道："先前我听庐山东林寺枕尘掌门所言，还道你真是一位行侠仗义的少年英雄，谁知你竟是假作慈悲的巫山帮帮主! 你今日一意与中原武林为敌，已是罪孽巨大，不可饶恕……"

项水田道："道长，你们确实认错人了，我只是河对面的放牛娃。刚才那两位老者伤了性命，真对不住! 我也不知是怎么回事。早上我碰上五梅教教主唐凤吟，他……他让我前来跟你们中原武林的人应付一阵，我就来了……我并没有向这两位老伯使什么毒……"他毫无机心，将唐凤吟对他说的话，也原原本本在这儿说了出来。众人听了，全不相信。

却听虚云道："你是说凭你一个人，也不使毒，就能跟我们中原武林的人过过招?"

项水田道："我不会使什么毒，我只是劝你们两方，不要再打了，不要再死人了……"

赤松子大声喝道："还跟他啰唆什么!""唰"的一剑，将刚才的那一招"昂头天外"，向项水田使了出来。

赤松子以泰山派掌门之尊，与项水田这样一个后辈过招，对方是空手，而他手执长剑，而且一出招便是泰山剑法中的"昂头天外"，大有一招便将对手灭于剑下的势头。只因项水田已致两人死亡，那就不用守什么比武过招的规矩了。

项水田但觉风声飒然，已至面门。在这样一个当儿，他本来应该小心应对，但觉殊无可畏。一时起了玩闹之心，将脸孔右晃，跟着右手握成一个拳头，往赤松子的鼻子直冲而去。人群中的大理侍卫一看乐了，这一招乃是大理皇宫的武功，名叫"冲天炮捶"，麻胡桃对项水田使出这招，令他当即鼻血长流。

赤松子的剑法，都是从泰山极顶的摩崖石刻化解而来，这一招"昂头天外"，剑法气势雄浑，大有登临绝顶一小天下之势。本来是想一招制敌，一来是为自己的弟子沈默报仇，二来也是为了在中原武林面前立下一场功劳，以此洗刷本派弟子与魔教教主瓜田李下之嫌。要是与巫山帮帮主比武，让弟子秦千尊这样的人上阵，就绰绰有余，何必自己亲自动手?

项水田这一招"冲天炮捶"使出来后，赤松子只觉一股大力沛然而至。急忙将头顶后仰，跟着身子一个铁板桥向后翻出，仍然感到那股劲力绵绵不绝，只得顺势再向后连翻了两个筋斗，这才稳稳在地上站定。要不是这一招是避开对手的攻击，泰山派门人真要为掌门人这一精妙的身法大声喝彩。

泰山派在武林之中是个响当当的门派，赤松子的武功修为比上代掌门蓬莱子要高得多，却在与巫山帮这个年轻帮主过招时，一招之内，对方便反客为主，逼得他狼狈退开，一众武林人士都是大惑不得其解。巫山帮的武功在江湖上不入流，只会下毒使诈，又仗着魔教撑腰，这才在江湖上留下恶名，刚才项水田使的是大理皇宫的正宗武功，并未使毒。虚云道长看得连连摇头，道："看不懂，看不懂……"

赤松子脸色铁青，从站立之处一跃而起，将手上长剑舞成了一道剑花，众人但见他剑光霍霍，呼呼有声，周身幻出的一道白光，将他整个身子全都罩住。他将"五岳独尊""壁立万仞""雄崎天东"等几招泰山派剑法中最厉害的招式连环使出，已是与天下最顶尖的武林高手过招的打法，完全不敢将项水田看作不入流的对手。

项水田从没见过赤松子这等气势纵横、光影迷离的剑法，他心中有些胆怯，不知该如何应对，只得步步后退。赤松子这等精妙的剑法，立时引得中原武林的一众子弟大声喝彩。有的人还是第一次见识，只觉大开眼界，有的人手中还不由自主地比画模仿。

项水田到底没有扎实的武功根基，这时面对赤松子密不透风的剑招，只能记着舟中老者所授，混元归一，见招拆招，这般躲闪退却，不免手忙脚乱，招式难看。每每在紧急之处，他就要被剑尖刺中，引得巫山帮中的女弟子一片惊呼。但无论赤松子怎么招招进逼，项水田狼狈逃窜，那三招最厉害的泰山剑法已经反复用过多次，就是没法伤及项水田一根毫毛。

眼看赤松子出招渐缓，项水田应对已经稍有余裕，这时他顽皮的心性又上来，见远处观看的大理人群中多有好奇，便又使出一招麻胡桃使的"洱海三叠浪"，但见这一招使出，项水田手上的劲力如滔天巨浪，一重比一重猛烈。赤松子忽然感到自己成了万丈狂涛中的一叶小舟，心下大骇，已经完全无力进招，只能保住手中的长剑，不被巨力掀落在地，身子也不由自主地步步后退。

大理侍卫麻胡桃两次对项水田使出这招，后一次被他的九天拳打败，心中还恨得牙痒，但这时见项水田也使这招，虽然大为走样，但那股排山倒海的气势，摧枯拉朽的内力，那是任何一个大理师都没法比拟的，一时看得舌挢不下，不能不对这个放牛娃另眼相看。大理商队中的侍卫一见之下，更是彩声雷动。因为"冲天炮捶"和"洱海三叠浪"不过是侍卫们最粗浅的武功，项水田仅得皮毛，却有如许威力，许多人因此对大理武功信心大增。

在少林掌门微尘、武当道长虚云这等大高手看来，这个巫山帮的被人看作无赖的毛头小子，所使的几招似是而非的大理皇宫武功，竟然将声名显赫的泰山掌门打得毫无招架之力。这小子身上怎么会有这么深厚的内力？虚云一颗圆鼓鼓的脑袋，摇得像拨浪鼓似的。

赤松子身在局中，对这个年轻人的巨大内力惊骇不已。以所见过的对手而论，自己武功在巅峰状态，甚至是自己的师父，都不见得能与其匹敌。一时后悔，不该第一个出来与这人过招，以致一世英名毁于一旦。此时他大喝一声，道："老夫还隐藏什么！"便要将自己新创的两个绝招，全都使了出来。

这两个绝招，一个叫"海岱纵目"，一个叫"秦松挺秀"，都是赤松子呕心沥血之作。赤松子多年习练泰山剑法，内力的运使、攻守的呼应等都是熟极而流。一日，他在泰山玉皇顶练剑后，稍事休息，近抚苍松，远观流云。忽然获得启示，创出了这两招新的剑法。历代文人吟咏泰山，最有名的是杜甫的"会当凌绝顶，一览众山小"。据史料记载，秦始皇登封泰山，中途遇雨，避于一棵大树之下，这棵松树虬枝盘曲，苍劲古拙，因护驾有功，遂封该树为"五大夫"爵位。赤松子所创的两招剑法正是由此而来。泰山剑法流传数百年之久，一招一式，都是历代名家千锤百炼之作，而要能推陈出新，谈何容易？赤松子潜心思索，多番揣摩，终于发现泰山剑法在直上直下的攻伐较多，而横削之处较少。这两招均是在直上直下的攻防中忽施横向切削，令泰山剑法威力大增，实为绝学。

赤松子忽然使出这两招，项水田倒也罢了，泰山派以及对泰山剑法十分熟悉的武林同道均是一片惊呼，大声喝彩。但任何一派武功，其作用都是用于技击，将对手打败才算有用。如果这两招用在泰山派本门或者其他武林同道身上，一定能收出其不意攻其不备之效。且不说赤松子新创的这两招，就算泰山剑法所有的招式，对于项水田来说都是新招。面对这两招以横削为主的剑法，项水田无非是腾跃躲闪，乘隙反击。

广场上一个成名老者，手执长剑，对一个乳臭未干、赤手空拳的武林后辈大打出手，步步追杀，这一情景在武林中十分少见。但瞧场中情形，老者在攻却声嘶力竭，少年在防倒好整以暇。项水田自得舟中老者教拳之后，拳招得其精妙，最主要的是，潜藏在他体内的浑厚内力得到正确导引，使他能与当世最顶尖的高手相颉颃。

天下各门各派的拳法，赤松子可说是尽皆知晓，但还是看不出这小子打的是什么拳法，倒是与那些不会武功的门外汉那样打得乱七八糟。但对手的内力实在太强，就算是毫无章法的拳招，打出来仍是虎虎生风，只得使出看家本领招架。

眼看攻守之势倒转，赤松子心中焦急。出剑之际，招招指向项水田要害，项水田竟是满不在乎。有时明明要攻他之所必救，但这小子偏偏毫不理睬，只是按照自己的拳法出招，赤松子实在无法忍受，道："我要砍你的脑袋了！"项水田明明听到，就是不避不让，反而歪歪斜斜地将右拳向他腰间伸了过来，迅捷无伦地指向他几处紧要穴道，他不得不收招自救。正在他大惑不解的时候，忽见项水田凝招不动，只伸出右手食指，往他剑锋上一弹，"嗖"的一声，他长剑脱手，飞出数丈，落地后斜插在地面，微微晃动。

项水田最后使出的这招，实是他打弹珠的手法，只是他内力太强，竟然将堂堂泰山派掌门的手中长剑打飞在地。一众中原武林数千人看来，这一幕实在太过匪夷所思。现场除了一声惊呼以外，立即变得安静下来，连巫山帮和大理武师也忘了为项水田喝一声彩。赤松子呆立当地，脸色苍白。忽然，他奔向那柄剑，一把抽起，将剑刃往自己脖子上抹去。

"不可！"出手的是武当掌门虚云道长。虚云出手如风，将赤松子挥向自己脖子上的长剑拿下，对赤松子道："道兄一时失手，何必自毁如此？"让泰山派弟子将赤松子扶回本门。

这时，泰山派中又跃出两人，手执长剑，一齐向项水田刺出。这两个人，一个面孔煞白，一个面孔黝黑，人称泰山双英，是泰山派掌门人赤松子师兄弟辈的人物。两人的剑法，一个轻灵飘逸，一个古拙清奇，在江湖上久负盛名。这两人急欲为本派出头，双剑齐出，招招夺命。项水田左支右绌地躲闪。

昆仑派两个使流星锤的壮汉见有便宜可占，其中一人喝道："这小子与武林正脉为敌，使的是巫山帮的妖术，大伙儿一起上呀，就是死了，也不能让这小子得逞。"说着，两人流星锤使得呼呼风响，一齐上阵围攻项水田。华山、崆峒、恒山等门派的弟子一共八个人，也不约而同地加入战阵，一时之间，十二个人将项水田围在场子中心，各出兵器，一齐向项水田出招。这时，那些躺在地上的巫山帮帮众大叫起来："好不要脸！什么武林正宗？这么一拥而上，简直猪狗不如……"但他们全都身上有伤，不能动弹，只能眼睁睁看着这些门派的十二个人围住项水田恶斗。众人看来，项水田就是有三头六臂，也支撑不了多久，必定会死在这些人的乱刀之下。

大理郡主段瑶瑶和总管高瑞升大叫："比武不公！"飞身赶过来，要给项水田援手。血刀门先前那个欺负巫山帮女子的汉子，见到段瑶瑶容色清丽，又动了邪念，大叫起来："大理这些人都是巫山帮的帮手，大伙也一齐上阵，将他们一股脑儿灭了！"海沙派和其他门派的十多名弟子纷纷出阵，与大理郡主等人斗在一起。这样一来，现场已经成了两处打斗之局。

但未交数合，项水田面前安静下来。原来，项水田在最危急的关头，使出了九天拳中的"冯虚御风"，这一招他在巴河边的燕云山与官军交手时就使用过，当时一招之内，将四名官兵手腕一齐点中。这时一十二人将各自兵刃向他身上招呼，他脑中电光石火，出招奇快，这些人的兵刃还未及他身子，他便出手如电，将这一十二人手上的穴道全都点中。"呛啷呛啷"，这些人手中的兵器全都掉在地上，十二人一齐待在当地，如同见了活鬼一般。

那边血刀门诸人与大理武师见了这等奇景，也一齐罢斗。

虚云一脸迷惑，连连摇头，道："少年人有如此身手，却是非颠倒，善恶不分，可惜，可恨，可叹……"忽又高声道，"郑帮主，你刚才所使的招，叫作什么拳法？"项水田道："回道长的话，我真的不是巫山帮的，这招拳法……"虚云打断他的话头，道："你真的只是项家坝的少年？"

虚云是有道之士，这一次除巫大会，又是以他为头，先前庐山东林寺方丈枕尘等几人力证此人不是巫山帮帮主，虚云认可枕尘的声誉和判断，但是随后泰山派弟子指他是魔教一伙，而这人自承受唐风吟之托，前来应对，尤其是巫山帮的人都喊他帮主，怎能有错？难以解释的是，一个只会使毒的巫山帮帮主，怎么能有这么高的武功？他一向谨慎，在项水田反复申辩只是村中少年后，虚云道："你这少年，既然不是巫山帮的，便速速离去，犯不着为巫山帮枉送了性命。"但项水田道："我说话算数。你们两方最好罢斗，解开这场冤仇……"

虚云见项水田不肯离去，道："你那拳法叫作什么？"虚云毕竟眼光犀利。项水田此前所使的是大理侍卫的拳法，与泰山派掌门赤松子的如同小儿斗殴的招数，摔开咬人老者的那一招"乌鹊南飞"，虚云均不经意，唯有刚才以一人斗十二人的那一招，其手法身法，内力运转，绝不是寻常的武学门派所能够使出来的。这等奇招，一定逃不过像虚云这样的武学大宗师的法眼。项水田道："我使的是九天拳。刚才那一招名叫'靠树挡风'……"他不说出"冯虚御风"四字，只因老者教拳时，靠树挡风四字，更为好记。见虚云脸现疑惑，又道："教我拳法的那位老伯说，这拳要学九天才能学全，所以叫九天拳，我新学乍练，还不熟悉……"

天下学武之人，为了一门拳法潜心浸淫一辈子，修为尚且有限，而这少年只学了九天，就有这般惊世骇俗的功夫，而九天拳这个名称，更是闻所未闻。众人听了这话，均觉此人信口雌黄，胡说八道。也有人认为这个巫山帮帮主，是在故弄玄虚。

虚云从没听说过九天拳。又问起教他拳法老者的名号，或许自己认识此人。但项水田说出这人叫"鱼划子"，虚云又直摇头，道："好吧，我就以武当长拳，会一会你的九天拳吧！如果老夫在十招之内，没有将你制住，那便算老夫输了！"他这话一出，现场数千人都是大声喝彩。

武当掌门的武功在当今武林数一数二，既然虚云说出了这样的话，自然有他惊人的艺业。也有人看了刚才项水田连败泰山掌门和一十二名武师，也替武当掌门捏一把汗。但在泰山掌门赤松子听来，不禁脸上十分难看。他刚才泰山剑法妙招尽出，还使出新创的绝招，尚且被项水田打落长剑，这武当掌门却夸下这等海口，要在十招之内，将这年轻人打败，如果做不到，如何收场？

舟中老者在教项水田武功时，也讲了天下最厉害的武功门派少林武当，而在黄州酒楼之中，那些门派的人也谈到了武当派。项水田在现场看到这位武当掌门就是号令群雄的人物，他神情内敛，不怒自威。要与这位武功顶尖的人比武，心中确实有些害怕。但道长说要在十招之内，将他打败，却又激起了他初生牛犊不怕虎之心，道："如果道长十招之内，没有将我打败，你们两边是不是就可以讲和了！"虚云道："废话少说，你就用你的九天拳，先出招吧！"

项水田往大理商队那边看去，看到段瑶瑶眼中嘉许的神色，心中暗暗鼓劲。他站定了身子，将九天拳在心中默默复习一遍，身子下沉，双手提起，前虚后实，先使出了一招"羽化登仙"。

虚云一见之下，大起知己之感，居然看得如醉如痴。原来，项水田这一招九天拳的"羽化登仙"，呼吸吐纳的内敛之势，以静制动之法，竟然与武当长拳所代表的内家拳法师法自然、相生相克的道理完全相合。

武当武功本来是从道家发轫，所谓道法自然。项水田所使的这套九天拳隐藏在苏东坡的两赋之中，而两赋所述，除其中的哲思以外，本就是问理于天地万物，取法变易之道。《后赤壁赋》更是既有登岩鑿之步法，作龙虎之长啸，且与仙鹤、道人互动，这无疑就是道家眼中的日常。

项水田使出这招的时候，招式也还罢了，但从中所含的内力，更是深厚无比，大非寻常。这等内力，一定要与他当面过招之时，才能体会到。虚云仅仅在第一招时，就已经对这少年的拳法大起知音之感，这时再接触到他内力既有轻灵飘逸的灵动，又有江河奔腾的壮伟，心中更是十分诧异。此时心中又起了惺惺相惜之意，应了一招武当拳的"仙人指路"，这一招将项水田如江河行地一般的招数顺势接引过来，正所谓以静制动，避实就虚。项水田这一招中连绵多个后招，但虚云的"仙人指路"，恰恰以导引之法，四两拨千斤，将项水田沛然而出的力道，引向了左右身侧。这一下众人看到一个奇景：只见虚云身侧的地面沙飞草走，砰砰有声，这才真切地感受到了这少年拳招中所包含的巨大内力。项水田使出这招之后，与虚云一接招，果然觉得对方手上虚怀若谷，招式上的力道被他轻轻巧巧地化解到了一边，而他的来招并非全不着力，而是将自己的力道牵引而去，对手自身的内力也是异乎寻常，如同在那大瀑布前涉水过河一般，随时便会被这股大力冲走。这第一招算是使完了。

项水田既知老者所授拳招在于灵活运用，也就不拘泥于前后的顺序，而根据具体情况选择出招。第二招他使了"幽壑潜蛟"，这一招他已经多次使过，在黄州出掌击毙魔教坛主宇文彪，就是用的这一招。这一招虽然内含三个后招，但全都是以退为进、后发制人的套路。他对虚云使出之时，完全是中规中矩地演练套路，内力用到六成，全无横暴之态，与道家以静制动、抑己从人的理念全然相合。

虚云看在眼中，满心喜欢。他的武当长拳之中，固然是循着以静制动、以柔克刚的道家理路，但以拳招而言，似乎过于繁复，失之庞杂，不像项水田使出的这招古朴苍劲，大巧若拙，似乎更加接近道家理念的源头。虚云在九天拳中找到武当拳术的源头，如何不喜？他一边接招，一边把项水田这招"幽壑潜蛟"，跟武当拳的相关招式相比较：以沉潜内力、俯身下探而言，这招接近于武当拳法的第十六招"老龙探穴"；以防中带攻、后发制人而言，这一招又像武当拳法的第六招"乌龙摆尾"；以前后兼顾、虚实结合而言，这招又像是武当拳法中的第三招"龟蛇同体"。

武当山的主峰天柱峰一柱擎天，自南向北而望，恰似一具向西北天空昂首挺立的乌龟。武当道观便建在主峰一侧形似龟背的山峰之上，道观的围墙在山腰中围了一圈，恰似一条飞动的灵蛇，环绕在龟背之上。武当道观被称作"龟蛇同体"。武当拳招中也有这一招体现动静相宜的"龟蛇同体"。

虚云在应对项水田的第二招时，一下子想到了与之类似的三招武当拳法。他脑中灵光乍现，何不删繁就简，像这般融三招于一招之间，符合道家大道至简的至理。他从跟项水田的过招中，突然获得了改进本门拳法的启示，这真比将这少年打倒在地还要高兴。一时之间，喜上眉梢。第二招他使出了"苍龙入海"，将来招应付过去。

在旁观众人看来，武当掌门应的这两招，一招是将少年的来拳引到地上砰砰作响，形同儿戏。另一招竟是接招中笑容满面，其乐融融。这哪里是为了武林正脉锄奸？简直像是同门之间切磋武功，教学相长。

项水田两招使过之后，畏惧之心渐去，出招更加稳健狠辣，这时便将第三招"麋鹿乘风"使了出来。虚云一见之下，先是略有疑惑，后见这一招先是牵动对手的手臂，以地堂拳的姿势向地上牵引，又以腹背之力，将对手猛力挺举，对外发出。这等神妙的构思，加之项水田自身所拥有的巨大内力，如果不是虚云造诣深厚，差一点儿就着了他的道儿。偏偏武当拳中有一招"野马分鬃"，恰恰是从对手上三路一攻一防。虚云在使出武当拳中"野马分鬃"一招之后，与项水田的"麋鹿乘风"接住，两个人四手相握，在地上滚了一个整圈，同时站起，化解了这一招。虚云暗想，如果这两招用于同时攻敌，真可以说是天衣无缝。这时急欲知道他下一招又是如何。

大理侍卫麻胡桃见了项水田这一招大声叫好。只因这一招两个时辰之前，将他摔出了十几丈远，这才知道比武过招的两人拳招精妙。只是不知为何这少年仅在十多天内，就学到了这么高妙的武功，还是他神功在身，故意隐瞒？

项水田第四招使了"冯夷幽宫"，此招重在守御，以水底之深不可测，含有一静无有不静、于万变中寻找不变的意趣。虚云刚刚识出项水田出招之中的至柔之状。上善若水是道家理念之始，这等虚怀若谷、抑己从人的招式，与武当拳法最为相得。他随即想到了武当拳法中的"海底捞月"和"燕子抄水"，这两招何尝不可以合二为一？来招力道大得出奇，退守之中如渊渟岳峙。这只有他与少林掌门这样一等一的大宗师过招时，才能体会到的。这时别说将对手打败，就是要不被他反守为攻，也是不错。可见拳招贵精不贵多。武当四十八式拳法大可减掉一半。想到这一点，虚云又使了一招"黄龙探爪"，稳稳当当将对方这一招应对过去。

四招过后，项水田打得兴起，随心所欲地与虚云道长斗了起来。这实在是一场殊为难得的比武。对于一般学武之人来说，虚云这样的武林宗师，在江湖上名头巨大，本来就很难有机会跟他过招。而一旦真遇到这样的机会，必然带着巨大的心理负担，出招之际，必然战战兢兢，如临深渊，如履薄冰。所用拳术必然严格按照师传的架势，使得小心翼翼，中规中矩，唯恐越雷池一步。而虚云这样的武学大匠，天下哪一门哪一派的武功他不知晓？所以，你越想使得规矩合式，越是难逃他的法眼。

项水田所使的这套九天拳，从东坡的两赋之中化出，在江湖上从未见过。传授项水田这套拳术的那位高人，是真正的高手大匠，他授拳理，更强调应变。所以，项水田一旦明白了"料敌机先，混元归一"这八个字的拳术至理，便能因势利导，灵活运用，见招拆招，见势破势。这已得上乘武学的奥妙。

对于虚云来说，任何一位像他这样的武林宗师，眼前突然出现一门从未见过的拳术，无一不是如行旅之人突然见到一方新天地，要从头至尾地品味一番的欣喜之情，有时还超过了比武的胜败。何况项水田所使的这九天拳，其中又夹杂着武当拳法的理路，这一切虚云一时之间，哪能全部看得透？只觉得这少年所使之拳术，招数简单而变化层出不穷，内力雄奇而气韵悠长，只觉精彩纷呈，大受启发。出手之际，击败对方的意思少，而看清招数的想法多，相容相让之心越来越重，竟不欲让这少年在招数使完之前，被打倒在自己的武当长拳之下。这样一来，两个人过到六七招，他全取守御，仍未向项水田主动出过一招。

到了第八招，项水田又使"冯虚御风"，正是这招胜了十二人。现在对手只是一人，却是虚云这位大宗师。项水田留心虚云的手腕，要看他的破绽是在何处。但虚云这样的大宗师，一套武当拳法早已是炉火纯青，要露一丝破绽，也是难的。项水田找不到破绽，拳招还是要发出的。一招既出，虚云只觉得数不清的手指直奔他两只手腕。原来，这一招的要旨，是将点穴的指法运用到目力所及的所有目标。如果面前是十几人，他出指的方位便是十几人的手腕，如果是一个人，自是这一个人的手腕。项水田找不到虚云手腕上的破绽，便将这一招一股脑儿地向虚云的两只手腕上使出。

虚云在百忙中连退了两步，才避开了这一招。要不是他几十年的修为，手上必有一处穴道被点，惊出一身冷汗。细思此人精妙绝伦的这一招，实是高过了武当拳法。从出招的思路上来看，武当长拳之中，只有"白蛇吐芯"一招，理路与此相同。但"白蛇吐芯"发出之时，虚云的师祖星元大师，武功处在巅峰的状态下，也只能一招破六人，虚云自己使这一招，一招只能连击四人。而项水田一连点了十二个人的穴道，看起来还是行有余力。由此可见他内力之强，出招如电，不可小视，也说明艺无止境，武当拳法号称内家拳之首，却大有改进提升的余地。

他这么一门心思在想着武当拳的改进，蓦然惊觉，与这个少年已经过了八招，十招只剩两招，如果再贪求对方的奇妙招数，一世英名就会不保，这时再也不等对方出招，而是主动出击，使出武当长拳中最为厉害的一招"二龙戏珠"。

项水田接招之际，眼前忽然出现了虚云左右两个灰色的身影。忽焉在左，忽焉在右，果然是翩若惊鸿，宛若游龙。而左右的身影都密如珠玉一般，向项水田的面门击出拳头，一众武林人士看到虚云使出这一招，不自禁地大声喝彩。

项水田的九天拳最为精妙之处，在于料敌机先，推人及己。这时已与虚云交手了八招，对虚云手上的招数已经大致熟悉，见他左右飘忽，拳如雨点，项水田脑子电光一闪，忽然发现虚云两个身影之间便有一个空当，这时不假思索，一招"风起云涌"，从虚云身边一窜而过。这一招"风起云涌"，是九天拳招中较为少见的后发制人的招法，以浑厚的内力为基础，先让对方将招数使出，以虚招忍让，等对手力道用尽，后招未出时，突然施以重击。项水田这招本来可以乘机向虚云发出反击，但他见虚云身影晃动，变幻莫测，想到他的攻击重心全在上盘，这时便伏低身姿，双腿在地上急滑，不求有功，但求无过，避开了虚云的这一招。

旁观众人已是彩声雷动。有人见到项水田突然倒地，还以为他被虚云这一招击中，待见到他动如脱兔般地避开这招，又从地上站起，才知他是如泥鳅一样滑出了虚云这一招。

眼看第九招已使过了。

最后一招，虚云孤注一掷，使出了他未逢对手的一招"龟蛇同体"。这一招是武当拳法的代表作和集大成者。既契合了武当拳法的精义，又与武当总坛的建筑布局相符，而功法上更是刚柔并济，阴阳兼备。最主要的是，虚云所使出的这一招，其中所含的阴阳内力，已达于极致。阳刚之劲使出时，能令对手如炙火炭，如烈火焚身；阴柔之气使出时，又能令对方如落冰窖，瞬间成冰。虚云之所以敢说十招之内将这少年打败，确是因为有这一招看门招数。武当派中除了他虚云以外，实无第二人有这等功力。

虚云这一招法之中含有前后两式。他拳招老辣，久历江湖，会过数不清的对手。他知项水田乳臭未干，学拳不久，毫无临敌经验，要不是想多看他拳招，在第一招就可以直接使出这震古烁今的绝招，将这小子败于掌底。

他出招之际，左手直拍向项水田的天灵盖，这一招将对手头顶全部罩住，乃是一个欺招，要对手出手上格，正好将胸口的门户打开。项水田果然中计，右臂一伸，将虚云右掌格开，便在这时，虚云右手快逾闪电地在项水田胸前印了一掌。

项水田胸口中掌，感觉这一掌的劲力并不如何威猛。但一瞬之间，忽然如遭火炙。只觉五脏六腑都要燃烧起来，只痛得人叫了一声。虚云这至刚至阳的一招，曾令无数江湖上的好手，不是当场昏厥，就是呼痛倒地。而项水田受了这一招之后，痛倒是呼了，却没有倒地。起初他有一种错觉，以为又是腹中疼痛发作。

但稍一感觉，便知这是虚云的掌力所致。幸亏他在黄州有正在出招而腹中疼痛的经历，而他腹中的疼痛，其中一种与这火炙感颇有相似。他不假思索，一招"孤鹤缟衣"，取意孤鹤逸飞之状，意图飞离虚云的掌击圈，但他去势稍缓，虚云何等老到？顺势又在他背上补了一掌。

他尚未落地，背上忽然感到冰冷彻骨。后背前胸冰火交攻，项水田丹田之内，立即生出一股内气，与虚云的冰火两股内气相抗。如果不是内力浑厚，早就像那些平常武师那样被击垮。但饶是如此，他一股纯阳的内气，与那两股前阳后阴的内气纠结在一起，在他体内盘旋曲折，回环往复。双足落到地上，竟无法站稳，身体也跟着那三股内气不停旋转，如喝醉了酒的人一般，在地上转了一圈，两圈，直转到了第三圈，才站定身子。

虚云不禁大吃一惊，这小子内功浑然天成，竟然抗住了他"龟蛇同体"的致命一击。他如要赶上前去，补上一掌，项水田必然不支倒地，但众人看得分明，他一招两式，已经使完，再使就是第十一招了。虚云心中不禁暗暗叫苦：这下可完了，今日真是阴沟里翻船，栽在这个乳臭未干的小子手里了。

十招已过，项水田仍站立在地，这就不能算输了。巫山帮帮众发出大声欢呼。项水田道："道长武功卓绝，小子不是对手！"

虚云果然是光风霁月，十招之内并没将项水田打败，便不再为难他了。转身向人丛中说道："微尘方丈，老道这个丑可丢得大了，现在只能靠你了！"

人群中有人答应一声，声若洪钟："阿弥陀佛！老衲来会一会这位居士的高妙拳法！"

少林方丈微尘一出来，人群顿时一阵耸动。少林寺是方今武林第一大门派，而这位微尘方丈更是最负盛名的大德高僧，真是如雷贯耳。武林中有云："摇头虚云，点头微尘。"那是说这两个人的个性，虚云喜欢摇头，可微尘却喜欢点头。其实两相比较，似乎本应谦抑内敛的虚云道长张扬外露，而名声在外的少林方丈微尘却喜低调谦卑。项水田对于中原武林中这些门派本来一无所知，舟中老者只是简要介绍，连方丈道长的姓名都未提及。此时跟武当掌门交过十招之后，再突然与少林方丈过招，这才感受到了这位少林高僧在武林中的地位。

在众人看来，武林正朔的少林寺方丈跟这个巫山帮帮主过招，就同大象踩死蚂蚁一般。

但少林方丈一走出来，没见过他的人不免失望。这位少林方丈面孔苍老，瘦瘦小小，真不敢相信，刚才那中气十足的语音，是从他喉咙里发出来的。但他一出现在众人面前，一动一静便如渊渟岳峙，一位武林大宗师的形象，立即展现在众人面前。

微尘见项水田眉头微皱，神色痛苦，和颜悦色地道："居士可先调匀内息，待平复后再与老衲过招。"

项水田体内三股内力交战，虽竭力忍耐，仍然感到腹内翻江倒海，只觉得口干舌燥。这时只想喝一大桶水，才能将那冰火两股内气浇灭。一抬头，看到站在对面不远的黄州郐城派掌门人邹方，身边放着几坛杏花村酒，跟上次看到的一样。立即走到他身边，道："邹掌门，讨些酒喝。"邹方确信他不是巫山帮帮主，道："少侠，尽管喝！"项水田拍开酒坛上的泥封，提取酒坛就喝。此前他连喝下一碗酒的时候都很少，这时，只觉那酒一入口，体内就舒坦酣畅，那冰火交战的状况也好多了。越是多喝，感觉越轻松，不知不觉，这一坛酒就被他咕嘟咕嘟，一股脑地喝下去了。

他这么喝酒，旁观众人不免咋舌。项水田摸了摸鼓起的肚子，脚步微晃，走向微尘。忽然邹方走了上来，手上拿了一根软鞭，递了给他，道："少侠，你喝了酒，正好用用陈鹤老教你的醉鞭，跟这位少林方丈斗一斗！"这话提醒了项水田，他接过软鞭，走到微尘面前，道："晚辈就用这根软鞭，向方丈讨教几招。"微尘点了点头，温言道："好，我也跟居士走十招。"

项水田道："小生这套鞭法，只学了四招……"微尘笑道："只学了四招，你不会反复运使吗？招是死的，人是活的。"项水田大受鼓舞，道："是，是。"

微尘右脚向前跨出一步，地上忽地发出"吱"的一声，等他抬起脚，脚下冒出青烟，那只脚印深入地下一寸，踩在地下的青草竟被烧枯。微尘左脚再向前踏出一步，脚印同样陷入地下一寸，这回是脚下冒出寒烟，抬脚之时，地下脚印已经结冰。他露了这样一手功夫，项水田啧啧称奇，自己没这能耐，道："难怪说少林功夫天下第一，小子不是对手……"

微尘道："未出一招，何必认输？居士先出招吧！"

项水田只得扬起软鞭，歪歪斜斜使了一招"纸醉金迷"。他在黄州首次使出这一招时，正是那宇文彪与那少女比拼内力之时，他软鞭打在两人力道交关之处，被反弹回来。这一回他出招仍是大开大阖，他记着陈鹤老所授，这一招使出时，鞭头含有九股力道，当时曾迫得宇文彪回招自救。

但微尘一个瘦小的身子忽然随着鞭头连续跳跃趋避，鞭头的力道吞吐了九次，他也跟着跳跃了九次，身手的灵活矫健，丝毫不弱于少年人。旁观众人发自内心为他喝彩。

项水田使出第二招"醉生梦死"时，已带着十分酒意，这时，这一鞭法所要求的出鞭方位，比当日使得还要好。鞭声呼呼，如一条奔腾夭矫的灵蛇，直取微尘。微尘如要以手抓起鞭梢，或者以脚踢开鞭身，原也不难。但微尘性子宽仁，不愿意在两招之内，便将项水田打败，这样武当掌门的面上必不好看。旁人会说，少林方丈高过武当掌门。项水田的醉鞭，力道远超同侪，微尘又是暗暗点头，用一招"达摩面壁"的少林拳法，轻轻巧巧地避过了这一鞭。

　　项水田每使出一招，这位少林方丈不仅未加反击，还意示鼓励，连连点头，这让项水田也是感到有些不解。他没想到自己一个初出茅庐的小伙子，今天竟有机会先后与武当少林两大掌门人过招，这不知是多少人梦寐以求而不可得的。自来高人大士便有一种气量胸怀，举手投足自有风度，处世待人必有分寸，必不会如猥琐小人那般锱铢必较。项水田是个质朴少年，在与少林武当两位掌门人交手的过程中，于他做人处世，也颇为受益。

　　项水田再使第三招"醉翁之意"时，想起当日陈鹤老教他鞭法时，以他没有喝酒为憾。这时他腹中一股酒意涌上来，终于理会了这招"醉翁之意"的神韵。出鞭之时，更见狂放不羁、金蛇狂舞的醉态。这样一来，应对他来招的微尘也就大异其趣。微尘是大德高僧，戒荤戒酒，项水田这种带着酒意的鞭法，与佛门的清规戒律自是抵牾。微尘明明对满口酒气的项水田大不以为然，但此人鞭法上由其深厚内力所游荡出来的狂野之气，险峻之力，又是另开新境的一门武学。少林武功博大精深，自是博采众家，海纳百川，所以对项水田的这路鞭法，微尘也是一边应对，一边连连点头。

再使一招"醉打金枝"的时候，项水田记起陈鹤老讲解时，说起这一招的来源，竟然是因唐朝一个顽皮郡主招女婿而来。这一下想起了唐凤吟为他和大理郡主拜堂成亲的事，一双醉眼往大理商队那边瞧去，此时那段瑶瑶正看着他，眼中充满关切，既有殷殷之情，又有柔情蜜意。项水田心中一荡，突然胸腹间大痛起来，前几次发生过的疼痛又袭了过来。他急忙忍住，狠狠向微尘抽出一鞭，把醉打金枝改成了醉打老和尚，腹中的疼痛才稍加好转。微尘接招时又是纳闷：这招"醉打金枝"他先前为何使得眉开眼笑，到后来又如怒目金刚。这般喜怒无常，岂不大违佛家四大皆空的修行戒条？

　　便在这时，大理商队高总管大喊道："项少侠，午时已到，不用再打了！"

第九章　千秋岁

词曰：

> 箫声呜咽，吹罢伤心绝。涧水洞，巴蛇穴。乾坤成鼎
> 镬，人兽多层叠。飞如鹜，狂魔恣奏风吹雪。
>
> 壁破知圆缺，碑断巫山诀。云雨恨，情更切。空怀琴剑
> 技，难敌吞天蝎。吟罢了，奇谋未得身先灭。

突然，一阵箫声从山上飘了过来。那箫声十分低沉幽怨，一
出声就是极低极细，竟然越来越低，几不可闻，简直就像一个就
要断气的病人，令人伤心欲绝，忽而一个高音，如放声大哭。继
而又是抽抽泣泣，恸哭不止。众人中有略解音律的，听出这是一
首古曲《哀郢》，所述为楚国郢都被秦国攻破后，全城惨遭屠杀，
尸骨如山，惨绝人寰。

中原武林数千人正在观看少林方丈与巫山帮帮主比武，忽听
有人喊"午时已到"，便从后山传来箫声。有些人虽然听得不甚
明了，却也心头一震，神为之伤，面有戚容。项水田和微尘也停

止了出招。

箫音再次转低。有人已感心烦意乱，箫音中一股内力逸出，曲调哀伤而又撼人心魄，心中栗六却又欲罢不能。内功差一些的，急忙撕开衣襟，塞住双耳。但那箫音仍是不绝如缕地穿进耳鼓，只是稍减痛楚而已。

再听下去，这箫声却又有神奇之处，似乎箫音在往后山而去，愈去愈远。有一部分内力稍低的人，欲罢不能，就要循着箫声，往后山而去；定力稍高之人，知道这样不妥，盘腿而坐，收摄心神，竭力抵抗箫音。少林方丈微尘、武当掌门虚云这些人能抵御箫音，催促门人弟子，用布片塞住双耳，才算阻住了低辈弟子动身。

忽然，中原武林大阵的后面，传来惊恐的叫声。原来身后的草丛中涌出无数条毒蛇、蜘蛛、蟾蜍、蜈蚣、蝎子等毒物，直奔中原群雄的背后而来，似乎是循着箫音而去。毒虫的后面，朱雀坛主冯枭、玄武坛主凌云等十多名黑衣人，口中作哨，驱赶毒虫向前。

中原群豪虽然事先涂上了防护毒虫的药物，但从未见过这等恐怖的情景。郏城派邹方等人在黄州栖霞楼，曾见过宇文彪驱赶毒虫攻击那少女，当时就纷纷退避。而这时只见毒虫遍地，不绝而来。大部分人心生恐惧，不由自主向山上箫声的方向奔逃。数千人一齐溃散，如决堤的洪水一般，在毒虫的驱赶下，向后山狂奔而去。

有些动作稍慢的人不及躲避，当即被咬，中毒倒地。有的武功高强之人一边跑，一边用刀剑将毒物杀死。但毒虫实在太多，没杀得几只，自身便被咬中，中毒倒地。

项水田也惧怕毒物。本在随着人流后撤，他正要去找寻段瑶瑶，经过巫山帮众人身边，这些帮众伏地大喊："郑帮主！郑帮主！"项水田明知自己不是他们的郑帮主，不忍心这些受伤的人被毒虫所噬，大喊"大伙快走！"只听有人道："帮主，本帮的人不怕这些宝物！"一瞬间，毒虫已到项水田和巫山帮帮众的身边，但都纷纷避开，无一人被咬。再一看段瑶瑶正往项水田身边走来，毒虫经过她身边，也都全部走避。可见她和大理商队的人都有避毒的药物。但大理商队的那些猛兽，都惊恐地往山上逃去。

段瑶瑶让巫山帮那些受伤的人自去疗伤。对项水田道："恭喜项少侠今日一战成名。走，到有名的万蛇窟去看一看。"

两人走了一里来地，已来到总坛的红黑二洞洞口，左边一个洞壁是黑色，右边一个洞壁是红色。段瑶瑶笑着一指："郑帮主有请了，欢迎郑大帮帮主，回到巫山帮总坛。"项水田一愣，道："那真的巫山帮主，是不是就躲在洞内？"

这时箫声已经止歇。中原武林的人，除少量武功高强、轻功卓绝的人逃往山腰以外，大部分人都被毒虫逼进了红黑二洞以内。上千人在洞内，毒虫无数，武功再高，也无法支撑长久。从两洞传出的惊叫声、刀剑撞击的声音响成了一片。二人走近黑洞洞口，只听段瑶瑶说道："这里就是万蛇窟。"项水田往洞中看去，不禁惊叫出声，只见洞口有一个几十丈见方的巨大石坑，石坑底部距地面有数丈高。石坑之中，不知有几千几万条蛇在蠕动，相互盘绕，扭曲翻滚。项水田在巫山长大，并不怕蛇。但在同一个地方，一下子见到这么多蛇，而且一眼看去，全都是色彩斑斓、全身布满花纹的毒蛇，不禁也感到害怕。

刚才奔逃过来的中原武林人士，前有箫声，后有毒虫，一阵风似的往洞内奔逃。到了洞口，发现这里就是恶名昭彰的万蛇窟，已来不及止步，前后推挤，数百人在惊叫声中，跌入了蛇窟之内。等到后面的人拐向红洞，跌入石坑的人多达上千之众。这些人互相叠压踩踏，又有数十人命丧坑底。而活下来的人，看到坑底有成千上万条毒蛇，又是惊恐万状，纷纷背靠坑壁，以兵刃斩杀面前的毒蛇。但人力终究有限，而毒蛇不计其数，最终难免命丧毒蛇之口。

坑底有人见到段、项二人在坑顶现身，如同见到救命稻草，大喊："风月蝴蝶快救我们上去！"有人对项水田喊道："郑帮主行行好，救我们出去，大家有事好商量……"但更多的人十分硬气，对他戳指痛骂。

项水田正想着有什么办法将众人救上来，忽觉自己的右手，被段瑶瑶温软的左手握着，段瑶瑶望着他甜甜一笑，道："走吧，咱们也下去玩玩！"一拉他手，项水田不由自主，被她拉着，跳进了万蛇窟中。

看着两人轻飘飘地跳进坑底，众人用惊恐的眼神望着他俩，不知两人为何跳进来送死。也有人想到干脆将项水田合力抓住，逼他拿出解药，或者要挟巫山帮将大伙救出。但看着项水田神威凛凛，还有昂首吐芯的毒蛇，终是不敢。

段瑶瑶牵着项水田的手，往蛇群和众人交战的中间地段走去。毒蛇见他俩走来，纷纷避开。说也奇怪，他俩走过的地方，似乎形成了一条药线，所有毒蛇都不敢越过。这样一来，在药线内的人都不再担心毒蛇的噬咬，许多人坐下来大口喘气。段瑶瑶对那些人全不理睬，自顾自地牵着项水田的手，往内洞中走去。这时，内洞还有成群的毒蛇向洞外涌出，但只要到了二人脚下，便自动避开。有人想到跟在这二人身边，多半不怕毒蛇，但看到毒蛇不绝从内洞出来，终究害怕，只得放弃了这个念头。

内洞很大，洞顶有十几丈高，二人往内走了数十丈，还能依靠洞外的光亮。项水田不知段瑶瑶去往内洞是何用意，右手被她温软滑腻的小手握着，这感觉十分奇妙。尽管内洞不绝有毒蛇涌出，越往里走，越是腥臭难闻，但项水田跟这位大理郡主在一起，玉手在握，闻到她身上的芳香，只觉得就这么跟她走下去，就是龙潭虎穴，也不在话下了。

再往里走，洞内逐渐变小，看起来一片漆黑。段瑶瑶从身上掏出火石，点燃了洞壁上的一支火把。取了火把，再往里走。走了数十丈，已达内洞尽头，见到一池潭水。原来洞内又有一个深潭，潭水的对面看不到边。段瑶瑶沿潭水右岸的石壁边走去，口中默默数了步数，停下来，向项水田招了招手。项水田走到她身边，她示意项水田蹲下，她踩到项水田的肩上，上到一人多高的石壁处，用手中的松枝用力在石壁表面一磕，一道石门便已打开。项水田越看越奇，见她进入石门，也轻轻一跃，进入了石门内。

石门内别有洞天。火把映照之下，却发现此洞仅有一人多高，又分出好几条岔道，有大有小，最窄的地方只能容一人通过。段瑶瑶显是记着什么口诀，口中念念有词，哪一处走几步，又走哪一条岔道，最后终于到了一个狭小的内洞尽头，洞壁上赫然刻得有字，只听段瑶瑶轻声念出："昔年心系国事，痴迷琴曲，离弃英娜，被金人所乘，致帮毁族危，英娜含冤，自陷囹圄，垂十年矣，追悔莫及。现潜回本帮，物是人非，绝仙蛊药，无人知晓。英娜以一己之躯而身受奇冤，令本帮绝仙蛊之秘法，保全于帮危之时，伟丈夫也！愚私心自溺，铸成大错，惶愧不已，自恨猪狗不如。绝仙蛊之秘法，本属巫山巴人，现将心法刻于此处，后世巴人阅此，当知仆罪己及回馈英娜巴族之意。以下为英娜所传七孔箫内功心法……"

段瑶瑶一边阅读，一边已是全身颤抖，热泪盈眶。她停了下来，紧紧抓住项水田的手，轻轻道："啊……找到了，终于找到了……"

项水田不懂这是怎么回事。段瑶瑶抬手将眼泪擦干，拉项水田坐下来，对着他疑问的眼神道："我知道，你现在是有满腹的疑问，我再给你讲个故事，四十多年前的一个故事……"

项水田吃了一惊："你是说这文字是四十多年前的人写的?"段瑶瑶道："是的。四十多年前，巫山帮的帮主是一位女子，名叫巴英娜。那时候，巫山帮所炼制的蛊毒就是全天下最厉害的。"又道，"你家住在巫山，没听说什么叫放蛊?"项水田道："哦，听大人们说过，巫山的老婆婆有一种蛊药，如果她家女婿起了坏心喜欢了其他的女子，就给他种蛊，发作起来，断肠破肚，要受千般的痛楚才会死去。"

段瑶瑶道："当年的这位巴英娜，是一位了不起的女子。按照巫山帮的规矩，炼成的蛊王属于阴寒之物，应由帮中选出的神女来掌管，才能保持药性。"项水田道："帮主选出的神女，跟娘娘庙上的神女，不是一回事了。"段瑶瑶道："是啊，巫山帮中的神女，每隔十年挑选一次。选出的神女，专门负责掌管蛊毒，受到帮众膜拜，但她十年之内必须守身如玉，直到期满，才能还俗嫁人。"续道，"这位巴英娜就是帮中的神女，她不仅会炼毒使毒，武功也很好，为帮中立下大功劳，在第八年上被推上了帮主之位。直到第十年，她已经二十六岁了。这一年，也就是四十年前的今天，巫山帮要选新的神女来接替她，她就可以还俗嫁人了。

"巫山帮选择神女的仪式在当日深夜子时举行。这一天的白天，成千上万的巴山男女，聚在乌梅峰下的梅花湖边，赛歌跳舞，由女孩子挑选自己的如意郎君。巴英娜被族中的年轻女孩子簇拥着，也来到梅花湖边。英娜的歌声在所有的女子中最甜，但是，偏偏没有一个男子，敢来跟她对歌。"项水田道："那是什么缘故？是不是她年龄太大，又长得不大好看？"段瑶瑶笑道："那倒不是。她长得像花儿一样，她就像天上的仙女。经过她身边的人，见了她都会不由自主地停下脚步，看着她美丽的容颜，忘记走路吃饭。虽然她当时二十六岁，但容颜全不输于十六七岁的女孩子。只是因为族中樊、覃、项、郑四姓中，年龄相仿的男子都已成家，而帮中人品好、武艺高、比她小的男子，她又不愿意屈就。这样一来，直到太阳落山，眼前的男子看了几百人，可就是没有一个她瞧得中的。眼看这天的神女会就要结束了，下一次又要等十年，才能再开……"

"就在太阳落山之前，事情突然有了转机。岸边传来了一阵古雅的瑶琴之声，竟然是一个白衣男子，在一丛杜鹃花边，安坐弹琴，弹的是全族人都知道的《下里巴人》。他的琴声缠绵曲折，柔美动人，打动了巴英娜女神的心。

"这人是个汉族青年男子，巴人的领地把守严密，不知这人是如何能进得来这里。有一个名叫郑阿瞒的小伙子，心中恋慕巴英娜，但得不到女神的回应，这时见这汉族男子琴声吸引了巴英娜，心中妒火中烧，等那男子弹琴完毕之后，立即走来，喝问他从哪里进山来的。那汉族男子长身玉立，立即起身回礼，称自己全无恶意，只是听说巴人的这个节日很好玩，便翻山越岭来赶热闹。但郑阿瞒这时哪里听得进，立即与这汉人男子动起手来。出招之际，这汉人男子竟然也会武功，只是多多回护手中瑶琴，似怕这琴被郑阿瞒所伤。那郑阿瞒出招狠辣，招招夺命。没出五十招，郑阿瞒便将这汉人男子打倒在地。汉族男子本来可以不致败得这么惨，但他宁可自己受伤，也不愿意他手上的瑶琴摔坏，所以，身上多处受伤，却一声不哼，最后他倒地不起，却还将瑶琴抱在怀里。郑阿瞒打得性起，正想将这汉人男子一脚踹死，这时巴英娜直接上来道：'住手!'从地上将那汉人男子救起，带回总坛的赤洞中疗伤。

"这样一来，全族的人都知道了这位巴英娜神女，喜欢上了这位弹琴的汉族男子。族中的规矩，并不禁止神女嫁给外族人。但是，就像本族的男子一样，一旦与神女又兼帮主成婚，就得入住赤洞，形同入赘。另外，最为关键的，就是赤洞的神女，必得给所嫁之人种蛊，这既要确保她所嫁的男人不变心，又要保障巫山蛊毒的秘密不致外泄。这既是巫山多年老神宗传下来的规矩，这个规矩如果不守住，一旦出事，神女就会遭受族中最恶毒的惩罚，丢入万蛇窟中，被万蛇噬咬而死。

"不幸的是，后来真的出事了。巴英娜对族中的这些规矩全都答应下来。那汉人男子与巴英娜同年，是家世良好的读书人，正好未娶，伤好后，与巴英娜情投意合，两人结成了夫妻。成亲那天族中大排宴席，欢庆了五天。

"但是，巴英娜神女对那汉人男子该做的两件事。她认为如果这男人真的爱她，自然就会在她的身边，而不靠那蛊毒来维

216

持。她希望巴族人历代流传下来的这个规矩，由她这里废除。就这样过了一两年，巴英娜与那汉族男子你亲我爱，日子过得甜甜蜜蜜，还生下了一双可爱的儿女。但是，突然有一天，两个人不知为了什么事情，大吵了一场。男子一怒之下，竟然出走，离开了巫山帮。

"也真是合当有事。就在男子离去不久，一支神秘的商队，来到了巫山帮……"

段瑶瑶续道："这支神秘的商队，实是由辽国的皇宫禁卫军扮成。辽国人贪图大宋的花花江山，早就蠢蠢欲动。这时离金人攻破大宋都城东京、掳走二帝之时还早。但辽国人也听说了巫山蛊是天下最厉害的毒药，就买通了巫山帮的那个郑阿瞒，数百禁卫军扮成商队，越过大宁河，对巫山帮发动了偷袭。巴英娜带着帮中好手拼死抵抗，甚至还用上了蛊毒对付来犯的敌人。但辽国人买通了内奸，便对蛊毒有了防护。最后，巫山帮帮众大部分御敌身死，巴英娜带着残存的帮众，退入了万蛇窟的后洞，辽人用火攻将巴英娜等人逼出了后洞。等到辽人打开这处密室，想拿到炼制巫山蛊的秘法时，发现刻在石碑上的秘法早已毁去。因为是在大宋的地盘上忽施偷袭，辽人不敢多耽误，便速速退去。

"巴英娜和幸存的帮众回到总坛，那个充当辽人内奸的郑阿瞒这时却跳出来，指责巴英娜神女未能遵守让她的男人服食蛊毒的诺言，更把她的男人说成是辽人的奸细，将帮毁族危的责任，全都推在巴英娜身上。而巴英娜的男人此后一直未回，巴英娜百口莫辩，最后由那郑阿瞒执行了帮规，将巴英娜推进了万蛇窟中……

"现在这石壁上的刻字就记得清楚明白了：那位汉族男子实是中原武林的一位英雄，他们提前获知了辽人要来抢夺巫山蛊的信息，便由他在神女会上弹琴，获取了巴英娜的芳心。在郑阿瞒攻击他时，他选择输给对手而受伤。成了巴英娜的丈夫后，他也从来没有透露自己的真实身份。但是，就在辽人要来偷袭之前，他已经得到信息。这时，他向巴英娜陈述利害关系，提出将内洞中的炼蛊秘法毁去。巴英娜低估了事情的严重性，不同意他的计划，两人大吵了一架。那汉人男子在离开巫山帮之前，先去内洞将秘法毁去。逃出巫山后，他在黄州遇到了大学士苏东坡……"

　　项水田睁大眼睛，打断她："苏东坡？你是说那位在黄州写了《赤壁赋》《后赤壁赋》的那位大学士？""是啊，"段瑶瑶睁大一双妙目，"哦，对了，你这次去了黄州，正是那位大学士被贬官的地方。"项水田道："我这套九天拳，就是从苏东坡的两赋中化出的……那舟中老者还道，两赋中还隐藏着一个大秘密……"段瑶瑶喃喃地道："天意，天意，那位汉人男子自身有一套绝世的武功，他心中已经记着巫山蛊的炼制秘法，但是，他也知道，最高明的武功和秘法，最终斗不过坏人的阴谋诡计。所以，他将武功和秘法的关键之处，告诉了这位落难中的大学士，他请求这位苏大学士将这套武功和秘法，通过生花妙笔记录下来，以传之不朽。因此，苏东坡先生写下了千古名篇二赋，这其中隐藏着的武功和秘法，也就不为人所知了……"

　　项水田道："两赋中，哪里能看出炼制蛊毒的秘法？"段瑶瑶向他挤了挤眼睛，道："你还能背诵《后赤壁赋》'盖二客不能从焉'这句后面的句子吗？"项水田对二赋依然记得，背诵道："划然长啸，草木震动，山鸣谷应，风起水涌。予亦悄然而悲，肃然而恐，凛乎其不可留也……"段瑶瑶道："就是在这里了！现在我们找路径出去，等到今晚子时，就要你项大侠配合，用这个秘法，炼出最厉害的巫山蛊了。"项水田心中还有一些疑问要问段瑶瑶，但她既然说要找路出去，便随在她身后，找寻离开内洞的出路。

两个人不打算沿原路退回，想在洞内觅路出去，找了好几条岔道，又绕回了原地。段瑶瑶问项水田："你猜那些掉进万蛇窟的人，现在还在那里吗？"项水田道："他们还等着大理郡主救他们出去呢。"段瑶瑶道："我猜活着的人都搭上人梯，逃出去了。反正不会有蛇儿咬他们了。"项水田道："还是大理郡主救了他们，回头要他们谢谢你这位神仙姐姐！"

忽然，又有箫声传入两人耳中。"唐凤吟！"两人同时叫出这三个字。那箫声似在引路，将二人引向一个需要低头而过的岔洞，到后来要曲着身子前行，三弯五转之后，忽然前面若有光亮，沿着光亮前行，越走越高，最后他们从一处树根纵横的极小出口，爬出了地洞。此时日影西斜，已是黄昏了。

只见一人手拿竹箫，站在一株大松树前，似笑非笑，正是魔教教主唐凤吟。唐凤吟道："二位新人果然不负某人所托，将中原武林那些人拖到午时之后，现在，这些人都当了我炼蛊的蛊药了。"项水田"啊"地惊叫出声："那些人都死了？"唐凤吟哈哈大笑："中原武林的这些人还想来灭巫，他们全都会死在我毒虫之下……"段瑶瑶眼望他手中的那根竹箫，道："这根竹箫也被你抢去了？"唐凤吟扬起竹箫，冷笑道："老夫早就该想到，你这位大理郡主，其实是巴英娜的后人。你趁除夕防护松懈之际，潜入巫山帮盗走了这支竹箫……"

段瑶瑶道："唐教主，我不过取回属于我奶奶的帮中之物，何谈一个盗字？"唐凤吟道："嗯，你是巴英娜的孙女。你这么兴师动众地来到巫山，是想跟我抢这巫山蛊吗？"段瑶瑶道："巫山蛊只属于巫山帮，任何人都抢不走。我回来是要实现我奶奶一番心愿，倒是要谢谢唐教主，帮我……帮我跟这位项少侠结成……结成夫妻。此间事情一了，我就会离开巫山……"

唐凤吟哈哈笑道："小姑娘别想着洞房花烛的好事儿，还得先帮老夫一个忙——在今晚炼蛊时，你二人当一回金童玉女……"项水田道："什么金童玉女？"段瑶瑶道："唐教主，你用毒虫打败了中原武林的人，算你手段高明。可巫山蛊什么时候需要拿活人来做蛊药了？"

唐凤吟大声狂笑，道："还是小姑娘聪明，竟猜到了老夫推陈出新的独创。"

段瑶瑶冷冷地道："唐教主，难为你一片苦心，你就跟我们说说，这一切你是怎么安排，怎么做到的？"

唐凤吟又是一阵狂笑，道："今日我大功告成，也不怕你两人逃出我的手掌心，便向你们说个清楚明白，好叫你们死得心甘情愿，也做一对风流鬼。"

唐凤吟道："去年除夕之夜，你盗走了这支竹箫。我没查到半点风声，也算女娃娃聪明。但就在半月之前，神女会即将召开之际，你以大理郡主的身份，亲自修书巫山帮，表示手上有巫山帮所要之物，提出要带着商队前来参加神女大会。那时老夫便已猜到，你便是盗箫之人。只不过，那时却没有把你跟巴英娜联系到一起。哈哈，你是郡主之身，自幼养在深宫，锦衣玉食，又是处女之身，自然是女蛊的合适人选……"

段瑶瑶道："巫山帮被唐教主控制在手，防范严密，不写这封信，怎么能在中原武林灭巫之际，找到参加神女会的合适理由呢？这么说，一路上那些绿林盗伙，还有八骑被杀于无形、向神女献祭，都是出于唐教主所赐了？"

唐凤吟冷笑道："这不过是对你小姑娘的小小惩戒。老夫何时受过他人要挟？"段瑶瑶道："不过那位天风师太，还有夷陵狂生这两个人，似乎不受教主驱使。"唐凤吟淡然道："那个峨嵋派的尼姑，跟你那高总管是老相好，她要节外生枝，老夫也懒得理她。"对于狂生的话题，他干脆避过不答。

段瑶瑶一指项水田，道："唐教主是怎么找到这位项少侠，来充当金童的呢？"

唐凤吟大是得意，笑道："要找到能配得上你这位郡主的男蛊，这可是千难万难之事。不过，老天有眼，这个男蛊是你自己帮老夫挑到的。本来，老夫只想让他试一试，巫山帮的这个绝情蛊，到底是灵还是不灵……"

段瑶瑶道："有一句歌诀，'夺魂三香五仙丹，七尸脑神摧心肝'，这是说魔教的三样毒物厉害，但又有一句歌诀，'若是种了巫山蛊，绝命绝情又绝仙'，那是说巫山帮的三样蛊药绝命蛊、绝情蛊、绝仙蛊，比魔教的更要厉害。这么说，唐教主已经炼成了绝情蛊？"

唐凤吟怒道："哼，你盗走竹箫时，还顺手将本教几枚七尸脑神丸盗走，又配上炸药，在本教冯枭与那……那个夷陵狂生争夺那支假箫时，还有在黄州栖霞楼时，两次使用七尸脑神丸，当老夫不知道吗？"

段瑶瑶笑道："唐教主，你在我奶奶的巫山帮总坛，送上几枚贵教的灵药，我拿了奉还给贵教的教众，倒也不伤大雅吧！你还是说说，是怎么让这位项少侠，服下那绝情蛊的吧！"

项水田道："什么绝情蛊，我今天早上才认识这个唐教主，怎么会服了他的蛊药？"

唐凤吟又是哈哈大笑，道："你这小子不记得我，不记得巫山帮中发生的事，那就说明这绝情蛊确实灵验，只不过，这小子差点坏了老夫的大事！"

段瑶瑶道："项少侠怎么坏了教主的大事？"

唐凤吟道："现在太阳要落山，离子时还早，也不怕你磨时光，我就说得详细一点。这小子原是本教从河对岸村子里抓来炼蛊的放牛娃……天生是一块炼蛊的料，两年多时间，本教的全部药物，还有巫山帮的绝命蛊，他都试过了，竟得不死。老夫自是要他当这个巫山帮帮主。就在你盗去了竹箫之后不久，这小子正是吃下了绝命蛊才几天，心中狂躁，趁老夫不在帮中，竟然前去纠缠一个名叫枣花的女子，导致那女子自杀身亡……这小子也大受打击，魂不守舍。老夫怕他误了炼蛊大事，便让他服下最新炼成的绝情蛊，就在你的商队到了灵鸠峰那天，将他放在乌梅峰后山。他醒过来之后，便让他将以前的少东家……那个夷陵狂生救了。此后，那狂生让他向你归还那支假箫，他一见了你之后，被你迷住了，还到大宁河中给你当祭品。当时老夫隔得太远，来不及阻止，这小子假做祭品，竟然偷偷打开了控制瀑布的石阀，让你们顺利过了河。此后居然大难不死，顺水漂流到了黄州，学到了一套武功，还将我那白虎坛主宇文彪打死。要不是老夫派人寻找，还有小姑娘你去搭救，他不知是否能够回来，岂不是误了老夫大事？"

项水田跳起来，大声叫道："你是骗人的，我不是巫山帮帮主，我从来没来过巫山帮，我叫项水田，不叫郑安邦！"唐凤吟哈哈大笑："今日你死到临头，老夫何必骗你！你这个名字，也是老夫帮你改的，项水田这个名字太土气，你帮中郑姓的人最多，你不叫郑安邦，怎么当得了这个帮主？你自己想一想，这些天来，是不是只要一想到女色，你便会腹中大痛，一共有火炙、撕裂、噬咬三种痛状？"项水田心怦怦乱跳，大叫道："你胡说，你胡说！"唐凤吟又道："傻小子，你见这个郡主的时候，老夫以密语传音之术，教你说了牛穿草帽那些话，要不然你怎么说得出来？"

项水田听了这话，惊得一句话也说不出来。

唐凤吟又对段瑶瑶道："你在他要做祭品时，故意给他那支假箫，是要引我上当吗？"段瑶瑶道："你不是派人一直沿江找这支箫吗？白虎坛那个副坛主，不是将这支箫抢着送交给你了吗？"唐凤吟道："小小伎俩，怎瞒得过老夫？今天让这些毒虫一冲，你大理商队一溃而散，终于让老夫拿到了你藏在象轿中的真箫。"

段瑶瑶双眼看着项水田，一字一顿地道："唐教主：请你赐给他解药，让他恢复记性，我们什么都不要了，今日立即离开巫山。小女子求你了！"

唐凤吟哈哈笑道："只有绝仙蛊才能破得了绝情蛊。只有那千年巴蛇出来，才能炼出绝仙蛊，你们刚才不是在石碑上看到了吗？"

段瑶瑶大声道："唐教主你错了，绝仙蛊哪里要什么金童玉女？"唐凤吟道："老夫哪里会错？"

项水田转头对段瑶瑶道："别听他胡说八道！我们一起来跟

他打一架，我就不信打不过他。"

当此生死关头，两人只有奋力一搏。项水田大步上前，使开九天拳向唐凤吟攻了过去，段瑶瑶也不讲什么单打独斗的规矩，与项水田一起，双斗唐凤吟。只见她拾起地上已经熄灭的火把，以木棍当短剑，与唐凤吟斗了起来。

唐凤吟伸右手用箫管接住项水田的来招，道："老夫看你小子在前山使出这套拳法，果然有些门道。"左手与段瑶瑶一接招，笑道："琴剑！哈哈，小姑娘还没练到家！"也不见他举手投足，身子却已趋前，隐约见他似乎是要将段瑶瑶手上的木棍夺了下来。他身法实在太快，形同鬼魅，项水田只能看见一个影子，情急之中，将九天拳的一招"风起云涌"使出，向唐凤吟扑了过去，解脱了唐凤吟攻向段瑶瑶的这一招。

唐凤吟见项水田这么性命相搏的打法，轻轻笑道："你小子这么不要命，老夫可舍不得，不然谁来做金童玉女？我们便来文斗如何，请二位来品题本人的箫曲《朔风吹雪》！"他一边说着，一边以箫就口，开始吹奏起来……

唐凤吟奏出这首《朔风吹雪》的古曲，本意是指北方寒夜，突降大雪，冰冷刺骨，以曲中的阴寒之意，施放出至阴至柔的内力，以销蚀项水田武功中的阳刚之气。但唐凤吟偏有这本事，在这样一个寒天彻地的意境里，能善用曲中的柔媚之意。曲中"天女散花""麻姑掷米"等旖旎风情，一出声便是缠绵悱恻，媚态万端，仿佛情人在耳畔呢喃低语。

段瑶瑶妙解音律，琴箫俱佳，又刚刚得与项水田结成伉俪，情意正酣。一听此曲，当即脸飞红云，极力与箫音相抗，花去了几分内力，手上招数立时缓了下来。

项水田于音律一窍不通，倒是省了花去内力抗拒箫音。他知此战直接决定了他与段瑶瑶二人的生死，手上丝毫不敢怠慢，将九天拳一丝不苟地使出，招招都在寻找唐凤吟的破绽。将"羽化登仙""麋鹿乘风""栖鹘危巢"几招接连使出，但对唐凤吟竟然全无效用。

只见唐凤吟身法端凝，脚步沉稳，面对项水田这几招惊世骇俗的拳法，他只是似动非动地避开了一下，好像完全看不到他身法的变动。尤其难得的是，箫声的吹奏，即便是细微曲折之处，也丝毫不差。项水田不知，这是因为一来唐凤吟已经见过了他用这套拳法与虚云、微尘等人过招，已无出其不意之效，二来唐凤吟的身法实在太快，他并不是完全不避开攻击，而是避开时实在太快，所以即使项水田这套九天拳未曾遇过，他也在身法上占优。

武林中有"摇头虚云，点头微尘"的说法，固然是称赞武当少林两位掌门人在中原武林功夫最高，且两人各有个性，但后面还有一句"纹丝不动唐凤吟"，说的就是五梅教教主唐凤吟内功深厚，身法凝重，立如松坐如钟而行如风。加上此人笑里藏刀，诡计不售，便当硬取，又擅于使毒，更是中原武林正派所不及。所以，要论武功天下第一，非唐凤吟莫属。中原武林的人明知这一点，但心中偏偏不愿意承认，更不愿意为唐凤吟的邪派武功当吹鼓手。所以，这一说法流传不广。

又斗了一阵，项水田眼见唐凤吟曲调丝毫不缓，全不为自己的招数所动，只得将九天拳中，几招更加凶猛的招数使出。但无论是"幽壑潜蛟"，还是"冯夷幽宫"，甚至是"冯虚御风"，这些或攻人下盘，或者点人穴道，不仅招数狠辣，而且变化多端，唐凤吟仍是满不在乎。幸亏唐凤吟故作风雅，以箫音与二人对敌，极力保证那首《朔风吹雪》音调纯正，节奏准确，以灵活身法避开两大高手的围攻，至少花去了一半的精力，在洞箫的演奏上，如果他要主动进攻，两个人可能支撑不了几招，就会双双败下阵来。

项水田久战不胜，难免心浮气躁，使出的功夫就会不纯。有时攻击下盘、摸爬滚打，难免滚倒在地，有时将地上的枯叶甚至鸟粪夹带而出，这对项水田来说全不在话下。本来这是他武功不纯、动作走样之故，但项水田每有杂物带出，却能看到唐凤吟似乎对这些秽物有所忌惮，避开的动作比应对武功招数还要大。这等细微的差别，项水田哪能不知？数招过后，项水田故意将地上的泥土、鸟粪抓起来往唐凤吟身上砸出。这等打法，已是迹近无赖了。

唐凤吟十分好洁，一天要洗头三次，衣服也会换三遍。他吹奏的是竹箫名曲，那是何等风雅之事！项水田却向他身上乱扔鸟粪烂泥，虽然他身法奇快，身子更是十分滑溜，但终归是有些泥污沾到他身上。这一下他兴致全无。箫音一停，左手持箫管向段瑶瑶一扫，将段瑶瑶逼开三尺，右脚向项水田臀部一脚，踢了个正着，便将项水田踢倒在地。

唐凤吟将竹箫插在身后，从身上拿出一块洁白的绸布手帕，往身上掸了几下，项水田从地上拾起一根树枝，又对唐凤吟使出了醉鞭招法，几招使出，身形虽然夸张，但已颇得这套醉鞭的意趣，尤其是那根粗糙难看的树枝，更是故意往这个生性爱洁的唐凤吟身上招呼。段瑶瑶也再次加入合斗。她见唐凤吟顾虑污物，便将手中烧焦的火把那端，故意往唐凤吟身上拂出，实有扰乱对手心神之功。但唐凤吟武功实在太高，这套醉鞭他见识过项水田与微尘过招，而段瑶瑶功法有限。这两人轮番以怪异的武功出招，唐凤吟两手空空，在两人的招法之中，如同幻影一般穿来插去，二人连唐凤吟的衣襟也没有碰到。反而他出手如风，已有数次，差点便要将段瑶瑶手中的木棍踢去，要不是他忌讳身上的绸袍会被项水田的烂树枝给拂到，他早已得手。没交数招，段项二人已是险象环生。

忽听有人大声喝道："唐凤吟你休得猖狂，我云里锦来跟你算笔旧账！"跟着一个人影疾冲而前，直扑唐凤吟。这人自是高瑞升，他也在山洞的人群中，这条秘道是他当年逃生的通道，便也从山洞中逃了出来，一见郡主和项水田双战唐凤吟，加上他与唐凤吟有夙怨，便急忙上前助阵。他最得意的武功是一双锦掌，手上力道大得惊人，再加了他新练成的象须功。这时他知道已是紧要关头，对手是武功天下第一的唐凤吟，段项二人生死系于一线，他全力施为，将一把象须尽数发出，这等柔软纤细之物，在高瑞升手中变成了根根夺命的钢针。

唐凤吟从未见过这个以象须作为暗器的武功，被打一个措手不及，但他临变不乱，以浑厚内力护住全身，右掌拍出一股疾风，将高瑞升的象须往右边的项水田身上引去。但听得嗖嗖有声，无数象须如被刀切，断成了数截，纷纷扬扬飘散开来。

但高瑞升锦掌功夫天下独步，象须又是出其不意地使出。唐凤吟神功了得，但毕竟慢了一步，虽将大部分象须引开，但还是有数根象须刺进了他颈部，虽然劲力已衰，不足以致命，却也有如针刺，十分难受。

唐凤吟恼怒至极，一双眼睛狠狠盯着高瑞升，如同要将他生吞活剥一般，冷冷地道："你是当年那个云里锦吗？怎会还活在世上？"高瑞升道："你爷爷命大，当年没死。今日便来找你报仇！"又将一张瑶琴递到段瑶瑶手中，道："郡主，小人投靠大理之前，曾败在这人手中，被他丢进了万蛇窟，后得人搭救，逃得性命。这一节因为是小人的丢脸丑事，所以一直未向郡主提过，还望恕过隐瞒之罪。"段瑶瑶接过瑶琴，道："高总管，这事不算什么，你忠心可鉴，现在对付这个恶魔要紧！"高瑞升道："多谢郡主！"再次飞身扑向唐凤吟，项水田和段瑶瑶也同时向唐凤吟出招。

唐凤吟使开无影神掌，往段项二人身上拍去，对高瑞升拍过来的双掌看也不看，身形一晃，蹿到了段瑶瑶身前。此时，段瑶瑶以琴当剑，一招"高山流水"正好使出，琴头直指唐凤吟右肩的肩井穴，跟着拨动琴弦，发出"铮"的一声杀伐之音。唐凤吟心中烦闷，身子微侧，避过段瑶瑶这一招，伸腿向高瑞升踢了过去，转身避开了项水田的醉鞭招式"纸醉金迷"，突伸右掌，往高瑞升头顶拍落，眼看高瑞升已是避无可避，段瑶瑶急挥瑶琴指向唐凤吟右腕内关穴，化解了高瑞升头顶之危。

便在这时，忽听四声娇叱，四个女子身影加入团战，正是"风花雪月"四大护卫前来助战。唐凤吟哈哈大笑，无影神掌使出，只听"噗噗"两声，二女中招倒地，唐凤吟叫道："子时快到，老夫炼蛊去也！"身形微晃，已脱出五个人的圈子，往万蛇窟疾奔而去。

段瑶瑶留下二女照顾受伤的同伴，和项水田及高瑞升一起，追赶唐凤吟的身影，到了万蛇窟所在的黑洞入口。此时，星月映照之下，五梅教数十个黑衣人围在万蛇窟的陷坑边缘，大声喊道："教主英明神武，千秋万载，天下无敌！"唐凤吟扬扬自得地走向正对万蛇窟的正中位置。万蛇窟中果然已经不再有活着的中原武林人士，但蛇群却是密如蝼蚁，叠压翻滚，令人恐怖。

唐凤吟手握箫管，吹出十分怪异的箫声，不成曲调，如狼狐号叫，鹰隼夜鸣，又如百兽啸聚，哨引众禽。箫鸣声中，忽听背后山林之中传来窸窸窣窣的声音，竟是成千上万只蜈蚣、蝎子、金蟾、毒蛛等毒虫循着箫声而来。猛听得有巨兽奔腾之声，原来是大理商队中的几只大象和狮虎，也被毒虫驱赶，往这边而来。所有的毒虫和巨兽，到了万蛇窟的边缘，都无法收足，直冲而掉落到窟中，掉入窟中的毒虫与原有的毒蛇，又互相撕咬，几只大兽很快倒地，成了众多毒虫的牺牲品。唐凤吟将万蛇窟变成了一个巨大的炼蛊场。

便在这时，一阵疾风从洞内吹出，风中带着一股腥臭难当的气味。跟着坑底万蛇窟中所有的毒虫，都停止了互相撕咬，都没命价地向外奔逃。前面的毒虫，已经抵达万蛇窟的石壁，已无退路，已是前后挤压，叠成一堆，只有少数蜘蛛这样的毒虫，能够沿石壁向上爬，又被箫音驱使而来的毒虫撞落坑底。眼看坑底的毒虫越来越多，洞中还有毒蛇不断涌出，将坑底叠上了厚厚的一层毒虫。互相叠压，乱作一团。

众人正不知发生何事，眼前突然出了一个奇景：一条硕大无比的蟒蛇，正昂首吐芯，从洞中出来。蛇头比大象的头还要大，张开血盆大口，吐出红如火焰般的芯子；蛇身比一人合抱的大树还要粗。它往地上一吸，顿时就将数百条毒虫，卷入了口中。看到一头大象在它身前乱窜，它一低头，一口将那头大象咬住，令那头大象窒息，然后缓缓吞入腹中。

众人真真切切地看到了巴蛇吞象的奇景。都被这从未见过的奇诡场面震慑住了，一动也不敢动。

唐凤吟停止吹箫，狂笑道："哈哈哈哈，别说你们两个乳臭未干的小男女，便是中原武林的全部人马，都会败在我手上，我就是天骄！我就是天骄！等下你们两个做了这条巴蛇的人蛊，我就能炼成绝仙蛊，我就能去跟神女相会了。哈哈哈哈……"

段瑶瑶道："绝仙蛊不需要童男童女，内洞中的石刻上记载得明明白白……"唐凤吟声音有些沙哑，道："什么内洞中的石刻？我就是天之骄子，我哪里需要去看什么肮脏的石刻？你二人快快自己跳入窟中，为这条巴蛇当了人蛊，这是天意。让巫山中的这条灵蛇，吃饱了从大理来的大象狮虎，又吃饱了地上的虫儿之后，再享用你们这一对金童玉女，绝仙蛊就能炼成了，你们快去吧，快去吧……"他的声音忽然变得低沉温柔，充满了令人无法抗拒的魔力。

项水田心中一荡，只觉得唐凤吟这话听着十分受用，如寺庙里的钟磬那样悦耳，就要迈步往那窟中走去。抬眼看了看段瑶瑶，只见段瑶瑶手中瑶琴一弹，"铮"的一响，项水田立刻打了一个激灵，如梦方醒，方知这是唐凤吟控制他人想法的心魔，急忙收摄心神，不去听唐凤吟那充满魅惑的话。

只听段瑶瑶道："唐教主，你得到了绝仙蛊，便要去赴神女之会，请问，神女之会是在什么地方？"唐凤吟道："巫山之阳，高丘之阳，旦为朝云，暮为行雨。朝朝暮暮，阳台之下……这不是清清楚楚吗？"段瑶瑶又道："你的神女，她叫什么名字？"唐凤吟道："我那神女，她叫芸儿……"忽地唐凤吟似有所惊觉，道："你们两个还磨蹭什么，快去呀，快去吧……"

一个黑衣人听到这声音，情不自禁地向前走出，掉进了万蛇窟中，发出一声闷响。但那大蛇依旧吸食周身的毒虫，似对这黑衣人并无胃口。

唐凤吟喝道："放个大招，将那妇人放到窟中！"只见几个黑衣人，将一个身穿粗布衣服、五花大绑的妇人，用绳索放进了万蛇窟的坑底。其时石壁遮挡，星光微弱，看不清那妇人的年貌。只听唐凤吟道："郑帮主，你愿意为大理郡主，当了神女的祭品，现在愿意为你的亲娘，当上巴蛇的祭品吗？"

"妈妈——"项水田大叫一声，飞身跃入了坑底。尽管脚下全是毒虫，他也全然不顾。几乎便在同时，红影一闪，段瑶瑶也跟在他身后，跳入了万蛇窟中，围在那妇人身边。那妇人望着项水田，又望了一眼段瑶瑶，道："儿啊，你不该下来……"项水田忘情地大叫："妈妈，妈妈……"

那巴蛇听到动静，将巨大的三角脑袋移了过来，伸出如水桶粗的芯子，在三人面前晃动。三个人都闭上眼睛，紧张到了极点。但那蛇将芯子收回，蛇头一动，又回去一口吸下了几十条毒虫。

项水田腹中大痛，转身对唐凤吟道："唐教主，请你放了我的妈妈，我愿意听你的话，做这巴蛇的祭品……"说出这话，已痛得满身大汗。段瑶瑶伸手握住了他的手，道："是啊，唐教主，你放了这位……婆婆，我们俩……帮你炼成绝仙蛊！"

唐凤吟哈哈大笑，道："这才听话……"

忽然，只见白影一晃，跟着剑光闪烁，一个身穿白衣的人，从背后将唐凤吟脖颈扣住，伸长剑逼住他的咽喉，叫道："快快放了我家陈婶！"竟然是那夷陵狂生。

只因所有的人都在看那大蛇，没想到有人会对唐凤吟忽施偷袭。唐凤吟颈上本来刺进了几根象须，反应不够灵敏，这时得意忘形，绝没想到有人会对自己动手，直至冰冷的剑刃触及颈已束手就擒。他一看擒住他的是夷陵狂生，顿时脸如死灰。旁边的黑衣人仓促之中，也是束手无策。

唐凤吟讪讪地道："你敢杀我？"夷陵狂生将长剑逼近半寸，再次叫道："快快放了陈婶！"

忽听那妇人轻声道："孩儿，你不能犯下弑父的大罪……"夷陵狂生听了这话，道："陈婶，你说什么？"

那妇人泪流满面，泣道："孩儿，我不是你的陈婶，我是你的亲娘。二十年前，我是巫山帮的神女，被这人污辱，生下了你……我隐姓埋名，让你在郑家庄养母家长大，要你喊我陈婶，是为了不让你受人欺负……这姓唐的虽坏，却是你父亲，你看看这人的身形相貌，是不是跟你一样？还有……他肩上那块黑痣，是不是跟你也一样？"

只听高瑞升道："少侠，十八年前，是你母亲从这万蛇窟中救了我，我跟她一起逃出巫山帮，我亲眼见到她将你送到郑家庄……这唐凤吟虽是恶魔，但这件实情，我也不能不说……"

"呛啷"一声，夷陵狂生长剑掉在地上，他掩面向山后疾奔，大叫道："不，不，这不是真的……"

听了这些，项水田腹痛如绞，他一把抓住那妇人的手，道："妈，这到底是怎么回事？那我呢？"那妇人已无力说话，低声道："儿啊……"说完昏了过去。

忽听一声清啸，一个身穿一身青色粗布长衫的妇人，出现在唐凤吟面前。她的身后，站着一位美貌少女。

这妇人身手好快，一现身就与唐凤吟交上了手。妇人手上所拿的，只不过是一根山藤做成的弯曲拐杖。但与唐凤吟交手时丝毫不落下风。

唐凤吟以武功天下第一自居，什么少林方丈、武当掌门等中原武林中最厉害的角色，他全都不放在眼里。但没想到，在这巫山深处的巫山帮总坛，怎么会突然冒出一个手拿拐杖的老妇人，身手如此了得，他一连使出了平生几样最得意的功夫，却半点也奈何不得这个老妇人的那根拐杖。

唐凤吟暗暗吸了一口气，将全部内力集中到手掌上，左手一引一带，将妇人拐杖的来势引到了一侧，右手中宫直进，使出一招无影神掌"天降狂魔"，向那妇人肩上打去。这一掌含着十余种变化，隐含着诸般带毒内力，要将那妇人打得筋断骨折，血溅当场。

谁知那老妇人早已料到，只是轻轻吸了一口气，肩头微缩，横过拐杖，一杖打在唐凤吟手上。唐凤吟的手上大痛，实是他前所未有之事。

那妇人道："唐凤吟，你不认得我了吗？"唐凤吟一声惊叫："你是阿芸，啊，你怎么？怎么长成这样？"那妇人道："我这样很丑是不是？我要不吃下七尸脑神丸，怎么斗得过你的无影神掌？来，这是你要的灵芝软香，你拿了去，炼你的绝仙蛊吧！"说着，拿出一团白嫩耀眼的花朵，递到唐凤吟面前。众人立即闻到一股奇香，这香气比闻过的任何一种香气，都要浓烈。

唐凤吟一把将那朵灵芝软香抓在手中，拿到鼻中拼命嗅吸，道："我有了灵芝软香了！我有了灵芝软香了！"那妇人拐杖一立，一杖打向唐凤吟头顶，打了个正着。

唐凤吟身子晃了一下，手上紧紧抱着灵芝软香，看着这个丑陋的妇人，道："我的女神，你来了，巫山蛊，七孔箫，神女会天骄，我便是天骄……"

便在这时，不知是不是那大蛇闻到了灵芝软香的香气，昂起了头，闪电般地从窟底竖起身子，张开大嘴，将唐凤吟连人带花，一口咬住，喉头一动，送入了腹中。

这一切发生得太快，众人还没反应过来，唐凤吟就已被那大蛇吞入了腹中。项水田仍然给他母亲掐人中穴，段瑶瑶也在一旁帮忙，他母亲悠悠醒转。项水田仍是腹痛难忍，段瑶瑶悄声对项水田道："你这时按照舟中老者所授龙吟功，对着大蛇，将丹田之气，通过你的双眼、双耳、两个鼻孔、一个嘴巴，一共七孔，啸叫而出，便能通过大蛇，炼成绝仙蛊。"

这句话提醒了项水田。那舟中老者教他武功之时，确曾传给他这门龙吟功，并告诉他此功不可轻用。但此时他既知是关系到炼成绝仙蛊的大事，加之腹中疼痛难忍，正想大叫大跳一番，以减轻痛苦。这时便转过了身子，以老者所授之法，对着那大蛇，倾力啸叫，一时只觉目张嘴裂，鼻轰耳鸣。这一声啸叫，果然便如苏东坡在《后赤壁赋》中所述："划然长啸，草木震动，山鸣谷应，风起水涌……"

那大蛇听到这声啸叫，似乎受到感应，身子一缩，昂起了头，张大了嘴，正对着项水田，一动不动。

便在这时，众人看见了匪夷所思之事：从那大蛇的口中，飞出许多金色的圆点，像雨点般大小，却像雪花般轻盈。就像一串流星，飞出巨蛇之口后，飞到现场每个人的面前，绕了一圈，最后，在那持杖妇人身边的美丽少女面前停住，又钻入了她的袖中。

项水田一啸过后，腹中不再疼痛。他也认出，这少女正是黄州那接任巴婆的少女，那么她身边的妇人，就是她的师父，也就是唐凤吟的妻子杜芸了。

那大蛇吐出了金色药丸，合上了嘴，转过了身子，回到黑洞之中，一阵爬行，沉入后洞的深潭之中去了。

高瑞升等人将项水田和他母亲、段瑶瑶三人拉出了万蛇窟。唐凤吟葬身蛇腹，所有魔教黑衣人都作鸟兽散。

段瑶瑶走到那美貌少女面前，悄声道："绝仙蛊炼成了。恭喜小妹，绝仙蛊自带灵性，已选中你担任巫山帮下一任的神女了。"

第十章　阮郎归

词曰：

　　巫溪轻唱雾茫茫，犀牛伴月郎。羊驰虎口陷魔疆，迷魂思故乡。

　　寻梦母，已飞飏，江峰扮疏狂。欲将心事付高唐，怜他已断肠。

巫山帮十长老一致推举，选定黄州巴婆的第十二代传人李青萍，担任新一届巫山帮的神女，掌管绝仙蛊，入住巫山帮总坛。李青萍是唐凤吟妻子杜芸的弟子，既然前来出任巫山帮的神女，其巴婆的职责由杜芸回到黄州巴人聚居地暂代，等李青萍的神女期满，既可嫁人，亦可继任巴婆。

这次中原武林群豪之所以敢来灭巫，实是因为得到杜芸的帮助，事先服用了解药，这才没有出现巨大伤亡。但是，由于对唐凤吟毒攻的手段和规模估计不足，还是败下阵来，所幸主要受的是惊吓，最后的伤亡并不大，而巫山帮帮主郑安邦协助杜芸除掉了唐凤吟，解除了中原武林最大的心头之患，魔教再也不可能盘踞巫山帮，而这位巫山帮帮主，也就是项水田，自身已具高强武功，中原武林中真正与他有个人恩怨的人并不多，且巫山蛊也确有神异之处，令人敬畏。中原武林便在虚云、微尘等人的带领下，救治伤者，收拾残部，于次日全部撤离了巫山帮总坛。

段瑶瑶也下令大理商队中幸存人马，全部回去大理，她自己留下来陪伴项水田。高瑞升向段瑶瑶请辞，表示只想留在川中落叶归根，得到段瑶瑶允准。

项水田和段瑶瑶一起，将他母亲送回郑家村的住地。一路上他母亲仍是昏昏沉沉，到了住地，他母亲只想静静休息，就算项水田有再多的疑问，也只能过几天再说。两人只得再回巫山帮总坛。

所有巫山帮帮众都恭恭敬敬称项水田为帮主，且对他十分敬畏。他腹痛发作的症状，与唐凤吟说的服了绝情蛊的症状，完全相符。巫山帮的帮众，也证实他确实是在唐凤吟哄骗逼迫之下，服了绝情蛊，导致失去了在巫山帮中的记忆。十长老告诉他，巫山蛊本身并无解药，要去除绝情蛊毒，只能服用比绝情蛊更厉害的绝仙蛊，能否奏效，也在未定之天，要有强健的身体条件和浑厚的武功内力，还要有几分运气。

考虑到腹痛发作时实在太难受，而且他也急于解开心中的疑团，便决定冒险一试。他和段瑶瑶一起，来到总坛红洞内的巫山帮禁地，神女的住地神女堂，求见神女李青萍，说明了来意。

李青萍见到段瑶瑶跟项水田一起过来，笑了一笑，道："风月蝴蝶果然是名不虚传，真是难得一见的美人……"段瑶瑶也笑道："风起于青蘋之末，你的名字跟人一样，也很美呀！要不然，绝仙蛊怎么会选中你，做了巫山帮的神女？"李青萍对项水田笑道："在黄州时，我就知道这位大理郡主对少侠……对帮主颇有情意，现在她又帮你炼成了绝仙蛊，真该恭喜帮主，艳福不浅。只不知，帮主说过的那枣花姑娘，现在何处？"项水田黯然道："枣花已不在人世了。"李青萍"啊"的一声惊叫，道："真对不起……"段瑶瑶本想说自己已经跟项水田拜堂成亲，只因是唐凤吟主婚，却不好意思说出来。

项水田说到要服下绝仙蛊，李青萍也认为此举应该慎重，道："绝仙蛊是天下毒王，连天上神仙也能毒倒……"项水田道："李姑娘担任巴婆时，有预测未来的本事，就帮我测一测，服了这绝仙蛊后，后果怎样？"李青萍脸上一红，想起当时在木屋给他隔窗拿脉的情景，当时便知他身上已经中毒，只是不知竟是绝情蛊，却没想到，事情演变成这样，更没想到，自己还变成了巫山帮的神女……道："我以前做预测，要戴上头罩才行，现在已经抛头露面，就不再那么灵验了……"项水田坚持请她测一测，她回到室内，过了一会儿，走了出来，道："只看到你有呕吐，后面的事情，看不清楚……"项水田道："有呕吐，那也好过痛得要命。"坚持要服那绝仙蛊。李青萍脸色苍白，从保存绝仙蛊的那支竹箫中，取出一粒金色的蛊药，递给项水田。项水田正要接过那粒蛊花，忽然发生一件神异的事：只见那金色的药粒，轻轻从李青萍手中飘起，冉冉上升，直飞到了项水田的嘴边，项水田张开嘴，这粒蛊药就飘进他嘴里，滑入了他的腹中。

项水田服药后回到红洞中的住地，过了一会，便觉腹中大痛，但这种疼痛与此前大有不同，似是两种厉害的毒药在腹内翻江倒海，斗成一团。有时他痛得昏死过去，一连几天，时寒时热，一时大叫大跳，一时又要呕吐，却什么也吐不出来。那几天都是段瑶瑶在照顾他。到第三天，项水田忽然大叫一声，吐出了一团黑乎乎的药块，底部像根须似的，已经种在他的腹中。项水田双眼蒙眬，看着眼前的段瑶瑶，说道："我想起来了，你是腊梅妹子。"

段瑶瑶听了这话，一行泪水流出眼眶，喜极而泣，道："你终于认出我来了!"

过去发生的一幕幕情景，在他的脑中闪回：

项水田本来是郑家村的放牛娃。十六岁那年的一个春日，他正在山中打柴，忽然听到两个人的打斗声，循声赶了过去，竟然是两个采药人，为了争夺一株巨大的黄芪，正大打出手，其中一人已将另一人打得重伤吐血，正要举起药锄，将那人杀死。他不忍那人丧命，像扯开两个吵架的村民一样，冒冒失失地伸出手来，将那个壮汉的药锄一把拉住，叫着："不要打了，再打要出人命了!"

这壮汉只当他是个放牛娃，哪里将他放在眼里？药锄向外一挥，便想将他抛进山岩摔死。但壮汉没想到他手上力道大得惊人，用力之下，壮汉的手腕竟然断折，身子也扑倒在地，那身受重伤的对手死里逃生，抓住机会出手反击，药锄挖进那人后脑，一招将他毙命。

那身受重伤之人是巫山帮中的长老，最是狡诈多智。问明了项水田是山下村中的牛倌，见他神力惊人，却不动声色，编出了一套说辞，将那死了的对手，说成了魔教的坏人，骗得心思单纯的项水田以为他只是个采药人，又骗得项水田为自己包扎伤口，一会儿，那人帮中的同伙来了，一番密谋，在项水田所喝的山茶之中，放进了巫山帮的迷药，趁他昏迷之际，将他带到了巫山帮中。

当晚，他就被丢进了一个密闭的山洞，前后几天，洞中丢进了十一人，全是巫山帮从各地抓来的，都是不到二十岁的年轻人。这十一人是巫山帮用来炼蛊的，是唐凤吟控制巫山帮之后，推出的最残忍的炼蛊之法。就是先找出十一个刚刚成年的年轻男子，关在密洞中互相厮杀，最后剩下的这一个人，留下来丢进万蛇窟中，受十二种毒物噬咬，最后再炼出绝命蛊，比起原来的绝命蛊，更加残忍恶毒。这十一人被告知，必须在这个密闭的山洞里自相残杀，只有一个人能活着出来。

洞中的人先是不相信，但后来有几人互相厮打。有人见项水田年纪最小，便来欺负他，那人直接来掐项水田的脖子。项水田出力挣扎，用力将那人推开，但他天生力大，竟然将那人推到洞壁上，直接摔得昏死过去。这样一来，他成了这伙人的共同敌人。大伙谁都明白，不管最后谁会成为活下来的人，但首先得将他这个力气最大的人合力杀死，其余这些人自己才会有机会战胜其他人。

这些人都是农夫出身，本身并不会武功，但身体都很硬朗，是巫山帮专门四处查访，挑选之后才抓来的。项水田本是村中的单纯少年，除了小时候顽皮动动手以外，从没跟人打过架。他从来没见过父亲，母亲对他宝爱异常，除了农活儿以外，什么顽皮胡闹的事儿，都不会让他沾上身。直到他放牛时，偶尔跟牛儿角力，才发现自己天生的力气就很大。但母亲教育他要谦卑有礼，遇事不可张扬，所以也无人知晓。刚好这天救了那个人后，就被抓来巫山帮，母亲到处找他。哭得死去活来，就是不见人影。

这样，洞中发生了最原始、最残忍的搏斗，什么口咬、卡脖、戳眼睛这等最阴毒最无赖的招数，全都用上了。在厮打的过程中，他被弄得满身伤痕，耳朵差点被咬掉一只，几个人将他压在地上，想将他活活闷死，但他用力一掀，便将几个人远远掀开，摔出数丈远昏死过去。剩下的七个人有的咬他，有的死死抱住他，有的跳起来踢他，有的戳他眼睛，他被打得鼻青脸肿，皮破肉烂，但在拼命自保和要活下来的念头驱使之下，他被激发出了最原始的野性，知道如他不将别人杀死，这十人首先就会杀死他，所以手上脚上都使出最大的力气，最后，另外十人全部血溅当场，被他打死。

第二天，有人见到只有项水田一人活下来，便向山洞中放入了毒蛇、蜈蚣、毒蛛、蟾蜍、毒蝎、金环胡蜂六种毒物，这些放入的毒虫并不多，但普通的山民，就算被一只咬到，也足以致命。唐风吟这么做，本意是让这些毒虫吃了人血之后，更加亢奋。但如果有活人能抗得过六种毒物，甚至能将所有毒虫杀死，那便是唐风吟希望留下来的、可用于炼绝情蛊甚至绝仙蛊的好材料。可是，巫山帮抓过许多人来试炼，但就是没有一个人能过得了六种毒虫这一关。

再过一天，等到有帮众来山洞收尸时，惊讶地发现六只毒虫尽死，但这个放牛娃还活着，只是陷入了昏迷。消息传到唐风吟耳中，唐风吟如获至宝。

一个月之后，巫山帮中的二百余人，正在万蛇窟边，接受帮主训示，唐风吟等魔教十名黑衣人出席。只听帮主说道："我巫山帮能有今天这样的名声地位，全仗唐教主英武神明和各位帮众尽忠竭力。现本帮主年事已高，今日就在众位面前，选出巫山帮最新的帮主。请各位肃立静候。"

所有的人都惊呆了。不知唐凤吟又要演哪一出戏。就在这时，那老帮主一指万蛇窟，道："本帮以蛊毒立足。无论帮内帮外，如果有谁走入万蛇窟中，只要能活着出来，就是本帮新任帮主。"话音刚落，二百多帮众吓得直打哆嗦，不知是不是要将所有的人推入窟中，以此方法推举帮主。便在这时，一个身影从万蛇窟的后洞走出来，这人衣衫褴褛，蓬头垢面，似乎已经饿极，一走入万蛇窟中，竟然直接用手抓住毒蛇，送入口中咬食，眼中放出残忍贪婪的凶光。

一个时辰之内，他吃掉了五条毒蛇，而其他的蛇儿纷纷从他身边逃开。

就这样，项水田被宣布成为巫山帮帮主。但是，唐凤吟给了他新的名字：郑安邦。

成了巫山帮帮主之后，他并没有自由，仍然受到唐凤吟控制。一是所服食的毒药，需要唐凤吟定时给予解药。二是他的身边，常有四五名魔教高手，贴身监视，而唐凤吟并不教他一拳一脚的武功。

有一天他向教主提出，想回村去看看他的母亲，结果，又引出了一场祸事。

在几个魔教黑衣人名为陪伴、实为监视的陪同下，项水田离开巫山帮总坛，来到大宁河边，准备坐船过河，回到灵鹚峰下的郑家庄。

被抓进巫山帮一年多，项水田经受了残酷的厮杀和服毒炼蛊，他有一百次都想死去，常常被噩梦惊醒。但是，在梦中总是有一位美丽的白衣娘娘，充满慈爱地提醒他：不要放弃宝贵的生命，只有吃得了大苦，才能成为有担当的男人，自暴自弃会令你的亲人失望，尤其是对你爱逾性命的母亲，你是她唯一的依靠。在得到了这样的梦中提示之后，他才有了继续活下去的勇气。

项水田想到，自己离家这么久，母亲一定急疯了，不知儿子到底去了哪儿，是死是活。巫山帮强抢民夫去炼蛊，是近几年唐凤吟控制巫山帮后才有的事。郑家庄的百姓，也知河对岸的回龙山红黑二洞，是巫山帮的总坛，乃是非之地。所以，平时胆敢过河去打猎采药的人并不多。

刚到河边，只见一只船从对岸驶来，船没停稳，下来两个黑衣人，跟着船舱里走出来一位妇人，正是项水田的母亲。一见项水田，哭道："我的儿啊……"几步奔上来，一把抱住了项水田。

项水田的母亲是一位农妇，粗手大脚，容貌平常。她本在郑家庄做帮工，自项水田上山打柴没回家，她跟村民一起，找遍了山前山后，还是没有踪迹。那被打死的采药人的尸首，已被巫山帮的人清理，而项水田被抓走的痕迹，也消除得一干二净。一年多来，他母亲以泪洗面。幸亏她身体硬朗，总相信她儿子有一天会回来，才没有被击倒。这一天，两个黑衣人来到她家中，告诉她项水田已当了巫山帮帮主，要她到巫山帮相见，她才将信将疑地坐上船，正好跟项水田碰上了。

项水田本来以为能够回到郑家庄见母亲，这时见唐凤吟已派人将他母亲接来，只得罢了。他不敢告诉母亲自己在巫山帮的经历，只简单说是被巫山帮看中了，现在做了帮主。她母亲看到他满身的伤痕，知他一定受了很多罪，一面摸着他的伤疤，一面又流出了眼泪，道："儿啊，我们娘俩回家去，不去什么巫山帮了。"

便在这时，忽地从河谷上跑来一个人影，后面有黑衣人在追赶。那人拼命奔逃，见到项水田和他母亲，似要说什么。忽然，后面的黑衣人一剑飞出，相隔数丈，正中逃跑那人后背，将他钉在地上，瞬间气绝。

项水田依稀记得那逃跑之人是巫山帮的一个长老，正要上前询问，那追赶的黑衣人道："郑帮主，这人跟帮中十几个老家伙暗中勾结，想废除你的帮主之位，已被唐教主识破，都被诛杀，你去看一看！"项水田母子二人跟着那几个黑衣人往巫山帮总坛赶去，只见黑洞和红洞前面地上，横七竖八地躺着十四五具尸体，都是四五十岁以上的巫山帮帮众。项水田见这些人平时对他毕恭毕敬，哪里会有什么谋叛之心？再说，帮主之位都是唐凤吟说了算，这些年长的帮众逆来顺受惯了，怎么会有另立帮主的想法？

项水田的母亲看了地上的死尸，脸色惨白，道："他这是杀人灭口……儿啊，为娘就在这给你弄饭洗衣，不回去了……"自从他娘来到巫山帮后，唐凤吟对他看管稍松，他可以在帮中自由走动，却不能离开总坛，更不能过河回到郑家庄，否则腹中蛊药必然发作。

唐凤吟在江湖上所做的所有恶事，全都安在郑安邦的名头上。就连强抢民女，奸淫污辱，也说成是郑安邦所为。久而久之，江湖上已经将巫山帮帮主郑安邦，说成了一个十恶不赦的恶贼，一个奸淫良家妇女的采花大盗。

每当得知项水田又行了恶事，他母亲就向巫山神女的灵位祷告，祈求神灵的原谅。

去年夏天的一个夜晚，星光暗淡，阴云密布，项水田正在巡查，忽然听到河边的小路上有沙沙的脚步声。那脚步声细碎，借着风声的掩护，本来不易发觉。要不是项水田耳力敏锐，还真的不易听到。他循声看了过去，只见一个黑影在河边急速移动。他一时好奇，也没出声问讯，便跟在那黑影的后面，要看这是何等人物，在这暗夜之中往巫山帮而来。那人的轻功着实了得，几乎是足不点地地飘行。项水田仗着道路熟悉，内力深厚，就不远不近地跟在这人身后，所幸并没被这人发觉。

奇怪的是，这人对帮中的道路颇为熟悉，遇到夜间值守巡逻的，他及时躲避，尤其是有几处外人不易觉察的陷阱，他都能一一避开。最令项水田吃惊的是，这人不是去巫山帮的总坛所在的红洞，而是直朝巫山帮的禁地——最令人谈虎色变的万蛇窟而来。

"难道这人是前来偷取毒物的？"项水田心中暗想。忽见那人的身影在万蛇窟的天坑岩壁一闪，就不见了。项水田以为那人已经跃入了万蛇窟，想要看个究竟，便悄悄走到那人的隐身之处，探头往坑下望去。

忽地坑边伸出一只手，抓住他的衣领，道："下去吧！"竟然是一个年轻女子的声音。项水田自然生出反应，伸手想抓住那女子的手。那女子身轻如燕，手上也如泥鳅一般滑溜异常，项水田全无着力处，被那女子拉进了万蛇窟。一落到地上，发出一声沉闷的响声。项水田正要出声示警，那女子悄声道："别声张，我可以救你出去！"

面对满地游走的毒蛇，项水田倒不惊慌，他体内所带的蛊毒，已足以令这些毒虫退避。女子平静地说："郑帮主，你帮我一个忙，我助你脱离唐凤吟的掌握，如何？"

项水田道："你是何人？要我帮什么忙？"那女子道："你叫我腊梅妹子好了。要你帮的忙，也不是什么为难之事，只是请你陪我到万蛇窟后洞走一圈儿就行。"项水田道："姑娘说笑话了。你能在这万蛇窟里自来自去，哪里还需要我陪？"那女子道："你一定听过'巫山蛊，七孔箫，神女会天骄'这句话，知道它是什么意思吗？"项水田道："这……会是什么意思？"那女子轻轻一笑："郑帮主，你以血肉之躯，克制毒虫，达至百毒不侵，一定受到上苍的眷顾。小妹就是要借助郑帮主的一身天罡之气，进入这块禁地。你该明白了吧？"项水田越听越糊涂，不知她这话是什么意思。

女子用手一指："走，到内洞吧。"说着，当先便行。万蛇窟是项水田最痛苦的记忆之一，完全不知这里还有内洞。见这女子大胆前行，便亦步亦趋跟在她身后。走到暗处，外边巡哨的帮众，已经看不到两个人的身影了。

那女子打亮了一个火折，将洞壁的一个火把点亮了。项水田这才看清，原来这女子是个绝世美人。虽说她面上涂了防蛇的药膏，但颈上的肌肤雪白耀眼。一道弯月似的眉毛下，两只大大的眼睛如秋水般明净清澈。鼻梁高挺，两片红唇灿若涂丹，着实有摄人心魄的魅力。洞内污秽，仍是掩不住她身上一股独有的幽香。项水田一看之下，立即面红耳热，心中狂跳起来，一双眼睛直直地看着她，那女子都不好意思了。

项水田道："姑娘原来是个美人儿。按理说，你求我办事，我应该帮你。但现在我是被你强拉下来的，如果就这么听你的，那不是什么城下……"他新做帮主，唐凤吟也教他说几句场面上的话，但他一时没学全。

那女子道："你是说城下之盟这话是吧？郑帮主放心，如果没你陪伴，小妹我是不敢自己独个儿往里走的。"听到这话，项水田心中很是受用。不过，他在巫山帮耳濡目染，已经不是那个心思单纯的山中少年了，道："我知道，我陪着你进去，然后……然后你就会将我杀了……"那女子一双妙目睁得大大的："我要是把你杀了，刚才在外面，你一直跟在我身后，早就可以把你杀了，是不是？"

项水田听她这么一说，心中无法拒绝。那女子拿起火把，往内洞中走去，越走越深，越走越静，静得连耳朵里的嗡嗡响声都听得分明。偶尔能听到从洞顶的石笋中落下的水滴，掉落到地上的小水潭里，发出滴答的响声。越往前走，空气也越来越闷热潮湿。项水田越发感受到一股莫名的恐惧，衣服也汗湿透了。他侧脸看那女孩时，只见她一路上下左右，仔细查看。但眼前石壁全是一片黑色，连地上也是黑色的岩石，又有什么分别？项水田在被推入这个万蛇窟之时，所见到的是大量的蛇虫从洞中涌出，所有人都认定这个黑黝黝的山洞全是蛇窝，都是往外逃，又有谁敢往洞内走。没想到洞内有这么深，最令人吃惊的是，到洞内深处，反而并无蛇虫。

走到洞的尽头，竟是一片黑漆漆的水面。火把照耀之下，也看不见那水面到底有多大。水面纹丝不动，听不见有流水之声，这个寂静的水潭像一口沉寂多年的古井，冷峻的外表下潜藏着吞没一切的魔力。

女子朝水潭左右的岩壁看了看，长长地舒出了一口气，抿嘴一笑，道："谢谢郑帮主，你这个忙帮得太大了！现在我们可以出去了。"

从洞中出来，那女子从身上取出一根丝带，往地面上一棵树上一甩，已系牢在树上，用手拉了一拉，回头向项水田嫣然一笑，伸出了手，道："上去吧!"项水田右手被她一只温软的小手握住，被她一拉，身子腾空跃起，只一瞬间，两个人就飞到了地面。项水田顿时感慨起来，如果那个丢入万蛇窟的人有这法子和本领，也不会被蛇虫咬了。但一想那是不成的，就算有这本事，也会被地面上的人捉住，再次丢进窟中。

项水田手中握着那只温软的小手，一时不想松开。但那女子已将手抽回，收回手中丝带，束在腰间。又对项水田微微一笑，道："咱们就此别过。明年的巫山神女大会时，我们相约……在乌梅峰下的梅花湖见面。到那时，我们再来万蛇窟，你便有逃脱唐凤吟魔掌的机会……"

项水田听了这话，想到要等到明年，才能再见到她，还说开神女会时，要再来这万蛇窟，有些不敢相信。他这时心猿意马，一时不想与这美妙女郎分开，道："姑娘你别走，你就不能告诉我，你到底是哪个门派的什么人吗?"那女郎笑道："到时你自会知道的。你能耐心等待吗?"项水田从未有过这么温香软玉的美妙时光，只觉得与这位美女多说会儿话，也是好的。知她要走，道："我送送你。"两个人静悄悄向河滩走去，遇到巡逻的帮众，便闪身回避。

到了河边，那女子也不想立刻跟项水田分开，道："听说附近有个娘娘庙，今夜可否再劳动郑帮主大驾，陪小女子去娘娘庙拜上一拜吗?"项水田满心欢喜，毫不犹豫地答："这个没问题，小时候我陪我妈妈去过多次……"两人摸黑又走了十来里山路，来到乌梅峰下的那个娘娘庙里，借着星光，那女子向女神娘娘俯身拜了四拜，神态极是虔诚，项水田也跟着拜了几拜。出门后，项水田对女子道："姑娘给娘娘许了什么愿？神女娘娘很灵的。"女子道："你猜一猜？"项水田道："我可猜不到了。听说许的愿先不说出来，等应验了，再来给娘娘还愿。"女子看着项水田的双眼，道："真希望能再来还愿，到时候你又能陪我吗？"项水田连连点头："能的，能的。"分别在即，项水田道："明年的神女会你一定要来。到时候我在灵鸠峰等你……"女子大喜过望："好的。记住我叫腊梅！"身子随之飘出，声音已在一丈开外，项水田再也追不上了。

项水田在静夜之中突然遇到这么一个奇女子，一切便如同做梦一般。

他在帮中的日子十分难过。还有一件事是最为令他心惊胆战的，就是唐凤吟多次让人给他吃些稀奇古怪的东西，说是补药，于身体大大有益。但是，这些看上去如山珍海味一般的食品，吃下去过了几天，腹中就会如翻江倒海一般大痛一番，有几次还昏死过去了。他知道这是唐凤吟下了越来越猛的蛊药，但如不吃，腹中疼痛加倍厉害。他娘看着他受这等罪，心如刀绞，整天以泪洗面。但除了守在项水田身边，也别无他法。

项水田每天都在盼望神女会早些到来，这样就可以再见到那女子腊梅。

就在腊月二十九的这天，又发生了一件大事。

深夜，项水田已经入睡，忽听得窗格响动，起来一看，窗外站着一个黑衣女子，长发飘动，正是上次见到的腊梅。腊梅向他招了招手，他便跟着她出来，绕过值守的黑衣人，两人来到一处僻静的山岩边，腊梅拿出一件物事，交给项水田，悄声告诉他如此这般。说罢离去。

第二天就是除夕之夜，项水田来到唐凤吟住处。这是总坛红洞中修建的十多间石屋，住着唐凤吟和魔教中的全部教众共二十多人，中间一间大堂用于会客及议事，主位是一张虎皮高背靠椅，东西两边各摆了五张铺了软垫的木椅。项水田及巫山帮帮众反而住在洞外的房子里，只在有外客来访时，他才装模作样到这个大堂的虎皮靠椅上坐一坐。

项水田拿出一株黑灵芝交给了唐凤吟，说是从一个采药人那里得到的。唐凤吟一见之下，喜出望外。只见这株灵芝，通体透黑，芝盖有一只海碗那么大，属灵芝中的极品。最难得的是，根须中的活性还在，说明是刚刚采摘的。石屋中的魔教教众，也全部围上来观看，对这支黑灵芝惊叹不已。

二十年前，唐凤吟的妻子杜芸出走，将巫山帮的一件用黑灵芝焙制的灵芝软香带走。故老相传，灵芝软香是巫山帮炼制绝仙蛊的必备之物，用于最紧要的关头，吸引千年巴蛇服食，吐出其体内的绝仙蛊。灵芝软香焙制极为不易，首先要选取在峡江高山绝顶而又水汽充足的黑色灵芝，而大部分灵芝是赤色或者紫色，仅满足这一条就难上加难。其次要大量珍贵的香料，附着在黑灵芝上，才能使灵芝以香气吸引大蛇。最主要的是，灵芝被采摘后，还必须保持活性生长的状态，香料必须与它共生，这样才能保证灵芝的鲜嫩。因此，当年杜芸拿走灵芝软香后，提出了强硬的条件，并说二十年后才送还，唐凤吟竟不敢用强。二十年来，唐凤吟用尽办法搜罗黑灵芝，却很难找到珍品，这才在临近神女会时，加紧向杜芸追讨灵芝软香。如果拿不到，也只能用次一等的黑灵芝来替代焙制。这时离神女会还有半年，能得到这样一株珍稀的黑灵芝，唐凤吟自然是喜不自胜，把项水田好好夸奖一番，当即叫人焙制灵芝软香。

就在唐凤吟等人被这株新鲜黑灵芝吸引住的时候，潜入石屋的腊梅却乘机将另一件宝物——七孔箫盗取到手。这一切都是她事先筹划好了的：趁打开密室对新旧黑灵芝进行比较之时，进入密室，取走七孔箫，将事先准备好的一支以假乱真的仿制竹箫放还原处。唐凤吟有洁癖，平时绝不会去吹这支古箫。直到收到大理郡主的书信时，才到密室查看，发现七孔箫被调包。七孔箫比灵芝软香更重要。这一下唐凤吟恼羞成怒，但七孔箫是在他居住的石屋中被调包，他是在事后才想到可能是除夕之夜被盗走的，但并没怀疑项水田找来这株黑灵芝与竹箫被盗有何联系。他甚至想到有可能是江湖上的哪个门派盗走后，再转卖到大理郡主之手。于是，他离开巫山帮总坛几天，到江湖上去探听风声。

唐凤吟一走，项水田便惹出一桩事来。

上一次项水田为见他母亲，就想回到郑家村，但是唐凤吟派人将他母亲接到巫山帮，项水田半途而返。这一回，项水田趁唐凤吟离开，便在当夜和他母亲一起，避过巡逻的帮众，回到了郑家村。这是他近两年首次回村。第二天，娘俩到东家郑大庄主一家拜望。庄主郑逢时和夫人吕问菊热情接待了娘俩。当年陈氏母子从巫山帮逃出，就是得到了郑庄主夫人的接纳。此后，陈氏与这对夫妇约定，孩子由他们收养，不必告诉他生母是谁。陈、吕二人严守这个秘密，后来虽然传出夷陵狂生是巫山帮神女未婚所生，那已经是夷陵狂生成年、即将结婚的时候了。夷陵狂生一直不知，这位在家中帮工的陈婶，就是他的亲生母亲。

这一次，陈氏与儿子项水田一起来访，郑、吕夫妇也对那个秘密心照不宣。

此时，夷陵狂生刚新婚半年。他的妻子正好就是郑吕夫妇的独生爱女郑萼。郑萼小名枣花，十二岁之前，一直跟项水田、狂生一起玩耍，此后被父母送到青城派学艺。狂生也是有高人密授武功。直到成婚，郑萼才回到郑家庄。

狂生是吹箫的高手，也听到七孔箫被调包的消息，忍不住到大理打探了一番，恰好与项水田错过。项水田就与枣花朝夕相处了几天。枣花是他情窦初开的恋慕对象，这几天，他和枣花在一起客客气气地吃吃饭，说说话儿。项水田甚至不知道枣花还叫郑萼。郑家每每问起项水田母子从何处回来，两人总是支支吾吾不敢多说。

三天之后，母子两人趁夜色又回到了巫山帮。唐凤吟回到巫山帮后，听说项水田母子去了郑家庄，第二天就派教众血洗了郑家庄。将郑、吕二人杀死，却故意留下了郑萼，并告诉她项水田就是巫山帮帮主，已改名郑安邦。郑萼见父母惨死，而昔日的玩伴竟然就是恶名昭彰的巫山帮帮主郑安邦，悲愤交加，横剑自刎。她对赶回家见了最后一面的夷陵狂生，只说了最后的心愿是想看一看风月蝴蝶的样子，却对项水田就是巫山帮帮主郑安邦一事，没有提及。

项水田想起这些往事，心中仍是惊魂未定。他回思事情的前后经过，只觉得绝情蛊这种毒物实在太厉害了，竟然能将他从上山打柴那天开始，到进入巫山帮的所有记忆，全部抹掉。在此期间，只要遇到动情处，腹痛就会发作。其实，神女会的当天，他跟段瑶瑶进入万蛇窟时，被段瑶瑶牵着手，内心感到平安喜乐，当时也感到腹中隐隐作痛，他马上收摄心神，不再想这美妙的事情，才及时止住了腹痛的发作。

段瑶瑶道："听奶奶说，绝情蛊主要是让人不再动情，似乎对于消除记忆这一块，并没有特别的功效。也可能你在巫山帮那些经历太痛苦，你本来就不想回忆这些事，相当于你主动遗忘了它，以为自己还是十六岁时那个郑家庄的放牛娃。"

项水田道："你的奶奶后来怎么到了大理，你又是怎么成为郡主的呢？"段瑶瑶道："她带着我的父亲和姑姑，辗转到了大理，结果凭着武功和智计，参与平定大理国几次异族的叛乱，以军功被赐予郡主的封号，而且可以世袭，所以就传给了我。"项水田道："你奶奶再也没有回到巫山吗？"段瑶瑶道："这里是她的伤心之地。她再也没有回来过，所以，才要我回来，完成她的心愿。"项水田忽然想到一件事，道："你跟我第一次进入万蛇窟时，已经到了那处洞水边，那时就可以直接进入内洞，不是可以早些知道石碑的内容吗？"

段瑶瑶感叹道："这件事就像冥冥之中，自有天意。当时我奶奶并没有告诉我内洞中的情况，只问我有没有勇气进入万蛇窟，告诉我说万蛇窟的后洞里有一个深涧。如果我到达了深涧，才可以考虑让我参与了解绝仙蛊的事。那时，正好听说巫山帮出了一位能克制毒虫的年轻帮主。我奶奶便觉得，绝仙蛊有可能在今年炼成。因为那句传言'巫山蛊，七孔箫，神女会天骄'，其中还隐含着一层意思：要炼成绝仙蛊，既要有智慧的巫山女子，又要有一位顶天立地的男子，共同参与，共同配合，才能成此大功。正因如此，我……我便前来认识了你这位大英雄，跟你一起去了内洞的洞水边，回去告诉了奶奶，她才给我说了内洞的详细方位。"

项水田道："我在归还竹箫时见到你，却认不出你，是不是觉得很奇怪？"段瑶瑶道："是啊，我听奶奶说过绝情蛊，但不敢确定你是不是服了。所以，我就问你是不是跟谁有约，你回答是在等枣花。后面我送给你那瓶药，试图缓解你的症状……"项水田道："那瓶药被麻胡桃抢走了。"段瑶瑶道："噢，他们几个成了绿林强人了！"又道，"后来跟你从黄州乘鹤回到梅花湖边，我又问你我是谁，还带你去看了娘娘庙，可你还是不记得跟我在一起的经历。"项水田道："你怎么会有腊梅这个名字？"段瑶瑶道："这是奶奶给我取的小名。"项水田道："你将那支箫给我带到瀑布之中，是为了让巫山帮的人也来找我，是吗？"段瑶瑶道："是啊，当时你悄悄告诉我，有办法让商队过河，我就猜想，可能你不会真的成了神女的祭品，没想到，你顺流到了黄州，学到了一套绝世的武功，最后破解了龙吟功的秘密，真的……炼成了绝仙蛊。"项水田笑道："炼成绝仙蛊，或者说让那巴蛇吐出绝仙蛊，还是大理郡主立了首功，到内洞中去看到了炼蛊之法……"说罢两人相视而笑。

两个人去清理了一下唐凤吟留下的巫山蛊，在巫山总坛唐凤吟的居室中，一个密柜之中，藏了几十颗绝情蛊和绝命蛊，没有一颗金色的绝仙蛊。一并交给了神女堂中的李青萍保管。

现在，项水田最想知道，自己的亲生父母到底是谁。

在万蛇窟，项水田的母亲当众告诉夷陵狂生，自己是狂生的生母，唐凤吟是他生父，那就表明，项水田母亲陈氏，便是当年被唐凤吟强行污辱了的巫山帮神女。段瑶瑶分析：项水田提出要看望母亲，唐凤吟便找了个叛乱的借口，将巫山帮四十岁以上的人全部杀死，是为了灭口，不让人知晓陈氏就是前任神女。而将狂生的养父母杀死，既是为了清除养父母对狂生的恩情，也是对项水田私自离帮的惩戒。

项水田回到郑家庄，想找母亲问清楚自己的身世。考虑到娘俩说话方便，段瑶瑶没有同行。

来到郑家庄的小屋，他母亲并不在屋子里。项水田想，母亲一定是去项家坝的祖屋里了。那间祖屋已经坍塌，不能住人了。项水田六岁时，母亲就来郑家庄做帮工，并将他带到郑家的用人小屋居住。现在，母亲去祖屋干什么呢？

他快步赶到项家坝，见母亲坐在残破的祖屋前面，面容憔悴。

他急忙上前，双手搀着母亲，小声道："妈，我的生身父母是谁？他们在哪里？"

陈氏哭出声来："老天爷呀，我的命怎么这么苦啊……"过了一会，她从衣袋里摸出一块陈旧的布条，上面写有一行字，字迹已经褪色。陈氏续道："你父亲采药为生，没有见过你，就从山顶摔下了深谷，尸骨无存。我是你父亲未过门的妻子，十七岁时，被选中当了巫山帮的神女，要等到十年期满，才能嫁你的父亲。可是，第二年就被那姓唐的恶魔害了，本想一死了之，但那恶魔让我求生不得，求死不能。后来发现怀上了狂生，我便想法逃到了郑家庄，本想娘俩相依为命，也觉得再无脸见你的父亲……

"谁知在郑家庄闭门不出一个月，就听到你父亲摔死的凶讯，留下你奶奶孤苦伶仃一个人。再过了一个月，一天夜里，我突然听到屋前有孩子的哭声，开门一看，一个竹篮里放着一个男孩，上面放着这块布条，找郑老爷一问，上面写的是'项义之子，生于庚子年腊月初十卯时'，项义就是你父亲的名字，这个男孩就是你。不知你父亲跟哪位姑娘生下了你，我也不怪你父亲。要是不做这个神女，我早就跟你父亲成亲了，就不会有这事。看来这位姑娘也是没法养活你，才将你送到我的小屋前。

"为娘的想，既然这位姑娘信任我，我便要将你养大。但同时养两个孩子，实在没这个能力，就将狂生送给了郑老爷家，并嘱咐他们永不告诉我是他生母。正好他们膝下无子，就收养了狂生。我带着你来到项家，就当是过了门的媳妇，为你起名项水田，跟你奶奶一起，慢慢将你养大，你六岁那年，你奶奶去世，我就带着你到郑老爷家帮工……"

项水田听到这里，早已泪如雨下。拉着他母亲的手，道："妈，你是世上最好的妈妈。没有你，我就没法活在这世上了……"隔了一会，又问道："我那生母，她既然知道将我送给你，说明她认识你，那她是谁呢？"

陈氏道："为娘的也这样想过。但我认识的所有的女子，都没有可能是你的生母。十八年来，从来没有任何一个女子，前来打探你的身世，或是自认是你母亲。"又道，"你的相貌跟你父亲很像，证明确是他的儿子。为娘的猜想，你的母亲也是个美人坯子，不然，你不会长得这么俊，根本就不像我……"

突然，一柄刀架在了项水田的颈上，有人恶狠狠地在他耳边吼道："恶贼，原来你就是巫山帮帮主郑安邦，我要杀了你，为我爸妈和郑萼报仇！"正是夷陵狂生。项水田也为枣花之死大大自责，此时正为身世烦恼，也不想挣扎。

陈氏道："豆官，快将刀放下。这事不怪田儿，当时我也在场，一切都是那姓唐的造的孽。田儿是你的好弟弟……""什么好弟弟！他干了那么多的坏事，我才不认他是什么弟弟，娘，我们走！"一脚将项水田踢倒在地，拉着陈氏便走。陈氏边走边回头喊："田儿，我的田儿……"

项水田在那祖屋前躺了很久，直到夜深了，露水沾衣，才爬起来。他不知要到哪儿去。那郑家小屋，他妈和狂生在那里，巫山帮他更不愿意去。便往大宁河边走去。他这时内力强劲，步履轻捷，轻轻一跃，便是丈余开外，往上一跳，便能蹿到树顶。但是，他感到从未有过的孤独和痛苦，甚至想到，如果那绝情蛊不吐出来，巫山帮和眼前这些事都不知道，或者全不记得了，他还是那个郑家庄的放牛娃，该有多好。

来到大宁河边，远远听到瀑布的轰响。看着这条他自幼就在她怀抱里嬉戏、玩闹的河流，他感到是那样的无助和悲凉，自觉自己是个被这个世界抛弃的人，恨不得又要跳进河里，倒也一了百了。

便在这时，忽然听到有人在他身后发出了一声叹息。回头一看，白影一闪，似乎一丈外的树后，有一个人影。他走上前去，见一老妇人靠在树上，身边一个破碗，原来是个叫花婆。他揉了揉眼睛，确信没有看错。见那叫花婆满脸皱纹，两颊干瘪，双眼无神，有气无力地靠在树上。

项水田见这婆婆奄奄一息，起了同病相怜之心，便蹲下身来，道："婆婆，要不要喝点水？我能帮你做点什么吗？"那婆婆连连咳嗽，上气不接下气，又指了指自己的后背，项水田伸手帮她揉了揉背，她才缓过气来，道："我现在孤苦无依，丈夫死了。我就要死了，只是有一件事放不下。你是个好孩子，能不能帮我一下？"

项水田道："只要我做得到，会尽力的。"那妇人道："我有一个儿子，刚出生不久，他的父亲就死了，我没法养活他，只得将他送人了。后来，就找不到他了。这些年来，我走东访西，一边乞讨，一边找我儿子，就是没找到。他身上有一个红色胎记，在肚脐眼下面，有指头那么大，是个断肠草的模样，我永远忘不了……"

听她这话，项水田如五雷轰顶。项水田的身上就有一个这样的胎记。小时候小伙伴看见了，还惊奇取笑。稍大后，穿上衣服，就看不见了。难道自己是这位婆婆的儿子？按年龄来推算，这位婆婆就算四十岁得子，她儿子现在应该也有三十几岁了，比自己要大得多……

正在这么胡思乱想时，只听那婆婆又道："我儿子生下来后，从来都没来得及叫我一声妈，你能不能代替我的儿子，叫我一声妈，这是我最后的一个愿望了……"

"妈——"一个干涩的声音，从项水田喉咙里发出。他虽不愿意，但想到这位母亲思儿心切，眼看就要死了，如果不能满足她这个心愿，实在于心不忍。

"哎——"那婆婆似是拼尽了全身的力气，大声答应，声音里充满了满足和喜悦，一行热泪从她双眼中流出。她喃喃地道：

"我儿子喊我了，我儿子喊我了!"声音越来越低，最后全无声息。项水田再看她时，只见她已经没了呼吸，脸上的笑容已经僵住。

项水田以碗挖地，将这位婆婆葬在树边。此时天已微明，正要起身离开，忽听空中鹤鸣，扑腾声中，一只大白鹤降落在他身边，鹤背上下来两人，却是陈鹤老和那唐凤吟的妻子杜芸。那鹤正是陈鹤老的那只鹤，上次送他回到巫山，这时仍然眼力敏锐，在高空中就认出了项水田，直接飞到他的身边。

陈、杜二人一个喊"项少侠"，一个喊"郑帮主"。原来杜芸帮助段项二人打败唐凤吟后，便同中原武林的人一起，回到了黄州巴河。郏城派邹方等人回到黄州，告诉陈鹤老唐凤吟被段、项、杜合力打败一事，绝仙蛊已经炼成。陈鹤老由此得知，东坡二赋中的秘密已经由项水田解开。现在唐凤吟已死，魔教溃散。项水田仁厚仗义，由他担任巫山帮帮主，将会与中原武林和平相处。

陈鹤老养好伤，便去巴河找到了杜芸，以续旧情。杜芸以自己容貌已毁，不想见他，终是经不住他诚心恳求，还是见了。这一对老恋人终于在暮年结成连理。

杜芸想到，也许可以用巫山帮新炼出的绝仙蛊，来医治她因为服用毒药而变得丑陋的容颜。陈鹤老的醉鞭还有八招没有传给他，两人一商量，便一起从黄州骑鹤而来。见面后说明了来意。

项水田对陈鹤老授鞭的好意表示心领了，但此时他没心情学习鞭法。而对于杜芸服用绝仙蛊一事，他道："这有何难？那李青萍是你弟子，去跟她说就是了。"杜芸道："少侠是巫山帮帮主，不经你许可，怎能动用蛊药？"项水田道："我是没问题的。

不过，我也是服了绝仙蛊，吐出了绝情蛊，恢复了以前的记忆。可是，我感觉一点儿也不好，真希望没有服，再说了，绝仙蛊是最厉害的蛊药，还不知道以后会怎么样……"

他这么一说，杜芸反而不知怎样才好。项水田想起，这位杜芸是前任的巴婆，自然也是会算卦和预测的，便请她帮忙再算一算，自己的生母是谁，此刻在什么地方。

杜芸坐在地上，闭眼默想。一会儿，睁眼对项水田道："少侠的身世奇崛，非我粗浅的功力能测算出来。你的生母，应该就在这巫峡大地上，跟水有关……"

项水田表示请两位骑鹤去巫山帮总坛，直接跟李青萍商量是否服药事宜。他现在不打算回到巫山帮。

送走两人一鹤，项水田看着地上的新坟，暗想："这位婆婆就算讨饭，也要找到自己的儿子，可见，我的生母也一定非常想念我，现在，我就是找遍巫峡的每一寸土地，也要找到她。"

有了这个念头，他就蹚过了大宁河，往下游峡谷青峰中的村庄大步走去。

尾　声

　　神女瑶姬是南方炎帝之女，尚未出嫁之时，便染疾而亡，魂归天国而成仙。她从未恋爱过，更无生子做母亲的经历。成仙后她变成了一株灵芝草，在巫峡的一座绝壁峰顶，餐风饮露，聚敛仙气。

　　她处身之所，本是悬崖峭壁，连飞鸟也难立足。偏偏有一天，一位年轻的采药人背负绳索药锄，来到这绝壁上，要采摘这株灿若云霞的赤色灵芝。

　　灵芝本就长在潮湿的腐木上，根部极其脆弱，而瑶姬功德圆满，只差一天，便可飞身前往天庭。

　　不知是因为那采药人心情太激动，还是绝壁潮湿光滑，采药人手刚碰到灵芝，脚下一滑，身上的绳索脱落，眼看就要滑入万丈峡谷之中，葬身鱼腹。

　　瑶姬见惯了人间的悲欢离合，生死荣枯。如果那采药人当即摔死，她大可像见到苍鹰搏兔、猛虎驱羊一般，视为自然之理而置身事外。那么，此后的所有劫难，都不会发生。

　　但是，她见这年轻人仪表非俗，质朴勤劳，起了恻隐之心，在灵芝上生出一股黏力，稳住了采药人的身子。采药人死里逃生，一边感谢神灵保佑，一边小心翼翼将那株灵芝采入药囊之中。

这采药人就是项义。他将灵芝带回家中，见这株灵芝娇艳夺目，异香袭人，竟舍不得出卖换钱，而是种在自己的卧房之内，朝夕侍奉。瑶姬见这采药人与母亲相依为命，事母甚孝。本来在次日即可飞升而去，竟然舍不得离开。

过了几天，项义又去山上采药。他太爱惜这株灵芝，便将它带在身边，想再去那高山湿润之地，再让灵芝吸些灵气。

那是一个风和日丽的日子。项义带着那株灵芝，在山花间漫步，在溪水中穿行。忽然，项义发出了一声低吟，脚上一痛，一条五步蛇从他身边溜走。他是采药人，蛇药随身配备，但那五步蛇毒性太大，项义的蛇药无法克制。眼看小腿瞬间肿起，项义很快陷入昏迷。

瑶姬飞升之日已到，大可一走了之。但她到底是个女孩儿的心性，心想救人需救彻，既然在悬岩上救了他，此时哪有不救之理？何况这男子对自己十分眷恋，这是她从没有过的奇妙感觉。于是便幻出人形，以口吮吸男子的伤口。她是神仙之体，自然是口到毒除，项义再次得救了。

项义睁开眼睛，迷迷糊糊之间，看到一个妙龄女子，与自己肌肤相接，像极了他日夜思念的恋人，这情景如同做梦一般。瑶姬与男子有了肌肤之亲，也是情不能已。于是，两个人在这山水明净之地，香花绿草之间，一番亲怜蜜爱，共赴了云雨之境。

瑶姬知道，作为神仙，她是不能与凡人发生恋情的，更不可能成家生子，否则难逃天庭惩罚。事后她离开了男子，将那株灵芝也留下了。她这段经历影响了她的飞升，只能继续在山中修行。

项义清醒之后，觉得自己像是做了一个梦。但痊愈的伤口和刚才女子的形象仍历历在目。他再也找不到那美妙的女子，只好下山回家。

瑶姬万万料不到，与凡人男子的这次露水情缘，竟然导致她怀了身孕。

她只能选择将孩子生下来。但无法养大这个孩子，便想把孩子送给他父亲抚养。

数月后当她再来寻找项义时，发现此人天数已尽，在最近的一次采药时，还是摔死谷底。但是，他有一位未婚妻，是巫山帮担任掌管蛊药的神女，不幸被魔教教主唐风吟奸污生子，逃到了郑家庄抚养。瑶姬只得将出生不久的儿子送到陈氏的屋前，在布条上写明孩子的父亲及生辰八字，这是她能想到的最好的办法了。

瑶姬从项义之死认识到，人生自有定数，仙界不可随意插手干预。自己与凡人生子，已经违反天规，所以，事后再也不敢来看望自己的儿子，更不敢在儿子成长的过程中施加任何影响。一晃十八年过去，她忍耐不住，悄悄来看了一下儿子生活的项家祖屋，竟然发现房屋垮塌，儿子也不见踪影。

正巧此时天庭知道了她生子一事，还说她儿子已服用巫山蛊毒，为祸人间，要她下凡来将功赎罪。

瑶姬不可能杀自己的儿子，哪怕他犯有再大的罪过。她所能做的，就是远远地看着自己的儿子，让他自己拯救自己。或者给他托梦，让他知道自己对他的思念和关爱。她实在是想要儿子喊她一声"妈妈"，所以在大宁河边，变身为一位叫花婆，临终前让儿子喊了一声"妈妈"，她知道她将面临天庭的惩罚，但她坦然面对。因为这是她的命运。

托塔天王李靖接受玉帝指令后，来到巫山。一番了解之后，发现瑶姬之子身中蛊毒，已被唐凤吟掌控，如果唐凤吟得到绝仙蛊，此人魔性大发，连仙界也不得安宁。在看到项水田从瀑布中逃离，并由巨龟送到黄州江滩后，他最后决定救醒项水田，并化身为"鱼划子"，将苏东坡两赋中的那套武功传授给了项水田，又指引他前往保护巴婆，最后在黄州掌毙魔教坛主。回巫山帮后，力斗中原武林两大宗师，参与了剪除唐凤吟，炼成了绝仙蛊，并按帮规掌控蛊药，避免了中原武林和巫山帮及魔教血流成河的纷争。

托塔天王回天庭向玉帝复命：瑶姬之子身中蛊毒并未为祸人间，且功大于过，不应处死。玉帝恩准。

一个月之后，项水田走遍了巫峡的村村寨寨，还是没有找到生母的任何线索。一日，他在一株大树上小憩，又做了一个梦。梦中，那位美丽慈祥的白衣妇人告诉他，不用再找他的生母了。生母只给了他生命，却不能养育他。"你的养母，将自己的儿子给别人抚养，却带着你来到项家，辛辛苦苦，一饭一衣，将你养大，给你奶奶养老送终，这深恩大德，比天还高，比海还深。你回去好好回报你的养母，才是正理。她才是你的好妈妈……"项水田醒来之后，深深领悟了这个道理，一跃下树，一口气赶回了郑家庄。这时陈氏和狂生在一起，狂生也原谅了他。项水田跪在陈氏面前，连声道："儿子不再找生母了，尽孝奉养您一辈子!"陈氏要他快回巫山帮去。

次日，他便动身前往巫山帮。项水田走到大宁河的瀑布边，见迎面走来一个红衣女子，正是大理郡主。段瑶瑶对他嫣然一笑，道："小女子与夫君已行过婚姻大礼，却独守空房一月之久，不知是何道理?"项水田道："瑶瑶，你是大理郡主，我是放牛娃，我配不上你，这可使不得……"段瑶瑶道："我现在也不回大理了，我看到那个叫项家坝的村子，有一间已经倒塌的房子，我去把它重新盖起来，看看有没有人能收留我……"

就在这时，迎面奔过来一个巫山帮众，向项水田扑地便拜："帮主，您可回来了! 全帮上下都等您主持神女就位的仪式。"项水田道："神女就位?"那人道："是啊，按帮中的规矩，被选中的神女，都要择个吉日举行就位仪式，接受帮众的跪拜……"那人又凑近项水田，悄声道，"还有一件有趣的事情：在仪式上，神女有一个特权，可以秘密选中一位未婚的男子，作为她的郎君。这个被选中的男子，必须规规矩矩等上十年，等到神女还俗之日，才能与她成亲。这期间如果另娶他人，那么神女有一样天下最为致命的武器——蛊毒。她甚至可以在给男子送出喜帖时，给他种下蛊毒，男子只要生出外心，蛊毒就可发作，男子必定受尽诸种痛楚而死……"

在巫山帮神女就位仪式上，李青萍一身白衣，盛装端坐。巫山帮帮众及出席观礼的嘉宾上千人，仪式由帮主项水田主持。仪式上说了什么，以及人们跪成了黑压压的一片，李青萍都没有在意。她想到自己飘忽不定的命运，小时候就被遗弃，被收养后，十二岁被师父收为弟子，教授医道、武功、使毒及占卜之术，十六岁由师父传位当了第十二代巴婆。可是，在燕云山第一次遇上了他，得他守护，被他所救，被他背着，一起乘船，在黄州，他挺身而出护卫被揭开罩袍的我……我一颗心已经在他身上了……又被师父召唤到了巫山帮，鬼使神差当了这个神女，专管蛊药，十年不能出门，不能嫁人。现在，我有这个特权，可以选定一个人，作为自己的如意郎君，无疑就是他了。可是，他喜欢我吗？我要他对有酒窝的女孩子好……对了，那位大理郡主，跟他感情更深，他俩被称为金童玉女，一起炼成了绝仙蛊……可是，在感情上我只能自私了，我是不会给他下蛊药的，他已经从我这里，服下了绝仙蛊……想到这里，她拿起笔，在大红的嫁帖上，写下了他的名字……

神女瑶姬违反天规，与凡人生子，此后又违背玉帝意旨，未消除后患。被天庭惩罚，化为巫山神女峰峰顶的一块石头，又要经过千万年的修炼，才能成仙。千百年来，神女峰顶的这块石头形如一位老妇人，面朝巫峡，身形佝偻。人们说，那是神女长年思念她儿子的缘故。

波江 著

神如玉

第贰卷

瑶光

长江少年儿童出版传媒

长江文艺出版社

目 录

楔　子

北斗七星是天枢、天璇、天玑、天权、玉衡、开阳和瑶光。七颗星在夜空中璀璨夺目，分外耀眼。古人将七星连在一起看，形似一个盛装米谷的斗具，而七星的斗柄又能辨明方向，所以称作北斗七星。其中第七颗星瑶光，位于北斗斗柄的最末端。传说，这颗瑶光星是一位美丽的仙女，又叫破军星，主掌攻战杀伐，也兼管阴阳祸福。人世间的运势消长、祸福吉凶，都在这位仙女的掌控之下。

这一日，瑶光仙女的耳中不断传来一位女子的祈求：

"尊敬的祖师，至高无上的仙师，我知道您神通广大、法力无边，作为您的徒子徒孙，我用我的全副身心，在这儿虔诚祷告，乞求您眷顾垂怜，悲怜我的……我的夫君项水田，乞求您将他从那万劫不复的悲惨命运中解救出来。如果您允许我替他受难，他所有的苦难我都愿意替他承担；如果需要我付出任何代价，甚至需要我付出生命，我都愿意，绝无反悔……"

瑶光仙女作为战神，见过多少生死？作为兼掌命运之神，这样的祷告祈求，古往今来何曾断绝？夹杂在亿万生灵之中的这位女子的乞求祷告的声音，怎能引起她的注意？

但这位祷告者的言辞是那样恳切，语气是那样虔诚。每时每刻，不绝传来。

"在他蛊毒缠身时，请您给他解脱苦痛，赐以解毒的灵丹妙药；

"在他遭受酷刑时，请您给他承受非人折磨的力量；

"在他身受诬陷时，乞求您给他指路，还他清白；

"在他被人控制、迷失自我时，请您垂怜他，让他得到解救的机会……"

瑶光仙女无论打坐还是出游，这位女子乞求和祷告的声音，都不停传进耳中。但这始终无法引起这位女神的兴趣。直到听到蛊毒这个词，突然想起自己最近要办的一件事，似乎与此相关，瑶光仙女才将这女子乞求的事，审视了一回。

原来这女子名叫李青萍，此时正在下界巫山帮中，担任新立的帮中神女。此前刚传了巴婆之位，在巴人中司卜卦历算之职，也算是自己的徒子徒孙。而她所说的名叫项水田的丈夫，竟然就是巫山神女瑶姬跟凡人生下的儿子。

她将那项水田的命运检视一番，果然，那女子祷告之事全都发生，这位男子的经历之奇，虽说是命数使然，也算世间罕闻。

瑶光仙女看毕笑了一笑，自语道："这女子也有些修为了，怎么这一个结局，她没有料到？"又看了一回这女子的命运，笑道，"她自己的这个结局，她更加预想不到吧？真难为她一番痴情！"瑶光仙女云淡风轻地一笑，道，"此事我只需如此如此……"

第一章　三姝媚

词曰：

> 青溪传迤逦。喜桃蕊涂丹，柳丝垂翠。曼舞笙歌，且领封神祚，武林披靡。浅浅梨窝，帘后隐，自延佳婿。此等情缘，相约经年，死生难悔。
>
> 岂料梅卿非议。说既定姻缘，拜交天地。只恨无凭，究问渠言戏，贱躯惭愧。又见霓裳，莲出水，精灵娇媚。伫立相思河畔，香风细细。

项水田寻找生母，一去月余。回到巫山帮所在的灵鸠峰时，帮中正在筹办两件大事，一是帮主就位，二是授封帮中神女。

自唐凤吟身死后，魔教堂主和教众从巫山帮一哄而散，项水田方成了个名副其实的帮主。帮中人员吐故纳新，总数扩大到了数百人之众，需要在黑洞之侧再建房舍，供新加入的帮众居住。巫山帮重新恢复了总坛和桐、梓、檀、杉四分堂，由前桐木分堂堂主樊铁柱升任副帮主。在武林中重振声威。

帮中事无巨细，千头万绪。项水田原无统领之才，只是找段瑶瑶拿主意。他几次要辞掉这个帮主之位，无奈众人只服他一人做帮主，都说要是换了他人，万万不可。项水田只好说："大伙如非要我当帮主不可，就得依我两件事!"众人问哪两件，项水田答："第一是我不再叫郑安邦，还是叫项水田。二是巫山帮除炼蛊以外，也练正当武功。"众人道这原是正理，自然答应。

　　这期间，段瑶瑶向大理修书，表示愿意留在巫山，不再回大理，其随从去留自便。得到许可。

　　得知郡主不再回到大理，风花雪月四大护卫自是不愿跟她分离。跟她过来的一部分武士，也被许可留在巫山，一来因为这些人中包括总管高瑞升，本来就是从中原去大理的，二来这些人都对段瑶瑶郡主忠心耿耿。只有白玉廷等几十人以及当地的马夫等人选择回大理。这样大理皇宫武师就有数十人加入了巫山帮，只有段瑶瑶并未入帮。

　　高瑞升因天风师太一事而心灰意冷，只想到川西做一个闲云野鹤。段瑶瑶将他劝住，要他管束大理的这一伙人，好好在巫山帮中效力。高瑞升精明能干，又熟悉中原武林中的规矩。这一下项水田轻松多了。

　　段瑶瑶变卖了身上的珠宝，将项水田在项家坝已经倒塌的老宅按原样盖好，将项水田的母亲陈氏接到老宅中居住。又在项家老宅的东侧盖了一座五进的新屋，供她和四女居住。

　　陈鹤老也已将醉鞭中的剩余八招鞭法传给了项水田，项水田得以学全了一十二招鞭法。但项水田还有另一件烦恼事，就是腹中常常隐隐作痛，似乎练功也没有什么效用，不知是不是那绝仙蛊作祟。因每日应付帮中杂事，只得先将疼痛忍住。

项水田既然身为帮主，自然是要能习字断文，加上又背诵过《赤壁赋》《后赤壁赋》，已有基础，便从帮中饱学之士学些文章字画，时候一长，他竟然也能读书写字，对于两赋的理解，也更加食髓知味了。

因为那句传言："巫山蛊，七孔箫，神女会天骄。"身为巫山帮主，不会吹箫，如何对得住这句传言？大理郡主段瑶瑶琴箫皆精，项水田又从段瑶瑶学习吹箫。段瑶瑶笑道："吹箫其实并不难学，只需对好口型，用好内气，熟悉按孔，多加练习，也就会了。比练功炼蛊，容易多了。"项水田依言习练，不过月余，竟然也能奏成曲调，一曲《竹枝调》，也能吹出芦管幽咽、风动竹吟的意趣。

经与帮中长老商议，确定八月中秋这天，在灵鸠峰总坛，举行巫山帮帮主就位及神女授封仪式。

出外去请中原武林前来观礼的帮众纷纷回来，大多垂头丧气。宋金两国正在交战，大宋朝廷昏聩，战事节节败退，战火已烧到秦岭淮河一线，北方有的武林门派属地沦陷，已在参与抗金，自是不暇前来。

巫山帮因唐凤吟身死而脱离了魔教的控制，但中原门派五十七名人士被毒死，虽然巫山帮赔以厚礼，登门致歉，也无一个门派愿意前来观礼。其余门派也多因巫山帮炼蛊的名声敬而远之。好在少林寺方丈微尘、武当掌门虚云这两位当世最顶尖的武林人物，都欣然答应前来观礼，还有黄州郏城派邹方、庐山东林寺方丈枕尘、九宫山道长史达、五祖寺方丈苦乔、九华山掌门人管柏英等人，很感念项水田在黄州的侠义之举，以及铲除唐凤吟之功，都答应出席。

这一日，项水田在众人恭贺声中，就任帮主。他不喜热闹排场，什么锣鼓爆竹都免了。他也不善言辞，简单说了几句，就算正式就职。接下来是巫山帮神女授封仪式，李青萍就任巫山帮神女后，便提笔在婚帖上写下了项水田的名字。

项水田将订婚帖拿在手中，见那婚帖上正是李青萍娟秀的字迹，而写上的三个字，正是自己的名字。

他的心怦怦乱跳，没想到这位神女，竟会选中自己，正不知如何作答，忽听一个女子的声音道："帮主不可收下订婚帖！"

众人将目光向说话的人投去，只见说出这话的，是段瑶瑶。

担任司仪的是巫山帮长老蒋尚廉，五十来岁，留了一撮鼠须，口齿伶俐，道："原来是段郡主，大驾光临，请台上就座！"段瑶瑶道："蒋长老客气，不必了。"蒋尚廉早知这位大理郡主对于帮主的分量，道："请问段郡主，帮主为何不可接下本帮神女的订婚帖？"段瑶瑶道："因为帮主已与……已与另一位女子……拜堂成亲……他已经是别人的丈夫了！"这话一出，所有人都十分吃惊。吱溜一声，李青萍手中的笔，掉在了地上。

蒋尚廉眼望项水田，道："帮主，可有此事？"项水田呆望着段瑶遥，道："有这回事……可是……这算不得数的……"蒋尚廉追问："为何算不得数？"

段瑶瑶沉声道："神女会头一日，帮主与中原武林几位高手比武之前，已由五梅教教主唐凤吟做主，与小女子……结为夫妇，已拜过堂了！"项水田道："郡主，我当时便说，这事是闹着玩的，我配不上你……"

众人一听说是魔教教主唐凤吟主婚，当即不以为然。蒋尚廉微一沉吟，道："唐凤吟已死，此事何人做证？"

到场的武林人士都是相顾莞尔。武当道长虚云连连摇头："这个项水田行事荒唐，既然已经与那郡主拜堂，怎可又来当帮中神女的丈夫？"有人暗想，这巫山帮帮主本来就贪花好色、本性难改，这一回遇着这个高高在上的大理郡主，终于难得齐人之福。可见此人落下好色奸淫的名声，并不冤枉。

众人看着这个二女争夫的场面，都将眼光投向项水田，要看他如何处置。

项水田心中烦乱，他手足无措地问蒋尚廉："请问蒋长老，如果此前确实与段郡主拜过堂，算不算已有婚配？"蒋尚廉高声道："既然已经拜过堂了，当然就是已有婚配。不过……""不过什么？长老请明言。"蒋尚廉道："是否有父母之命、媒妁之言？何人主婚？何人证婚？"项水田道："当时……没有旁的人，泰山派的两人，是后来才到的。拜天地确有其事……我以为……以为是闹着好玩的……"众人听他说得吞吞吐吐，都默不作声。项水田续道："当日在万蛇窟，晚辈被那唐凤吟制住，要我和段郡主一起做蛊药，叫作什么'金童玉女蛊'。之前要小子与郡主拜天地，就是要骗小子到前山抵挡一阵，说是到了午时，就不用再打了……但小子自知与这位段郡主不配，并没将那拜天地一事当真，事后更没再提此事……小可敬她是大理郡主，待她仍是跟从前一样……"这话说得明明白白。众人都听出两人虽经唐凤吟主婚，但并未对外宣布，更无洞房花烛的夫妻之实。

项水田道："请问蒋长老，晚辈现下收到神女订婚帖，是不是违了帮规？"蒋尚廉顿了一顿，答道："如果帮主尚未婚配，不仅不违帮规，还是兴帮安帮的大好事。"

却听段瑶瑶道："婚姻大事，岂可儿戏！好哇，今日是在你巫山帮中，你巫山帮的长老向着本帮说话。唐凤吟就算恶贯满盈，难道由他主婚的婚配，就算不得数？"有人道："那唐凤吟并没安好心，他是让你俩做金童玉女，给那巴蛇做蛊药，想让你俩做阴世夫妻……"段瑶瑶道："就算他没安好心，可这事却是改变不了的，阴世夫妻也是夫妻。何况我们两个人也活下来了，不能说没有做成蛊药，这婚姻也不算吧？"项水田忽然腹中大痛起来，豆大的汗水从脸上滴下。

只听台上竹帘中李青萍道："启禀帮主及各位长老，帮主与段郡主已经拜堂成亲，小女子事先不知，发出婚帖，实属冒昧。小女子收回婚帖就是。"

另一位年已七旬的长老夏轩举站起身来，对项水田道："启禀帮主，老朽有一句话说，本帮之所以会设有神女，便是为了奉天敬神，传承仙药。今神女新立，其发出的婚帖就要收回，这必大不利于神女的威仪，对本帮也不大吉利。"其余几位长老也说，神女收回婚帖，万万不可。

隔了半晌，段瑶瑶道："今天是巫山帮帮主就位和神女授封的好日子，小女子不过是前来凑个热闹，却没想到，碰上了神女发出婚帖这出好戏，一时冲动，将小女子与项帮主拜过天地这事说出来，就算小女子出丑露乖了。也罢，小女子虽没有加入巫山帮，但做个巫山下的平常女子，总是可以的。这就告退。"说完向外便走。

大理武师中的姚玉根对段瑶瑶最是崇拜，上次在大宁河边就要替代郡主跳入河中做神女的祭品，这时见郡主受辱，再也忍耐不住，大声道："段郡主，这个帮主是个有眼无珠的糊涂虫，他本来就配不上你，不如我们都回大理，免得在这里受窝囊气！"

他这话已是犯上不敬，敢说出来，冒着极大的风险。却听项水田对他和颜悦色地道："兄弟，你说得很对，我本来就配不上段郡主。我心中只觉得郡主高高在上，什么都比我强……"他这么拉拉杂杂地说出这番话，让大理武师听着十分受用。那段瑶瑶听了这话，眼中噙着泪水。一转身，头也不回地走了。

一场热热闹闹的就位仪式，却出现了这么一个插曲。项水田心乱如麻。少林方丈微尘点头道："阿弥陀佛，恭喜少侠登上帮主之位。而今北方落入金人之手，中原苍生正在受难。听说金人也惦记着贵帮的巫山蛊，项帮主要早做防备，不要因为儿女情长。误了大事！善哉善哉！"项水田答："多谢方丈提醒，晚辈记在心里了。"武当道长虚云连连摇头，道："少侠，你的那一套九天拳真不简单。要不是国家不太平，老夫真要在巫山多待几天，好好跟老弟切磋切磋。"又道，"情字一关，最难窥破，少侠身当大任，切不可自误。老道环顾中原武林，有老弟这番功力修为的，实已找不出第二人；老弟又掌管巫山蛊，将来一定可以开出中原武林的新天地。好自为之，好自为之……"

只听竹帘后李青萍道："帮主还是去追上段郡主，好好跟她陪谈吧！"项水田听了这话，见众人眼光看着段瑶瑶离去的方向，便答应一声，起身往她离去的方向，追了过去。段瑶瑶已渡过了大宁河，身在对岸。见项水田赶来，道："项帮主以帮中大事为重，不用管我了。"声音不大，又有瀑布的轰响，仍是听得清清楚楚。说完这话，她已隐身树丛之中，不见人影。项水田呆呆站在岸边。渡船回来，他又登船，过了大宁河，沿着下游边喊边找，却哪里有她的身影？

不知不觉，已走到当日遇见乞讨老妇的坟边，想到那老婆婆走遍峡江，还是没有找到自己的儿子。联想到自己，本来是个放牛娃，跟母亲相依为命，过着苦日子。却没想到，命运偏偏这么捉弄人，朝夕相处的母亲不是自己的亲生母亲，自己的生母却是另一个人，而生母是谁，至今也不确定。自己是个穷孩子，曾经喜欢枣花。可是枣花由父母做主，嫁了狂生。后来自己被抓到巫山帮中，被当成炼蛊的药引，本来必死无疑，却侥幸活了下来，受骗吃下了绝情蛊，做了个皮影戏儿似的假帮主，遇上了大理郡主段瑶瑶。去黄州后，学到了九天拳，在巴蛇面前，不仅没死，还做了真的巫山帮帮主。今天神女受封，又收到她的婚帖。而之前还由唐凤吟主婚，跟段瑶瑶拜天地，这一切如同在做梦。

　　正在胡思乱想，忽听水声一响，清清的河水中翻动水花，忽地从水花之中，缓缓冒出一个美丽的女子。那女孩子一身淡绿的裙衫，十六七岁，红扑扑的脸蛋如新荷初绽。她脸上似笑非笑，带着晶莹的水珠，更增妩媚。她绿裙的下摆与水面相接，也不见她足尖摆动，水面波纹不生，便已轻轻滑到项水田的身边。

　　项水田从未见过这样的奇事，又觉得女孩的脸蛋，真真切切像一个人，颤声道："你是谁？"女孩笑道："我是我呀！""我是说，你叫什么？……是从哪里来的？"女孩笑道："我叫枣花，是从郑家庄来的。"

　　项水田听了这话，心中怦怦乱跳，不知女孩了为何会说出这话。从第一眼起，就看她与枣花长得一模一样，但知绝不是那个已经逝去的枣花，听她说了这话，道："姑娘不要开玩笑了。"只觉得这女子来得有些怪异，眼前已经为了不知娶哪个女子为妻拿不定主意，再也不想为了女孩子多事，便要拔步退走。

女孩笑道："怎么啦？你认识的女孩子，也叫枣花？"项水田有些失魂落魄，道："是啊……没有……"那女孩纤手一指，道："这个坟头，埋着一个丢了儿子的老婆婆。你也想知道你的妈妈是谁，对吗？"项水田如遭重击，惊道："你……你到底是谁？你怎么知道这事？"

那女孩身上的绿衣如同荷叶一般，一出水就干了，笑道："我是枣花呀！是啊，你的事儿，我偏偏是件件都知道。"项水田见她实在太像枣花，连说话的声音、动作、神态，都跟枣花出嫁之前毫无分别，实难相信天下竟有这么相似的人儿。那女孩子似乎猜到了他的心思，又咯咯笑道，"现在有两个女子，都要嫁给你做老婆，你心中为难。其实心中最喜欢的，却是枣花，是不是？"

这句话简直是说到项水田的心里去了。他惊道："是的。不过枣花已经死了，是我害死了她……"那女孩子一声娇笑，道："枣花死了，你还喜欢她，有什么用？倒不如好好想一想，怎么面对眼前的郡主和神女……"项水田道："多谢姑娘提醒，我这就要回去了。"女孩浅笑道："我笑你还喜欢死了的枣花，你不高兴了。好吧，那也由得你。你如要走，我也不拦你，不过，你这件事，说难也不难，要不要我跟你说说？"

项水田停下脚步，道："姑娘请说。"那女子娓娓道来："先说难的。巫山帮新立的神女向你发出了婚帖，这是神女的特权，如果你尚未婚配，并接了婚帖，自然就得一诺千金，答应十年后娶她为妻。授封神女是帮中大事，既要稳住这位神女的心，又关系到你这位帮主大人的信用、人品。问题是，你此前已经在唐凤吟的主持下，跟段瑶瑶郡主拜堂成亲，其实是已有婚配。何况这位大理郡主对你是有情有义，还帮你建了祖屋，陪伴你母亲。如果你知恩图报，就得跟郡主成亲，去洞房花烛，让那位帮中神女另选佳配……"

项水田见她说出来真有如亲见，道："姑娘真是什么都知道。你到底是谁？我……我该怎么办？"女孩不答他问话，续道："如今宋金交战，兵荒马乱。如果你要当好这个帮主，要留下这位神女，保住那绝仙蛊，你就得同意做那神女的夫君，十年后跟她成亲……可是郡主这边又盛情难却。其实，你内心对这两位女子都有点喜欢，丢开两人中的任何一人，都有些舍不得，是不是？"项水田脸上发烧，道："我只喜欢枣花……"

那女孩呵呵一笑，道："再说不难的。你现在是货真价实、如假包换的巫山帮帮主。男人三妻四妾，实属平常，你把这两人都娶了，也自不妨，既守了信用，也报了恩，岂不是两全其美？再说嘛，你这个巫山帮帮主的名声，好像也好不到哪里去！"项水田听了这话，只觉得太离谱，与自己娶媳妇的想法格格不入，连说："使不得，使不得，我只想对一个女孩子好……"

女孩道："听你这话，倒还是个情种。其实，不娶两个老婆，也有办法。你至少有两个理由，从眼前这事解脱。你眼下就有一桩大事，可以说是命在旦夕，别说娶两个老婆，就是性命能不能保得住，都很难说……"项水田一听这话，隐隐感到不安，颤声道："你说什么？"那女子道："你身中绝仙蛊，发作起来，神仙都挡不住，那不是命不长久吗？这一点，你心中难道不清楚？"

项水田脸孔煞白，一时说不出话。那女孩道："现在你身为帮主，是全体帮众的依靠。你当然不能对众人说出这事，更不能以这件事作为理由，来回绝对你钟情的两位美人儿。"

项水田道："那我要怎么说？"女孩道："既然你对枣花这么痴情，那我再说另一个理由。你听说过'匈奴未灭，何以家为'这话吗？"

项水田讷讷地道："我没听过……"女孩道："那是古时候一位叫霍去病的将军说的。意思是说，现在外敌入侵，我正年轻，正是要去杀敌立功的时候，哪里有什么心思娶妻成家呢？现在，宋金交战，巫山帮刚刚定了你这个帮主，有那么多事儿要办理。神女之约，期在十年，如果你直接拒绝，她必绝望而不肯选择他人，于帮务和守护蛊毒不利，所以大可答应下来。而这位大理郡主，你要赶也是赶不走了。既然你心中还想着枣花，那也不能跟郡主洞房花烛，免得害她一生。这样，你以家国大事为要，不急于成家，跟郡主一样可以相处，只要不让她担着你拜堂妻子的名分，保持住这道界限，先办理帮务。时间一久，或许她也可另有选择……"

女孩说到绝仙蛊的事，像一根大木头，重重撞在项水田心头。近来，他的腹中又有些隐隐生疼，但这个疼痛与之前的绝情蛊那三种痛法，又有不同。只是悠悠的、淡淡的一种疼痛，刚有几天不痛，又悄然而来，仿佛就是一种提醒。而另外一个感觉，便是以前所练的内功，似乎正在一点一点地失去。所练的九天拳的功法，似乎越来越差。此时听这女孩说他命在旦夕，腹中的隐痛再度袭来。

女孩对他择偶所说的两个理由，也句句在理。见那女孩说得极准，项水田道："你，你是天上的神仙吧？对了，你是巫山神女，不然怎么什么都知道？"说着就要跪倒在地，顶礼膜拜。

那女孩呀的一声，道："你胡说八道什么？我才不是巫山神女！目前你有多少大事要办，哪有时间婆婆妈妈？眼前便有一件极为难之事，不知你能不能应付得来，能不能保得住性命，来消受你这两位美人了。"

便在这时，一名帮众急步过来，道："启禀帮主，夷陵狂生跟魔教玄武坛主凌云，一同前来拜山，请帮主主持大局。"项水田答应一声，转头对那女孩道："姑娘到底是谁？你说的极为难的事，就是这件事吗？"那女孩眨一眨眼，笑道："别管我是谁了，你先应付这件事吧！"

那帮众并没看到他身侧有这位女子，脸现惊诧："帮主，您在跟谁说话？"项水田道："你没见这位小姐姐吗？"那帮众满脸疑惑："小姐姐？……在哪里？"项水田朝那女孩看了一眼，道："她从水里上来的……"却见她又调皮地挤了挤眼睛。项水田说道："这是怎么回事儿？"

那帮众听帮主说什么从水里上来的小姐姐，更是不知所云，还道这位生性风流的帮主旧病复发，刚刚经历二女争夫，又在这儿胡思乱想着什么小姐姐。只得道："帮主，小人先去向长老复命。"说着连连倒退，一溜烟地走了。

项水田回头想再跟那女孩说句话，却再也见不到她身影，眼前只有河水静静流淌，连浪花也没见一个。他定了定神，确信不是在做梦，只得向那老婆婆的坟头作了个揖，便急步向灵鸠峰总坛赶了回去。

一个身穿白绸袍的人站在台前，正是夷陵狂生。他身边的一人，是魔教玄武坛主凌云，身材高瘦，面无表情。见项水田走过来，夷陵狂生斜睨着眼，冷笑道："巫山帮主好大的派头，好大的架子!"

项水田一见夷陵狂生，道："少东家……大哥，今天是巫山帮的好日子，本来是想请做兄长的前来助兴，却不知道兄长你身在哪里，肯不肯给这个面子。现在你来了，那再好也没有了!"那玄武坛主凌云此前在大宁河渡口已经见过，项水田也跟他陪谈。那人话并不多，打过招呼，便不再说话。

夷陵狂生道："罢罢罢，口里叫得那么亲热，谁是你的兄长了？我妈养你一场，你却对我爱妻图谋不轨，害死我爱妻全家，又参与谋害我的生身之父。你这样的狼心狗肺之辈、荒淫无耻之徒，怎能跟我称兄道弟？"

项水田在夷陵狂生面前，向来只有主仆之分，这个兄长也是新近才认的。不想夷陵狂生不认这个身份，反而对他一阵痛骂。项水田本就性情忠厚，哪有夷陵狂生这份口才，喃喃地道："妈妈养我这恩德，终生也难报答。枣花被害，是……那唐凤吟使坏，我……我只是……"夷陵狂生高声道："你什么？你敢说跟你无关吗？"

只听一个女子声音说道："今日是巫山帮帮主就位的大好日子，你口出污言秽语，辱骂巫山帮主，所言又是诬陷不实之词。那唐凤吟恶贯满盈，自取灭亡，这是人所共知之事。他强逼大理郡主和巫山帮主做人蛊，还以你母亲做饵，这都是当日众人亲见。你的老婆明明是你私自跑去大理害死的，上次你已亲口承认，今天怎么怪到项帮主的头上？真正岂有此理!"说这话的，是段瑶瑶四大护卫之一的娟月。

娟月是枣花的师妹，当日就曾揭破夷陵狂生的身份。这话一说，夷陵狂生顿时泄了气。

夷陵狂生顿了一顿，换了一副口气，道："本人向来狂狷。既知生父是谁，也不在乎江湖上的鼠辈辱骂我的出身了。人莫不有父母，且人死无大过。今日巫山帮办大事，在下想乘此机会，去先父生前居所，行拜祭之礼，且取一二件先父所用之物，以替代其尸骨无存之憾，入土为安。这番尽人子之情的想法，总不为过吧？"

武当道长虚云摇头道："尽人子之情固是不错，人死无过这话，也有道理，只不知，那些被唐凤吟害死的江湖同道，他们的家人听了这话，是不是也能同意？"夷陵狂生道："冤有头，债有主。这小人就管不着了。如有人想找在下来报仇，尽管前来便是。"邾城派邹方斥道："大胆狂徒，竟不将武林中人放在眼里吗？"忽听一人声若洪钟的声音说道："阿弥陀佛，冤冤相报何时了？苦海无边，回头是岸。郑居士快快收起与人争斗的心思……"说这话的，是双手合十的少林寺方丈微尘。

夷陵狂生惨然道："少林方丈是有道大德，所言果然有理。但小子既是大胆狂徒，偏就不听这个理。今天就要明明白白闹一场：先父终是死在你巫山帮，我便要找你巫山帮帮主打上一架，打不过，任你处置；如我胜了，你得给我磕头谢罪，还要满足我祭拜先父的要求。"这话一说，他是挑明了要在项水田就任帮主之日，跟他比武报仇。

只听娟月冷笑道："盗亦有道。俗话说，君子报仇，十年不晚。就算要替你那十恶不赦的生父报仇，偏要挑巫山帮帮主就任的好日子吗？"

夷陵狂生干笑一声，道："巫山帮主这四个字，也好不到哪儿去。听说这位帮主贪淫好色，残害了不少良家女子，反推到先父身上。这样的好色之徒，竟然在武当道长和少林方丈手下走了十招，我原自不信。今日如果不敢跟我动手，那就磕头认输好了。"娟月斥道："倒打一耙，厚颜无耻！"

项水田一时不知如何应对这个场面，只道："我胡乱学了几天拳，本来不是你的对手。你要比画几招，就算你教我打拳好了。输了跟你磕头，那就做不到……"

只听一个清脆的女子声音从竹帘后传出："夷陵狂生，休得张狂！我已算出，你不是巫山帮主的对手。如果你不行奸使诈，必定会在二十招之内，被巫山帮主打倒。劝你还是好自为之，适可而止。"

夷陵狂生哈哈大笑，道："想必这位是巫山帮新立的神女，听说还会算命打卦。如你真有这能耐，能算出你这位如意郎君，能守住你的十年之约，不去跟那大理郡主成亲吗？你是泥菩萨过河，自身难保。先操心自己的事去吧！"

却听高瑞升对夷陵狂生道："少侠听老夫一言。当年老夫身陷万蛇窟，得你母亲搭救，并目睹你母子二人进入郑家庄，也算跟你有缘。你要祭拜生父，也属于人之常情。今日是项帮主就任的大日子，你要来考较本帮的武功，老夫自不量力，来跟你比画几招如何？"

夷陵狂生脑子转得飞快，猛然想起当日抢箫之时，娟月趁自己万念俱灰之际，以琴当剑，痛下杀手，是这位高总管出手夺箫，不动声色救了自己一命，当时想不出其中的缘故，却没想到跟这位前大理总管，还有这段旧缘。他与高瑞升在灵鸠峰交过手，知此人的武功，与自己在伯仲之间，听他这番话，心生好感。但他仍要逞口舌之快："老头儿当日是大理国的总管大人，没过几天又成了巫山帮的人，这个角色，是不是变得太快了一点？"

高瑞升哈哈笑道："老夫本就是川西人，现在加入巫山帮，也算回归中原武林。再说世事也真是变得快，少侠不也是三个月前才知，项帮主跟你实有兄弟之情的吗？"见高瑞升说话亦有机锋，他后半句"你也才得知是唐凤吟的儿子"虽然没说出口，狂生也听出他是留有余地。

夷陵狂生大声道："我与高老头在巫山道上交过手，再没有什么好比的。今日找这位项大帮主过招，摆明了就是为父报仇！你们这边是人多势众，看看是不是能生吃了我。"他故意将"项大帮主"几个字说得十分响亮，更增了嘲讽之意。

高瑞升道："少侠定要跟你这兄弟比武，自然不是跟他来比毒。记得上次跟魔教冯枭在巫山道比拼毒功，少侠并没占到便宜……"夷陵狂生道："你就让姓项的，直接给我种下巫山蛊就是了！"

高瑞升呵呵笑道："还是由老夫来做个和事佬，你们就只比二十招武功，点到为止如何？"夷陵狂生见高瑞升代为答应比武，也算正中下怀。他绝不信自己二十招内，不能将项水田打倒，正好找个台阶，眼望项水田道："就依了高总管的话，看你这巫山帮主，到底有什么能耐。"

高瑞升走到项水田身边，低声商量了几句，又走回来对夷陵狂生道："就是这样，你们两兄弟只比武功，不使毒招暗器，点到为止，也算为今日巫山帮的喜事添个彩头。如果二十招内分不出胜负，便握手言和。怎样？"狂生刚才听到神女李青萍说到自己二十招内要败给项水田，现在高瑞升又说两人只比二十招。他对项水田曾与武当掌门和少林方丈过招一事，只当是笑谈。此时他恨不得在一招之内，将项水田打个嘴啃泥，高声道："拳头不生眼睛，怎能保证点到为止？"高瑞升袖中笼着一把象须，不软不硬地道："这里少林方丈、武当掌门都是当世高人，你出手之际，应知分寸。就由你同来的这位凌云坛主负责计数吧！"微尘双手合十，点头道："阿弥陀佛，点到为止，善哉善哉！"

项水田仍是有些胆怯。只听高瑞升笑道："帮主不用担心。你这位兄弟武功跟我姓高的半斤八两，你就用九天拳，还有鹤老教你的醉鞭，跟他过过招，二十招内，绝不会输给他的。"

巫山帮主就位的石台，就在黑洞之前依势而筑，数丈见方，用作两人比武，绰绰有余。台上的坐椅撤去，二人就要比武过招。

项水田站在土台的右侧，闭上了眼，将九天拳和醉鞭的招数想了一遍。九天拳一共九招，醉鞭有十二招，如果把这两套拳的招数都使一遍，便已超过二十招。但是，毕竟从未跟狂生动过手，怎么能对付得了少东家这位大高手？一想到少东家这三个字，他就感到胆怯：这个人自小就外出拜师学拳，已成一代高手；自己才胡乱学了几天拳法，怎会是他对手？

夷陵狂生从台下身子一纵，使出"鹞子翻身"，倒跃两丈余高，空中一个转折，轻轻巧巧站在台上。要不是因他前来捣乱，台下数百帮众真要为他这利索的身姿大声喝彩。项水田看了更是惊心，这一招他就不会。凌云嘀咕一声："开始！"

夷陵狂生如幽灵般地上前，向项水田发出一招，乃是藏传密宗拳法的"九阳高照"。项水田见狂生使出无数个拳头，如同发出一阵连珠炮，匆忙应了一招"凭虚御风"。他跟"鱼划子"初学"凭虚御风"这一招,已使得狂飙突起,令船边的江水大浪翻滚。但今天这一招使出之际,四肢百骸忽然大痛起来,有如无数的针刺一般,跟着一股内力也向外急泄。项水田心内大骇:这便是绝仙蛊发作之象。没想到时间一久,绝仙蛊会在与人过招时加倍发作,令人自乱阵脚。这样一来,使出的这一招,力道发挥不到三成。虽然抵挡住了夷陵狂生暴风雨般的攻击,但还是有无数的拳头落到他前胸后背,"啪啪啪啪",如炒爆豆一般。

夷陵狂生所使这一招"九阳高照",说是一招,其实是以一口内气做支撑,将密如雨点的拳招施向对手,而出拳又根据着力穴道的不同,分为打、抓、拿、拧、点、钩、挑、刺、戳等不同着法。其时西藏称作吐蕃,夷陵狂生从一位吐蕃国的高僧学到这套拳法。他上一次在狮队抢夺竹箫时,这套密宗拳并未使过。此时一上来使出这招,别说项水田,就是久历江湖的中原武师,也是绝少见识,自然就打了项水田一个措手不及。

不过,出招之后,夷陵狂生比项水田更加心惊。他本拟在一招之内,就将这个放牛娃打得瘫倒在地,一解心头之恨;谁知对方反击的力道,如滔天巨浪。自出道以来,就算是自己的师尊,或者传授这套密宗拳的藏僧,也没有这等内力。霎时间惊出了一身冷汗。

凌云淡然无味地报出:"第一招。"

一招过后,夷陵狂生对项水田的轻视之意尽去。依着惯性,他又使出了密宗拳法的三招"五轮齐转""般若虚空"和"须弥印"。拳招的特点是刚猛狠辣,快如疾风。项水田只能看到夷陵狂生的人影,而他的拳招实在太快,全然瞧不清来去的方位,直如鬼魅一般。项水田虽然也应了九天拳的三招,但全是被动守御。他身手本就不如狂生机敏，而又天性质朴，遇到狼狈之处，不免"哎哟哎哟"地叫出声来，身上仍是"乒砰乒砰"地不断中招。在武功低微的人看来，项水田早就输了，就只差被夷陵狂生打倒在地，爬不起来。

但场上的分寸，只有比武的两人最清楚。夷陵狂生首招过后，已不再孤注一掷，而是中规中矩地出招。项水田的压力，顿时减轻。他用八分的内力应付对手的来招，拿出两分的内气应对绝仙蛊带来的刺痛，这样一来，腹痛的感觉不再那么强烈。夷陵狂生打在身上的拳招，反而落在某个穴道上减轻了他的痛感。时间一长，对狂生的怯意也渐渐退去，只觉得他的招法虽然令人眼花缭乱，但并不比微尘、虚云这样的顶尖高手难对付。

见密宗拳无法取胜，夷陵狂生立即变招，使出了学自西域的"火焰刀法"。西域吐鲁番境内有一处著名的火焰山，岩石赤红，温度极高。相传孙悟空陪唐僧西天取经，借了铁扇公主的宝扇，才将火焰扑灭，过得此山。夷陵狂生学这门功法时，就到了火焰山，经受七七四十九天高温灼烤，方才练成了这门功法。以内力运使阳刚之气，出手如刀，轻则断石削铁，重则以气驭火，发出火球火线，以火毙敌。他对付魔教的毒烟阵，用的就是"火焰刀法"。不过这门功法大耗内力，不可轻用。夷陵狂生暗想，项水田身在巫山帮，必练巫山蛊，多阴寒之气，火焰刀必是巫山蛊的克星。这时也顾不上内力损耗，右手一招火焰刀法，向项水田左肩使了出来。

与火焰刀的"刀锋"一触，项水田就感受到一股炽烈的气焰，内心更增惊惧，使出的九天拳招法，也就更加缩手缩脚。狂生的火焰刀法，有时发出火球，有时掷出一条火线，声势惊人。

有好几次，项水田出招稍迟，他的身侧就是火花四溅，台下的帮众情不自禁地发出阵阵惊呼。眼看项水田只有招架之功，毫无还手之力，远不是夷陵狂生的对手，大多数帮众替他担心：只怕用不了二十招，他就会被打倒在地。

随着凌云冷颜冷面的计数声，巫山帮众听到了"第十招"，"第十一招"！项水田的九天拳招数几乎用尽，"羽化登仙"这招逃命的招数，也重复了几次。现在用的是醉鞭招法，身子东倒西歪，一副随时就会倒下的样子，台下的惊叫声更加频繁。

十几招过后，项水田发现，这火焰刀虽然是巫山蛊毒的克星，却带来了一个意外之喜，随着他身周火星迸发，腹内隐痛渐去，想来那绝仙蛊是天下至阴至毒之物，而火焰刀至阳至刚，两者相克。这下除了他一个顾虑，不用再花心思克制腹痛和内力外泄，项水田精神一振，反而愈战愈勇。

在微尘、虚云二人看来，夷陵狂生的密踪拳和火焰刀，虽然已经算得上第一流的功夫，但是毕竟尚欠火候。在两位武林宗师眼中，狂生的功夫稀松平常。倒是项水田的九天拳，在项水田上次使出之前，江湖上从未见过。二人在灵鸠峰的广场上都跟项水田交过手，这次他使出的九天拳，虽然笨拙，但招式却精妙绝伦，而此人年纪轻轻，内力却大得惊人。尤其是武当道长虚云，上次便已看出九天拳与他的武当拳大有渊源，有些招数更加简洁明快，值得借鉴。上次他身在局中，未能细细品味，这一次他旁观者清，对九天拳更看得如醉如痴。只不过，项水田这次所使的九天拳，比起上次，反而略显生疏，内力也有不足。有好几招，只要项水田出招稍加稳健，内心再强一分，便能反败为胜，将夷陵狂生打倒。他不知是项水田受到绝仙蛊困扰之故，眼见今日二女争夫的场面，还以为项水田最近沉溺儿女情长之中，以致荒废了武学，不禁连连摇头："情之一关，误了多少英雄好汉！"

高瑞升看了狂生的武功，汗水涔涔而下。他此前自认武功与狂生不相上下，现在看来，以广博而言，狂生远超于他。只不过此人内力有限，要不然自己绝不是他对手。

只听凌云不紧不慢地数出了"第十六招"。

夷陵狂生再度变招。他不再使火焰刀，只将头往项水田胸前撞去，两只手直取项水田双耳。这一招其实大为冒险，在出招之前，就已经将自己的脑袋送进了对手的圈子，就算后着再狠，毕竟甘冒大险，实在是同归于尽的打法。忽听台下巫山帮众齐声喝彩。项水田脸现迷惘，不知帮众为何喝彩，只得使九天拳的"羽化登仙"避开。

夷陵狂生手上一停，道："你知我刚才这招叫什么？"项水田口中喘气，道："不知。"只听台下巫山帮众大叫出声："饿马摇铃。"夷陵狂生大声嘲讽："身为巫山帮主，竟然不知巫山拳！"原来巫山帮以蛊毒驰名中原武林，毕竟也有本门的武功，只不过招法平常，武林同道提起巫山蛊谈虎色变，谁也没将巫山拳放在眼里。但作为巫山帮众，入门第一天便得学巫山拳法。项水田只是被唐凤吟抓来炼蛊的，哪有机会学本门武功？广场大战之时，他是以九天拳大战中原群雄。此后，项水田做了名副其实的帮主，他的九天拳远远胜过了巫山拳，帮众之中，谁也没有跟他提过本帮这套毫不起眼的拳法。

项水田听了这话，不禁脸上发烧。

夷陵狂生已不再理会凌云数招计数，仍是手中一边比画，口中一边念叨："这一招是'悬羊击鼓'，这一招叫'鸣蝉脱壳'，都是巫山拳法……"似乎已不在意是否能将项水田打败，而是要对他大加折辱，让他出乖露丑。

只听夷陵狂生说到这一招是"壁虎断尾"，凌云也数到了"第二十招"之数。项水田正在全神贯注化解他往自己后背的一击。

忽听夷陵狂生大叫一声"罢了"，并举起右手往自己小腹中插去。项水田常患腹痛，以为狂生也有此病，不知是计，只是一愣。却见夷陵狂生身子纵起，往台后的竹帘跃去，道："我看看巫山帮的神女是什么模样……"如果他将竹帘扯开，神女必定在众人面前露面，形同受辱。项水田急忙跃起，想从后面抓住夷陵狂生，阻止他将竹帘揭开。

但夷陵狂生忽地从空中转身，倒纵回来，对准项水田敞开的胸腹，重击一掌，拳中带钩，就此将他腹中大巨穴封住。项水田没法变招，要穴被制，"砰"的一声，重重摔倒在地。

夷陵狂生这一招侥幸取胜，用了自伤和滋扰神女这两个骗招，赌的是项水田天性单纯，知他必然来救神女，以至门户大开。

全场一阵沉默。虚云摇头道："果然是靠使诈取胜！"娟月道："项帮主，你的好心被人利用，这下知道什么叫奸诈小人了吧！"

夷陵狂生大声申辩："什么叫使诈取胜？这不过是声东击西，略施小技。本人一不使毒，二没使暗器，用巫山拳法打败巫山帮主，哪一点不光明正大了？"

项水田略一运气，将穴道冲开，爬起身来，站直了身子，道："输了就是输了。我这点功夫，哪能跟少……"他一时不知是说少东家还是说兄长……便在这时，他忽然感到腹中隐隐作痛，不知是刚才被击的余痛，还是绝仙蛊隐隐发作。他心中顿时一阵不安，眉头微皱。此时在众人面前不得不强自忍耐。

虚云看出他脸上神色有异，道："项帮主运一运气，看看内力是否受损。"项水田道："多谢道长，不碍事！"

只听夷陵狂生道："本人既然得胜，你磕头谢罪就不必了，请允许我到先父住室一观。"

项水田只得答应，并叫来帮中掌管房舍之人，去为夷陵狂生开门。只见那人来到台上，竟然结结巴巴地道："那唐……唐教主的房间，有些古怪，除非……"项水田道："除非什么？"那人道："除非大伙儿同去，否则小人不敢独自前往。"项水田想起，上次去清理唐凤吟住所时，这人就畏畏缩缩的，想是唐凤吟手段毒辣，就算死了，他那房间也是阴森森的，看着叫人害怕。那一次，几个人只是草草将唐凤吟房中之物做了清理，便匆匆离开，再也没人去那个房间了。

项水田对夷陵狂生道："那里就是一间空房子，还是我带你去吧！"说着当先而行。只听高瑞升道："帮主，请少林方丈、武当道长两位有道大德一同前往，可以做个见证。"微尘举手道："阿弥陀佛，唐教主是一代宗师，参访一下他的居室，也是无妨。"项水田自然同意。这样，项水田和那管房帮众，加上蒋长老和副帮主樊铁柱、微尘和虚云，最后是夷陵狂生和凌云，一共八人，齐去看房。

一行人下了土台，到右边的石屋，经过一个长长的甬道，来到石屋的尽头，便是唐凤吟的居室。

甬道中黑乎乎的，只见到甬道尽头的一丝光亮。空气也不流通，令人烦闷，有如进入墓道的那种窒息感。众人一言不发，只能听到杂沓的脚步声。好不容易走到唐凤吟的居室门口，那帮众将门锁打开，便退到一边。

夷陵狂生当先走进房中。只见石舍并不宽大，地上已有积尘，房中只有一床一桌一椅，四壁萧然。

夷陵狂生在房中呆立半晌。忽然，他将视线移向书桌所在的房顶。众人顺着他的视线看去，只见房顶的石块略有凸起，似无异状。

夷陵狂生纵身一跃，手已触顶。"啪"的一声，他将那块突起的石块打碎，碎石掉落，石屑纷飞。屋顶露出一个小洞。

夷陵狂生落下地来，手中抓着一物。

夷陵狂生将手掌摊开，露出一块鹅卵绿玉，晶莹碧绿，正面刻着四行镏金小楷："武落钟离山，天龙吐仙丹。若得瑶光顾，飞焰照金山。"字迹已经泛黄，一看便知是久远之物。项水田也认出了这四行字，意思却不甚明白。

第二章 青玉案

词曰:

奇书更著天龙舞。照飞焰、金山处。一叶兰舟横野渡,洞惊蛇鼠,危岩怒鹜,赤手奔貔虎。

乱花迷眼思留驻,轻雾茫茫失汀渚。欲问龙宫深几许,平生难敌,恶灵黑罟,吟啸呼良侣。

谁也没有想到,唐凤吟的居室房顶,竟然藏着这块绿玉。

夷陵狂生道:"此物既在先父室中,自是先父的物什。你等没发现,现在由我找出,也算我替先父取出。现埋入地下,让先父入土为安。"

巫山帮副帮主樊铁柱是从桐木分堂堂主升任,对巫山帮的历代迁延和诸般掌故甚是熟悉,这时见项水田对夷陵狂生的话无从应对,便道:"玉石虽然是在唐教主居室发现的,但石屋是巫山帮前任帮主建的,怎知不是本帮放入此处秘藏,连唐教主也不知?不然他去世之前,为何并未取出?再说,从这四句话的内容也能看出，所指的纯属巫山帮的事：武落钟离山，是本帮祖庭所在地；天龙吐仙丹，当是炼蛊之法。后面两句，也无非是炼蛊之象，或者是功德圆满的意思。由此可见，此物属于巫山帮无疑。少侠不可将敝帮的物什，误认为唐教主五梅教之物；一旦错认，唐教主泉下有知，张冠李戴，反为不美！"

虚云听了这话连连摇头，道："这话说得有理，少侠将此物归还巫山帮才是。"夷陵狂生看了项水田一眼，道："谁说这是巫山帮之物？武落钟离山虽说是巫山帮祖庭，但已遭废弃。'天龙吐仙丹'一句，可别忘了，五梅教的口诀'夺魂三香五仙丹，七尸脑神摧心肝'，摆明了这句话指的是五梅教的五仙丹。后面两句，'若得瑶光顾，飞焰照金山'，跟巫山帮有什么关系？现在此物既在我手里，谁也别想强拿了去！"

项水田是头一次听说武落钟离山，这座山在什么地方，为什么是巫山帮的祖庭，他全然不知。这时见狂生强词夺理，道："这四句的头一句既说的是武落钟离山，后面三句自然都是指在这座山上发生的事。既然这山是巫山帮的祖庭，不是魔教的祖庭，那这块绿玉……就应当属于巫山帮了。"微尘点头道："阿弥陀佛，项帮主这话大有道理。"

夷陵狂生冷笑一声，道："老方丈，晚生倒要请教。'身是菩提树，心如明镜台。时时勤拂拭，勿使惹尘埃。'这四句偈语是前后连贯的吧？"微尘一听，大为赞叹："阿弥陀佛，善哉善哉！居士所说的这四句偈语，乃是本教禅宗北宗一派的开山祖神秀所书，强调'时时勤拂拭'，主张'拂尘看净'，前后意思贯穿，由此开了渐修一派……"夷陵狂生不等他说完，道："'菩提本无树，明镜亦非台。本来无一物，何处惹尘埃。'这四句呢？"微尘大声道:"阿弥陀佛,这四句是六祖慧能所作,是对前四句的修正,开了另一层境界,强调见性成佛,开了顿悟一派……"

夷陵狂生对项水田道:"听明白了吗?学佛有渐悟顿悟,也能前后意思相反;写诗也讲究起承转合。你这人什么也不懂。谁说前一句是武落钟离山,绿玉就是巫山帮的了?"项水田对他所说的佛教偈语和什么写诗的道理,也是全然不懂,受他这顿抢白,又是无言以对。

微尘高宣佛号,道:"万法在自性。思量一切恶事,即行于恶;思量一切善事,便修于善。从迷到悟,仅在一念之间。奉劝居士一言……"

夷陵狂生冷笑道:"晚生不是佛门弟子,老方丈就不要在这儿念经了。先父之物到手,恕不奉陪……"说着就要离开。

副帮主樊铁柱右手一伸,向夷陵狂生使出一招鹰爪手,道:"拿来吧!"想将绿玉抢回。魔教坛主凌云早有防备,从旁与樊铁柱对了一掌。樊铁柱手臂酸麻,脸上变色。项水田待要出招,狂生早已侧身扑向窗口,撞断窗格,与凌云一前一后,从窗中鱼贯而出。微尘、虚云以为这是巫山帮和五梅教之间的事,不便出手,眼睁睁看着二人逃离石屋,在山石上几个起落,瞬间就消失在山林之中了。

送走微尘、虚云等武林来宾之后,项水田跟樊铁柱及现有的五位长老,讨论绿玉的事。长老夏轩举道:"老朽听我师父说过,似乎本派的祖庭……南宗曾有这块绿玉,但不知这四句话的确切含义!而且这块玉石,好像跟本帮北迁有关系……"项水田道:"小可实在什么也不懂。想请教各位前辈,为什么本帮的祖庭原来是在武落钟离山,这座山在哪里?又为何迁到了这里?"长老蒋尚廉道："帮主不必过谦。武落钟离山距此有数百里远。出三峡后，右岸有一条清江汇入长江，沿着清江往上游走上百里，就是武落钟离山。这是巴族人的发源地，也是巫山帮的祖庭。老朽听师父说，本帮从武落钟离山祖庭迁到这里，已有上百年的光景。迁到灵鸠峰后，祖庭那边就称为南宗，这边称北宗。后来南宗消失，我们也没北宗的称谓了。为何迁到这里？有说是因为避祸，也有说是帮中自乱造成的。但老朽想来，可能与炼蛊一事最有关系。那千年巴蛇最初可能在武落钟离山中的黑洞吐丹，后来却来到这里的灵鸠峰吐丹。本帮以炼蛊为立帮之本，自然是要到这里来的。不过，老朽又听说，似乎本帮当年确曾发生过一件大事，迁到这里，多半与这件大事有关。至于是什么事，我的师父也没告诉我，老朽也就不知道了。再晚一辈的人，不知本帮的祖庭在武落钟离山，也就毫不稀奇了。"

大伙参详了一回绿玉，有人说那是本帮古物，可能当年迁到这边时，就在造石屋时放在此处，也有人说可能是唐凤吟从别处搜罗，密置于此。长老郑良金道："本帮蛊药江湖扬威，甚至异族也有非分之想，但也有一个弱点，就是至今没找到任何一种解药。而江湖中的魔教、百药门、五毒门等门派，使毒均有解药。这四句话中的后两句'若得瑶光顾，飞焰照金山'可能与解药有关……"

"若说这两句关系到解药，那只有到武落钟离山去找了。飞焰照金山，那不是说藏着一座金山吗？这下可好了，还能发大财。"众人哄笑声中，另一位陈长老道："这可不是什么好事儿。不几天，绿玉上这四句话必定传遍江湖，不知有多少人会奔去武落钟离山寻宝呢！"还有人说，现在突然出现这四句话，不知原来的"巫山蛊，七孔箫，神女会天骄"这句传言，跟后面这四句是不是有关。就算七孔箫三字其实是七孔啸之误，那"神女会天骄"五字，又作何解？一时议论纷纷，莫衷一是。

一提到解药，项水田腹中又是隐隐作痛。以前知蛊毒无解，只能走一步看一步，听天由命。现在，绿玉上的四句话带来了希望，也为他的人生带来了一丝光亮。最后大伙一致认为，这块玉石终是本帮之物，不应落入狂生手里，应当找他索回。而当务之急，是派人前往武落钟离山祖庭一趟，去追寻那四句话的含义。本来是由副帮主樊铁柱带一位堂主前去，最终项水田提出，还是由他本人前去，高瑞升和堂主谭明同行。副帮主樊铁柱及诸位长老，在帮中主持帮务。

项水田已是百毒不侵，武功在帮中也是最高，加上高瑞升久历江湖，那杉木堂主谭明也精明能干，众人都无异议。

项水田来到李青萍的神女座室。帮中神女只在本帮特定的时日，接受帮众的集体敬拜；平时有专门的仆妇照顾神女的起居。见是帮主前来，那女仆忙去通报李青萍。不一会儿，项水田来到里间，隔着竹帘与李青萍相见。

李青萍道："帮主驾临，有何见教？"项水田叹了一口气，道："我哪里想做这个什么帮主？真不如回去放牛。"李青萍道："小女子不知帮主已有婚配，冒昧发出婚帖，现在请予以归还……"项水田道："神女的婚帖，发就发了，怎么能收回？我不会还你的。不过，我身上中了这个绝仙蛊，也不知能不能活过今年……"李青萍道："帮主吉人天相，一定会逢凶化吉、大吉大利的！"又道，"你不还我婚帖，那……段郡主怎么办？她可是跟你拜了天地呀！"

项水田道："我也活不了几天，现在又是兵荒马乱的，我也配不上她……"李青萍道："你配得上的，你人最好了，连武当道长都夸你是少年英侠，怎么配不上她了？谁都配得上……"项水田又道："我听人说，匈奴未灭，何以家为？现在兵荒马乱的，帮里的事儿我都应付不了，哪有心思婚配？我今天也是来跟你道个别。可能你也听说了，那夷陵狂生从唐凤吟的居室找到一块绿玉，上面有四句话。我跟副帮主及长老商议，要去一趟武落钟离山祖庭，查查这四句话是什么意思，也为本帮寻找解药。你知未来吉凶，你就帮我算一算，此去吉凶如何？"

李青萍听项水田说出"匈奴未灭，何以家为"这话，喜道："帮主越发长进了。"见他问此行吉凶，低声道，"我替你向瑶光祖师求恳过了，只是……"声若蚊鸣。项水田道："你说什么？我没听清楚。"她知道项水田此行必有劫难，也无力阻止他前行，笑道："我早算好了，帮主此去虽有凶险，最终必定灾祸全消，功德圆满。"项水田喜道："是吗？真能解开这四句话的含义？也能找到绝情蛊的解药？""算卦只能算个大概，却不能说得那么具体。否则就泄露天机，也折损了自身的福分。你一切都要小心在意，我天天为你祷告，求天神保佑你，消灾避祸，逢凶化吉。"

项水田想到既收了她的婚帖，也算未来的丈夫了。见她当了神女隔帘而坐，跟外人无异，忽然顽皮起来，道："你说我能逢凶化吉，那你自己算算，你跟我的婚姻，十年后能够修成正果吗？"李青萍脸上一红，道："算人命者不可自算其命，当局者迷，就是这个意思。我自己的命，是算不清楚的，我也不敢算，不愿意算。所以呢，只有为别人算，遇大事而算，做公德行好事而算，指迷津救弱小而算，就不为自己算了。"项水田笑道："婚姻大事，也是大事，怎么不能算？""我自己的事，就不能算了。就是算了，也不能告诉你。你快走吧，免得人家说你这个帮主没规矩……"

项水田回到项家坝老屋，先跟他母亲说了些话。陈氏也知他跟两女的纠葛，她自己就是前任的神女，自是同情李青萍。可是，人家段瑶瑶是金枝玉叶的郡主，又是给她家重建祖屋，又是陪着她住，简直等同儿媳妇进了门。她是两边为难，只好先等等看。

忽见段瑶瑶走了进来，道："帮主回祖屋了？还有你那帮主夫人，怎不带回来呢？"项水田道："段郡主又来消遣我了。我这人脑子不灵光，遇到难事儿就认死理。他们要我做这帮主，我也推不掉，现在又收了婚帖，如若退还了她，那她这神女也做不成了……哎，再说了，我身上这绝仙蛊，也不知能不能活到那一天……"段瑶瑶看了陈氏一眼，道："在你母亲面前，怎能说这样的话？你跟我拜过堂了，怎不告诉她？"项水田道："你一个堂堂郡主，何必要嫁我这么个放牛娃？你什么都比我强，你读书认字，见过那么大的世面，我处处不如你，怎敢做你的丈夫？"

段瑶瑶扑哧一笑，道："我现在不就是腊梅了吗？我哪里比你强了？你现在是巫山帮主，我不当郡主了，也不回大理，住在项家坝，是个被抛弃的小女子，有什么比你强的？"项水田道："你琴棋书画什么都会，你武功也高，智计也强，我配不上你……""可别说配不上我了，现在是人人都知我跟你拜过了天地，却被你抛弃。我哪里还能嫁人了？只能生是你项家的人，死是你项家的鬼了……"项水田道："我说不过你，我总是做错事……""别说谁对谁错的。你这多天都没有回到项家坝，应该陪着母亲，好好说说话儿。"

段瑶瑶听他说到蛊毒未解，心早软下来，道："没想到绝仙蛊的毒，有这么厉害。偏生你帮里事务繁重，怎生想个办法，把身上的蛊毒去掉……"项水田道："是啊，我哪里是做帮主的料哇，真不如将这个巫山帮主交给你来做，只不过太委屈你了，大材小用……""又来胡说了。谁都知道我曾经是个大理郡主，怎么做得了巫山帮主？你做这个帮主，才是恰如其分。嗯，我就待在这项家老屋里，谁也不能将我赶走。就算十年之后，你娶了那帮中神女为妻，我还是要在这个项家祖屋里，陪着你的母亲……"

项水田听了这话，在地上直顿足，道："我就是个糊涂虫！你待我这么好，我，我却辜负了你……算了，我不去做什么劳什子的巫山帮主了，我回项家村放牛……"段瑶瑶叹了一口气，道："别说傻话了，倒像我逼你似的。"

听她说到这里，项水田急忙转过话头，道："我要去一趟武落钟离山祖庭，来跟我娘道个别。另外，我想请你同去。你主意也好，武功又高，只有你去了，事儿才办得成……"说着将跟狂生比武、被抢走绿玉，以及去巫山祖庭等事，约略说了。

段瑶瑶脸上一红，道："你现在已是李姑娘订过婚的丈夫，我跟你同行，算什么呢？"项水田叹了一口气，道："那怎么办？我有几斤几两，你还不清楚吗？就这么来求你了，你要不去，或者是生我的气，那也由得你了。"段瑶瑶道："唉，你先回帮中去吧。我先好好想一想，看看有什么万全之策。"

八月二十六这天，秋高气爽，项水田一行出发，前往武落钟离山。除了高瑞升和杉木堂主谭明，另外有一位船家出身的帮众，负责驾船。三个人扮成牛贩子，也不需帮中送行。行前到了神女堂跪拜神女，祈求保佑此行顺利。李青萍在竹帘后默然受拜。四人离了神女堂后，悄悄来到大宁河边，坐上乌篷船，将要顺流东下。

正要解缆出发，项水田道："再等一等。"站在船头往项家坝的方向张望，又跳下去，一再往那边望过去。那谭明正要问"还要等谁"，高瑞升摇摇手制止了他，他知道项水田是想等段瑶瑶，希望她能一同前去。

眼看那边毫无动静，项水田失望地道："看来她不会来了，我们走吧。"解缆下船。离岸三尺，忽听远处有人喊道："项帮主等一等！"项水田又惊又喜，钻出船篷一看，却是李青萍身边的那位仆妇，从灵鸠峰跑过来，手中拿着一个巴掌大小的布袋，递到项水田手中，道："神女送给帮主这个，说是遇到危难，可打开一观，或许有助脱困。"项水田知李青萍有卜算之能，既给了这个布囊，一定能用上，便连声称谢，郑重将布袋收下，放入贴身衣袋。布袋入手，发出一股幽香，看来袋中含有香料，项水田感到一阵温暖。

乌篷船出大宁河，进长江，再溯清江而上，不一日，便已到了长阳花坪镇，距武落钟离山只差几十里水路了。

便在这时，忽见前边一条大船横江而立，船上一张黑色大旗，大书"清风山"三个金字。那船分两层，船楼装饰华丽。那大船前停着许多小船，也有几只船身稍大。那些船只全被这只大船堵住，无法前行，因此伴随着许多人的吵嚷之声。

只见那大船上有一人穿着开襟大褂，大声道："不用吵了，没有清风山的准许，谁也不可前去武落钟离山！"右首小船上一个黑衣汉子叫道："武落钟离山是巫山帮的祖庭，我等不过借条路走，你清风山凭什么不让我们过去……"大船上那人道："你伏牛派的人不去帮着打金国人，也来赶这个热闹。武落钟离山虽是巫山祖庭，但武林中谁不知晓，这八百里清江上下，是我清风山说了算？别说是水路，就是旱路，没有清风山同意，也别想飞过去。"其余小船上的人纷纷叫嚷着让道，有的说有福同享，有的说一同沾光；有的晓之以理，有的动之以情；有人苦苦恳求，有人高声叫骂。

坐船靠近那些小船后，项水田等三人走上船头。高瑞升向大船上一望，刚才说话的那人，正是清风山寨主铁牌手向松，三十年前跟高瑞升打过交道。向松身边一左一右立着两人，右边一人紫脸膛上有疤，手提双钩，是清风山三头领、虎头双钩黄百川，上次在巫山道上见过。向松左边那白白净净的人，当是山寨二头领玉面阎罗巴通权。高瑞升见清风山三个头领尽出，足见对今日之事的重视。其时夕阳西下，残阳照在三人脸上，更显得面目狰狞。

忽听有人道："向寨主，如果巫山帮的人来这里，你也敢挡住他们吗？"这话一问，众人全都静了下来，要听向松作何回答。

向松略一沉吟，道："不瞒众位，清风山在此，就是专等巫山帮的人前来。"有人道："那地方虽说是巫山帮的祖庭，但巫山帮百多年没人管了，你清风山不让众人过去，原以为只想独吞好处，却原来是专等巫山帮的人。巫山帮的人去得，我等就去不得？"

向松道："这位是铁锄帮的梁帮主吧？我听人说，那四句话，大抵是巫山帮的炼蛊口诀，你铁锄帮虽然炼毒，该不会学着巫山帮炼蛊吧？不然你真的相信那里有座金山？"

这话一说，小船上的人都大声起哄。有人道："是不是炼蛊的口诀，只有去了才知道，你干吗不让我们去？"有人道："你故意说只是炼蛊的口诀，没有金山，分明是骗人，把我们当傻瓜，好跟巫山帮分那座金山！""见财有份，先到先得。巫山帮既没有来，你干吗怕巫山帮？""是啊，听说巫山帮主郑安邦贪淫好色，受那魔教的控制，也不是什么好人……"

向松接过那最后一人的话头，道："你这话要在几个月之前说出来，我也无话可说。但是，神女节那天，那郑帮主以一人之力，连败江湖上的名门正派，连武当道长、少林方丈，都跟郑帮主交手数十招，此人身怀绝技，并非无能之辈。当日既得巫山蛊，又除了魔教教主唐凤吟。前几天帮主就位时，新立的帮中神女和那大理郡主，叫作什么风月蝴蝶的，都要给他做老婆，两个人争得不可开交。郑帮主实是一个了不起的人物……"

众人发出一阵哄笑。有人道："传言的事，作不得准。这人大战中原武林之事，想必寨主跟大伙一样，当日并未亲见，多半是这小子使了蛊毒，才教训了那些狗屁名门正派的人。听说你清风山的好汉，上次还差点抢了那风月蝴蝶，来做压寨夫人，现在反而怕了那小子？"

只听向松对那人道："长江后浪推前浪，这人并非浪得虚名。不瞒各位说，前几日郑帮主就位之时，山寨本来是想前去祝贺一番，只是因为上次巫山道上的事儿，没好意思去。听说那大理郡主带来的武师，也全都入了巫山帮，大理郡主有可能变成帮主夫人，以后，什么风月蝴蝶、压寨夫人，再也不可乱说。这位郑帮主可不好惹。刚才大伙都听到了，姓向的可没说半句对不住郑帮主的话……"那人听了这话，仍然嘴硬："你清风山怕他，我却不怕……"

项水田听着这些人对话，没想到还是称他原来的名号郑安邦。狂生找到玉石后，果然引来众人前来寻宝。他与那清风寨主向松并不相识，这时并不想去跟向松相见。三人低声商议几句，打算先不动声色，再见机行事。

忽听大船上有人叫道："不好了，有人凿船!"跟着听到水下发出"咚咚"之声。又有人喊道："铁锚剪断了，大船要漂过来了，快让开!"原来众人跟向松这番吵闹间隙，有人趁夜色凿船剪链。清风山的大船进水打横，乱作一团，再也挡不住这些小船了。正是船小好掉头，那些小船一看江面已有空隙，便见缝插针，转舵冲出，一个个划得飞快。项水田所坐的乌篷船，也跟着这些小船，逆流而上，不到两个时辰，便到达了武落钟离山。

所有船只，都在一个小岛上靠岸。有人嚷着这个岛名叫白虎岛，巫山帮红黑二洞，就在这个岛上。数十人黑压压地往岛上走去，项水田等四人随着众人前行。早有人点起火把，急步向前。火光照耀下，见这小岛上有数座山峰，峰峦叠翠，树木葱茏，与巫山总坛的灵鸠峰无异，只是山中似无人烟。

有人道："前面就是红黑二洞!"项水田心想："没想到这里也有红黑二洞。"他四人跟在人群后面，走到几十丈高的半山腰，停了下来，果然见到 红 黑两个穴洞。 看之下，不禁大失所望。原来这两个洞浅得很，也小得多，相隔不过数丈，每个洞都只有三四丈见方，前面的人已走到尽头，后面的人还没有进洞。每洞都只能容下几十个人。

有人带了铁锄斧头之类的工具，在洞中敲敲打打。更多的人只有负手观看，也有人席地而坐。不久，众人便知这红黑二洞里不会有什么发现。

有人道："武落钟离山，天龙吐仙丹。那便是说，只有武落钟离山这里，才是炼蛊正宗之地。"另一人道："第二句天龙吐仙丹，是说这里有天龙吐出仙丹了？"先一人道："故老相传，天龙就是这里的巴蛇了。巴蛇很大，能吞下大象，所以巴人便尊称巴蛇是天龙。仙丹，实际上就是巫山蛊，这是巫山至宝，当然就是仙丹了。"另一人道："哦，那就是说，武落钟离山这里，有巴蛇炼蛊。那为何巫山帮却抛弃这儿，跑到了灵鸠峰，听说这次已有巴蛇吐了蛊出来了。"先一人道："巫山帮为何离开祖庭，这你要问巫山帮去。他们这次有巴蛇炼蛊，是否是正宗的巫山蛊，那也难说。"另一人道："依你看，那'若得瑶光顾，飞焰照金山'两句，又是什么意思？"先一人道："'若得瑶光顾'，瑶，就是有光的宝玉，自然就是那块绿玉了，拿到这块宝玉，自然就能在宝光指引之下，找到那座金山了！"一个沙哑的嗓门道："听说那块宝玉，是夷陵狂生在巫山帮唐凤吟的住室中找到的……要得到这块绿玉，只怕不易。"先一人道："有没有那块宝石，金山总还在这里。只不过，'飞焰照金山'，那是说，有火焰照着，金山就看得更清楚。要不然，我等怎么会抢先一步，来这里寻宝？"

一个苍老的声音嘿嘿笑道："老夫听说，瑶光是指北斗七星中位于斗柄的那颗星宿，它是主管杀伐征战和算卦之事的神仙，这句是说只有这位神仙来光顾，才能找到那座金山。所以啊，没有神仙的光顾，大伙只有在这儿白忙乎。"说完叹了一口气。

大部分人是头次听到瑶光星的名字，只觉得这老者的说法十分新鲜。但随即想到，如果真要等神仙的光顾，才能见到金山，那大伙不是白来了一趟？果然，只听坚持瑶光是指宝石的那人道："'瑶光顾'，自然是指宝玉的光芒，怎么可能扯到那么远，到了北斗七星的神仙头上？"那沙哑嗓音的男人附和道："是啊，神仙之事，终究虚妄，还是大伙先在这里找一找，碰碰运气也好。"又有人道："也许宝石和神仙的说法都不对，这话不过是炼蛊中的种种异相，你们这些人既不炼蛊，如何解得了这句传言？还扯到金子头上……"立刻有人反驳："你说是炼蛊之象，是怎么个异象法？分明是想欺骗大伙，独吞金山！"这么一说，在洞中东敲西打的人，越发多了。

听着这些人的议论，项水田觉得这些人倒也是异想天开。他与高、谭二人低声商议，还是觉得这四句话跟炼蛊的关系更大。只不过，巫山祖庭红黑二洞，空间实在太小，难于炼蛊；至于在这些人的闹腾之下，要找什么解药，也是白搭。只能等天明之后，再另找线索。四人在洞中找了个靠洞壁的位置，和衣而睡。那些在洞中敲打的人，忙乎了大半夜，除了将洞壁敲得坑坑洼洼以外，更没找到什么暗门，通往臆想中的内洞。

第二天，天刚破晓，项水田刚睁开眼睛，便见到许多人已走到洞外，往岛上找寻答案了。他四人走到洞外，天已大亮，终于看清周遭环境。但见这里山作青螺，水成绸带。原来武落钟离山便是在清江开阔之处，环立着的五座山峰。众人身处的这座小岛，就是其中一座山峰。沿着红黑二洞的山脊再上去数百米，几片巨石壁立而起，如刀刻斧削，山顶秃岩，寸草不生，那秃岩竟然像一条巨蛇，对着天空张开了口，看上去十分狰狞，与山腰上茂密的树林相比，格外显眼。

"走！往白虎岩看看去。"几个人走过他们身边，往山顶走去，原来这形似蛇口的巨岩，叫作白虎岩。谭明对项水田道："听当地巴人说过，走近山顶的石岩，正面看去，石岩更像一尊天然石虎，昂头向上，似乎在伸颈长啸，就要飞升而去了。"

项水田也听人说过，巴人的先祖廪君死后，化为白虎升天而去，后来巴人就把白虎尊为保护神。四人也跟着那几个人，沿小径攀上岩顶，来到巨岩面前。只见岩边一座庙宇，陈旧破败，匾书"廪君殿"三字，模糊黯淡。岩顶已有十几人沿着光秃的岩石敲敲打打，也有数人进入庙中东张西望。有一人对着廪君神像匍匐在地，口中念念有词："求神灵保佑，我在此找到金山……"项水田等四人进入庙中，恭恭敬敬地对着廪君神像磕头致敬。

出了庙门，四人来到巨岩面前，更觉石壁粗糙坚硬，难以攀援。石壁周围的地面，连蜘蛛、蜈蚣这类常见的毒虫，都没看到一只，这里自然也难于炼蛊。有人费了老大的力气，借助绳索攀到了岩顶的虎口边缘，向内看去，也不过是光秃秃的石壁；石壁底部一丈见方，高低不平，就算是藏着金子，要取出来也是千难万难。只得退下了岩顶。

忽听山下江面有人大声吆喝："山上众人听着：巴州刺史姚大人有令，武落钟离山现为官方禁地，限尔等速速离去，不得逗留；有违令者，视同叛匪，官军进剿，严惩不贷！"众人从山顶看去，只见江面上开过来一艘官船，船两边竖着"回避""肃静"的大牌子，一张黄边黑底的旗上，绣着"刺史姚某"的猩红色字样。船上坐满了手执刀剑的官兵。喊话的人头戴官帽，站在船头。

只听山顶众人纷纷叫骂："你奶奶的，听说有金子，官家便来伸手！什么官方禁地，老子偏偏不走！""平日里贪惯了，见到油水就想捞。有本事跟金国人打仗去，跑到清江里来耍什么横？"一个粗豪的声音对着官船叫道："你奶奶的什么狗屁官儿，这里明明是巫山祖庭，什么时候成了官家禁地？"话音刚落，树林中传出一阵哄笑。

那官儿叫道："好哇，哪里来的大胆孟贼，看来是要造反作乱，我堂堂官军，定将剿灭尔等，大军到处，玉石俱焚，尔等叛贼，尽成齑粉。奉劝尔等尽速投降，或可有自新之路……"

那粗豪的声音道："放你奶奶的臭狗屁！老子偏偏不离开这里，狗官听明白了，老子行不改名，坐不改姓，清风山大当家向松的便是！老子生来便跟你官家作对，今日专要捉你这些奴才，宰了下酒。"众人一听，这人明明不是向松，却故意冒了向松之名，大骂那军官，自然觉得解气，哄笑之声更大了。向松是清风山寨主，官府如何不知？何曾剿灭过？只不过听人密报，说是一伙乌合之众，前来巫山祖庭掘金，这才大张旗鼓而来。如果真的是清风山的盗伙，官军反而避之唯恐不及。

果然听说向松之名，那军官气焰大减，道："是清风山的向寨主吗？怎不见你旗号？何必与官军作对？劝你弃暗投明，报效国家，皇恩浩荡，必有福报……"

忽然，那官船的第二层舱门打开，连舱顶也全部揭去，舱两边伏着二十几个弓箭手，竟一齐向山上射出了箭羽。更奇的是，这些箭羽，全都带着火苗，射到山上，便点燃了树枝，如同放火烧山一般。跟着舱顶露出的一个弩炮机，向山上发出一颗火炮。那火炮包以铁壳，如火球一般，发出后在山腰发出"轰隆"一声巨响，数尺以内的树木尽数摧毁，跟着起火燃烧，比带火弓箭的威力，又大得多了。

山上众人没有想到，这种本来应当在前线用于抗金的火器，竟然被带到这里对付山上的众人。这些武林豪客都只会拳脚功夫，弓箭最多也只是带毒，绝无行军打仗的火器，这时突遭官军火器攻击，自是有些措手不及。众人一边向后山撤退，一边怒骂官军无耻。

　　那军官从船头向船舱中大笑道："姚大人，'若得瑶光顾，飞焰照金山'这句话中的瑶字，只怕该写成大人的姚字了，大人今日用这火攻之法，将这伙蟊贼，连同这些树林烧去，正好绘出'飞焰照金山'的胜景！"舱内那姚刺史听了也是得意忘形，哈哈大笑。

　　眼看越来越多的树枝被点燃，此时刚好又吹东北风，风助火威，山上火势越来越大。项水田等四人也跟着众人，往火炮射不到的后山奔了过去。

　　行近山脚，已能见到后山岸边的江水了。大伙正感到松了一口气，忽听前面有人大叫："起火了，起火了！"奔到前面的人又纷纷退上山腰，原来岸边的树丛全都被点燃，后山的退路也被堵死了。

　　有人正在痛骂官军歹毒，却听对面山林中有人大喊："火烧蚂蚱！火烧蚂蚱！清风山向寨主给各位送行，谁叫你们凿我船楼，冒充我名！"众人没想到清风山盗伙此时在背后捅刀，眼看后山山脚的树林全被点燃了，似乎树丛全都浇上了油脂，烧起来火头更旺。看来后山也是没法撤出，众人只得再退到山腰。

　　这时，前山后山都被山火围住，火势从山脚山腰向山顶蔓延。众人中已有人死伤，有人没命价往山下火势较小处奔突，企图找到逃生之路。但项水田一行及大部分武师，被火势逼着又往山顶退去。

火头越烧越旺，众人有惊恐之色。高瑞升忽对项水田道："帮主，打开李姑娘给的那个手袋，看看有无良策。"

一语提醒了项水田。他忙从内衣中摸出那个手袋。包了几层，打开之后，最后是一层油布，可见李青萍心思细密，即使掉入水中，也不会影响布袋里的字迹。打开油布之后，一张小小布条显露出来，白底黑字：遇火登顶，见女守丹。

四人一合计，遇火登顶，那就是登上山顶的意思。恰在这时，火借风势，风助火威，往山顶越烧越旺，有人见到右边的前后山交界处，似乎火势较小，喊道："到山顶没活路，不如从这个夹缝里逃出去！"有人认得这人是铁锄帮主梁子奇，道："梁帮主说得不错，就往这边撤吧！"大部分人都跟着向右下撤，项水田道："那边就算火势小，但烟熏火燎，也难出去。这时出去，下面官兵正守在水边。不如到山顶的石岩那里避一避，到晚上火熄了，再找机会下山……"有人不耐烦地白了项水田一眼，道："你这小子年纪轻轻懂什么？山顶光秃秃的石头，烤也烤死了！"跟着大群人往山下冲去。项水田叫道："不要现在下去，太危险，山顶的机会更大！"有几个腰插板斧、身背弓箭的人听到这话，转过身来，看到高、谭等三人站在项水田身边，觉得他的话有理，从人群中返回，但大部分人还是往山下去了。

项水田等一共九人，迅速来到山顶。这时火线离山顶还有十几丈远，而山顶的石岩离最近的树丛也有二十来丈，那座廪君庙的后墙，便立着一排乌桕树，乌桕树后面，又与松林相接。高瑞升道："项帮主，想不想练练掌劈大树的本事？"说着就走过去，伸出手掌，将最前一棵乌桕树一拍而断。谭明也有掌力断树的本事，立即会意，立即上前将另一棵树拍断。项水田明白两人将树劈断，是要阻断火头，如果山火烧不到廪君庙，那山顶的白虎岩就更不会有明火了，便也跟着上前以掌力断树。他的内力比高、谭二人更强，发掌之际，碗口粗的乌桕树齐腰而断，虽然发功之际，腹内隐痛，也只能强自忍住。那身背弓箭的五人，见到项水田等三人掌力断树，也抽出板斧，帮着砍树。

五人中一个满脸虬须的年轻人，听到高瑞升喊项水田"帮主"，大声道："请问你四人是哪个帮的？小可井底之蛙，没见过这份掌力！"高瑞升道："我们是贩牛的……"那人哪里肯信，道："我们五兄弟在洞庭湖讨生活，人称洞庭五鬼。小人名叫杨幺，是五鬼中的老大，昨天在水下凿穿清风山的大船，就是我们干的勾当。"项水田听了这话，对这人心生好感，道："我们先断树吧，不能让大火将这座庙烧了。"

不到一个时辰，已将靠近庙墙和白虎岩的大树尽数折断，造出了一个三四丈宽的隔火带。又将断树拖到秃岩边，避免树枝相助火势。刚想到庙中稍事休息，只见那洞庭五鬼攀上石岩顶，随即大声叫骂。原来那些从山上下撤的人，勉强用刀剑开出一条路，刚到了水边，就被官兵逮个正着。那姓姚的刺史将官船向岸边移动了数丈，见到有人下山，便下令乱箭齐发。十几人中箭落水，水面血红。

那杨幺见项水田四人也登上了岩顶，他知项水田在三人中掌力最强，忽然计上心来，道："这位少侠，请你帮忙射死那个官儿！"说着将背上的一张大弓拿了下来。项水田看着那张大弓，杨幺背在背上时，弓梢已近地，大弓立在地上，快有一人高，迟疑道："我不会射箭……"杨幺道："没关系，你只管将这张弓拉开就行。"说着，那五人中的另外四人将弓摆好位置，一齐将那张大弓稳住，只留下杨幺一人，想必平时他们也是这般五人齐使。杨幺对项水田打个手势，道："少侠只需将这张弓拉满，我来负责准头。"项水田依言拉开马步，伸右手拿住箭尾，吸一口气，将那张大弓徐徐拉开。那杨幺一手扶箭，只睁开右眼，往山下瞄准，眼看弦已拉满，杨幺叫道："放箭！"只听"嗖"的一声，箭已离弦，自山顶石岩直冲水中的官船而去。山有数十丈高，与官船的距离岂止百步？只见那支箭真如百步穿杨，正中那军官的前胸。那人虽然穿有铠甲，但这支箭自上而下，力道惊人，将那军官射中，"噗"的一声，连人带箭，倒撞入水，眼见不活了。

这一下官船大乱。所有兵丁面面相觑，目瞪口呆。有人试图将那军官的尸首捞上船。忽然，后山那边发出一声喊叫声，清风山的盗伙划着数十只小舢板，冲向官船，一边射箭，一边高喊："要命的快走，留下官船！"官船上的兵丁又有几人中箭落水。官船上那姚刺史担心小命不保，无心恋战，慌忙下令掉转船头，远远向下游逃去了。原来，清风山的盗伙虽然与官军形成合围之势，但他们只是报山上群豪凿船上山之仇，却并不与官兵沆瀣一气，反而趁乱劫杀官军，将官船赶出了清江。

可怜下山的群豪大部分死于山火，只有十来人趁乱逃下山来，乘清风山盗伙追击官船之机，逃得了性命。清风山大头领向松立在船头，看着已被烧黑的山体，摇头叹息："飞焰照金山，哪里有金山了……"

山火在烧到那片隔离带之后，火线不再上移，凛君庙也保住了，项水田等人置身的白虎岩，自然也逃脱了火烧之厄。不过，这片秃岩跟火线只相隔十几丈，四面的火线围住这个光秃秃的石岩，虽然不再有明火，但高温将山岩也烤热了，九个人从岩顶的虎口边缘，全都滑到了老虎嘴里，落脚的地方一丈见方，凹凸不平，如在蒸笼中，杨幺等洞庭五鬼急得如热锅上的蚂蚁一般，又叫又骂。项水田和高瑞升均想，等夜里山火熄了，也许还有机会下山。但天黑下来，清风山的人马也已撤走，江面静了下来，山岩依然燥热难当。只得意守丹田，沉默守静，耐心等待。项水田腹中时时隐痛，也只好熬得一刻是一刻。

再过一个时辰，山岩已是热得烫手，所有人都是大汗淋漓，全身湿透。已经无法坐地行功，只能站在石上，隔着鞋底抵御高温。杨幺脾气火暴，几次要从岩顶跳下，说是死个痛快，上下试了几次，终是不敢跳下。

就在大伙感到要被烤熟的时候，突然出现了一个奇景。只见岩顶窜下来一群老鼠，也不避人，成一条线地往岩底钻去，到了岩底，竟然从一个岩缝里逃走了，这些老鼠是从凛君庙那边逃过来的，想是那边温度更高，但老鼠却知有这条通道，便成群冲了过来。

杨幺当即看出门道，他伸手往老鼠钻进去的岩缝一摸，确认内有空隙，便取出板斧，用力敲打岩石。岩体发热，迸出火星，但片刻就露出一个拳头大的孔洞。其余四人也上前持斧敲打。项水田等人凝神观看，五人费了吃奶的力气，不一会，孔洞扩大到碗口粗。杨幺将斧头伸进洞中敲击，发出回声，惊喜道："里面可能有个洞。"但此时确实炙烤难熬，加上持斧用力，五人身上湿了又干，近乎虚脱。项水田也上前察看，但岩石并非树木，何等坚硬，内力再强，岂能震碎？

杨幺停歇了片刻，忽地向项水田等四人作了一个揖，道："小人看四人实非等闲之辈，既然各位保护廪君庙，想必是巫山帮的豪侠。这位一定是项水田项帮主！项帮主少年英雄，威名远播。洞庭五鬼今日有幸结识高人，正要托庇于各位，脱离此困，逢凶化吉。"项水田见他说得客气，也不好再隐瞒身份，又将高、谭及那帮众引见了，道："杨大哥说到脱离这险境，能有什么法子？"杨幺道："时间紧急，容不得我们用斧头慢慢敲打，要请三人用内力震开洞口！"项水田眼望高、谭二人，均觉没有把握，道："那我们一齐出力试试。"三人面对洞口，凝神吸气，大吼发力，一连三次，终于冲开一个腰粗的洞口。可能是那岩石持久受热，变软易脆。震塌的碎石在洞中下落，发出回声，看来洞内不小，足可容身。

杨幺等人从石岩边先前砍断的树上取下树枝，做成火把，树枝早已烘干，一点就燃。九人手持火把，鱼贯入洞。进洞后依然闷热，但比滚烫的岩石上好受多了。火把照耀下，看到内洞有丈余的口径，足可容下十来个人，洞口斜斜向下，黑乎乎的，不知通向哪里，是否还有出路。那谭明仰头看着洞顶，道："看来这个洞口以前是敞开的，后来岩顶倒塌，将洞口掩埋了。"众人看了洞顶岩石的形状，均觉他说得有理。

杨幺沉思道："'武落钟离山，天龙吐仙丹。'想必这个洞就是巴蛇吐丹的孔道。洞口倒塌，巴蛇只好另找他途。那下边一定另有出路，走，向下找找去！"当先便行。他这么一说，项水田等巫山帮的人当即明了，可能这便是巫山帮祖庭迁往灵鸠峰的原因吧。

一行人沿地洞下行了一箭之地，内洞时宽时窄，时有滴水之声。走了几个时辰，从路程上来看，早已离开白虎岛很远了。内洞弯弯曲曲，时高时低，最后终于来到一片水边，已到尽头，看来出路便在水下。此时已是深夜，众人又困又累，在水边倒头就睡。

第二天一早，谭明还不甘心，举着火把，在洞中上下来回找了几遍，没有找到任何跟蛊药有关的痕迹，更没有一粒金屑。看来那"飞焰照金山"一句，也跟这个山洞无关。

项水田忽地听到一阵水声。一看那洞庭五鬼已身在水中。杨幺道："项帮主，我们已找到出路了。这水面就通向清江江底。"说着用手一指。高、谭等三人也醒来了，顺着他手指的方向一看，只见正面远处的水面已微有光亮，原来此时天已大亮，光线已从外面的河底穿透过来。项水田大大松了一口气。

杨幺道："只要憋一口长气，就能游到洞外，各位内力悠长，应该毫不费事。"洞庭五鬼自幼便在水里打滚，水性自是极佳。项水田等四人中，只有那位开船的帮众内力平常，但只要先点他穴道，将他闭住气息片刻，带他潜水，一样能让他出洞。

谭明将那帮众点穴后带在身边，三人随着洞庭五鬼向外潜水而行。越往外游，越是见到水草细鳞。这数十丈的潜游如同过了几个时辰，众人最后穿过了几乎被河底淤泥密封住的洞口，从江底钻出了水面，长长地舒了一口气。

众人游到北岸边，发现这里是在那白虎岛上游的数里处。谭明将那帮众穴道解开，令他醒转。

杨幺向项水田一揖到地，道："洞庭五鬼结识巫山帮项帮主及三位好汉，三生有幸。托庇巫山帮各位英侠的见识和神力，洞庭五鬼得脱此困，终生感念。此处是巫山帮祖庭，巫山帮项帮主是英雄好汉，义高云天。小人等五鬼将速速离去，绝不敢再听信传言，涉足此地。今日就此别过。"

项水田见此人精明强干，为人厚道，且又说话得体，对他颇为接纳服膺；寻思他不随众人下山，而认可往山顶避火，可见识见不凡；而借项水田内力射死军官，足见其胆略过人；因项水田保护廪君庙而看出其帮主的身份，眼光老到。在岩顶率先发现老鼠洞而开凿，既而调动项水田三人的内力破洞，心思何等机敏？明明已经到洞外，却又回来告诉实情，帮人脱困，可见其待人厚道。此人年纪轻轻，又为人谦下，事成之后毫不居功，反而溢美他人，实有容人之量。

项水田觉得，认识杨幺这样一位朋友，也是一件人生快事。对他口称大哥，说了很多体己话，最后与五人依依惜别。

过了两年，金人频繁南侵，南宋朝廷奸臣当道，日益腐败，横征暴敛，民不聊生。杨幺在洞庭湖起事，发动了一场声势浩大的农民起义，利用水战，自立政权，绵延数十县，持续数年，严重动摇了南宋朝廷的统治基础。这是后话。

项水田等四人看了周遭情景，官船已不见踪影，清风寨的人也不知去向，那座岛上的树全已烧成了灰烬，依旧冒着白烟。项水田回想昨夜逃生的情景，仍觉后怕，更觉李青萍卜算之灵。但不知那见女守丹又是什么意思。眼望江水发呆，此时江上风平浪静，像是什么事儿也没发生。

便在这时，忽从上游的江面，传来一阵缠绵的女子的歌声："始欲识郎时，两心望如一。理丝入残机，何悟不成匹……"循声看去，山脚边划出一叶渔舟，舟上一位红衣女子，身形婀娜，扶橹而歌。项水田听不大懂歌词意思，但那女子声音甜腻无比、柔媚至极，项水田只听得面红耳赤。

小船行至近前，那帮众起身问道："船家，能载我们一程吗？"女子答："客官要去哪里？""我们就去那个白虎岛，取回我们自个的座船。""哎哟，客官好大胆，听说昨天官家来剿匪，一个岛都烧作了白地，哪里还有你的船在？你逃得了性命就算命大，还取什么船呀？"四人一想，座船就算没有被烧，多半也被清风寨掠了去。那帮众又道："近处有没有吃饭打尖的地方，麻烦大姐送我们一程，给你船钱。"那女子道："下游有一家万柳茶庄，奴家正好去那里送茶叶，那茶庄价格很贵，吃的也古怪，不知客官是不是吃得惯。"四人早已饥肠辘辘，那帮众连答："吃得惯，吃得惯。"

女子将渔舟靠岸，四个人依次上船。见那女子二十来岁，眉目如画，浓妆艳抹，香气扑鼻，实不像寻常的采茶女。上船后，女子热辣辣地看了项水田一眼，道："客官们坐定了，奴家常年在这清江上行走，就喜欢对个歌唱个曲，这位大哥会对歌吗？"说完眼睛定定地看着项水田。四人中项水田正当年少，项水田放牛时山歌俚语也唱得几句，但那女子提到对歌，令他想起了自己的伤心事，忽又记起"见女守丹"四字，立时惊觉，道："我们只是贩牛的客人，不会对歌，姐姐将我们送去那万柳茶庄就好了……"那女子咪咪笑道："贩牛的也会对歌呀！"说着，又唱起来，"牛儿牛儿你莫颠，哥哥为你把绳牵，去到山坡来吃草，见了婆姨做神仙……"

在经历了昨天的劫难后，突然见到这么一个女子，她越是轻佻妖艳、挤眉弄眼，四个人越是觉得她全身透着古怪。只能小心在意，处处留神。

座船经过白虎岛时，踪影全无，江上尸体也已漂走，江水重归碧绿，如同什么事也没发生。只有那岛上已成黑炭，白烟袅袅，热气蒸腾。

见那白虎岛已成炭山，女子停了歌声。渔舟又下行数里，往右边靠岸，女子甜甜笑道："茶庄到了，客官自行上去吧。树林后那青砖房就是了。"帮众给了她船钱，四人便登岸往茶庄而去。上岸后穿过树林，只见一片开阔的田野。有十几亩地，一座青砖瓦房立在田头，屋角一个"万柳茶庄"的招子随风摇晃。四人初看那田野里长满红白相间的花儿，以为就是河滩间常见的蓼花，仔细一看，却又不是。四人中竟无一人认识此花，此时，起了一阵轻雾，花瓣更是看不清楚。四人加快脚步，来到茶庄门前。

进到店内，偌大的厅堂冷冷清清，茶桌倒是有十几台，却无一个茶客，更无一个店小二出来招呼。走近靠里间的柜台，一位老态龙钟的妇人，呆坐在柜台后面，白发苍苍，眼神呆滞，也不知她到底有多大年纪。那帮众上前对老妇说到想吃些东西充饥，老妇连耳朵也聋了。最后，帮众只好将钱拿出来，又指四人口中要吃东西，那老妇才收下零钱，入内整治杯盘去了。

四人又坐了一袋烟的工夫，老妇仍然未见出来。那帮众正要起身催促，忽地从外面传来野兽的吼叫声，声音低沉，却威势惊人。

高瑞升一听到那叫声，便知是老虎的吼叫。他这次随同大理郡主前来巫山，便是率领狮虎象队，却没想到这里会有老虎。其实那时清江流域森林茂密，人烟稀少，有老虎出没并不稀奇。不知是不是老虎昨日受到山火的惊吓，跑到了这里。项水田等四人忙起身到店外察看，只见前面山脚下出现了四只虎，两白两黑。

四只虎正从山脚下的花田里一步一步向茶庄走了过来。那老妇似也听到了虎啸，自是万分惊骇，颤巍巍地走出内堂，将店门关了，又拿出一面铜锣，当当当地敲了起来。不知她这是要赶走老虎，还是召集庄丁。锣响之后，四虎竟朝着茶庄直冲过来。眼看距离茶庄只有二十米丈，再过片刻，就要逼近大门了。

高瑞升这等武林高手，对付老虎这样的野兽，根本不在话下。眼见老妇敲锣后并无庄丁前来救应，老虎越走越近，他跟项水田、谭明一打手势，三个人一齐打开大门，向老虎冲去。四只老虎看到三人直冲向前，倒也吃了一惊，到三人行到面前，便张牙舞爪，一齐扑了上来，但三个人是何等身手，高瑞升更是一人独战二虎，同时向二虎拍出一掌。四只老虎同时中掌，当即滚倒在地。高瑞升想起当日驯兽的时光，索性来了兴头，便趁一只白虎还没爬起身的当儿，飞身一跃，骑坐到了老虎背上，左手一把抓住老虎颈项，右手在那大虎脑门上一击，老虎被他神力击中，当即负痛而逃。但高瑞升骑坐在老虎身上，稳稳当当，就像骑坐在快马上一样。

项水田和那潭明不会驯兽，便想活捉老虎。二人展开拳法掌法，打得老虎不停哀叫，落荒而逃。直到那老妇停了锣声，三人方才想起肚子饥渴，高瑞升也从老虎身上跳下。三个人回到茶庄，那四只老虎早已逃进山中的密林了。

那老妇在茶桌上摆好了四个茶杯，眼中有了光彩，低声道："壮士请用茶。"她似乎许久未说话，声音干涩沙哑。正要问她为何这里有老虎，老妇又指指自己的耳朵，表示听不清楚。她眼神跟项水田接触时，项水田只觉在哪见过，却想不起来。

项水田等四人落座后，见那四只茶杯是黑色浅口瓷杯。高瑞升看到那茶杯，吃了一惊，原来这茶杯叫黑釉瓷杯，只在皇宫和上层士大夫家中才会见到，民间极少使用，而所喝的茶名叫"茶百戏"，那是宋代上层人士斗茶的玩法，能使茶汤的汤花瞬间显示瑰丽多变的景象。高瑞升久历大理皇宫，自然知道这道茶名。他向四人的茶汤中看了过去，只见自己杯中茶汤显示的是山水云雾图，项水田的是花鸟鱼虫图，另两人则是两幅水墨图画。

高瑞升百思不得其解，不知在这个山野茶庄，为何能喝到宫廷里才有的"茶百戏"。他有些疑心，但那茶闻起来香甜淡雅，丝毫不像有毒的模样。项水田等另外三人早已饥渴难耐，也看不出这个细杯浅盏的茶杯，与平时喝的大碗粗茶有何不同，更不知什么"茶百戏"的茶名，没看出杯中茶汤包含了山水图案，甚至没有细看，就拿起茶杯，一仰脖子，一饮而尽。高瑞升暗暗摇头，他倒不是担心茶中有毒，心道：这般好茶，理应细细品尝，先将茶汤图画，好好欣赏一番——斗茶的人，还要互相比较一番。他见项水田等三人喝茶后眼望内堂，自是在等待茶后的餐食。高瑞升又将茶杯中的山水云雾图看了一回，才一口一口，将那杯茶喝下，只觉一股清甜，直达肺腑。

再过一会儿，仍不见餐食上来。四个人只觉得眼前模糊，眼皮沉重，睡意袭来，身子一沉，倒在地上，便什么也不知道了。

第三章　绮罗香

词曰：

> 轻瘴穿门，栖云掩树，秋夜巴山新雨。醉眼蒙眬，帘外忽惊鱼肚。看究竟，水底琉璃，爪鳞动，草生如栩。应觑他，宿在龙宫，惹来蟹鳖竞相妒。
>
> 沉沉如幻似梦，娇客依稀云上，偎红仙女。暖帐婆娑，褪去粉裙妖妩。鸳被香，绮语缠绵，纤手酥，尽销春煦。幽梦破，血口倾盆，画刀纹痛楚。

项水田是被一种伴随着药草味的奇怪声音惊醒的。睁眼一看，不禁大吃一惊。只见身旁围着许多毒虫，蝎子、蜘蛛、花蛇、蜈蚣、蟾蜍，这些毒虫滚在一起，在他身周形成了一个比水桶还要粗的虫柱，缓慢地转动着，发出"沙沙"的声音。毒虫以外相距一两尺，摆满了雄黄、艾草一类的药材，药气熏人。

"又是在炼蛊？"项水田想起了刚被抓进巫山帮时的痛苦经历。只见圈外的毒虫往圈内走，但圈内的往外逃又被药草的气味逼回。这个巨大的虫柱就像推到沙滩上的海浪，退而复回，在项水田身周缓缓滚动，情形十分惊怖。却没有一只毒虫能到项水田的身子上来。

项水田活动了一下手脚，忽地感到一阵疼痛，一看手上脚上，已有几处伤口，不知是被毒虫咬伤，还是被刀剑割开。伤口渗出鲜血，也不见毒虫撕咬伤口，甚至只要毒虫沾上他的血液，都是肚皮一翻，瞬间毙命。

忽听一声低吼，抬头一看，更是吃惊。只见药草以外几尺远的墙角，竟然卧着一只白虎。那白虎身形巨大，花纹耀眼，两眼血红。想是已喂服了毒药，显得无精打采。

环视室内，除了自己一人与毒虫、白虎为伍外，并无高瑞升等另外三人。

再朝有光亮的窗外看去，只惊得张大了嘴巴。只见窗外有鱼儿游动，水草摇摆，鱼鳞随着鱼儿的游动，发出亮晃晃的光影。仔细一看，窗户竟然是在水底，是用坚固而又透明的水晶石头，牢固地嵌入水底石墙之中。光线是阳光照到水底，再反射到屋子里的。

想起自己在那个万柳茶庄里喝茶，忽然昏睡，睡了多久？为何到了水底的这个所在？又是何人打造了这个水底的世界？

记得当时自己并非体力不佳，或者睡意太浓，应该是中毒之象。那茶味除了清甜以外，无任何异样，世上还有什么样的毒物，能将自己毒倒？现在自己和这些毒虫、老虎在一起，似乎是被用来炼蛊，但这是炼蛊最初级的法门，只能炼出最普通的巫山蛊。

突然，他腹内产生了一种奇异的感觉，此前隐隐作痛的下腹不再疼痛，而腹内更增了饥渴感，只想张大了口，将眼前的毒虫，一股脑儿地吞下肚去，那些平时感到恶心的毒蛇蝎子，忽然变成了美味的食物。他想起昏倒之前仍未用餐，现在醒来一定饿了。但是，即使再饿，也不会想吃这些毒物。不知会不会又是那腹中的绝仙蛊在作怪，作为毒中之王，绝仙蛊将这些毒虫也视作食物，而要大吃大喝？想到这里，不自禁地感到害怕。对想吞吃毒虫的欲念，只能拼命忍住。

他闭目细想。进入万柳茶庄后，只见到那个又老又聋的妇人，除了"壮士请用茶"这一句话以外，并无更多的交谈。老妇人是什么人？为何觉得她的眼神有些熟悉？这老妇人在敲锣的那一刻，并不见老迈衰朽，是因为急于求救还是另有隐情？这样一位连风也能吹倒的老婆婆，为何要对我四人下毒？种种事情，全都想不明白。

忽又想到段瑶瑶，这位聪明能干的郡主，如果她在这儿，多半不会着了人家的道儿。还有神女李青萍，那八个字的遇险提示，真是灵验。现在已从火险中逃脱，什么是"见女守丹"？也真巧，出了山洞之后，见过一个会唱歌的茶女，又见了一位老妇人，都是女性，如何守丹？守丹便是习练内功最基本的法门，无非是松静入定，意守丹田。现在自己身处这个水下的密室，除了守丹，还真不知能做什么。

他想寻找出口，看到室内只有一扇紧闭的木门，想起身去拍打木门，却只能动动手脚，全身无力，无法站起身来。

忽听门外有人说话。话声并不大，但项水田内力深厚，话音清晰地传入耳鼓。

一个男子道："刚才看到这小子似乎醒过来了，要不要再加药力？"声音尖细。另一个男人道："不用了，教主的这道'幽灵幻雾'，药力能管七七四十九天，现在才过了一天，这小子便有金刚不坏之身，也难逃脱。"嗓音浑浊。

项水田从对话得知，自己确是被人下毒，而这毒药名叫什么幽灵幻雾，从没听说过。药力能管四十九天，可见毒性之强。不知高瑞升等另三人状况怎样，关在何处，是死是活。自己一天就醒来，看来只昏倒了一天。两人说到教主，武林中只有魔教有教主，但教主唐凤吟已死，想必新立了教主。这么说来，是魔教的人对自己下毒？

声音尖细的人道："这小子枉称巫山帮主，终于被神教手到擒来。教主他老人家神机妙算……"那嗓音浑浊的老者打断他话头："先别高兴得太早，大戏还在后头。不知这出好戏，是不是按那个唱本往下演。"

声音尖细的人道："我说朱老鸹，好不容易将这小子擒住了，什么好戏，倒不如先宰了他……"那朱老鸹道："你小子名叫黄汤，果真是脑子灌了黄汤。你不想想，你身中的七尸脑神丸，非得要教主他老人家的独门解药才行，这小子说是百毒不侵，你就算是把他煮来吃了，也不见得能解那七神之毒。"说这话时，朱老鸹更压低了声音。那黄汤道："我哪里不知了？只不过这一天七次的疼痛，实在难忍。这小子既落在我们手中，用他做一回解药，哪怕稍有效用，也是好的……"朱老鸹道："小声。你再说，小心那蜜桃仙蛛听到，教你求生不得、求死不能！"

黄汤道："老鸹，你可不知，那些名门正派之中，有多少人想要这小子的性命，那五十七名被巫山帮害了性命的武林人的家属，有多少人想出天价的银子，来要这小子的人头……"朱老鸹道："好哇，你小子是不是得了别人的好处，要来结果这人的性命？"黄汤细声细气地道："还有那么多被这小子糟蹋了的良家妇女，哪个不是对他恨得咬牙？只要切下这小子的命根子，也能换到不少的银子。"朱老鸹道："我说你这小子就是贪小利、见识短，你违背教主的圣谕，罪过不小！记着，只要按教主所授秘法，办成这事，不仅那'神女会天骄'的传言能得破解，还能破解'飞焰照金山'的秘密。那是一座金山呀，你眼前这几钱银子，算得了什么？哈哈，哈哈，那时咱们有金子，教主一高兴，再赐给咱们解药，咱们就从此脱离苦海、逍遥快活了。"

黄汤嘀咕道："金山，金山，前天你也看到了，那白虎山烧成了白地，哪里见到金山了？这两天又有人来挖山，就算把武落钟离山翻个底朝天，也找不到什么金山……"朱老鸹狞笑道："好哇，你敢疑心教主他老人家的神机妙算，坏了教主的大事，就等着被剥皮抽筋吧！就算这个蜜桃仙蛛，便也不会便宜了你……"

黄汤忽然低声道："你说教主他老人家，怎么会这样……"那朱老鸹道："掌嘴！教主他老人家这事，是你能说的吗？"黄汤自打一个耳光，忙道："小人不说了。"改了一个腔调，淫笑道，"大哥说蜜桃仙蛛，她能把我吃了？我现在身上难受，哎哟，你叫那蜜桃仙蛛来吧，看她能把我怎样……哎哟，这小子年纪轻轻，偏就有这等艳福，便是做了蛊药，还有那风月蝴蝶陪他送死，做个风流鬼，哎哟……"

项水田听到这里，越发不能明白，这两人又说到段瑶瑶陪他送死，上次那唐凤吟让自己和段瑶瑶做人蛊，难道段瑶瑶也被抓到了这里？这可怎么办？只急得要跳起身来，可偏偏又使不出一丝力气。

便在这时，只听那二人欢叫："说她来了，果真来了!"

只听一个女子大声道："把小淫贼抬上来，让他好好看一看，他的心上人是怎么入了老娘的圈套，一会儿也好跟他风流快活。"项水田一听这声音，仿佛便是昨天渔舟上的送茶女。跟着听到木门打开，朱黄二人走进屋内，不避毒虫，直接将项水田从地上抓起，出屋后三弯五转，又上了十几步的石级，再将他推进一间屋子里，两人再点了他身上十处大穴，用粗绳将他捆在一根石柱上。两人在木凳上坐下，向窗外的花田里张望。

项水田这一下看到了奇中又奇之事。只见那窗子也是用水晶石做成，是琉璃之状，完全可以看到外面，而室内无光，外面应该看不见里面。扭头一看，另一扇窗户，正对昨日喝茶的大厅。料想这二人昨日也是这般看着自己四人，而四人却看不见他俩。正这么想着，忽见茶庄外的花田里，出现了五个女子的身影。

五个女子骑虎而行，自江边行来。当先一位，正是段瑶瑶。另外四位，是风花雪月四大护卫。她们身后数十丈远，又有一个白衣男子，徒步疾走，却是夷陵狂生。

项水田一行从大宁河出发那天，段瑶瑶便叫齐了风花雪月四女，悄悄说去做一件有趣的事，四女听了自然答应。五人告别了陈氏，离开项家坝老屋，一齐来到灵鸼峰后山，这里山高林茂，地广人稀。当日大理侍卫回去时，将五只老虎留在这里，以备段瑶瑶等人使用。段瑶瑶将五虎放归山林，让它们在野外觅食，又经常将山中打猎所获的野猪等美食定点投放，与这五只老虎保持联系。五虎既得山林之乐，又时时能与段瑶瑶这样的旧主重逢嬉闹，正是得其所哉。

段瑶瑶仍用以前驯兽师使用的口哨，将老虎唤到身边。五女骑上五虎，直奔夷陵狂生的祖屋郑家庄。这处祖屋自枣花和她父母去世后，就不再有人居住。夷陵狂生本就是浪迹江湖的个性，又不愿睹物伤情，知道他生母陈氏住在项家坝后，便在郑家庄祖屋上挂起一把大锁，整天与魔教玄武坛坛主、霹雳手凌云混在一起。

段瑶瑶与风花雪月四女来到郑家庄后，将房舍砸个稀烂，推倒几处围墙，衣物细软扔了一地，房前屋后掘地三尺，放任五只老虎在室内外溜达。

第二天夷陵狂生带凌云急急赶回。见到段瑶瑶五人，狂生气急败坏道："风月蝴蝶为何毁坏我家房子？"娟月冷冷地道："武落钟离山，天龙吐仙丹。若得瑶光顾，飞焰照金山。教主大人，大理郡主光顾你家房子，今晚你家就有座金山了，你不说声谢谢吗？"

娟月是郑尊也就是枣花的师妹，已经多次斥责狂生，夷陵狂生也只能隐忍不发。但这次祖屋被毁，他自然气愤难平，怒道："胡说什么？便有金山，也在武落钟离山，与郑家庄有什么关系？"娟月道："谁说在武落钟离山了？前后四句，起承转合，这是谁说的？还拿禅宗的话头来说事。若得瑶光顾，飞焰照金山。大理郡主姓段名瑶瑶，今日光顾你郑家庄，你现在没见到金山，晚上一把火，多半就能见到金山了！发财，发财！"

夷陵狂生气得七窍生烟，一言不发，向娟月使出一招火焰刀，"噗"的一声，火花四溅。娟月早已退开，笑道："别生气嘛！我叫你一声姐夫，怎样？如果你也认为金子在武落钟离山，便将那件东西交来！"狂生道："什么东西呀？"娟月道："那块绿玉呀，明明是人家巫山帮的东西。"狂生道："既是我找到的，便是我的了。"娟月道："你说要将此物下葬的，怎么又成了你的？"狂生道："自当择日下葬，以慰先父之灵……"娟月道："择日择日，项帮主对你妈当亲妈奉养，他是重义大度之人。你这么霸占巫山帮的重器，自有人来找你算账。就算你当了魔教教主，也没用的。"夷陵狂生白了身边的凌云一眼，道："谁说我要当五梅教教主了？"

娟月道："你这么越扯越远，就是不肯还那块绿玉。好，我们就不奉陪了，只等晚上来将这里烧成白地……"说着吹响口哨，招来老虎准备离去。夷陵狂生气哼哼地道："本人今晚就守在这里，看谁有胆子来这里放火！"以他二人的武功，自是不用惧怕段瑶瑶五人五虎，但他知五女与他母亲陈氏住在一起，便不敢造次，只能眼睁睁地看着五人离去。

入夜，两人守在房前屋后，直到大半夜，仍无动静，只好睡下。可上床不久，便听到五虎嘶吼，只得起身，操起家伙守在屋边。两人一现身，五女便骑虎离去。如是者三。只闹腾到快天亮了，两人已是忍无可忍，怒发如狂，只待天明，就要对五人痛下杀手了。

但在第三次回到床边的时候，夷陵狂生才发现，他放在枕头边的那块绿玉，已经不见踪影，而五女也已踪迹全无。原来，这全是段瑶瑶一手策划。她算准了绿玉一定在狂生的身上，通过毁房吸引狂生回庄，又通过当夜多次骚扰，让狂生两人无法安睡，而那块玉在反复穿衣时，必有不便，多半放在枕边。第三次骑虎骚扰时，五人中轻功最高的风护卫轻岚潜入室内，盗走了绿玉。

段瑶瑶得到绿玉后，五人五虎便从陆路赶往武落钟离山，等赶到白虎岛时，那里已成灰烬。五人也遇到那渔舟茶女，说看到项水田等四人来到了万柳茶庄，便骑虎赶了过来。

夷陵狂生失去绿玉后，便直奔武落钟离山而来，他雇船走水路，正好在这时追上了五女五虎。

这时下起了一场细雨，淡红色的花田，笼罩在一层轻雾之中。段瑶瑶留下四女与夷陵狂生在花田中周旋。她自己一人，径直向茶庄大堂走来。这一幕项水田看得真切，他想大喊"不要过来，不要过来"，但全无力气，那房门紧闭，也发不出声音。

段瑶瑶站在茶庄前，似觉这茶庄有些奇怪，反复打量，又回头见四女四虎在花田与狂生过招，并无落败之虞。那狂生知道绿玉必在段瑶瑶手中，只想尽快将四女打倒，但花田之中，不便施展，四女的功夫也各擅胜场，一时之间无法制住四人四虎。

只见段瑶瑶回过头来，大步走入茶庄大堂，所遇与项水田四人一模一样，同样是那老妇送上茶来。段瑶瑶在靠窗的茶桌上落座，对那杯黑釉"茶百戏"毫不惊讶，甚至对杯中茶汤显示的《松鹤延年图》仔细欣赏了一番。她一边看着窗外花田之中四女与狂生过招，一边慢悠悠地将那杯细茶饮尽。只怕自茶庄供应"茶百戏"以来，只有大理郡主段瑶瑶才令此茶逢到真主，找到知音。她持杯轻呷，口含横波，玉颊生春，尽得胸藏丘壑的意趣。

她每喝下一口，项水田就多了一分担忧。喝到第二口时，项水田实在焦急，再也不顾自身使不出气力，强行气催丹田，力透胸腹，想要发出那"鱼划子"教他的龙吟功。但此时胸腹之间如万针齐刺，竟然发不出一丝内力，只有喉咙里发出"呵呵"的气息声，全然传不到屋外。但他还是想强行发功，也不顾腹内疼痛，刚一运气，就已痛得昏了过去。

那看管项水田的朱黄二人，在窗内对段瑶瑶的一举一动，看得如醉如痴。自她进门，便没将视线从她身上移开。项水田的挣扎和嘶吼，他二人充耳不闻，竟没有回头看上项水田一眼。

便在这时，段瑶瑶站起身来，将大堂内环视一番，更款步轻移，走到墙边门旁仔细观摩，以手摩挲墙壁，好像被这屋子迷住了。最后，她走到正对着项水田的这个水晶石窗前，似乎没有看出这是一个水晶窗户，房中另外有人；更没有看到项水田被困在房中。项水田心中默念：我在这里，我在这里（但又怕她也被捉住，失陷在这里），快出去，不要过来，不要过来……

但段瑶瑶一步一步，越走越近，就要走到那块水晶石前。朱黄二人呼吸急促，涨红了脸，已是不知所措，呆若木鸡。

便在这时，段瑶瑶身子一歪，玉体不支，也如项水田一般，倒在地上，死活不知。

夷陵狂生在花田里与四女斗了一会儿，看到段瑶瑶独自离开，走入了茶庄之中，想起这是段瑶瑶的金蝉脱壳之计，终是惦记那块绿玉，便加催内力，连发数招，将四女四虎逼开，也跟着冲进茶庄。一进大堂，哪里有段瑶瑶的影子？

他喊了几声，无人应答。知这个茶庄透着古怪，眼一瞥间，见到靠窗的桌上有一个茶杯，显是段瑶瑶刚刚饮过茶，现在却不见人影。正要往后堂寻找，又听到四女骑虎也冲向茶庄大门，立即将大门关上。那大门厚重牢固，饰以铜钉，加了几道木杠做门闩，即使是猛虎，也未必能将门撞开。四女冲到门前，用力拍打大门，叫道："开门！开门！庄主不可上了这恶人的当！"

夷陵狂生反身走向内堂，大厅内只有唯一的一扇门通向内室，就在柜台旁边。他走向那扇门，用力一推，纹丝不动，运力一掌击出，门闩应声而断。他以手护头，以防门内射出暗器，等急冲入室，并无一个人影。见这间内室只是一间大厨房，除了大锅大灶外，还有几眼小灶，其中一个上面放了一个茶炉，想是刚煮过了茶，尚有余温。茶炉边一只黑釉瓷杯，一杯茶还在冒着热气，茶汤是一幅山水图案。夷陵狂生见多识广，知道这叫"茶百戏"。脸上吃惊，显是疑惑这山野之处为何有"茶百戏"，看来茶庄主人非等闲之辈，但武林中并没听说这个万柳茶庄，也不知有姓万的武林高手。估计这茶庄的主人刚才是用此茶招待了段瑶瑶，多半将段瑶瑶藏了起来。他叫道："小子名唤夷陵狂生，此间主人是哪一位？能否出来一见？"但无人应答。

再转回大厅，此时四女仍在以掌击门："茶庄主人是谁？快快交出大理郡主，不然将你这茶庄烧成白地！"夷陵狂生听了这话，知道四女既不识庄主，庄主将段瑶瑶藏起来便不成立。想到如果段瑶瑶被擒，绿玉便不保，心中焦躁起来。心想这人既然能擒住大理郡主，必是大高手。他久历江湖，为人却不莽撞，见这个茶庄神秘诡异，想着不能中人暗算，可先出门去，筹思良策，灵活应对。正要去打开大门，忽然觉得口中饥渴，那一杯"茶百戏"也实在难得，便打算喝了这杯茶再出门。他为人极是精明，从身上拿出一个试毒的银勺，在茶杯中一试，见茶中无毒，便放心将那杯茶一饮而尽，还意犹未尽，又从茶炉中倒出一杯，再喝一杯，心道：好茶，可惜不能细品。放下茶杯，走向大门。

刚走几步，他就脚下发软，身子一歪，忙伸手扶在一张桌上，急运内力支撑，但全无效用，脸上又是疑惑又是气愤，骂道："鼠辈暗算小爷……"再也支撑不住，瘫倒在地，昏了过去。

夷陵狂生倒地，大堂边装有水晶石窗户的那间房，一道暗门从墙壁上打开，走出朱老鸹、黄汤二人，将狂生抬进房中，关上暗门。朱老鸹对那煮茶老妇道："这人名叫夷陵狂生，是江湖上的一号人物，是唐教主……跟巫山前任神女生下的儿子。听说，玄武坛主霹雳手凌云，一直请他接掌本教教主……"那老妇这时耳朵不聋了，道："怎不早说？要是毒坏了他，岂不是误了大事？快快给他服用解药！"朱老鸹道："小人也只是刚才听他自称狂生，此前未见过这人……"老妇道："只给他一半的解药，让我来问问他。"

夷陵狂生服用了解药，过了几个时辰，才悠悠醒转。睁开眼来，天近黄昏，只见一个老妇和数个黑衣男子围在他身边。那老妇道："实在抱歉，不知少侠光临敝庄，甚是失礼，少侠误饮茶水，得罪，得罪！"狂生听那老妇声音并不苍老，道："你们是什么人？茶中藏毒，那不是下三滥的勾当吗？"那老妇道："我等是圣教朱雀坛坛主冯枭座下教众，奴家名唤蜜桃仙蛛。这次用幽灵幻雾将那巫山帮主和大理郡主擒住，正是出自金蚕子冯枭的安排，没想到大水冲了龙王庙……"夷陵狂生听了心中吃惊，上一次在灵鸠峰下的山道上，他跟冯枭为争夺大理郡主的竹箫对过一阵，已经败于冯枭的毒烟，差点人箫两空，当时是突然有人发出七尸脑神丸，才使他得以逃脱。事后想起，那七尸脑神丸是从大理郡主的象座中发出的，却不知她为何会有魔教的七尸脑神丸。

没想到项水田和段瑶瑶两人都失陷在这里。蜜桃仙蛛的名声他也听过，听说她是个貌美如花的年轻女子，是五梅教中的使毒高手，这人口蜜腹剑、蛇蝎心肠，害了不少性命。见她做一个老妇的打扮，料想是为了这次便于下毒。他暗暗运了一回气，只觉得内力只能运使一小半，身子仍是软绵绵的没啥力气，道："听说蜜桃仙蛛美若天仙，是圣教中数一数二的美人……"他话未说完，那老妇一把将面上皮具拉下来，顿时变成了一个容光照人的女子。

夷陵狂生故作惊讶，又大赞了她一番，又道："幽灵幻雾是什么玩意，恁地厉害……"蜜桃仙蛛被他捧得十分高兴，也怕他知晓了只服用了半剂的解药，道："这个幽灵幻雾确实玄妙，容后细禀。听说凌云坛主力邀少侠继任圣教教主，少侠从巫山帮夺回老教主的绿宝玉，圣教中兴有望……"夷陵狂生心想："我并没答应做五梅教教主，但此时元气未复，无法脱身，只能虚与委蛇。"道："小子年少无知，性情狂悖，如何当得了圣教教主？至于那块绿玉，刚被那大理郡主骗去，烦请仙姑在她身上搜出来，归还圣教。"

蜜桃仙蛛听了这话，连声道："当得了，当得了！少侠说那大理郡主身上有那块绿玉，奴家在她身上搜过了，并没看到……"夷陵狂生略感意外，知她就算搜到了，也不会轻易交出来，道："也许绿玉在她同伴身上，也未可知。"顿了一顿，道，"不知冯坛主对这巫山帮主和大理郡主，要怎样处置？"

蜜桃仙蛛眼中放光，一脸淫荡，道："少侠少安毋躁，等着看一场好戏吧！"

项水田再次醒来时，已经入夜。环顾室内，又是在一间临水的密室。先是闻到一阵扑鼻的香气——除了脂粉的香气外，夹杂着许多野草的浓香，还有说不出名字的熏香。几根细香点燃，香雾缭绕。房中靠窗的两张雕花木桌上，两个铜底灯座上，烧着两根大大的红烛，烛光映照之下，水晶石的窗外可见水草摆动，偶尔能看到鱼肚闪过。再一看，自己置身在一张雕花大床上，一条宽大的红绸带，从床顶披挂到了两边的床脚，绸带的中心位置，挽成了一朵大红花。红纱帐，鸳鸯被，绣花双枕，色泽新鲜艳丽。

更奇的是，一个女子一身红衣，头戴盖头，倚在他身侧。

这俨然是个新婚的洞房，而红衣女郎一定是新娘，那自己躺在新娘身边，毫无疑问，就是新郎了。

项水田好奇地揭开红盖头，露出一张红扑扑的脸蛋，满脸娇羞，眼含春波，鼻息细细，不是段瑶瑶是谁？

忽见房门打开，一个妖艳的女子走进来，道："新郎官揭开了盖头，好好好，恭喜两位新人……"项水田道："你是那送茶的大姐，怎么知道我是巫山帮的？我其余三位同伴呢？"那女子一脸媚笑，道："我不但知道你是巫山帮的，还知道你是大名鼎鼎的项帮主。你也不用去操心那三位同伴了，明白告诉你吧，奴家是圣教的，名叫蜜桃仙姝，不知项帮主听过我的名字没有？"只听段瑶瑶轻声道："蜜桃仙姝名声大得很，很多男人都死在你手上，一会儿是送茶女，一会儿又是聋了耳朵的老妇……"蜜桃仙姝用软绵绵的声腔赔笑道："哟，给郡主看出来了。"项水田又是一惊，没想到那老妇便是这女子所扮。蜜桃仙姝用狐媚的嗓音又道："本教圣教主给二位定下这段姻缘，拜了天地，今天再由本教给两位洞房花烛，成全好事，春宵一刻值千金，不耽误两位了。"说完嘻嘻一笑，扭着身子走出房门，将门带上了。

房中一阵寂静。

项水田扭头看了段瑶瑶一眼，正好她也看过来，眼中柔情无限。项水田心中怦怦乱跳，急忙将头转开，低声道："瑶瑶，怎么你也到了这里？现在让咱们……入洞房，定是魔教的毒计，现在咱俩中的什么毒？能不能逃出去？"他这么连连发问，实是掩饰自己的慌乱和忐忑。

段瑶瑶忽地将项水田抱住，娇声道："项郎，先不管别的，现在才最要紧……"眼神迷醉，似乎真的想要洞房花烛。项水田脸上发窘，想要推开她双臂。段瑶瑶已是面孔潮红，呼吸急促，口中喃喃地道："项郎……项郎……"

项水田佳人在侧，香肌相接，此时他已是热血如沸，全身的每一寸肌肤，都要炸裂开来。他本来身上软绵绵的，这时不知从哪里来了一股力气，从床上翻过身来，将段瑶瑶抱住，就要去亲她的脸。段瑶瑶将两只玉臂伸了过来，圈住了他的腰，紧紧抱住。项水田脑中嗡的一声，更如天雷地火一般。

便在这时，项水田耳中忽然出现一个声音："嘿，嘿，想娶媳妇啦？醒醒吧，这里是什么地方？想想人家给你四个字的提示吧！这点定力都没有，转眼只怕命都没啦！"项水田循声看去，房中站着一位少女，绿裙如荷，似笑非笑。正是那个从大宁河水中钻出来、长得像枣花的神秘女子。

项水田不知这女子为何会在这里，听到她这几句话，如同遭到当头棒喝。当即将手从段瑶瑶身上放下来。对那女子道："你怎么在这里？"那女子神秘地笑一笑，道："见女守丹，见女守丹。"项水田猛地想起，这是李青萍那后面四字提示。原来是说的男女大防，指的是此情此景，他顿时惊出一身冷汗。

段瑶瑶见项水田忽然松开了手，脸上神色有异，又像是对着什么人说话。她扭头一看，房中并无别人，正想发问，只听项水田口中念着："见女守丹，见女守丹……"跟着项水田又眼望房门，叫着："枣花救我，枣花救我！"段瑶瑶忽地想起，项水田心中喜欢枣花。但枣花已经死了，他怎么会叫着"枣花救我"？难道他神志糊涂了？

项水田再看那绿裙女子，已不见踪影。

经历了这电光石火的一刻，项水田神志清醒起来，闭住双目，意守丹田，想在内心完全平复后，再跟段瑶瑶解释。

忽然，项水田感到背后前胸两处大穴，有一股温和的内力缓缓输入。跟着段瑶瑶伸出左手，向两支红烛发出两掌，烛光顿时熄灭。复又将他抱住，叫道："项郎……"黑暗中在他耳边低声道，"我助你脱困，小心，不要让他们看出任何异样。"

项水田听了这话，又是一惊。

他明明看到，段瑶瑶像他一样，喝下了那一杯茶，只是在大厅里走了一圈之后，同样昏倒在地，也是中了毒。不到一天的工夫，自己毒性未解、内力未复，但她这时反而能给自己输送内力，似乎全无中毒之象？

他知道那送茶女等魔教的人都在房门外，她们这么安排自己与段瑶瑶入洞房，定是有不可告人的目的，神志清醒之后，这一点想得更加明白。正如段瑶瑶低声嘱咐他的那样，不能让送茶女看出异样，还得假意保持两个人亲热的样子，他只得也将双手轻轻搂住了她的腰。

他也知道，这般给人输送内气，极耗内功，他不忍心段瑶瑶耗尽内气。而他身上的毒，非得有解药才行。如果也是中的如巫山蛊这样的毒药，那就无可救药，输送内力也是无益，反而白白耗去了段瑶瑶的内气。不如让她保持体力，想法逃出去。就算送茶女看出破绽，也顾不了那么多了。他本来已无力使出武功，时间稍长，他已获得段瑶瑶所送内力，功力恢复了两成。他心念急起，手上一动，点了段瑶瑶的后背大椎穴。

段瑶瑶本在输送内力，又对项水田毫无防备，待穴道被点后，当即明白项水田的用意，却再也不能输送内气，连动一动，也是不能。她不禁心中大急。

那绿裙女子又现身床前，对项水田笑道："人家好心好意救你，你怎么不领情？这下可有你受的了。"项水田道："神仙姐姐救我。"但那女子又笑一笑，不见了踪影。

段瑶瑶眼珠尚能转动，环视房中，哪里能看到神仙姐姐？

蜜桃仙蛛将那间新房的门带上之后，夷陵狂生和另外二十几个魔教教众，就在门外。蜜桃仙蛛和朱老鸹、黄汤两人，将头凑到门边，从门缝中窥视洞房中的情景。蜜桃仙蛛又向夷陵狂生一打手势，挤眉弄眼地要他也去偷看。

夷陵狂生自爱妻郑萼去世后，对男女之事变得冷淡。郑萼临死前，曾要他代她去看一看，那名唤风月蝴蝶的大理郡主，到底有多美。夷陵狂生果然以夺箫为由，想要看段瑶瑶一眼，当时未允，后在万蛇窟见到，惊为天人。事后听说这位大理郡主由生父唐凤吟安排，跟项水田拜了天地，后来还发生二女争夫之事。此时已知二人被安排在这里洞房花烛，不知这个蜜桃仙蛛葫芦里到底卖的什么药，他对于制毒炼蛊之事，全无兴趣。但那块绿玉被段瑶瑶夺走，也不由得不关心。加之到底是少年人的心性，见那几人贴着门缝，向内观看，忍不住也凑上去，要看一看两人在洞房中的情景。

只见红烛映照之下，纱帐中的两人朦朦胧胧，那段瑶瑶娇声叫着项郎，那项水田翻身抱住了她，两人说着情话。蜜桃仙蛛看得哧哧而笑，那朱黄二人更是喘着粗气，连吞口水。后来见二人只是抱住，段瑶瑶手起两掌，将烛光灭了。朱黄二人大为失望，仍是将耳朵贴在门上，唯恐漏掉一丝声音。

夷陵狂生再无兴趣听下去，回身在人群中坐定。

只听一人压低了声音，恶狠狠地道："冯坛主虽然神机妙算，但不知这个法子到底灵不灵，别让这小子自己快活了，却救不了大伙的急。"另一人道："听说这是按教主他老人家安排的密法，教主英明神武，自然是错不了的。"

一个满脸如橘皮般粗糙的黑衣人道："就算这法子有用，也太便宜了这小子。本教与他有不共戴天之仇，他谋害了唐教主，还在黄州杀害了本教白虎坛主宇文彪。今日就算他做了风流鬼，也不能让他死个痛快。"

橘皮脸身边的一人道："张剃头，你也别急。听说这人炼成了巫山蛊，一会儿，只要你能喝到他的血，你的毒自然能解。但如果你把他弄死了，报仇是痛快了，那兄弟们下次毒发，再找谁去？再说，不要他死，却又细细地折磨他，正是我等的拿手好戏。到时候，什么传言的秘密，还有那'飞焰照金山'，不都会让我们知道了吗？"另一人冷笑道："我看巫山蛊也没有什么用处。要不他怎么会被我们擒住，生死操于我等手中？"另一人道："那也很难说。说不定是这小子还没学到家。幽灵幻雾又是冯坛主的妙方……"

忽听一人咬牙切齿地道："不行，老子受不了，一刻也忍不下去了，这药力越来越厉害，老子管不了那么多，现在就要喝他的血了……"旁边一人道："马兄弟，再忍一忍，等那小子血脉偾张，风流过后，再连那女子的血，一并喝下，效用一定更佳……"那马兄弟道:"老子忍不了。一人做下事来,到时候冯坛主责罚,大伙都推到我头上便是。"

那马兄弟说完这话,站起身来,抽刀在手,就要去推那房门。

便在这时,一只纤手忽地向这马兄弟肋下一点,将马兄弟点倒在地。出手的人是蜜桃仙蛛,她道:"大伙再忍着点,别学姓马的这样没规矩。看来是要老娘出马了!"

只见她推开房门,将那两支蜡烛点亮。见段瑶瑶躺在项水田身侧毫无动静,伸手将段瑶瑶一把提起,向墙角一扔,浪笑道:"听说你叫作什么风月蝴蝶,真是半点风月也不懂。来来来,姐姐让你开开眼界,让你知道什么叫洞房花烛。"说着,大马金刀地走上床来。

蜜桃仙蛛将水红色的绸衫一把扯下,只余一件大红带花的肚兜,一下骑到项水田身上,软语叫道:"我的心肝儿……"低下头来就要亲他嘴唇。项水田身上功力只有二成,刚才奋力将段瑶瑶穴道封住,又花去不少内力,这时见那女子骑到身上,竟无力避开,见她红唇亲上来,急忙将头向右一偏。就在这时,只见那蜜桃仙蛛嘴唇已碰到项水田左肩,只见她张开大口,一口咬在项水田左肩上,当即咬下一块肉来,项水田痛得大叫一声,那女子口中大嚼,叫道:"大妹子,看到没有,只有将情郎的肉吃下肚,那才叫亲怜蜜爱,好香,好香!"项水田忍痛叫道:"你不可咬我,会中毒丢掉性命!"蜜桃仙蛛一边大嚼,一边仰天浪笑道:"哈哈哈,心肝儿倒会怜香惜玉,你只知道,那些没炼过毒的,自然不能沾你的血,可我圣教的人,都在等着要喝你的血,吃你的肉呀……"她说这话时,嘴唇血红,眼中神情极是癫狂,仿佛饥饿之人正在享用饕餮大餐，看起来极为惊怖。

项水田又痛又悔。刚才他点了段瑶瑶穴道后，门外这些人的对话，他其实已经听到。但没想到，这些人真的是要喝他的血，说什么是用来解毒。如果事先知晓这一点，不去制止段瑶瑶输送内力，不去点她穴道，她也不会对这个蜜桃仙蛛无力反抗。这时他肩头被咬下一块肉来，顿时全身的血脉如同找到一个出口，立时向这个伤口涌来。

蜜桃仙蛛低头将血一口吸下，伸手在伤口周围连抓几下，道："心肝儿，我泡的茶百戏，你还没有那个妞儿会欣赏，我现在给你画幅画儿，这算是一朵桃花儿，嗯，这一口，一只鸟儿，像不像？"突然用手在他胸前一抓，拖出一道长长的血痕，道，"这算是美人蕉……"那血痕划得很深，又有鲜血渗了出来。蜜桃仙蛛低头吮吸，神情极是迷醉，现出极大的满足。

那女子在他身上又咬又抓，项水田只感到钻心地剧痛。这时他腹内的蛊毒也起了反应，似有千万只毒虫在叮咬，他痛得直想大叫大跳，但他除了被咬第一口外，再也没有叫喊，只是咬紧牙关，一声不哼。他感到身上的血不停涌出，这样不停地流血，最后流尽，一定会虚脱而死。他这时不是感到恐惧，反而感到一丝解脱。自己本是来找解药的，现在解药没找到，还遭人暗算，无力反抗，就要流血而死，死就死吧，一了百了，胜过了受这蛊毒的无尽折磨。这样想着，身子一动不动，任由那女子抓咬，更不起任何反抗挣扎的念头。

蜜桃仙蛛本想在疯狂的撕咬和抓伤之后，既解自身的毒，又激起项水田的癫狂状态，好行那苟且之事。但项水田一声不哼，毫不动弹，蜜桃仙蛛反而失了兴头。她哼了一句："亏你炼成了巫山蛊，倒似个活死人！"大声对门外道，"大伙都过来，轮着解解馋吧！"话音刚落，门外的黑衣人一阵风似的冲进来，饿虎扑食般地扑到项水田身上，恨不能将他的血全部吸干。项水田闭上了眼睛，暗叹："想不到我会这样死掉。段瑶瑶也会因我而死，还有那李青萍……"蜜桃仙蛛将冲在最前的一人抓住，道："记住，每人只吸三口，不然，这人死了，坏了冯坛主的大事，明天就没有他的血可以喝了！"这句话如同圣旨，那些人虽然极不情愿，也只得遵守，每人只吸三口。已经毒发的人，吸血之后，果然如药到病除，疼痛大减。

夷陵狂生先是看到项水田跟段瑶瑶洞房花烛，心中不免有一丝妒意，心想这小子不过是个放牛娃，竟然能跟天仙般的大理郡主成婚，真是癞蛤蟆吃到了天鹅肉。后听到他念着什么"见女守丹"，又叫着"枣花救我""神仙姐姐救我"，只觉此人中毒已深，神志不清。这人跟自己一起长大，却害死了自己的爱妻，此仇怎可不报？他死在五梅教手上，倒也遂了自己心愿。待见他突然受到这么大的苦楚，就要被吸尽鲜血而死，又想，这人毕竟与他有兄弟之情，心中又有些不忍。但他此时毒未全解，功力未复，如果贸然出手，这些要靠项水田的血解毒的人，一定会群起拼命，因此并无胜算，只得先行忍耐。这种噬血解毒的场面，他从未经历过。自己所中之毒，另有解药，自然无须去吸血。

段瑶瑶被蜜桃仙蛛扔在地上，并未受伤。她只是被项水田点中了大椎穴，无法动弹。眼见那恶女和一众黑衣人吸食项水田的鲜血，心急如焚。一直在暗运内气，想要将被封的穴道冲开。

忽听上房有人气急败坏地大叫："不好了，有人在外放火！"夷陵狂生听了暗喜，必是那大理郡主的四大护卫在放火救主。只听蜜桃仙蛛道："大伙上去，将那四个女子打发了，将火浇灭!"
夷陵狂生也随着那些黑衣人走向上房，回头一看，只有蜜桃仙蛛
和朱黄二人留下来，守着项段两人。

众人开门奔出茶庄，只见茶庄的墙根上，已经燃起了十几处
火头，房顶也有十几个火把在燃烧。原来是四女从山间找来了枯
枝和树脂，趁夜色掩护，悄悄放在墙根，一齐点火。茶庄中所有
的黑衣人为了解毒，都争着去喝项水田的血，值守的人也不例
外，待到大火烧起来，这才惊觉。众黑衣人有的取水救火，有的
拿树枝或者湿衣服扑打，四女却躲在花丛中，不时施放暗器，一
众黑衣人大喊大叫，乱成一团。

就在黑衣人从大门进进出出的时候，一个黑影如同大鸟一
般，从夜空中"嗖"的一声，穿入了茶庄的大堂，从那扇打开的
暗门，顺着台阶，循着光亮，来到了项段二人置身的那间密室。
进门一看，项水田和段瑶瑶二人已将蜜桃仙蛛和朱黄二人制住。
两人一见黑衣人，惊喜出声。原来是穿了一身紧身夜行服、轻功
高强的风护卫轻岚。

就在众黑衣人吸食项水田的鲜血、项水田放弃抵抗，只等血
尽而亡的时候，他的身体却起了微妙变化，不仅没有因为被吸血
而虚脱，而且渐感神志清明，内力恢复，手脚灵便。原来，蜜桃
仙蛛限定众人每人只喝三口，项水田所失去的鲜血，并不太多。
他年轻力壮，失去这点鲜血，比起刀剑之伤，几无差别。那三十
几名魔教教众，为提防误中幽灵幻雾之毒，事先服用了解药。项
水田在被送入洞房之前，已被喂食了一小部分解药，以保证他身
子能够活动。到这三十余人吸食他鲜血时，每个人身上的解药，
都传递到他身上，发挥效用，到后来他身中的幽灵幻雾之毒，尽

数化解，立时感到一阵轻松和解脱。

魔教众人所中的是魔教毒药七尸脑神丸，这些教众自身也是炼毒使毒之人，身上所带毒性也是五花八门。这些人在吸食项水田的鲜血时，身上的毒性便也自然向项水田身上传递和转移。巫山蛊毒之所以号称万毒之王，本来就是在毒中选毒，毒中最强才成为蛊。而项水田腹中的绝仙蛊，已是当世最强的毒药，所以，这些魔教教众的所有毒性，在他面前都是小巫见大巫。不仅如此，这些人所积的各种毒，在吸食项水田鲜血的过程中，竟然如同众鸟归巢、百川归海一般，进入项水田的体内。项水田放弃挣扎，使得毒性的流动平稳顺畅，体内绝仙蛊得到滋养，他的内力武功，自然得以恢复。只不过，他自己也不明白这个道理。

众人上楼救火之后，项水田关心段瑶瑶，想要去帮她解开穴道，没想到，一起身，竟然灵便异常地站起身来，连他自己都绝难相信。他径直走向段瑶瑶，伸手便解了段瑶瑶的背上穴道，顺手扶她站起身来。段瑶瑶在他解穴时已感觉他内力强劲，伸手相扶时，功力恢复，与他对视时，眼光湛然。她不禁又惊又喜。

这一下，蜜桃仙蛛和朱黄二人如见鬼魅。怎么也想不到，一个已中了奇毒、被三十多人吸血、就要虚脱而死的人，突然之间，奇毒自解，精力旺盛。他起身给段瑶瑶解穴并扶她起来，也只是一瞬间的事，待二人走近身来，蜜桃仙蛛和那朱黄二人，一半是惊吓，一半是害怕，就被项水田和段瑶瑶三招两式，打倒在地，点了穴道。恰在这时，轻岚来到了密室救二人。

项水田向蜜桃仙蛛询问高瑞升等三人的下落，蜜蜂仙蛛只得打开另一间密室。高瑞升、谭明和那名帮众昏睡在地，吃过解药醒来，高瑞升突然看到段瑶瑶，惊喜道："郡主怎么也来了？"

几个人押着蜜桃仙蛛和朱黄二人走上地面的大堂，一众黑衣人也已将火扑灭，带着几个被暗器打伤的同伙，在茶桌上治伤喝茶，骂骂咧咧。一见蜜桃仙蛛和朱黄二人被项水田几人擒住，众人都不相信自己的眼睛。有人还想动手，只听蜜桃仙蛛语带惊恐地道："大伙省省吧！我等不是项帮主和大理郡主的对手，冯坛主筹办的这件大事也败了，大伙认命吧！"众人听她这么一说，只得待在当地，一动不动。那夷陵狂生本可以乘机逃走，但终是对那块绿玉放心不下，随众人走入大堂，这时见双方形势倒转，自是惊诧莫名，也在一张茶桌旁坐下。轻岚出门去，联络另外三女，四人一起回到大堂。

段瑶瑶道："蜜桃仙蛛，你果然好手段，一会儿是卖茶女，一会儿是老妇人，竟让项帮主和本人受这等羞辱！好吧，我也有办法对付你，将你的衣服脱得一件不剩，任由你那魔教众人……喝你的鲜血……快快从实招来，你们到底有何图谋？"蜜桃仙蛛如泄了气的皮球，只是嘴硬，道："此事由老娘领头，要杀要剐悉听尊便。"段瑶瑶又道："魔教还有何人在近处？你还是招供了为好！"蜜桃仙蛛低声道："冯坛主不在这里，我等接到密旨，专候项帮主和郡主前来……"段瑶瑶一脚将蜜桃仙蛛踢到地上，连打了几个滚，骂道："你这贱货，这般羞辱我，到底是何用意？"蜜桃仙蛛啰唆道："小女子只是按冯坛主的安排行事，好像……好像仍是要项帮主和段郡主来炼那金童玉女蛊……"

段瑶瑶想起密室中洞房花烛的情景，脸现一丝红晕。正要对蜜桃仙蛛细细拷问，忽然，一个黑衣人"咚"的一声，倒在地上，杀猪般地号叫起来："痛死我了，痛死我了，张剃头，你杀了我吧，杀了我吧……"在地上左右打滚。原来是第一个想去吸血，却被蜜桃仙蛛点了穴道的"马兄弟"，众人忙着吸血，谁也没想到给他解开穴道，所以三十几个黑衣人中，只有他一人未吸血。项水田将蜜桃仙蛛等人押上大堂来时，才顺手将他穴道解了，带了上来。此人当下毒性发作，再也忍耐不住。

却听项水田对那马兄弟道："你刚才没有吸我的血，就来吸几口吧！"

这句话大出众人意料。一众黑衣人以为他是语带讥讽，想到喝他鲜血之时，这人一动不动，如同死人一般，不知怎么活过来了，现在已成了他砧板上的肉，不知要遭受怎样的酷刑折磨，怎会还让马兄弟吸他的血？但看他一脸真诚，全不是作伪的样子。

那马兄弟听了这话，不再打滚，停了哭号。趴在地上，抬头看着项水田，不敢相信他说的话是真的。

项水田将肩头已经凝结的伤口扯开，又见血出。他快步走上前去，将那马兄弟扶起来，坐在凳上，将他后脑扶住，让他嘴巴对准了自己的伤口，轻声道："吸吧！"

那马兄弟再不迟疑，如饥饿的野兽见到美味的食物一般，顿时大口吮吸项水田的鲜血，连吸了三口，长长地舒出一口气，瘫坐在凳子上，总算脱离了生不如死的状态。

项水田又道："还有人需要的，可以再来吸几口……"大堂中已是鸦雀无声。

只听到项水田平静的说话声："各位中了毒，那是难受得很。我也中过毒，知道痛得要命。现在喝了我的血，可以解毒，那就再好不过了。说实话，各位喝了我的血，并不是要了我的命，反而让我舒坦得很，手上有了力气。真奇怪，为什么上次在黑风谷，有人碰到我的血，就当场丢了性命……"

他还要这么唠唠叨叨地往下说，忽听"扑通扑通"之声大响，那些黑衣人全都跪倒，第一个跪在他面前的那马兄弟道："项大侠，您是天下一等一的好人，我是猪狗不如的小人。小人给您磕头了！感谢您的救命之恩！"其余众人纷纷道："感谢项帮主活命之恩，少侠义薄云天，恩同再造！""项帮主舍己为人，救人急难，是真正的大英雄、大豪杰！""大侠君子不记小人过，如有任何驱遣，小人必效犬马之劳，肝脑涂地。""今日方知项帮主是真君子，大高人……""从今以后，老子谁也不服，就服项帮主一人！"

更有人越说越出格，什么"项帮主是武林中前无古人、后无来者的大宗师！""项帮主与本教教主都是日月同辉，天地同寿！""项帮主是我再生父母，比我父母还亲，恩情比大海还深！""项帮主是大情圣、大侠士、天下第一男儿，武功天下第一，使毒天下第一，暗器天下第一，所娶的帮主夫人，也是天下第一……"

项水田从未听过这等肉麻的吹捧。他本就不善言辞，有些话是第一次听到，只是觉得新鲜，还要理解一番，但知这些人都是在说自己的好话，一时有些昏昏然起来。

只听高瑞升斥道："够了，你们这些势利之徒，项帮主是个实在人，用自身的鲜血给你们解了毒，也不用拿你们魔教的那一套来吹捧他。再说下去，我大耳刮子抽你们！"

众黑衣人急忙收声。

段瑶瑶向蜜桃仙蛛问道："什么是幽灵幻雾？"蜜桃仙蛛叹了一口气："事到如今，也只得照实说了。幽灵幻雾是本教唐教主遗下来的一个毒方，真可以说是可遇不可求……"夷陵狂生听说是唐教主留下的毒方，更是关心。

蜜桃仙蛛续道："幽灵幻雾其实是要配齐四样难得的东西，才能产生毒效。这四样东西，第一样叫幽灵草，便是茶庄外花田里的这片花草，看上去跟寻常的蓼花一模一样，其实这幽灵草花期不长，且花骨朵极其脆弱，几乎一碰就断，会释放出一股淡淡的香气，却又不易觉察。第二样是花田上必须有雾，这几天正好都有轻雾，这些雾气，其实是这里独有的一种瘴气，瘴气只有特别浓厚时才有毒性，但幽灵幻雾所需瘴气却不需太浓，只有如轻雾一般，才好与幽灵草的气味混合。第三样就是白虎的虎毛，白虎本就难找，而本地正好就有白虎。茶庄为了吸引白虎来到花田，还专门将那虎群中的一只年轻雌虎捕了，锁在茶庄的密室之中，这才吸引了四只白虎前来花田……"

她说到这里，项水田和高瑞升都想起，那天他们看到花田里的老虎向茶庄逼近，还冲出去与白虎周旋一番，原来正好中了她的圈套。

蜜桃仙蛛续道："虎毛本就容易脱落，如果能够在有雾的花田里，跟白虎交手过招，满身粘上虎毛，那也就差不多了。最后一样，就是要喝下本茶庄的茶百戏这道茶。这道茶可不是等闲之人能喝到的，只有极名贵的陈年茶饼，能泡出山水图案的茶汤……幽灵草、薄瘴气、白虎毛、茶百戏，这四样稀罕之物，自身并无毒性，但混在一起，便是一味可以毒倒巫山帮主的剧毒之物了。"

她这么一说，众人都是惊了半晌，连夷陵狂生也是暗暗点头。自己在花田中与四女过招，自是三样一样不少地沾上了。那茶百戏虽然试过无毒，又有什么用？没想到这个幽灵幻雾的毒药用心这么深，又得这四样物事全都凑齐，方可奏效。

项水田和高瑞升都听得冷汗直冒。巫山帮中炼毒制毒也算五花八门，但如此这般地配齐这些物事，也是闻所未闻。

只听段瑶瑶道："四般稀罕之物难以配齐，倒是不错，但巫山蛊毒是万毒之王，怎样确定这幽灵幻雾能将蛊毒制住呢？"蜜桃仙蛛道："唐教主专有遗训：巫山蛊毒多以至毒之物自相残杀，才可选出蛊毒，而要制住蛊毒，非从无毒之物互相搭配不可……"

段瑶瑶又道："你们如何知道这位项帮主和本人，都会来到此处、陷入圈套呢？"蜜桃仙蛛略显得意："那块绿玉既然被发现，巫山帮主自是要到此地一游，而普通的江湖门派，什么清风寨之流，自是没奈何得了他。小女子这几天就只需在江上泛舟等待就是。至于你这位郡主，项帮主既来了，你自然也会来的……"段瑶瑶听她这么说，脸上又是一红。

只听夷陵狂生道："狂生有一事不明：仙姑既然将大理郡主也毒倒了，为何说那绿玉，并不在她身上？"蜜桃仙蛛正要答话，段瑶瑶道："说什么我被毒倒？那杯茶我并没喝下，而是慢慢将茶水倒在袖口之中。我就是想探一探，这个茶庄到底是什么样的龙潭虎穴。"她这么一说，所有的人都吃了一惊，只有项水田不感意外。段瑶瑶正眼也不看狂生一眼，道："那块绿玉我已另外藏在一个稳妥之所，你尽可以找我来要，不必疑心是这蜜桃仙蛛私吞了。"

蜜桃仙蛛屈身道了一个万福，道："多谢郡主替奴家撇清。这么说昨晚在洞房之中，段郡主早已明察秋毫，也只是演了一出戏，便将项帮主救出。小女子及本坛输在大理郡主和项帮主手上，输得心服口服，两位珠联璧合，天造地设，那是再也找不到的绝配了！"她知道便是再好的谀词，也比不上说她和项水田是佳偶了。

果然那段瑶瑶又是脸现红晕，道："你也不要乱嚼舌头。你以为项帮主真的被你们毒倒了？他昨晚实是神功自成，靠自身就破解了你这幽灵幻雾之毒。"又道，"我想再问你一句：贵教与这个万柳茶庄是什么关系？你们识得这茶庄的主人吗？"蜜桃仙蛛答道："这个茶庄久已无人经营。本教在数年之前，就由唐教主安排，将这个茶庄租下，种草卖茶。至于茶庄的主人，奴家也不认识，听说姓万，但并不在此居住。本教是从他一个远房的族人手上租房的。此人也从不到茶庄里来。"

段瑶瑶道："明白了。"转头对项水田道，"项帮主，该问的也问清楚了，你看对这些人该如何发落？"项水田没想到她会有这么一问，道："这个……要是我们事儿已经办完了，便离开这里最好。这些魔教的人，让他们好好悔过……"段瑶瑶道："奴家有一个建议，这些人把这个茶庄作为据点，秘制什么幽灵幻雾害人，项帮主宽宏大量，不必杀掉他们，只将他们关在这茶庄的密室之中，让他们也尝尝这幽灵幻雾的味道，也算公平吧？"一众黑衣人听了这话，急忙跪倒在地，磕头如捣蒜，口中不停哀求项帮主饶命。项水田道："你们这些人，加入魔教，下毒害人，本来不该留在这世上，念在是受到魔教挟制，只要肯改过自新，便不加追究。如果下次还要解毒，可以到巫山帮找我。"段瑶瑶笑一笑，道："本想将他们全都杀了，你倒当了好人……"转头对蜜桃仙蛛道，"项帮主饶了你等性命，还不快滚？滚得越远越好。如果下次见到你们作恶，就没有这么好运气了！"

蜜桃仙蛛和一众黑衣人听了这话，如闻大赦，一个个抱头鼠窜地逃出茶庄，刚走一半，段瑶瑶又道："等一下！"蜜桃仙蛛等人只得停步，眼望段瑶瑶。"茶庄中的白虎和那些毒物，还要留在这里吗？"这些人听了段瑶瑶这句话，又忙不迭地进入楼下密室，将那只白虎和众多毒虫，全都带走。只一会儿工夫，魔教所有黑衣人，走得一个不剩。

只有夷陵狂生仍然端坐凳上，并不起身。

段瑶瑶对夷陵狂生毫不理睬，冲着项水田几人和四方招了招手，脸上带着几分神秘的表情，举步又向楼下的密室走去。

众人好奇地跟在她身后，走下台阶，来到下层的密室，走过了昨晚的那间洞房，在最靠里间的一个墙边停下。

大伙不知她来到这儿是何用意，都向她投去疑惑的眼光。

只见段瑶瑶轻轻一跃，伸手向右边的房顶碰了一下，似是触动了房顶的一个机关。这时，众人目睹了奇妙之事：那面墙壁轧轧有声，又打开了一个暗门。那暗门应是许久未开过，门板边缘颜色发黄。暗门打开后，露出又一间密室，那密室也有一面临水的水晶石窗户，微光映照之下，只见房内十分宽敞，房中别无长物，只在最里头的墙壁边，有一人盘膝而坐，长须白眉，一身白袍，似在入定闭目炼丹。

段瑶瑶轻声道："冒昧打扰。请问先生是否姓万？是否识得万青云老前辈？"

段瑶瑶的声音清晰传出，那人一动不动。室内气氛紧张起来，令人透不过气。谁也不敢迈步进入那间密室，只能这样静静地呆立当地。就这样又过一会，那人仍然一动不动，一言不发。众人连大气也不敢出，不知这人是死是活。但段瑶瑶极沉得住气，示意大家耐心等待。再过一会，忽听那人从喉咙里发出了声音，这声音并不大，但如龙吟，似虎啸，如巨兽从地底发出的低吼。

第四章　御街行

词曰：

> 凌波悠忽生飞羽，险阻驱闲步。鸾翔凤裛话当年，耄宿不开眉宇。靖康余创，家仇情恨，都付尘寰去。
>
> 彩云追月披星旅，此际寻仙姥。杏花煮酒划吴钩，儿辈应驱胡虏。凤缘难了，琴箫酬唱，重沥巫山雨。

那啸声似止似歇。忽然，众人眼前一花，似有一阵风卷过。再一看，那打坐入定的老者，已不见踪影。

众人迟疑了片刻，方才回过神来。项水田问段瑶瑶："这个老人是什么人？"段瑶瑶轻轻摇头，缓步走进密室之中，眼神在室内略略环视一番，伸手在房门右边的墙壁上一按，房门又发出轧轧的声响，缓缓关上。段瑶瑶闪身出门。

段瑶瑶对众人道："你们一定奇怪，我为何对这个房子这么熟悉？我也奇怪，因为我的奶奶在大理苍山中，也有一间跟这一模一样的房子，不过不是临水建的，"又转头对项水田道，"所以我觉得那白须老者，可能跟我爷爷有关，万青云便是我爷爷的名讳。还记得那石碑上的落款吗？就是我爷爷的名字。"项水田"哦"的一声，记起他和段瑶瑶在万蛇窟的后洞石壁上，确曾看过这个名字。

项水田道："瑶瑶，这个老人，会不会就是你的爷爷？"段瑶瑶道："奶奶说，自爷爷离了巫山帮之后，就再没他的音讯了。如果他是我爷爷，刚才为何走了？"也有人猜想，这人或许是万姓的屋主，又或者是魔教中的什么厉害人物，但人既然走了，就不知他到底是谁了。

众人随段瑶瑶移步到了地面的茶厅中，段瑶瑶又走到柜台边，伸手打开墙壁茶柜上的暗格，取出一块晶莹绿玉，众人中只有夷陵狂生看得眼睛放光，这正是他得而复失的那块刻字绿玉。没想到段瑶瑶在茶厅里转悠的时候，顺手放在这里，也瞒过了魔教的耳目。他想到魔教精心选了这个宅子，对项段二人使出罕有的幽灵幻雾毒招，却没想到，段瑶瑶对这个宅子，熟悉得如同回到家一样，可见人算不如天算。眼睁睁看着宝玉又到段瑶瑶手中，知道段瑶瑶聪明绝顶，对方又人多势众，此时绝难抢回玉石。

段瑶瑶将绿玉递到项水田手中，道："项帮主，这块绿玉本来就是你巫山帮的，现在物归原主吧！"项水田道："你也叫我帮主？这绿玉怎会在你这里？"说着又望了夷陵狂生一眼。段瑶瑶缩回了手，笑道："项帮主邀请我来到贵帮祖庭，参与破解那四句话的传言。我想，要破解这个传言，总是离不了这块绿玉，就到了郑家庄，从你的这位兄长这里，拿回了绿玉。跟四位姐妹赶到这里，还是迟了一步，被那蜜桃仙蛛骗进了茶庄。后面的事，你都知道了。"

却听夷陵狂生叫道："将绿玉还我！"段瑶瑶不理狂生，对项水田道："自拿到绿玉后，你这位兄长一直想夺回去，也跟到了这里。眼下，不知还有多少人，想得到这块绿玉，项帮主，破解那句传言是贵帮分内之事，我只是一个寄住在巫山项家坝的小女子，项帮主得东坡先生《赤壁赋》《后赤壁赋》的机缘，身负绝世武功，绿玉回归你巫山帮，宵小之徒，自不敢轻举妄动。"

项水田连连摆手："你哪里是个小女子了？你脑子聪明，武功又好，我可万万及不上你……"段瑶瑶笑了一笑，道："我那点功夫，连皮毛都没学到，别说出来丢人现眼了。"又将那绿玉拿到眼前，道，"武落钟离山，天龙吐仙丹。若得瑶光顾，飞焰照金山。不知这几天来，一众武林豪客，有谁解开了这四句话的秘密。"项水田腹内隐隐生痛，道："白白受骗上当，差点性命不保，连累那白虎岛也烧成了白地……"

便在这时，屋外传来铮铮铮的瑶琴之声。

众人都走出茶庄，要看是何人在弹琴。出了茶庄后，又感奇怪。在屋内听那琴音，以为就在屋外，但走出茶庄后，那琴音竟是从江边的树林中传来。众人循着琴音走到那片林中，只见一棵枝叶茂密的香樟树下，一位白袍老者，长须白眉，横琴而弹，正是那密室中的老者。

来到老者面前的众人之中，只有娟月感到又羞又愧。在大理郡主的风花雪月四大护卫之中，她可以说是身手最灵的，语言泼辣，又得郡主传授琴艺，连郡主的那张瑶琴，也是由她保管。但是，老者刚才从密室中闪身离去时，竟顺手从她身边的行囊中，将那张瑶琴拿去，而她却浑然不觉。但见那老者所弹之琴通体乌黑，琴面的淡黄色篆体"绕梁"二字清晰可辨，正是自己从不离身的那张名琴。

更令娟月心头一震的是，老者所弹的琴曲，就是她熟稔的《阳春白雪》。这首由郡主传授给她的琴曲，在老者手中弹出来，只觉琴音一碧万顷，空阔无垠。仿佛进入了一个洁白无瑕的世界，令人尘虑顿消。她曾用这首琴曲，与夷陵狂生的箫音比拼内力，自觉少音律之美，多激荡之气。但老者弹来，并不含内力，听来却中正平和，尽得庄严气象，又远近悦耳，怡然自得，在茶屋中听来似在窗侧，而三尺以内也不觉狂躁。

高瑞升等不通音律的人，都是屏息凝神地倾听，大气也不敢出一口。夷陵狂生妙解音律，长于吹箫，已听得如醉如痴。项水田新近学会吹箫，听得眉开眼笑，跃跃欲试。他并不知这首琴曲是《阳春白雪》，当日唐凤吟在对中原群豪吹奏《哀郢》箫曲时，他已听出其中哀婉凄恻、惨绝人寰之意，而此时老者琴音中春风和煦、一元复始的意象，他还是听出来了。

段瑶瑶早已听得心潮起伏，热泪盈眶。

一曲既终，余音袅袅。谁也没有说话，唯闻风吹叶响，江流细浪。

忽听那老者轻声道："也不知有多少年头了，琴音还没有变。"吐字生硬，嗓音干涩。段瑶瑶上前一步，叫道："爷爷，您是我爷爷！"那老者睁起了眼，道："你叫我爷爷？你是贞保的孩子？"段瑶瑶喜道："是的，贞保就是我爸爸的名讳！""贞保呢？他在哪里？""我爸爸，我很小的时候，他……他就去世了。""死了？"忽然，段瑶瑶见到老者的额头已凑到她眼前，老者的眼睛也对着她的眼睛，大吃了一惊，老者道："怎么死的？贞妮呢？"

问完这话，老者身形一晃，又抱琴坐回原地。"贞妮，您是说我姑姑，跟我爸一起，战死在大理了……"

"大理？怎么会在大理？""是啊，爷爷，我奶奶带着我爸爸和姑姑去了大理。奶奶还在大理，奶奶还健在，她要知道我找到了爷爷，不知会有多高兴呢……"

"铮"的一声，瑶琴从那老者身上滑落，琴弦断了两根。老者身子摇晃，喃喃地道："巴英娜去了大理……"段瑶瑶上前，扶住了老者的身子。

项水田等其余的人，都悄悄地退开。知道这一对爷孙相认，有太多的话要说。

过了好一会儿，忽听那老者喊道："姓项的小子，你过来！"项水田此时已走到了几十丈开外的江岸，但老者这话仍清晰地传进耳中，立即快步奔跑过来。老者拿眼睛将他从头到脚扫了一遍，道："你是巫山帮的帮主？"项水田道："是的。"老者冷冷地道："我看不像！"又道，"你从河里漂到了黄州，学会了《赤壁赋》《后赤壁赋》中的拳法，还在神女会中得到了绝仙盅？"项水田道："是的，爷爷……"老者道："你叫我万老爷子就可以了。我孙女说，你不识字，怎么学得到《赤壁赋》中的武功？教会你这套武功的人，叫什么名字？"项水田道："小子确实没上过学，还是瑶瑶最近教我认了一些字。教我武功的人，只说他叫鱼划子……"万青云脸色稍和："鱼划子？我怎么不知道谁叫鱼划子……"

段瑶瑶喜道："项大哥，我爷爷就是《后赤壁赋》中，跟苏东坡喝酒吃鱼的客人呀！你那九天拳，就是我爷爷的武功，快向他学学！"项水田惊得半晌说不出话来。他背诵《赤壁赋》《后赤壁赋》时，只想到学会其中的武功，却没想过"二客从予过黄泥之坂"一句的二客，其中一人，竟然就是眼前这位名叫万青云的老者，段瑶瑶的爷爷。顿时觉得那《赤壁赋》《后赤壁赋》在心中更加亲切，更为有趣。

万青云道："这位苏大学士也真会耍滑头，武功明明是我教了他的，他却在《后赤壁赋》中来了'盖二客不能从焉'这么一句。不过，想是他要隐藏我的武功，只好正话反说了。"忽然，他看着项水田肩上的伤口道，"你小小年纪，怎么会有这么一身内功？那鱼划子就算教会你龙吟功，凭你这点修为，怎么引得千年巴蛇吐出绝仙蛊？"

项水田面对这位神色冷峻的爷爷，瞠目不知所对。

万青云沉默片刻，脸上无半点血色，惨白如金纸一般，忽地又用既是疑惑又有几分羡慕的神色，对项水田道："你将那绝仙蛊吞入了腹中，虽说可以百毒不侵，却有诸般疼痛，那是怎么个痛法？怎么你就没能克制幽灵幻雾之毒？"听到这话，项水田腹中又是隐隐生痛。他强自忍住，轻描淡写地说了绝仙蛊的种种痛状。至于为何不能对付幽灵幻雾之毒，他也说不清楚。

万青云忽然换了一副严厉的口气，道："小子，你好大的胆子！我这孙女，贵为大理国的郡主，对你这野小子可以说青眼有加，数次搭救了你，助你炼成了巫山蛊，帮你夺得帮主之位，甚至还跟你拜了大地，你却薄情寡义，贪心不足，要娶那帮中的神女为妻，看我不将你剥皮抽筋，废了你那对招子！"段瑶瑶道："爷爷，你别瞎说啦，项大哥有他的难处……"

项水田扑通一声，跪倒在地，连声道："爷爷，小子自从在那象轿中见到郡主，便将她看作天上的仙女一样，从没起过一丝一毫高攀的念头。郡主救了我的性命，又帮我娘盖起了祖屋，还陪着我娘居住，郡主对我的恩情，就是死一万次，我也没法报答。后来收到帮中神女的婚帖，没有法子……"

万青云道："就算我孙女跟你娘住到一起，你也不能娶她为妻。好，我去将你那个帮中神女杀了，这样总可以了吧？"段瑶瑶道："爷爷，万万不可。其实，项大哥心中喜欢的，是另一位叫枣花的姑娘……"

万青云一把将项水田的衣领抓住，拉到身前，道："什么？他还喜欢另外一个女子？"段瑶瑶轻声道："那位叫枣花的女子已经死了……"万青云轻轻将项水田放脱了手，叹道："老夫面壁三十余年，世道真变了。"

段瑶瑶将那块绿玉拿出来，道："这次能见到爷爷，还是因为这块绿玉。爷爷，你和奶奶在巫山帮的时候，听说过这块绿玉上的传言吗？"万青云知他的孙女是在转移话题，沉默了一会，道："爷爷在密室中不问世事，没想到大宋的皇帝都给人掳跑了，也没想到你奶奶在大理活下来，你爸和姑姑又都死了。刚才跟你说话，舌头也不利索，现在脑子才转得快了些。"又停了片刻，道，"你在茶庄里跟这小子提到绿玉，我都听到了。仔细想来，当年你奶奶跟我提过，她小时候听说过这块绿玉，好像是巫山帮祖庭的，因为这块绿玉，出过祸事，就再也没听说过这绿玉了。"

段瑶瑶道："爷爷，绿玉既是祖庭之物，会不会是巫山帮迁到灵鸠峰时，便将这块绿玉藏在房顶？这四句话，又是什么意思？是不是可以找到巫山蛊的解药？"

万青云道："巫山帮中的事，你奶奶比我更清楚，你去问她吧！不过，提起巫山帮，你奶奶又会比我更伤心……"段瑶瑶道："这么说，我们再待在武落钟离山，也难解开这句传言……"万青云道："爷爷的祖屋便在这里，何曾听过这句传言？还是省省吧！"段瑶瑶道："'若得瑶光顾，飞焰照金山'，会不会隐藏着解药的秘密？"万青云道："说到巫山蛊的解药，爷爷有一套内功心法，也不知是不是有效……"

段瑶瑶急忙拉住项水田，道："快向爷爷磕头，求爷爷传授这套心法……"项水田只是望着万青云，怔怔地说不出一句话。万青云哼了一声，道："我这套心法，未见解得了绝仙蛊之毒。再说，这个又呆又蠢的小子，就算跪下来求我，爷爷也不教他！"段瑶瑶拉着万青云的衣袖，急道："爷爷！"

忽听一个声音道："段郡主，你爷孙话也说够了，还请将绿玉交还给我。"原来是夷陵狂生已经走近。段瑶瑶道："真是有其父必有其子！你的父亲强占了巫山帮前任帮主的居室，你在居室的屋顶，找到这块绿玉，绿玉就成了你的？"夷陵狂生向前一步，向万青云深深一揖，道："老前辈在上，小子得见老仙风范，有万千之喜，恭贺您爷孙团圆！还请老前辈规劝郡主，退还绿玉，以慰先父在天之灵！"

万青云跟唐凤吟有过一面之缘。唐凤吟比万青云小了二十来岁，那时唐凤吟出道不久，并没当上五梅教教主。万青云遭受一番牢狱之灾后，遍寻巴英娜足迹而不获，即回到祖屋闭关清修，数十年不问世事。现在见到夷陵狂生，知他是唐凤吟之子，见此人气宇轩昂、吐属文雅，仿佛有唐凤吟的风调。他一生历尽劫难，但此刻已与瑶瑶相认，与失散数十年的发妻巴英娜相会，也是指日可待。而唐凤吟已惨死蛇腹，狂生已不再有父子相见之日。万青云心中既有对狂生的嘉许，又有对他失父的同情。说话就不同于对项水田那么严厉，道："爷爷看你还算顺眼。这块绿玉，本是巫山帮的，你要带到唐凤吟的魔教里去吗？"

段瑶瑶转头对项水田道："项帮主，我爷爷也说了，这块绿玉，本来是你巫山帮之物，刚才我要交还于你，你不肯要。那只好先收在我这儿。现在，我要陪我爷爷，去到大理，跟我奶奶团聚。但绿玉在我这儿，你这兄长必定死皮赖脸，跟着讨要。我爷爷是方外老者，自是不会亲自与这人过招，我也不想跟此人动手。这样看来，如果没有项帮主同行，我和爷爷只怕不大妥当……"

项水田道："我这位……兄长向来不要别人的东西。我劝他跟我一起，回到郑家庄就是了。"万青云道："这个傻小子，全然看不懂你的心思，理他做什么？"却听夷陵狂生道："此乃先父遗物，追到天涯海角，也要索回。"

段瑶瑶道："项帮主，听到没有？人家并不听你的劝。看来你这个护卫，就跟我们当定了。"万青云听到狂生说出这话，脸上变色，道："小子，我爷孙在这儿说话，你还不快滚！要等到爷爷在你身上种蛊吗？"狂生白了万青云一眼，一言不发退了开去。等他走远，项水田道："跟你们到大理，当然很好。但这次来到祖庭，绿玉那句传言的秘密没有揭开，解药也没找到，怎么向帮里交代？"

万青云道："传言这种东西，误了多少世人？很多传言，是人为捏造，用以蛊惑人心，不可尽信。又有一类传言，出于上苍警示，但凡俗之人，囿于眼界经历，又不可尽解，一定要到因缘际会，时机成熟，方能揭开谜底，水落石出。"项水田听了这话，道："好，只要爷爷不嫌我笨，我就跟你们同行吧！"万青云道：

"爷爷一生气，就会打断你的狗腿！"

项水田与高瑞升等人来到茶屋商量，说好由项水田陪伴万青云、段瑶瑶爷孙俩去大理，其余的人一同回巫山。娟月将自己所骑的老虎，给了项水田，又另外安排一只虎给万青云，段瑶瑶自骑一虎。三人便与高瑞升等人道别。

夷陵狂生却在江边远远守候，自是要盯紧段瑶瑶的行踪。

万青云、段瑶瑶和项水田三人骑虎而行。三人翻山越岭，不走官道，奔行甚速。一路上只吃些干粮，万青云辟谷出来，极少饮食，果然是餐霞饮露。项水田啧啧称奇，却受了万青云不少呵斥。三人也不住店，以树当床。不数日已达大理边境，并未见到夷陵狂生尾随的踪影。

这一日黄昏，三人已到湘西大庸，前面一个酒旗招子，写着"鸡鸣三郡"四个字。段瑶瑶道："爷爷，这些天来，也没好好吃顿饭，孙女请你喝酒！"万青云道："好哇！"

三人将三只虎散在林中。段瑶瑶为免引人注目，用头巾将头发包住，身穿粗布衣衫，跟在万项二人身后，走进店中，店小二安排三人靠窗落座。那酒店依山而建，白墙黑瓦，已年深月久。对面山坡上种着一大片桂花树，此时是八月底，桂花开得正盛，一阵清香飘进室内。更奇的是，三人落座的窗外，竟然开着数株红梅，枝干横斜，花瓣鲜艳欲滴。这个季节本无梅花，但山地节令与平野不同，此时，又升起了淡淡雾气，在丛丛绿桂的背景下，几株红梅更增添了怡红快绿的韵致。

酒楼大堂的人不多，都是三三两两的客商模样。三人点好了酒菜。万青云拿酒杯轻轻啜了一口，吞下咽喉，叹道："数十年未沾酒水，这杏花果酒，也甘美可口。"

段瑶瑶看着梅花，轻声道："不知有人是否记得，我还有一个小名……"项水田正大口吃饭，并没留心窗外的梅花美景。经段瑶瑶这么说，便抬起头，看着那红梅，道："对了，你小名叫腊梅，是你奶奶给你起的，很好听……"

只听万青云轻声道："咏梅花的诗，我就喜欢这一句：'瘦态每宜轻雾后，残妆最爱晚香余。'"说着，饮了一杯酒，将酒杯放下。

这几天来，万青云与项水田同行，见他言语规矩，动作勤快，一应安排吃住，照顾牲口，周遭警示诸事，全是他包下来，如不问他，绝不多说一句。对于段瑶瑶，更无半句调笑戏弄之语。看来此人生在乡野，为人质朴，万青云对他的厌恶之意稍减。不过，万青云不大瞧得起粗鄙少文之辈。他知段瑶瑶自幼养在深闺，又得奶奶亲传琴艺，被大理皇宫封为郡主，就连她的护卫娟月，都是琴艺诗文俱佳，没想到她倾心的这个巫山帮主，只是个年纪轻轻的山野匹夫。有时见此人不时面露痛苦表情，知是忍耐那绝仙蛊发作，心道："孙女跟此人成亲，别说绝无诗文唱和之乐，就是他性命能否保住，都很难说。"心中便对孙女嫁与此人，不以为然起来。又想，这些天来，此人明知自己有化解蛊毒之法，却从没提过请求传授，倒也硬气。

忽听项水田对段瑶瑶道："那些去本帮祖庭的人，听到'飞焰照金山'这句话，硬说山中藏着金子，到处乱敲乱挖，你说好笑不好笑！"段瑶瑶道："是啊，有些人总是鬼迷心窍，财迷心窍。"万青云又喝一杯，瞧也不瞧项水田一眼，只道："金也空来银也空，死后何曾在手中。"

却听段瑶瑶道："爷爷既有化解巫山蛊的内功心法，何不传授给项大哥呢？"万青云知道孙女的心思，道："我这套内功心法，从没在中蛊的人身上试过，不知是不是有用呢！"仍是眼望窗外。段瑶瑶正要说话，忽听万青云道："奇怪，有很多人来了……"似在侧耳倾听。项段二人却没有听到什么动静。再过了一会儿，果然听到人喧马嘶，跟着有上百号人挤进了院子，原来是一群大宋的官军。

店小二早已出门恭迎。一个军官模样的人道："快将酒楼中的客人全部赶走，军爷们要吃饭喝酒！"那店小二面有难色，只听啪的一声，已挨了那军官一个耳光。"老子们跟金国人打仗，命都没了，要人让个座，算他妈什么？"店老板是个胖胖的中年人，急忙跑出来拉过店小二，一面训斥，一面又向那军官赔礼。和店小二一起，挨桌请客人让座离店，有的客人已经吓得起身离座。

项水田哪里见得这种事？砰的一声，拍了桌子，道："这还了得！"正要起身理论，却被段瑶瑶劝住。段瑶瑶悄声道："你看看这些人，有的缺胳膊少腿，有的头上挂彩、缠着布条，定是吃了败仗。现在回来欺负老百姓，那是他们的本分。天下的官军，都是这个德性，你哪里除得尽？忍忍算了。何况我们也吃完了，再说，爷爷也不想跟这些人啰唣！"项水田只得忍住了。万青云摇头吟道："二千年后视今日，二千年前等无异……"项水田强忍怒气，向店老板付了酒钱，三人悄声向店外走去。

那群官兵正在进店。有个兵痞见到段瑶瑶是个女儿之身，竟直接伸手抓她胳膊，淫笑道："女娃子，来陪军爷喝酒！"段瑶瑶闪身避开，斥道："你干什么？"几个兵油子大是兴奋，叫道"妙哇妙哇"，一齐围了过来。

项水田和段瑶瑶正要动手，忽见白影一晃，有人飞起一腿，便将那个兵痞踢了一个跟斗。跟着指东打西，将围上来的几个兵士，全都打倒在地。三人一看，这人竟是夷陵狂生。

一时堂中大乱，那军官奔过来，口中叫道"反了反了"，抽出长钩，直取狂生。夷陵狂生哈哈大笑，三拳两腿，便将那军官打败，伸脚将他的长钩踩在地上，那人使出吃奶的力气，也无法抽回，夷陵狂生腿上忽地卸力，那军官连人带钩，滚倒在地，只气得杀猪般号叫。狂生冷笑道："不在阵上杀敌，白白辱没了这般好兵器！"旁边有几个兵士，也来出头，早被项水田和段瑶瑶三招两式，打得哭爹叫娘。

那军官知是碰到硬手，连连讨饶，说是刚刚与金国人在南阳交战，吃了败仗，现在去大庸换防，求好汉饶命！

夷陵狂生听说官军又打了败仗，更是气愤，又将那军官踢了一个跟斗，骂道："你奶奶的，上阵杀敌是脓包，就知道欺负老百姓！小爷今日替天行道，将你们这些畜生宰来下酒！"那军官听到这话，早已吓得屁滚尿流，呼喝一声，连滚带爬，逃出酒楼。随同的全部兵士，霎时走了个干干净净。

夷陵狂生向万青云深深一揖，道："万爷爷，段郡主，咱们到后山说话！"说着当先便行。项水田见狂生打跑了官军，对他心生好感，道："兄长还是来了，你是怎么知道我们在这里的？"狂生不答项水田问话，只是恭恭敬敬地领着万段二人，往酒楼所依恃的后山而行。

狂生道："虽没有老虎可骑，但我一路上换了几匹快马，昼夜不停，先一步赶到这鸡鸣三郡酒楼，听到林中有虎啸之声，自是知道万爷爷到了。"他虽然是回答了项水田的问话，仍不忘奉承万青云。

来到后山一块空地，一株高大的银杏树下，拴着一匹白马。夷陵狂生从马身的行囊中，抽出一管竹箫，又是一揖，道："不才为夺回绿玉而来。按段郡主定下的规矩，只跟这位项帮主打一架，如侥幸胜了，请赐还绿玉。"段瑶瑶道："果然是阴魂不散。听说你上次跟项大哥比武，使鬼胜了，才得了这块玉，这回又想故伎重演？"狂生道："只要不限在二十招内，小生应该不会输给他。"段瑶瑶道："如你今日被巫山帮主打败了，便不再纠缠这块绿玉了？"

夷陵狂生道："只要不使毒，狂生便不惧项帮主的高招，小生新学了一套剑法，就以箫当剑，在老太爷和段郡主面前献丑了！"说着拉开了架势。

段瑶瑶道："上次你跟项帮主比武，是以诈取胜，这一次你有兵器，他是赤手空拳，便是胜了，也没什么光彩。"狂生道："那我不使这箫便是。"却听项水田道："我就来讨教兄长新学的剑法！"

项水田自小便将狂生看得高高在上。上次跟他比武，用九天拳和醉鞭过招，虽然输了，却知自己学到的功夫并不比他差，只是临敌的机变不足。今日他又新学了剑法，跟他比试，自是一个难得的机会。真正担心的，是自己身上的蛊毒，会在比武时发作，这才是他近来的一大烦恼。但如若不跟他比武，他就会直接向段瑶瑶，甚至是万爷爷挑战，只能由自己出头了。

夷陵狂生长箫第一举，上来就是快剑的招数。他知项水田内力深厚、招数新奇，唯有一个快字，才是取胜项水田的法宝，而他新学的这套剑法，恰是以快见长。

夷陵狂生武学根基极好，人又聪明，这套快剑是魔教玄武坛主凌云所传。凌云一直在拉拢狂生加入魔教，继任教主。这套剑法，也是上次见他与项水田比武，并无必胜的把握，为使他技艺更高、以快制胜，而特意传给他的。夷陵狂生对于加入魔教唯唯否否，这套剑法，却毫不客气地学到手。他天性疏狂，不甘人下，认为使剑太着痕迹，而以箫当剑，既不失他狂士的风度，又可箫藏剑意，挥洒自如。

项水田一上来就被狂生占了先机，招招落后。那鱼划子教他武功时，曾说过这套拳招的最高境界不只是料敌机先，而是物我两忘，敌我一体。但项水田远不到这一层境界，动手之际，蛊毒又已发作，内力也有外泄，这岂止让他的武功大打折扣。而狂生这套快剑，实是专为克制他而来，形势就比上次比武，更为凶险。只觉狂生长箫黑黄色的尾端，如灵动异常的蛇头，招招直达自己鼻尖。他连使了九天拳中的"冯虚御风""乌鹊南飞""风起云涌"几招，但夷陵狂生一剑快过一剑，到后来更是连刺带点，专找项水田身上的弱点。他左肩被蜜桃仙蛛咬破，尚未痊愈，左臂转动稍有不灵，树荫下场地本就不大，身子退到大树树身，已是退无可退，被狂生抓住弱点，箫尾直戳到伤口上，顿时鲜血迸流。要不是使出"羽化登仙"的逃命一招，就要被竹箫点中穴道，倚树而败。

项水田身上带血，狼狈不堪，已是输了。夷陵狂生收招停手，眼望万段二人。

段瑶瑶气呼呼地道："不宣而战，乘人之危，这回不算。"从头巾上撕下布条，帮项水田包扎了伤口，又让他调匀内息。夷陵狂生道："好，下一场先让姓项的出招。"他不再称呼项水田，已少了嘲讽之意。

项水田调整内息，强压住腹内的隐痛。反思上一次比武，狂生使出了火焰刀法，尚可用那阳刚之气，压制蛊毒的阴寒之气，这一次狂生以箫当剑，剑法又是迅疾无比，实无可借之处，知道难于取胜，仍想勉力一试。

项水田以拳领掌，直攻狂生下盘，使出"幽壑潜蛟"，夷陵狂生箫管一挡，避开此招。项水田再使"栖鹘危巢"，又攻狂生小腹，夷陵狂生箫到意先，攻势已解。项水田只得又使"冯夷幽宫"，再攻狂生后腰，夷陵狂生竹箫一摆，又将此招化去。项水田使出的这九天拳的三招，每一招中都含有多个后招，数个变化，但夷陵狂生上次已经见识过了这套拳招，所学快剑又是专为克制项水田的拳招而来，真正是料敌机先，还没等项水田使出变招，便被狂生化解，甚至反守为攻。三招过去，两人攻守之势便已倒转。项水田只见到那箫管的蛇头直逼咽喉，连连后退，直到树身，不能再退。夷陵狂生用箫尾指住项水田肩头伤处，一言不发。

项水田天生有一股不服输的狠劲，只觉招数并未用尽，不应输给了狂生，道："再打！"两人退回场中，项水田率先出招。这一回，他使的是陈鹤老教他的醉鞭招法。虽无长鞭在手，也未喝酒，但他出招之际，以手为鞭，已有醉意。他本就腹中烦乱，那一个醉字，正有去除隐痛之意。而醉鞭中的每一招，更有一往无前、任意所之的意趣。

项水田不喝酒，性格粗疏木讷，不是这套醉鞭的上佳人选。但此时关乎绿玉的去留，不能不竭尽全力，舍命一战。眼见这套鞭法也不是狂生快剑的对手，身子又已退向大树。项水田心中一横，使出醉鞭中的"醉生梦死"一招。这一招虽然攻击时前后回环、左右顾盼，仍有自保的余地。但项水田由'醉生梦死'四字，想到比武无法胜得了狂生，更想到身中蛊毒，永无尽头，只觉了无生趣，又有一了百了的念头，那出招之中的自保之意，也不留了，只想同归于尽，脑中忽然一闪念，似乎见到枣花，又见到了长得像枣花的绿衣女子。

夷陵狂生不知项水田这时为何使出了同归于尽的打法。其实项水田所使的醉鞭打法，比之九天拳威力更小，以快剑应对，更加绰绰有余。夷陵狂生认为他这是不肯认输，只想将他彻底打败，让他再也不能挑战。

狂生轻描淡写地避过项水田致命一击，箫管中内力一吐，又已击中项水田肩头伤处。他只想让项水田输得更加狼狈，要狠狠折辱他一番。于是心念一动，运力于掌，又使出了巫山帮的一招"鸣蝉脱壳"。

夷陵狂生出招之际，暗含着他得意功夫密踪拳中的"须弥印"，以及"火焰刀"中的内力。只见项水田表面上是被"鸣蝉脱壳"一招击倒，但他上身所穿的短褂，连同那包扎伤口的布条，都被狂生的内力，震碎成了一块一块的小布片，如风吹落叶般地从他上身飘落下来。肩头的伤口再次流血，而上身全部赤裸，前胸后背数不清的伤疤，全都暴露无遗。夷陵狂生也是头次见到项水田身上有这么多的伤疤，一时又惊又疑。

段瑶瑶急步上前，将就要倒地的项水田扶住，怒道："岂有此理，士可杀而不可辱！不打了，不打了！"

夷陵狂生讪讪地道："不打了也可以。那就还我绿玉。"

段瑶瑶不理夷陵狂生，转头对万青云道："爷爷，你见本帮帮主陷于危难之中，竟不出手相救吗？"万青云一怔："说什么本帮帮主？"段瑶瑶道："当年你是私自离开巫山帮，并未被巫山帮除名，现在自然还是巫山帮的帮众，现在帮主有难，你怎能袖手旁观？"万青云离帮数十年，从没想过，自己还应算作巫山帮的一员。见瑶瑶这么说，道："你是要我跟这狂生小子放对？"段瑶瑶道："你辈分比这狂徒高了两辈有余，跟他动手，没的辱没了你老人家的身份……""那怎么办？""所以呀，你只有将那内功心法，还有绝世的拳招，传给项帮主，我刚才就说过了，这狂徒只要输给了项帮主，就拿不走绿玉。"

万青云道："你终是要我向这姓项的小子，传授武功心法……"

段瑶瑶对夷陵狂生道："喂，我爷爷要给你这位弟弟传授功夫了，你也在这里看着吗？"狂生道："不敢！小生明日再来比试。"说着牵马离去。

万青云对项水田道："你那鱼划子要是看到你使这套拳法，岂不气死！"项水田惶愧不安，道："只怪我又蠢又笨，给爷爷的九天拳丢脸了。""你把这套拳法叫九天拳？""是啊，我跟那鱼划子伯伯学了九天，他便告诉我这叫九天拳。"万青云自言自语道："要叫九天拳，那也是'疑是银河落九天'之九天，怎么是七八九天的九天？"低声道，"告诉你吧，这套拳，原来叫作芈家拳，武林中知道这个拳法的人，少之又少。芈姓，是古时楚国国君的姓氏，为'荆楚十八姓'之祖。后来的伍氏屈氏麻氏左氏，都是十八姓之一。那位在端午这天跳江自尽的屈原屈大夫，就是出自芈姓。这芈家拳既是楚国贵族创出的拳术，使出来自是应当雍容华贵、端严庄重，怎能畏畏缩缩、虎头蛇尾？"

那鱼划子是托塔天王李靖所扮。当时为使项水田尽快学成这套拳法，使用了最为通俗易懂的生活术语。在神仙眼中，凡俗之人无论贵贱贫富，一视同仁，自也不会给项水田讲什么王者之气、龙虎之形，倒是要他掌握拳招中的天地自然之理。但万青云这么一讲，是告诉项水田这套拳招的独到之处，对于发挥拳招的最大威力，不无裨益。

段瑶瑶去为三个人弄些吃的。万青云开始给项水田传授内功心法。万青云道："你会唱歌吗？"项水田道："不会。""那吹箫呢？""跟瑶瑶学过几天，只会吹几个曲子。""嗯，总比不会要好。"

万青云道："你问内功心法，跟唱歌有什么关系？其实大有关系。巫山蛊，即便是第一层的绝命蛊，也要有灵气。这时仅用语言，已经不足以跟它沟通，而要用到歌唱和奏乐了。你想想，巫山帮历代帮主，都是善音之人，就是这个道理。那句'巫山蛊，七孔箫，神女会天骄'，虽然'七孔箫'是'七孔啸'之误，但以箫音导引蛊毒，却是巫山蛊的常态，'神女会天骄'一句，更是讲明了炼蛊与天地阴阳相关的一层至理……"

项水田听了这话，只觉茅塞顿开，眼前仿佛出现了一片新的天地。在黄州时，他见识过宇文彪用啸叫声来驱动毒虫，后来在灵鸠峰，亲眼看到唐凤吟用箫声来调动毒虫。那时以为只是一门功夫，却没想到歌唱与炼蛊的关系，他问道："毒虫也要唱曲儿才会高兴？"万青云笑道："是这个意思吧！古书都有记载，巴师勇锐，以歌舞上阵。也就是说，巴族人打仗都是唱着歌的。《下里巴人》这首曲子，便是内功心法的入门曲目，我先教会了你吧！"

项水田依言学唱，不一会儿，就学会了。万青云便授他运气吐纳之法，其要诀与鱼划子所授大致相同，但强调的是内心的和乐喜悦，不为外物所困，更不应受蛊毒牵制。

项水田掌握了这一个要诀，试着一运气，果然腹中疼痛大减，内气似也不再外泄。不禁又惊又喜。

万青云道："一旦中了蛊毒，要想完全去除，绝不可能。但是用上这套以歌唱为主调的内功心法，终生习练，不被蛊毒所制，应当不难。此外，尤其应当全面习练芈家拳更为古老的招式。"项水田道："更加古老的招式？"

万青云道："是的。芈家拳更古老的招式，隐藏在屈原屈大夫的《天问》里。"又道，"屈大夫将阴阳变化、天地分离、日月星辰等自然之理，全部写进这篇奇文中，而芈家拳的拳术奇招，也隐藏在文内，只在楚国贵族之家流传……今天已经没时间跟你细说这篇文章了，只能将其中的九个招数，先传给你。这九招是顾菟在腹、鸱龟曳衔、河海应龙、虬龙负熊、撰体胁鹿、雄虺九首、灵蛇吞象、大鸟厥体、玄鸟致贻。"

项水田心想，看来这个芈家拳就是喜欢躲在文字里，偏偏自己没进过学堂门，对文字有些怕。正在胡思乱想，万青云已开始传授拳招。九招中的每一招，都对应了一种动物。虽然名称繁复难记，但项水田已有九天拳的基础，兼之对诸般动物情态烂熟于胸，知道招数变化、运气之法，又有不少临场对阵的经验，比之当日从鱼划子那里从头学起，容易多了。万青云见他记性甚好，态度坚毅，对他印象大为改观。

不到天黑，项水田便将内功心法和那九招芈家拳，尽数学会了。万青云心下大悦，道："芈家拳已无人知晓，拳招既从《天问》中来，名叫九天拳，也无不可。连同你《赤壁赋》《后赤壁赋》中的九招，共是一十八招。你道我为何要找东坡先生在文章里传那九招？一来他和屈大夫都是饱学之士，由他传下来，必不至于无闻。而另外，东坡先生又是胸怀博大、光明磊落之人。你看他那首《定风波》：'竹杖芒鞋轻胜马，谁怕？'东坡先生论勇：'匹夫见辱，拔剑而起，挺身而斗，此不足为勇也。天下有大勇者，卒然临之而不惊，无故加之而不怒。此其所挟持者甚大，而其志甚远也……'总之，在至大至远上用功，便得了这套拳法的要旨。"

项水田道："万爷爷，依小子看来，屈大夫的《天问》中的这九招拳法，比两赋中的九招，更加古老；爷爷藏在两赋中的九招，要简单直接一些，这是为什么呢？"万青云脸有得色："给你看出来了。这推陈出新的九招，实是老夫的独创。老夫与东坡先生投缘，便借了他的大作，将最得意的武功，传了下来；要不然，老夫闭关到死，这套拳就带到棺材里了。"

见天色尚早，又将巫山帮的本门拳招"饿马摇铃""悬羊击鼓""鸣蝉脱壳""壁虎断尾"等传给了项水田，道："巫山帮主不会使巫山拳法，岂不招人笑话？"

第二天一早，夷陵狂生便来索战。

只听项水田口中哼起了《下里巴人》的曲子。夷陵狂生感到奇怪。他不相信，项水田只用一天一夜，就能从万青云这里，学到高深的武功。殊不知，项水田自从得知和乐喜悦的诀窍之后，便不再惧怕体内绝仙蛊的发作。他用《下里巴人》的曲调一试，便已灵验。虽说腹痛并未尽除，实是去了他的心头大患，过招时再也不用分神去对付蛊毒，连人生也变得有滋有味。而新学的半家拳的招数，尤其是临危不惧的气势，又将他的武学境界，提高了一重。

夷陵狂生道："你先出招吧?"项水田道："兄长先出招，还是用那个竹箫剑法。"

夷陵狂生毫不客气，剑气如风，直指项水田左肩的伤处。项水田左肩微晃，已经避开。

项水田身穿一件土黄色短衫，肩头伤口，已涂上膏药，不再用布条包扎。此时，他已体会到这套九天拳法的海阔天高，至大至远的意境，配之以雄强的内力，心灵身至，如臂使指。

狂生一击不中，跟着上下左右，直削横吹，连使数招。但项水田如同跟他编排好了一般，每一招都在毫厘之间，干净利索地避开，毫不拖泥带水，而且神态轻松、身形灵动。

夷陵狂生故技重施，招招往项水田上中下盘的要害攻去，要将他逼到大树身前，退无可退。但项水田融合了九天拳前后九个招数，虽不算熟极而流，但招数中的脉络已前后打通，似乎体内的绝仙蛊在欣喜的情绪中，也成了他内气的助力，这样一来，他就如同换了一个人一般。夷陵狂生的这套快剑，就再也奈何不了他了。任凭狂生使得虎虎有声，招招夺命，但项水田总能先他一步，避开来招。

数十招已过，狂生对项水田全没奈何。项水田忽然想起，只是出于避开他的进招，还没动手反击。趁狂生出手稍缓，使出了新学的一招"灵蛇吞象"。

只听夷陵狂生大叫一声，人已倒地，竹箫却在项水田的手中。

"灵蛇吞象"这一招，手上有灵蛇吐芯之状，心中有以小博大之势，项水田此时已达武功第一流的境地，即便是比狂生再高一倍的对手，也挡不住他这凌厉一击。项水田夺箫在手，脑中尚自迷糊，不相信这么轻易就将狂生打败了，愣愣地将竹箫握在手中。

段瑶瑶心花怒放，拍手称快。万青云暗暗点头。

夷陵狂生从地上一跃而起，一把从项水田手中夺过长箫。他这时已顾不上什么武林规矩和拳招套路。右手长箫使出快剑，左手早已使出密宗拳的招法，竹箫的剑法之中，又带上了火焰刀的内气，势如疯虎般地向项水田攻了过来。但他这样将诸般功夫合在一起使用，对付庸手自然威势惊人，但在项水田看来，反不如快剑那么难于应对。项水田出招之间已大有余裕，轮番使出"顾菟在腹""鸱龟曳衔""河海应龙"几个新招，每次都将狂生打得惊慌失措，不是竹箫失手，就是滚倒在地。项水田出手尚留有余地，要是使出八分的力道，狂生非受伤不可。

双方已不知比过了几多回合，也数不清有多少次，项水田将狂生逼到了树身之前，退无可退。最后，项水田干脆使出了刚学会的最普通的巫山拳法，一招"悬羊击鼓"，又将夷陵狂生打倒在地。

"哇"的一声，夷陵狂生吐出了一口鲜血，眼中布满了血丝，仿佛突然间大病了一场。他怎么也不相信，项水田只跟着万青云学了一天一夜，拳招内力都是从未见过的，自己自小练武，十几年浸淫其中，却再也不是项水田的对手。他一双眼睛从项水田身上，转到万青云脸上，又是惊奇，又是叹息，又是无奈。挣扎着从地上爬起，从树上解了缰绳，勉力跨上马背，一言不发，黯然离去。

项水田感到过意不去，实难相信，只过了一天，两人之间的高下，已然颠倒。

段瑶瑶从山林中将三虎召出，三人骑虎而行，只走僻静线路，不几天到了大理国，来到大理城边的苍山脚下。时当盛夏，苍山顶上还有终年不化的积雪。一座青砖黑瓦的房子立在眼前。项水田一看，房子果然跟那座万柳茶庄一模一样。

万青云取出瑶琴，席地而坐，弹奏一曲《下里巴人》，这是他第一次见到巴英娜时所弹的曲子。屋门打开，一位银发老妇走了出来，眼睛看到弹琴的万青云，就再没有移开。她一步步走近，万青云停了琴音，两人相拥在一起，都是老泪纵横。这两人少年时因巫山蛊而结成夫妇，中年后迭遭变故，到垂老之时，终得团聚，着实令人感叹唏嘘。

项水田随着段瑶瑶来到房中。段瑶瑶将项水田介绍给她奶奶，巴英娜此前已听瑶瑶说过他，竟以帮主之礼相待，唬得项水田受宠若惊，连称巴英娜老帮主。安顿之后，谈起那块绿玉和传言，巴英娜脸上一惊，手拿那块绿玉道："这是巫山帮祖庭的东西，我见过的……"又道，"这块玉还有上面的四句传言，可能是对应在巫山帮祖庭那边的。现在祖庭的山洞已经坍塌，巴蛇只在灵鸠峰吐蛊，所以，对巫山帮炼蛊和解毒并无益处，不必去理会它了。"项水田听到巴英娜这么说，也就放下心来，不再将这块绿玉当成一件宝贝。

第二日，段瑶瑶说有事要去大理皇宫办，相约项水田去大理国都城逛逛。二老见孙女对这个憨厚少年一往情深，又见两人以礼相待，只能相顾莞尔。

大理国都城名叫阳苴咩城。大理国笃信佛教，国君往往避位为僧。城中寺庙林立，人烟辐辏，且又气候温和，山水壮丽。项水田平生以来，从没见过这么大的城池，只觉处处新鲜。段瑶瑶既已放弃了大理郡主的身份，本来不用再跟皇宫有来往。但留在巫山帮中的大理侍卫人数不少，仍有一些事情，需要与大理皇宫交割，顺便拜访旧交。段瑶瑶本拟邀项水田一同前往，但项水田称自己不善言辞，恐多费口舌，只求一个人在城中转转，到午饭时相约在进城的碧鸡饭庄会合。段瑶瑶只得依了。

项水田逛了一圈，已提前来到城门西边的碧鸡饭庄。因段瑶瑶未到，便在一张桌前等候，店小二热情奉上茶水。

便在这时，忽听店小二声量明显提高，恭恭敬敬迎来一位客人。项水田抬头一看，不禁暗暗赞叹：好一条大汉！进店的是一位气势豪迈的男子，三十来岁，身材魁梧，比常人高出一个头。两道浓眉下，一双眼睛闪闪发亮。高鼻方口，皮肤黝黑，浓密的胡须修剪得干干净净，露出暗青色的上唇和下巴。身穿褐色对襟大褂，身板笔挺，脚步沉稳。目光炯炯，不怒自威。

项水田已见过不少中原武林中的人物，其中也不乏武功高强、形貌特异之人。但与这位男子相比，都少了英挺豪迈之气。这种豪气，并非后天修炼所得，而是与生俱来，仿佛上天对这类人格外眷顾，使他一出现在人群之中，就有一种出乎其类、拔乎其萃的超凡气韵，有如鹤立鸡群。即便他并非王侯将相、巨商大贾，而只是贩夫走卒、引车卖浆之辈，也会让人另眼相看、过目难忘。

那人也无同伴，由店小二领着走到项水田这边一个靠窗的空位，与项水田目光相接时，微微颔首，眼神内敛。项水田也跟他点头回礼。

落座后，那人点了两斤熟牛肉，两份锅盔馕饼。语音洪亮，干净利索。说话的口音似乎与大理本地人略有差别。店小二将食物送上来后，那人便安静地用餐。

忽然，店门口传来"铎铎铎"以杖击地的声音，进来一位面容憔悴的老妇，左手持着一个破碗，挨桌向客人讨钱。大理人向佛心善，店小二并未喝止那乞讨老妇。老妇来到那大汉桌前，道："可怜可怜老婆子孤苦，赏几文饭钱……"那大汉从身上取出几钱碎银，轻轻放入老妇碗中，老妇连声称谢。老妇走到项水田桌前，项水田也给她几文银子。这样一圈下来，老妇讨得了上百文碎银子，足够数天的饭钱。

恰在这时，店门口有人叫道"疯和尚来了，疯和尚来了"，众人纷纷起身走避。果见一个疯疯癫癫的和尚，头生疮疤，僧衣破烂，脚上只穿着半截鞋子，一阵风般地转进店来。见人便嚷道："托福托福，赏些酒饭。"客人嫌他肮脏，都躲到一边。店小二只远远地叫着："疯和尚走开，疯和尚走开！"一个客人躲避不及，被那疯僧一把抢过了酒瓶，仰脖子咕嘟咕嘟，将半瓶酒喝了个底朝天。那老妇见来了疯僧，拄着拐杖想要夺门而出，那疯僧瞥见了她碗中的碎银，伸手将那只破碗夺过来，一把将银子全都抓出。老妇身子跌倒在地，又哭又叫。疯僧哈哈大笑，将碎银抛向空中，叫"布施了，布施了"！

眼看店中的客人被这疯僧闹得东躲西藏，那乞讨老妇的碎银也被撒了满地，却无人敢上前制止疯僧。项水田本可以起身将这疯僧逐出店门，但这疯僧并未惹出人命，项水田这时更想看一看，在这种情况下，那位气概不凡的大汉，会有什么动作。

但见那大汉起身离座，径直走向疯僧。项水田以为，他必定是直接出手，将那疯僧逐出店外，没想到他走到疯僧面前，弯下腰来，将地上的碎银一个一个捡起，放在老妇碗中，将碗塞到老妇手中，扶起老妇，向店外走去。那疯僧似没想到这一点，立即扑上来，对那大汉拳打脚踢，又叫又咬，口中嘀嘀而呼。众人不免为那大汉担心，但那大汉全不在意，对疯僧既不避让，也不出手反击，任由拳脚打到身上，只是护着老妇出了店门。等老妇离店之后，他又返回店中，向店小二结账。那疯僧跟在他身后，纠缠不休。那大汉忽地面对疯僧，大声道："疯癫疯癫，也是修行！"那疯僧一愣，随即大叫大跳，撕扯上身的衣服，赤膊着身子，去饭桌上抓起酒瓶，仰脖子将瓶中酒一饮喝尽。

忽然，那疯僧对店外喊道："疯和尚走开，疯和尚走开！"跟着迈开大步，奔出了店门。只听他又哈哈大笑，似乎说着"世人笑我真疯癫，我笑世人看不穿……"，越走越远，出了众人的视线。

项水田对那大汉好生佩服，拱手道："请教这位仁兄，这个僧人是不是装疯？"那大汉哈哈一笑："装疯真疯，也很难说。"拱手回了一礼，出了店门。那店小二说道："这个皇觉寺的疯和尚，疯了好几年了，哪里是装疯了？"

项水田有心与那大汉结识，但他要在此等候段瑶瑶，而那大汉出店后进了城门，早已去得远了。

忽然，店外许多人往城门奔去，似乎都在传递着一句话："走，快去看风月蝴蝶！"

原来，段瑶瑶在大理城中极有名声，不仅善于弹琴，也会对歌。大理国佛法昌盛，民风淳朴，青年男女对歌欢会蔚成风气。段瑶瑶留在巫山，令一众歌友大为失望，这次回到大理，虽是隐秘行事，仍是被几个眼尖的姐妹认了出来。大伙一定要拉着她去有名的蝴蝶泉边对歌。段瑶瑶无法推辞，只得应了。这事儿一传十，十传百，很快在大理城中引起轰动。人们争相赶到蝴蝶泉边，一睹这位美丽郡主的风姿，一赏她百灵鸟儿般美妙的歌喉。

一位扎着头巾的青年男子唱道："一只蝴蝶飞呀飞，蝴蝶飞在泉水边，有心来把蝴蝶捉呀，只怕蝴蝶飞上天……"段瑶瑶唱道："鹰飞高又高，山路险又险，弯弓能射鹰，上山能打虎，这样的人儿，这样的人儿，小妹我喜欢……"围观的人们立时大声叫好。另一位皮肤黝黑的男子唱道："斑鸠无窝满天飞哟，好久没有在一堆哟，妹子整天忙织锦哟，急坏了哥哥我眼窝黑哟……"段瑶瑶又唱道："采来天边五彩云，织锦为了心上人。线在手上走，情在梭上行。情哥哥你莫急，快叫你爹妈托媒人……"这些情歌在大理流传甚广，颇受青年男女的喜爱，而段瑶遥的歌声，又是最美的，人们又听到了风月蝴蝶的歌喉，沉浸在欢乐的海洋里，不愿意放这位美丽的郡主离去……

项水田听到店外的人们说去看风月蝴蝶，知道是说段瑶瑶，便出店上街，一打听，原来人们是去蝴蝶泉边，听段瑶瑶对歌，便也随着人流往前走。刚走了五十来丈远，忽然听到左边有呼喝之声，扭头一看，左边有座寺庙，庙门上一块牌匾上写着"皇觉寺"三字，庙门前有两人正在打斗，一个是疯和尚，另一人便是那刚出店的魁梧大汉。

项水田于对歌一事，不算热心，见那疯和尚在与那大汉过招，不由得放慢了脚步。那些路人对这个疯和尚早就司空见惯，反而无人前来看他发疯。项水田看那和尚发招，便再也迈不开脚步。原来那疯和尚所使的，反反复复就是"洱海三叠浪"。

项水田知道，"洱海三叠浪"是大理皇宫侍卫的入门武功，在巫山时大理侍卫麻胡桃曾反复对他使过。而他学了九天拳之后，又曾用这招与泰山派掌门赤松子交过手。这个普通的招数经他使出后，威力大增。但那疯僧使出之时，却又与麻胡桃等侍卫所使大异其趣。只见他前招后招环环相扣，中规中矩，仿佛是个不折不扣的武林高手，奇的是，他出招之际虎虎生风，内力远超麻胡桃之辈，仅这一招，便足可以应对江湖上的一流好手。只不知，这疯僧为何只会这一招，只能反复使用。而就算他反复使用，却打得那大汉狼狈不堪。

项水田再看那大汉的招数。从身法内力来看，那大汉无疑是练家子。项水田见识有限，看不出大汉所使是哪一家的拳法。但有一件事项水田看得极准：那大汉的武功根基不错，一招一式都有模有样，但似乎极少与人过招，因此，明明是一套极厉害的拳法，招数变化也达二十之数，但他出拳生涩、变化迟缓，所以不论变化多少招数，竟然还是不敌那疯僧唯一的一招"洱海三叠浪"，项水田也由此明白了拳招"贵精不贵多"的道理。

项水田对那大汉颇有好感。在饭庄时见这疯僧对大汉乱踢乱打，而大汉却一再容让，并不出招反击。不知这时疯僧又为何跟大汉纠缠不休。那大汉衣履整洁、气度高华，而疯僧全身邋遢、满手污垢。项水田对乞讨叫花之人并不嫌弃，但见那大汉使尽了解数，仍是无法制住疯僧，这时却对那大汉生出维护之心。又看了一会，眼看那疯僧黑乎乎的手掌，就要拍上大汉的前胸，项水田再也忍耐不住，一招"风起云涌"使出，正中那疯僧的左肩。

九天拳的这一招"风起云涌"，实是"洱海三叠浪"的克星。项水田曾用这招，将麻胡桃打得连翻几个跟斗。那疯僧全没想到有人会从旁出招，而来招又是精妙无比，顿时被击出几丈远，又在草地上连滚了几滚。疯僧从地上爬起来，斜眼看了项水田一眼，连叫"有鬼有鬼"，连滚带爬地沿着皇觉寺的外墙，逃得不见踪影。

那大汉见项水田给他解围，心中大为高兴，也认出项水田在饭庄时与他邻座。他掏出一条雪白的汗巾擦了擦汗，道："多亏少侠出手，赶跑了疯和尚。原来少侠是大高手，失敬失敬！"项水田见他夸奖自己，心下有些得意，也着实愿意跟他结交，道："这个疯和尚使的就是一招大理皇宫的'洱海三叠浪'，稀松得很……"忽然觉得这话不妥，疯僧就这一招，便将大汉打得没法招架，那大汉的功夫也就太过稀松平常。

那大汉毫不在意，拱手道："在下名唤英布，能在大理城中结识少侠，实是人生幸事。请问少侠姓甚名谁，何处落脚？"项水田可没他这口才，嗫嚅道："我叫项水田，住在城外……"英布早已听出他是中原口音，并非大理人氏，所以才问何处落脚这话。见他说话迟疑，英布向寺门看了一眼，拉住了项水田的手，道："原来是项少侠。小可不巧今日有事，不能与少侠把酒言欢，这样吧，如果明早方便，请少侠屈尊，到距此不远的滇池北街燕云会馆，由小可做东，略备薄酒，聊表敬意，如何？"

项水田尚未答话，忽听身后传来"咦"的一声，扭头一看，街角一人露出半张脸，竟是夷陵狂生。但夷陵狂生半张脸上露出的是惊奇、不解，还有愤怒。

项水田不知为何狂生也在这里，以为他因为败在自己手下，心中记恨，便道："兄长！"正要上前去说话，但狂生却像遇到毒虫猛兽一般，又惊又恐地向后疾奔。

英布看出狂生也身怀绝技，脸上更增热络，和颜悦色地道：

"是你的朋友？"项水田道："是我的兄长。"英布道："明天也请你兄长一同前来可好？"项水田道："他不会来的。"他看到狂生的神态，心中觉得过意不去，又因为要去跟段瑶瑶会面，便对英布道："我还要去见另一位朋友，不知明天是不是能够来。"英布慨然道："没事，无论你是否前来，小可都在那会馆恭候！"

项水田听他说完这话，心中有些歉然，便跟他道别。项水田又望了一眼狂生离去的方向，转身往蝴蝶泉的方向走去。那英布目送他的身影在街角消失，才径直走入了寺门。

项水田只奔出了不到一里地，竟迎面碰上了段瑶瑶。段瑶瑶一见到他，满脸歉意，奔过来抓住他的手，道："被邀去对歌，才抽空钻出来。害你久等了！吃过了吗？"项水田道："等你一起吃呀。"段瑶瑶道："现在来不及了，带你去个地方，有好戏看！"说着递了几块干粮给他，拉了他就往前走。

项水田胡乱吃了几口，却见段瑶瑶拉着他直奔皇觉寺而来。项水田正要告诉她他刚才见过夷陵狂生，却见段瑶瑶不进寺门，轻轻一跃，越过了院墙，闪身绕过第一进的大雄宝殿，依次转过几间殿堂，每见有僧人便缩身避开。最后来到一间厢房之中，她将厢房的门关上，往房中的僧床一指。

项水田脸上一红，不知她是何用意，却被她拉着跨上了僧床。原来，僧床上面有一个窗户，窗户上的窗纸已有一个小小破洞。段瑶瑶又伸指在自己眼前戳出一个破洞，示意项水田向外看去。

项水田一看之下，大吃一惊。只见这厢房外正对着另一个大殿的院落。院落中放着两张太师椅，西首一张椅空着，东首那张椅上坐着一人，正是那英布。一个仆从模样的人恭恭敬敬向英布献上一杯盖碗茶，说道："殿下，跟那人约好在这皇觉寺见面，那是再好也没有了。这里靠近城门，距那人的营帐不远。寺里有这个疯和尚，普通的香客信众，基本不来，真是又隐秘又清静！"英布呷了一口茶，嗯了一声。那奴仆满脸得意："赵构只想坐稳他皇帝的位子，对于迎回徽钦二帝，并不热衷。而巴人在大宋多受汉人欺压，朝廷对巴族人组成的军士也不重视。这正是我大金国夺取巫山蛊的天赐良机。得到巫山蛊，川北襄阳一线的战役，就易如反掌了……"

项水田听到那奴仆直称他们是大金国的，又称英布是"殿下"，顿时明白此人原来是金国的太子，不禁又惊又愧。

他万万没有想到，这人是大宋的死敌，正在这里与什么人谋划，要掠夺本帮的巫山蛊。但自己看他气度不凡，竟然出手帮他逐走了疯和尚，还差点跟他称兄道弟。心想幸亏瑶瑶带自己看到这个真相，不然非上这人大当不可！顿时惊出了一身冷汗。瞥眼看到段瑶瑶时，她正扭过头来跟自己眨了眨眼，那意思是，知道这人是谁了吧？

只听那仆从又道："属下已经探知，五梅教主唐凤吟自葬身千年巴蛇腹中之后，巫山帮也就此炼成了绝仙蛊，巫山帮脱离了魔教的控制。听说帮主郑安邦是一个毫无见识的粗坯，不仅贪淫好色，而且武功低微。不知怎的学会了一套奇怪的武功，在中原武林灭巫大会上，仅凭一人之力，连败中原武林多个好手，连少林方丈、武当掌门这样的大宗师，也没能收拾这小子。其实这小子不过是唐凤吟炼蛊时找到的人蛊，竟然通过了多轮的毒杀，活了下来，成了百毒不侵之身。不知何故，大理的风月蝴蝶，也被这小子迷住了心窍，连郡主的身份也不要了，留在巫山帮，想要嫁给这小子做老婆。可是，巫山帮的神女，却又给这小子下了婚帖，这一来这小子一夫二女，艳福不浅……"

项水田没有想到，这人眼中的巫山帮主郑安邦，形象竟然这样不堪。恨不能冲上前去，直斥其非。他向段瑶瑶看过去，只见她胸口起伏，呼吸急促，显是气愤难平。项水田忙伸出手，将段瑶瑶的右手握住。那意思是说，不是这样的，这人说得不对。段瑶瑶将他的手甩脱了。两人都知，就算将这人的舌头割下来，也没法避免这些人胡说八道，只得又将视线转向院中，听那仆从接下来的话。

那仆从道："日前在巫山帮唐凤吟的居室中，找到了那块写有四句传言的绿玉，引得中原武林的不少人，去到巫山祖庭，都想破解那四句传言的秘密。听说巫山帮主郑安邦，也去了那里，不过，到目前为止，那白虎岛烧成了白地，谁也没有破解那个秘密。听说中原武林仍是不断有人前往武落钟离山，而此时巫山帮中群龙无首，正是天赐良机。这时殿下在北边的人马已在路上，而眼前大理这位朋友，只需跟他约好了，对巫山帮来个南北夹击、里应外合，那殿下的大事，便可成了……"项水田听到这里，心中焦急，想不到巫山帮又要遭受四十多年前那样一场劫难。而且这一回金国人还跟大理国联手，幸亏瑶瑶带自己看到这一幕。又想，幸亏刚才跟这个殿下说了自己名叫项水田，他并不知道自己是巫山帮主。

正在这时，一个翩翩公子走了进来。项水田认识此人，原来是跟他交过手的大理武官白玉廷。

第五章 卜算子

词曰:

> 我本荆钗裙,今伴巫山蛊。礼奉仙丹足十年,便做田家妇。
>
> 十年不可期,总有豺狼顾。枯守青灯又如何?且算回庵步。

自项水田登船前往武落钟离山后,李青萍一直忧心忡忡。按照她的卜算,项水田此行至少有两大劫难,都有性命之忧。她给项水田送出"遇火登顶,见女守丹"的八字锦囊后,更是惴惴不安。每日里只能向神明乞求,保佑项水田一行逢凶化吉。

过了数日,项水田仍然未归。再过两天,只有高瑞升等三人回到帮中,说是项水田已去大理,所去为何又是含糊其词,尚不能确定几时回来。

忽听值守的帮众来报:"魔教朱雀坛坛主冯枭、玄武坛坛主凌云前来拜山。"

巫山帮主项水田外出未归，帮中事务由副帮主樊铁柱代理。樊铁柱是从巫山帮桐木分堂堂主升任，五十来岁，紫红面膛，方脸虬髯，处事精明能干。

樊铁柱带了杉木堂主谭明等四名使毒的高手，还有高瑞升等三名武功好手，一共八人，在议事堂中，与冯、凌二人见面。樊铁柱开门见山地道："两位来得正好，省得本帮一番搜捕。你们对本帮帮主施下'幽灵幻雾'的毒招，害得帮主等人差点丢了性命，此等滔天大罪，今日正好算账！"

冯枭打个哈哈，道："樊副帮主此话原是不错，不过，贵帮与本教之间的恩怨，先放一放，眼前正有一件大事，关乎中原武林与天下苍生的存亡安危，要请贵帮周知。"樊铁柱见他说得郑重，道："什么大事？说来听听。"

冯枭向凌云打个手势，凌云冷颜冷面地拿出一张折叠着的皮革，递给了冯枭。冯枭将皮革打开，竟然是一幅地图，而图中记明山川道路，而最主要的标记，是巫山帮万蛇窟中一块石碑的位置，且标明石碑上记明了巫山蛊的炼制密法。

冯枭指着凌云道："本教凌坛主的玄武坛，向来就在燕赵河朔之地讨生活。现在，北方都已落入金人之手。但是，玄武坛的弟兄，不甘心做亡国奴，仍在暗中击杀金人，为国效力。"他这么一说，众人都眼望凌云，肃然起敬。凌云上一次是陪着夷陵狂生来到帮中，一同夺走了绿玉，巫山帮自是视他为奸恶之徒。现在听到这个沉默寡言的人，还在领着属下暗中抗金，对他恶感顿时改观。

冯枭续道："这幅地图就是玄武坛的教友，从金人那里盗来的。半月前的一天夜里，这位教友潜入了金国幽州的大营之中，这幽州大营远离宋金交战的前线，守备相对松懈。那位教友藏身在一个不起眼的营帐外面，本来只想放些毒虫或者五仙丹，对金人小作惩戒。正在放毒，竟然听到了一件机密大事。

"原来他无意中摸到了那金国四太子的营帐。那四太子就是金人南侵我大宋的副帅，全名完颜宗弼，杀了很多人。他本部主力，就在金人五都之一的幽州。为了隐秘，他故意把营帐安置在一个不起眼的地方。

"教友听到四太子向两名军官布置，要来抢夺巫山蛊。那两名军官，都是从辽国归顺金国的将官的后代，从父辈手里，传下来这张地图。他们的父辈，参与了四十多年前对巫山蛊的劫掠，虽未得逞，但留下了这张地图。这一回，金国四太子又想如法炮制，便在回幽州之际，找到这两名将官，要他们组织一个百人小队，设法潜入巫山帮，伺机夺取炼蛊秘法，要将蛊毒施放到与大宋的西线战场上，企图一举扭转战局。

"那四太子也听说了绿玉上的那四句传言，但四太子认为，绿玉既然是在巫山帮找到的，巫山总坛这里，可能有座金山。要求那两名将官先将巫山蛊抢到手，再设法找到金山，对金国就是大功一件，必定加官晋爵……"

冯枭道："那位教友听到了四太子对两名将官交代这件事，本想直接出手，将这三人料理了，但营中卫士众多，无必胜的把握，还会打草惊蛇。其后又潜伏了几天，亲眼看到了两名将官调遣武林好手、寻找使毒的高人，组成了百人团队。最后，在深夜将两人迷倒。妙的是，这位教友丹青之技了得，当晚将地图照原样绘出，又将原图送了回去，不至于使金人生疑。这张地图，便是那位教友的杰作。为了这件机密大事，教友不吃不喝，连续奔行了数日，才将此图送到了凌坛主的手中，就是要本教与贵帮早做沟通，提前防范。"

巫山帮之中，经历过四十年前那场劫难的巴英娜等人，早已离去。几名幸存的长老，长年只在后山清修，并不参与日常事务。现任帮主项水田听段瑶瑶说过当年那件事，也去过万蛇窟的石碑现场。但此时他身在大理未归。副帮主樊铁柱只是听说过当年之事，所知不详。巫山帮万蛇窟及后洞中的石碑，都属于本帮禁地，除了帮主之外，任何人都不能入内。

听了冯枭一番言语之后，虽感兹事体大，但樊铁柱冷冷地道："冯坛主说得活灵活现，谁知是不是真的？"

冯枭道："贵帮与我之间虽有瓜葛，但大敌当前，应丢开前嫌，以挫败金人的图谋为重。现贵帮帮主未归，而金人旦夕就到。如不嫌弃，本教在下二人，以及在近左的玄武、朱雀两坛的教友，可以听从贵帮调遣，一同御敌。此外，贵帮也可邀约江湖同道，一同对付金人。"

樊铁柱道："对付金人，何须兴师动众？便是用些本帮的蛊药，便也够了。"冯枭道："贵帮蛊毒天下第一，自不必说。不过，金人既然存心抢掠，必有所备，还请樊副帮主小心谨慎，多方应对为好。"樊铁柱道："两位坛主的好意，我们先领了。敝帮御敌，也不劳二位大驾了。巫山帮与魔教的账，下一步再算。请便！"

冯枭碰了这个钉子，摇了摇头："听说贵帮项帮主年轻有为，处事机敏，颇识大体。如由项帮主处理此事，必不致回绝敝教一片好意……"樊铁柱高声道："贵教的好意，我等在唐凤吟手上就领教过了，送客！"冯枭低声道："说到唐教主，小弟还有一个不情之请。教主他老人家……是在贵帮万蛇窟仙去的。能否允许我二人到现场祭拜一番，以表对唐教主的敬意？"樊铁柱道："万蛇窟乃本帮禁地，也是凶险之地，二位前去祭奠，实有不便，就免了吧。"冯凌二人对望了一眼，将地图递给樊铁柱，起身离去了。

樊铁柱请来长老夏轩、蒋尚廉，以及高瑞升、谭明等人，一同商议应对金人之事。众人认为，魔教对本帮的蛊毒虽有揶揄之心，但这二人所说金人抢夺蛊毒之事，多半不假。剩下的就是要筹谋应对之策了。既然已经提前知道了金人的计划，那就可以早做准备。有的说可以提前去将金人截住，聚而歼之；有的说可以悄悄给金人下毒，让他们有来无回；还有的说可以先将那石碑毁去，免留后患。一时也没有议出一个确定的方案。

高瑞升道："不妨请帮中神女李青萍卜算一番，看看她那里有无良策。"众人都觉有理，便一同来到神女堂。向李青萍行过神女跪拜礼仪后，说明来意。

李青萍在竹帘后筹算良久，只觉祸事难免。她算出项水田前去武落钟离山，难逃两大劫难。但不知为何，在巫山帮本部，也同样会有两大劫难。现在樊铁柱将来意一说，她才知巫山帮的劫难来自金国人。她的卜算之中，又不止于此，好像另一个劫难要大得多……这些结果，她都不愿意相信，当时就没有告诉项水田，这时更不想告诉樊铁柱等人。

李青萍思忖：这样的大劫难，巫山帮不可避免。现在，担任帮主的项水田不在总坛，而帮中余人均无力消除劫难。自己作为新立的神女，只是作为帮中崇拜女神的一个象征，占卜吉凶并不是自己的职能。为本帮占卜一来违反行规，二来即便将占卜的结果如实相告，众人未必相信，关键是如果提出全帮撤离总坛避祸，干系太大，更不可能为一众长老所接受。唯有出言谨慎，方为上策。至于这场大劫难，除了将绝仙蛊隐藏好以外，只能同全体帮众共同应对，结局如何，只能听天由命了。

李青萍思虑过后，对众人说道："承蒙樊副帮主及各位堂主、长老礼敬，小女子代神明收悉了。樊副帮主询问金人来袭之事，小女子寻思，此乃重大紧急的帮务，自应由樊副帮主及各位堂主、长老商议裁夺。小女子专司神女职位，帮中事务，无权置喙……"樊铁柱道："上仙不必谦让。帮主在巫山祖庭之事，都已应验。现在帮主未归，小可暂代帮务，却又遇上天大的祸事，还请上仙指点迷津！"李青萍道："帮主祖庭之行，小女子妄自卜算，应属戏言，帮主未归，谈何应验？至今思之不安，实不敢再加妄言。樊副帮主及诸位必能思虑周全，妥为应对。"

樊铁柱等人只得离了神女堂。众人商定，出总坛五十里各处要道布置哨探，总坛内外均施放毒物，万蛇窟更是严加戒备。总坛及三个分堂帮众四百余人都回到红黑二洞坚守，只留下杉木堂在北方外围策应。一时巫山帮总坛壁垒森严，步步是毒，全力提防来犯之敌。

入夜，李青萍正在室内闭目打坐，忽然感到眼前微有光亮，睁眼一看，竟然是一颗金黄色的光点，停在她眼前一尺之处。她以为是萤火虫，仔细一看，却又不是。那光点比萤火虫略大，就停在她眼前，不像萤火虫那般飞来飞去、飘忽不定。李青萍陡然想起，这是绝仙蛊。那一天这些光点从巴蛇口中飞出，如成串的珍珠一般，进入自己衣袖之中，这种如仙似幻的记忆，令她终生难忘。

李青萍所居住的神女堂，是帮中最为神圣之所，装饰精洁，远超帮主的居所。只有李青萍一人在神女堂中居住，照顾她起居的仆妇，住在神女堂外下侧的普通石室之中。自从李青萍掌管这些绝仙蛊之后，她便将这些蛊药放置在那根竹箫之中——竹箫由段瑶瑶归还。这些绝仙蛊一共有三十六颗，已经给项水田服用一颗，李青萍的师父杜芸当时曾想服用，最终放弃。蛊药还剩下三十五颗。李青萍将竹箫中的绝仙蛊，连同帮中其他的蛊药，一并放在神女堂的内室木柜之中，每日起居，必加检视。她的职责，除了接受帮众跪拜以外，就是守护这些蛊药了。

　　这些带着灵性的绝仙蛊，自从放入神女堂后，从无异状。今晚这一颗，不知为何飞升到了她的眼前。李青萍略定一定神，对眼前之景既新奇又兴奋。她试着起身，离开了坐床，靠近这颗蛊药。但她靠近的时候，蛊药便像一只萤火虫一般，向前移动起来，她不知不觉，随着这个光点步出了神女堂，向总坛外面走去。她知道这蛊药自有灵异之处，只是虔诚地随着它的指引，向前迈步而去。

　　神女堂外有十几名帮众，负有守护之责。但李青萍随着这光点步出神女堂，明明经过了这十几人的身边，但谁也没有看见她的身影。不仅这些人没有看见，帮中所有的巡哨的帮众，只看见一只飘忽移动的萤火虫，都没看见李青萍在这只萤火虫后面莲步轻移。李青萍心中暗暗称奇，跟随着这颗金黄色的亮点，穿过了灵鸠峰，蹚过了大宁河，竟然一路来到项家坝，进入了项水田的祖屋。

　　只见中间一间堂屋里，一位五十多岁的妇人，正在油灯下，做着针线，正是陈氏。进门之前，那光点就飞入了李青萍的衣袖之中。陈氏忽然见到巫山帮新任神女，也是她未来的儿媳李青萍夜间来访，自是十分惊讶。

李青萍作为未过门的媳妇，突然来到陈氏面前，本就于礼不合；加之神女就位仪式上的那一番纠葛，一定传到了陈氏的耳中。李青萍本想直接解释是跟随绝仙蛊的光亮而来，但这时那光点已经钻入她衣袖之中，而此事又太过离奇，说出来很难令人相信，她只得另找一个合适的理由。

李青萍也不跟住在偏房中的大理四女打招呼，向陈氏行跪拜大礼。陈氏连忙扶起，也要跪拜还礼，李青萍急忙止住。陈氏作为前任神女，知道神女的地位比帮主还要尊崇，谁见了都要跪拜。李青萍恭恭敬敬地对陈氏道："婶婶，您是前任神女，又是帮主的母亲，侄女儿早就该来拜望请教，只是一直不便。正好最近有一件大事就要发生，只好趁夜来讨个主意。"

陈氏见李青萍夜间来访，还以为与项水田接了她婚帖有关。现在听到李青萍说有大事发生，便道："乖孩子，老婆子只是个会做针线活的农妇，哪里懂得什么大事？"

李青萍道："婶婶您别说客气话。侄女儿就是想问，您做神女时，巫山蛊是不是在神女堂中保管？那时有没有见过绝仙蛊？"这句话勾起了陈氏的痛苦记忆。陈氏忍不住流下眼泪，抽泣道："我的儿啊，从做了神女的第一天起，你就是一个苦命人了……"李青萍听了这话，也落下泪来。但她此时已顾不上这些，便温言安慰陈氏，说她已是苦尽甘来，又说自己现在做了神女，倒也安心。陈氏心绪有所好转，道："我那时只见过普通的巫山蛊，没见过什么绝仙蛊。要不是那天千年巴蛇现身，我这辈子，也没缘分见到绝仙蛊了。"

李青萍道："侄女想问一问婶婶，除了神女堂外，巫山帮中还有什么隐秘的地方，适合存放巫山蛊的？"陈氏听李青萍这么一说，眼中露出不祥的预感，只是低头默想。李青萍道："眼下宋金交战，大宋朝政腐败，连皇帝也被捉走了，汉族人的江山，只怕保不住了。巫山帮也该早做准备，就算跟金人拼个你死我活，这巫山蛊，却是巴族人的一大宝物，不能落入金人的手中。侄女儿想事先将这几十颗宝贝，藏到更稳妥的地方。婶婶的见识，比侄女高，还请指点一个妙法。"

陈氏心道："这孩子真会说话。"她忽然想到一个地方，悄声道："大宁河瀑布下有一条暗道，传闻是巫山帮先辈开凿的，其中还有掌控河水的机关。这个地方，比万蛇窟后洞还要稳妥，外人不可能知道……"

这句话点醒了李青萍。她心中想，绝仙蛊今晚将她指引到陈氏这里，果然大有收获。又想到另一件事。原来在她占卦所得的景象中，陈氏也会遭受厄运。今晚来到陈氏面前，更是为此忧心，却又不知如何提示她避开灾祸。

李青萍再向陈氏跪倒，郑重其事地道："婶婶，现在真是兵荒马乱的时候，一旦有什么事儿，巫山帮总坛和这项家坝，可能都不安全。现在，项……项帮主未归，侄女儿斗胆请求婶婶，远远避开这里，最好到大山里远房亲戚家去避一避……"陈氏急忙将李青萍扶起。心想这孩子真是礼数周全，考虑周到。她也曾听说这个新任的神女会占卦，有预知未来的本事，现在要自己避一避，自然是好心。但是，能避到哪里去呢？叹道："我娘家早就没人了。两个孩子，还有你们都在这儿，我也住惯了，听天由命吧。谢谢姑娘的好心。水田这孩子现在还没有回来，却让你姑娘家为帮中的事儿操心，必定好心有好报……"

李青萍出了陈氏的堂屋，径直离去，安排隐藏绝仙蛊的事情去了。

那颗绝仙蛊药，又飞出了李青萍的衣袖，指点着她的路径，像一只萤火虫一般。

白玉廷刚走进院子，英布起身相迎，口称"白将军幸会"。白玉廷也向英布拱手回礼，连赞"完颜太子殿下英明神武，攻无不克，所向披靡"！项水田这才知道，此人的名号并不是英布，而是那个攻打大宋的副帅完颜宗弼，就是传言中那个杀人如麻的四太子金兀术。这时见他神色冷峻，完全不是饭庄中魅力四射的兄长模样，方才看出他杀人恶魔的本性。

白玉廷在另一张椅子上落座后，只是闲聊，问及四太子以平民的身份密访大理，是否遇到凶险之事。四太子淡淡一笑："大理国君崇信佛教，民风淳朴，国泰民安，哪里有什么凶险之事？"又说到大理国的武学也自不弱，就是这个皇觉寺的疯僧，自己也胜不了他的一招之击。白玉廷听后哈哈大笑，恭维道："殿下擅长的是骑射之术，能于千军万马中取将军首级。拳脚功夫不过是匹夫之勇，不足挂齿，不足挂齿。"四太子道："不过，大理城中也有高人，小王不敌贵寺的疯僧，却有人一招便将那疯僧打得落荒而逃。"白玉廷道："有这等事？那是什么人？"四太子道："我也不知道。哈哈，说远了，我们来谈正事。"

接着，便说到会派出一支人马，到巫山帮抢夺巫山蛊，还有那绿玉上的传言。也请白玉廷自领一军，对巫山帮来个南北夹击。"小王听说，那位美貌无双的大理郡主'风月蝴蝶'，本来是白将军的意中人，竟被那贪淫好色的巫山帮主蛊惑，留在了巫山帮。只要将巫山帮灭了，小王要做的第一件事，便是传令谁也不能伤了这位郡主；要请白将军英雄救美，玉成将军的好事……”

白玉廷听了这话，立即眼中放光。段瑶瑶为何对那个放牛娃出身的巫山帮主倾心，白玉廷百思不得其解。后来知道段瑶瑶的奶奶是巫山帮前任帮主，才算找到答案。段瑶瑶宣布放弃大理郡主的身份，要留在巫山的时候，白玉廷彻底失望了。他是少数选择回到大理的侍卫之一。回大理后他得了督军之位，也算得意。但失去风月蝴蝶，又是他心中的大痛。现在，这金国四太子说到，只要他一同出兵灭掉巫山帮，便能得到风月蝴蝶，眼看他的美梦又能成真了，他不能不动心。不过，白玉廷心中清楚，只是他对段瑶瑶落花有情，段瑶瑶却对他流水无意，无论武功文采，他都及不上这位风月蝴蝶，就算灭了巫山帮，也不能对这位风月蝴蝶霸王硬上弓。

白玉廷道：“多谢殿下的美意。不过，风月蝴蝶性子刚烈，如果一味用强，反为不美……”

四太子道：“这有何难？只要灭了巫山帮，将那个好色的帮主除掉，将军自然抱得美人归。再说，还有那蛊药，将军也有运用之妙……”

白玉廷完全放下心来，道：“好，此事就这么办。请殿下放心。末将这边不须每天点卯，我自带这百十人的家族人马，悄悄动身。”接着两人又密商出发时间、接头方式等具体事宜。

项水田听到这两人的密谋，恨不得当场就跳出来，将这两人结果了性命。那金国四太子残害大宋军民无数，自可杀之而后快。白玉廷与金人合谋围攻巫山帮，自也留他不得。但这时段瑶瑶一只玉手伸过来，悄悄拉住了他的手，将他轻轻带离僧床，快步穿堂过屋，跃出外墙。来到一处街角僻静之处，她道："我知你想杀了两个贼子。但是，那人既是金国太子，暗中必然伏有高人护卫；这里靠近白玉廷的大营，如果一击不中，难于脱身。最紧要的是，四太子派出的人马，已经在路上了，你须立即回去巫山，让帮中早做准备……"项水田道："那你呢?"段瑶瑶道："白玉廷要在大理调动家族的人马，我也可以回去跟爷爷奶奶合计一下，只要造出风声，他便难以离开大理。事后就来巫山找你。"项水田听段瑶瑶说得有理，自然依了。

两人急忙出城，往巴英娜的山中老屋附近，去召唤老虎。见项水田一脸焦急，段瑶瑶浅浅笑道："放心，如果抢在金国人之前回到帮中，应该不会有什么大事。再说，贵帮还有一位料事如神的李姑娘呢!"

项水田好奇，段瑶瑶怎么会知道白玉廷跟四太子在这里密谋。段瑶瑶笑道："我上次带领狮虎象队去巫山帮，商队就是从这皇觉寺后面的镇南大营出发的。那支箫，就是在这个院子里，悄悄装到狮子的背囊中，路上却被你那个狂生兄长抢去了。事后得知他来到了大理，应该就是在今天我俩所站立的僧床上，看到了装箫入袋的情景。刚才在僧床上你面对的窗户上的那个孔洞，就是明证。所以，我本来就想到这儿看一看，验证一下我猜想的是否正确。正巧，我去对歌的时候，有一位以前皇宫里的歌友，对我说了白玉廷会在皇觉寺跟金国四太子会面的事。这样，我就找到你，一起见识了这两个贼子的密谋。"

就在项水田急如星火从大理赶回巫山的时候，金国四太子派出的这支两百人的偷袭队，已早早来到大宁河边。带队的主将阎羽思和范高飞对巫山的地形地貌十分熟悉，阎范二将率队避开巫山帮总坛灵鸠峰北边所在的秦巴山脉，远从上游的宜宾，选择从水路顺流而下，然后与大理武师合击巫山帮。

这支队伍在宜宾等了两天，本拟会齐大理白玉廷的武师，恰逢连日大雨，江水暴涨，阎范二人深知兵贵神速，机不可失，便决定不再等待大理军，而先行乘坐一艘大船，顺水航行了一夜，便在凌晨到达大宁河口。再逆水而行，舍舟登岸时，离灵鸠峰前的瀑布，已经不远了。

这条偷袭的线路，跟上次段瑶瑶带领的大理商队完全一致，大出巫山帮的意料，等到哨探发现是金国人来袭时，为时已晚。

阎范二将将人马分做两队，一队带着强弓硬弩，直扑巫山帮总坛所在的红黑二洞，意在抢夺巫山蛊。另一队却在灵鸠峰口放起了大火。放火的一队还带上了火硝等助燃之物，大火一起，不仅烧掉了灵鸠峰中沿路布防的毒药，火线还顺风向红黑二洞推进，将巫山帮打了个措手不及。

巫山帮副帮主樊铁柱等人都是武林中人，全未想到金国人会用火攻。眼看这把大火已从灵鸠峰口冲天而起，如果沿着两边的山林烧过来，巫山总坛将难保全，数百人只得倾巢而出，将红黑二洞前面的长草树枝砍掉，造出一个十几丈宽的隔离带。

负责抢夺巫山蛊的一队，由金兵主将阎羽思带头。此人性子急躁，诡计多端，趁着总坛人员空虚，以密如飞蝗的箭羽开路，很快攻占了总坛的石屋。他们一间一间地搜查石屋，来到神女堂时，却既没有见到神女李青萍的身影，也没有找到一颗巫山蛊药。来到黑洞洞口的万蛇窟，见到窟中无数条毒蛇蠕动翻滚，这些金兵都感到头皮发麻。阎羽思听说过万蛇窟中的内洞中有炼蛊的石碑，就想施放避蛇药物，到内洞中去看个究竟。

恰在这时，灵鸠峰中一阵大乱，伴随着惊叫声，连正在砍树灭火的巫山帮众也在纷纷向高处走避，叫着："大水来了，大水来了！"阎羽思站在石屋前向谷口看去，看到了一个不可思议的情景：一股丈余高的洪水，突然从谷口奔涌而来，将正在放火的金兵尽数吞没，又漫过了止在燃烧的谷中大火，将宽达数百丈的火线瞬间浇灭，正在向红黑二洞淹过来的时候，却又像扑上沙滩的海浪一般，还没淹到砍树的巫山帮众面前，就带着百余名金兵的尸首，向谷口的大宁河中退了回去。

金国人的火攻之计，瞬间就被这股洪水浇得惨败。

这一招以水灭火的妙计，全都出自神女李青萍一人的手笔。

她从占卦知道巫山帮有这场大火之厄。在陈氏那里得知这个瀑布之下的秘道，她便将全部蛊药神不知鬼不觉地藏到了这里，而秘道中调节洪水的机关，给她派上了用场。在金兵放火之后，她便扳动了秘道中的机栝，此时瀑布前的活动石柱全部升高，如同在瀑布前竖起了一道闸门，将河水水位抬升，立即改道冲进了红黑二洞前的谷地，浇灭了这场大火，淹毙了放火的金兵。为避免水淹红黑二洞所在的总坛，她又及时扳下机栝，让石柱恢复原位，令河水及时退回。

金国人精心策划的这场火攻抢毒突袭，自以为得计，却不知瀑布前有这道机关。大宁河瀑布前的这个调节水位的机关，上一回由项水田操控，降低了河水，助大理商队过河；这一回李青萍扳动机关，抬高了水位，及时扑灭了大火。

眼见巫山帮的帮众，在樊铁柱等人的指挥下，对进占红黑二洞的金兵形成包抄之势，阎羽思只得吆喝金兵，一边放箭，一边向谷口退去。好不容易奔到谷口，却又遇到百余名黑衣人的围堵，原来是冯枭、凌云等魔教教众，早就在巫山总坛附近。得到金人入侵的信息，就及时加入策应，金人又有数十人死伤。阎羽思带着残部退到船上，刚开出数丈，船舱就已进水。自是魔教事先将船凿出破洞，在船离岸后才拔去木塞。船沉没后，不会水的金兵又淹死不少，只有阎羽思带着十几名残兵败将，从山地逃回北方去了。

项水田骑虎回到巫山帮总坛的时候，已是金兵覆灭后的第二天。他一人一虎涉过大宁河，一踏入谷口，便见到草枯水淹的痕迹，顿觉不妙，驱虎向红黑二洞疾奔。正在这时，忽听右前方山坡上有奔跑呼喝之声，扭头一看，是一男一女两个年轻人从山坡上跑向谷底。后面有几个家丁模样的人正在追赶，连喊："小姐，别跑了！"那穿黄裙子的女子一看就是个富家小姐，她右手被那个动作麻利的紫衣男子拉着，踉踉跄跄地向山下奔逃。

那一男一女冲到谷底，便左转朝项水田迎面奔来，显然是要过大宁河而去。那紫衣男子一见项水田骑虎而行，急忙止步，一揖到地，大叫："壮士救命！"项水田所骑的这只老虎已颇有灵性，见前边有人，便骤然停步。项水田从虎身上跨下地来，看到那女子一脸惊恐，知她惧怕老虎。这里只与红黑二洞相距一二里地，便拍拍虎背，放它到后山去了。

项水田尚未说话，后面几个人赶上前来，一个五十多岁的老者，像个财主，气喘吁吁地跑到紫衣男子面前，指着他鼻尖，道："姓向的，你诱骗我女儿，想偷偷溜走，我要将你送到官府！你还投效金国，是个叛贼，有灭族之罪……"

那男子眼望项水田，正要说话，那女子抢前一步，将男子护在身后，对那老者道："爹爹，你别胡说，我与向大哥是你与他爹指腹为婚的，现在他家败落，你便嫌贫爱富，要将我嫁到县城的张家。今日向大哥前来投亲，你将他赶出家门，又诬他是投效金国的叛贼，明明是我自己跟着他来的……"却听那跪在地上的紫衣男子道："翠莲姐姐，我被金国人抓去当兵是实话，昨天已经跟你爹说了，只是没有机会跟你说……"

项水田正关心金人偷袭之事，对那男子道："姓向的，你站起来说话。你说被金国人抓去当兵，是怎么回事？"那人跪在地上，并不起身，道："小人是附近高坪镇下湾村人，名唤向鹊。世代采药为生。前年药铺遭官兵抢掠，父死关门。小人除采药外，自幼习些枪棒。因生计无门，便想去投军，效命抗金的疆场。小人听说有一位名叫岳飞的年轻将军，大大有名，驻在河南汤阴，便想去投奔他。但到河南时却误入了金国人的阵地，被抓去做苦役，运军粮器械。白天干活，晚上被锁住，一直无法逃脱。这一回，因为是巴蜀人，被金国那个姓范的副将带来，一路上用本地话，帮他们雇船、问路。小人一路上看着金国人往巫山而来，万万没想到他们是要来抢夺巫山蛊，便更不敢说小人的老家正在这附近。昨天金国人正在谷中放火，被水浇灭，小人正好趁乱逃离了金军，前往泰山大人的家中，说明情况，却没想到……"说着眼望老者，不再说下去了。

项水田最关心的是金人抢蛊之事，听到这姓向的年轻人说到金兵已败，尚自不敢相信。他在大理时，被金国四太子迷惑，已经受骗过。这时忍不住问道："你是说，来抢蛊的金国人真的败了？"那男子道："千真万确，谷口的枯树和谷中的水痕，都是明证！"项水田道："你以为我是什么人？要我做什么？"向鹊道："小人远远看见壮士骑虎冲向红黑二洞，知道壮士必是一位侠客义士，所以，求壮士在泰山大人面前，说句公道话，免得小人被送官治罪……"

项水田做帮主后，多次被人骂作淫徒恶棍，当面被夸侠客义士，还真少见。见向鹊不似作伪，道："你被金人抓去当差，事儿有些复杂。不过，以后要证实你说的不假，倒也不难。你敢对神明立个誓吗？"向鹊当即对着山峰发誓："向鹊说的句句是真，如有一句虚言，神女娘娘令小人受蛊毒而死，万世不得超生……"这在巴人中是一句极为恶毒的誓言。

项水田转向那老者，道："老伯，向兄弟已立下誓言。如果他真的为金国人办事，昨天或死或逃，也不会赶到您府上说明原委。既然已经指腹为婚，能不能给他一个机会？"老者转向女儿道："娃儿，我怎么忍心看你跟他受穷……"那女子道："爹爹，这门亲事是你订下的。女儿这辈子，非向大哥不嫁。他再穷，我也跟定他了！"那老者大声道："娃儿，你还太年轻，懂得什么？爹爹全都是为你好！"转头对两个家丁道，"丁大、牛二，快快将小姐接回府去，让这姓向的走人！"两个家丁听了迟迟疑疑地要上前动手。

"不要过来！"女孩对两名家丁喝道。她双眼凝视着她爹爹，喃喃地道，"好吧，爹爹，你要做得这么绝情，我就不活了……"她忽然转身，从自己右腕，取下了一个金手镯，一仰头便往口中吞了下去。那男子没想到她会吞下金手镯，动作又这么迅捷，竟来不及阻止。两名家丁更是与这对男女差着好几步的距离，那女子吞下金手镯后，立时昏去，软倒在地。男子大声叫着："翠莲姐，翠莲姐！"却不知怎么办才好。那老者更是捶胸顿足，连声呼号："我的儿，我的儿啊！"

这一幕发生得太快。项水田站在道旁，见那老者嫌穷悔婚，只想说句公道话，却没想到这女子性子这等刚烈，在拗不过她爹爹时，竟选择了吞金自尽。项水田身有武功，竟也没来得及出手制止。只听那家丁牛二道："老爷，小姐还没断气，这里跟巫山帮总坛不远，那里或许有医师。还请这位壮士帮忙，送小姐过去，或可救回性命……"这话提醒了那老者，忙道："壮士开恩，救小女一命！"

"等等，让我看一看！"项水田急步上前，令家丁将女子扶住手臂，头颈向下，呈弯腰状。他伸手对准那女子的后颈，将一股柔和的内力发出。那女子翠莲刚刚将金镯吞入口中，只卡在喉咙里，尚未入腹，项水田使内力轻轻催动了几下，金镯便从她口中吐出。这对寻常庸医可是难上加难，但对项水田也就是一瞬间的事。那女子"嘤咛"一声，算是得救了。

那财主对项水田道："小老儿名叫陈旺财，多亏壮士救回小女性命。请问壮士高姓大名，小老儿回去要立个牌位，日日求神明保佑恩公福泽无双、长命百岁……"项水田道："老伯太客气了。我叫项水田……"他话音刚落，那老者与家丁都脸现惊讶。老者道："恩公便是巫山帮项帮主？"项水田道："是啊，我这个帮主，名声可不怎么好……""怎么不好？神女会上打遍中原武林无敌手，这一次，又用水淹之计，打跑了金人，是我们巴族的大英雄啊！"说着就要下跪。项水田急忙扶住，道："老伯，话传几遍，就走样了。神女会上我不过跟几位前辈讨教了几招武功，哪里打得过那些高人？昨日打金兵的时候，我还在从外地赶回的路上，这功劳也记到了我的头上……"

那向鹊听说项水田是巫山帮帮主，走上前来，又要跪倒行礼。项水田伸手制止。一出手之间，感觉这人身上力道不弱，果然是练过武功。向鹊双肩与项水田手上一触，便感觉到一股无可抗拒的大力，便不再坚持，项水田也收了力道。向鹊大为兴奋，道："项帮主是我们巴族的英雄好汉，没想到这么年轻，又搭救了小人，救了我这……翠莲姐的性命。小人无以为报，请恩公跟我来！"说着便往山上当先而行。

项水田急于赶回总坛，道："向兄不必客气……"项水田正要开步，向鹊道："这件事跟金人有关，就几步路的事！"项水田便跟他而行。一行人走到山脚，向鹊来到一块大石面前，弯腰托住石底，用力一掀，石底露出一个被压扁了的包裹。向鹊拿起包裹，交给项水田，道："这是一包金子，本来是金人的，这次带来用作贿赂大宋的官员，被那姓范的私吞了，放在船舱里，小人暗中发现，出逃时一并带上，藏在这里，本来是想带去投靠岳飞岳将军，用来抗金，现在我也不必舍近求远了，项帮主同样是抗击金人的大英雄大豪杰，又是我们巴族人，就献给巫山帮，请项帮主收下！"

项水田从没见过这么多的金子。他见向鹊出身贫寒，连他的岳丈都嫌弃他，但面对巨额的金子，竟能毫不动心，而将金子送到大宋的军中，用于抗金。他如私藏金子，带着娇妻，隐姓埋名，世人也未必知晓——足见此人侠肝义胆。他一时对向鹊肃然起敬，道："向大哥果然是位有胆有识的好汉子，小弟失敬了！这些金子，还是由向大哥送到岳将军的营中，派上更大的用场。"向鹊道："项帮主千万不要推脱。小人力量微薄，就算想将这包金子送到岳将军营中，也难保途中不出事。现在交到项帮主手中，就再也不能改主意了。小人回去高坪安顿一番，过几天就来投效巫山帮，请项帮主一定收留！"说着举手一揖。

那老汉陈旺财也道："项帮主不要推辞了。我这……小婿，看来是个有骨气、不贪财的好孩子，是小老儿看走眼了。金子请收下，我这小婿，也请贵帮收留他吧！"项水田再也无法推辞，道："那好，我就代巫山帮收下这包金子，感谢向大哥的义举。向大哥加入巫山帮，我随时欢迎，盼望你早日前来！"向鹊欢天喜地，不几天后，他就前来投入了巫山帮。

项水田拿着那一包金子，回到了巫山总坛。早有巡哨的帮众见到他，项水田看不到其他帮众的人影，那人告诉他："全体帮众都在副帮主樊铁柱带领下，给神女李青萍跪拜致谢。"

项水田悄悄来到神女堂前，只见堂中和堂外地面上，巫山帮众黑压压地跪了一大片。人群的后面，站立着几名黑衣人和一名白衣男子，竟是魔教冯枭、凌云等几名坛主，而白衣男子是夷陵狂生。项水田不明白为何这几人在这里。几人见他进来，只是面无表情地交换了眼神。魔教坛主和狂生来访是客，自然不必跪拜神女，但几人站在跪拜的众人身后，显得十分突兀。

项水田不想惊动众人，中断跪拜的流程，在最后一排轻轻跪下。

只听跪在前排的樊铁柱虔诚地道："上仙不必谦逊。这一次金兵偷袭，要不是上仙事先将蛊药转移，又在秘道中扳动机括，本帮必定难逃厄运，说不定大伙都已性命不保，那些宝贵的蛊药，也会落入金人之手。上仙对本帮及中原苍生有莫大功德，对我等帮众有救命之恩。"

竹帘后李青萍的声音传了出来："众位且起身，不必多礼。这次金国人趁项帮主离开总坛，前来偷袭。本帮有樊副帮主及各位长老、堂主的指挥调动，各位帮众舍命杀敌，更得五梅教友援手，打跑了金贼。小女子只是稍尽本职，樊副帮主却把功劳记到我的头上，实在愧不敢当。"

樊铁柱还是跪在地上说话："上仙这么说，真叫我等无地自容。说实话，这次帮主不在总坛，这副千斤的担子，压在本人身上。本人确实无能，没有算到金人的火攻毒计。现在，大伙这条命，都是上仙救回来的，除了叩谢之外，在下还有一事，冒昧请教！"李青萍道："什么事？"

樊铁柱道："上仙神机妙算，名不虚传。前日在下与几位长老和堂主，专程来神女堂请教，上仙一番筹算，想必那时已经成竹在胸。为何当时不给众位言明？如果那时早做准备，也省了上仙一番自驱仙驾的劳累，岂不更好？"

李青萍道："樊副帮主请别误会。樊副帮主说我神机妙算，实属过誉。前日各位请我卜算金人之事，小女子自不量力，斗胆卜卦了一回，只是我功力不纯，且又干犯天机，所得景象并不明确，不敢妄言，只好以小女子无权参与帮中要务，作为托词。实不相瞒，这次本帮得脱大难，得益于本帮的两大福缘：一是神奇的绝仙蛊；二是项帮主的母亲，也就是前任神女陈老夫人的昭示。"

只因李青萍说得新鲜，众人本来都是低头聆听，这时都仰起头来，注视着竹帘后的李青萍。项水田和狂生听到他们的母亲竟然也参与了这件事，更是凝神谛听。

李青萍续道："得知金人来袭后，小女子也为藏好蛊药着急，却无良策。当晚，却发生了一件神奇的事：存放在密室中的蛊药，像萤火虫一样，飞升到了我的面前，引领着我，一路下山出谷。更奇的是，我随着这颗蛊药走出总坛的时候，没有一位帮众能看到我和蛊药从身边经过。蛊药领我走近陈老夫人家中时，才钻入我的衣袖之中。我知道蛊药引领我拜见陈老夫人，必有灵异之处，便向陈老夫人请教隐藏蛊药之所。陈老夫人果然告知了稳妥之处。此后用上瀑布上的机栝，也是陈老夫人之赐！"

听了这话，樊铁柱等人心中的疑惑全都解开。众人对本帮绝仙蛊的神妙更加敬服，对陈老夫人也心生敬佩。项水田和狂生都觉得他们的母亲看似平凡，其实有大智慧，心中充满骄傲与自豪。当然，保全蛊药和以水灭敌毕竟是由李青萍一手实施的。她将这两件事讲出来，一来说明她心地单纯，二来是谦退自持，誉益他人。众人对李青萍大起敬服钦佩之心，又对她跪拜一番，才站起身来。

终于有人发现项水田归来，帮众如同炸开锅一般，纷纷叫着："项帮主！项帮主！"项水田来到前排，隔帘向李青萍行礼，感谢她这次为本帮解难。李青萍见项水田平安回到帮中，心中万分欢喜，仍在帘后平静应答。帮众都知他与李青萍有婚姻之约，二人对话却又这么中规中矩，不禁会心微笑。项水田又向樊铁柱等人表达感谢慰问之意，最后对自己去祖庭没能破解那绿玉的四句传言、未能及时赶回本帮参与这场抗击金人的大事，深感自责。

项水田将手中的金子交到帮中的总管手中，又说了在山中见到向鹊，并接受向鹊捐送金子一事，还说向鹊过几天就会来投入巫山帮。众人听说那向鹊身陷金国却心向大宋，还盗来金子赠送本帮，都对这人心生佩服，连声称赞。

巫山帮长老蒋尚廉见机极快，口才也好，这时对项水田说道："恭喜项帮主，今日项帮主携金归来，是本帮吉兆，可以说是功德圆满。本帮将称雄于江湖，于乱世之中屹立不倒。"众人听他说出这番话，都不明白是何用意。项水田道："蒋长老，你这是……"蒋尚廉摸一摸鼠须，道："在老朽看来，那四句传言，已在本帮得到应验。大伙看看，'武落钟离山，天龙吐仙丹'这两句是说本帮祖庭有千年巴蛇吐蛊一事，这是本帮故老相传，所有帮众都是熟知的。而今年神女会，巴蛇已助本帮炼成绝仙蛊。'若得瑶光顾'一句，刚才神女上仙，已经对大伙明示，她得仙蛊以宝光指引，找到藏蛊之所，并击败金人。瑶光就是金玉之光，也就是宝光了。绝仙蛊以宝光指引本帮神女，这就是'若得瑶光顾'这一句的意思了。最后一句'飞焰照金山'，金人来袭，火烧灵鸠峰，当是飞焰，而被打败，反而留下义士，并经项帮主之手，给本帮送来金子。金子埋藏在山上，所以就是'飞焰照金山'了。大伙看看，这不是全应验了吗？"

蒋尚廉这么一说，虽然有些人将信将疑，但人们都是喜听好话不喜恶言，这种说法是对巫山帮的夸耀和抬举，众人也就乐于接受。有人大赞蒋长老见事机敏，有人向项水田连声恭喜。众人得意之色，溢于言表。

忽听有人大声冷笑："哈哈哈哈……"盖过了众人嘈杂声，显得十分刺耳。

众人看这人时，却是一直站在后排观礼的夷陵狂生。

樊铁柱问道："请问少侠为何发笑?"

狂生道："我自己想笑，不可以吗?"樊铁柱道："你今日来本帮是客。五梅教和少侠对本帮施以援手，本帮上下自当礼敬有加。但神女堂是本帮的神圣之地，你在此发笑，当我等是傻瓜吗?"

狂生道:"你是不是傻瓜,我不知道。我笑的是,有人已被人出卖,转眼就要大祸临头,身首异处,却还在自夸自赞,恭贺叛贼,还说什么应验了传言!这还不可笑吗?"

樊铁柱睁圆了眼,道:"你说谁是叛贼?"狂生转头对项水田道:"项水田,我在大理皇觉寺前亲眼见到,你跟金国四太子称兄道弟!你解释一下,你是怎么跟这个双手沾满了大宋百姓鲜血的杀人魔王,好得像亲兄弟一般?"

他这么突然向项水田发问,所有的人都是大出意料。项水田仓促回到总坛,只说到接受向鹊金子一事,还没来得及说到去大理一事。但狂生口称亲眼见项水田到了大理,而且跟那个令人切齿痛恨的金国四太子在一起,无论如何,这对于作为巫山帮帮主的项水田来说,是匪夷所思之事。众人以为项水田必定一口否认,并力指狂生血口喷人。

只听项水田道:"我只是在大理的饭庄之中,结识了那人,并不知道他就是金国四太子……"这无疑是承认他到了大理,且见到了那个四太子。项水田本想解释,陪同段瑶瑶和他爷爷去大理,是防备夷陵狂生抢夺绿玉,到大理后见到了四太子与白玉廷密谋之事便及时赶回。

但狂生紧跟着又问道:"天下事偏有那么巧法,金人来偷袭巫山帮时,你这个帮主就躲得远远的,到了大理,还跟金国四太子称兄道弟。而刚好大伙将金国人打败了,你又正好迟了一天,回到了巫山总坛。又有那般巧法,你在灵鹚峰前碰到一个从金国来的巴族人,偏偏送你这一大包金子。你孤身一人回来,大伙怎么能够相信,你不是编好了这一套说辞,骗了大伙?而实际是,这包金子，就是那金国四太子送给你的，用来收买巫山帮……"项水田全没想到，夷陵狂生会抓住他见过四太子这事，诬陷他是叛贼，他口才本就笨拙，这时只气得满脸通红、身子发颤，道："你胡说八道什么？这金子明明就是那位向鹊给的……"

夷陵狂生续道："是啊，你明明被帮中神女选作未来的丈夫，却迷上了那大理郡主。随着她去到大理，又密会金国四太子，本来想南北夹击、里应外合，却没想到帮中神女不甘受辱，得到机缘，以河水灭了金国人的火攻，保住了巫山帮和蛊药。现在，你又带了一包金子回来，意图骗得神女和帮众上当。各位，本人并非巫山帮的帮众，也不是五梅教教友，但这件事实在是关系太大，既关乎贵帮的存亡、蛊药的得失，更关乎中原百姓的生死。本人既已亲眼所见，不能不在此揭穿这个叛贼的真面目，就算这人跟本人还有所谓兄弟的名分，也顾不了那许多了！"

他连逼带问，将项水田说成了叛贼。现场众人本来不肯相信，但项水田却并不否认见过四太子。金子一说，又是孤证。有些人不免疑惑起来，眼睛便紧紧盯着项水田，要看他做何回答。

却听神女李青萍在帘后说道："夷陵狂生，你这是诬陷本帮项帮主、挑拨离间，我相信项帮主是至诚君子，绝不可能是本帮叛贼。"

项水田知道，要说清楚这两件事，只待段瑶瑶和那向鹊来到本帮，自可还他清白。而眼前本帮帮众已被夷陵狂生挑唆，对他心存芥蒂。听了李青萍的话，他心情平复下来，道："大伙不要信了这恶人的挑拨。我在大理是见过那个四太子，当时不知他的身份，只说过几句话。赶回巫山，就是为了防备此人跟另一个恶人联手，不利于本帮。本人是不是叛贼，过几天段郡主还有那位向兄弟来到本帮，自然能说个明白。这样吧，在事情说清白之前，本帮由樊铁柱暂代帮主，在下先回项家坝去，陪我母亲住几天……"樊铁柱等人坚决不依、大声挽留，项水田仍是大踏步走出总坛，往项家坝而去。

夷陵狂生在万青云向项水田传授武功之后，被项水田打得一败涂地。他对这个以前是他家放牛娃、现在成了巫山帮主的项水田，心中妒火中烧，痛恨到了极点。这时抓住项水田见到金国四太子这事，将他说成叛贼，逼他从总坛出走，心中感到无限的快慰。

第六章　迷神引

词曰：

　　枯草天低星光晚，顾影行同孤雁。峰峦叠嶂，碧溪清浅。鹤飞临，佳音近，度程远。一念牵仙苑，思缱绻。不意遭毒手，魄离散。
　　月黑风高，鬼魅幢幢见，似诉幽怨，阎罗殿。老魔傲岸。占鸠巢，阴晴转，聚昏鸦，集狐鼠，蝼蚁满。芳树纷飞叶，如梦幻。谁知仙灵地，陷祸难。

项水田走在出谷的路上，如离群的孤雁。他心中不解，狂生为何要诬陷他。仔细想来，觉得自己一直喜欢枣花，狂生怎能不知？唐风吟杀死枣花父母，还有枣花自刎，是因为自己去见了枣花，可以说，其实是自己害死了枣花。他心中一直伤痛，不愿意相信这是真的。上一次在巫山总坛，为了绿玉之争，自己还不是狂生的对手。可是在得万老爷子指点之后，狂生竟然被自己打得一败涂地，他心中一定恨极了自己。想到这里，心中倒也释然。

不知不觉过了大宁河，来到了那老婆婆的坟边。想到老婆婆一直到死，都没能找到自己的儿子。自己也至今不知，亲生母亲是谁。望着静静流淌的河水，呆呆出神。又想着上次从这河水里，冒出来的绿衣女子，模样就像枣花。那是一位机灵古怪的女子，当时帮自己分析婚配之事，说得头头是道。在万柳茶庄中，自己被那蜜桃仙蛛折磨，这绿衣女子又出现了，幸亏她出言提醒，自己才算多了些定力，没有做出荒唐之事。她到底是什么人？为何只有自己能见到她，别人似乎看不到她？

　　想到这里，他真希望这位足智多谋的女子，再从河中出来，帮自己分析现在的处境，找出脱困的办法。定定地看了河水半天，不知不觉，天已黑了，头上有几颗淡淡的星光，却哪里有绿衣女子的影子？又觉得自己荒唐可笑。

　　没有等到绿衣女子，他又想到了段瑶瑶。心中顿时一阵感激，这位大理郡主，人又聪明，还会办事，对自己可以说是恩重如山。她应该在赶往巫山的路上。如果她和她爷爷奶奶到了巫山帮，自然就能说清楚那四太子的事了。

　　便在这时，空中忽然传来一声鹤鸣。跟着一只白鹤自空而降，停在他身边。原来正是陈鹤老那只大白鹤。此鹤甚有灵性，即使天黑，依然眼光锐利，认出了项水田。那鹤一停下，便展开翅膀，在项水田身上轻轻拍打，又延颈鸣叫，如同见到老友一般。项水田也轻轻抚摸白鹤的羽毛，微光下看到，白鹤右腿上绑着一个卷筒。他知道这卷筒中放有信件，而这信件，一定是给李青萍的。因为只有李青萍有时会通过这只白鹤，跟她的师父杜芸互通音讯。

项水田手指红黑二洞总坛，示意白鹤飞去见李青萍。白鹤却伏低身子，似要项水田骑上鹤背，一起去到总坛。但项水田已经被逼走，这时去单独会见李青萍，实有不妥。他数次示意，最后甚至使用了推挤的动作，才令那鹤飞离，往总坛而去。

他与那鹤无法言谈，多次以动作示意。连番的动作，似乎牵动了腹内的绝仙蛊，仿佛再也不能向前迈步，这在以前是没有过的。

自从他得万青云传授内功心法，再配以九天拳的新拳招之后，腹内绝仙蛊似被制住，已不再时时发作、隐隐作痛。但这时他感觉心中起了一股念头，似乎便是来自那绝仙蛊。这个念头便是让他再度回到巫山总坛去。他以为这是刚才示意白鹤去总坛而带来的意念，虽然并没像李青萍那样，看到一颗绝仙蛊在前引路，但仔细体会，这意念却很明白地引导着他，要他回到总坛去。

他觉得这种感觉又新鲜又好玩，甚至无法抗拒。他竟然转身迈步，不由自主地又往总坛的方向走去。

项水田自万青云传授武功后，身法更加灵便。他跟着腹内绝仙蛊的感觉，很快来到红黑二洞前的土台。遇到巡哨的帮众，便纵高伏低地避过。他以为那绝仙蛊是要他去右边红洞旁的石屋，却没想到是要他去左边的黑洞。这里就是万蛇窟了，作为帮中禁地，只有巡哨的帮众可以走近，不到神女会炼蛊时，帮众不得前来。

项水田上一次身在万蛇窟，还是神女会时，跟段瑶瑶在一起被唐凤吟作为人蛊。唐凤吟以陈氏相要挟，意图让巴蛇吞吃二人，再吐出绝仙蛊。结果杜芸以白灵芝转移巴蛇注意力，唐凤吟反而葬身蛇腹。当时情景真是万分凶险。

此时夜色已深，一钩残月挂在天边。黑洞洞口被月影遮住，万蛇窟中群蛇蠕动翻滚，只是模糊的一片影像。山上树丛里的夏虫在唧唧鸣叫。

项水田仔细感觉，来到万蛇窟边，腹内那绝仙蛊已归于宁定，似乎这里就是要他到达的所在。他在洞口的暗影里坐下来，默默存想：为何绝仙蛊在腹内有这种感觉？绝仙蛊在体内待了一段时间，竟然能生出意念，实在神奇。他觉得被绝仙蛊引领的感觉十分奇妙，简直无法拒绝。忽又想，不好，绝仙蛊要是引人作恶，或者自杀，岂不糟糕？他本来顽皮，心中起了与绝仙蛊作对的念头，站起身来，想要离开这里，但刚要迈步，心中便起了留恋的念头，好像这里有一股令人不可抗拒的魔力。他如要硬生生地迈步离去，也无不可。但那一丝柔和的挽留，就是使他挪不开脚步。

项水田就此确信，绝仙蛊要他来到这里，一定有它的用意。他伏下身子，对着万蛇窟拜了几拜，心中默默祷告：绝仙蛊是神灵所赐，如对自己有所差遣，只要不是伤天害理之事，自当应命。这样祷告一番，心中复又宁定。那绝仙蛊似乎只要他待在当地，就别无所求，既没有要他跳入万蛇窟，也没要他去杀哪一个人。

项水田猜想，也许这里是绝仙蛊的出世之地，它就是要到这里来，追念一番，就像人们总是忘不了自己出生的老家一般。这么想着，心中又轻松下来。

黑洞上方的石壁，历经岁月侵蚀，留下刀刻斧劈般的巨大石纹，淡淡月光下隐然可见。项水田极少有这样的时光，面对大自然中的一处景物，留驻良久。他忽然想，人生短暂，古往今来，不知有多少人看过这钩残月，见过这黑洞和石壁，但人们又匆匆离去。反而是明月和石壁，见证着人世变幻。就像苏东坡《赤壁赋》中的句子"哀吾生之须臾，羡长江之无穷"。东坡又说道："且夫天地之间，物各有主，苟非吾之所有，虽一毫而莫取。"看来，连苏大学士那么聪明的人，也劝人要各安本分，不取非分之物。他心中若有所悟：人生虽然苦短，能留下点什么，让人记住，这样最好；但如果平平淡淡过一生，也要做到非我之物，一毫不取。这样才叫光明磊落。

看着黑洞深处，那便是巴蛇现身之所。又想到唐风吟此人，本已是当今武林中的第一人。他识鸟音，能以箫音驱动毒虫，扰乱人心，作为巫山帮以外的魔教教主，却深通炼蛊之法。但这人偏偏贪心不足、自高自大，将天下人玩弄于股掌之中，机关算尽，要将段瑶瑶和自己当作人蛊，最终害人害己，丧身巴蛇口中。可见，即便是唐风吟这般具有大本领、大神通的人，也逃不了天道轮回、善恶报应。

便在这时，从黑洞的深处，飘过来一缕轻烟，萦绕在项水田身周。项水田并未觉察，但腹中的绝仙蛊似起了响应，只觉格外闲适，四肢百骸全都放松。一股睡意袭来，项水田眼皮渐重，倒地沉沉睡去，进入了梦乡。

李青萍从白鹤身上取下杜芸的来信，展开细读。信中告知，得知金人会来抢蛊的消息后，陈鹤老立即联络郏城、五祖寺、九宫山、东林寺、九华山等门派的同道；大家一致表示，国家兴亡，匹夫有责。同时也是对李青萍对大伙施救的报答，同意立即动身，前来支援巫山帮。陈鹤老又通过白鹤传书，联络了武当、少林两大门派的掌门人虚云和微尘。两人均回复，国难当头，不可让金人抢去蛊药，会亲自带人前来应援。

当这些武林同道马不停蹄地赶往巫山帮的时候，没想到金国人提前发起偷袭，并迅速败亡。李青萍如要复信，告知大伙不必前来，固是不及，却也难料，如果金人贼心不死，再来一次偷袭，目前项水田又被逼走，巫山帮要独力对抗金国人的攻城略地之技，确有难处。便想，这些中原武林同道的到来，对于即将面临劫难的巫山帮来说，也是一件好事。

隔了一日，陈鹤老和杜芸，及黄州郏城派邹方、庐山东林寺方丈枕尘、九宫山道长史达、五祖寺方丈苦乔、九华山掌门人管柏英等人，带了门人弟子，一共七十余人，来到了巫山帮总坛红黑二洞。樊铁柱等人得知这些人是古道热肠地前来应援巫山帮，自是感激，并告知在神女李青萍的奇招之下，金人的偷袭，已被打败。众人听了自然高兴。李青萍也从神女堂传话，感谢大伙前来救援，自己不便出面，大伙可与巫山帮主及诸长老，共商下一步的应对之策。

陈鹤老和邹方等掌门人，一个月前，都来出席了项水田的帮主就位以及李青萍的神女授封仪式。这次再来总坛，见出面接待的是副帮主樊铁柱，自然问起帮主项水田的行踪。樊铁柱答："项帮主外出未归。"神色间有些不自然。陈鹤老等人并未在意，大伙商定既来之则安之，可以静待数日，看看金人有无新的动向。樊铁柱等自是妥为安排住宿，每日以酒食款待众人。大家交流些武功，这些掌门人也学了些防毒炼毒的技艺。但樊铁柱绝不提及项水田何日归来。

不过，杜芸是李青萍的师父，二人形同母女，她自可出入神女堂，还跟李青萍伴宿数晚。终于从李青萍口中得知项水田因四太子之事被逼走，两人彻夜长谈，又从卦象和彩石中反复推究，均觉巫山帮来日仍有大难，帮主项水田劫数难逃，不免忧心忡忡。杜芸将项水田被逼走一事，悄悄告诉陈鹤老，陈鹤老大吃一惊。

又过两天，那向鹊前来投效巫山帮。樊铁柱及诸长老、堂主对向鹊反复询问，证实了向鹊确属被金人所掠，而项水田救了他未婚妻性命，又知巫山帮以水灭火，打败金人，他才慨然赠金，并得项水田许可，投入巫山帮。樊铁柱等人此时全然明白，所谓项水田见四太子而当本帮叛贼，完全是那夷陵狂生捕风捉影，诬人清白。商定立即去项家坝，迎回项水田，以便跟众掌门人会面，共商抗金大计。

樊铁柱带着四位堂主，亲自前往项家祖屋，奉请项水田回帮。陈氏却告知，数天来项水田并未回家。陈氏忧心项水田的安危，樊铁柱急忙温言安慰，只说是小小误会，帮主定在别处。回总坛后，发动全帮人马，前谷后山，到处查访，连帮中禁地万蛇窟，也派人察看，但并无项水田的踪迹。樊铁柱等人这一惊非同小可。又将这一情况来神女堂告知李青萍。竹帘后李青萍反复占卦，卦象一片模糊。只能推想项水田就在近左，不会离总坛太远。

最后，连邹方等掌门人也知道了项水田因被误解而出走一事。这些人都感念项水田在黄州时，同李青萍一起，力抗魔教坛主宇文彪，使鄂东武人免遭毒手的恩德。这些人也加入寻找项水田的行列，甚至到了大宁河口、长江之滨，仍是一无所获。

就在这时，巫山帮总坛又闹起鬼来。

巫山帮中有数十名弟子，在神女会中原武林围攻巫山帮时，曾得项水田解救，其中有一位女弟子，为免遭中原武林浮浪弟子的羞辱，还失去了一只胳膊。这群人寻找项水田最为积极。他们绝不相信项水田会是投靠金国的叛贼，只想尽早将项水田找回来，继续做他们的帮主。在四处寻找项水田无果后，有人想到，项帮主会不会静静待在哪间石屋中，最后，连唐凤吟的那间居室，也不放过。

　　管理石屋的那名帮众，此前就说过这间房子有些古怪，以至狂生要来这间房里凭吊时，那人不敢拿钥匙开门。这天傍晚，这群弟子走近这间房子的时候，忽然发现这间房门已经打开，右边一扇门在轻轻摇晃，半开半闭，此屋许久无人居住，这扇门在转动时，还发出单调的吱嘎声。此时风平浪静，室外山上的树梢都没有动一动。室内并无一人，房门却在无风时反复转动，这一情景不禁令人心中发毛。四五个人大着胆子，跨进了室内，但见蛛网扑面，一床一桌，落满灰尘，哪里有一个人影？进门后，那扇门不再转动，室内安静了下来。这群人心中不自在，只想快点离开屋子。谁知出房门没几步，身后的房门又转动起来，吱嘎声重又响起。一群人连呼有鬼，连滚带爬地逃出了那个长长的甬道，再也不敢回去。

　　因为是发生在唐凤吟居室的事，这几个人自然就想到是碰到了唐凤吟的鬼魂。于是，唐凤吟的鬼魂这话，就在巫山帮中不胫而走。

　　接下来的几天，闹鬼的事情更加频繁。夜里，巡哨的帮众看到前面影影绰绰的，似有一群黑衣人在悄无声息地移动，身体轻飘飘的，看上去绝不是会轻功的武林高手，但赶上去又不见踪影，如果说是眼睛看花了，但几个人都说看到了。

还有更加离谱的。有人说在山林里，还看到了衣着鲜艳的女鬼。女鬼身上的穿着活灵活现：女鬼长发披肩，脸如白纸；白袍上披着带乌桕树枝图案的大坎肩，腰缠藤萝纺织的腰带，还骑着白虎在山中穿行，一瞬间就不见踪影。有人争辩说，骑虎而行，那不是大理来的女侍卫吗？但大理侍卫中加入巫山帮的只有风花雪月四女，且四人都在项家坝跟段瑶瑶同住，穿着打扮也与女鬼不同。再说，四女怎会夜间骑虎在山林里游荡？

一时巫山帮众人心惶惶，连扎营在野外的郏城派邹方等人也时常闹鬼，或者半夜有鬼影出现，或者鬼压床不能动弹。

这在巫山总坛，是从未有过的事。

消息传到李青萍耳中，她想到会不会与绝仙蛊有关。因为上次绝仙蛊引她出门，不也是来无影去无踪？但那次却又不同：她经过本帮帮众身边时，帮众对她完全是视而不见，既然感觉不到她的存在，那就谈不上见鬼了。何况，自上次之后，绝仙蛊并无动静，也就是说，绝仙蛊作为神异之物，并不受人驱使。

终于有人想到，金国人火攻灵鸠峰，导致上百人淹死在谷中，这些人都化成了厉鬼，在巫山总坛作祟。人死无罪，应该做一场法事，超度这些亡灵。于是，樊铁柱领头，还邀请那些掌门人参加，请法师在灵鸠峰口，做了一场隆重的法事，超度那些鬼魂不在此纠缠，早早转世投胎。

但闹鬼的事，并没断绝。

就在做完法事的当晚，又有人看到，黑衣鬼影成群结队，往黑洞的万蛇窟而去。那些影子实在太快，胆子大一些的帮众，跟紧了一点，眼见黑影是往黑洞的万蛇窟而去，再也不敢向前追赶。第二天早上，巡哨的帮众发现，万蛇窟中上万条毒蛇，全都不见踪影。事情报到樊铁柱那里，他带着杉木堂主谭明、长老蒋尚廉等几名堂主和长老，前来看个究竟。

黑洞所在的万蛇窟是巫山帮禁地，只有在重大活动或者参与炼蛊时，才可前来。现在万蛇窟出现重大变故，作为主持帮务的副帮主，自是可以带领堂主长老，前来处理。樊铁柱等人看到，平时万蛇蠕动的坑底，果然是露了个底朝天，连一条蛇的影儿也没有，露出污迹斑斑的石板。正常情况下，群蛇要到十月底，才会退回内洞，进入冬眠，而此时方当九月，夏末秋初，蛇儿怎会不见了？

樊铁柱等人悄声议论，谁也猜不透，到底是何原因导致群蛇绝迹。万蛇窟伸往黑洞以内数十丈，便是内洞，其中还藏有本帮记述炼蛊秘籍的石碑。此时内洞中黑乎乎的，静得有些怕人。因为这些天闹鬼的传闻，这几个人大白天站在万蛇窟的石坑边上，感受到从内洞中飘过来的一阵阴风，身上起了一层鸡皮疙瘩。谁也没敢提出，再到内洞中去看看，只想快点离开。

便在这时，随着那股阴风，洞内忽然飞出一大片黑色的物事，众人吓了一跳。原来是成千上万只蝙蝠，此时天色已经大亮，不知这些蝙蝠为何飞出洞来。就在几人惊魂未定的时候，洞内又传来窸窸窣窣的声音。樊铁柱等人只感到身上的汗毛都竖起来了，有人全身湿透，所有人的身子全都僵住，双眼呆看洞内，无力挪动一步。

窸窸窣窣的声音越来越大，到后来似乎是人的脚步声，一步一步，有几个人同时行走，在洞内传出嗒嗒的回声。离洞口尚有十几丈的黑暗中，终于现出三个人形：两男一女。两男全身黑衣，女子身着白袍，乌桕坎肩、藤萝腰带。杉木堂主谭明最先认出：这三人是魔教朱雀坛主冯枭、玄武坛主凌云；那女子是冯枭的手下，名唤蜜桃仙蛛，上次在万柳茶庄，就栽在这女魔头的幽灵幻雾之下。

樊铁柱见到三人出洞，虽然万分吃惊，但毕竟是人，而且是熟识的人，并非大白天见到鬼，终于定下神来。

"原来是二位坛主和蜜桃仙蛛教友，这几天在本帮装神弄鬼。都是贵教所赐吧？"樊铁柱强压心中不满，冷冷地道。

"樊副帮主和几位堂主、长老有礼了。"冯枭神色尴尬地回了一句。凌云和那蜜桃仙蛛脸色僵硬，一言不发。

樊铁柱道："日前二位坛主前来本帮，通报金人偷袭一事，又亲率教众，助本帮抗敌，足感盛情。当日二位提出，要到万蛇窟祭拜贵教唐教主，在下以为这里是本帮禁地，未予许可。但贵教既有跟本帮联手抗金之功，那便另当别论，只要二位再行明言，本帮断无拒绝之理。今日却为何要这般装神弄鬼，不请而入……"

冯枭大声道："樊副帮主此言差矣！说什么祭拜本教唐教主，这不是睁眼说瞎话吗？今日本教教众相聚万蛇窟，完全是听从唐教主……他老人家一手部署和召唤。唐教主仙寿永享、洪福齐天，五梅教天下无敌、一统江湖！"

冯枭这话说出来，有如癔语，与他当日通报金人来袭时大不相同。樊铁柱不明白，为何冯枭这时会说出这番如同念咒一般的话语。唐凤吟明明已死，他却指我说错了，莫非……那个夷陵狂生已经做了魔教教主？这事江湖上传闻已久，现在他终于子继父位，改姓唐了？他初任教主，需要立威，而魔教本就喜欢搞这一套溜须拍马的名堂，所以冯枭才这样说话。不过，魔教新立教主，却为何来到本帮的黑洞，还驱走了群蛇？难道这位狂生，也要像他父亲一样，鸠占鹊巢，控制本帮的炼蛊和蛊药，本帮的帮主也只是空顶个名分？不好！他强占了万蛇窟，这里是本帮炼蛊之所，内洞中又有石碑记载炼蛊秘法。本帮一开始就失了先机，先前以为他们援手抗击金人，是出于华夷不两立的民族大义，没想到，那只是一个幌子，魔教是想趁机进占本帮禁地，现在帮主项水田不知所踪，这却如何是好？

樊铁柱略一宁定，朗声说道："恭喜贵教新立教主。不过，万仙洞乃是本帮禁地，如贵教新教主是来此给先教主上香，事情一了，便请速速离去。本帮的上万条小龙，想必已受到惊扰，也好尽快回归原位。"巫山帮的人一般把万蛇窟称万仙洞，称蛇为龙，都有礼敬之意。他语气中没有说是魔教将蛇儿赶走，只说受到惊扰，这个逐客令也算留了余地。

只听冯枭哈哈大笑，道："什么本帮禁地？巫山帮的红黑二洞，全体帮众、全部蛊药，全都是我唐教主掌中之物。普天之下，寰宇微尘，都是我唐教主所有。唐教主才是天之骄子，才是前无古人后无来者的第一人。"

冯枭这话说得太过匪夷所思，简直如同唐凤吟再世。樊铁柱等人面对这种荒诞怪异的场景，不怒反笑，甚至笑出声来了。

忽听"嘭"的一声暴响，七道彩雾在樊铁柱等人头顶炸裂开来。原来是冯枭使出了魔教最厉害的七尸脑神弹。冯枭外号叫作金蚕子，在魔教五坛主中，最擅长使毒。在万柳茶庄中将项水田等人毒倒的幽灵幻雾，就出自他朱雀坛；而最近他又将魔教中最厉害的七尸脑神丹，改造成了七尸脑神弹，一颗毒丸含有七种毒物，还能像爆竹一般炸裂，毒雾能让人瞬间毙命。

樊铁柱等人没想到，只因几人发出笑声，就招来杀身之祸。要不是这几人都具抗毒之能，就会命丧当场。几人急忙屏住呼吸，从坑边退开了十几步，避过毒雾，服用本帮的解药，才算避免当场昏倒。

冯枭立即发出第二颗毒弹。樊铁柱等人仓促之际，只能出手反击。巫山帮的蛊药，除了绝命蛊、绝情蛊、绝仙蛊是由帮中神女掌管，由帮中统一使用以外，一般的蛊药则由普通帮众随身携带。就算是巫山帮最普通的蛊毒，仍然是江湖上的毒王；五梅教虽然也有五仙丹、七尸脑神丸等毒药，与巫山帮的蛊毒相比，仍然有所不及。否则，唐凤吟以教主之尊，为何要委身巫山帮总坛，自然是便于炼蛊之故。蛊药炼制不易，不可轻用。但此时樊铁柱等人是保命要紧了。

樊铁柱最厉害的毒招，是奇痒毒蚊针。沾有蛊毒的铁针长不逾寸，既可单发，又可群发，只要被一枚铁针射中，就会麻痒七天而亡。樊铁柱将一把铁针向冯枭等三人发出，用了十成的力道。谭明等堂主也各逞其能，将拿手的毒招向那三人发出。

冯枭等三人都是有备而来，将樊铁柱的毒针挥袖卷开，其余的来招也都化解。但三人转入守势，冯枭也无暇发出毒弹了。

魔教玄武坛主凌云冷颜冷面，这人外号霹雳手，紫电快剑称霸北方武林，使毒并非强项。他在挥袖抖开樊铁柱毒针之际，喝出一声"着"，只见白光一闪，樊铁柱急忙避开，身边一名长老中招，原来是凌云使出了飞剑的手段。他这紫电剑能在数十步以外，自下而上，飞剑杀人。樊铁柱的毒针数量虽多，但力道有限，魔教三人都可用衣袖卷开，但凌云的这柄紫电剑，速度既快，力道又强，那长老没能避开，一剑穿胸，当即丧命。

樊铁柱一声低啸，道："结成玄女阵!"谭明和蒋尚廉从他悲愤的声调中，已知今日已到了生死存亡的紧要关头，五人立即围绕樊铁柱，结成一个阵势。双掌齐出，形成一个力道，居高临下，一股红黄蓝三色烟柱，向坑底的三人疾射而出。坑底三人出掌接住。樊铁柱啸声忽高，悠长不绝，在山谷间远远传了出去，其余五人也长啸出声，令啸声更响，这是在向总坛中的全部帮众，发出最紧急的示警，要求帮众全体出动，拼死而战。

巫山帮除蛊毒以外，武功上的名头，在中原武林中并不响亮。这固然是因为，有了毒王这一条，就足以令人胆寒，在一枚小小蛊药面前，最厉害的武功，又有何用?而要练成高强的武功，绝非易事。当然，使毒也要武功作为根基。巫山帮的武功有两大特点：一是声威很壮，歌舞、啸叫声夹杂在武功之中；二是单打独斗不突出，但结成阵势，以众人之力，共御外侮，也不可小视。

面对巫山帮六个人的力道，冯枭等三人勉力支撑，但三色烟柱的力道越来越强。三人中蜜桃仙蛛的武功最弱，在她面前的烟雾越聚越多，最后她大叫一声："为圣教主而战，小女子死而不悔!"倒地昏去。冯枭和凌云二人失去一个同伴，实力受损，但全无惧意，使出全力令烟柱不向身前推进，竟然还大声念诵对唐教主的颂词："圣教主英明神武，圣教战无不胜，攻无不克!""圣教主就是我等的力量所在、灵魂所在，为圣教主粉身碎骨也心甘情愿!""圣教主轻点指头，敌人都会灰飞烟灭，一败涂地!""你巫山帮都是他妈的混蛋小丑和臭虫，只有我唐教主才是大英雄大宗师大圣人!""我圣教主是真正的天骄，你巫山帮的神女，与圣教主巫山之会，要睡便睡！"

这些诔词最后竟变成了骂人的粗口和淫乱之语。但樊铁柱等六人知道这是魔教对阵时的一种精神支撑，与本帮上阵时的歌舞和啸叫是同一个道理。六人全不理会，继续合力催动毒烟。毒烟在二人身前越聚越多。从情势上看，六人已占了上风，猜想再过片刻，这二人就会不支倒地。

樊铁柱等六人耳听得红洞那边也响起了众人的啸叫声，声势雄壮。这是巫山帮众前来救援的回应声。他们精神一振，力道更强。反观冯枭和凌云二人，头颈和手臂上都已青筋暴起，脸上大汗淋漓。在救援众人的啸叫声、喊杀声和奔跑声中，两人的咒语被湮没了，最终干脆紧闭双唇，一言不发——此时也没余力念咒了。

邾城派邹方、九宫派史达等五派及陈鹤老等人马，本来就驻扎在红洞周围的帐篷里，这时听到啸叫声，还以为又是金人来袭，纷纷操起兵刃，跟巫山帮的数百人赶到黑洞前的万蛇窟边。近前一看，是樊铁柱带着六人与魔教的两男一女在进行毒烟攻战，双方均倒下一人；但巫山帮居高临下，占了上风。因魔教只有两个坛主出战，邹方等人不忙动手。巫山帮众因要抗敌，自然是可以踏足禁地。众人纷纷喝叫："魔教妖人闯入本帮禁地，叫你死无葬身之地！""打死这两个魔教妖人！"

冯枭和凌云已支撑到最后一刻。冯枭将身上剩下的全部两颗毒弹，拼尽力道，向六人发出。凌云也将身上的两柄飞刀，一齐射向六人。两人各使出这最后一招后，毒雾扑面，力竭而死。

但听樊铁柱等六人身边两声爆响，七道彩雾弥漫开来，有两人身上中刀，六个人也全部在烟雾中倒地，生死不知。

就在众人要赶过来救治樊铁柱等六人时，黑洞中忽然传来一声虎吼，山鸣谷应。跟着有鸦的叫声，羽翼扑腾之中，洞中飞出了数百只乌鸦。乌鸦过后，一只白虎不紧不慢地走出洞来。那白虎通体白色，无一丝虎纹，双眼作血红之色。众人正感惊异，又见在白虎的身后，出现了十几只狐狸，也是双眼血红；在狐狸身后，又有无数只老鼠，争先恐后地奔逃，一瞬间就越过了狐狸和老虎，爬上万蛇窟的石壁边缘，向人群冲了过来。眼尖的人甚至看到，这些老鼠的身上，还爬满了蚂蚁！

老虎、狐狸和老鼠，这些并非毒虫。前来的武林人士并不惧怕此辈。但这些动物都是从万蛇窟中出来的，一来大出意料，二来这些兽类都是眼睛血红，多半有毒，众人只得狼狈地躲开。

数万只老鼠逃离坑底后，那只白虎和十来只狐狸，睁大血红的眼睛，只在坑底游荡。经过那昏死在地的二男一女身边，只嗅一嗅，便又走开。

便在这时，洞内又走出四个黑衣人，为首的一人，邹方等人认得他，是白虎坛新任坛主罗霄。此人在黄州时，曾跟前任坛主宇文彪一起，为难巴婆，宇文彪死后，此人升任白虎坛主。

罗霄对地上的二男一女看也不看一眼，大声道："五梅教千秋万世，一统江湖。现场各位听好了，巫山帮万蛇窟已在我圣教主掌控之中，尔等如若像此前一般，归顺圣教，服膺我圣教主，便可各安本分，平安无事。如要像樊铁柱等人那样犯上作乱，不自量力，必定严惩不贷，万难活命！刚才的老鼠和乌鸦，所带的不过是本教的夺魂三香，那是圣教主大发慈悲。如果各位顽抗到底，圣教主就会用巫山帮的毒虫侍候了！"

他话音未落，众人果然闻到一股香气，接着就觉头重脚轻，想要呕吐。巫山帮众懂得防毒，倒还好。众人忽然想到：此人说什么服膺圣教主，原来是魔教新立了教主，便又像前任教主唐凤吟一样掌控巫山蛊，又来自吹自大的那一套。

有人大声道："你说的圣教主，到底是谁？"罗霄道："本教圣教主，当然是唐教主他老人家，还能有谁？快快跟我念诵：圣教主英明神武，天下无敌。圣教主福体安康，仙寿永享！"

听了这话，众人便跟樊铁柱是一样的想法：那夷陵狂生终于接任了魔教教主之位，而且改回他生父的姓氏，上任之初，就完全照搬唐凤吟的风格，小小年纪，人家一个坛主都得称他是"老人家"！

有人心中不服，语带讥讽地道："在下听说圣教主不是姓唐，而是姓郑……"只听"呼"的一声，一根黑索向坑边飞出，将那人卷住，拉入坑底。那人哼都没哼一声，便已死去。罗霄收了毒索，道："胡说八道什么！"话刚说完，毒索也正好藏入腰间。

他一出手便置人于死地。庐山东林寺方丈枕尘口宣佛号："阿弥陀佛，施主恶业已深，必思悔改，回头是岸……"罗霄充耳不闻。

巫山帮靠近坑边的十几人，看到樊铁柱等七人倒卧在地，都关切地走上前去，察看伤情。中了刀剑的一名堂主和两位长老，都已逝去。樊铁柱和谭明等四人只是中毒昏去，帮众立即施以解药，四人悠悠醒转。

便在这时，空中忽然传来高亢的鹤鸣声。众人抬头看去，只见数十丈外的天空中，陈鹤老的那只大白鹤，正在拍动翅膀，奋力追击天空中的乌鸦。那些乌鸦远远看去，只是一些小黑点，而大白鹤身形巨大，傲岸勇猛。每一个俯冲追击，就能用尖利的大喙，刺中数只乌鸦。被刺中的乌鸦纷纷落地，其余的乌鸦再也不敢在天空中盘旋鸣叫，而是像一片黑云被一阵疾风卷走了一样，消失得无影无踪。

众人眼看巫山帮副帮主、堂主及长老，因魔教新教主上任而或死或伤。刚才又经历魔教从黑洞中放出毒物毒虫，魔教坛主罗霄气焰嚣张，毒手杀人，只因不是魔教恶人的对手，只得强自忍耐，心中感到气苦。看到天空中的大白鹤如风卷残云般地痛击乌鸦，那不可一世的坛主罗霄也只能远远观看，无可奈何，众人心中将那些被大白鹤追击的乌鸦，看成魔教妖人一般，感到十分解恨。

巫山帮有些帮众更在祈祷：老天爷呀，神女娘娘，保佑巫山帮，打败魔教的恶徒，让帮主项水田早些回归本帮！

樊铁柱醒过来，见冯枭和凌云已死，心下稍安。蓦然想到，狂生将项水田逼走，竟然还伏有这个阴谋，就是方便他就任教主之后，前来侵占巫山帮的万蛇窟。樊铁柱强自提了一口内气，对着黑洞，朗声道："唐教主，原来你诬陷本帮项帮主，就是为了今日之事。不过，红黑二洞，终是我巫山帮的祖产，巫山蛊药，也是本帮神物，你强占了去，又有何用？"这话一说完，聚在黑洞周围的数百人，都听得清清楚楚。

黑洞里一阵沉默。

站在洞口的罗霄，正要对樊铁柱大声呵斥，忽听洞中一个沉闷的声音传了出来："吾有天道，势不可挡。巫山帮不过蝤鼠蝼蚁，岂可自不量力，负隅顽抗？快快将那蛊药神女，送进洞来！"

那声音带着极大内力，从黑洞深处发出，黑洞内小外大，形同喇叭，使得那声音又放大了数倍，只震得洞外众人耳中轰轰作响。樊铁柱大吃一惊：那狂生的武功内力，并未达到江湖上的一流水准，比魔教中坛主也有所不如，但一当了教主，内力就如此深厚，却是何故？声音从洞中发出，含混沉闷，与狂生平时的嗓音似有不同。

樊铁柱为这股话音的内力所慑，勉强说道："本帮项帮主外出未归，蛊药由帮中神女掌管。帮中众人，都做不得主。贵教如要用强，有死而已……"

那声音道："你用玄女阵，毒死本教两名坛主，若单比武功，你岂是他任何一人的对手？本教若要对你以牙还牙，易如反掌。这笔债，且先记下了。巫山帮帮主……那个项水田，已经归服本教，尔等不必操心了。你只需叫那掌管蛊药的神女，快快前来，便可将功折罪……"

他说到项水田已归服本教，这句话人人都已听到。这是几天以来，从魔教教主的口中，首次吐露出了项水田的行踪。

樊铁柱道："既然本帮项帮主身在贵教，可否叫他出来，跟帮众交代一声，也胜过现在无人做主。"那声音道："项水田既已出帮，有所不便。本座现在命你就任帮主之位，立时生效，快请神女带了蛊药前来，不得有误！"最后这句，声量更大，震得樊铁柱耳鼓嗡嗡作响。

樊铁柱听到要他就任帮主，明知于理不合，却不知做何回答。

只听一个清脆的女子的声音道："不劳贵教召唤，小女子已在此多时。"正是神女李青萍。

洞中那声音甚是欢喜，道："那太好了，快快将所有蛊药，送进洞来。"李青萍道："贵教主说到，本帮项帮主已归服贵教，小女子绝不相信。项帮主忠厚仁义，武功卓绝，岂肯归附贵教？必是贵教假传信息，掩人耳目，好叫本帮帮众上当。要不然，请项帮主出来，跟所有帮众和众位朋友见一见，当面说个清楚明白，岂不最好？"

"哈哈哈哈……"那声音大笑起来，道，"你说姓项的小子武功很好，岂能跟老夫相比？老夫只要动动小指头，便能将他手到擒来。老夫要他往东，他便不敢往西。老夫不要他出来，只不过是怕吓坏了尔等而已。"李青萍听对方说话越来越放肆和诡异，又是自称老夫，知道这是魔教胡吹神侃、耸人听闻的那一套，道："你不必胡吹大牛，口出狂言。不仅项帮主不会输给你，就是小女子，也有破你之法……"

众人听到这话，都替她捏着一把汗，不知在眼下魔教已占去万蛇窟时，她能有何破敌之法。只听那声音道："你说的破敌之法，就是将打败金国人的那一招再用一遍，引那河水灌进洞来，想要本座及属下教众遭受灭顶之祸……不过，你又顾虑，这样也会将身在洞中的姓项的小子，淹在水中，是也不是？"众人听他这么一说，果然觉得大有道理。李青萍更没想到，心思全被这人猜中，一时语塞，不知怎么应对才好。

洞中那声音换了一副腔调，道："项水田是与你有婚姻之约的夫君，你快快交出蛊药，你夫君便可回到你身边，修成百年好合……"那声音极尽柔和缠绵之能事，虽是从洞中传出，却像极了情人在枕畔的耳语呢喃。李青萍明知这是魔教损人心智的迷幻之术，竟然不能自持，脸泛潮红，心有所动，欲言又止。

"不要中了魔教的迷幻妖术！"李青萍的师父杜芸大声喝道。李青萍听到这一声断喝，如梦方醒，心中立时平静下来，暗叫惭愧，道："多谢师父提醒。"

洞中那声音忽然大怒，道："杜芸，你好大的胆子，坏了老夫的大事！听说你还跟那个陈鹤老在一起，气死我也，气死我也！白虎坛主罗霄听令：快快将这个丑婆子，还有上次在黄州害死宇文坛主的那些恶徒，就地正法，一个不留！"罗霄大声应诺。

杜芸感到十分奇怪。这人明明是魔教新立的教主，怎么说话的声音口气，却像极了唐凤吟。自己提示弟子李青萍他说"坏了老夫的大事"，还说自己跟陈鹤老在一起"气死我也"！她正在迷惑不解，只见黑影一闪，罗霄的飞索已经伸出，卷住岩边一块突出的石头，跟着身子纵出，落在杜芸身前六尺之处，挥出黑索，向杜芸攻来。

早有一根银鞭伸过来，银色的鞭头与罗霄的黑索扭在一起。罗霄用力回夺，银鞭鞭头纹丝不动。大白鹤自天而至，向罗霄头顶一啄，罗霄将头一偏，避开这招。自是陈鹤老一人一鹤，帮杜芸以攻为首。罗霄索交左手，解开了银鞭的纠缠，正要再使一招，却见一个肉球似的人滚了过来，大叫："鹤兄退开一步，让我癞头龟来对付这臭贼！"这话却是对那只白鹤说的。果然白鹤引颈高叫一声，跨步走开。罗霄认得此人是黄州诗人潘大临的后人"癞头龟"，手上使的是一柄折扇。上次在黄州与宇文彪过招的，也有此人。他忙飞起一脚，向这人的肥臀上踢去。癞头龟折扇向罗霄腹上一指，两人各自收招。

忽见一根竹竿打向罗霄头顶，一个瘦竹竿一般的人影扑上来，大叫："癞头龟，我软皮蛇再跟你打一个赌，我赌这臭贼今日命丧当场……"这正是当日李青萍在栖霞楼上卜算宇文彪的话。罗霄也知这软皮蛇是黄州名医庞时安的孙子，跟陈鹤老、癞头龟等四人称作"雪堂四友",喝道:"小爷倒要看看到底是谁今日命丧当场!"伸手插向软皮蛇咽喉,软皮蛇忙收招避开。

眼见罗霄一出手便使杀招,鄂赣皖五派掌门人也不讲什么单打独斗的规矩,一起围了上来。郏城派邹方使开孙膑拳、九宫派史达挥动药锄、五祖寺苦乔手持齐眉棍、庐山东林寺方丈枕尘使出般若掌、九华山道长管柏英抽出降魔剑,一齐向罗霄身上要害出招。

巫山帮武林高手高瑞升等人走到近前,观看罗霄一人合斗七人之局。

罗霄一条黑影在七个人之间往来穿插,招招指向对手要穴。七人穷于应付,癞头龟和软皮蛇大呼小叫,其余五人手忙脚乱。只交数合,癞头龟骂道:"软皮蛇,你竹竿干吗打我肩头?"软皮蛇回道:"你折扇怎么不长眼,戳我腰眼?"其余五派掌门也是力道不敢使老,因为罗霄接招时一带一引,便将来招引向旁人。

罗霄急于在教主面前立功,想先杀一人立威,看到邹方使出跪地跛行的孙膑拳,知他下一招必是双臂上举。这时史达药锄正好自上而下打他面门,他忙伸黑索一抖,史达药锄的力道正好带偏,直向邹方右臂砸去。罗霄跟着拳打脚踢,避开了其他几人的来招。他知道邹方如要避开史达的药锄,必然向软皮蛇身后腾挪,早已令软皮蛇受了癞头龟折扇的一击。在软皮蛇叫骂声中,罗霄后发先至,一招催命掌发出,眼看正拍到退到此处的邹方的后颈。邹方已感到后颈上一股凉风,暗叫"我命休矣"!忽见白影一晃,一条银鞭的鞭头,掠向罗霄手掌,罗霄如不缩手,这只手掌定然不保,只得收招。原来是场外的陈鹤老看出罗霄的杀招,挥银鞭救了邹方一命。

罗霄以一敌七，虽然大占上风，但每当要痛下杀手时，陈鹤老便使出银鞭化解。陈鹤老虽然身在相斗的八人一丈开外，但他那条银鞭有如奔腾天矫的游龙，极是灵动，罗霄实是以一敌八。

转眼双方已斗了二十余招。罗霄内心焦躁，一转身，从场边抓住了一名庐山东林寺的弟子。那弟子本在用心观看场中打斗，全没留心罗霄会来抓住自己，等到十指及身，已通体酥麻。

罗霄双手横抓这名弟子，反身便向东林寺方丈枕尘扔出。枕尘珍视弟子性命，如不接住弟子，必然当场摔死，只说得一句"阿弥陀佛"，伸双臂接住了这名弟子。他却不料小腹上一麻，已被罗霄点中穴道，跟着弟子一起，向地面跌倒。

罗霄不等那弟子跌倒，又横抓他身子，砸向癞头龟和软皮蛇二人。二人叫骂声中，各腾出一只手，接住那弟子，另一只手，都向罗霄面门打出一招。罗霄变招极快，趁几人的视线都在那弟子身上，黑索向身后一抖，史达已然中招，药锄落地。罗霄也不转身，只是连退数步，一个后踢脚就要踢向史达的心窝。又是银鞭飞到，救了史达一命。

再斗片刻，癞头龟脸上乌青，软皮蛇腰间中掌，倒在地上。其余的人都是赶在罗霄补招之前，出招攻向罗霄，才能救起伤者，避免被他夺命。

"气死我也，气死我也！一个坛主，杀不了几个二三流的角色，要你何用？"洞中那声音怒道。

罗霄明明大占上风，却被那声音斥骂。他听了这话，神情大急，眼中如要冒出火来，张开喉咙，发出如野兽般的号叫。站在坑底的另三名黑衣人，同时大声号叫，跟着一齐喊出口号："圣教主仙寿永享，洪福齐天，五梅教天下无敌，一统江湖！""圣教主英明神武，圣教战无不胜，攻无不克！""圣教主亲临指挥，小蛊贼灰飞烟灭，一败涂地！"

罗霄忽然进入癫狂状态，叫声甫毕，身形已如鬼魅一般。场中的每个人只觉得眼前黑影一闪，还没来得及反应过来，就已中招。陈鹤老的银鞭早已挥出，但终是慢了一步，七个人都是脸上挂花，鲜血淋漓。跟罗霄最近的九华山道长管柏英脸上更被咬下一块肉来。管柏英脾气暴躁，声音洪亮，此前数十招，竟无一招打到罗霄身上，此时脸上被咬，视为奇耻大辱，挥动降魔剑大呼酣战。但他动作已经走形，只数招后，众人便见他那把厚重宽刃的长剑，已插进了他自己胸膛，却没看清罗霄是如何出招的。

旁观众人看到罗霄虽然以一敌七，仍然杀死管柏英一人，都大声鼓噪起来，纷纷叫道："打死这魔教妖人！""打死这恶徒，为道长报仇！"

叫喊声中，陈鹤老一人一鹤，已经跟罗霄斗在一起。受伤的另外六人，已经退开治伤。

陈鹤老的这套鞭法，名唤醉鞭，共有一十二招，曾在黄州栖霞楼传给了项水田四招。项水田就任帮主后，陈鹤老又来总坛，将剩余八招，也传了项水田。这套醉鞭的最大特点，就在一个"醉"字。陈鹤老在杜芸归来与他结成伴侣之前，每日里载酒狂歌，在借酒浇愁之际，将这套醉鞭也发挥得淋漓尽致，尤其那只与他一同醉酒的白鹤，常与他的醉鞭同进退，一时江北无两。但在杜芸来归后，他常陪杜芸寻找药方修复容颜，喝酒的习性大为收敛。今日与罗霄一战，自然是无酒可醉，这醉鞭的威力，就难免打折。

陈鹤老知罗霄在魔教的妖氛蛊惑下，已杀红了眼，双方已是性命相搏，面对这个已列魔教坛主的一流好手，他更须从容冷静，不可因狂态失误。那白鹤先以长喙向罗霄凌空下击，罗霄挥黑索取鹤颈，白鹤闪身退开。陈鹤老银鞭如白蛇飞舞，已使了一招"醉舞狂歌"。这一招是对应罗霄此时如痴如狂的心理状态，要引他在怒发如狂的心态下，犯错或者自败。

只因陈鹤老不爱与武林人士来往，他这套醉鞭名声并不响亮。罗霄本来丝毫不将陈鹤老一人一鹤放在眼里，但见了白鹤驱赶乌鸦，还有刚才陈鹤老出银鞭给七人解危，方知这一人一鹤，比那七个人加在一起，还要难以对付。眼前的这一招银鞭飞来如银龙狂舞，大有酣畅淋漓之感。罗霄抖开黑索应了一招，本来乖张狰狞的脸上，竟然露出了一丝笑意。

陈鹤老又使了一招"如痴如醉"。这一招承接上一招的余意，仍是要引动罗霄心中狂性大发的执念。陈鹤老出招之际，未喝酒而带酒意，银鞭鞭身始如银沙雪浪，终如怒海江潮，一招两式，向罗霄击来。那白鹤更是一声长鸣过后，伸开双翅，向罗霄来了个左右开弓，但看起来又像是翩翩起舞。罗霄在接了这一人一鹤的招数之后，面上神情果然是如痴如醉。他黑索的招数同属鞭法，只是比长鞭更加灵动而收放自如，加之他这条黑索又带剧毒，多少成名的英雄命丧索底。陈鹤老等人跟他过招时，已得杜芸备了克制魔教毒药之法，不惧其黑索之毒。但在罗霄看来，自己的黑索与醉鞭相比，猛恶或有过之，招式之繁、变化之灵却有不足。

不等罗霄出招反击，陈鹤老又连使了三招："伊人独醉""海棠醉日"和"贵妃醉酒"。白鹤跟他配合既久，一同出招也是极尽妍美。陈鹤老知道，罗霄黑索的招数中，一定不可能有他这三招。这三招完全是他自创，全是模拟美女醉酒的意态，一来是寄托他对心上人杜芸的思念，二来也拓宽了这套醉鞭的意趣。使动之时，倒不是身手上的忸怩作态，而是更重鞭身所含的阴柔之力、方位上的出其不意。

果然罗霄有些手忙脚乱，尤其看到陈鹤老以一老翁而作女儿醉态，更是脸现迷惘："这算什么鞭法？"

只听癞头龟大声嘲笑："鹤老在对付魔教妖人时，也不忘讨好嫂夫人！"软皮蛇应道："是啊，你看贵妃醉酒这招，像极了嫂夫人的醉态！"

旁观众人之中，高瑞升、樊铁柱等人也是相视莞尔。项水田从陈鹤老这里学到这套醉鞭后，极少在巫山帮当众演练。而且项水田也非好酒之人，就算喝酒之后，使出这三招，也难有陈鹤老这般生动传神。更难的是，这两人所使的软鞭和长索，实际上是同类兵刃，就像是一白一黑两条灵蛇，在交替缠斗。如果力道掌握不好，只要一接触，两人的鞭索就会打结，纠缠在一起；而比拼内力，必然胶着，一时难分胜负，都存有巨大风险。所以，两人都能做到点到即止，避开凶险。

这其中最开心的，还是与陈鹤老暮年结缡的杜芸。她自然知晓这三招的来龙去脉。而陈鹤老此时与罗霄奋力一搏，还不是为了让她免遭这魔教妖人的毒手？霎时心中感到无限的满足与幸福，面罩之后的脸孔，也变得绯红，只是别人看不到罢了。

"来呀，将这个不中用的废物召回来，不要让他给我丢人现眼！"黑洞中那教主的声音吼道。

罗霄听到这句话，知那教主已动了真气，这时只有拼死一战了。他将黑索一收，猛向白鹤双腿上卷去，在这当儿，忽从身上掏出三柄短刀，向着一人一鹤疾射而出，第三柄飞刀，是冲着杜芸而去，那也是完成教主的指令。

只听"当当当"三声，陈鹤老使出了醉鞭中的另外两招"醉卧沙场"和"一醉方休"，从绝难想到的方位，挡住了射向他和白鹤的飞刀。另一个声响，是来自杜芸的拐杖。其实，在场诸人之中，杜芸的功夫，要算顶尖。她为了摆脱唐凤吟，处心积虑谋划了十几年，早已将唐凤吟的武功家数摸得清清楚楚，而后又暗中研习克制之法。她在神女会当日以一招杖法破了唐凤吟的无影神掌，给了唐凤吟当头一击，固然是因为唐凤吟其时已是神志混乱，但她武功已臻一流，已是毫无疑问。这时，她见到陈鹤老使出美人三招，心情极佳，本就要上去，与夫君一同料理那魔教恶贼。这时，罗霄既然在教主催逼之下，使出了绝命三刀，她便将藤杖一立，将那柄刀挡住，顺势将藤杖的扶手一敲，正好敲中了反弹之后的刀柄。那柄刀改变了方向，又朝罗霄反射过去，正中罗霄前胸。

这一招反击大出罗霄意料，待到回过神来，刀身已插入前胸，深入数寸，虽未致命，再也无力出招。

便在这时，黑洞中忽然传来一阵荡气回肠的箫音。那箫音具有不可抗拒的魔力，一时之间，红黑二洞之上的山林中奔出了许多蜘蛛、蜈蚣、蝎子、毒蛇、蟾蜍等毒虫，还有老鼠、乌鸦，纷纷向万蛇窟中涌去。毒虫出动之际，只见林中树叶飘落，兔走鹰飞。所有在黑洞边的人，无论是巫山帮还是陈鹤老等鄂赣皖武林人士，都像上一次神女会听到唐凤吟的箫声一样，不由自主被箫声所吸引，迈动脚步，跌入了万蛇窟中。

第七章　凤箫吟

词曰：

> 鬼神惊。身心俱丧，只余一缕游魂。赋形依暗柳，存思从浅露，漫悲欣。幸归来少壮，洞幽明，霞气氤氲。呼旧侣，山高人远，古渡迷津。
>
> 挚云。吟箫吞宇内，任逍遥，粪土王臣。度音唯屈子，凭临巴楚郡，翻作猕猱。粉身偏谈笑，假为真，不辨晨昏。恁自问，天骄算谁，四海鲸吞。

箫声之中，众人从万蛇窟往黑洞深处走去。万蛇窟是一个可容下数百人的石坑，坑底距离地面两丈有余。对于身有武功的人来说，在这个高度上下纵跃，或者借助绳索跃出，并非难事。但这是巫山帮中恶名昭著的万蛇窟，坑底蠕动着数万条毒蛇。武林中传闻，巫山帮将偷蛊药或者受惩罚的人，直接丢到万蛇窟中，别说抬腿腾跃，只要一落到地面，瞬间就会被毒蛇攻击，走不了几步，毙命无疑。更有人说，死后会被饥饿的蛇群爬满全身，不消一个时辰，就被吃得尸骨不剩。

有人是第二次跌进万蛇窟，所幸这一次，窟底并无一条毒蛇，但仍是腥臭难当。数百人被箫声所迷幻驱策，如醉酒一般，前后相随，走入洞内。那些从山林中奔出来的毒虫，好像也是听到箫声的召唤，如潮水般地涌入洞中。

进入内洞数十百丈，箫声止歇，众人停下脚步，有人大口喘气，有人如梦方醒。

内洞中本来一片漆黑，十几丈宽的黑洞洞壁，点着几只火把。火把映照下，众人看到一个令人惊怖的场面：距离众人最前端一丈处，二十多个魔教的黑衣人站成一排，面向众人。黑衣人的身后，那只白虎和十几只狐狸来回走动，白虎和狐狸的身后，竟翻滚着数丈宽的毒虫之浪。巫山帮樊铁柱等人立时想到，原来万蛇窟中的所有毒蛇，还有刚才从山林中冲出来的毒虫，全部被驱使到了这里。在数丈宽的虫浪后面，一处高出人头的岩石上，骇然坐着一个人，手持竹箫，头戴面罩，只露出一双眼睛，想来便是那教主。面对这一情景，众人都陷入恐慌中，不知自己将会面临什么样的命运。

二十几个黑衣人一齐高喊："圣教主仙寿永享，洪福齐天，五梅教天下无敌，一统江湖！""圣教主英明神武，圣教战无不胜，攻无不克！"

一个黑衣人对那手持竹箫的人道："启禀教主：罗霄执行教主圣谕不力，未能将敌手全部处死，应受重罚。"那教主嗯了一声，道："将他砍去一手一足便是！"樊铁柱听了这话，立时感到不寒而栗：难怪冯枭凌云力战而死，原来魔教对战败之人处罚如此残酷。

便在这时，樊铁柱看到，在靠近魔教黑衣人的人中，有一个身穿白衣的人十分显现，仔细一看，正是那夷陵狂生。他既不是站在黑衣人的队列里，便说明此人并非加入了魔教，而先前众人以为这个新立的教主，是夷陵狂生子继父位，看来是弄错了。

这个魔教教主到底是谁？

樊铁柱对夷陵狂生喊道："狂生少侠，你不是加入了五梅教，还继位当了教主吗？"夷陵狂生苦笑了一下，摇了摇头，没有作答。

忽听那教主哈哈大笑，声音在黑洞中回荡，人人感到十分刺耳："世间除了我唐凤吟以外，谁还能做得了五梅教教主！"

无论他说出什么话，都没有这一句匪夷所思。因为不少人当日亲眼所见，唐凤吟被巴蛇吞入口中，他怎么可能还活在世上？

樊铁柱被这一句话惊得张口结舌："唐教主，是……您……吗？想来那天龙，将您的圣体……又吐出来，所以，您面容毁损，在这里养伤至今……"唐凤吟大声道："你胡说八道些什么？那小小巴蛇，怎么奈何得了本教主？老夫是天选之人，怎么会面容毁损，还要养伤？"

黑衣人又是齐声呐喊："圣教主仙寿永享，洪福齐天，五梅教天下无敌，一统江湖！"

众人之中，被唐凤吟抢去做了二十几年夫妻的杜芸，在洞外就从教主的话音中，听出是唐凤吟的语气。只是，从黑洞中传出的声音沉闷而含混，加上当日她亲眼见到唐凤吟被巴蛇吞噬，这一幕真切而又惨烈，令人刻骨铭心，所以她不敢也不愿意相信，这个她一生之中的梦魇，还活在人世。此时身在洞中，距离已近，听到他的声音，确是唐凤吟无疑。

杜芸冷冷地道:"唐凤吟,就算你从巴蛇口中逃得性命,也难逃恶报,必无善果……"

她话未说完,众人只见眼前一花,又听到"砰"的一声,杜芸藤杖一举,陈鹤老也与来人对了一掌。似乎那唐凤吟从数丈外的岩石上,飞身过来,与杜芸和陈鹤老过了一招,又在倏忽之间,跃回了原座。只见杜芸和陈鹤老两人都吐出了一口鲜血,陈鹤老趔趄两步,坐倒在地。两人身边有十几个人被唐凤吟的这一股大力,掀倒在地。

只听唐凤吟骂道:"老夫本当一掌将你这贱人打死。留你半条命,倒要让你看看,老夫到底是怎么不得善果!"

杜芸急需调匀内息,一时不能开口说话。

只听一个女子的声音道:"唐教主既然大难不死,当思敬神顺天,不可性情暴戾、大开杀戒!"说话的是李青萍。

唐凤吟大声笑道:"敬天畏神?老夫便是天道,天道便在老夫的手中!小姑娘,快快将那些蛊药交出来!"

李青萍道:"唐教主,说到天道,小女子作为巫山帮中的神女,所司之职,就是每日在神女堂中祷告,乞求神女娘娘和各位天神、黄天上苍,保佑我巫山帮众能得天公地道,珍惜上天赏赐之物,也不去强抢他人的东西,抢占别人的地盘。巫山蛊药本来是上天对巫山帮的恩赐,唐教主是五梅教教主,为何要强占本帮、强抢蛊药?"

这番话说得义正词严。众人明明看到,唐凤吟身具绝世武功,刚才只是一掌,就将杜、陈二人打得吐血,十几人倒地,他言下之意,还留了余地,不然这些人都会被当场打死,李青萍敢说出这番话,可见她已将生死置之度外。

这句话将唐凤吟呛得一时语塞，众人以为他气急败坏之下，也要对李青萍暴起动手。却听唐凤吟道："什么巫山帮之物？武林之中，普天之下，一应物事，尔等众人，都是属于本教主所有。老夫要你送上来，就不得违抗！"

李青萍听出唐凤吟的口气直比皇帝，道："唐教主身具盖世神功，大难不死，必有一番作为。眼下金国人正在进犯我大宋，山河破碎，百姓受难。前几日金国人还来抢夺巫山蛊。唐教主有此大好身手，何不去抗金前线建功立业，驱除鞑虏，还我大好河山？就算将那大宋皇帝的位子抢来坐了，也胜过了赵家的这帮昏君佞臣！"

只听唐凤吟又是一阵大笑。这笑声带着他充沛的内力，回荡在内洞之中，只震得人人耳鼓嗡嗡作响。笑声甫毕，大声道："老夫世居之地，就在燕京，金国那个小皇帝叫完颜亮的，改燕京名为中都，在那里当了几年皇帝。还有那本朝赵家被人捉了去的皇帝，现在躲在临安苟活的皇帝，这些皇帝小儿霸占土地，鱼肉百姓，守住的那点蝇头小利，在老夫眼中，简直如同粪土蛆虫，狗屁不值！老夫逍遥四海，吞吐宇内，与天地同寿，跟日月争辉，那些俗物皇帝小儿，岂能跟老夫相提并论？哈哈哈哈……"

唐凤吟所说的这番话，狂妄至极。现场众人身在武林，平时不把官家皇帝放在眼里，杀官造反也是家常便饭，像夷陵狂生这样的年轻武士，也不过恃才傲物、目无礼法。但像唐凤吟这般，以神灵自比，将皇帝说得一钱不值，还是超出了人们的意料。

李青萍听唐凤吟把话说得云里雾里，急需将他拉回现实中，道："唐教主果然是胸襟广大。现在小女子想跟唐教主做一笔小小的买卖，不知唐教主意下如何？"

唐凤吟以为李青萍要提出什么条件，以便交出蛊药，心中暗喜，道："什么买卖，说来听听。"李青萍道："贵教白虎坛主罗霄现在我们手中，他比武受伤，有性命之忧。而据教主所言，本帮项帮主，失陷在贵教。小女子斗胆请求，唐教主放还项帮主，我方也将罗坛主送还贵教并救治刀伤。虽然贵教的坛主，非本帮帮主之可比，但这反而显得唐教主宽宏大量，不会如凡夫俗子那般计较得失……"

唐凤吟冷笑道："尔等全是我砧板上的鱼肉，哪里还有资格跟老夫谈条件？小姑娘识相的话，快快交出蛊药，免得老夫发起怒来，你众人都成炼蛊的药引！"

李青萍道："唐教主行事说话，无非是以强凌弱。小女子已对神女娘娘发誓：定当让这些属于巫山帮的神物，留给本帮。唐教主如要用强，未必有用！再说了，唐教主就算英雄盖世，总不会不要下属吧？要不然，以后还会有哪一位下属，能安心听从教主的差遣？还是听小女子一言，教主放回项帮主，我们也将罗坛主交还贵教……"

唐凤吟道："要下属听从差遣，那有何难？只需让他们喝下本教的五仙丹，每年只能定时一次给他解药，谁个不是服服帖帖？"李青萍料不到唐凤吟说出这一句，顿了一顿，道："唐教主武功盖世，也不想做人世间的皇帝，那就是要当神仙了？要当神仙，蛊药何用？巫山蛊虽是神物，到底是给人用的。按小女子的理解，唐教主要这些蛊药，无非是增强贵教的药力，以便控制更多的人，供唐教主驱使……"

只听唐凤吟不紧不慢地道："'巫山蛊，七孔箫，神女会天骄.'这句传言,岂非专属老夫?老夫刚才所吹的这首《汨罗绝世曲》,以七孔箫技法而言,老夫不做第二人之想。你说老夫武功天下第一,尚在其次;老夫所制的这首箫曲,那才叫思慕古贤、超迈当世。各位在听到这首箫曲的时候,是否感受到忧伤弃世的决绝?是否领会慷慨赴死的气概?各位跳进这万蛇窟的那一刻,是否如同屈大夫跨进汨罗江水时那般义无反顾?而此曲之妙,不仅在于曲调之和雅苍古、义理之通达性灵,更在于有巫山蛊之助力。老夫自脱离巴蛇之口后,只觉得与巫山蛊药已合二为一,浑然天成。箫音与蛊药融合,直叫万物俯首,风云变色。由此可见,老夫才是可与神女相会的一代天骄,巫山帮的所有蛊药,要尽数归于老夫,才合天道……"

李青萍喃喃地道:"亵渎神灵,狂悖至极!"

众人听唐凤吟说到这首箫曲,才知曲名叫作《汨罗绝世曲》。现场众人大都专心练武制毒,很少有人妙解韵律。当时只是被曲调所惑,如同喝下了迷药一般,迷迷糊糊跟着众人跌落万蛇窟,走进黑洞里。听唐凤吟说到他从巴蛇口中逃得性命后,与蛊药合二为一,他箫音中还有巫山蛊的魔力,众人更觉不可思议。巫山帮的人则是喜忧参半。喜的是巫山蛊神妙如此,忧的是唐凤吟归来,又要受他役使。

唯有一人精通吹箫,正是夷陵狂生。此人虽然能听出这首箫曲的真义,但他是唐凤吟强暴陈氏所生,其习武吹箫得自中原名师,并非唐凤吟亲传,其实他是以身为唐凤吟之子为耻的。不然也不会在冯枭凌云多次催促之下,仍然拒绝继任教主。现在,亲见唐凤吟死而复生,他并未投身魔教,此时自然就没有当众大赞唐凤吟的这首箫曲,更不会帮腔要李青萍交出巫山蛊。

忽见一人挤出人群，站在黑衣人面前，手指唐凤吟，大声道："老贼，你干吗在总坛你的居室之中，装神弄鬼？你就算死而复生，小人也要说出这句话。巫山帮和巫山蛊终是属于我巴族人的。小人的这条命，也是项帮主给救回来的，小人只认项帮主是巫山帮帮主，老贼该放项帮主回帮……"他话未说完，从唐凤吟手上飞过来一件物事，竟是一条小蛇，正打中了那人的口鼻之处，那人当即毙命。樊铁柱认得这名帮众，名叫郑存壮。他在神女会中原武林围攻巫山帮时，曾得项水田解救。项水田失踪后，他跟那断臂女子等几人，曾到唐凤吟居室之中，寻找项水田，结果房中闹鬼，几个人逃了出来。没想到这人敢在此时仗义执言，竟遭唐凤吟的毒手。

只听李青萍道："多造杀孽，于事无补。小女子另有一事不明，还要请教。教主神隐之际，这位狂生公子，比武胜过了项帮主，提出要到唐教主住室祭拜先父。结果在屋顶的石缝之中，发现了一块绿玉，上书'武落钟离山，天龙吐仙丹。若得瑶光顾，飞焰照金山'二十个大字。结果引出江湖上一场惊天动地的大事，至今还有人到武落钟离山本帮祖庭，去寻找蛊药和金山。请问唐教主，此物是在你的住室之中发现的，是属于唐教主之物，还是巫山帮祖传之物？此外，这二十字的含义是什么？唐教主妙悟灵机，穷通义理，必能揭开谜底。"

却听唐凤吟道："什么绿玉，老夫从没见过……"明显是不想提及狂生以及这块绿玉和传言。又道，"你这个女娃子，也算鬼机灵。老夫就给你一个面子，做个买卖。你先将罗霄放回，老夫这里自有好处给你……"

李青萍毫不犹豫，将身边的罗霄解开穴道，令他自行走到黑衣人的队列里，他胸口的刀伤，已由巫山帮做了包扎。

只听唐凤吟道："玄武坛主罗霄执行教主圣令不力，为敌所俘。现革去坛主一职，断去一手一足，以示惩罚。此人已成废人，五仙丹解药可同时发放，且不再服用五仙丹。"一名黑衣人大声答应。

众人现场见识了唐凤吟处罚教众的残酷手段。罗霄作为一名坛主，武功已远超鄂赣皖诸人，以一对八，已算尽力，竟落得这个下场。众人都暗骂唐凤吟心肠歹毒。

只见罗霄扑通一声，跪倒在地，磕头有声，大声道："多谢圣教主开恩。圣教主仙寿永享，洪福齐天，圣教天下无敌，一统江湖！"众黑衣人又将后面这句高声念诵了一遍。

罗霄道："罗霄请求自己用刑！"没等唐凤吟应声，罗霄从一名黑衣人手中抢过大刀，右手连挥两下，左手和左腿应声而断，随即倒地昏过去。早有黑衣人帮他止血救治。一众黑衣人均想，罗霄虽然残疾，总算保全了性命，也得到了解脱，比我等可是强多了。

唐凤吟道："小姑娘，本座言而有信，也算成全了你这个买卖。你也看到了，这个罗霄其实对本教已无用处。现在就该你将蛊药交给本座了！"

李青萍道："小女子不是请求唐教主将项帮主放还本帮吗？"巫山帮众也一齐大喊："放还项帮主，放还项帮主！"

唐凤吟哈哈干笑两声，道："郑安邦在我这儿好好的，你等何必着急，过几天你们便会知晓答案……"

却听夷陵狂生道："父亲，孩儿无能，那块绿玉，被那大理郡主使诈偷了去，孩儿没能夺回……"他的这声父亲虽然叫得勉强，终究是叫出来了。唐凤吟道："那块小小绿玉算得什么！那女娃子偷了去，你不会抢回来吗？"儿子快二十岁了，头一回喊他父亲，唐凤吟语气之中，并无任何欢娱之意。

狂生道："绿玉上的四句话，也许是炼蛊的法门，如果破解了，可以多炼蛊药，也不用求人了……"

唐凤吟怒道："听说凌云和冯枭两个坛主，邀你加入本教，你一直不肯答应。怎么，五梅教辱没了你吗？你那么大本事，怎么没将绿玉夺回，还说出来丢人现眼？"

狂生因李青萍提起那块绿玉，不仅关系到此物的归属，也可能藏着炼蛊甚至金子的秘密，料想此物是在他父亲的房中找到的，他父亲必然知道答案。即使唐凤吟不知房顶有这块绿玉，但现在知道这事，也应该大感兴趣才对。他已经三番五次地提起要李青萍交出蛊药，可见蛊药已成他的头等大事。这绿玉多半与炼蛊有关，为何他听到这个话题之后，就将话头岔开？狂生不惜将绿玉被偷这事讲出来，本意是引起他父亲的重视，或者派人手加入，夺回绿玉，本是一番好意，反被唐凤吟羞辱，狂生只好默不作声了。

忽听蜜桃仙蛛道："启禀教主：属下按照冯坛主的吩咐，在万柳茶庄之中，本来已将姓项的和那风月蝴蝶捉住，绿玉可以夺回，还可将那两人炼出金童玉女蛊。却没想到那风月蝴蝶识得那房子的结构，还伏下了帮手。这才失手……"蜜桃仙蛛在万柳茶庄被段瑶瑶挫败并被逐走，并不知道万青云是段瑶瑶的爷爷。她本来不敢回到魔教中，是冯枭又将她召回。刚才她和冯、凌二人一起，跟樊铁柱的玄天玉女阵对攻，她最先昏去。但因她咬过项水田肩头，反而因绝仙蛊的缘故，抗毒性增强。两坛主死去，她在毒阵撤去后醒过来，捡回一条命。

蜜桃仙蛛这话本来意在向教主邀功，或者替狂生开脱。但李青萍等心思机敏的人都想到：项水田是因为这块绿玉的缘故而去到本帮祖庭，而魔教设下的这个圈套，就是为了炼成金童玉女蛊。这样看来，从绿玉被发现到万柳茶庄中的事，这一切都像是唐凤吟暗中策划的一个毒计。但一提到绿玉，唐凤吟却故作不知，或是轻描淡写，这是什么缘故？又或者唐凤吟还藏着更厉害的毒招？

唐凤吟嗯了一声，对蜜桃仙蛛的话不置可否，又道："小姑娘，老夫听说，你那绝仙蛊有萤火之亮，而且自带灵性、引领行程，跟它行走的人，还能不被人发现，真有这事？"这话是对李青萍说的。

李青萍道："唐教主言而无信。如不立刻放还项帮主，小女子拒绝回答你的任何问题。"唐凤吟道："那也容易。"

便在这时，五个身穿黑衣的婆子、妇人，从洞外走了进来，后面竟然跟着狂生的母亲陈氏，还有风花雪月四女。

狂生道："妈，你怎么来了？"走到了陈氏的身边。陈氏嗯了一声，向唐凤吟道："老贼，我的儿子在哪里？"原来那些魔教的婆婆妇人，是被唐凤吟专门派去捉拿陈氏的，她们到了项家坝，只说项水田在唐凤吟手上，陈氏马上就跟着来了黑洞。风花雪月四女关心陈氏的安危，也没跟那些婆婆妇人动手，一起跟了过来，只是没想到众人都在黑洞里。陈氏问儿子在哪里，自然是指的项水田。

唐凤吟奸笑道："陈大姐，你的儿子好得很。你只需告诉老夫一声，这个新当神女的小姑娘，将那些蛊药藏在哪里，你的儿子只会更好!"陈氏听到这话,认出确是唐凤吟的声音,但见他戴着面罩,大声道:"老天爷不长眼,老贼明明被巴蛇一口吞下,怎么没有化成脓血,反倒留下狗命,又来祸害众人?你个老奸贼,大恶棍,你倒是摘下面罩哇,你无脸面对天地,你不得好死……"只是在那里痛骂。

李青萍心中后悔起来。当日绝仙蛊引领她到项家坝见陈氏,本来十分神秘,说来令人难以相信。但她出于对项水田母亲、这位前任神女的尊重,也是出于自谦,不愿意让帮中的人觉得是她贪功自傲,才将这事在全体帮众面前说了出来。当时魔教冯枭二坛主及狂生,都在现场观礼。没想到,唐凤吟为了强逼自己交出绝仙蛊,又将陈氏牵扯进来。

杜芸走近陈氏,扶住了她,咳嗽一声,道:"大姐,你骂得好!小妹早就卜算好了,这老魔恶贯满盈,就算从蛇口里逃得性命,也逃不了老天爷的惩罚,必遭报应!"

"哈哈哈哈,"唐凤吟大声奸笑,道,"小姑娘,老夫要对你用强,只是小事一桩。你若要嘴硬,不在乎巫山帮众人的性命,总会在意郑安邦和陈大姐这两个人吧?一个是你十年后要嫁的夫婿,另一个是你未来的婆婆。你为了那些蛊药,你最亲近的这两个人的性命,也不顾吗?"

李青萍淡淡地道:"唐教主,你何必枉费心机?这蛊药你是得不到了。"唐凤吟怒道:"怎么,你全毁了?"李青萍道:"那倒没有。这些蛊药全都好好的,保存在一个地方,只有我一个人知道。"唐凤吟放下心来,道:"你敢不给我……"李青萍道:"唐教主,你要得到蛊药,除非具备两个条件,但要具备这两个条件,你今生是没指望了,只有等到下辈子……"唐凤吟道:"胡诌什么？快说重点！"

李青萍将话声慢下来，道："唐教主，在小女子说出这两个条件之前，想请求教主，今日不可再杀人。既不可将小女子杀了，也不可杀现场的任何一个人。唐教主能否办到？如不能办到，或者直接将小女子杀了，你就再也找不到那些蛊药了……"唐凤吟道："女娃子反过来胁迫老夫了。好吧，老夫今天不再杀人就是了。"李青萍高声道："大家听好了，唐教主已经答应，今日不可再杀人。君子一言，快马一鞭！"

李青萍清了清嗓子，道："唐教主，你要得到巫山蛊，在小女子看来，无非是两个目的：一是给贵教的五仙丹增加药力，给你的属下或者我们现场的这些人服下，使大伙全都受你控制；二是，你可以独自享用这些巫山蛊。比如说，那绝仙蛊能够隐藏自身行踪，掩人耳目。这样，你就可以不留痕迹地隐身，无论是皇宫内院，还是市井里巷，都能进出自如，是也不是？"

唐凤吟被她说中了心思，正要恼羞成怒地否认，还没出声，李青萍续道："其实，几天以来，唐教主跟贵教的教众在巫山总坛装神弄鬼，就一直在悄悄地寻找巫山蛊。无论是神女堂，还是瀑布下的密道，还有这万仙洞中的内洞，只差没有在山林里掘地三尺。只是唐教主还是比小女子慢了一步。这倒不是小女子有先见之明，而是，金人来袭的第三天，小女子想到，也许金人还会来第二次，便提前将这些蛊药送到了一个稳妥的所在。唐教主就算把巫山帮总坛翻个底朝天，也是找不到的。"

唐凤吟不耐烦地道："你卖关子要到什么时候？你说的两个条件，到底是什么？"

李青萍道："我说的这两个条件，一是你要生而为女人，二是你要成为巫山帮的神女。因为，小女子发现，那绝仙蛊作为本帮神物，只对巫山帮的神女，才有灵性，而且这灵性，也不是一开始就有，而是要细心呵护，每日祷告，这些你都是不可能做到的……"

唐凤吟听得莫名其妙，正要问为何绝仙蛊只对神女有效，只听李青萍问道："唐教主，贵教玄武坛是不是有一位副坛主，名叫司马青龙？"唐凤吟道："有这么一个人，怎么……"李青萍道："好，小女子不认识这人，正要求证一下，别冤枉了好人。"唐凤吟心想："这个司马青龙老儿又偷又抢，难道跟蛊药有关？"

李青萍道："小女子想到，这金国人在北边，我偏将蛊药往北边送，叫他们想不到。灵鸠峰北边数百里是神农架，我将蛊药送到那里，埋在任何一个地方，金国人一定找不到。可还没到神农架，就遇上了这个司马青龙。

"小女子出发之前，按照师父传授的方法，卜了一卦，想看看这行程是否顺利。卦象出来后，是一片模糊，无法看清楚。这时本帮项帮主也失去行踪，再卜一卦，也看不出项帮主在哪里。好像自从这个绝仙蛊指引小女子之后，我卜算的技能也减弱了。但不管怎么说，这个蛊药也是要早些送出去的。这一点，我也不能跟樊副帮主他们说，反正是我一人做事一人当。还请樊副帮主谅解。"

樊铁柱道："上仙这是为了保管好本帮的蛊药，上仙做得对……"

李青萍道："那天夜里一更时候，我就动身出发，随着绝仙蛊的亮光，出了灵鸠峰，向北边的山道走去。一路谁也没有发现我，快到早上的时候，已经走了百来里。但是，太阳一出来，绝仙蛊不再发亮，隐身的功能就没有了。我这才发现，原来这个神物是喜阴的属性，阳气太盛，它就将自己隐藏起来了。我在一个偏僻的山谷中行走的时候，忽然听到后面有响动，回头一看，是一个五十来岁的老者。

"那老者一步赶到我的前面，转过头来，说了一句：'好标致的小道姑，干吗要扮成个老嫂子？'小女子为了路上方便，出门前将自己扮成中年道姑，被这人看出来了。但这人粗鲁无礼，我不去理他，低下头继续走路。

"那老者又说了一句：'我老头儿一看你那对酒窝，就什么都知道了……'我斥道：'老伯不可对出家人无礼，放尊重些！'那老者一边赶路，一边回过头来又说了一句：'可惜要赶路办事，不然老头儿要享艳福了。待会后面的人来了，你就说是跟我司马青龙做一路的，就没事了……'他说完这句话，就一溜烟地往前面去了。我一看这人武功不弱，而这人还说后面又有人来，心中不安，想要避开。但这个山谷只有这条小路，谷中都是小草，无处藏身，只有硬着头皮往前走，想到前边的山中再另找出路。

"刚走了一里地，眼看就要进山了，就听到身后有四五个人赶上来，全都身有武功。小女子为了蛊药的安全，只当个不会武功的寻常道姑，仍是按常人的步法行走。但这几个人走近我身边时，其中一人说道：'这女娃子不错，咱们带回去吧！'说的是北方口音，边说话边用手向我肩头抓过来。我一看，真是冤家路窄，这五个人是前天来偷袭本帮总坛的金兵，其中一人腿上有伤，也从这条路逃回北方。"

"'贼子敢对贫道无礼！'我这时已不再隐瞒武功，将那人踢倒，又对其余四人发出了一把银针。但这些人武艺过人，只有那受伤的一人中招倒地，其余几人全都避开了银针。那最先一人被踢倒后，从地上爬起来，大叫：'是个会功夫的道姑，并肩子上啊！'四个人使动兵刃，将我围住。又斗了一会儿，我使石弹打倒两人。另外两人见势不妙，一人使弯刀，一人使剑，拼命砍杀。我乘隙将使剑的一人射中两支银针，使剑的这人受伤时，挥剑砍我后背，我一边避开使弯刀那人的来招，一边卸去剑招。但听得'吱'的一声，我背上的布袋被割断了带子，布袋滑落在地。那布袋中装着全部蛊药，我急忙去捡。但使弯刀的那人动作更快，一猫腰抓起地上的布袋就跑。我将剩余石弹和银针全部发出，被这人避开。我只得紧追上去……"

唐凤吟听到这里，道："对付金兵何必这么麻烦？女娃子手上不是有蛊药吗？只用一颗，便毫不费力将这五人打发了。身在宝山不识宝……"李青萍道："唐教主话说得不错。不过，小女子是不能用这些蛊药的。一来小女子的司职，只是保管这些蛊药，并无权使用它。二来，小女子所习毒烟阵，与蛊药不是一个路数……"唐凤吟关心蛊药的下落，道："后来怎样？"

李青萍续道："我正追赶那使弯刀的金兵，忽然前面来了一人。那金兵见了这人后，也一起返回，原来这人就是那司马青龙。司马青龙对我说道：'误会了，误会了，大家都是朋友！'我指着那使弯刀的人说道：'将我的布袋还给我！'司马青龙对那人说道：'这小道姑跟老头儿是一路的，兄弟别误会。'那金兵很不情愿地将布袋递给了我，对司马青龙道：'司马坛主，你这个小道友手段好辣，你再不回来，兄弟的命也没了。'说着向身后那些倒在地上的同伴一指。司马青龙似有不信，看了我一眼，对那人道：'定是兄弟们先招惹了她，她……又没说跟我是一路……

这样吧，先救治受伤的兄弟再说。'说着跟我连使眼色。我见这司马青龙跟金兵称兄道弟，一定不是好人，只想速速离开。提了布袋就往前走。司马青龙忽道：'女娃子，你布袋里是不是装着这个？'说着将手上的一颗蛊药亮出来。不知这人何时偷去了一颗蛊药……"

唐凤吟心道："司马青龙妙手空空的手段，从你身边经过，要偷一颗蛊药，那是什么难事？"李青萍道："那时小女子对司马青龙道：'这是道家炼丹的丹药，老伯留着延年益寿吧。'这药既到他手，也不打算要回。我又大步上山。忽听背后有破空之声，两柄飞刀自后飞来，我侧身避过。司马青龙道：'这女子知晓我与你方之事，留她不得！'与那人又追过来。但这时却已迟了。一走进山林，我便转身布开了毒烟阵，两人一进入阵中，就被毒倒……"唐凤吟道："这是杜芸那老妖婆传你的灵芝软骨香阵，主要靠山中的蛛网……"

李青萍道："这时却发生一件奇事：司马青龙跌倒之时，竟然举刀一挥，将那金兵杀死。原来他抗毒能力比金兵要强。这时他身体软倒在地，对我说道：'小老儿是五梅教玄武坛副坛主司马青龙。本来奉教主之召，前去巫山帮。刚才遇到那几名金兵，也算是小老儿的旧识。小老儿财迷心窍，听信了几人的欺骗，说是山顶有他们同伴接应，还许给小老儿一包金叶子。上到山顶空无一人。小老儿心中惦记着……小仙姑，下山来便见到金人欺负仙姑。现在小老儿杀了这金人，也算改过自新。请问仙姑是哪位师太的门下？在哪处洞府修真？小老儿自不量力，冒犯了仙姑，请求赐予解药……'小女子道：'我师尊的名讳，还有我的学道之所，不能跟你说。你对本道姑起非礼之心，本来该杀。看在你杀死金贼的分上，留你一条性命。此时我并无解药。你手上那颗……丹药，颇有灵效。你在此祷告，到得晚上，便可灵验。'小女子说完这话，便起身赶路。藏好蛊药后，返回那山脚时已是深夜，却见那司马青龙已死，那颗蛊药，仍然在他手中。也不知他祷告了多少次，但那一颗绝仙蛊，却不对他显灵。小女子由此明白：绝仙蛊只对巫山帮神女有灵性。唐教主，早知如此，小女子也不必费那么大的周章，将蛊药藏得那么远了。"

众人没有想到，李青萍为了转移这些蛊药，经历了这番险境。只听唐凤吟道："司马青龙那点道行，岂能跟老夫相比?"他正要李青萍将蛊药取回，忽然，"吱吱"数声响过，人群中飞出几颗石弹，将黑洞中几支火把打落在地，其中还有数颗飞向了唐凤吟。一个年轻的女子叫道："大伙都退出黑洞吧! 唐凤吟刚才答应过了，今天不可再杀一人!"说话的是大理"风花雪月"四女中的花雨，石弹功夫更胜一筹。她听到李青萍讲述用石弹毙敌，受到启发，及时发石弹将火把熄灭;又想到唐凤吟不能再杀人，便同时向唐凤吟发了几枚石弹，为大伙争取时间。

这一下黑洞中一片漆黑，众人潮水般地向洞外奔去。

四女中轻功绝佳的轻岚更是艺高人胆大，竟逆着人群，飞向黑洞深处，想要找寻项水田的下落。但她兜了一圈，后洞中毫无声息，只得颓然而返。

黑洞中夷陵狂生背着他母亲，随着人流向外奔逃。杜芸和陈鹤老也由弟子相扶，向外逃去。

众人刚逃出黑洞，来到万蛇窟坑底，便又从黑洞深处，传出了箫声。唐凤吟又吹响了那首《汨罗绝世曲》。

所有的人都停止了脚步。洞内蛇虫随着箫音，一股脑地从万蛇窟中涌出。

忽听一个声音道："何方高人在此吹箫？"

这声音也不如何响亮，但发出之际，直达现场众人的心底。本来众人被那箫声所惑，又要反身入洞，但听到这一句话之后，仿佛服了一碗清凉剂，顿时心中宁定。另一个声音却十分响亮："微尘方丈，你比老道先一步到了！"有些人已听出，这是少林寺微尘方丈和武当道长虚云两位高僧大德到了，当即大为宽心。

微尘看了眼前情景，大声道："阿弥陀佛！项帮主，老衲和虚云道长都来迟了一步。贵帮帮众，还有这许多朋友，都身陷万蛇窟中，这可如何是好？"唐凤吟停了箫声，答道："原来是微尘方丈。你说的项帮主，正在为本教主效力，无暇出迎。万蛇窟中的这些人，是本座请他们来的。"微尘听出他的声音，微微吃惊，道："你是唐教主。上回不是……"唐凤吟哈哈大笑，道："老方丈，本人福大命大，阎王殿也不肯收我，这就回来了，又要风光二十年啦！"微尘道："阿弥陀佛，恭喜唐教主！能从巴蛇嘴里逃得性命，确实是福大命大。唐教主跟项帮主身处黑洞深处，武当掌门虚云道长也在此，可否出来一见，共商抗金大事。"

只听唐凤吟道："方丈和道长都是方外之人，何必操心抗金这等俗事？赵官家的江山，与你我何干？想那宋徽宗，后宫佳丽三千，还要钻地洞去找妓女李师师，这样的皇帝被金国人捉了去，丢了江山，那不是活该吗？"

虚云道长连连摇头，大声道："唐教主这话不对。那皇帝昏庸无道，遭了报应，可是，丢了江山，百姓遭殃呀。眼下不是有金人来抢巫山蛊吗？我和微尘方丈收到陈鹤老白鹤传书，心急火燎地赶过来，还是迟来了一步……"唐凤吟道："区区数百金兵，老夫早几日归来，叫这些人有来无回。"

陈鹤老咳嗽一声，从人群中说道："这唐凤吟扣住了项帮主，逼着巫山帮交出巫山蛊，跟金人是一个心思，请方丈和道长主持公道！"

微尘和虚云对望了一眼，一个摇头，一个点头，都道："有这回事？"陈鹤老道："幸亏巫山帮的神女李姑娘事先将蛊药藏好了，又用言语僵住了唐凤吟，今日才不致有更多人遭他毒手。大伙刚要趁乱逃出去，两位就来了。"

只听唐凤吟道："此人说话不尽不实。本座此番归来，并不以那巫山蛊为念，而是会一会一众老友，正好两位中原武林的头面人物也来了，不妨在此晤谈，既可体会宇宙之大，品类之盛，又能会商本教与中原武林的相处之道……"如果不是亲眼看到他刚才举手之间杀人，真要以为此人已成修身养性的仁人高士。有人见他突然说出这番话，必是怕了少林方丈和武当道长，毕竟中原武林之中，再也无人能逾越这两座高峰。但也有人心想，单就武功而论，也许这两人拳脚上稍胜一筹，但唐凤吟却是拳脚、暗器、使毒样样精通，尤其是隐身巫山帮中，沉迷炼蛊十多年。此外他还识鸟语，善琴音。要说当今武功天下第一，只怕非此公莫属。

虚云摇头道："既是如此，便请让项帮主出来说话。大伙也一同去巫山总坛，喝酒陪谈，也胜过在这儿与蛇虫为伍了。"他说话之间，已看到蛇虫都往内洞中退去，但毕竟厌恶这些毒虫。

只听唐凤吟道："这个巫山帮的郑安邦，只配给老夫跑跑腿。若要论当今武林，能叫老夫瞧在眼里的，也就你二人而已。咱们也不用麻烦到那边去，就在这里比画比画，二位意下如何？"

微尘道："阿弥陀佛。唐教主既能超迈尘世、体察万物，便不应再有竞比之心。沉迷武功，有碍清修。唐教主更痴迷蛊药，这比佛家的贪嗔痴三毒，沉溺更深，当思棒喝。苦海无边，回头是岸……"唐凤吟笑道："老方丈未免迂腐。练武如不比画过招，又有何用？达摩如果不能一苇渡江，佛法如何传到东土？金国人或者宋朝的皇帝老儿把刀架在你脖子上，你也跟他说众生平等？"

武当道长虚云连连摇头，大声道："唐教主，我牛鼻子老道是个爽快人，不喜欢长篇大论。你说那项帮主只配给你跑跑腿，老道第一个不同意。在神女大会上，他那套九天拳武林独步，跟老道和微尘方丈都交过手，确实令人大开眼界。只怕再过二十年，你我都不是他对手！你想比武，不如请他出来，当众跟他比画比画！"

唐凤吟道："不必了。这小娃娃如是我的对手，怎会被我擒住？你们两位，谁先上场？"

虚云道："我先来领教，你出来吧！"唐凤吟道："老夫归来不久，尚不习惯光亮，否则也不用请众位到这黑洞里来了。请道长到内洞来吧。"虚云摇头道："黑灯瞎火的，怎么比武？"唐凤吟道："有火把照明，也不是全看不见。咱们只比拳招内力，不比暗器使毒，公公平平地打一架，看看本座的无影神掌，是不是你武当拳的对手！"

虚云大声叫好，大步走向内洞。众人让出一条道，微尘也随后跟来。早有魔教黑衣人重新点起了火把。

黑衣人齐喊："圣教主仙寿永享，洪福齐天，五梅教天下无敌，一统江湖！""圣教主英明神武，圣教战无不胜，攻无不克！"

虚云道："唐教主，你这是演戏文吗？"

唐凤吟叫道："不用喊了。"从毒虫翻滚的石台那边，一跃而至虚云和微尘面前，道，"有请道长！"两人见他身手敏捷，不输少年，都是暗暗赞叹。

虚云见他脸上戴了面罩，想必是他被吞入蛇口，面容毁损，也感恻然。众人是首次跟唐凤吟近在咫尺地相见，见这个杀人不眨眼的大魔头身姿挺拔，面罩中露出的两只眼睛湛然有光，有人不自禁地感到害怕。人群自动留出一个十几丈见方的场地。虚云走向场中，与唐凤吟对面而立，双手一举，提气凝神，左手撩起自己长衫，右手亮出单鞭式，这是武当长拳中起手式"懒扎衣"。

虚云这一招刚使出，场中众人大声喝彩。武当派武功在武学中别开蹊径，讲究以柔克刚，四两拨千斤，其时这套武当长拳在中原武林之中，流传最广。大理四女中的晴雪，也是这套拳法的好手。虚云使出之际，自有大家风范。

但见唐凤吟双掌上举过肩，掌心相向而立，腰身纹丝不动，这是他无影神掌中的"日月飞升"。微光之下，虚云看着唐凤吟的两只手，暗暗吃惊。这两只手葱白如玉、肤色明亮、肌理壮健，而自己的这双手粗糙打皱、老迈生斑。心想，可能是唐凤吟长年与蛊药为伍，修炼有方之故。

倏忽之间，两人交了一招，虚云更是吃惊。自己右手变掌为钩，伸向对方右边太阳穴，再向右画圈，左手变虚为实，攻他下盘，尚是有迹可循；但唐凤吟避过来招，又反守为攻，自己竟没有看清，他是左手来攻还是右手发招，出招真是快如闪电。

虚云心下大骇。只听唐凤吟轻飘飘地道："道长，我这无影神掌，还使得吧？"虚云情急之下，无暇开口应答，急忙前后左右使出四招，守住四隅。唐凤吟轻描淡写地避过，忽地伸出右手食指中指，如灵蛇一般，直取虚云双眼。

虚云见来招狠辣，退开数步，使出"灵蛇吐芯"，避开锋锐，又出招反击，但唐凤吟变招奇快，使的是无影神掌，竟然飞起一脚，踢中了虚云后腰。"啪"的一声，虚云已经输了一招。

唐凤吟得势不饶人，连使数招，招招都是插眼扫喉的夺命招数，手法上又是奇快。虚云左支右绌，连连后退，啪啪数声响过，身上又被对方趁隙踢中几脚，虽不致命，已是大为被动。虚云涔涔汗出，这是数十年来未有过的。旁观众人连声发出惊呼。

只听杜芸骂道："不要脸的臭贼，使这些阴毒的招式，这还是比武过招吗？"唐凤吟哈哈大笑："比武就要真打，花拳绣腿的假把式，有什么意思！"杜芸大声道："要比就光明正大地到外面去比，凭什么要道长迁就你这老贼！"唐凤吟来个充耳不闻。

虚云沉住气，勉力从唐凤吟的来招中，寻找反击的机会。场上形势，唐凤吟招招进逼，虚云步步后退，被唐凤吟逼迫到满场转圈。场边的微尘道："阿弥陀佛，这掌法……"显然是在惊叹唐凤吟的掌法。虚云虽然被动，但并不惊慌。武当长拳源于太极，本来就是以柔克刚，后发制人。既然是借力打力，所忌讳的就是主动出击，露绌于人。但是，唐凤吟的这套无影神掌，倒不是因为没有破绽，无力可借，而是其出招太快，无论其指法身法腿法，都令人眼花缭乱，目不暇接，直是形同鬼魅一般。虚云还没来得及看清来招，还没有找到后发制人之道，身上就已经中招，这如何是他对手？

再过数招，虚云仍是满场后退，身上连连中招。幸亏魔教中人数太少，而唐凤吟教令又严，只能说些谀词颂调，所以现场之中的魔教黑衣人，在唐凤吟"不用喊了"的禁令之下，都变成了哑巴，大气也不敢出一声。反观巫山帮和众人这边，都是心中回护虚云道长，希望他将唐凤吟打败。只可惜眼前形势，胜负倒转，众人只是偶尔发出惊呼声——这都是替道长担心而发。而每当唐凤吟得势，现场却是鸦雀无声，无人喝彩。如果现场形势倒转，是虚云将唐凤吟打得节节败退，全场早就掌声雷动，甚至每击中一声，都会有人计出招数，高声叫好。

眼看无法扭转被动局面，虚云一声长啸，手上招法忽变。他才使出一招，旁观的晴雪便"噫"的一声，发出惊呼。原来，虚云是将武当长拳中的"老龙探穴""乌龙摆尾"和"龟蛇同体"三招合成一招，骤然使出，打了唐凤吟一个措手不及，胸口中掌。众人大声喝彩。

虚云的这个变招，是上次跟项水田过招时，项水田使出九天拳的"幽壑潜蛟"，虚云大受启发，回到武当之后，潜心思索，化繁为简，将武当长拳中的三招合为一招，要从千锤百炼的拳招中创出新招，谈何容易！数月以来，虚云精心揣摩，反复推敲，已达如痴如醉的程度，才新创了三招拳法，是以仍尚未成熟，不敢轻用。

但这时已别无他法，再不反击，就要大败亏输，只能冒险一试。唐凤吟对天下武学名家的一招一式，全都了然于胸，虚云使出新招，唐凤吟猝不及防，自然也收到出其不意的效果。更令虚云想不到的是，他在创出这个新招之际，对于"龟蛇同体"时阴阳两种力道平均分配的技法，也有了改进，减少了阴柔之力，增加了阳刚之劲，这就一改武当长拳的整体套路，在这一招之中反其道而行，收到相反相成之效。

唐凤吟胸口所受的这一掌，比之前他踢中虚云的脚法，还要重得多，直打了他一个趔趄。虚云稍一思索，已明其理：唐凤吟既然喜阴怕光，可见阳刚之力对他更有威力。当即将新创的两招接连使了出来。一招是将"燕子抄水"和"海底捞月"改成了"海底针"，另一招却是直接借鉴九天拳的"麋鹿乘风"，将它嫁接到武当长拳中的"野马分鬃"的招式里。这一招尤其凌厉的是，地堂拳法的手法将对手直接从地上击飞数十丈远。当时项水田使出时，虚云就险些着了道。

虚云使出这两招时，完全意识到了这场比武关系到正邪双方气运的消长，说什么都要挫败唐凤吟这大魔头的嚣张气焰，使出了十成的内力。旁观众人只听到虚云与唐凤吟拳招攻防之间，发出"乒砰乒砰"的大响，两股大力在黑洞石壁之间回荡，有如雷轰一般。虽然相隔了十几丈远，但站在圈边的人，还是被两人的内力扫到脸上身上，衣襟被掀起，脸上隐隐生疼，不由自主地纷纷退后。

唐凤吟在这两招攻击之下，果然被打了个措手不及。前一招被踢中小腹，后一招被虚云从地上抛出，扔到了十余丈外的地上。众人都是掌声雷动，以为虚云新创的武当长拳，终于发挥到了极致，唐凤吟不是他对手。有人大喊："打死老魔！为武林除害！"

但是，场上消长之势并未倒转。唐凤吟之所以中招，一来是因为被攻了个出其不意；二来，任何一个武学高手，对于新出现的拳招，都有好奇之心，急欲知晓全部的套路。他这才拼着受到攻击，而得窥全豹。

虚云不解的是，凝聚自己心力之作的这几个拳招打到唐凤吟身上，如同碰到金铁。唐凤吟年岁与虚云相仿，不仅手指如年轻人，就是身上也是铁塔一般，内力之强，当世罕有。反击回来的力道，令虚云受疼，不知不觉间，竟至双手红肿。

唐凤吟身法一变，狠招又出。两人一刹那间交换了数十招。在这数十招间，又成了虚云后退，身上多次中招，而虚云只偶尔打中对方身上。双方过百招之后，虚云已感气力不继，手上缓了下来，唐凤吟竟是愈战愈勇。不仅如此，他似乎打得兴起，身子越转越快，一变二，二变四，如鬼影一般环绕在虚云身周。虚云接连中招，口中说着："这、这……"在这电光石火的一刻，虚云忽然想起项水田九天拳中的招数，混乱之中，也不管似是而非，竟然生搬硬套地使了出来。唐凤吟招式缓了下来。

晴雪急得眼泪夺眶而出。微尘轻轻点头，叹道："阿弥陀佛，善哉善哉！"已知虚云必败无疑。

再过数招，虚云前胸后背，被唐凤吟连击两掌，吐出一口鲜血，倒在地上，再也爬不起来了。

唐凤吟用手拍了拍身上的灰尘，道："道长最后这几招，似乎是那郑安邦的什么九天拳，却又使得不大地道，那是什么缘故？"几名弟子上前，将虚云道长扶起。场上众人全都怔住了，不发一声。

隔了半晌，唐凤吟道："请教少林方丈的高招！"不见微尘作答。众人朝微尘看去，只见这老态龙钟的少林方丈身穿灰色袈裟，胡子花白，头微微仰起，望着唐凤吟先前坐着的那个石台，一动不动。众人不知他是何用意，忽听微尘道："老朽不是唐教主对手，这拳不用比了。"

当今武林第一大门派的掌门人，名满天下的少林方丈微尘，当众向魔教教主唐凤吟认输，所有的人不相信自己的眼睛。

虚云右手抚胸，强撑着挤出一句话："用大力金刚掌法，这魔头喜阴怕阳……"微尘道："老衲想到了这一节。老衲的功夫，与道长在伯仲之间，但唐教主身法太快，老衲的大力金刚掌法，也打不过他……"

"哈哈哈哈……"唐凤吟发出一阵得意的狂笑，声音如破钹一般，"少林方丈果然是心口如一的有道高僧。本人以自创的无影神掌，不用暗器毒药，今日连败武当少林两大掌门，本人武功天下第一！哈哈哈哈，哈哈哈哈！"

一众黑衣人大喊："圣教主仙寿永享，洪福齐天，五梅教天下无敌，一统江湖！""圣教主英明神武，圣教战无不胜，攻无不克！"

喊声过后，只听微尘淡淡地道："阿弥陀佛，唐教主，你武功天下第一，那又如何？"唐凤吟道："哈哈，哈哈，本座当世已无敌手，本教一统江湖。原以为你等不服，现下是不能不服。自今而后，天下就不再有什么少林武当派了，都并入本座的五梅教。本座赐予尔等仙药，仙寿永享，福与天齐……"

众人终于明白，唐凤吟将众人驱赶进了黑洞之中，现又打败武当少林掌门，得了武功天下第一，就是要一统江湖，只留他一个魔教，然后大伙都服下他的五仙丹，受他一人控制。

唐凤吟话音未落，只听杜芸大声道："老贼，就算你武功天下第一，老婆子第一个就不服。少林方丈是有道大德，不屑于跟你动手。来来来，我和陈鹤老夫妻俩，再加一只白鹤，跟你拼个你死我活！"只听"吱"的一声，杜芸将面罩撕下，大声道，"老婆子被你下毒毁了容颜，也不在乎难看了。老贼你有种，也将那面罩扯下来，咱们便到光天化日之下，新账老账一起算！"说着，和陈鹤老手牵着手，连同那只高过人头的白鹤，大步走入了场中。

唐凤吟强抢杜芸成婚，做了二十多年的夫妻，现在突然听说，杜芸和老相好陈鹤老结成了夫妻，这一下只气得七窍生烟。此前杜芸偷走灵芝软香，害他被巴蛇吞噬，他已对杜芸恨之入骨。这时见杜芸撕开面罩，露出满脸的疤痕，丑陋至极，但她和那陈鹤老却手牵手，两人眼中放光，显得十分甜蜜满足。他跟杜芸夫妻二十多年，从没见过她有这般甜蜜的表情。这时他妒发如狂，大叫一声，挥掌便向两人拍出。这一股劲风疾吹而至，直激得地上飞沙走石。杜芸和陈鹤老尚未来得及出招，掌风已达面门，眼看就要双双毙于掌底。

只见灰影一闪，一股大力从旁逸出，将唐凤吟的掌力接了过去。杜芸和陈鹤老身子也被那灰影拉开，避过了这致命的一击。却是微尘方丈自旁援手。微尘双手合十，道："阿弥陀佛，唐施主不可再伤人命。"言毕退在一旁。

杜芸得微尘施救，保住了性命。但这时她什么也不顾了，与陈鹤老一使软鞭，一使藤杖，双双向唐凤吟攻去。陈鹤老大声吆喝，要那白鹤一同出招。但那白鹤双眼盯着唐凤吟，不知何故，只是收住翅膀，傲然不动。杜芸边打边骂："臭贼，你算什么武功天下第一？你有种像老婆子这样揭开面罩，让众人看看你的丑脸！你有种到洞外去跟我二人一鹤比武吗？你躲在阴暗角落里，这个武功天下第一，谁能服你……"唐凤吟被她骂得连连喘气，却既不敢扯下面罩，又不敢答应到洞外比武，吼道："打死你这个臭婆娘！"一招排山倒海的掌力，又向二人击发过来。

眼看二人非死即伤。这时微尘身在一丈开外，他伸出右手食指，指向唐凤吟面门。虚云忍痛大声叫道："好大力金刚指！"只见一道淡淡亮光，带着嘶嘶声，直冲唐凤吟面门，他如不收掌回救，脸上必然中招。但唐凤吟怒不可遏，忍着受到微尘这一指攻击，也要将二人杀死，二人双双中掌，摔倒在地，但受伤不重。原来是唐凤吟的掌力，被微尘的大力金刚指带偏。

唐凤吟暗暗庆幸，这股看似强劲的大力金刚指力，他不闪不避，却并不如何沉重。他忽然感到脸上一凉，竟是面罩脱去一块，脸上露出一个铜钱大小的圆洞，露出的皮肤光洁鲜嫩。原来是微尘宅心仁厚，并不想伤到唐凤吟，只想给杜、陈二人解危，这份指力使得恰到好处，只将唐凤吟的面罩切去一个小孔，并不伤及他脸上肌肤。

唐凤吟惊叫一声，用手摸了摸脸上露出的肌肤，向微尘投出怨毒的眼神，撇开二人，向微尘扑过来，道："好个大力金刚指！"

杜芸看出便宜，知道唐凤吟害怕失去面罩，这时干脆丢掉藤杖，伸出双手，向唐凤吟面罩上扯去。这时已完全不是武林高手过招，而变成了愚妇疯婆抓脸扯发之举。唐凤吟护住面门，边连连后退，边骂"疯婆子"！杜芸骂声更响："臭贼，你脸上再光鲜，也变不成神女，也别想得到那些巫山帮的蛊药！""你就是偷看了这后洞石碑中的秘法，也炼不成巫山蛊，你永远也得不到灵芝软香！"

唐凤吟又气又恨，被杜芸疯妇般地拉扯着，步步后退。他这时要使出无影掌力，只消轻轻一掌，便可将杜芸打死。但他双手护住双脸，生怕杜芸将他面罩扯下来，一代武林高手，竟如同愚夫蠢汉一般，被一个疯女子逼得连连后退。

眼看他已退到人群面前，已退无可退。杜芸仍是伸手乱抓，唐凤吟腾出手来，想要抓住杜芸的双手。

　　就在这时，站在他身边的那只白鹤，自空中伸出长喙，只是一叼，便将那只面罩扯了下来。

　　这一下唐凤吟全没防备，大叫一声，呆在当地，面如死灰。

　　众人以为，唐凤吟这张脸，要么是被那巴蛇咬得疤痕满脸，要么是脸上扭曲、丑陋难看，但总该是唐凤吟那张老脸。

　　但见那白鹤将面罩扯落后，还伸出雪白的脖颈，在那张脸上挨挨擦擦，显得十分亲热。

　　众人定睛一看，却看见了天底下一件奇之又奇的事：只见那张脸，并不是唐凤吟的老脸，而是项水田的脸。是的，正是项水田那张年轻英俊的脸孔。再看他身上手上，这人完完全全是年轻的、失踪了好几天的巫山帮帮主项水田！

　　所有人都被眼前的这一幕惊呆了！项水田为什么会变成了唐凤吟？他只是戴上了面罩，完全像唐凤吟一样说话行事。这么说来，从众人见到唐凤吟的第一刻起，其实这人就是戴了面罩的巫山帮主项水田。

　　这到底是怎么一回事？

第八章　如梦令

词曰：

　　记得水帘烟重，婷袅有如来凤。情黯总相依，靥笑烦忧轻纵。如梦，如梦，何不朝朝与共？

　　项水田在万蛇窟边，被那股轻烟笼罩后，沉沉睡去。睡梦中，只觉轻飘飘的，不知越过了多少高峰深谷，越过了青罗碧玉般的巫峡，来到大江边一座光秃秃的山峰上，峰顶像一位佝偻着腰的老婆婆，这就是神女峰。

　　峰顶滑溜溜的，正无着落处，身边突然出现一位身着荷叶裙子的女子，一对酒窝，似笑非笑。项水田道："你……枣花？"女子笑笑道："我不是枣花。"项水田想起来，是那位从大宁河水中出来的女子。项水田道："怎么，你在这里？这是哪儿？"女子嘴角含笑，道："这里是神女峰。""哦！"项水田伸手抓住岩上的藤蔓，才不至于滑落。那女子却稳稳地立在岩壁上。

　　"枣花已经死了。你还那么惦记着她？她到底好在哪里？"

"我不想说这事儿。"项水田知那女子语带调笑。

那女子道："今天带你来这里，是让你见一个人。你有什么心里话，可以对她说。""你要我见什么人？"女子往岩壁上一指，一位年轻美丽的白衣女子，出现在岩壁。绿衣女子一本正经地道："这是你的妈妈，巫山神女。"

"我妈妈？巫山神女？"项水田如坠五里雾中。他见那女子容貌美丽，只有二十来岁，道，"不，她不是我妈妈，我妈妈没这么年轻，也没有这么好看……"

巫山神女道："孩子，我是你的妈妈。我在巫山遇到了你的爸爸……后来就生下了你，违反了天规，现在就在这里受罚。我生下了你，但没法养大你，就把你送到了你的养母，就是你现在的妈妈陈氏的门前……"

项水田道："这不可能，不可能的。我的妈妈……"神女道："我们见过面的。还记得大宁河边找儿子的老婆婆吗？那就是我，你喊过我'妈妈'，你身上的每一块印记，为娘的我都知道。我还在梦里告诉过你，不用找妈妈了，要对你养母好，还记得吗？"项水田道："我，我……不……"神女指着绿衣女道："这位是我在天界的朋友，暂时不能告诉你她的身份。本来我们母子是再也不能见面的，是这位朋友提出，要带你来见一见我，听你说说话。"

项水田道："我……我……你是神仙，不……我……"

项水田不敢相信这是真的，一阵眩晕，就要倒地。神女将他扶住，道："孩子，你累了，妈妈给你唱一首歌吧！你静静地听吧……"说完，轻声吟唱起来：

这颗心儿属于你，从此天天想着你。

　　我的梦也属于你，从此天天梦到你。

　　我的魂也属于你，从此魂魄牵挂你……

　　这是巴族人人会唱的《下里巴人》。项水田小时候陈氏给他哼的摇篮曲，也是这个调子，他熟到骨子里。但是，自从知道陈氏是他养母后，生母是谁一直困扰着他。从陈氏那里，他也得到了母亲的慈爱，但是，他一直就想知道，自己的生母到底是谁、她在哪里，当年为何将自己送人。他心中的苦闷、疑惑、委屈，都想要找到亲生的母亲说一说，却一直没有找到。现在，突然听说这位巴人崇拜的天仙巫山神女，就是自己的生身母亲，这怎能让他相信？

　　但听了这首巴族人在襁褓中就熟悉的曲调，项水田如同听到了天籁，一股巨大的暖流传遍全身，就像回到了母亲的怀抱，感到无限的慈爱和温暖。

　　两行眼泪夺眶而出，项水田想放声大哭，却忍住了。

　　神女道："你把埋藏在心底的话，把你最想说的话，都在这儿跟妈妈说出来吧！"

　　项水田喃喃地道："我，是我……害死了枣花……"

　　那是一个雨雾蒙蒙的日子，大宁河边的郑家庄细雨霏霏，远处的乌梅峰烟雾缭绕。这天是巴族人的摆手节，家家户户的吊脚楼上，挂满了成串的鲜红的辣椒。远近的人们，都在向乌梅峰会聚，人们又会来到神女庙里，给神女娘娘敬香，祈求她保佑来年风调雨顺、五谷丰登。人们还会到这里赶集，入夜，就在湖边的草场上点起篝火，唱歌跳舞，彻夜狂欢。

篝火晚会上，男孩们都在盼望见到一个美丽的容颜，听她甜美的歌喉。她就是枣花。

枣花是郑庄主的独生爱女。郑庄主夫妇二人婚后无生育，在收养了狂生之后，第二年就生下了枣花，夫妇两人视为掌上明珠，对她百般宠爱。项水田的母亲陈氏在郑家帮工，也带着项水田住在郑家，这样，项水田和狂生、枣花，三个人自小就在一起玩耍。狂生自幼由郑庄主延请名师，研习琴棋书画、练功学武，功课极严、他小时性格沉静，不苟言笑，玩耍的时间少，闯出"夷陵狂生"的名头，那是成年以后的事。

枣花自幼只喜欢花鸟虫鱼，唱歌跳舞，对那些读书写字、练功习武的事不感兴趣，她父母也由着她。这样一来，她几乎每天都跟项水田一起，捉虫摘果，种花养草。

项水田性子随和，事事都让着她，使得枣花觉得，水田哥是世上最好的人，玩过家家时，就是要当他的媳妇。直到她十二岁时，父母见她这样娇纵下去，终究不好，又因为发生了一件事，便狠下心送她去了青城山学艺。离家那天，她哭着不肯出门，一定要见水田哥……

枣花虽然出门学艺，但也经常抽空回家，每年的摆手节，更是必定回来。这一年的摆手节，枣花又回到了郑家庄。她在青城派学剑两年多了，虽然只是一个十五岁的小姑娘，但已经出落得如清水芙蓉，她唱的山歌更是远近闻名，成为一众小伙子追慕的郡主。

当夜，篝火映照下，身着巴族镶红边的黑色围裙的枣花一出场，上百个小伙子掌声雷动。枣花唱了一首巴族山歌："对河对面门对门，采来天边五彩云，小妹如今已长成人，盼着你爹妈来下聘哟……"

熟悉的曲调，美妙的歌声，又是出自这位美名远扬的少女之口，满场的小伙子都是大声叫好，争着要上来跟枣花对歌，一下子就拥上来十几人。一位老者见大伙争执不下，道："这样吧，让枣花丢绣球，谁接到绣球，谁就上来跟她对歌。"众人轰然答应。有人拿来一只绣球，枣花落落大方地接过，闭了眼，朝人群中扔了过去。

说来也真巧，那只绣球不偏不倚，飞向一人身前，将他胸口砸个正着，这人就是项水田。

在一众小伙子羡慕的眼光中，项水田被人推到了枣花面前。枣花已是羞红了脸，眼中含情脉脉，等着项水田对歌。

自从枣花出门学艺后，项水田跟她已难得见面，又是情窦初开的年龄，见面了反而有些生分，少了此前的无拘无束。这天项水田自然也是来了摆手节的现场，但是，看着这位昔日的玩伴，现在已是如同一朵怒放着的山茶花般的美貌少女，项水田自惭形秽，只能躲得远远的，根本没有胆量像那些大胆主动的小伙子一样，去跟枣花说话对歌。

更令项水田难堪的是，年近十六岁、长成大小伙子的他，干农活样样手脚麻利，就是不会唱歌。同村的伙伴们唱起山歌一首接一首，但项水田一首歌也唱不全。谁知，在摆手节上，枣花的绣球偏就将他砸中了。

项水田从来没有在这么多人的面前说过话，更别提要他唱一首歌。这时，他满脸涨得通红，心中怦怦乱跳。本来也有几句歌词，这时却一个字也唱不出口。场中众人大叫催促："唱呀，唱呀！"

枣花见项水田受窘，轻声道："水田哥，我来给你起个头，就唱那首《下里巴人》吧。"说着低声唱道，"这颗心儿属于你……"项水田听着她婉转清脆的歌声，看着她秋水般的妙目，脸上更红了："我不会唱！"在众人的讪笑声中从枣花身边落荒而逃。但是，跟他一起放牛打柴的春荒、狗剩等几个人不依，一齐围上来，将项水田拖回了场中。狗剩叫道："踩了狗屎运还想逃，不唱就要受罚。"说着几个人就要用黑泥抹他的脸，还要往他的衣领里灌沙子。春荒干脆捉来一只蜘蛛，也不知有毒没毒，硬要项水田吃下去。项水田自幼就没有父亲，这几个人平时就捉弄他惯了，这一回更是来劲。

　　枣花正要帮项水田说一句话，只听项水田说道："我唱，我唱。"春荒等几人将项水田放开，要看他这个连调子都唱不全的人如何出丑。

　　项水田呆在场中，涨红了脸，憋了半天还是没有开口。全场的人都静了下来，都替他着急。一位老伯正要说"放过他算了"，忽听项水田开了口："太阳出来嘛照喜鹊……"他声音干涩，完全不成调子。春荒等几个人一听乐了，原来这首山歌不单是俚调，还带点荤，是放牛娃们爱唱的。几人急忙齐声应道："洗衣的姑娘好白的脚！"项水田又唱："月亮出来呀照楼前……"全场的男人们大声回应："吊脚楼的姑娘好白的脸！"项水田下一句是："太阳出来照被窝呀……"众人齐唱："不见我的妹娃不快活呀！"项水田下一句还是走了调："月亮出来嘛照床脚……"众人边唱边笑："不见那妹娃我睡不着呀！"……欢笑声，歌舞声，在堆堆篝火边，在寂静的山岭中久久回荡。

　　夜深了，对歌的人们纷纷散去，项水田一个人走在下山的路上。一个曼妙的身影赶上了他："水田哥，今天玩尽兴了吗？"是那个令他心跳耳热的声音，伴着那熟悉的少女幽香。

项水田脸上一红，道："枣花，真对不住，我不会唱歌，让你失望了……"枣花娇笑一声，道："你不是也唱了吗？你不会唱山歌，那倒也好。不然的话，你犁田打耙、放牛栽花，样样都会，再要是会唱歌，什么好处都让你占全了，老天爷是不是太偏心了？"

只这么一句话，便将项水田逗笑了。他一直在懊恼，为什么自己就不会唱山歌，不会跟那些小伙子一样，跟自己喜欢的女孩子对歌，把心中想说的话儿，通过歌声唱出来。枣花这么一说，项水田心中顿时轻松下来，笑道："只要枣花妹妹开心，那就好了。"枣花叹道："我回到郑家庄才开心，一想到要去青城山学剑，就不开心了。"项水田正要问她学剑的事，忽听路边有人发出呻吟之声。

"什么人受伤了？"两人循声看了过去，淡淡月光之下，有一人身穿黑衣，倒卧在山道旁的湖岸边。此时雨雾已收，湖岸石道依然湿滑。两人顺着石道走到那人身边，起初以为他是参加摆手节喝多了酒的族人，项水田仔细看他相貌，却不认识此人，只见那人十分年轻，看模样才十七八岁，穿着一套紧身黑衣，左手大臂以下袖管空空，竟是缺了左手掌和小臂。不像本地农人，身上也无酒味。枣花看了那人脸色，道："好像是中了毒。"又对项水田道，"你看看他脚上有无伤口。"

项水田掀起那人裤管，见他双脚已经红肿，双脚膝盖以下，有十多个模模糊糊的伤口。"是被毒蛇咬伤的，怎么会有这么多的伤口？"枣花轻声道。此时山道上已无人声，难得找到蛇药。

枣花将那人上衣袖撕成布条，将他大腿扎牢，项水田知她是为阻止毒血上行，也学着将那人另外一腿扎住。

枣花见那人身边有药粉遍地，道："他这麻沸散哪治得了巫山的蛇毒？"又对项水田道，"你看护他一下，我去找两味药来。"说着，飞身一跃，就没入了湖边的山林中。不一会儿，枣花回来，手上多了两种花果，一种是金黄色的喇叭花，另一种是大红色的带毛的葡萄状小果子。

枣花告诉项水田，那金黄色的喇叭花名叫曼陀罗，红色小果名叫红豆杉。这两种花果都是克制本地蛇毒的良药。项水田知道枣花自小就喜欢花草，她懂得治蛇毒的花草，那是毫不稀奇。又见她学剑后身手灵便，又是惊喜，又是佩服。他依言将两样花果捣成糊状，敷在那人伤口上。过了小半个时辰，那人悠悠醒转，睁开眼来看到枣花，忽然眼中放光，口中喃喃地道："你……风月蝴蝶……"说的是本地口音。

项水田听到这人说出"风月蝴蝶"四个字，全不知这是什么意思。但枣花在青城派学剑两年，却听姐妹们说过，当今大理皇宫有一位郡主美若天仙，小小年纪便有统领之才，又能歌善舞，大理武林便送她一个雅号叫作"风月蝴蝶"。这人说到风月蝴蝶，大理口音，定与那风月蝴蝶有什么渊源。

项水田将那人扶起，坐靠在大石上。那人看清，是一男一女两个少年救醒了他，又拿眼睛紧紧盯着枣花，轻轻摇了摇头，大约是确认了眼前的美貌少女，并不是风月蝴蝶。忽然，他不知哪来一股力气，忽将身子坐直，双手双脚都摆出一个姿势，口中念道："脚踏魁罡二字，右手雷印，左手剑诀，取东方气一口，念《相思咒》七遍，从此，爱恋密浓，千思万想，时刻不能下也……"这话念毕，身子一松，又已昏去。

枣花让项水田扶那人身子坐直，她伸出左掌，抵住那人后背，缓缓舒入内气，对项水田道："他中毒太深。你再去采些曼陀罗跟红豆杉来，就在湖边的半山腰上。"项水田心想救人要紧，急忙钻进林中。

项水田走进林中一会儿，那男子得到枣花输送内气，再次苏醒。他知自己必死无疑，拼着一口真气，向枣花讲明了自己受伤的前后经过。

那人道："小人名叫滕根生，本是灵鸠峰北面的龙洞村人，自小离家到了大理国，现在皇宫做侍卫。小人今年十八岁，能够……能够死在你这位姑娘的面前，也算死而无憾了。想必姑娘是武林同道，不知尊姓大名，怎么会在这里……"枣花道："大哥是龙洞村的，家里还有什么人？我们送你回去养伤，别多说话，我的同伴采药去了，马上就回来再给你敷药。小女子名叫郑萼，在青城派学艺，家住近左的郑家庄。"那滕根生道："小人父母双亡，老家再无亲人。姑娘是郑家庄的，太好了……郑姑娘跟大理郡主风月蝴蝶……长得真像，我刚才醒过来，还以为你就是她……我今天要把自己的经历说出来，我……我第一眼看到那风月蝴蝶，就喜欢上了她。虽然她只有十六岁，可是，我觉得她比天上的仙女还要美，我天天都想看到她，只要一天见不到她，我就吃不下、睡不着。我的同伴都嘲笑我，说这位金枝玉叶的郡主，多少王宫贵族的子弟都在排队，怎么轮得到你这么一个小小侍卫？我明知自己是痴心妄想，就是忍不住……去年春天，风月蝴蝶派我和另外两个同伴，一起去澜沧江办一件公务，本来也不过是采一株高山灵芝，凭我的武功身手，这有何难？但我那一刻，竟然脑子走神，看着那鲜嫩的灵芝，又想着风月蝴蝶的倩影，手上一滑，将那株宝贵的灵芝跌落到了深谷之中。事后，风月蝴蝶也没有责怪我，但我万分自责，也知再不能存着这份非分之想。举刀一挥，将自己的左手砍了下来……"枣花听到这里，啊的一声，叫了起来。

滕根生续道："我本以为砍了左臂，便能将风月蝴蝶忘了，可是，就算左手的伤疤长好了，我心中还是忘不了这风月蝴蝶。就在上个月的一个夜晚，我为了看一看风月蝴蝶，竟然鬼使神差，来到了风月蝴蝶苍山中的那座老房子的树林外，苦苦守候，就是为了能看上她一眼。结果，老天爷开眼，那天她和她的奶奶在后院中坐了半个时辰，让我看了个够。她奶奶刚好说到，巫山帮的万蛇窟，那是武林中令人谈虎色变的地方，就看你敢不敢只身入那万蛇窟了……"

"那风月蝴蝶听说'万蛇窟'三个字，脸上有些吃惊，也有些害怕，过了一会，就恢复宁定，说道：'奶奶，过一两年，我本事学得多了，就敢去那万蛇窟了。'小人听了这话之后，心中发了痴念，心想我比风月蝴蝶大了三岁，还是个男人，她过两年还没有我这么大，她既然敢去那万蛇窟，我怎么不敢去？万蛇窟就在我老家灵鸠峰南边，小时就听大人说过，不听话就将你丢到山南边的万蛇窟去。我也知道今年会有摆手节，想必巫山帮防守松懈，便备好了防蛇的药物，一个人趁夜闯进了巫山帮。躲过了巡哨的帮众，来到了万蛇窟边，果然是万蛇晃动，令人看了害怕。我带了长索，纵身跃入了窟中，在那一刻，我真感到了无限的快慰，我可以告诉风月蝴蝶，我算是一个勇敢的男子汉了！本以为身上的蛇药足以克制那些毒蛇，没想到还是有十几条蛇咬中了我的双脚。拉着长索跃出万蛇窟后，我便忍痛往摆手节这边赶来，我就想在临死之前，听一听摆手节上的山歌……"

枣花的眼中已经湿润，轻声道："那风月蝴蝶知道你来到万蛇窟了吗？"滕根生的声音渐低渐弱："她不知道……她不知道。她甚至不记得我这个人，更不知道我是这样喜欢她……"项水田采到花果后来到滕根生面前时，滕根生早已断气。枣花也已恢复平静。

枣花不想让项水田知道这个大理武师的痴情故事，更不想跟项水田谈起那个武林里恶名昭著的巫山帮和万蛇窟。她知道，她面前的这位水田哥就是一位质朴的农人，心地善良，武林中这些坏事、恶事，他知道得越少越好。

枣花只是简略地讲这位乡人被蛇咬伤，不治而亡。两人合力将那滕根生埋葬了，免他曝尸荒野。

尽管夜很深了，两人也很累了，但枣花仍然扬起了脸，忽闪着亮晶晶的眼睛，与项水田相约："明天再去那乌梅峰下的梅花湖，咱们不见不散!"

但是，第二天，枣花的父母就跟她定下了与狂生的婚事，再也不让她去摆手节对歌，也不让她去跟项水田约会。第二天，项水田在梅花湖边等了很久很久，还是不见枣花前来。再后来，枣花跟狂生成了亲，项水田被抓进巫山帮炼蛊，被唐凤吟挟持当了帮主，改名郑安邦。那一年跟他母亲陈氏一起，趁唐凤吟外出回到郑家庄，恰逢夷陵狂生去了大理。项水田母子跟枣花一家相聚数日，唐凤吟回帮后将枣花父母杀死，故意留下枣花，还说项水田就是奸恶无比的淫邪之徒郑安邦。

枣花无法接受这个现实，在狂生回来时自刎而死。死前对狂生说："想看一眼那位大理郡主风月蝴蝶……"

唐凤吟在与陈鹤老、杜芸夫妇过招时，被白鹤叼去面罩，露出了真面目。众人都已看清，他的整个相貌身体，都是项水田的，唯独说话的声音，还是唐凤吟。

由此看来，唐凤吟被巴蛇吞噬之后，躯体已经失去，但他的灵魂，却并未离去，不知是什么缘故，又占据了项水田的身体，也就是说，项水田已被唐凤吟"灵魂附体"。

众人听到他的声音从黑洞中发出，以为他是从巴蛇口中逃得性命，全然都想错了。

唐凤吟得了项水田的躯体，但无法以项水田的这副身躯示人，只好戴上了面罩。这样看来，他选择身处黑洞之中，对教众发号施令，在巫山帮总坛装神弄鬼，将巫山帮众和中原武林的人逼到洞中，都是为了便于隐藏他的真面目。

那么，他的恶灵占据了项水田的躯体，项水田的灵魂又去了哪里？面对这个突然到来的真相，现场众人迷惑、惊奇、愤怒、痛惜、不平，种种表情，显露出来。

"我的儿啊！"人群中传来一位妇人撕心裂肺的哭喊，一个身影扑向唐凤吟，正是项水田的养母陈氏。陈氏见到爱子被唐凤吟灵魂附体，发疯似的冲上去，要抱住那个爱子的身体。

唐凤吟没想到陈氏这时会上来发难。他前后两次都把陈氏当成人质，逼迫项水田和李青萍就范，这时见陈氏不顾一切地扑上来，大声叫道："你别过来！"伸出右掌，轻轻发出一掌。不知是心中有愧，还是觉得陈氏还有利用的余地，这一掌并未使出多大力道。

陈氏不会武功，眼看就要倒地，忽见一个身影闪到她身前，接了唐凤吟那一招。这人一身白衣，正是夷陵狂生。

夷陵狂生本来背着陈氏，忽然看到唐凤吟变成了项水田，毕竟灵魂附体这种事太过匪夷所思，他也是半天才回过神来。待看到唐凤吟出掌时，他已及时赶到。

夷陵狂生将陈氏护在身后，对陈氏道："妈，你先退开，让孩儿跟这老贼算账！"

这一句话大出众人意料，唐凤吟是狂生的生父，前一刻狂生还称他父亲，这一会竟骂他是老贼。唐凤吟也感诧异，道："你说什么？"

夷陵狂生道："小子再也不能认贼作父，看招。"说着一招招火焰刀法向唐凤吟使出，口中说道，"这一招是为我郑家庄的父母报仇！""这一招是替我娘亲报仇！""这一招是为我爱妻郑萼报仇！"连使三招，每一招都带着火舌，成了一条火线，声势惊人。唐凤吟又惊又怒，狼狈避开。

夷陵狂生此前都是跟巫山帮作对，从唐凤吟的居室拿走了刻有那句传言的绿玉，又跟魔教坛主凌云、冯枭多有勾连，甚至传闻说他要接任魔教教主。众人见他这时公然骂他生父唐凤吟是老贼，更动手单挑、回护母亲，也为被唐凤吟害死的养父母和爱妻报仇，这是浪子回头、弃暗投明之举，都为他轰然叫好。

唐凤吟骂道："混账东西！敢跟你老子动手！"出招向狂生反击。

唐凤吟是当代武林第一人，武功比狂生高出何止倍蓰？他随便使出一招，便有风啸长林的威势，逼得狂生立时转攻为守、左支右绌。唐凤吟先前戴着面罩，说话声音又与他本人无异，谁也不疑。这时他失去面罩的脸上恼羞成怒、面目狰狞，这副神态在项水田年轻英俊的脸孔上显现出来，他的武功也是借助项水田刚健的体魄发出一招一式，比之他自己年轻时所使，更见威猛。这一情景不免十分诡异，但旁观众人都在短暂的惊愕之后，很快就将关注的重点，转移到这父子两人的过招上。

眼看狂生已渐处下风，高瑞升第一个加入了战阵。当年陈氏将他救出万蛇窟，又是他将狂生母子送进了郑家庄，加上对于唐凤吟的仇恨，使他不能袖手旁观。高瑞升本想将一把象须，向那唐凤吟咽喉要穴发出，猛然惊觉，这样做的结果，不免最后还是伤了项水田的身体，只得收住。他运起自己拿手的锦掌功夫，替狂生卸开唐凤吟那排山倒海的无影掌力。

先前跟唐凤吟缠斗的杜芸和陈鹤老两人，在稍加犹豫后，再次加入了团战。杜芸使开藤杖，发疯般地点打攒刺，陈鹤老一边使软鞭出招，一边呼喝那白鹤加入团战。无奈白鹤还是将那个躯体看作项水田，傲然不理。

忽听四声娇叱，四个曼妙的身影各持兵刃，加入进来，却是风花雪月四位姑娘。她们与陈氏在项家坝老宅朝夕相处，早已亲如一家，也来拔刀相助。

加入巫山帮的大理一众武士，见高瑞升和风花雪月四女入阵，全都热血上涌，大声鼓噪呐喊，巫山帮帮众和中原武林人士也大声呼喝。雄壮的吼声，回荡在偌大的内洞之中。反观魔教诸人，因突然看到唐凤吟是通过项水田借体还魂，不知是惊疑还是惧怕，全都呆若木鸡，默不作声。

唐凤吟以一敌八，仍是大呼醋战。他一边轻描淡写地避开八人的来招，使出无影掌力，东拍一掌，西边一扫，便将八人打得东倒西歪，狼狈不堪。狂生见来了七个帮手，就不再使火焰刀法，免伤了同类，改打密宗拳。

但这八人每一出招，眼中看到的，便是项水田的身影，出招时便会缩手缩脚。八人本来就不是唐凤吟对手，要不是少林方丈微尘时而从旁出手救应，八人中的陈鹤老便已经死了数次，高瑞升也会身受重伤，四女也必定挂彩。只有狂生和杜芸两人虽然冲在最前面，但是有惊无险。这两人是这大魔头的儿子和前妻，他出手还是留了分寸。唐凤吟大为得意："少林方丈和武当道长，要不两位再来陪老夫玩玩？"但微尘、虚云二人自恃身份，并未加入团战。

忽听一个女子的声音叫道："大伙看清楚了，这人不是唐凤吟，而是巫山帮的项帮主，只是被这魔头的恶灵占去了身体。大伙不用陷在这里，我们到神女庙去，祈求神女娘娘驱走恶灵，救回项帮主。"说这话的是巫山帮的神女李青萍。她见众人都不是唐凤吟的对手，便说出这番话来，想要解开眼前的僵局。

这句话将众人点醒，纷纷说道："对啊，这人不是唐凤吟，是项帮主。求神女赶走恶灵！"人流开始向洞外涌动。陈氏还有几位平日里敬奉巫山神女的帮众，当即跪倒在地，双手合十，大声诵念："求神女娘娘显灵，驱除恶魔，救回项帮主！"

唐凤吟精心营造的这出借体还魂的局面，眼看已是横扫武当、少林和一众高手，一统江湖，还将逼迫巫山帮交出绝仙蛊，他就可以躲在暗处，通过蛊药，将众人治得服服帖帖。但只因眼罩被那只白鹤叼开，众人得知了真相，到头来他功败垂成，无人信他，看似固若金汤的堡垒就要崩塌。唐凤吟心有不甘，大叫一声："都不要走，将蛊药拿来！"发出一股巨大的掌力，只见身旁缠斗的八个人如爆豆般从他身旁震飞，重重摔到数丈以外的洞壁上。夷陵狂生等八人遭此重击，全都一击倒地，生死不知。

夷陵狂生醒来时，眼前一片漆黑。他想动一动身子，感到右腿上一阵钻心的疼痛，发出一声呻吟。

"你醒过来了！"黑暗中传来一个妙龄女子轻柔的问候，就在他身边。

"你是谁？""我是娟月……"声音很低。"你也没死。这里还是万蛇窟吧？"狂生说话有气无力。"是的。现在洞里安安静静的，听不到有人讲话，那唐凤吟……也不见出声……"娟月道。"那些蛇虫也没见了吗？"狂生问。"好像是的。""我们在这里几天了？""我比你……先醒过来。我的左手断了，这里是个靠近洞壁的坑洞，比洞底的地面低了一丈多高。我摸索过后，发现了你。幸好……你也醒来了。"

"你在这儿陪着个死人干什么？为何不走？"狂生冷冷地道。娟月一听这话，声音也大了："你当我不想走呀，只是我手断了，内气也使不上，都是那唐……老贼……"听了她骂唐凤吟，狂生只好不作声了。

狂生试着运了一口气，也是内力全无。可见唐凤吟那一掌的威力多大，也不知另外几个人是死是活。狂生大声叫道："还有谁活着？唐……老贼，干吗不将我也打死！"声音在洞中回荡，但无人应答。狂生又声嘶力竭地叫道："老贼，就算你将所有的人杀死，留着我活下来，你还是输了。你来杀我呀，杀我呀……"洞中还是一片寂静。

狂生挣扎着坐起身来，他的右小腿已经肿起老高，左腿还能屈伸。一摸身上，找出一个火折，打出几星火花，但无火把，无法点燃。微光映照下，娟月的一张俏脸，交织着惊恐和娇怯，月白色左袖上一片血红。两人身处的坑洞，以前他们身具武功，只轻轻一跃，便可脱身。但现在，两个人要爬出这个洞中的坑洞，却比登天还难。

狂生低声恳求道："妹子，我求你一件事：你踩到我的肩上，上到洞底，然后，你用这个火折，点燃火把，请你找一找，看看我的母亲是不是也在附近……"娟月一听，狂生虽说是求她救母，但这个法子还真能助两个人脱困，只是事情得反过来做。她道："你腿上有伤，还是你踩在我的肩上，你先上去……"狂生道："我一条腿，怎能踩到你肩上去？但靠这条腿，扶着石壁站起来，却还做得到。你就别争了吧。"说着，挣扎着伏低了身子。

此时别无他法。娟月对狂生心中厌恶，但他不再认贼作父，又因合斗唐凤吟而受伤，对他的恶感有所减轻。娟月只好用右手扶住石壁，伸双脚踏到狂生肩上。狂生用力站直了身子，娟月半个身子升上了洞底的地面，轻轻一爬，就出了坑底。娟月将右手伸向坑底，道："你拉着我的手，我将你拖上来。"狂生道："你先点上火把，去找我的妈妈。"

娟月道："不行。你要是不上来，我就不去找你妈妈。"狂生叹了一口气，扑通一声，坐倒在地："那也由得你了。估计我的妈妈，也……"

娟月大声道："你为什么不肯上来？你是想死吗？你刚才还说什么求我去找你的母亲，想想你母亲，一个儿子被那老贼灵魂附体，另一个儿子要死要活的。以后她靠谁？你想着遇上这么一个老爹，就不想活了。老天让你活下来，难道不是要你有点担当？你要是死了，谁去替你母亲和你那项兄弟报仇去？"

一席话将狂生说得热血上涌，道："我上来。"爬起身来，握住娟月的手，也脱出了坑底。

　　两个人点亮了火把，在洞内寻找，只见陈鹤老和轻岚、花雨、晴雪这四个人四散躺在洞壁边，全身冰冷，已死去多时。洞中还有先前被唐凤吟打死的几人，以及几名死去的魔教教众的遗体。但狂生的母亲陈氏，还有陈鹤老的妻子杜芸、高瑞升，以及巫山帮和少林、武当以及黄州的一众武林人士，都是踪影全无。

　　那大魔头、占了项水田身躯的唐凤吟，还有他属下的数十名魔教教众，也是不见行踪。

　　洞中的数万毒虫也不知所终。

　　中原武林这些人走得仓促，甚至都来不及处理四人的遗体。

　　娟月与风、花、雪三位情同姐妹，向来同进退，这时见三人被唐凤吟一掌而毙，香消玉殒，不禁失声痛哭。守着三位姐妹的遗体，不肯离去。

　　狂生也是对眼前的情景百思不解。他一跛一拐，走向洞外，来到万蛇窟的坑底，仍是未见到一个活人，只有魔教坛主凌云和冯枭的尸体，倒卧在地。眼看万蛇窟坑底与地面相距数丈，他和娟月二人身体受伤，内力丧失，又无绳索借助，要想离开万蛇窟，难上加难。

　　狂生回到洞内，娟月已止住饮泣。狂生颓然道："万蛇窟石壁太高，只怕上不去了。"娟月道："到内洞去看看。"说着举了火把，当先便行。狂生默然跟在她身后，慢慢跛行。

　　走了一程，娟月反身道："要不要我来扶你，或者……背上你？"说这话时，脸已红了。狂生摆手道："不用，不用。"将一只捡来的剑当拐杖，以剑点地，勉力前行。

　　越往前走，洞内越静。随着狂生剑尖点地，"叮叮叮"一声一声，在洞壁回荡。两人心中也越来越紧张害怕。娟月高声道："唐教主，你在内洞吗？你杀了我三姐妹，你将我也杀了吧……"狂生叫道："老贼，我郑健雄在这儿，你杀了我啊，你杀了我呀！"两人的声音在空荡的内洞中回响，却没有听到任何回应。两人对望了一眼，才想起两人失了内力之后，胆气也弱了，刚才这般叫喊，比不会武功的人，声音也大不了多少。娟月听到"郑健雄"三字，甚至有点好笑，一直以来只知这人名叫夷陵狂生，却是头次听到他自称郑健雄。

再过片刻，终于到了内洞的尽头。两人面前是一摊涧水，那摊涧水望不到边。

娟月忽然想起一事，对狂生道："在这儿等等我。"说着举着火把，大步往来路上走去。

狂生站在黑暗的洞水边，不知娟月为何来而复返。不一会儿，见到那支火把回到水边，一看，原来她身后背着一个女子，用没受伤的右手扶住后背上的人，火把却被她咬在口中。

狂生还没来得及回她，便见她将那女子轻轻放入水中，向深水中推去。原来，大理国有水葬的风俗，娟月不忍心三姐妹曝尸洞内，见内洞中有涧水，便去将姐妹的遗体背过来，送入涧中。狂生因为帮不上忙，只能看着她前后往返三次，将遗体放入水中。娟月看着茫茫水面，又默默祷告了一回，哭声不止。狂生只得将她劝住。

两人回望洞壁，几乎在同时，发现了前往石碑内洞的那个入口。

原来，上一次项水田和段瑶瑶两人进入石碑内洞时，是唐凤吟用箫声将二人引出内洞的，出洞后，两人跟唐凤吟恶斗一番。

随后高瑞升和风花雪月四女赶来助拳，事后四女均知石碑所在内洞另有出口。所以，在狂生说出两人无法从万蛇窟坑壁出去后，娟月便想到了内洞中的这个出口。

两人爬上那个入口，举火把在这个内洞中东走一段，西走一段。两人先前尚以为众人也从这个内洞出去了，但看洞内的情形，便知不会。因为洞内如迷宫一般，岔道颇多，更是没有留下任何人走过的痕迹。

好不容易走到那个石碑所在的内洞，一看地上，石碑已断成碎块，字迹也杳不可辨。一想，唐风吟既在洞中久留，自是他将这块被巫山帮密藏的炼巫石碑毁去。两人在洞中反复摸索，在出错的地方做上记号，沿着往高处的内洞寻找，经过大半天的时间，终于找到了隐藏在密林中的那个出口。重见天日之后，只见林茂峰青、鸟鸣枝头，只觉大难不死，又感恍如隔世。

两人休息片刻，便起身削了树枝，将受伤的地方用树枝绑牢固定。两人都是学武之人，对这些治伤的方法，自是驾轻就熟。这里是巫山帮的后山，但林中寂静，无一个巫山帮众的身影。

两个人最大的疑问是，唐风吟和中原武林的人，全都去了哪里？

在无法得知答案的情况下，两人还是商定先去项家坝老宅，看看陈氏会不会回到了那里。

为了行走方便，狂生将　段长树枝削成了一根拐杖，这样比长剑要方便多了。两人一路从后山走到灵鸠峰，再蹚过了大宁河，直到天黑时，终于来到了项家坝老宅。

奇怪的是，不但路上没见到一个人，连进入村子后，也没见到一个人影。抱着侥幸心理，打开项家坝老宅的大门后，狂生连喊了数声"妈妈",都是无人应答。最后一线希望也破灭了,陈氏并没回到老宅。娟月离开老宅时,是与陈氏和三姐妹同行,回来只她孤身一人,不禁悲从中来,又哭了一回。

两人也饿了。娟月弄了些吃的,两人胡乱填饱了肚子,感觉也有了些力气。

眼看天已全黑,两个人孤男寡女,狂生起身告辞,说是要回到郑家庄去。

娟月道:"你腿上有伤,起居不便,总得有人……照顾你才是。"说到后面,声音渐低。狂生道:"这点腿伤不是什么大事。过两天我内力恢复了,自己养伤,倒不是什么难事。"

娟月轻声道:"过去我数次出语伤了你,还在郑家庄放火烧屋,今天跟你赔个不是了。我,我这人心直口快,我是叫过你……姐夫的……"狂生并没听出她这声"姐夫"与此前争吵时的差别,道:"没事没事。你是郑萼的师妹,我也是将你当师妹看待的。"说着起身一瘸一拐,走入室外的黑暗之中。

在他就要走出院子的时候,娟月追了上来,道:"我再问你一件事。"狂生道:"何事?"娟月道:"在唐凤吟发出那一掌时,我本来会像三姐妹一样,必死无疑。你为何在那一瞬之间,纵身一跃,护在我的身前,拼着自己身受重伤,却救了我的性命……"说到后来,已经泣不成声。

狂生沉默片刻,眼睛望了一下屋子,重又收回,道:"自郑萼死后,我一直想完成她的心愿,也想为她报仇。后来,知道了自己身世,得知那老贼是我生父,便无可奈何,知报仇无望。他尚未借体还魂之前,我还觉得人死无过,但他占了项兄弟的身体,又为蛊药将我妈要挟之后,我便恨透了他,就想跟他拼命。

但他武功太高。他出那一掌时，我只想让他亲手打死我，便拼命跃到你的身前。我其实不是救你，而是为了速死……"

娟月沉默半晌，道："唐凤吟自能掌控掌力的轻重，见你跃到我身前，就没出重手，只让我们……两个受伤，却保住了性命。我的命还是你救的。我们在现场没找到他前妻杜芸的遗体，就是明证……"

狂生道："谁要他手下留情了？谁要他留情了？我便是要他一掌将我打死……"

此后，娟月又主动到了郑家庄，照顾狂生养伤，又见他对郑萼一往情深，感念他这份专情，对他百般抚慰。狂生在郑萼死后，本觉了无生趣，只想落魄江湖，在这位娟月姑娘的真情温暖之下，终于再结美缘。娟月人既美如婵娟，又是武功琴艺俱佳，两个人琴瑟和谐。狂生此后更性情大变，一改狂傲悖逆之举，在武林中传为美谈。这是后话。

听项水田说了跟枣花的故事，那绿衣女子嘻嘻笑道："好了，我知道你是怎么害死枣花的。不过，你也不用那么自责，你不害她，她也会死的。"项水田正要责怪她这么说话，神女瑶姬已对那女子摇头。绿衣女子做个鬼脸，伸了一下舌头，又一本正经地对项水田道："我有办法让枣花活过来，你想见她吗？"项水田喜道："好呀，我想见她！""就算她活过来，也还是狂生的妻子，你空欢喜，有什么用？"项水田道："能看见她活着，总比她死了好……"

神女道："孩子，她是骗你的，不要信以为真。眼下，正有一件要紧的事，要你去办……"项水田失望地望了绿衣女子一眼，心想，你这个样子，跟枣花一个模样，偏偏你这么刁钻古怪，枣花却性子随和，从不骗人。听神女说有要紧的事要办，他道："什么事？"

神女道："这事说来有些不合常理。今天我这位朋友带你来见我，只将你的灵魂带来了，你的身体，还留在了巫山。因为按照天规，我是不能再到人间见你的。但她将你的灵魂带来，对你来说，就像做梦一样，这就不违反天规了。你是不是觉得自己轻飘飘的？"

项水田一时还不能相信，这位神女就是自己的生母，他心中的神女，就是在神女庙中，拜了无数次的神女娘娘。

听了这话，项水田低头打量自己身体，果然就像轻雾一样。他伸手摸一摸自己的胸口，只是两股轻烟碰到一起，又轻轻化开，惊道："哎哟，这可怎么办？我要怎么回到我身子里去？"

神女道："这你倒不必担心……"绿衣女子道："回到你的身体倒不难。问题是，你的身躯，已经被那唐凤吟的恶灵，强占了去。眼下，他正在用你的身子，在人间行恶。"

项水田道："唐凤吟？他不是被巴蛇吃了？他的灵魂怎么占了我的身体？他用我的身体做恶事？这可如何是好？"绿衣女子道："你得回去，跟他打上一架，将你的身体抢回来！"项水田道："我如何打得过他？我去跟他打，那是自己跟自己打架，这如何打法？我没有身体，怎么打架……"

神女对绿衣女子道："你别逗他了。"又对项水田道，"孩子，你现在就跟我这位朋友回去，到时候自有计较。"绿衣女子咯咯笑道："是的，孩儿，你就跟我一起回去吧……"说着跟项水田做个鬼脸，跟瑶姬挥手道别。拉起项水田，返回巫山帮总坛。

项水田跟着绿衣女子，飘飘荡荡，飞往乌梅峰。一路上项水田有太多的不解，却默不作声。绿衣女子笑道："别想那么多了，我知道，你跟枣花之间，还有一个最大的秘密。你告诉我，作为交换，我也告诉你一个秘密，怎么样？"项水田以为她又要取笑，只是默不作声。绿衣女子道："你不想知道枣花死的秘密吗？她的死另有原因，并不能算是你害死的。"

"是吗？另有原因？你能告诉我吗？"

绿衣女调皮地眨眼，意思是你先说出自己的一个秘密。

项水田只好说出了他跟枣花另一次难忘的经历。

这是他与枣花唯一的一次单独出行。那是在四年前的一个早春的日子。那一年，项水田才十四岁，枣花十二岁。一大早，项水田就赶着大牯牛，去乌梅峰的山脚下吃草。忽然，枣花从后面赶上来了。项水田很惊讶，以前枣花来看他放牛时，都是在村前屋后，乌梅峰这个几里地的远处，她没来过。他一见枣花脸上有些不高兴，正要发问，只听枣花说道："我去岭上采些花儿。另外，有个事跟你说。"

两个人就这么赶着牛，一路走呀走。这条路，是一条羊肠小道。道两旁开满了桃花、山茶花，还有各种野草，也开着淡红、粉色的花儿。这一对少男少女在路上走着，也许是看到这些花花草草，枣花的心情变好了，就开心地唱起了山歌："青青的草地花儿红，单等哥哥来播种，哥哥不来荒了地，只怕来年要受穷……"这首歌项水田也听过，其实是一首情歌。项水田这时对男女之事懵懵懂懂，也听得脸红了。

项水田道："枣花，你唱得太好听了。再唱一首吧！"枣花被他夸得不好意思，道："那你也唱一首。"项水田道："我只会放牛，哪里会唱歌了？"枣花道："我不信，放牛也有放牛的歌儿，

224

你也得唱一首，那才公平。"项水田涨红了脸，就是唱不出声，道："还是你唱吧！"

枣花不再坚持，亮起稚嫩的嗓音，又唱了起来："一朵花儿鲜又鲜，鲜花长在悬崖边，有心想把花儿摘，又怕岩高难攀登……"这本来是男子的唱词，枣花等同于替项水田唱出来了。接着又唱道，"只要有心把花采，哪怕崖高比登天，只要鲜花把头点，哪怕崖高路儿险……"美妙的歌喉从山冈上远远传出。

项水田觉得从头到脚都乐开了花，拍手道："枣花，你有一副好嗓子，长大了，一定是摆手节上的歌后！"枣花听了，跺了跺脚，道："哎，我的爹妈，我的爹妈不让我唱歌，还说我不该学会这些歌儿，要我学练武。我在家里不敢唱这些歌，只能跑出来，只能在你水田哥面前，唱这些歌儿。"

项水田道："刚才看到你不高兴，是为唱歌的事，跟阿叔阿婶闹别扭了吗?"枣花连连摇头。这时已近灵鸠峰顶，岭上开着各色花朵，果然是花蕾满枝，姹紫嫣红。枣花跑过去，轻轻巧巧摘下几朵花儿，插在鬓边，又采了一把，拿在手上。项水田远远看着她，枣花对他又是招手，又是做鬼脸。此时他情窦初开，只觉得身边的枣花，比所有的花儿还要好看。只要能跟枣花在一起，就比什么都要好。

忽然，枣花走近了他，一脸认真地对他说道："水田哥，你喜欢跟我在一起吗? 若你喜欢，我们就一起走掉，永远离开郑家庄，好不好?"

这句话如旱地天雷，炸响在项水田的耳边。他真想大声说："喜欢的，我想天天跟你在一起，就像小时候过家家那样，你做我的媳妇，我们永远不分离！"可是，他人事渐长，早已知道，他和他妈妈是为枣花的父母帮工，他跟枣花之间有着巨大的差别。他心中再喜欢枣花，也不能有什么非分的举动。这时听枣花说了这句话，竟是疑心自己听错了，他道："你说什么?"枣花满脸认真地看着他，一字一顿地又说了一遍。

项水田再次蒙了："枣花，你要跟我说的，是这件事吗? 这一定不是真的。"枣花咬着牙，道："是真的，水田哥，你带我走吧!"项水田摇了摇头，不知说什么好。他只知道，长大了可以跟女孩对歌，可以抬花轿娶媳妇，却没听说可以私自出走。

僵了一会儿，枣花突然流出了眼泪，两行泪水流过了她脸上的两个酒窝。她一边擦泪，一边往回走，道："我知道我想错了，我知道这是不可能的……"

枣花已经走出很远，直到身影消失在山花丛中，项水田还呆呆地站在原地，一动不动。

这件发生在他和枣花之间的事，成为项水田心中最大的秘密。不久之后，枣花就由她父母送到青城山学剑。此后，项水田偶尔见到枣花，包括在摆手节上对歌，项水田再也没有跟枣花提起过这件事，但只要他跟枣花对视一眼，两个人就知道其中的含义，就能想起这件秘密。最后那一次项水田见到枣花，她已经成为狂生的妻子，但是，那几天两人之间什么也没有说，但项水田仍然记得两人在灵鸠峰上的这一幕……

"告诉你吧，"绿衣女子道，"枣花十二岁那年要跟你出走，是因为她要逃离她的父母。""逃离她的父母?""是的。她在无意间，得知了她父母的一个秘密，"绿衣女子续道，"她的父母，私吞了别人的一件宝物，夜间被人上门索要，她惊醒了，从门缝中看到了这一过程。加上她不喜欢父母事事替她做主，所以，第二天她就跟着你上了乌梅峰，提出跟你出走，逃离这个家，逃得远远的。"

项水田道："这不是真的。阿叔阿婶都是好人，不许你往他们身上泼脏水。他们什么都有，怎么会要别人的东西？""本来这件事你不知道最好。但既然答应了你，就跟你说了也无妨。那是一座炼蛊用的铜鼎。枣花的父母受人之托，本来要交给巫山帮的，但他们没有。他们为了给祖辈的人报仇，有意将铜鼎留下来，甚至可以说是设计将铜鼎夺去了。后来也是因为这个原因，双双死在唐凤吟的手里。枣花看到有人向他父母索要这件物品，当时的心情，跟你现在一样，她父母的正人君子形象，一下子崩塌了。她心中失望，就想到了跟你出走。总而言之，枣花不是你害死的；她的父母，也不是你害死的。"

"什么铜鼎？那是什么不得了的物什？阿叔阿婶是大善人，连狂生也愿意收养，对我和我妈也好，怎么会私吞那个铜鼎？"项水田道。

"对炼蛊不感兴趣的人，自然对那小小铜鼎不感兴趣。但是，对于那些想得到绝仙蛊的人来说，这个铜鼎就是个炼蛊的神器。天下该有多少人，拼着性命，也要得到它。"绿衣女子道。

项水田道："我不信，我不信。你，你是怎么知道的？为什么你什么都知道？"

绿衣女子道："我当然什么都知道。我不仅知道过去的事，连未来没有发生的事，我也知道。要不要我告诉你，你最后到底娶了谁做媳妇儿？"

项水田大声道："不要，不要。你不要告诉我……"

"那你亲一亲我吧！"绿衣女子对他眨了眨眼，将脸凑上来。

"什么？这……"项水田窘得脸全红了。

"怎么，没亲过人吗？你这个风流快活的巫山帮主郑安邦，亲过的人还少吗？"

"我没有……"

"上次你在万柳茶庄绣床之上，无论是你那大理郡主，还是半老徐娘的什么蜜桃仙蛛，你都亲过了。这是我亲眼所见，你赖不掉吧？"

"那不算的，我中了毒……"

"你不是一直喜欢枣花吗？我不是跟枣花长得一模一样吗？我这酒窝，跟她没有一丝一毫的差别吧？我就像枣花活过来了，现在让你亲一亲，不正是你想要的吗？"

"你是长得跟枣花一样，但你不是她，不是她……"

"那好，你就当自己是做梦吧。你常做梦跟枣花在一起，对不对？现在你就是在梦里，亲了枣花……"

项水田迷迷糊糊，道："我现在是在做梦吗？"

"没事的，你做梦的时候，梦中的事其实并没发生。对不对？你就当这是做梦好了。"

项水田闭上了眼睛，轻轻地靠近，将嘴唇碰上了那一对红唇。忽然，他的嘴唇，还有他整个身子，都像一股轻烟，在绿衣女子的身影前散开了。

项水田这才惊觉，自己只有灵魂，没有身躯。这时要想去亲枣花，只会是一丝微风、一缕轻烟。

忽然，项水田的身边，一左一右出现了两个女子，左边是段瑶瑶，右边是李青萍。两个人都脸含薄怒，眼带嘲讽。

"哈哈哈，两位争着要嫁给此人，看到了吧？他还是最喜欢那个枣花。你们嫁给了他，难保他不偷腥，哈哈哈哈……"绿衣女子拍手大笑起来。

项水田又入了圈套，满脸通红，刚想要给段李两位解释，绿衣女子挥一挥手，二女随即隐去。绿衣女子将手指放在嘴边，做了一个"嘘"的动作，道："记住，别当真，这是做梦。她们两个只是在你的梦里出现了，你用不着解释。"

项水田急道："你只会捉弄我，你到底要将我怎样？"

绿衣女子道："你那么喜欢枣花，现在亲也亲了，感觉怎么样呀？"

项水田这次学乖了，知道无论说什么，都会中她诡计，干脆来个一言不发。但他心中想到，你虽然跟枣花长得一样，但并不是真的枣花。枣花哪像你这么精灵古怪地捉弄人？再说了，我自己是一团雾，并不是我真的亲了她……

只听绿衣女子一本正经地道："我知道你心里想着什么。哈哈，我看世间男女，爱得死去活来，也想让你知道，跟一阵轻烟亲一亲，是什么滋味。世上的事，你得到之前，是那么渴望得到；可一旦得到了，便会觉得就那么回事儿，又想得到更多。所以，你要真喜欢一个人，重要的不是得到她，而是要守住她，对她负责。天下有几个男人，心中能做到这点？所以，巴族的人，才会将蛊药给女人掌管，除了蛊药属阴性以外，那是对男人的弱点，也看得分明呀。"

两个人说着，就飞到了万蛇窟中，绿衣女子领着项水田往内洞中飞去，只见洞中是黑压压的人群。那唐凤吟果然占着自己的躯体，却是戴着面罩，说话行事还是唐凤吟。项水田担心众人发现了他和绿衣女子的行踪，突然想起只要绿衣女子现身，便只有自己能看到她，旁人却全不知她的存在。此时自己只是一股轻烟，众人自然是看不到了。他只是想着如何从唐凤吟那儿，夺回自己的身躯。

他和绿衣女子进来时，正好唐凤吟在勒逼李青萍交出绝仙蛊。此后，魔教黑衣人又将项水田养母陈氏带进洞中，风花雪月四女同行。见陈氏受辱大骂，项水田恨不得立时冲上去跟唐凤吟拼命，但绿衣女子制止了他，他也知自己其实无能为力。此后，武当少林掌门人先后跟唐凤吟过招，陈鹤老、杜芸夫妇跟唐凤吟恶斗，唐凤吟被白鹤揭开面罩，众人都看出他的灵魂占据着项水田的身子。再是狂生、高瑞升及四女，还有陈、杜夫妇八人合斗唐凤吟，被唐凤吟一掌发出，八人全都昏死。

项水田知道要解开目前的危局，非得请这位无所不能的"神仙奶奶"出手不可。他几次出言恳求，但绿衣女子无动于衷，只淡淡一笑，道："你耐着性子往下看吧。后面还有好戏……"

便在这时，洞外忽然传来泠泠的琴声。清幽悦耳，有如天籁。

第九章　定风波

词曰：

> 琴韵丁冬起淡烟，凄清流水动弓弦。古寺斜阳鸣蝉响，惆怅。塔中佛骨不安眠。
>
> 急雨追寻千点浪，轻飏。细陈恶孽话当年。飞焰金山焚劫挂，何处。不妨红影照孤寒。

那琴音旷远缥缈，清冷寂寥，倏忽之间又如人语低吟，近在咫尺。众人还没从那琴音中回过神来，便见到三个人影，飘然入洞。为首一位老者长须白眉，正自弹琴。身后一位妙龄女子牵着一位老妇的手。不少身在巫山帮的大理武师叫起来："段郡主，段郡主！"原来是段瑶瑶和她的爷爷奶奶在这时赶到了。他们将白玉廷私会金国四太子的事告知大理皇宫，白玉廷已被撤职查办。三人便赶往巫山。

忽听唐凤吟的声音在洞内回荡："来者何人？这琴弹得有些意思。"众人再看唐凤吟时，只见他又将面罩戴回了脸上。只听他又道："在下吹箫来给阁下助助兴。"跟着以箫音与那琴音相和。

唐凤吟箫声一起，众人便纷纷撕衣襟折成布团，塞住了双耳。只有武当道长、少林方丈等几人能以内力克制箫音。但那一条翻滚着的虫浪立时坍塌，所有的毒虫都惊恐地向内洞中溃散，顷刻间就走得一个不剩。不知是唐凤吟的箫音因为要与琴韵相抗而变弱，还是箫声太强，而使这些毒虫只能惊避。

那老者万青云并不答唐凤吟的问话，入洞之后，便在唐凤吟身前数丈处落座，一言不发地弹琴。只听他琴声极低极细，仿佛高山峻岭之上、悬崖绝壁之间，一条清冽的山泉淙淙潺潺，奔涌而出。虽然前路艰险，曲折多变，但仍是阻挡不了这股溪流千回百转，滚滚向前。

唐凤吟箫音与琴声接上之后，一开始也是低回曲折，细不可辨，仿佛是穿行在高山峡谷之中的小溪，时隐时现，若有若无。

两人之间的琴箫合奏，就如同两大武林高手之间首度过招，两人所奏曲调风格相近，都似潺潺流水一般。两人出音极低极细，都在互相试探，蓄势待发。众人都知，眼前的涓涓细流只是前奏，其后两人必定少不了波涛汹涌、排山倒海般的大碰撞。

唐凤吟的箫技向来目中无人。神女会前，他箫声一出，引得一众武林人士，连同毒虫都涌向万蛇窟。但今日他一听到万青云的琴声，便丝毫不敢怠慢。戴上面罩固然可以避免对手因看见他占据项水田的身体而分心，而他持箫的姿态、身法，无一不显出对来人郑而重之，以至于对与万青云同来的段瑶瑶和巴英娜竟没在意。

繁音渐增。双方的琴箫也越来越绵密，气势渐壮。先前乐音较细时，众人中尚有人将耳中的布团露出一丝细缝，以感受一下两大高手的攻战。但乐音增大，这些人便感心旌神摇，立时便要起身随乐而舞，急忙将双耳捂紧了。

唐凤吟所吹的这一曲，自然是《汨罗绝世曲》，是写楚国大夫屈原得知国破后，愤然投江的故事。全曲的调子是无尽的黑暗。从雨夜之中的踯躅徘徊、内心中痛彻心扉的失望，到阴风怒号、浊浪排空，以至飞身一跃，葬身鱼腹。其中无边的绝望，将人带入冰冷的水下世界：恶鬼兴风作浪，鱼龙混杂，掀起巨大旋流，水中恶龙率领虾兵蟹将、水蛇水妖，残害百姓。水下的世界极绚烂又极污秽，极富动力又凶险无比。忽而又晴明万里，水波不兴，无数百姓向水中抛撒食物酒水，追念这位屈大夫。他的英灵在江上漂荡，踏浪而行……

万青云瑶琴所奏，是一首《流水》。这是一首古时的名曲。该曲描写了滴滴山泉从高山峻岭上聚焦，逐渐汇集成溪流，历经曲折，向江海奔腾向前的情景。清泉穿越寂静的山林，时而浅如坠玉，时而亢似龙吟，时而清冷缠绵，时而澎湃浩荡。琴曲中加入了伯牙子期因弹琴听琴而结为知音的故事。伯牙曲高和寡，樵夫钟子期脱口赞曰："洋洋乎志在流水。"子期不幸早亡，伯牙断弦摔琴，终身不再鼓琴。《流水》琴曲曲意庄重、意境深远，其中虽有摔琴谢知音的决绝，却绝非《汨罗绝世曲》一曲中的悲观厌世、暗黑无边的情绪可比。

唐万二人演奏两般不同的乐器，所奏曲调也不同。两人各逞其能，都要不受对方曲调和内力的干扰，将自身的乐曲倾泻而出，进而乘隙攻击对手的弱点。箫音呜咽，将潇湘夜雨、子夜鬼哭、孤舟嫠妇、水妖呻吟种种黑暗惊怖情景展现出来。琴声铿锵，除了宣泄溪流一往无前、百折不回、积涓涓细流而成江海的精神气质，却也不忘发士为知己者死、知音难觅、知己难遇之浩叹。

项水田听那二人琴箫比拼。他无身体之累，也无视听之娱。此前他对这两首乐曲本就一无所知，于乐曲的理解十分有限。但双方攻战中的内力，他不靠身体来感受，从洞中空气的震动，也是瞧得清清楚楚。

只见两人的攻防全在一呼一吸之间。琴音初起时，箫声只在琴声的间隙中，发出一两声。待潭深涧阔、江宽浪急时，箫声便如隐入水下的鱼鳖，暗暗兴风作浪。即至巴山猿啼、秋潮夜至、夜叉巡游、幽壑潜蛟，则琴音对之以虎啸龙吟、清风朗日、鹰击长空、百鸟朝凤。项水田所见双方的过招，倏忽之间，已过了数百招。

项水田经段瑶瑶传授，已经初通箫技。但像万唐二人这般以琴箫名曲内力的攻战，他仍是未窥堂奥。不过，此时他的内力不下于江湖上的一流高手，假以时日，勤于练习，以内力驱动箫声，当不是难事。

此时，他看到唐凤吟占据自己的身躯，摇唇鼓舌、施展异能，心中五味杂陈。一方面，唐凤吟是五梅教大魔头，这般借体还魂本就闻所未闻。他是中原武林的公敌，又对陈氏及巫山帮犯卜尢数恶行，现在又抢占了自己的身躯，项水田白是对他恨之入骨，希望能除之而后快。另一方面，唐凤吟占据着自己这副身躯，将自身内力武功得以尽情发挥，其威力比之前自己的何止强了十倍？仅就吹箫而论，此前自己也只能是略成曲调，而如唐凤吟这般熟极而流，将气息运用之妙，变成不绝如缕的内力，不知要练到何年何月！而每当对琴音有所不及时，项水田甚至还隐隐替那唐凤吟担心。只是蓦地一惊，怎么站到坏人一边？再才起了同仇敌忾之心。再看一看绿衣女子，只想尽快让自己的身躯回归本尊。

忽听唐凤吟道："弹琴老者到底何人？唐凤吟手下不斩无名之辈！"原来他一曲终了，与万青云斗了个旗鼓相当，便停了箫声。

只听段瑶瑶道："恭喜唐教主起死回生。这是我爷爷，我奶奶也来了。"唐凤吟"噫"的一声，道："大理段郡主的爷爷奶奶？岂不是大理皇宫中的人物？难怪……"段瑶瑶道："唐教主你错了。我奶奶和爷爷可不是大理皇宫中的人物，他们恰恰是巫山帮的前辈。我奶奶是上两代的巫山帮主，万蛇窟后洞中的石碑，便是我爷爷立下的。"这话一出，巫山帮众立时人人耸动。当年的女帮主巴英娜名头何等响亮！不过当日在现场的巫山帮帮众，多是年轻一辈，连副帮主樊铁柱等人，也对巴英娜只是闻名不曾见面。巫山帮众从没想过，今生还能见到上两代的女帮主，还有她那位传奇的丈夫万青云。

唐凤吟也颇感意外，道："原来是巫山帮的老帮主驾到，失敬失敬！"段瑶瑶道："小女子在大理听说，金国要来巫山帮抢夺巫山蛊，便跟我爷奶奶从大理赶回来，却没想到是唐教主在万蛇窟中……小女子倒有一件事，想请教唐教主……"唐凤吟道："什么事？"

段瑶瑶道："今年神女会前一日，小女子与巫山帮主项水田……由唐教主做主，二人结为夫妇，此事可是有的？"唐凤吟道："嗯，老夫确曾亲自做主，让你这个大理郡主，跟那巫山帮主郑安邦结成夫妇……"段瑶瑶又道："当日在唐教主主持之下，小女子与巫山帮主在灵鸠峰的大路旁边拜了天地，也行了夫妻对拜大礼，可有此事？"唐凤吟道："老夫说话算数，当日确曾在后山的大道旁边，给你二人拜了天地！"段瑶瑶道："巫山帮中，有人称唐教主命丧蛇口，此事既无父母之命，又无媒妁之言，便不算数。今日唐教主本人亲证此事，可见并非小女子无中生有的杜撰。"唐凤吟道："老夫身为五梅教主，为巫山帮主和大理郡主主婚，怎能说不算数？有哪一个不服气的，敢与老夫作对？那不是活得不耐烦了！"

段瑶瑶道："唐教主身为一教之主，为小女子主婚，自然也不是开玩笑、弄得好玩的了？"唐凤吟道："婚姻大事，岂能儿戏？"段瑶瑶道："有人又说，唐教主当时不安好心，让小女子与巫山帮主结成夫妇，是为了便于炼那金童玉女蛊。请问，如果我二人真的命丧蛇口，在阴间还算是一对夫妻吗？"唐凤吟道："你二人如果死了，在阴世也是一对儿……"

段瑶瑶又道："小女子还有一事不明：唐教主又指派那蜜桃仙蛛，将项帮主和小女子骗到万柳茶庄，施用幽灵幻雾的毒，将我二人一起毒倒……这又是什么用意？"她不好意思将她和项水田，被安排在那密室中洞房花烛这件事，当众说出口。

"哈哈哈哈，那是老夫的独门炼蛊绝招，当日你二人洞房花烛之后，今天你这小妞儿，就能乖乖听老大摆布。只是没想到，你这小妞竟没上当……"唐凤吟道。

"唐凤吟，什么金童玉女蛊，你可全都错了……"一个苍老的女子声音说道。这老妇是段瑶瑶的奶奶，巫山帮前帮主巴英娜。自进洞内以来，这是她说的第一句话。

只听段瑶瑶道："小女子刚才得知，唐教主现在占有了项水田的躯体。但是，这必是唐教主的权宜之计，因为此时唐教主说话行事，仍是你本人的意思。请问，教主此时有项帮主的任何记忆吗？"唐凤吟道："本人堂堂五梅教主，怎可有他人的记忆？"

忽听一个撕心裂肺的声音叫道："老鹤呀——"原来是杜芸醒过来，见到陈鹤老已被唐凤吟掌力震死，大声哭叫。杜芸爬起身来，扑向唐凤吟："老贼，老娘跟你拼了！"唐凤吟伸手一掀，杜芸又扑倒在地。唐凤吟在掌击七人时，故意留下杜芸和狂生的性命。

杜芸不怒反笑，道："老娘今日有死而已。我死之后，必定乞求巫山的最高神灵神女娘娘，惩罚你的恶灵，让你下十八层地狱，万世不得超生！"唐凤吟道："老夫怕了什么神女娘娘……"

杜芸平静地道："唐凤吟，你多行不义必自毙。之所以命丧巴蛇之口，便是活生生的报应！你一生行径，只信奉强梁霸道，从无一丝善念，强占巫山帮，抢夺巫山蛊，强压下属，以药制人，对女人更是强占施淫，连巫山帮上一代的神女也敢侵犯，真正是天理不容。你道你是被那软香灵芝而致巴蛇吞噬的吗？这完全是上天对你的惩罚！"唐凤吟大笑道："哈哈哈，什么命丧巴蛇之口，你哪里知道我现在有多快意……"杜芸道："你有什么快活可言？你不过是一个无可皈依的恶灵，你强占着项帮主的身体！你现在一呼一吸、一饭一眠，是你唐凤吟的吗？不过仍是项帮主的身体而已，绝不是你唐凤吟的。你能说这具身体就是你的吗？你走到任何地方，人们都只会认这是项帮主，不会认你是唐凤吟。如果你继续为恶，这笔账仍旧是要算在你唐凤吟身上，那无非是你再增恶业，将受更大报应。你的躯体，早已在那千年巴蛇的腹中，化为粪土！"

唐凤吟哈哈大笑，声音在洞内回荡，直震得众人耳中十分难受。

少林方丈双手合十，高宣佛号："阿弥陀佛！"只听一个年轻的女子发出清脆的祷告声："神通广大的神女娘娘，至高无上的瑶光祖师：乞求您二位眷顾垂怜，乞求将他从那万劫不复的命运中解救出来，摆脱那恶灵的控制，平安回到巫山帮。如果您允许我替他受难，他所有的苦难我都愿意替他承担。如果需要我付出任何代价，甚至需要我付出生命，我都愿意，绝无反悔……"这声音虽轻，但许多人都听在耳中，立即在众人情感上产生了共鸣。当即有不少巫山帮众，也一同跪下，向巫山神女发出祷告；声音越来越高，在洞中已形成一片嘈杂的声浪。

项水田在洞内高处看到这一奇景，只觉自己并未给众人做出多大恩德，却得到这么多人的支持与拥戴。尤其是帮中神女李青萍，虽然与她有婚姻之约，但他的内心一直没往这方面去想，刚才也听到段瑶瑶为了证实婚约在先，不惜要求唐凤吟将此事在众人面前宣之于口。所有这些，都使项水田心生感动感恩，如同沐浴在温暖和煦的阳光之中……

只听杜芸道："唐凤吟，这样吧，我来跟你做一笔交易。你不是想要绝仙蛊吗？但是，你现在强占着项帮主的身体，他是男儿之身。而那绝仙蛊，非得是女子不可。现在，老婆子也不想活了，就拿这副身躯，跟你换回项帮主的躯体；你那恶灵，从项帮主的身体退出来，让他回到巫山帮中。这位项帮主，生性善良，待人厚道，是个顶天立地的少年英侠，你不配占有他的躯体……你退出来吧！这样最好，你既能接触绝仙蛊，又能赎你的罪……"她已是极度虚弱，声音越来越低。

她说出用自己的躯体交换项水田的身躯，这个想法未免异想天开。众人都安静下来，要听唐凤吟的下文。只听唐凤吟道："只有身为女子，才能掌管绝仙蛊？老夫不信。"他口中说是不信，但众人听出他的语气之间已有动摇。尤其是巫山帮众，帮中只有女子才能掌管巫山蛊，向来被视为天经地义。

唐凤吟大声道："要老夫变身为你这样的老妇人，我可没兴趣。除非变成巫山帮的神女李青萍这样的女娃子，或者大理段郡主这样的模样。怎么样？你们两个女娃娃，有谁愿意跟我换回项水田的身体吗？"这话是对李青萍和段瑶瑶两个人说的。

还没等二女回答，杜芸已怒不可遏。她大叫："唐凤吟你这恶魔，必无善报……"纵身而起，再次扑向唐凤吟。但她受伤既重，又气急攻心，已是油尽灯枯，只跃起尺许，便已跌倒，气绝而亡。李青萍大声叫着："师父！师父！"冲上去抱住尸身，不停恸哭。

忽然，唐凤吟口中发出一阵似歌似吟的声音。这声音时而低沉，时而高亢，时而如儿歌俚调，时而若洞府仙唱。柔婉处令人荡气回肠，铿锵时引人慷慨激昂。众人只听得几声，便已如痴如醉，欲罢不能。他发出的这种嗓音与箫声又有不同，这种声音直达人的心底，有着不可抗拒的魔力，有的功力低下的弟子已是骨酥肉软，便要瘫倒在地。

段瑶瑶受到这声音的感染，忽然想起了在万柳茶庄中与项水田在那绣被暖帐中的旖旎风光，仿佛他的情郎正对她千般温存、万般蜜爱，只觉得面红耳赤、浑身燥热。

李青萍本来为了师父的逝世而哀哭，但听了这一嗓后，竟然渐渐迷失眼前的伤痛，心境飞越到了十年之后，仿佛她与相守十年的夫君一道，洞房花烛，共赴仙途。

项水田的灵魂在洞内高处听到这声音，虽然因失去躯体并未受到心灵的震荡，但他知道唐凤吟的这门功夫，就像那位"鱼划子"师傅传给他的龙吟功，越是内力高深，越是对他人有致命的伤害。他知道众人的情绪被唐凤吟这般由悲到喜的折磨，必定元气大伤、祸害无穷。他多次看那绿衣女子，要她拿个主意，却见她似笑非笑地看着眼底情景，无动于衷。

便在这时，只听一位老妇的声音道："唐凤吟，没有用的，这样没有用的。云阳师太的这一套，全都错了。"说话的是段瑶瑶的奶奶，前任巫山帮主巴英娜。这是她入洞后讲的第二句话。但这话是什么意思，众人谁也没有听懂。

少林方丈微尘大声道："阿弥陀佛，大伙还是捂住耳朵，莫要被唐教主的啸声伤了内气。"他这话中气十足。众人心中顿感清明，如梦方醒，纷纷又将耳朵塞住。

忽听瑶琴"铮"地响了一声，众人打了一个激灵，如同酷暑之中，突然吹来一阵清凉的山风。跟着一声咳嗽声传了出来。

只因听到了这声咳嗽，在七人拼斗唐凤吟时昏死在地的云里锦高瑞升忽然惊醒，叫道："是你!"

唐凤吟听到这声咳嗽，竟然也停止了啸叫，说道："是你!"

十九年前，高瑞升得陈氏相助，逃出万蛇窟，他护送陈氏和她背上的婴儿到了郑家庄。正欲离去时，忽然被人在背后刺了一刀，若不是他及时躲闪，使刀锋略偏，当时就没命。杀人者本想再刺一刀，但就在这关键时刻，不远处传来一声咳嗽，使得杀手心生顾虑，收手遁去，高瑞升也捡回一条性命。

在巫山帮后山与段项二人合斗唐凤吟时，高瑞升已知，那次在背后刺杀他的，必是唐凤吟无疑。但是，发出这声咳嗽救了他性命的人，他一直不知是何人，对那一声咳嗽，当然是终生难忘。

此时，他本来被唐凤吟的无影神掌震得昏死过去，只因他在八人中武功最高，才不至于当即殒命。这时那人在唐凤吟的啸叫声中，先出琴音，再发咳嗽。高瑞升脑中忽然异常清明，想起这声咳嗽，与令他刻骨铭心的那声咳嗽，全是发自一人，便说出了一声："是你！"

唐凤吟对这一声咳嗽，何尝不是记忆犹新？当年他在郑家庄外手刃高瑞升，实有另外一个重大图谋，但因为听到这声咳嗽，知道自己的意图一时难于实现，只好知难而退。此时听到这声咳嗽，果然与当年的咳嗽声发自同样一人，也说了一声："是你！"

发出这声咳嗽的，正是万青云。当年他在辽国人劫夺巫山蛊的祸难中出走，后身陷冤狱十年之久。等祸难过后他再回巫山，巴英娜已不知去向。他找遍了中原，却没想到，巴英娜带着一双儿女逃到了大理。万念俱灰之下，他本想在万柳茶庄中终生退隐，但他不忍心看到巫山蛊湮没无闻，便潜入万蛇窟后洞之中，重建石碑，将炼蛊秘法刻于碑上。又悠游于江汉之间，与大学士苏东坡结识，将一套芈家拳留存于苏轼的《赤壁赋》《后赤壁赋》之中——尤其是其中的龙吟功，对于炼出绝仙蛊可说是至关重要。能够想到将绝世武功，隐藏在文人学士的传世名篇之中，这也是万青云颇为得意之处。做完这些，他在万柳茶庄中闭关，极少外出，但是，终究对巫山难以忘怀，便偶尔独自出游。恰在当晚郑家庄外，他看到高瑞升将陈氏送进郑家庄，也看到了唐凤吟从背后偷袭高瑞升。他当时并不认识唐凤吟，只是不忍看到高瑞升被杀死，他一声咳嗽之中，自然含有高深内力，当场震慑了唐凤吟，也救了高瑞升一命。至于打消了唐凤吟的另外一个图谋，这更是连他自己也没有想到。

万青云在琴音之后，发出一声咳嗽，那是他昔年练功时受了内伤，留下的毛病，以至于他要运用龙吟功之前，便先要咳嗽一声，将身体中的浊气咳出来。他见唐凤吟发出了吟啸，使得一众年轻子弟内力受损，陷入迷幻，便想使出龙吟功，将唐凤吟制住。但他一声咳嗽之后，唐凤吟惊异之下，停了啸声，龙吟功便隐忍不发。

巫山帮中原大理侍卫麻胡桃等几人，见高瑞升中了唐凤吟神掌后仍能说话，忙七手八脚地将高瑞升救起，送到了巴英娜、万青云、段瑶瑶三人身边。

万青云看到高瑞升，依稀记得当年他的模样。这时他示意高瑞升不要说话，伸出了手，贴在高瑞升后背。高瑞升立时感到一股强劲而又柔和的力道，涌入了督脉，直冲百会穴，抵达丹田。他一条命又救回来了。

唐凤吟既知段瑶瑶是老帮主巴英娜的孙女，刚才与他琴箫过招、又发出一声咳嗽的便是当年大名鼎鼎的万青云了。没想到此人尚在人世。唐凤吟对于当今中原武林的武当少林两大掌门人，浑不放在眼里。刚才巴英娜说："没有用的，云阳师太的这一套，全都错了。"这一句话牵涉唐凤吟极为忌讳的一件往事，唐凤吟不愿意巴英娜揭开这个话题，而刚才琴箫合奏之中，觉得这位万青云老前辈的功夫，正可以与自己相颉颃；又想起他当年咳嗽一声，也算坏了自己大事，此时正好跟他恶斗一番，既能避开巴英娜的那个话题，又能出一口当年的恶气。便道："姓万的老儿，你当年坏了我的好事，今日就跟你算算这笔账。你不出招，我可要出招了。"

便在这时，忽听一声鹤唳，只见白影一晃，那只白鹤忽地振翅高飞，一股疾风刮得身旁的人们脸上隐隐生疼。那白鹤直冲洞顶，忽然双翅一收，直冲下来，以头撞地，"噗"的一声，摔在陈鹤老和杜芸两人的尸身旁边，当即毙命。原来这只白鹤见主人双双身死，又不愿意对抢占了项水田身体的唐凤吟出手反击，只因它对于借体还魂这种事，实在无法理解。此时它竟然选择了以死殉主。众人看到白鹤殉主的惨烈一幕，不禁为这只白鹤对主人如此深情大为动容。

七八个人影又冲向唐凤吟，口中叫道："你这言而无信的恶魔，爷们跟你拼了！""为巴婆跟鹤老和白鹤报仇！"却是郏城派邹方等人及陈鹤老的雪堂四友中的癞头龟、软皮蛇等人。这些黄州武人得巴婆杜芸保护，免受魔教数十年的荼毒，又与陈鹤老一人一鹤交好，这时心下感念，便在呐喊声中，冲出来跟唐凤吟拼命。

唐凤吟只挥一挥手，邹方等人便被掀倒在地。唐凤吟对地上的数人看也不看一眼。

项水田再也忍耐不住，他的灵魂似一股轻烟，离开了绿衣女子，从高处直冲唐凤吟而去。到了唐凤吟身边，他知道那便是自己的身躯，只想钻进自己的身体里去。但与那个身躯一接触，他便被撞得四散开来，如同飘飞着的柳絮。他的灵体这么一飞而过，所有的人全无觉察，就连唐凤吟都没有感觉到身前这股轻烟的存在。项水田万分懊恼和气愤，只有那绿衣女子在高处冷冷地看着他。项水田的灵魂，只得轻飘飘地回到绿衣女子身边。

唐凤吟大步走到万青云面前，只想逼他动手。

段瑶瑶道："唐教主，我爷爷比你高了一个辈分，跟你过招，有人会说以大欺小。你现在又占据了巫山帮项帮主的身体，即使得胜，也不能算是你的真实功夫。你实在要跟我爷爷比试，我有一个主意在此，你二人只比招数，不必面对面真打，这样互不吃亏，也很公平，如何？"

唐凤吟道："只比招数，不用真打，这个打法……"只听万青云道："唐凤吟，你强占了我孙女婿的身体，这笔账我们稍后再算。你我之间要比武过招，也不用那么复杂，依老夫看，就比吟啸的功夫。你说话的声音还是没变，可见运气之法，还是出自你本人。这样比，最是简单。"这是万青云入洞以来首次说话。众人听他语音清亮，中气十足，丝毫不输壮年之人。

唐凤吟道："比就比！"作势又要出声。武当道长虚云摇头道："后辈弟子捂住耳朵吧！"

万唐二人的这一番吟啸比试，与琴箫拼斗又有不同。唐凤吟的啸叫，已不再是情思百结、柔媚万端，而改为尖厉刺耳，有如吹哨。万青云则是低沉浑厚，如狮虎低吼，如沉声闷雷。虚云道长心中猜度，唐凤吟的啸叫声不再掺杂情感，必是知道万青云老于世故，这一招对他并无用处，反倒不如集中精力，跟他比拼内力。他用尖厉的啸声，就像他向万青云刺出了一柄锋利的长矛。万青云始以低吼出招，如同在身前竖起了一道坚韧的盾牌，以逸待劳。两个声音曲折缠绕，在一瞬间就交过了十几招，唐凤吟招招争先，万青云全取守势。

虚云在中原武林与少林方丈微尘齐名。但刚才与唐凤吟比武不敌，他在情急之下，借用了项水田使出的九天拳中的"幽壑潜蛟"和"麋鹿乘风"两招，大收出其不意之效。但唐凤吟无影神掌实在太快，虚云被打得口吐鲜血、一败涂地。不过，在白鹤揭开唐凤吟面罩之后，暴露出唐凤吟强占项水田躯体的真相，虚云心中未免不以为然：因为唐凤吟的武功，通过项水田这样一个鲜龙活跳的少年人身上使出来，自然是大占便宜，比他真实的武功强了数倍。但这时旁观万唐二人以吟啸过招，却是二人真实内力的比拼，因为唐凤吟声音未变。虚云对于这类以内气发声的武功，钻研不深，但也明其理。又听了一会儿，只觉得唐凤吟声音越来越高，如高空中的云雀、又如铁笛一般的尖啸，真有穿云裂石、震耳欲聋之效。此时洞中大部分年轻武师只能将双耳牢牢捂住，虚云方知唐凤吟即使不占有项水田的身体，自己也不是他对手。

再看万青云老爷子的应对。见唐凤吟声音渐高，万老爷子终于显露出深厚的功力，只觉他气息悠长，如长江大河一般，绵绵不绝。辨其出音，则有如龙吟虎啸、浪拍雷鸣。渐渐地，万青云反击的力度越来越大，一阵一阵如风云激荡，怒海潮涌。蓦地唐凤吟连变数招，竟然由一种声音，变出了四五个声音，就像同时有四五个人出声与万青云比试一般。这等招数虚云、微尘等人只看得连连点头，大感佩服。

忽然，虚云看得又惊又喜，连声赞叹。原来，唐万二人的啸叫声中，竟然夹杂着拳招的比拼：唐凤吟声音的走向，便似向万青云使出了无影神掌的招数，而万青云的应对，却是应以九天拳中的绝招，那两招"幽壑潜蛟"和"麋鹿乘风"也赫然在列。虚云哪里知道，项水田从"鱼划子"那里学到的九天拳，其实是这位万老爷子的家传神技芈家拳。

这其中自然是项水田能尽知全豹。因为只有他最为清楚，万老爷子是九天拳的正宗传人，也是他将这门神奇武功，潜藏在苏东坡的《赤壁赋》《后赤壁赋》之中。此时，虽然万唐二人是在啸叫声中比试拳招，但项水田无身体的负担，又得万青云亲自传授九天拳，更与唐凤吟无影神掌直接交过手，他的旁观所得，比之微尘、虚云二人，又深了一层。

但是，唐万二人这番吟啸比拼，招数已是过千，仍是如同琴箫合奏一般，未分出胜败。而洞中有的低辈弟子，虽然用布条塞住了耳朵，时间一长，还是内力受损，已有十多人昏倒在地。

只听一个妇人的声音说道："二位不必再比了，老婆子还有话说。"说话的是巴英娜。她能在二人的吟啸声中吐音说话，声音清晰地传入二人耳中，内力自也不凡。

巴英娜说话分量不凡，万唐两人便停止啸声，各自调整内息。

巴英娜正要说话，忽听一个女子的祷告声，又清晰地传入众人耳中："神通广大的神女娘娘，至高无上的瑶光祖师：乞求您二位眷顾垂怜，乞求二位大神显灵，将那恶灵驱除，让恶灵受到应得惩罚，将巫山帮主的躯体解救出来，平安回到巫山帮。如果需要我替他受难，他所有的苦难我都愿意替他承担，如果需要我付出任何代价，甚至需要我付出生命，我都愿意，绝无反悔……"

这女子是巫山帮神女李青萍。

众人不免疑惑，刚才万唐二人比拼啸叫神功，只有虚云和微尘等少数几人能够抵受，其余众人都要以布条塞耳，为何这位巫

246

山帮的神女，却能这么从容不迫地向神灵祷告？她这番祷告应该在二人吟啸时就已发出，只是被啸叫声掩盖，而在二人停止吟啸之后，祷告声就显现出来。

项水田向李青萍看了过去，见她跪倒在陈杜二人一鹤的遗体旁边，面向洞壁，神态是那么恭敬，语音是那么虔诚。虽然洞内光线昏暗，但在她的身周，仿佛有一层圣洁的光芒，将她严严实实地罩住。她在全心全意、拼着性命不要地为自己祷告，这等深情怎不令人感动？项水田向绿衣女子看过去，心想这时只有她才有能耐保护李青萍不受吟啸声的侵害。绿衣女子向他眨了眨眼睛。

唐凤吟哈哈大笑，声音粗糙刺耳："女娃子求神拜佛有什么用？哪里有什么神女娘娘和瑶光祖师？你等还不如投入我五梅教门下，生生世世得本教主庇护！"他这番话亵渎神灵、自高自大、狂悖至极。巫山帮众人和一众武林人士对神灵都极为虔诚恭敬，听到唐凤吟这话，都发出一阵低吼。

只听李青萍道："恶魔休得猖狂！你已葬身蛇腹，恶灵出逃，逞恶几时？神目如电，天理昭彰，必受万劫不复的惩罚！"

唐凤吟刚要说出让李青萍交出绝仙蛊的话，只听段瑶瑶说道："唐教主，我这里有一块绿玉，上面刻了'武落钟离山，天龙吐仙丹。若得瑶光顾，飞焰照金山'这段话。这块玉是你儿子狂生从你在巫山帮总坛的居室屋顶找到的。这块绿玉出现之后，江湖上一直就不得安宁。小女子请教：这块玉是属于唐教主的吗？如果是的，那这句刻字又是什么意思？'若得瑶光顾，飞焰照金山'又是什么意思？"她说这句话时，摊开手掌，那块绿玉就在她掌心。

唐凤吟一见这块绿玉，立时如避瘟神一般，连声道："什么绿玉，本人从没见过。这一句话，不知所云，谁知道是什么意思？"

"那'巫山蛊，七孔箫，神女会天骄'呢，又是什么意思？"段瑶瑶问。

唐凤吟声音变高："那是说本人就是天骄，持了七孔箫，炼成金童玉女蛊，就能与神女相会了……"

忽听巴英娜大声斥道："唐凤吟，这块绿玉是不是你从云阳师太手上得到的？云阳师太还有《炼蛊秘要》这本书和一个练蛊的宝鼎，是不是都被你拿去了？你是不是云阳师太的弟子？"

巴英娜进来后说的第一句话，就是对唐凤吟说的："没有用的，云阳师太的这一套，全都错了。"众人看出，唐凤吟对云阳师太这个话题极为忌讳，他急忙跟万青云比武，将这事扯开。李青萍等人又想到刚进洞时，夷陵狂生和蜜桃仙蛛都主动向唐凤吟提到，那块绿玉被段瑶瑶夺去，没能夺回一事。但唐凤吟却故意回避绿玉这个话题，这与他对于炼蛊相关的物什都志在必得的态度，大相径庭。

唐凤吟似被巴英娜的问话抓到痛处，道："什么云阳师太？什么绿玉、宝鼎跟秘籍？本座都没有听说过。"

巴英娜道："是吗？你没有听说过，那你五梅教主当得好好的，为何要到巫山帮来？为何你知道如何炼绝命蛊、绝情蛊和绝仙蛊？为何你要金童玉女？为何你要灵芝软香？这些如果不是因为看了《炼蛊秘要》这本书，你又如何知道？还有，为何在你的住室发现这块绿玉？你五梅教又如何知道幽灵幻雾？这三件物什都是云阳师太所有，如果你不认识云阳师太，怎么会在你的居室找出?"

五梅教一众黑衣人听到这一连串的问话，都是面面相觑。蜜桃仙蛛更是满腹狐疑，因为那次在万柳茶庄施用幽灵幻雾，虽是由冯枭口授，但分明是由教主唐凤吟事先传授。蜜桃仙蛛这时连看一眼唐凤吟也是不敢。

巴英娜见唐凤吟不答她问话，续道："虽然你否认这件事，但你种种行径，已是不打自招。老婆子一见到你今日情形，便知你是云阳师太弟子无疑。你被巴蛇吞噬，灵魂无所着落，强占他人躯体，全是肇因于此。老婆子还是要告诉你这句话，就算你抢夺了绝仙蛊，也是没有用的。不如你向巫山帮归还秘籍和宝鼎，向神灵忏悔前罪，你的灵魂或许有救……"

唐凤吟听到这里，再也不能让巴英娜说下去。他一冲而起，向巴英娜扑了过来，口中说道："老婆子胡说八道些什么?"但他人还没到，一股疾风已将巴英娜全身罩住。

便在这时，一张瑶琴递了过来，挡住了唐凤吟排山倒海般的掌力。七弦发出铮的一声响，更有三根琴弦崩断。自然是万青云出手，化解了唐凤吟的致命一击。

二人待要出手再战，忽听内洞发出窸窸窣窣的响声，跟着有无数的蛇虫向外奔涌。众人不明白这是怎么回事，纷纷避开这些毒虫。但这些毒虫明显不受唐凤吟的控制，像是受到什么致命的威胁，惊恐地向洞外逃窜。

众人虽没看到内洞中出来什么物什，内心已感到了巨大的不安。

项水田向绿衣女子看过去，绿衣女子淡淡一笑："好戏上场了!"

猛然间一股狂飙般的冷风，带着浓烈的腥臊气味，从内洞中扑出，瞬间便将洞中的数支火把吹灭，洞内顿时漆黑一团。众人脸上都被这凉风刮得生疼。

唐凤吟、项水田、段瑶瑶和陈氏等人对这股气味甚是熟悉。

这是那条千年巴蛇的气味。但这时陈氏已经昏迷，项水田失去身体，能真切感受巴蛇气味的，只有唐凤吟和段瑶瑶两人。

唐凤吟满脸惊恐，感到大祸临头，欲向洞外逃，但被这腥膻的气味所慑，身子一动也不能动。

黑暗之中，众人眼前忽然出现了奇景：只见风中飞舞着无数黄色光点，比萤火虫要大，飞得更急，如金星乱舞一般。

李青萍见到这些如星星般闪亮的光点飞到眼前，又惊又喜，叫道："绝仙蛊！绝仙蛊！"

众人见到这等奇幻莫名的场景，全都进入了痴迷癫狂的状态，浑忘了那一条千年巴蛇，正睁圆双眼，张开血盆大口，一步一步向众人逼近。腥膻之气越来越浓，巴蛇巨大的身躯，在内洞中的蠕动，在光点映照下，已是清晰可闻。

但众人只是盯着眼前飞舞的光点出神，谁也没有迈步向洞外奔逃，因为就算逃，也是逃不掉的。人们已经看到了巴蛇的巨口，那些光点就是从它的口中飞出的。那巨口已近在咫尺，只要它一低头，就能一口吃下十多人……

项水田正不知所措，只听那绿衣女子将他一推，说了一声："时辰到了，去吧！"

项水田跟众人便感到一股飞沙走石般的飓风，瞬间便如飘絮一般被吹离了地面。随着那些飞舞的光点，一齐飞到洞外，直冲九霄云外去了。

这般腾云驾雾的感觉，只持续了一瞬间，众人刚刚感到耳旁生风、睁不开眼，便稳稳落在了地面。

　　数百人从万蛇窟的内洞中，被这股怪风吹到洞外，竟然还保住了性命，这事实在匪夷所思。众人不敢相信自己经历了这样的奇事，互相打量，宛然身在梦中。

　　巫山帮自李青萍到副帮主樊铁柱，还有受伤的高瑞升，直到普通的帮众数百人，固然一个也不少，巴英娜、万青云、段瑶瑶还有项水田的母亲陈氏也是平安落地。

　　少林微尘、武当虚云，还有黄州邹方及庐山东林寺枕尘、九宫山史达、五祖寺苦乔，除了已经逝去的九华山掌门管柏英，也是一个不少。

　　就连那大魔头、占据了项水田身躯的唐凤吟，也戴着面罩落下地来，他属下五梅教的数十名黑衣人，包括蜜桃仙蛛，也好端端地从蛇口逃生。

　　高瑞升想起，这七人跟自己在洞中以八对一出战唐凤吟，被唐凤吟一招排山倒海的无影神掌击倒，只有自己一人身受重伤，跟众人一道被那阵怪风吹到了这里。陈鹤老和杜芸二人一鹤，都已在洞中殒命，狂生和风花雪月四女，只怕凶多吉少。

　　此时正近黄昏，夕阳在山。

　　众人看到眼前的山林，认定这必是巫山帮总坛灵鸠峰的后山，但立时便觉得不对。灵鸠峰周围是高山峡谷地貌，但此处只是一座数十丈高的山峰，四周地势开阔。

　　太阳落山的正前方不远处的山顶，有一座数十丈高的宝塔。巫山总坛虽然名叫灵鸠峰，但群山之中并无一塔。再看那塔的周围，寺院殿宇鳞次栉比，房舍俨然，显是一个寺庙的所在。

少林方丈微尘、庐山东林寺枕尘等佛门僧侣一见之下，便认出那寺庙便是天下四大名寺之一的江南镇江金山寺。但金山寺跟巫山相距数千里之遥。

众人刚从巫山总坛万蛇窟出来，怎么可能就到了镇江的金山寺？

正在狐疑之间，忽听一声大喝："唐凤吟，你知罪吗？"跟着只听"啊"的一声，有人跌倒在地。

循声看去，林边有数排一人多高的石塔，隐在竹林之中，知是寺中高僧的墓塔。众人围上前去看时，只见跌倒在地的，正是大魔头唐凤吟。更奇的是，刚才对唐凤吟大喝一声的，竟然是魔教女子蜜桃仙蛛。

唐凤吟跌倒的地面，正对着一座墓塔，墓碑上刻着"智镜大和尚之墓"几个大字，已是年深月久，字迹暗淡。蜜桃仙蛛倚靠在墓碑上，面色狰狞、眼神迷离，又大叫道："唐凤吟，你知罪吗？"

唐凤吟匍匐在地，瑟瑟发抖。

蜜桃仙蛛大声道："你这小贼，你这臭贼，当年你一十五岁，在雪地上冻僵了，老身将你救回金山的朝阳洞中，收你为徒，把你当孙子一般抚养，将一身本事尽数传给了你。你箫吟、狐吠、鸟音、洪拳四大神技足以傲视当世，你却恩将仇报，害死老身。你这遭天打雷霹的恶贼，终于有了今天……"

蜜桃仙蛛口鼻扭曲，脸上极度愤恨，她说出这番话的身份，尤其是她说话的声音，完全是一位老妇。

蜜桃仙蛛续道："老身以炼蛊为旁门左道，炼之无益，必有无穷后患，没将炼蛊之法传你，又不忍将《炼蛊秘要》、绿玉和宝鼎三件物事毁去，谁知你贪心不足，以为是老身有所保留，故意不将这门毒功传给你，竟然心生恶念，趁老身生病卧床之机，暗夜中在老身汤药中下毒，令老身七窍流血而死。为掩人耳目，你当夜将老身尸首，放入这智镜和尚的墓塔之中，窃取秘籍、绿玉、宝鼎三件物什，深夜下山，投入五梅教中。后又篡夺教主之位，强占巫山帮，偷炼巫山蛊。你这个畜生孽种，以为人不知鬼不觉，今日便是你遭受报应之日……"

听到蜜桃仙蛛这番斥责，连魔教的黑衣人也终于知道了唐凤吟的老底。此前，就算是魔教中的坛主长老，也无人知晓唐凤吟的师尊门派，他武功博杂、兼收众长，还以为他是天纵聪明、有独到之秘。却没想到他武学得自这位老妇人，属于正宗的洪拳一门。更没想到，他的这位师尊对他有救命之恩，他却恩将仇报，毒死了师父。当年巫山帮之所以犯下种种恶行，实为此人种下祸根。

为何老妇人借蜜桃仙蛛的声音说话？

有人想到，这老妇人被唐凤吟害死之后，阴魂不散，借用了蜜桃仙蛛的躯体——唐凤吟恶灵能强占项水田的身体，那这位老妇的冤魂，也能占据蜜桃仙蛛的身体，为的是将唐凤吟的恶行，当众揭示出来。

巴英娜大声问道："您是云阳师太吗？大师安好？"

蜜桃仙蛛"嗯"了一声，眼睛并不看向巴英娜，道："你是谁？"巴英娜答道："我名叫巴英娜，在巫山帮中见过你，那时我还是一个小姑娘。"蜜桃仙蛛道："嗯，你后来做了巫山帮帮主……"忽地扭头对着唐凤吟，粗声斥道，"臭贼，你个小畜生，你窃走了秘籍、绿玉、宝鼎三件物什，以为真的能炼成巫山蛊吗？"

李青萍、段瑶瑶等人方知，原来唐凤吟炼巫山蛊的法门，全部是因害死师尊而得了这三件宝物。这自然是他极为忌讳之事，所以在万蛇窟中，无论是狂生还是段瑶瑶，只要提到那块绿玉，唐凤吟便故作不知、转移众人视线。

唐凤吟伏在地上，只是发抖。众人全没想到，在万蛇窟中，此人还口出狂言，连巫山的神灵都不放在眼里，此时竟然连狡辩一句，也是不敢。

蜜桃仙蛛仍是以老妇的嗓音高声怒骂，什么"臭贼、贱种、小畜生、孽徒"，有些市井的话语已十分恶毒，段瑶瑶、李青萍这样的女孩子甚至要想一想，才明白是什么意思。

有人想到，唐凤吟都这么一把年纪了，她还骂他是小贼，不免有点滑稽。众人想到，这老妇被唐凤吟恩将仇报而害死，此时将心中的愤恨宣之于口，也算出了一口恶气，虽然出语恶俗了一些，也可以理解。

忽听唐凤吟愤愤地道："说什么报应，你自己就没有报应吗？你这老乞婆，算你救了弟子性命，传了我武功，可是，自我进洞之后，你哪一天不是对我殴打折辱？我除了脸上手上，身上有一片好肉吗？只要一点功夫没有练到位，你就用香火烫、用皮鞭抽。我便是逃出去，又被你抓回来。你骂我是畜生，是白眼狼，是负心汉！你把对男人的仇恨，全都发泄到我的头上，你向我身上泼粪，将我丢进茅坑，你让我求生不得求死不能。我趁你病倒才能下药，才能下山，逃得性命，这不是你自作自受、不是你的报应，又是什么？"

众人听到唐凤吟说出这段话，忽然对他生出了同情。

武林之中师徒相传，对门户看得极重，一些武林高手课徒甚严，动辄施以拳脚棍棒，也司空见惯，但从没听说达到这种地步。从唐凤吟这番话中，似乎听出这老妇不仅对唐凤吟多有虐待，还将他当成负心的男人加以折辱。想必她盛年之时，被男人伤害至深。

有人想到，难怪唐凤吟要魔教中人对他喊口号溜须拍马，原来是他曾受过师父那么多的污辱责骂。

项水田也想起，上一次在巫山帮后山，他和段瑶瑶、高瑞升合力拼斗唐凤吟，仍是不敌，最后他几近无赖，向唐凤吟身上扔出污秽之物，只因唐凤吟生性爱洁，才摆脱困境，当时以为他自小养成洁净的习惯，原来是被他师父泼粪、丢茅坑，留下了心理阴影，这才一天要洗三次头、换几次干净的衣裳。

有人更想到，唐凤吟强抢杜芸为妻，将巫山帮中神女陈氏污辱而生子，何尝不是与他这位师父的虐待有关？

但更多人却觉得唐凤吟作恶多端、恶贯满盈，终究是因天性残忍凶恶、不辨是非，才在罪恶的深渊中越陷越深。

却听那老妇道：“臭贼，不施以棍棒，你这孽子怎么能练成绝世武功？你们男人，有一个是好东西吗？就算我对你严加管教，你还是这般蛇蝎心肠、恩将仇报。你夺占魔教教主之位，强抢女子为妻，强暴巫山帮中神女，这些都是为师我教的吗？”

唐凤吟不做一声。

那老妇的声音又道：“臭贼，你以为得到宝物，依法修习，便能炼成巫山蛊。却没想到，这恰是你引火烧身、自取灭亡。那千年巴蛇，不是因为灵芝软香而吞食你，实因你依那本秘籍炼蛊，就变成了千年巴蛇的药引。否则，为何它只吞吃你一人？哈哈哈哈，你恶灵逃出蛇口，在那万蛇窟中游荡，装神弄鬼，召唤旧部，最后占住了巫山帮这个年轻娃子的身体，你自以为得计，又可以掩人耳目，继续作恶。哪里知道，这又是你的一个报应，哈哈哈哈……"

唐凤吟喃喃地道："那一天正巧这姓项的娃子到了万蛇窟边，他忽然昏昏沉沉的，像白日做梦一样，弟子的灵魂，便乘机进入了他体内……"

"哈哈哈哈，"那老妇发出刺耳的笑声，"什么姓项的娃子？他就是你的亲儿子，你借体还魂到你亲儿子的身上，这也是上苍给你的报应，哈哈哈哈！"那老妇苍老嘶哑的笑声，从蜜桃仙蛛那年轻的喉咙里发出，显得十分诡异难听。

唐凤吟匍匐着的身体，抖得更厉害："不是的，那个夷陵狂生，才是弟子的儿子……啊，啊，弟子不能待在这阳光明亮的地方，弟子身上难受至极，就像在油锅里一样。弟子要回到朝阳洞里去……"

项水田也被那股大风吹出万蛇窟，但他知这必是那绿衣女子说了一句"时辰到了，去吧"之后，他才随着众人到了这个陌生之处。他从没来过金山，也不知金山寺是天下四大名寺之一，更不知金山的后山中有朝阳洞。

这时，他和那绿衣女子飘在竹林高处，看到那塔寺水天相接，也知此地跟巫山总坛相距甚远。他先前听到那老妇借蜜桃仙蛛之口，揭穿唐凤吟的丑恶面目，也算十分痛快。他一心只想将唐凤吟的恶灵驱离自己的身体，他的灵魂也好回到身体中去。

此时忽然听到那老妇说出，姓项的娃子是唐凤吟的亲儿子，简直不相信自己的耳朵："不会的，不会的，这个老婆婆搞错了，我怎么会是唐凤吟的儿子？狂生才是他的儿子。我是巫山神女的儿子……"他用乞求的眼神，望着绿衣女子。这时却看到，绿衣女子听到那老妇的这句话，也露出了惊讶的神色。

只见陈氏用手分开众人，挤上前去，大声说道："不是的，项水田不是他的亲儿子，豆官才是他的亲儿子!"她说的豆官，是夷陵狂生乳名。

"哈哈哈哈，老身使了手段，将在摇窝里的两个小娃娃调了包。两人身上的印记，也是一模一样。此事老妇做得神不知鬼不觉，就是要唐凤吟这个恶贼，受到最大的报应，让他亲自将自己的儿子整得死去活来，还借他儿子的身体还魂。否则，哪里解得了老身的心头之恨？哈哈哈哈……"

"不不不……"唐凤吟发出痛苦的号叫。

"恶贼呀，你造了多大的孽呀!"陈氏又哭得昏了过去。

这其中最难受的，还是项水田。

他一万个不相信，自己会是唐凤吟的儿子。但那老妇言之凿凿，说得活灵活现，不由得他不相信。这时只听绿衣女子喃喃地道："难道，这老婆子将神女和我都骗了？"

那老妇续道："唐凤吟，你在郑家庄没有找到宝鼎是不是？也是为师略施小技，使了李代桃僵之计，让你白白杀了郑氏夫妇，还是没有得到宝鼎……"

唐凤吟听了这话，惨叫声越来越高，身子在地上打滚，口中不停号叫："啊！啊！啊！我像在油锅里，像在火堆里……"

众人听到唐凤吟的惨叫声，也知他此时痛不欲生。却听那老妇大笑声中透出无限的满足："哈哈哈哈，小贼，你的时辰到了，老身就等这一刻。快去吧，到金山顶上去，面向大江。这就是你的报应，这是你最后要去的地方……"

少林方丈微尘、庐山东林寺枕尘等人早知这里正是镇江的金山。但巫山帮普通帮众，尤其来自大理的众人，并未来过江南，听到那老妇说到金山，此时才明白，这里是长江下游天下四大名寺之一的金山寺。

看来，众人被那阵大风吹出，就在一瞬间，被吹到了数千里之外。

那老妇说到唐凤吟时辰已到，要他去到金山顶去。这话似有巨大魔力，大伙不约而同，纷纷起身，往山顶走去。

不知不觉，太阳已经落山，天已全黑，天边已升起了一弯月牙。

那蜜桃仙蛛在说完老妇的话后，昏倒在地。忽又从地上爬起来，如从梦中惊醒，用自身的声音说道："我刚才是怎么了？是在做梦吗？"众人心想，看来那老妇的魂魄已经离她而去了。

唐凤吟听到他师父离去，也止住号叫，在众人裹挟之下，向山顶奔去。

就在这时，山顶那边的江面，传出巨大的水声，似乎有巨物自水中而来。同时，山顶那一边的江面，透出一片淡红色的霞光，映红了半边天。山上的一人群乌鸦，也惊飞起来，黑压压的一片，往后山飞去。

众人不知会看到何种奇景，加快脚步，向山顶奔去。

第十章　西江月

词曰：

> 秋夜澄江飞焰，烟霞芳树流光，鸦惊乌唤度禅窗，遥望
> 星空云荡。
>
> 好梦自难圆满，良辰远在苍黄，巫山子弟漫疏狂，唯见
> 水天重浪。

众人登上山顶，恍惚之间，已近二更。一钩残月之下，只见
江面一条巨蟒自西向东，游向金山脚下，巨蟒游动时犁开江中的
水花，发出哗哗的水声。更奇的是，巨蟒通体发出淡红色光芒。
众人见到这种奇景，都惊呆了，说不出话来。

唐凤吟看到那巨蟒，又惊恐地号叫起来："千年巴蛇！千年
巴蛇！"众人没有想到，万蛇窟中的那条千年巴蛇，这一刻竟然
来到了此处的江面，但不知它为何全身赤红，也不知唐凤吟为何
如此惊恐。众人被那巴蛇的怪风从洞中吹到这金山下，现在又被
这全身赤红的巨蟒震慑住了，站在山顶，呆若木鸡。

众目睽睽之下，那条巨蟒忽然停止了游动，蛇尾蛇身沉入水中，只露出赤红的头部，举头向天，张开了巨口。

只听呼啦啦一声大响，从那巨蟒的口中，吐出了无数红黄色的光点，形成了一条需十几人合抱的大树般粗的光柱，向夜空中飞去，直冲云霄。

那飞动的光焰，将金山寺的宝塔和庙宇照得透亮。金山顶上的树丛中又惊醒了一些鸟雀，扑腾着翅膀，飞往后山。

数百人如木雕一般立在山顶，无一人说话，都静静地看着眼前的奇景。

这一奇景发生在与金山寺近在咫尺的江面，寺中必有僧人打坐或者诵经，但无人喧哗或者惊叫，寺庙沉浸在静谧肃穆的气氛中。

突然，唐凤吟发出一声惨叫，只见他的身子从地上飘起，飞向那光柱，忽又返回，啪的一声，掉在山顶地上。

那惨叫声却由近而远，飞向那光柱而去，最后随着光柱飞上夜空，再也听不到了。

那大蟒对夜空喷出光柱，只持续了片刻，似乎将体内的光点全部吐尽，连头顶也不见赤红，便将巨口闭上，蛇头潜入江中，水花一动，再也不见踪影。夜空中的光焰，如同燃尽的烟花，全部消散。

江面风平浪静，月色黯淡。

众人呆立当地，一动不动。良久良久，无一人说话。

忽见地上项水田的身体，轻轻动了几下，从地上爬起，站了起来，大声说道："我回来了，我回来了！"众人听到，说出这话的，正是项水田的声音。

这样看来，唐凤吟的恶灵，已被那巴蛇吐出的光柱吸去，这便是那云阳师太所说的报应吧！

"儿啊，你回来了，太好了，太好了！"陈氏走过来，一把抓住了项水田的手，怎么也不肯松开。

段瑶瑶、李青萍两人走上前来，温言问候项水田。

巫山帮众也围上来说："帮主回来了！"一众武林同道也来跟他道贺。

巴英娜问起，项水田是如何被唐凤吟的恶灵占据了身体？项水田说，那天他被狂生指为叛徒，离开总坛后，腹内蛊药发作，迷迷糊糊就到了万蛇窟边，突然睡去，就像做梦一样。可能就在这时，被唐凤吟的灵魂占去了身体。但自己做梦之后，身体飘荡在万蛇窟中内洞的上空，唐凤吟跟大伙在洞中的一举一动，以及瞬间被怪风吹到了这里，这些都已亲历。刚才唐凤吟的灵魂被那巴蛇的光柱吸去，自己便回到了躺在地上的躯体之中。

项水田心想，自己灵魂能回到身体中，定与那绿衣女子有关。梦到神女，以及跟绿衣仙女在一起的事，实在太过离奇，也就避过不提。

段瑶瑶听了项水田被误解为叛徒，大声道："巫山帮各位帮众，项帮主在大理饭馆中，跟那金国四太子说了几句话。当时不知他是金国四太子，他及时赶回帮中驱敌，自然不是叛徒了！我和爷爷奶奶都是见证。"巫山帮副帮主樊铁柱等人连声称是。

少林、武当掌门以及黄州等六个中原门派的武林同道，都跟项水田交好，这时见项水田既得回了自己的躯体，又洗脱了叛徒的污名，都替他高兴。

项水田牵了陈氏的手，道："母亲，刚才那云阳师太借了魔教女子的口，说孩儿是那唐……唐凤吟的儿子，说是小时候跟豆官哥调了包，是真的吗？"陈氏哭道："哪有这事！为娘的一刻都没有离开你，怎么可能被人调了包？天哪……"陈氏急得边哭边顿脚，段瑶瑶、李青萍忙将她劝住。

项水田道："巫山帮众位前辈和兄弟，各位武林同道，虽然小子叛帮的事，已经说清了，但被那姓唐的占据身体才得复原，小子的身世又出了变故，如果真是那唐……那姓唐的儿子，实不宜再当巫山帮主……"樊铁柱道："帮主说哪里话来？当初是那狂生血口喷人，帮主自己避嫌，才辞任帮主。现在段郡主和老帮主、万老爷子都还了你清白，你又平安归来，自然应当恢复帮主之位。"

项水田对巴英娜说道："奶奶帮我说句话。"巴英娜道："老身是隔了几代的老帮主，按巫山帮帮规，前任帮主离开本帮一年以上，再回本帮，也要听从现任帮主的号令。现在老身回到巫山帮，诚心尊崇项帮主号令！巫山帮主只要帮众拥戴，向来不问出身来历。"

只听巫山帮副帮主樊铁柱大声道："项帮主为本帮立下大功，就算是唐教主之子，我等仍然愿意尊为帮主！"巫山帮众一同跪地，大声附和。

项水田道："各位快快请起。小的真的不是帮主这块料。关于小人的身世，还要找夷陵狂生，再加核查……"但现场不见狂生的身影。

"我的儿啊……我的命怎么这么苦啊？我上辈子造了孽呀……"陈氏见不到狂生，以为他被唐凤吟打死在洞中，又痛哭起来。段瑶瑶与风花雪月四女虽为主仆，却亲如骨肉，也陪着陈氏流下眼泪。李青萍拉住陈氏和段瑶瑶的手，轻声劝慰。

经历一场奇幻的历程，大魔头唐凤吟的恶灵，以这种方式被驱除，项水田也算元神归体。众人对逝者固然是哀其不幸，但对自己能活下来，也是暗暗庆幸。

大伙正要互相道别，各奔前程。

只听李青萍说道："恭喜帮主，那块绿玉上的四句传言，今日得神灵相助，已经破解了！"众人听她说出这句话，一时摸不着头绪。

项水田道："你快说说，怎么破解了那四句话。"

李青萍道："那段话是'武落钟离山，天龙吐仙丹。若得瑶光顾，飞焰照金山'。前面是说武落钟离山是巫山帮祖庭，千年巴蛇能吐出蛊药仙丹；后面是说，若是得到瑶光女神的帮助，千年巴蛇就能在这金山水面，吐出蛊药仙丹，将天空照亮！"

众人听她这么一说，还有些将信将疑，不免问她如何得知实情如此。李青萍道："瑶光女神是占卜一门的祖师，小女子平日里常向这位女神祷告乞求，今日虽未见祖师现身，但亲历了巴蛇飞焰照金山的奇景，相信是祖师显灵，应验了那个传言。"

樊铁柱道："巫山蛊是本帮至宝，那千年巴蛇却在这里白白吐在天空，那不是可惜了……"

李青萍道："小女子理解，蛊药虽是本帮至宝，但也是具有灵性的神物。所以，巴蛇选了此处灵秀之地，将神物交还上苍。本帮只有诚心修炼，才可以从巴蛇口中得到少量的绝仙蛊，而且必当恭敬供奉，不可滥用。"只听巴英娜赞道："这位神女姑娘的话，大有道理！"巴英娜以老帮主的身份，说出这句话，樊铁柱等巫山帮众这才深信不疑。

项水田想到，自从狂生在唐凤吟居室中找到这块绿玉，这四句话便在武林中传开。人们有种种猜测，有人甚至以为会有一座金山，更引得众人去往巫山帮祖庭武落钟离山，自己也去了一趟，经历一场风险。现在，李青萍解开了绿玉上四句话的谜底。他向人群中望去，想要找那绿衣女子获取答案，却见那绿衣女子混在对面的人群之中，对他颔首示意，面带微笑。

项水田知道眼前这一切，必定是在绿衣女子的掌控之中。联想到李青萍所说的话，他心中似乎明白了这些事的答案，却有些似懂非懂。这时想要找这绿衣女子问个究竟，但绿衣女子向他眨了眨眼睛，一转身就不见了。

项水田道："大伙在这里拜谢天神！"巫山帮众人全都跪倒，对空磕头。其余武林人士，连魔教的黑衣人，都生敬畏之心，一同跪下磕头，虔诚祷告。

因夜色已深，去金山寺叨扰不便，大伙都是武林中人，就在金山顶上和衣而卧。

魔教众人跟金山寺不相来往，又怕正教的人找他们算账，有些人对项水田以血解毒心怀感恩，但也不便告别，连夜带着伤病人员离去。

项水田睡到半夜，又做了一个梦。梦中他又来到了神女峰顶，见到了神女瑶姬和那绿衣女子。

神女指着绿衣女子对他说道："孩子，现在可以告诉你了，这位就是瑶光仙子，她在北斗七星中居末，掌管人间攻战杀伐和祸福运气。现在，她已在金山从巴蛇那里，收回了巫山蛊，一时不用再下凡间了。"项水田道："为何要收回巫山蛊？"神女道："这件宝物是人间剧毒，又具灵性，如不加节制，便有如瘟疫一般。所以上天应当收回，只留下少许给巫山帮，你等还要善加保管。收回蛊药是瑶光仙长的分内之事。"

项水田看了绿衣女子一眼，心想，看来李青萍说那绿玉上的四句话的解释是对的，传言真是破解了。没想到这个长得跟枣花一个样子的绿衣女子，原来是位名叫瑶光的仙子。

忽然，那绿衣仙女变成了一个中年妇人，哈哈笑道："本仙跟你的妈妈不一样，成仙之前，是生过孩子的。不过，要是这个样子出现在你面前，一定不讨你小伙子喜欢，没准还以为我是你妈。所以，一直借了你心上人枣花的模样。"

项水田心道："原来如此，怪不得你模样跟枣花一样，性子却跟她完全不同。"

神女对瑶光啐了一口，道："你这人就没个正经，正事没办好，还借了这个漂亮脸蛋，骗得我的孩儿团团转……"瑶光笑道："哪里没正经了？我又没有泄露天机，这不是将你的宝贝儿子，送到你的面前来了！"

项水田急道："那云阳师太说，她将我跟狂生调了包，我是唐……唐教主跟我妈生的孩子，不是……"

瑶光哈哈一笑，道："当时听云阳这么说，我也吃了一惊，以为你是真的给调了包。后来找了生死簿一查，并无这事。原来是那云阳的阴魂实在太恨唐风吟，就编出了这件事，为的是说他的恶业大，报应在他儿子身上。她求我让唐风吟受到恶报，我告诉她唐风吟的恶灵会在金山被收去地狱，她一直等在这里。她却编派出了你是唐风吟的儿子这段话，可能是为了在精神上击垮唐风吟吧。哼哼，就算她不说这话，唐风吟的结局，也是不会改变的。"

项水田听瑶光说他不是唐凤吟的儿子，心下稍安。又对瑶光道："请教仙长：一个人的命运，在他一出生的时候，就定好了吗？如果是这样，那世人苦苦劳碌，又是为何？"瑶光道："生而为人，本就是上天的恩赐。生而有命，命由天定，原本不错。不过，天地万物，运而有序。如果一个人，谨行善念，多行好事，必得天佑，即使生来命苦，必能逢凶化吉，遇难呈祥。如果像唐凤吟这般妄自尊大，恶贯满盈，就算生来命好，也逃不了遭天谴下地狱的命运。"

神女道："瑶光仙长说得对。为娘的违反天规……生下了你，这也是命数使然，现在这里受罚，为娘的并不后悔……之所以将你送给陈氏养育，一来她与你父亲已有婚约，二来为娘的是让你跟她结缘，负起对她的赡养之责。再说了，自来皇宫内院、富贵之家多出纨绔子弟，而贫穷之家经历磨砺多成俊秀。加之巫山蛊药神奇，巴人对女性的敬重关爱，因了这些原因，我让你在巫山长大。本来想让你做一个农夫，平平安安过一辈子，没想到阴错阳差，是祸躲不过，让你吃了这么多的苦头。我跟瑶光仙子交好，她不会违反天规，将你的命运事先吐露给我，也不会徇私情改变你的命运。眼下金人侵宋，来日必有大难，天下很不太平……刚才她已经说了，只要你多行善事，必有福报，你就不必再有什么疑虑了……为娘的不会去打扰你的人生。你也不必向任何人透露你是神仙之子，不然，会给你带来无穷烦恼……"

项水田听了这话，只觉得造化弄人、命运之奇，原本有太多的疑问要问母亲，一时又不知从何说起，忽地转头对瑶光道："小子还有一事请教仙长：既然绿玉上的四句传言已经解开，那'巫山蛊，七孔箫，神女会天骄'这句话，又是什么意思？"瑶光道："‘七孔箫’是‘七孔啸’之误，这三字你和段瑶瑶已经解开了。‘神女会天骄’这句，唐凤吟把自己说成了天骄，这就全错了。天骄是指的蛊中极品——绝仙蛊。而‘神女会天骄’，就是说巫山帮的绝仙蛊，必得由帮中神女掌管。就是这个意思了。"

项水田听了这话，总算揭开了心中的谜团。

神女道："这些巫山蛊的秘密，你要牢记心中，不要跟外人吐露。好了，咱们就此别过……"说着和瑶光对他挥一挥手，就隐身不见了。

项水田心中已确信神女是自己的生身母亲，真想跟她多亲近些时光。见她说走就走，项水田急得大叫："母亲，母亲!"

忽听身边有人说道："孩子，我在这儿!"睁眼一看，是陈氏坐在身边，正满脸关切地看着他。此时天已破晓，项水田从梦中醒来，见他养母陈氏，还有巴英娜、万青云及段瑶瑶、李青萍等人，都在附近和衣而睡。

项水田回思梦境，心中默然。

微尘、虚云等人均已早起，在林中练功打坐。项水田跟他母亲陪谈过后，微尘等人便跟他商议，去金山寺拜寺，项水田自是愿意同行。约莫卯时，晨曦初升，微尘、虚云等中原武林人士，以及项水田带领的巫山帮数百帮众，还有巴英娜、万青云、段瑶瑶等，全都来到金山寺参访。

镇江金山寺佛法昌盛，规模宏阔，与浙江普陀寺、山西文殊寺、扬州大明寺齐名，合称天下四大名寺。与众多寺庙坐北朝南不同，金山寺庙门向西，依山面江，颇为独特。寺中方丈澄空禅师与少林、武当这些名门大派的掌门人虽不相识，却也闻名。见面后即高宣佛号，一片热忱。

巫山帮虽不是丛林道场，但蛊药天下闻名，澄空方丈见帮主项水田是个年轻人，也不以为意，以诚相待，他亲引众人瞻仰了天王殿、大雄宝殿、观音阁、藏经楼、慈寿塔、法海洞、妙高台等胜境，又请微尘、虚云、项水田及万青云等人，到方丈室奉茶。

说话之间，大家自然谈到了此番从巫山到镇江的瞬间飘移，以及昨夜看到的奇景。虽然对当时的情景心生敬畏，仍不免好奇心起，有人问道，寺中是否有僧人看到昨夜的奇景。

只见澄空方丈面色平静，从一个木箱里拿出一幅行书字画，在桌前徐徐展开。

众人之中，只有万青云满腹诗书，他见那幅字后，脸上又惊又喜。

那是一首苏东坡的诗，写于宋神宗熙宁四年（1071 年），也就是他贬谪黄州的前八年：

游金山寺

我家江水初发源，宦游直送江入海。
闻道潮头一丈高，天寒尚有沙痕在。
中泠南畔石盘陀，古来出没随涛波。
试登绝顶望乡国，江南江北青山多。
羁愁畏晚寻归楫，山僧苦留看落日。
微风万顷靴文细，断霞半空鱼尾赤。
是时江月初生魄，二更月落天深黑。
江心似有炬火明，飞焰照山栖鸟惊。
怅然归卧心莫识，非鬼非人竟何物？

江山如此不归山，江神见怪惊我顽。

我谢江神岂得已，有田不归如江水。

万青云叹道："没想到苏东坡在距今六十年前，就在金山寺看到了'飞焰照金山'的奇景，并留下此诗为证。"澄空双手合十道："正是。当年苏大学士与本寺方丈圆通禅师交好，受邀留宿本寺，深夜登上金山顶上观景，正好见识了飞焰照山的奇景。他留下《游金山寺》的诗作，手书给圆通方丈。圆通方丈对于东坡先生的这幅墨宝十分珍视，妥为珍藏。所以这幅字一直就收藏在本寺的方丈室中。"

项水田读书不多，对书法所知更少，认不全那幅龙飞凤舞的书法，问道："爷爷，苏大学士这首诗中，是怎么写他看到飞焰奇景的?"万青云指着字画的中间几行，道："你看这几句：'是时江月初生魄，二更月落天深黑。江心似有炬火明，飞焰照山栖鸟惊。怅然归卧心莫识，非鬼非人竟何物?'他所看到的，与我等昨夜所见，有何两样?只不过，他不知所见为何物罢了。"

听了万老爷子的解释后，项水田知道苏大学士这首诗，进一步印证了"飞焰照金山"这句话就是对应在这里。心中想到，如果能事先熟知东坡先生的这首诗，或许能破解那四句传言的秘密。不过，人人都想着巫山祖庭，谁又能想到，金山偏是指在千里之外的镇江金山?而巴蛇前后两次在这里吐蛊，时间相隔了近六十年，可见，破解这四字传言，确实不容易。

又想到，那位苏大学士的人生经历，竟然跟本帮大有联系。不仅在两赋中隐藏了本帮的武功，还在六十年前见证了神奇的天龙吐仙丹。他是个有大学问的人，又是个跟武林毫不相干的朝廷命官，却偏偏跟本帮这么有缘。可见，他也是被上天选中的有道之士。以后要多去拜祭这位苏大学士的灵位。

只听澄空道："莫非你等已知晓江火为何物？"万青云与微尘、虚云等人对望一眼，虚云连连摇头。

万青云当即会意，澄空在金山寺专心佛法，并非武林中人，说出是破解了那绿玉上的四句传言，他自当听天书一般，一两句话也说不清。其实虚云摇头反而是赞同的意思，只不过万青云不知武林中"虚云摇头，微尘点头"这个说法，正要找一句话来回复澄空，只听微尘道："禅师看来，那江中火炬又是何物？"

澄空微笑道："阿弥陀佛，此话大有禅机。佛说地火水风，成之为色，坏之为空，空即是色，色即是空。火中有水，水中有火，见怪不怪，其怪自败……"微尘合十道："阿弥陀佛，善哉善哉！"

项水田对澄空方丈的话不大懂。他又悄声问万青云："当年苏大学士没有跟爷爷提起见过飞焰照金山吗？"万青云道："苏大学士当时应该没有见到巴蛇，而只看到了飞焰。所以写诗记述此事。他既不知飞焰为何物，又事隔八年，自然没有跟我提起这件事了。"澄空听说这位须发斑白的老者，跟苏东坡有过交往，当即对他大为钦敬。

在金山寺用过斋饭后，项水田悄声向澄空说了唐凤吟与云阳师太的纠葛，请求澄空允准，从后山智镜禅师的墓塔中移出云阳师太的遗体，另行安葬，并做法事超度灵魂。澄空自然许可。项水田带了巫山帮十多人，由澄空亲自作陪，来到智镜墓塔，拆开砖石，果然便见一具女性骨架。澄空另选了一处吉地安葬，又修复智镜墓塔。做完两处法事，已是午后时分。

项水田跪在云阳师太墓前，虔诚祈祷，默默求恳，请求相告是否真的将狂生和自己调包。但未得到任何答复，显是云阳的灵魂已远遁而去了。

各路人士谢过澄空方丈之后，与他和一众僧人挥手道别。

巫山帮雇了几艘大船，给数百帮众和中原武林人士一并乘坐，溯江而上，在庐山、九华、黄州等地同武林同道道别。这些人都是为了抗击金人和对抗魔教而义无反顾地前来巫山帮救援，而飞鹤传书的陈鹤老和他的爱侣杜芸，竟被唐凤吟害死。巫山帮自项水田至坛主长老，都到船头与这些同道依依惜别。九华山道长管柏英被魔教坛主罗霄杀害，项水田对九华山几名弟子表示，回到巫山总坛后，一定护送道长灵柩，到九华山安葬。

船停黄州江边码头时，郏城派掌门邹方执意邀请项水田等人上岸盘桓，以尽地主之谊。项水田在这里由"鱼划子"传授了隐藏在苏东坡两赋中的武功；飞焰照金山之后，对苏东坡更加崇敬，一定要再去瞻仰遗像。他又同李青萍在栖霞楼双战魔教白虎坛主宇文彪，并由项水田将其击毙。万青云更是在此与苏东坡多次相聚，并商议将武功融入两赋之中，他也想偕同巴英娜故地一游。

因总坛无人，大伙也都急于回去，最后商定，由副帮主樊铁柱带全体帮众先回巫山，只项水田、巴英娜、万青云、段瑶瑶四人到黄州拜访。

项水田也请李青萍再访黄州。

但李青萍因师父杜芸及陈鹤老被害无心游玩，要先回巫山，寻回二人一鹤的遗体安葬。此外她说还要尽快将隐藏的绝仙蛊送回帮中。雪堂三友也表示要一同前去接回二人一鹤遗骸。陈鹤老对项水田也颇有恩德，不仅助力巫山帮，还传了他醉鞭功夫；这次更飞鹤传书，邀请武林群雄前来巫山帮应援。项水田表示鹤老二人一鹤将由本帮大礼拜祭，但李青萍表示不能再等，项水田只得依了。邹方等人陪着项水田一行追寻了东坡旧迹，项水田在东坡亲手建造的雪堂老屋之中，对着苏轼遗像拜了又拜。万青云看到东坡雪堂、如皋亭等遗迹，感叹物是人非，不停吟诵"大江东去""人生如梦"等词句。

项水田又泛舟沙洲芦荡，想要寻找那位"鱼划子"的身影。但是，烟水茫茫，芦花瑟瑟，哪有那位渔人的影子？

第二天，项水田一行离别黄州，另雇一条乌篷船，逆水驶往巫山。

船上，段瑶瑶将那块绿玉递到项水田面前，道："这绿玉上的传言已经破解，绿玉是巫山帮之物，理当交还巫山帮。"脸上神色淡然。

项水田眼望段瑶瑶，见她身着淡黄裙子，脸有风尘之色，但仍掩不住惊人的美丽。想起她在万蛇窟后洞中，当众向唐凤吟问起当日主持两人拜堂成亲一事，显然是想抓住唐凤吟借体还魂这个难得的机会，澄清拜堂一事的真相，以便证明当日她反对李青萍向项水田发订婚帖，并非无理取闹。

她乃大理郡主之尊，又是众多男儿倾慕的"风月蝴蝶"，竟对自己这样一个放牛娃一往情深，不惜与巫山帮的神女李青萍公开争辩，就连自己也觉配不上她，对当日唐凤吟主婚一事，视同儿戏。她与唐凤吟对质一事，既是向巫山帮众人澄清，也表示她并不认可这是儿戏的说法。再联想到跟她在万柳茶庄和大理城中的经历，项水田明白她仍是不改初衷。项水田因为自己时时想着枣花，对段瑶瑶心怀愧疚。

这块绿玉，已是段瑶瑶第二次交还项水田了。现在谜底已解，再不接受，段瑶瑶可能真的会不高兴。项水田只好伸手接了，道："我这不中用的帮主，没能夺回本帮之物，又是靠你这位聪明能干的大理郡主吃现成饭，算我欠你的……"段瑶瑶听了这话，并不作答。不知是不是因为有她爷爷奶奶在场，她并没有两人独处时那么热切。

项水田脸现尴尬，拿着那块绿玉，对巴英娜说道："奶奶，那位云阳师太跟本帮之间，到底发生了什么事？"

巴英娜眼望滔滔江水，讲起了一段往事："那一年我是个十二岁的小姑娘。神女节当天午时，帮主陈昌炬带着长老十多人，在万仙洞所在的黑洞前，诚心守候巴蛇的到来，祈求那巴蛇能在当夜子时，赐给绝仙蛊。因我父亲是帮中长老，我便躲在洞前的树丛里，看个稀奇。突然，一位六十多岁的老妇，悄无声息地出现在众人面前。她一现身，陈帮主就脸上变色。因为当时从大宁河到灵鸠峰，都已严加戒备，但这老妇还是轻易来到洞前。陈帮主只好笑脸相迎：'云阳大师有礼了！'那老妇怒道：'不要叫我什么大师，我是代表南宗而来，你北宗不要忘了南宗是本帮祖庭，放尊重些。'陈帮主道：'南宗只剩下您一人，您要我如何称呼您？'老妇道：'陈昌炬，你在我的面前也是晚辈，你欺负我是妇道人家吗？在我南宗的人还没死绝之前，后辈都叫我云阳师伯。'陈帮主道：'好，我也该称您云阳师伯。'又道，'今日是帮中请蛊的吉日，师伯有何见教？'"

巴英娜清了清嗓子，看着项水田道："你们年轻一辈，可能并不知本帮有南宗北宗之分。南宗就在武落钟离山，因为数百年

273

前，那白虎岩下的红黑二洞，突然坍塌，巴蛇的吐丹之路，也被堵死。巫山帮认定天意如此，只有另找路径，数十年后，终于发现灵鸿峰这边的红黑二洞，并出现巴蛇吐丹，由此出现北宗。祖庭那边明明无丹可守，但一部分人不愿迁离，就成了南宗。此后北宗渐成巫山帮总坛，也按积累的新法接引仙丹。而南宗慢慢衰落，直到云阳那时，不知何故，竟只剩下她一个人。这便是本帮南宗北宗的由来。"

项水田听了她说的这番话，终于弄清本帮为何从武落钟离山祖庭迁到了这里。他眼望巴英娜，等着她说下文。

巴英娜续道："那老妇听到陈帮主这样说话，脸色稍和，道：'我当然知道今日是炼蛊的吉日，之所以专程赶来，便是要告诉你等，南宗的炼蛊之法，才是本帮正宗。今天得按南宗的规矩，摘引巴蛇吐蛊。'说着拿出一本书册、一块绿玉，还有一只铜鼎，摆上香案，要按南宗的规矩，接引蛊药。

"陈帮主道：'师伯，上次依您南宗之法，并没接引到那天龙巴蛇……'云阳道：'我在此接引到仙丹时，你又在哪里？'陈帮主说的上次，是指十年前的神女节，那一次也应该是由这云阳师伯强行依南宗的规矩，主持了接引蛊药仙丹，但不知什么缘故，没有成功。但云阳却说她是在这里接到过蛊药的，最主要的是，巫山帮自陈帮主以下，武功使毒全都不是她对手。这里明明不是南宗的所在，但都对她无可奈何，只能任由她再按她南宗的规矩，接引蛊药。

"但是，这件事却不是由云阳说了算，而是由上天说了算，具体说，是由那千年巴蛇说了算。那天等到深夜子时，万蛇窟中蛇头攒动，坑边的香案上，除了云阳的三件宝物，还堆放了数个灵芝软香，云阳更是吹出了催人心魄的箫曲，那些蛇儿甚至随着箫声摇晃舞蹈，巫山帮的人都得用布条塞住耳朵，但子时过了三刻，巴蛇仍是没来。陈帮主等人心中焦急，却不敢言声，其中一位长老有些急躁，伸长了脖子，向香案那边张望，又移动了脚步，向云阳身边靠近了几尺。忽然，他的身子嗖的一声，飞向万蛇窟中。竟是云阳手起一掌，将这名长老拍到窟中。那名姓郑的长老武功不弱，连哼一声都来不及，就被她打入窟底。只听云阳骂道：'臭贼，谁让你跟我靠得这么近！'没想到她说变就变，不知是因为她讨厌男人，还是因为巴蛇没来而迁怒于人。"

"陈帮主是个有志气的人，虽然武功远远不是云阳的对手，但此时也大着胆子，说道：'师伯如此对待本帮长老，北宗上下，只好跟你周旋到底！'"说着就和其余几名长老一并上来，要跟云阳动手。哪知云阳手起两掌，又将身边的两名长老，打入万蛇窟中。两人长声惨呼，在洞中发出长长回声。云阳恨恨地道：'死得好！男人就没有一个好东西！'陈帮主大喝一声，上前挑战，打算死在她手下，却见她轻轻一推，便将陈帮主推到香案上，伸竹箫将陈帮主一点，道：'陈帮主，你省省吧，我这是帮你炼蛊，下面这三个人已经是做了人蛊，快去找来两个童男童女，活生生地放到窟中，叫作金童玉女蛊，这样才能引来千年巴蛇，这是本帮的古法……'

"陈帮主穴道被点，但这时已是置生死于不顾了。他拼命吐出一口鲜血，冲开了穴道，顺手将香案上的书册和铜鼎拿在左右手上，往坑边一滚，道：'请师伯放过北宗，从此井水不犯河水，要不然我滚下万蛇窟，你这两件宝物，也保不住了！'云阳吃了一惊，没有防到陈帮主的这一招。那三件宝物她自然看得比什么都重，这时忙说：'你倒硬气，快快拿回来，不要犯傻！'但陈帮主咬牙说道：'除非师伯当众宣布再不来北宗，我才将两物交还！'云阳却连声要他将东西还回来，就是不肯答应那个要求。"

"双方正僵持不下的时候，不知是不是那两名长老长声惨呼起到了本帮龙吟功的作用，只见这时后洞中一股冷风出来，跟着群蛇惊慌逃窜，带着一阵血腥的气味，那条千年巴蛇从后洞中出来了。这一下，所有的人都惊呆了。巫山帮最神圣的时刻，就是迎接巴蛇吐丹，却没想到这一次是在这种情况下迎来了千年巴蛇。所有的人急忙跪下，只等巴蛇吐丹。却见那云阳与众人的反应全然不同，她见巴蛇后并无敬畏之情，而是十分惊恐。那巴蛇一眼见到了香案上的灵芝软香，却不似要吃进嘴中。它伸头过来，张大了嘴，似要将云阳吃下肚去。云阳吓得魂不附体，还没等巴蛇的头垂下来，就将陈帮主一推，顺手把两件东西，从陈帮主手中抢走，连同香案上的绿玉也带上，竟是一溜烟地逃走了。

"那巴蛇只是将香案上的几只灵芝软香吃了下去，连香案边被推过来的陈帮主都没有碰，对万仙洞中的三个长老的遗体，也没有兴趣，便身子一缩，回到万蛇窟的后洞中去了，却没有吐蛊。这是我第一次见到千年巴蛇，今年这次是第二次了，这次是这么神奇。而这位云阳师太，却再也没有见过。在看到唐凤吟的行径之后，我只是猜想他是云阳的弟子，却没想到他跟云阳之间，会有这么大的恩怨。"

听了巴英娜的这一段惊心动魄的叙述，船舱里一片安静，只听到水花拍打船帮的声音。项水田和段瑶瑶总算知晓了巫山帮北迁灵鸠峰的原因，以及那位云阳师太的行事方式。这样看来，唐凤吟是她弟子，又偷了她的宝物，炼蛊的模式和最后遭受报应，虽然奇特，也是顺理成章。现在唐凤吟和那云阳师太的魂魄都已消逝，自是无法将所有的事情还原清楚。

项水田仍是关心唐凤吟丢失铜鼎一事，以及铜鼎与枣花父母之间的关系。沉默半晌，项水田又问："后来唐凤吟丢失铜鼎，并报复狂生的父母，又是怎么回事呢？"他不说枣花的父母，而说狂生的父母，眼睛也没有看段瑶瑶。

唐凤吟来到巫山帮时，巴英娜已经远走大理，所以她跟唐凤吟并无交集，自然不知他丢失铜鼎及他与郑家庄的恩怨。

却听万青云道："这件事老夫倒是听到一些风声。老夫出狱后曾来过巫山总坛数次，听说郑家庄的郑逢时便是那被云阳师太打入万蛇窟的郑长老的后人，你的母亲陈氏就是那陈帮主的后人，两家是世交，又都遭受云阳师太的毒手。郑逢时在郑家庄隐居，为人极是低调，不像武林中人。他不知通过什么途径，知道唐凤吟得了云阳师太的铜鼎。那时唐凤吟出道不久，还没当上魔教教主，有一次被仇家追杀，身受重伤，被郑逢时收留，在郑家庄养伤数日。唐凤吟当时身上便带着这件铜鼎，郑逢时趁唐凤吟不注意，悄悄用了一只假的铜鼎，将唐凤吟手上那只铜鼎调了包。唐凤吟在很长时间之后，才发现铜鼎被调包，曾来庄中索要。但郑逢时矢口否认，他也不敢对郑家人用强。郑逢时一家一如既往地生活，并没远走高飞，只是将那铜鼎藏得好好的。直到陈氏带着被唐凤吟强暴生下的孩子，前来郑家投靠，唐凤吟也尾随在后，并在当晚知道了陈氏和郑家的关系。他以为那云里锦高瑞升也跟铜鼎一事有关系，哪知高瑞升将陈氏送到郑家庄后，连郑家的门也没进，就直接走了。唐凤吟在背后刺杀高瑞升之后，本想再补一刀，碰巧我在暗处，咳嗽了一声，唐凤吟便收刀遁去。此后老夫回到万柳茶庄闭关近二十年，铜鼎之后的事情，就不知道了。"

段瑶瑶道："此后唐凤吟可能多次暗中对郑家庄施加压力，或者当面索要，但郑逢时都不为所动。加上他又收养了唐凤吟的儿子，唐凤吟只好一直隐忍，直到神女节将近，你这位项帮主在唐凤吟外出时，来到了郑家庄。唐凤吟哪里知道你去郑家庄的目的，只是要去见你的心上人枣花，他以为你是为了那铜鼎而去。恼怒之下，终于将这对夫妇杀死，却留下了他们的宝贝女儿枣花，显然是对找回铜鼎存有一线希望。枣花可能知道实情，干脆也一死了之。事情大抵如此。所以，你说是你害死了枣花，表面看是这样，实际上又不是这样。"

项水田听了段瑶瑶的分析，联想到那瑶光仙子对他说了郑氏夫妇以及枣花死去的原因，虽然段瑶瑶并未亲见，但说出来的竟然八九不离十。他对她的见识十分佩服，心中对枣花之死的愧疚和自责，又减了几分。

项水田一行四人，比巫山帮众人晚了一天回到巫山，却得到了一个意外之喜。那就是夷陵狂生和娟月二人，竟然随同副帮主樊铁柱等人，在大宁河的码头边，迎接项水田一行的归来。

二人述说了当时被唐凤吟击中后一同跌入石坑，又互相扶持走出后洞的经过；另外轻岚、花雨、晴雪三女，却已遭唐凤吟毒手，命归西天。二人不知众人已瞬间飘飞，去了镇江金山，又再次回到万蛇窟中，将陈鹤老、杜芸二人一鹤以及管柏英的遗体，在山中择地安葬。昨天已在项家坝跟陈氏见面。又陪同李青萍到陈、杜二人一鹤的坟头做了祭拜。

项水田和段瑶瑶为狂生和娟月二人逃得性命而高兴。见二人说话之间神态有异，段瑶瑶对二人之间暗生情愫已经会意，也不点破。她跟风花雪月四女情同姐妹，现在三女已逝，自是黯然神伤，到项家坝后又做了一番祭拜。

项水田见了狂生之后，虽然为他与唐凤吟决裂而高兴，但又想到他和狂生两个到底谁才是唐凤吟的儿子，这事终归要在两人之间做个确证。

巫山总坛虽然数日之间空无一人，好在完好无损，一切如旧。项水田为巴英娜和万老爷子举办了隆重的欢迎仪式，并腾出巴英娜原来的住室，给二老居住。巴万二人年轻时在这里结为夫妻，度过一段美好时光，后遭逢劫难，天各一方，到得老来，又回到此处团聚，二人自是百感交集。万青云表示，过段时间，会偕同巴英娜到万柳茶庄久住。

项水田又带了总坛及各坛主长老，前往陈鹤老、杜芸二人一鹤及管柏英的坟头，以及大理三女的灵位，隆重祭拜；又修书九华山和黄州武林，说明这几位安葬和祭拜的情况。

巫山帮及中原武林的少林、武当等掌门人，从万蛇窟瞬间移动到了镇江金山一事，几天内就已哄传武林。震惊者有之，传神者有之，敬畏者有之，不信者也有。这件事甚至传到了宋金两国交战的前线。那金国四太子听说此事后，自觉天意难测；加之金兵在灵鸠峰惨败，大理国未能联手金国对巫山帮南北夹击，金国四太子再次将偷袭巫山帮的计划暂时搁置。

就在巫山帮中事务渐次走上正轨的时候，项水田突然得报：帮中神女李青萍在神农架山中找回三十五颗绝仙蛊后，留下一封信，不辞而别。

项水田将那封信展开，只见明黄色的信笺上，写有一笔端正的小楷："项帮主、樊副帮主并各位长老：自小女子中选本帮神女以来，仅过数月，屡遭劫难，幸喜天神保佑，逢凶化吉。回思小女子行径，实难称职。冒昧发出婚帖，不知帮主与段郡主拜堂在先。本应静室自处，却妄测卦象，言多虚谬。此番唐魔还魂，黑洞逞凶，致我恩师及鹤老双双殉难，创痛尤深。及至瞬间飘移，金山飞焰，始知苍穹浩宇，人力渺小。现仙丹完璧，耆宿回归，正是本帮兴旺气象。小女子自忖不堪大任，心如死灰，故此不辞而别，务请允准。此去但得一山，静心清修，兼为恩师守灵。又及，项帮主今生断不可再去鄱庐之地，切记！临别涕泗，不胜悲痛。"

项水田看了这封信，顿足道："她怎么要走？她怎么走了？都是我不好，我不好……"问那陪伴李青萍的仆妇，回答早起就没见到她，应该是头天深夜就走了，这时早去得远了。

李青萍在向项水田发出婚帖时，确实不知项段二人在唐凤吟主持下，已拜过了天地。待段瑶瑶提出异议时，就有些后悔。但项水田既不肯退还婚帖，那便证明仍对她有意。作为一个方当妙龄的女孩子，人生中头一次遇上一个令她心动的男子，怎会不对他日思夜想、念念不忘？而就算有别的女子争夺，谁又肯轻易放弃？所以，她仍然在心中把项水田看成自己的丈夫，虔诚向天神祷告。但是，她越是关心项水田的命运，就越是不停为他占卜，而每次占卦所得的卦象，都是大凶，以至算出他会蛊毒缠身，会遭受酷刑，会被诬陷为叛徒，会被人控制身体……她只能全副身心地为他向神灵祷告，乞求天神的保佑，化解灾祸。在前往武落钟离山祖庭时，她给了他"遇火登顶，见女守丹"的八字锦囊，助项水田脱离了险境。但项水田却跟着万老爷子和段瑶瑶一起去了大理，果然埋下了被诬为叛徒的祸根。到万蛇窟中，又被唐凤吟的恶灵占去躯体。在千年巴蛇现身后，李青萍仍是不顾自己性命，全心全意向瑶光祖师祷告，最终发生了瞬间飘移和金山飞焰的奇迹，揭开了绿玉传言的秘密，也惩处了唐凤吟的恶灵，救回了项水田的躯体。这些都是她在占卦时看不到，却在她诚心祷告后，变成了现实的。李青萍把这看成瑶光祖师对她的应许，心中更增添了对祖师的崇敬。但巫山帮中的神女，主要是作为巫山神女的化身，帮中主要崇拜的是巫山神女，与李青萍内心崇拜瑶光女神，实有不合。

当巴英娜、万老爷子和段瑶瑶三人赶到万蛇窟跟唐凤吟较量时，李青萍知道了段瑶瑶的这位奶奶，正是巫山帮当年闻名遐迩的老帮主，而段瑶瑶不惜当众请求唐凤吟证实她与项水田的婚配，由此可见段瑶瑶对这个婚姻的执拗与坚守。李青萍与项水田的婚姻，只能在十年之后她卸任神女之职时方可成真。而段瑶瑶虽未加入巫山帮，但她与项水田的母亲陈氏，同住在项家坝祖屋朝夕相处，十年之内段瑶瑶自由自在，不似自己静处巫山帮总坛，段瑶瑶如要跟项水田接触，比李青萍要方便得多。

李青萍也卜算过自己的婚姻，一是卦象不明。这好理解，因为当局者迷，看他人易，识本人难。二是从无一次显示自己姻缘美满。这也不难理解：卦师替人算卦，泄露天机，自然是有损自己的福报。

更主要的是，云阳师太在责骂唐凤吟的过程中，甚至说出项水田就是唐凤吟的儿子。虽然此后陈氏予以否认，但项水田的身份，由此也布上了疑云。唐凤吟强占恩师杜芸为妻，最后又在万蛇窟将陈鹤老、杜芸二人一鹤害死，可以说，唐凤吟是恩师一辈子的梦魇，是不共戴天的仇敌。如果自己跟唐凤吟之子结为夫妻，恩师九泉之下，如何瞑目？

所有这一切，都使李青萍萌生退志，最终决定悄悄出走。她先去神农架那座山上，取回了上次隐藏的三十五颗绝仙蛊，妥善存放在神女堂中。最后一次为项水田卜了一卦，算出他这一辈子，最大的忌讳，就在鄱阳湖、庐山之间，如踏足此地，必有极大凶险。因此，她给项水田留书一封，在夜色中如泥牛入海，悄然离去。

李青萍最后选定的安身之所，是庐山中位于含鄱口附近的紫云观。观主静虚师太接纳李青萍出家，法名静定。这是后话。

项水田明知追不上李青萍，仍然一个人奔出了灵鸠峰。他这时武功高强，当真是御风而行。到了大宁河边，但见素湍绿潭、流泉飞瀑，哪里有李青萍的影子？他足点露出河中的岩石，几个起落，就跃上了对岸。他知道无法追上李青萍，脚步慢了下来，沿着往下游的山道信步而行。他想到在黄州府巴河边的燕云山初次遇上李青萍时，还以为她是五六十岁的巴婆。在黄州栖霞楼上，她被宇文彪击碎罩衣，露出了本来的容颜，这时才知她是位美丽的少女。此后二人联手击败宇文彪。她在万蛇窟亲历她师父杜芸挫败唐凤吟，又以衣袖收入绝仙蛊；被封为神女后，更是神机妙算，助自己在武落钟离山脱困。在灵鸠峰她水淹金兵破敌，事成而不居功。在万蛇窟她与唐凤吟周旋，斗智不斗力，确保本帮的绝仙蛊不被唐凤吟夺走；又诚心祷告瑶光仙子，终于揭开了绿玉传言的秘密。

可以说，于私她对自己有情有义，于公她为本帮甚至中原武林立下大功。只因自己跟段瑶瑶有了婚约，她选择主动退出，不再坚持跟自己的十年婚约。其实，这中间最大的问题，还是出在我项水田这里。项水田呀项水田，你这个粗鄙之人，有什么资格得到两位女子的芳心？而到现在，你还对已经成了别人的妻子、已经死去的枣花念念不忘？又想，她留书要我不再踏足鄱庐之地，就是庐山那一带地方了。这是什么意思？想来她替我算了一卦，如我去那里，必有极大凶险。自然是要听她的。会不会她就去了那里，这么说只是不让我去找她？呸，我是什么人了，她怎么会拿这样的事来骗我？

不知不觉间，又到了那位乞讨老婆婆的坟前。他想起几次做梦，梦中自己的亲生母亲，变成了那位神女娘娘。那一次还说，这坟墓中的婆婆，就是神女娘娘变的，为的是跟自己相认，要听自己叫她一声"妈妈"。

现在，这座孤坟依旧隐在江边的树丛中，已长满秋草。项水田一边用手扯去枯草，一边想：如果这老婆婆是神女娘娘的化身，那坟中还会有她的尸骨吗？真想挖开坟包看个究竟。但是，如果真的看到老婆婆的尸骨，未免对她大不敬。而他内心之中，又怕因为看到尸骨而大失所望。只得作罢。

上次就是在这儿，跟枣花一个模样的绿衣女子，从河水里升上来，那是天上的瑶光仙子。她在收回绝仙蛊后，几十年之内，是再也不会来了。他立在河畔，对着静静河水，呆呆出神。足足等了一个时辰，但河水清清，层层涟漪，再也看不到绿衣仙子从水中出来。

再往前走，离郑家庄不远。想到因为身世的疑问，一直要见见夷陵狂生，但刚回总坛，诸事缠身，没抽出空来。他知道母亲陈氏和段瑶瑶、娟月三人住在项家坝祖屋里，狂生一人住在几里地外的郑家庄，正好这时去找狂生见面，解开心中的疑问。

刚走近郑家庄时，只见残月在天，树影匝地。忽听庄前传来打斗的声音。

赶到院前一看，身穿白衣的狂生身边，竟有七个人合力围攻。两个手持腰刀的汉子身披坎肩，系着裹肚，一看便是川西人的打扮；一个身材高大的和尚，胸前挂一串佛珠，使一口戒刀；一个头上缠着白布的壮汉，使的是一只带绳的飞镖，出招时不停地叫着"格老子格老子"；另外三人身穿短衣，脚穿麻鞋，头顶都挽了个髻子，使的都是一把药锄。

狂生赤手空拳，在七个人之间穿来插去，不落下风。他左手使密踪拳，击中一个持腰刀的川西汉子的右肩，那人打了个趔趄；狂生右手内力一透，一道火星激射而出，直烧到那和尚胸前的佛珠，和尚急忙大跳着退开；他双脚连踢，三个使药锄的在地上连滚带爬；身子一晃，避开头缠白布那人的飞镖，一掌又隔开了另一个使腰刀汉子的来招。七个人连连中招，却不肯认输撤招，每当一个或者两个人遇险，旁边的人便及时救援，狂生一时也不能将七人尽数打倒。

项水田看了数招，见这七人并非来自一个武林门派，不知为何要围攻狂生。七个人的武功不弱，但狂生以一敌七，十分轻松。项水田心中犹豫，要不要上前帮狂生将这些人打发了？但知狂生这人心高气傲，如自己出手将七人打倒，他会觉得自己小看了他，只好咳嗽一声，袖手旁观。

七人见项水田站在场边，以为是来了帮手，口中叫着："小朋友，并肩子上啊，大家都有好处！"狂生瞥眼之间，知是项水田来了，精神一振，出招更急，有意在项水田面前炫耀武功。他故意不使火焰刀法和密踪拳，而使出巫山帮的入门拳招。左手一招"饿马摇铃"，右手一招"壁虎断尾"，两名使腰刀的腰刀脱手，滚倒在地。狂生再使"悬羊击鼓"，避开和尚的戒刀，击中一个使药锄的手腕，药锄飞出。另外两个使药锄的已双双扑到，药锄带风，狂生使一招"鸣蝉脱壳"的巫山拳避开。这时，那使飞镖的白布头汉子看出便宜，将飞镖对准狂生的后脑，疾射而出。眼看飞镖距狂生后脑只有数寸，一旦打中，狂生必有性命之忧。好个狂生，肩不抬，手不动，只转过头来，张口一咬，那只飞镖便被他钢齿咬在嘴中。头上一个"狮子摇头"，那白布头汉子手上的镖绳被牵动，他又不肯放手，猛的一下摔倒在地。这人见身旁的同伙出招将狂生逼开，口中哇哇大叫："格老子，你个狂生又不使毒，留着那个宝贝干什么？"

狂生哈哈大笑，道："一群莫名其妙的蠢货！项帮主，你也是来向本人讨要宝贝的吗？"

他"项帮主"三字一出口，围攻的七人立时收招，有一人来不及躲闪，又被狂生踢倒在地。一个使药锄的走近一步，睁大眼睛看着项水田的脸，道："你，你便是被那唐凤吟占去身体的巫山帮帮主项水田？"项水田这件奇闻已传遍武林，他已成为人人都想亲眼一见的武林第一号人物。

项水田道："是又怎样？你们这几个人想干什么？"

那头缠白布的汉子在七人中年龄居长，手一挥，道："格老子，姓项的亲自出马，也来要这个宝贝，我们得给他这个面子，扯呼！"七个人一步三回头地向院外退去。其中一人说道："听说这姓项的才是唐大魔头的亲生子，倒让狂生背了这多年的黑锅……"声音渐去渐远。

狂生在万蛇窟中不认父子之情，与群豪合斗唐凤吟，同娟月双双被震得昏去，在武林中的声名，已大为改观。他因为昏死而没有瞬间飘移到镇江金山，自然对金山的场景一无所知。他跟娟月二人在郑家庄和项家坝共度数日，这对恶语相向的冤家，竟然大感情投意合，狂生因失去爱侣的阴霾正渐次散去，生活又现出亮色。在陈氏和项水田、段瑶瑶等平安归来后，他得知了金山飞焰的真相，以及唐凤吟的结局。

近几天来，郑家庄突然来了不少形迹可疑的人，有的趁狂生外出时，潜入室内翻箱倒柜，有的夜间在庄前屋后掘土撬石，甚至远隔十几里的郑家祖山上的家族坟茔，也被人挖开，尸骨曝于荒野。狂生气得暴跳如雷，却不知是何缘故。

他先以为是自己在江湖上的仇家前来报复，又或者因他是唐凤吟之子，被转嫁仇恨遭受祸害。但隐约之间，他发现这些人到郑家庄，是来寻找什么宝物，而起因竟是与唐凤吟这次在镇江遭受报应，暴露出了郑家庄藏着宝物，甚至有人说出，项水田才是唐凤吟的亲生儿子，自己反倒不是。他来不及去项家坝找陈氏等人核实，上门的人越来越多，他打跑了好几拨人，本来动了杀机，想来个杀一儆百，但知这些人鬼迷心窍，杀之不尽，只好穷于应付，先顾眼前。今夜的七人便是为寻宝而来。

狂生以为项水田也是来找宝的，说了一句气话。待那七人被项水田的名声惊退，这才想起，以项水田今日的眼界世面，哪会像一般的江湖人物那样，稀罕什么宝物？便将项水田请到屋内，正好向他问个究竟。

项水田告诉狂生："这些人是来找一件铜鼎的。金山飞焰之前，那位云阳师太指责唐……唐教主拿了她炼蛊的铜鼎，而你的养父母，好像是为祖上向云阳师太复仇，又从唐教主手上得到那个铜鼎。但直到唐教主杀死他们，铜鼎都没找到……"

狂生如听天书一般，道："我的父母，没有练过武功，怎么可能从唐……唐教主那里，拿到什么铜鼎？"项水田道："是呀，这件事真的太离谱了。再说了，这个铜鼎是云阳师太传自巫山帮祖庭，用于炼蛊的。但这个炼蛊之法，已经行不通。唐教主是云阳师太的弟子，他炼蛊的法子，已陷入魔道，他最终葬送了性命……不知这些江湖上的人，为何还要来郑家庄找这个铜鼎？"狂生听了这话，方知端的。他比项水田的江湖阅历要丰富得多，叹道："原来如此。这些江湖逆徒，一听到哪里有什么宝物，便一窝蜂地前去抢夺，你越说是假的，他越发信以为真，说是实者虚之、虚者实之，争个头破血流，拼命想占为己有。好了，明天我便摆出一只铜鼎，让这些人拿去炼蛊，哈哈哈哈！"

项水田转入正题，道："那云阳师太还说，她使了法门，将你我两人在摇窝里调了包，我才是唐教主的亲生骨肉，他魂魄占了我的身体正是受到报应……"

狂生道："云阳师太这么说，有何凭据？"

项水田道："我小腹上有一块痣，云阳说是遗传自唐教主。她还说在你身上也做了手脚，让你也有这块痣……"

狂生道："我倒是前胸上有一个痣。再说，唐教主已不在人世，此事终难查证，即便他腹上并无痣，也是死无对证。再说了，这件事母亲——我是说项家坝的妈妈，所说的应当更可信些。当日我用剑逼住唐凤吟时，母亲当众哭喊，让我不要弑父，因为我后背上有一块传自他的黑痣。当时月光之下，剑光反射，他后颈上的黑痣，我是看得清清楚楚。"

听了这话，项水田心中略宽，道："这是母亲心中的伤痛，不好再去提这个话头。豆官兄长，你倒是说说，我们两个，到底是谁长得更像唐教主？"

狂生道："儿多像娘。我的个头比你略高，跟唐教主差不多，但相貌上，跟母亲更像，与唐教主却不大像。你呢，虽然不知你亲生母亲是谁，但跟唐教主反有几分神似。不过，你太秀气，你跟唐教主到底是不大像……"

见项水田默不作声，狂生叹道："只要跟唐凤吟扯上关系，便是恶鬼缠身，今生是别想轻松快活的了。你就算确证不是他的儿子，但曾在他操控之下，当了帮主，一同做过恶事，所以与她逃不了干系，受些侮辱误解必是难免。至于江湖上的人嚼舌头根子，胡说八道，损害你的名声，你杀也杀不尽，有什么办法！"

言毕，两人便一同前去项家坝看望母亲。

一听项郑二人来访，段瑶瑶和娟月两人不约而同，只跟两人打个招呼，便出门而去。娟月因见了狂生，脸上发烧，不愿被人看到。段瑶瑶也知，帮中神女李青萍已经离去，那么，她跟项水田的婚配，已无障碍。说不定，项水田回家，便是来谈这事。她不能在这时跟项水田谈这事，也逃开了。

项水田跟狂生一同看望了陈氏后，回到巫山帮总坛。对于神女李青萍出走这事，显得一筹莫展。

尾　声

项水田在巫山帮中，感觉帮众对他的态度有些异样：有人过于恭敬，有人目光闪烁。不知是自己被唐凤吟占去过躯体，还是人们听到他是唐凤吟之子而心存狐疑，只觉自己比以前更加孤单。他想出门转转，跟副帮主樊铁柱打了个招呼，便只身离开了总坛石屋。

他心中漫无目标。来到大宁河边，心想以前出门，都是顺流而下，这次干脆逆流而上，往北边的山中走一走，正好这也是上次李青萍隐藏绝仙蛊的路径。李青萍往北方隐藏蛊药，何等机警。又想北边秦淮一线，官军正在跟金国打仗，也可以打探些讯息，早做准备。

此时秋色正浓，黄叶纷落，山景肃杀。山中人迹罕至，入山越深，越见路窄林密。

项水田自得万青云传授九天拳的正宗武功后，身中的蛊毒基本化除，几乎感觉不到以前的那种腹痛，身子灵便自如，健步如飞，内外功夫已不输当世一流高手。他在山路上蹿高伏低，轻松自在，突然找回了儿时的乐趣。

作为大山的儿子，他成天在山里钻，在溪水里跳，打柴放牛，摘果捉鱼，多么快活。没想到突然之间，就被抓进巫山帮中，遭受非人折磨，被当成炼蛊的药引，被操纵当帮主，后来又经历种种奇遇，甚至连到底是谁的儿子也弄不清。如果当初没被抓走，自己在巫山做一世的农夫，生活会简单快活得多。那位说是自己亲生母亲的神女娘娘，就是这么解释为何当初送自己给陈氏抚养的。现在，自己学会武功，还是帮主，可是烦恼也多了，帮内帮外很多事儿，不知如何应对。

突然，右边树林之中，传来一阵猿猴的叫声。

三峡中猿猴颇多，项水田自小就见惯了。但这群猴子的叫声充满惶恐，且在叫声中向树木高处惊慌逃窜，像是躲避什么猛兽的攻击。项水田瞥眼一看，果然在这些猴子身后数十丈处，有一只白虎，正低头大啃一只猴子带血的尸体。项水田慢慢向那白虎靠近，等它将猎物吃完，突然一跃而起，骑上白虎腰背。那虎大吃一惊，想要摆脱，却已迟了。项水田左右两拳击中白虎后颈，双脚一夹，白虎腰上顿感无法使力。他手上将白虎背上长毛紧紧抓住，白虎就这样被制服了。上次在万柳茶庄驱虎后，项水田就向高瑞升学到了擒虎控虎之法，一试之下，轻松奏效。仔细一看，那白虎双眼仍带红色，怀疑是上次魔教蜜桃仙蛛等人带到万蛇窟的白虎中的一只，后被放归在山林中，现因饥饿而捕食猿猴。

那白虎被人骑行已非首次，驮着项水田在山林中疾走。翻过了几座山，忽见前边山腰上，雾气缭绕之中，有一座娘娘庙，规模不小。巴人信奉神女娘娘，山中能见到娘娘庙，也不稀奇。神女庙在项水田的心中意义非凡，此时见到这座神女庙，他自然要到庙中，向神女娘娘磕头。时近正午，也想到庙中喝水打尖。他担心白虎吓坏了庙中的信士，老远就溜下虎背，一拍虎颈，放虎归山了。

一进庙门，迎面见到一尊高达丈余、全身彩绘的神女坐像，跟许多地方的破败庙宇大不相同。一位满脸皱纹的老妇，颤颤巍巍上来，在香炉中插上三支香。项水田跪在神女像前，恭恭敬敬叩了四个响头，心中默想，如果神女娘娘真是自己母亲，为何再也梦不到她？磕头过后，起身看到大殿右侧的墙边，一张供桌上有一个茶炉正在煮茶，茶炉底部烧着红炭，茶壶嘴上冒出白烟，桌上还有一只大碗。

项水田走近茶炉，见那碗中正凉着一碗茶水，不疑有他，端起碗来，一饮而尽。放下茶碗，正要再倒热茶、拿出干粮充饥，忽觉肚中有些异样，感到可能遭人下毒。

他早已是百毒不侵，又身带绝仙蛊，这点寻常的药力，怎奈何得了他？本想立刻对那老妇发作，又灵机一动，干脆假装被毒倒，要看下毒的人是何用意。

那老妇见项水田软倒在地，立时身手灵便，疾步走到项水田身旁，伸手探他鼻息。又推他一推，见项水田不动，猛踢了他一脚，高声道："贼子被放倒了，大伙都出来吧！"后堂中一阵欢呼，走出来十多个汉子，其中一人双指连出，将项水田身上的八处大穴，全都封住。项水田内息微动，将那人点穴的力道全都卸去。

一个中年汉子狞笑道："今日终于得偿所愿，将这贼子碎尸万段。我们每家分到他一块肉，拿到亲人灵前焚烧，告慰亲人在天之灵。"

另一个红脸汉子指着一个身材微胖的人道："多亏你黄天化，花了重金，从魔教的黄汤那里，买到了这幽灵幻雾的奇方。不然怎么奈何得到这小子？"

那黄天化道："是啊，那黄汤说，魔教的人都喝过这小子的血，解了唐凤吟下的毒；说是这小子对他们有恩，说什么也不肯将秘方出卖给我等。只好将他的老婆孩子老母都抓来要挟，最后出了十倍的价钱，才得到这个秘方。"

红脸汉子道："秘方虽好，还要靠今天的运气。这小子从咱们这条道上走，捉住白虎，骑在身下，沾上花粉，庙前有雾，再喝下这碗茶百戏，他们东南西三条道上的人，可得羡慕咱们了……"

中年汉子道："快快去告诉南边道上的龙头老大，让他们都过这边来，一齐当面活剥了这个贼子。这回老大可失算了，以为这小子必去南边巫江中。他妈的，咱们这大半年来，吃了多大苦头！就是整修这四座庙，都花了不少银子……"

这几人的对话，项水田耳中听得清清楚楚。他不知这些人是什么人，为何对自己有这样的深仇大恨，要将自己杀死分尸，而去为亲人报仇。

忽然想起，这些人可能是被巫山帮毒死的五十七名武师的亲属，他们一直想找我这个巫山帮主报仇，上次在万柳茶庄，那黄汤便说过此事。

没想到这些人花了这么大的力气，得到了幽灵幻雾的秘方，又在离总坛不远的四个方向选了四座娘娘庙，算准了我会去抓白虎、前来磕头、喝茶打尖。

这个计谋不能不说高明至极，只是今日我项水田并非那时的郑安邦，就算我中计了，毒物和点穴也奈何不了我。

那五十七人被毒死，全是唐凤吟指使，并非我能左右。当然，这些人将这笔账算到我的身上，也是无法；何况唐凤吟已受到报应，只能找我了。

他正要睁开眼睛，站起身来，跟他们解释清楚，忽听后堂中奔出来一名女子，大叫："小淫贼是我的，谁也不许碰！"

项水田微睁双眼，见到一个花枝招展的女子，不知她为何骂自己是小淫贼，便又稳住身子，看她说些什么。

那中年汉子语带调笑地道："红杏女，我知道你是龙头老大的相好，不然也不会破例让你参与这桩大事。你说说，这小子怎么得罪了你，我们帮你将他剥皮抽筋！"

那女子柳眉倒竖，双手叉腰："谁说我是龙头老大的相好？是龙头老大一直喜欢我，不过他太小气，这一次丢了三千两银票给我，就想买下我来。这点钱，老娘还没放在眼里……"

中年汉子啧啧称奇："这年头，五十两银子，便能买到一个年轻的女人做小妾。他给你出三千两，已经很大方了……"

女子道："呸！你去买五十两的小妾去，老娘就不稀罕你们龙头老大的三千两银子。"

红脸汉子道："龙头老大的钱你不稀罕，想必这小淫贼出了更大的价钱？"

那女子一听这话，转头看着项水田的面庞，立时美目流盼，道："去年春天，这哥儿跟唐凤吟一起，逛了我们环翠楼，对出了我的两副对联，本人分文未收，陪这小子度了一个通宵……"

红脸汉子哧哧笑道："什么对联这么值钱？"

女子道："说给了你也不妨。前一副上联是'熟地迎白头益母红娘一见喜'，他对的下联是'怀山送牵牛国老使君千年健'。另一副上联是'知母应当归，唯怜父子留行，泪洒冬花冰片冷'，他对出的下联是'灵仙非没药，难救慈姑独活，魂飞天竹海风寒'。"

众人听了一时无声。红脸汉子道："这些不过都是些药名，对得出也不是状元之才……"

女子道："你有状元之才了？别看老娘是个风尘女，祖上却是行医的。这小子能对出这两副对联，看来是懂医之人，对了老娘的胃口……可是，我要他神女节过后来陪我，这小子竟然不来。据说又迷上了什么风月蝴蝶，看我不阉了这小淫贼……"她这么说着，眼中却无半点恨意，伸出手来，要摸项水田的脸。

只因她说得太离谱，项水田再也忍耐不住，没等她手伸过来，便站起身来，道："哪有这事，你干吗胡说一气？我都不认识你！"

这一下大出众人意料。十几名汉子明明见项水田被毒倒，又封了他八处大穴，怎么这人突然像没事人一样，毫不费力地站起身来，还对跟这红杏女之间的风流韵事加以争辩。

"大伙上啊！"十几个人一齐围上来，想要合众人之力，将项水田打倒。

这些人武功不弱，又是来自不同的门派，但全不是项水田的对手。项水田抬腿翻掌、举手投足之间，便毫不费力将这些人打倒在地。

项水田知这些人是为被巫山帮毒死的亲人报仇，所以出手留有余地，对这些人并不痛下杀手。但这些人见项水田手下留情，还以为他是功力不纯，人人都从地上爬起来，跟项水田缠斗不

294

休。项水田反复使出九天拳十三式，将这些人一次次击倒在地。

到得后来，竟出现连项水田也无法相信的事：他所使的拳法，已不止于九天拳，还有洪拳，还有无影神掌，且出招越来越狠辣，到后来更是无法控制自己。

围攻他的十几人立时遭受重创，非死即伤。有人倒地时惨叫："你……唐凤吟……"有几人边逃命边喊："这人果然是唐凤吟附体，使的是唐凤吟的功夫……"

项水田赶了上去，道："你说什么……"却见那几人闻到他口中吐出的气息，竟然身子一软，都中毒死去。

庙中只剩下那名红杏女，她早已吓得花容失色，直打哆嗦："不要杀我，不要杀我！"

项水田发现，他是用唐凤吟的功夫，将这一十五人打死。那几名被毒死的人，可能是他吸下幽灵幻雾的毒汁后，他体内的绝仙蛊克制了前者的毒性，于他无所损伤，但这种毒气却能令常人瞬间致命。

项水田看着地上血肉模糊、五官扭曲的死尸，惊诧莫名，喃喃地道："我又杀人了，我用唐凤吟的武功杀人了，我又杀了那五十七名中原武士的亲属，这是怎么回事？这是怎么回事？"他没有想到，他被唐凤吟附体之后，虽然唐凤吟的灵魂已去，但这些功夫却留在了他的身上，在与人打斗过招的过程中，竟然自动显露出来；而且他还没来得及控制，就已经产生了杀人的后果。

他转身走向那红杏女，红杏女已经瘫倒在地，面孔煞白。

项水田在五步以外停住脚步，道："我那时大字都不认识几个，怎么可能跟你对对联？你为何要编出这段话来毁坏我的名声？"

红杏女在地上哆嗦着说："你那晚……就告诉我了……是唐凤吟传什么秘给你……你能听见……别人听不见……对上了对联……"

这句话说得很轻，又是断断续续，但却如惊雷炸响在项水田耳边。

他又问："我真的跟你，过了一晚？"红杏女这一回口齿清楚，语气坚定："千真万确。你小腹上有一个花痣，那是我最快活的一晚……"

项水田"哇"的一声大叫，丧魂落魄一般，飞也似的逃出了庙门。

自那日后，项水田在江湖上游荡了足足两个月，他渴饮山泉，饥食野果，夜宿树干，就是不跟任何人接触。

他反复验证，唐凤吟的那些武功，都留在了他身上。他最害怕的是，唐凤吟的灵魂，会来滋扰他，会告诉他，他就是唐凤吟的亲生子，但一次也没有发生。有几次，他在睡梦中惊醒，他被无数的毒虫叮咬，他知那是被逼炼蛊留下的阴影，他的梦中没有出现过唐凤吟。也没有梦见过巫山神女，还有那位瑶光仙女，看来她们真的是信守诺言，彻底远离了他。他去了神女峰，在那儿停留数日，哭喊呼号，但那里再也没有出现巫山神女的身影。他还顺江东下，又北折巴河，他这时的功夫集九天拳和唐凤吟的功夫于一身，真的是来无影去无踪，就算他从人前经过，别人也看不见他。他来到了燕云山他初见李青萍的那座木屋，但屋在人杳。他想到庐山上去寻访，但记起了李青萍信中所说的"不可去鄱庐之地"，终是忍住了。

项水田在这两个月里，回思自己经历的奇遇，沉思默想，终于明白：包括红杏女所说的，他在被唐凤吟控制后所犯下的恶行，多半都是真的。那次在灵鸠峰见到象轿中的段瑶瑶，所说的那些话，多半也是唐凤吟通过腹语传言告诉他的。只是因为他服用了绝情蛊之后，将这些经历忘记了。而那些痛苦不堪或者丑陋不堪的经历，他的灵魂深处不愿意留存，所以他才没有印象。

这样看来，虽然他是被唐凤吟控制，但犯下的那些恶行是无法否认的。包括那五十七名中原武士被毒死，他当然逃不了干系；而找他复仇的那一十五人，又死在他手，使他又增罪孽。这些恶行并不因为他后来悄悄做了几件好事，就能抵消。而就身世而论，自己到底是神女之子，还是唐凤吟之子，仍然说不清楚。更何况，自己身上又带有唐凤吟的武功，如恶鬼上身，再也摆脱不掉。

在这样的情况下，他怎能担任巫山帮主？又怎能面对玉洁冰清的段瑶瑶？

两个月后，项水田向巫山帮发出一封信，要求副帮主樊铁柱向全体帮众宣读，大意是说自己罪孽深重，无德无能，名声不好，不配做帮主，这就辞职。另外推举前任帮主的孙女段瑶瑶出任本帮帮主，并任本帮神女，掌管巫山蛊。项水田从此闭门思过，就不回帮了。

信寄出后，不知结果如何，他也无心打听。

一日，他正躺在巴州一座山顶的大石上睡觉，忽听两只八哥鸟儿在树枝上叽叽喳喳地叫着。项水田能听懂鸟语，自是唐凤吟留在他身上的一项绝技。

只听一只鸟儿道："巫山帮帮主已失踪了好几个月，群龙无首。前两天立了一个新的帮主，是个女子，叫段瑶瑶。"

另一只鸟儿道:"是的,听说这个段瑶瑶一直不接受当帮主。后来又出怪事,蛊药变成了光点,半夜围着她转。她只好当了神女,并在就位时宣布,她只是暂代帮主之位。她还说要发动所有帮众,将那个失踪了的帮主找回来,那是她的丈夫,她要等他十年,一定会嫁给他。"

先一只鸟儿又道:"是啊,这位女帮主说,人人都会犯错,只要知过能改就好。名声不好有什么关系?有人说我是风月蝴蝶,我还不是活得好好的?"

项水田听到这两只鸟儿的对话,心中早已痴了。

波江 著

神也疯狂

第 叁 卷

宝鼎

长江出版传媒

长江文艺出版社

目　录

楔　子

晨曦微露，百鸟和鸣。

项水田从睡梦中醒来，鼻端闻到一股幽香，睁眼一看，身边躺着一位美丽的女子：柳眉弯弯，鼻梁高挺，唇如珠润，脸飞丹霞，两颗小酒窝，随着她轻抿朱唇而时隐时现。

项水田惊得要跳起来：这不是枣花吗，我怎么会跟她在一起？——她不是死了吗？

他正想起身，看个究竟。忽然身子一晃，险些悬空，急忙沉身稳住。定睛一看，竟然置身在一棵大树的树枝上，身周是一片茂密的山林。

那女子也醒了，睁大了一双妙目看着自己："天天看，没看厌吗？"

"你是枣花？我这不是在做梦吧？"

"是的，我是枣花。同样的话，你问过好多遍了！"

"这是在哪里，今天是什么日子？"

"青城山呀，项大掌门，今天是五月初八，离咱俩成亲的日子，只差五天……"

"青城山？你是说我在青城山？不在巫山帮吗？我要跟你成亲，那狂生呢？"

枣花伸指刮了一下项水田的鼻子，道："你是青城派的项大掌门，不是在巫山帮。我哥狂生，要娶我师姐娟月为妻，还是你做的大媒，你忘了吗？"

"你的父母……郑叔吕婶，现在哪里？"

"还在郑家庄呀……反正我也不理他们了。"

"我妈妈呢？"

"妈妈不是在巫山帮吗？你这是怎么啦？"

"你……真的不是那个绿衣仙子瑶光变来的？"

"什么绿衣仙子？又编梦话来了……"

"我们为何睡在树上？"

"练青天玉真功呀！这是咱们成亲之前最紧要的功课……"

枣花明明去世了，现在却跟自己在青城山，活得好好的，还将结为夫妻。项水田的脑子"轰"的一声，炸裂开来。不知道这是怎么回事。

隔了好一会儿，项水田才回过神来，两人已坐直了身子。项水田又问枣花："我是什么时候，来到青城派的？""你忘了吗？大前年的摆手节后的第二天，我约你到乌梅峰碰面，然后，我们就一起来到了青城山呀。"

项水田道："是呀，我等了你很久，你不是没有来吗？""我下午跑出来的。为这事跟我父母闹翻了。你跟我到青城派，入门三年，武功大有长进，不是刚刚由师父传了你掌门之位吗？"

"掌门之位？"项水田迷迷糊糊地道，"那你父母……现在怎样？""我父母，自然是被我气得要命。不过，他们也没法子呀！

谁叫他们……不说这些了……""你是说，你父母还健在，没有……""你这人是怎么了？老是犯迷糊。都快成亲了，还'你父母你父母'的，不会说咱爹妈吗？我爹妈虽然不认你这个女婿，当然是活得好好的。""你爹妈……咱爹妈现在还在郑家庄？""听说为了躲避仇家，在四处云游，这会子说不定在老家羌塘的羊峒村呢！""你是说，过几天，我俩……就要成亲了？""你这人越来越不成话了。亲事不是由师父交代帮里的张真人，张罗得差不多了吗？只差你要练成这九天玉真功了。""师父的名号是什么？""糊涂虫！师尊的名讳，上若下蹊，青城派第二十一任道长。"

枣花和她的父母都好好活着，枣花还将嫁他为妻。项水田真不敢相信这是真的，喃喃地道："这么说我也没有加入过巫山帮，没有被叫作郑安邦，更没见过大理公……"他正要说出大理郡主和那会算卦的李青萍，只觉不妥，急忙止住。

枣花道："张真人不是跟你说过了吗？你这叫情智损伤。都是胡思乱想造成的，那些什么巫山帮的事，从没发生过。巫山帮的帮主是叫郑安邦，这个人大大有名，只是跟你长得很像，你别再犯迷糊了。""这个人跟我长得很像，你见过他吗？""没有。咱们一直在青城山，怎么会见到那个人？"

项水田又想到自己的母亲，道："那……我妈……咱妈呢？""听说被郑安邦接回巫山帮了……""接回巫山帮了？那魔教教主唐凤吟，是跟那郑安邦在一起吧？""江湖上传闻，那唐凤吟多在北方活动，那里现在是金国的地盘了。你快别胡思乱想这些事了。"

眼前这些事，项水田怎么也理不出一个头绪。想到自己在神女峰的岩壁见过的巫山神女，是自己的亲生母亲，还有那位绿衣仙女瑶光，不知现在能不能找到她们，要是能找到，便知端的。但这时不在巫山中，却又上哪儿找去？

忽又想到，枣花本已嫁给狂生，怎么自己又成了狂生和娟月的媒人？又问起枣花。"这事儿呀，前几天才发生。娟月本来在大理国皇宫当侍卫，不知怎么跟狂生哥认识了。前几天两人突然拖着病体，失魂落魄地来到青城山，可一见到我，两个人都糊涂了。好不容易让张真人调理了几天，才回过神来。张真人提议，让他俩跟我们一起成婚。请你这个大媒，只是托了个名儿……"说到这儿，枣花脸也红了。

项水田一生之中，最大的愿望，就是娶枣花为妻。现在竟然美梦成真，再也没有什么事儿，能令他心满意足的了。但眼前的一切，都让他一片茫然。

"狂生和娟月在哪里？我去看看他们。"项水田和枣花一起，一跃下树。

第一章　宝鼎现

词曰：

　　庄门喧闹，屑小纷扰，羞惭霞绮。千里外、银蛟飞雪，辉映冰绡堆玉砌。意缱绻、月娟嫣然笑，红袖添香欲醉。步柳岸、薄纱笼罩，光影推开寒水。

　　忽见天际传罡气，浅泥污、闪射金翠。轻把盏、流光溢彩，诗句真言留鼎底。蓦回首，有豺狼当道。心系鹏霄万里。战犹酣、双遭暗算，掀动回春信子。

　　争得素练玄光，伸玉手、翩翩仙履。待重归青嶂，难思波飞浪起。舞长袖、铁箫翻吹，倩影花丛意。入洞房、竟然错配，贪恋嫣红姹紫。

　　这些天来，夷陵狂生家的老宅郑家庄园颇不宁静。一些人在白天里挑着货郎担儿，在房前屋后转悠，探头探脑。夜深人静时，更有人四处挖洞。这些人只有一个目标：寻找那件传说中的巫山宝鼎。夷陵狂生早已心烦意乱，这些人赶都赶不走，杀也杀不尽。前一拨儿走了，后一批又来。

四月二十这天一早，门前转过来了一个身穿灰袍的老者，手上拿着一个算命的招子，尖声叫道："算命——看相——救人急难，指点迷津。"狂生见这人五十来岁，窄额鼠须，两只贼溜溜的眼睛，不停向狂生脸上打量。

狂生知这人无非也是来找铜鼎的，心中暗笑，起了戏弄对方一番的念头。大声叫道："老先生，给本公子算一卦。"

那算命的道一声好，进门落座，伸出一个装有竹签的竹筒。狂生抽了一支，递了给他，那人看了竹签，失声道："啊也，老夫今日已遇上贵人了……"狂生不知他葫芦里卖的什么药，道："你不用给小生灌迷魂汤……"那人大声念道："一人身带弓，羽没石棱中，兽走西边王，牛立地建功。公子真正好命！一人身带弓，那正是一个夷字；羽没石棱中，卢纶诗云：林暗草惊风，将军夜引弓。平明寻白羽，没在石棱中。少爷功夫高强，箭透石棱，只露白羽。棱者陵也。兽走西边王，是个狂字；牛立地建功，牛立于地，当然是个生字了。此签是说，公子往西边去，凭手中武艺，可以成就一番大业。眼下金国跟本朝正在西边交战，公子过去，正可以大显身手……"

狂生没有想到，自己随便抽了一支签，这人偏能将这四句话，安在自己身上，道："先生要在下西去，你们便好将庄园翻个底朝天，找那个宝鼎？"

那人道："什么宝鼎？公子相貌清贵，五岳端正。有大兽之脸，文角清晰，公子此去，大有一番作为，绝不可贪图眼前安逸，自误前程……"

狂生将几文钱塞在算命的手中，要他快走。

那人临出门时，还补上一句："公子切切记得你身上的大事，要看到远方，不要被眼前之事，蒙住了眼睛。"

这句话倒是点醒了狂生。

算命先生要他"看到远方"，他突然想到，真的有一个早就该去的远方：他养父郑逢时的故乡，远在吐蕃国境内的羌塘羊峒村。

父亲曾对他说过，老家是真正的世外仙境，雪山环绕着十几个海子。海子就是湖泊的意思，家门口的那个翠海，水清见底，几十里地都找不到一个人影。到了那里，就不想出来。

狂生却一次也没有去过。

他到项家祖屋去约娟月，打算两个人一起去。

娟月很想跟狂生一起出门，却又担心陈氏没人陪伴。陈氏却很爽快："豆官早就该去他父亲的老家看看了，娟月姑娘正好一起去，我一个人住惯了，不用陪的。再说还有水田和段姑娘呢!"听了这话，狂生和娟月两人兴冲冲地上路了。

当天夜里三更，两人穿了紧身衣，只带了琴箫和剑器，从项家祖屋悄悄出门。

两个人离开大宁河畔，一路向西，心中十分畅快。途中翻山越岭，夜间也不住店，只找大树的枝杈歇息。不数日，已到了吐蕃国境内。这里地广人稀，虽是四月天气，到处可见雪山草甸。又往西北行了一日，终于找到了羌塘翠海边的羊峒村。

这是一间坐落在湖边的孤零零的农家小木屋。屋外树皮已生出苔藓，早已无人居住，但两人还是被这里如仙如幻的景色迷住了：屋前是如翡翠般碧绿的湖水，小木屋被浓密的红枫、杉树林环绕着，红绿相间，煞是好看。湖水的尽头，雪山环抱。此时是四月的天气，并未入夏，但环湖的山顶，都是终年不化的白雪。两人置身湖边，仍然能感受到一股清冷。

两人一进屋子，便觉不对。这间简陋的农家木屋，已经被人翻动过了。一只木桌子的抽屉打开，里面的几件木马、木车、石子等小玩具，被抛在地上，卧室中的木床掀开了，灶台上的铁锅也被揭开，床底、灶底的硬土也掘开了大洞。再看屋后，能挖开土的地方，也有几个几尺深的大洞。

没想到他父亲的祖屋，也有人来过了。自然是找那铜鼎。

狂生来祖屋，一来是遵从父亲的愿望，凭吊一番；二来是想避开那些恶俗之人的滋扰，带同娟月这位红颜知己，来这个祖居之地，过几天清静的日子。但看到家里屋外都被弄得乱七八糟，顿时变得兴致全无，只拿起地上他父亲小时玩过的木车木马，站在屋中发呆。

娟月的好心情却不受影响。她默默地收拾起了屋子，平整地面，将床归位，安放铁锅，还就近取了清澈的湖水，倒入锅中，加入带来的干粮，做成热粥。狂生见娟月一个人忙活，也加入进来，还到湖中抓了一条鱼，在火上烤熟，两个人在屋子里吃上了热腾腾的晚餐。

娟月在万蛇窟中与狂生肌肤相接，那时两人互相扶持，她对他生出情愫，但毕竟尚未婚配。回到郑家庄后，娟月在项家祖屋中居住。这一次是首次跟狂生独处一室。在铺设床铺时，她又在堂屋的木桌边，用稻草铺了一个地铺，打算自己在上面就寝。做这件事的时候，她脸儿已经红了，不知这位风流浪子，晚上会不会有什么越礼的举动。谁知晚上狂生拿了褥子，直接到堂屋的地铺上睡倒，要她到卧房中的床上去睡。娟月想起此人名叫狂生，此前数次辱骂过他，没想到独处之下，这人倒是个君子。

第二天早上，娟月还没睡醒，就听到狂生在外叫喊："快起来，下雪了！"娟月一听，急忙起床，奔到外面。只见空中雪花飘舞，地上铺上了一层厚厚的雪，湖边的青山，都变成了白色，湖中已结了冰。这里地处高山，四月飞雪也属寻常。两人见昨日的红枫绿林，一夜间全被这琼英玉蕊裹成素白，连湖边淡墨色的山体，也披上了银妆，与山顶的积雪连成了一片。就像进入了一尘不染的仙境。两人都快活地大叫起来。

狂生少年老成，迭遭变故。二十岁前在郑家庄过的是少爷的日子，父母让他学成了一身本事，他以为养父母便是生身父母。后来养父母和爱妻同时被唐风吟害死，而家中的女佣陈氏竟是生母，生父更是魔教大魔头唐风吟，他甚至还认贼作父。只是在万蛇窟中认清唐风吟的真面目，这才幡然悔悟，站在了武林正脉这一边，更得到了娟月这位绝色女子的青睐。此前他生性狂傲，总觉得天下人都在跟他作对。现在跟美人共处仙境之中，得享眼前的美妙时光，昨天的烦闷早已一扫而空。

他本来就是个操琴弄箫的雅人，这时更来了兴头，拿出竹箫，吹奏了一曲应景的《白雪》，娟月欣然横琴合奏。两人衣衫单薄，身上不知不觉就披上了一层雪花，但两人只觉心中暖意融融，两颊生春。琴音箫音穿透纷飞的雪花，从山谷中远远飞到雪山顶上。

一曲既毕，两人又不约而同，合奏了那首《下里巴人》。这首当时人人会唱的名曲，描写男欢女爱，海誓山盟，与两个人两情缱绻，结成知音的现状大为契合。

这两首名曲，在娟月随大理郡主前往巫山的途中，狂生飞身夺箫时，两个人就演奏过。那是两人第一次见面，双方是恶斗的对手，以琴音而斗内力，此后更是剑来拳往，性命相搏。而此时两人已结为知己，曲中只有清音幽韵，不带武功内力。两人沉浸在乐曲的演奏中，不时眉目传情，爱意绵绵。

便在这时，忽地传来两声击掌，有人说道："好曲子！好兴致！"

两人忘情于乐曲之中，竟没有注意到有人来到近前。

"什么人？"狂生见那人是个裹着宽大红色僧袍的中年藏僧，当先发问。

"哈哈，你名叫夷陵狂生，是扎巴仁钦师兄的弟子吧？你得喊我一声师叔！"那人走到木屋前站定，往屋外被翻动过的土堆上扫了一眼。狂生在瞥眼之间，觉得此人在哪见过，一时想不起来。

"你是密踪门的？请问如何称呼？""我名唤罗桑。初次见面，也不肯喊声师叔吗？""没听师尊说过。尊驾来此深山之中，有何贵干？"狂生冷冷地问道。

"贤侄，现在天下武林的人，都想知道你把那件铜鼎，藏在哪里？你却带了女娃儿，在这里快活……""你既是密踪门的，要这铜鼎，有什么用？""铜鼎既是炼蛊药的，用来炼藏药，自然也能增大内力。不瞒贤侄你说，我已投效到大金国四太子门下，不过几年，这大宋的江山，就是金国的，四太子英明神武，将会继承大统，贤侄跟我同去金国，向四太子献上铜鼎，你和你的这位妙人儿，就有享不尽的荣华富贵……"

"呸，本人是大宋的子民，怎么会去投效金人？我也没有什么铜鼎铁鼎，你快滚吧！免得脏了本公子的耳朵！"狂生再也听不下去了。

"好，你是敬酒不吃吃罚酒了！"那罗桑身子一晃，已跟狂生动上了手。

罗桑一出手就使了一招"须弥印"，一时狂生只感到有无数只手掌，拍向他面门，急使出了一招"九阳高照"，伸出竹箫将来拳架开。两人只交一招，便知出自同门。密踪门里长幼尊卑的规矩极严，罗桑尖声道："我这招使得怎样？还不向师叔行礼？"狂生明知他是同门，但未曾在师门中见过，也就来个抵死不认。此人拳招沉稳老辣，内力深厚，自己虽然年轻力壮，毕竟未得拳招精髓。一招过后，便知使密踪拳不是这人对手。

罗桑满不在乎地使出第二招"五轮齐转"，狂生忽然变招，使了一手竹箫剑法，箫尾直刺罗桑右肩。狂生从魔教坛主凌云那里学到的这手剑法，关键在一个快字。他上一次在大理国边界，跟项水田比武时，曾用这套快剑，数次将项水田逼到角落。

罗桑的红色僧袍露着右肩，狂生的竹箫刚要触及他肩头，只见红影一闪，罗桑宽大的僧衣卷起一股疾风，已将竹箫卸到一旁，跟着还了一招"般若虚空"。

转眼之间，两个人就在飞雪中交手了十几招。娟月见狂生拳招百出，身手灵活，一时还不会败给那藏僧，只在旁边观战。

狂生连换了几套武功，都奈何不了罗桑，而罗桑始终只使密踪拳，却稳稳占据上风，有几次，狂生身上、腿上中掌，险些跌倒。狂生又使出火焰刀法，以内力吐出火舌，声势惊人，罗桑边退边笑："你使这些花里胡哨的功夫，不练好本门的绝世神功，又有什么用？"

情急之下，狂生使出了一招似是而非的拳法，右手箫，左手拳，身子纵起，在旁边的一棵枫树上一借力，猛向罗桑身上扑了过来，如同掀起了一阵狂风巨浪。罗桑见了这一招，忽然惊慌躲避，在地上连打了几个滚。爬起来叫道："谁教你这一招，这叫什么拳法？"

狂生这下可算是歪打正着，他使出的这一招，是项水田的九天拳中的"风起云涌"。项水田自那天万青云传授了他芈家拳之后，便反客为主，将狂生的竹箫快剑，打了个落花流水，以致毫无还手之力，吐血而退。狂生败给项水田，固然有些不甘心，但以他见识之广，也知万青云的这套芈家拳，也就是项水田口中的九天拳，可能是当今武林中最厉害的拳法。事后便反复揣摩，独自练习九天拳的拳法套路，虽然不明内功心法，但招数上倒也似模似样。他本拟此后有机会，再向项水田讨教这门功夫的内功法门，但此时无计可施，忙乱中使出来，没想到竟然一击见效。

狂生心思转得极快，他明白自己这一招徒具威势，并不含内义，不可能将这位密踪拳高手打倒在地，似乎此人是被惊吓成这样。明白这一节，他心中猛然想起一件事，脱口问道："你是不是大理国皇觉寺的那个疯僧？"

此人正是那个疯僧。他在投效金国四太子后，被四太子安插到了皇觉寺，通过装疯卖傻掩人耳目，暗地里却充当跟白玉廷等大理武将的联络人。那一天项水田在饭馆和皇觉寺门口，见疯僧跟那四太子大打出手，就是四太子安排演出的一场假戏，为的是透出四太子跟那疯僧毫无关系这个信息。疯僧前后只使出大理的拳法"洱海三叠浪"这一招，项水田不明就里，使出九天拳的一招"风起云涌"，将这个隐藏了自己真实武功密踪拳的疯僧，打了个惊慌失措。

那一次狂生因为不甘心绿玉被大理郡主抢去，也一路尾随着大理郡主和项水田，到了大理城中。那天他看见项水田跟金国四太子交谈甚欢，就以为项水田被金国买通，当了奸细。他出入皇觉寺中，自然是见过这个疯僧的。只不过，那时此人疯疯癫癫，胡言乱语，此时却身穿藏袍，俨然密踪拳的大宗师，所以才没有立即想起，在哪见过此人。娟月虽说是大理郡主的四大护卫之一，但却没见过皇觉寺的这名疯僧。

罗桑心虚起来，他不在乎爆出投效金国这事，却害怕自己武功上的弱点，道："你这小子也会使那怪拳？"

狂生看出便宜，一连使出九天拳的几个招数，"凭虚御风""乌鹊南飞""羽化登仙"，这些拳招，都是项水田跟他过招时使过的，这时便接二连三地使出来。他也不懂得内力运使，招式上更是似是而非。但罗桑从未见过这等古拙苍劲的拳法，又在跟项水田过招时，在"风起云涌"这招上吃过大亏。这时见狂生出招的路数，跟那怪拳一致，心中害怕，接招更慢，噔噔噔一连退了三四步。

但稍过片刻，罗桑便感到对方招数虽怪，力道却弱，正要出力反击，只听狂生手上一停："且慢！"

狂生知道再要比画下去，非露馅不可，只得罢手另谋出路。罗桑两只手僵在空中，怪眼圆睁，看他想要说什么。狂生道："看你使的武功，倒是密踪门的，但你投靠金人，我这一声长辈，也免了。你跟着我，无非是要那个铜鼎，但你看我这样子，像是有铜鼎的吗？"

罗桑怪眼一翻："你两个狗男女，夫妻不像夫妻，夜里也假正经不睡在一起，早上还弹琴吹箫，可把老僧急死了。大老远的，你们不是到这里来拿宝鼎，敢情是要在这里安家乐业，生娃抱子?"

娟月听到这话，脸上早就红了。狂生道："我跟这位师妹，虽有婚姻之约，尚未成亲，当然是各居一室。如果我们是来拿宝鼎的，昨天就拿走了，怎么今天还在这里弹琴?"罗桑道："你这鬼精灵的小子，谁知你是不是故布疑阵?"狂生哈哈一笑："那好吧，你说我是故布疑阵，那就是故布疑阵好了。我们就在这里，弹琴吹箫三天三夜，你就耐着性子等着，看看三天之后，我怎么拿到那个宝鼎，放在你的面前。"

罗桑怒道："小畜生，敢跟你师叔耍滑使诈。你要是敬酒不吃吃罚酒，老僧也只等拼着被师兄责骂，将你这小子的尸首，交到师兄面前。至于你这个漂亮的小娘子嘛，哼哼……"说着眼中露出淫邪的目光，瞟向娟月的脸上。

"吱"的一声，娟月身上的利剑，已经出鞘，直刺罗桑咽喉要穴。罗桑避开这一剑，娟月剑走偏锋，又刺他右臂，罗桑再退，娟月这一招却是虚招，待他后跟立稳，剑尖上移，刺向他后脑。这一招却是实招，罗桑如果头颈转动稍慢，就会被这招"梅花三弄"的剑招，削去半个脑袋。所幸罗桑密踪拳数十年的修为，低头急使了一招"石点头"，虽然避开了后脑被削之厄，但头皮上分明感到了剑刃上传过来的一丝寒意，也幸亏他是个秃头，不然定会被那锋利的剑刃，削去一丛头发。

罗桑只顾着嘴上讨便宜，没想到娟月性子刚烈，不甘受辱，话音未落，就已出手。更没想到，原以为这个花朵儿一般的弹琴女子，不过会几手花架子，先前他跟狂生过招时，这女子冷眼旁观，并未相帮。谁知她一出手就是绝招，又快又狠，丝毫不比狂生力弱。

罗桑恼羞成怒，低头避让之际，手上已取出胸前的一串佛珠，呼地使出，来斗娟月的剑招。

狂生见状，大吼一声，跳上前来，直取罗桑，使的是正宗的密踪拳法，势大力猛。这样一来，就是狂生和娟月两人合斗罗桑的局面。罗桑支撑了一阵，知道这两人都是硬手，就算是打到二百招以外，也无必胜的把握，只得卖个破绽，"橐"的一声，跳出圈子，窜进身后的树林之中，一溜烟地走了。留下一句"小子你走着瞧"，算是交代场面的话。

狂生和娟月对望一眼，又看着罗桑的背影，在白雪皑皑的树林中消失。本来以为，这处老屋地处深山老林，如世外桃源一般，两人可以在这里轻松快活地住上几天，现在看来，连这间老屋都被人挖地三尺，更有罗桑这样的恶人，事先潜伏在暗处，处心积虑地窥视，无非是为了那件铜鼎。两人知道，世间已没有清净之地，只得返回巫山了。

日上三竿，雪已住了。两人简单收拾一下屋子，关上木门，离开了这间老屋。刚往湖边的小路上走了几步，忽见湖对面山峰上阳光耀眼，抬头一看：原来这是一处朝东的山壁，如一面刀削而成的镜面，上面有终年不化的积雪。此时太阳刚刚升起，那耀眼的光芒，正是反射阳光所致。

娟月向天空一指："快看！"只见天空中出现了另一个奇景，比山顶略高的天空中，突然出现了无数悬挂着的天灯。这些天灯，实际上是高空中的冰晶凝结而成，正巧在此时，移到了这一处天空中，被那一处向上倾斜的山壁反射的阳光照射，发出了如初升阳光般的瑰丽色彩。这些天灯，就像突然在这处天空中，聚集了无数颗璀璨的星星，群星闪耀，光彩夺目。

两人正看得出神，忽然看到天空中的那些天灯，形成了一个如满月大小的光柱，光柱向湖中斜斜射出，照在湖面的一片冰面上，那被光柱照耀的冰面，有一张小圆桌面般大小，笼罩在光柱之中。持续了一刻，只听"咔嚓"一声，冰面被光柱融化，破碎开来，光柱直照到了水面，透进水底。这一景象又持续了一会儿，随着太阳再度升高，雪峰上那片石面不再发光，天灯也尽数熄灭，那个光柱也渐渐消失了。湖山之间，又变回了一片白茫茫的世界。

两人看到这般奇景，都怔怔地说不出话来，只是看着湖面发呆。这时，湖上那处破冰的小水面，却隐隐透出光亮。光亮是从水底透出来的，与先前从上面照下去的光柱，截然不同。两人被这奇异的光亮所吸引，大着胆子踏上冰面，向那破冰处走去。冰层甚厚，并无落水之虞。越往前走，那水中的光亮越是明亮。等走到近前，两人看到，那光亮似是从水底淤泥中的一件物事中发出。

狂生见多识广，但这种奇事也是首次遇到。他猜想这发光的物事，可能是受到刚才那光柱照耀，从污泥中发出光芒。心中起了一个念头，不管是什么稀奇的物事，既然见到，总要拿上来看一看。仗着身体强壮，也不惧湖水冰冷，便"扑通"一声，跳入湖中。湖水也不深，他探到湖底，伸手将那物拿住，似是一个粗重的笔筒，径面有碗口粗细。他将那物拿在手中，游出水面。娟月一伸手将他的手拉住，他微一借力，已跃上冰面。

狂生在水中洗去物中的淤泥，定睛一看，那件发光的物事，并不是笔筒，而是一件底部装有四足的小小铜鼎，鼎身长期在污泥中，已是黝黑。离开污泥和水面之后，发出更加耀眼的光彩。发出光亮的，竟是铜鼎底面，有四行竖列的隶字："巫山宝鼎，巴蛇显灵。天灯若出，颠倒乾坤。"

两人同时惊呼："巫山宝鼎！"

两个人在两个时辰之前与罗桑恶斗时，还说手上并无宝鼎。却没想到，这个江湖上人人想得到的宝鼎，竟然以这样的方式，来到他们手中。

狂生虽然不是巫山帮的，但跟巫山帮却颇有关联。对于这些江湖传言，也很有兴趣。曾在大理郡主的狮队里夺箫，虽说是为了一睹大理郡主的芳容，完成妻子郑蓉的遗愿，但在当时跃身树上，也与大理总管高瑞升有一番议论，说出了对"巫山蛊，七孔箫，神女会天骄"这十一字传言的独特见解；在巫山总坛，他与巫山帮主项水田比武，得胜之后，更是从他生父唐凤吟的居室之中，掌击屋顶，得到了那块写有"武落钟离山，天龙吐仙丹。若得瑶光顾，飞焰照金山"的绿玉。此后，江湖上发生了惊天动地的大事，众人被巴蛇一吹之力，发送到了镇江金山寺，见识了巴蛇吐蛊，飞焰照金山的景象。现在，他又亲手找到了这只宝鼎。鼎上字迹渐渐变暗，但他早已铭记在心。不知"巫山宝鼎，巴蛇显灵。天灯若出，颠倒乾坤"这十六字，又会暗含着什么样的命运密码。

狂生隐约觉得，这只铜鼎，可能是他养父郑逢时出于什么原因，扔进了湖中。现在两人拿到宝鼎，心中有些不安。环顾四周，静悄悄的并无一个人影。娟月心中害怕，对狂生道："这只铜鼎是不祥之物，只会带来祸事，还是丢到湖里去吧！"狂生心中也起过这个念头，但看着手上的铜鼎，似乎这个黑黝黝的铜鼎，生出了一股极大的魔力，叫人不肯释手。明明那发光字迹越来越暗，但狂生想着这四句话的含义，终是不肯松手。

铜鼎底部的字迹，终于全部消失。狂生咬一咬牙：这件物事既然是我们找到了，那就接受命运的安排，先将铜鼎收好再说。

狂生从木屋中找出一块旧羊皮，将铜鼎包住捆好，两人就出了门，往右边来路上的山林中走去。在林中刚走了一里地，雪地里忽然跃出两名汉子，一使戒刀，一使齐眉棍，向两个人扑过来，上来就是杀招。

狂生一看两人的身形和招式，知是罗桑同党。两人二十来岁，可能是罗桑的弟子。狂生应变奇速，左手拿着铜鼎，右手持箫接下两人的杀招。娟月也是一声娇叱，以手中瑶琴当剑，与狂生双战来敌。娟月与狂生两人的武功已是非同小可，两人联手更见默契，只交手了数合，那两个汉子便不是对手。"呛啷"两声，两人的兵器被打落。狂生使的是一招密踪拳法中的"天外素练"，娟月却是使的冼夫人剑法中的"昆冈玉碎"，两人的拳招不同，效果却是一致，都将对手的兵刃打落在地。

狂生出手点了两人穴道，环顾四周，沉声道："你们是罗桑的弟子吧？还有什么人？罗桑呢？"两名汉子极是硬气，一言不发。想到罗桑必在左近，两人不敢停留，展开轻功，在密林中足不点地，快速飘行。

眼看到了林子的尽头，前面就是雪山，两人脚步慢了下来。便在这时，从树后突然跳出一人，将一把粉末状的物事，往两个人面上撒了过来。"毒粉！"没想到又遇到高手，忽施偷袭，却是使的下三滥的招数。两人都是伸袖一挥，将毒粉避开。但来人第二招又至，这次是两只毒虫，一条金蛇，一只蟾蜍，分袭二人颈部，狂生和娟月两人武功都高，却不会使毒，只能再挥手中兵刃，将两只毒虫打落。那人阴惨惨地道："第三招叫你两个避不了！"只见那人伸开一双肉掌，趁着两人两次避开毒物，露出破绽，在两人后背都印了一掌。两人顿时感到一阵刺痛，那人嘿嘿笑道："这一掌中含着千年藏传黑砂，那就要了你们的小命。快将那宝鼎交过来！"正是罗桑。罗桑夺鼎心切，虽然武功败给了狂生二人，却并没走远。他安排两名弟子，先埋伏在雪地里，使出正宗密踪武功，耗去两个人一部分功力，迷惑二人，自己却在这通往雪山的要道守候，此时见狂生手中用羊皮包了一物，知道必是那宝鼎，他是志在必得，躲在暗处，使出绝命毒招黑砂掌，一击得手。

"不要脸的贼子！"狂生大喝一声，向罗桑发出反击。娟月与他心意相通，同时使出平生最得意的功夫，奋力一击。狂生知道必须在最短的时间内，将此人制住，使的是狂风快剑。娟月使琴剑功。这两般功夫两个人单独使出来，也许还不能将密踪拳的高手罗桑打败，但两人齐使，竟然使力道增强了数倍。

罗桑知道两人已经中毒，他不用将两人打倒，再过一会，两人必定支撑不住，倒地死去。但狂生和娟月两人背上火辣辣的，也知此时性命攸关，自然是手上加劲，势如疯虎般地出招。罗桑十分得意，勉力应付了二十余招，眼看二人递过来的力道越来越弱，眼中更加得意。

狂生急中生智，忽道："给你！"将手中铜鼎掷向罗桑。罗桑得鼎心切，心中大动，生怕那只宝鼎摔坏了，伸手要接住宝鼎。其实，宝鼎就算摔在雪地，也不会有何损伤。罗桑关心则乱，将宝鼎看得比自己性命还重。宝鼎飞过来的力道本来就重，再加上狂生娟月二人齐使的杀招，三股力道一齐击中罗桑前胸，罗桑立时如遭大锤重击，如纸鸢一般，从地上飞起，又重重摔落在地。肋骨被打断数根，口中鲜血狂喷，当即昏死过去。那只铜鼎也滚落在地。

狂生和娟月气喘呼呼，雪地里看出两人呼出的白气。两个人只觉得背上剧痛，眼前发黑，脚下一软，双双摔倒在地。

这样一来，三个人都是倒地不起，陷入昏迷。但狂生知道，罗桑虽然肋骨断了，口吐鲜血，但并无性命之忧。过得几个时辰，他那两名弟子被封的穴道，会自动解开，再追上来，狂生和娟月二人必然无幸。而狂生和娟月却是中了剧毒，受了极重的内伤，如果没有解药，那就性命不保。跟罗桑相比，两人的境况更糟。

狂生趁身上还有一丝力气，勉力爬到罗桑身旁，伸手在他衣袋中翻找，想要找到解药。但罗桑十分歹毒，意在制住二人，夺取铜鼎，并未将解药带在身上，狂生在将罗桑的衣袋翻了个遍后，还是没找到解药。

狂生只觉手上力气越来越弱，他眼睛模糊，向雪地上的娟月看过去，娟月口中呼出的白气，极是微弱，眼光也变得迷离。但狂生看着她的眼神，分明看出她对生命的万分迷恋，对自己这位意中人的极度依恋。这时狂生忽然生出一股力气，向地上的铜鼎爬过去。他将那羊皮打开，取出铜鼎，又爬到娟月身边，将铜鼎的鼎口，对着娟月鼻端，想让娟月往鼎中嗅去。心想铜鼎既是巫山帮炼毒之物，可能还有克制毒物的功用，如果有用，也可为娟月续命。

但这招似乎并无用处，娟月知狂生在生命的最后关头，用铜鼎先来救她，脸上露出欣喜和满足的笑容，这笑容渐渐僵住，凝固在她俏丽的脸庞上。

狂生只觉背上又麻又痒，最后全无力气，双眼模糊，手上发软，再也无力握住铜鼎。那铜鼎从他手上轻轻滑落，立在了雪地上。

狂生知道自己就要死了，脑子闪过了枣花的影子，心想，自己因为放不下这个铜鼎，竟然死在这里，也因此害了娟月的性命。又想到，能跟这位倾心相爱的女子死在一起，也算不枉此生了。

又过片刻，只见雪地里先后爬过来五只毒虫。先是一只金环蛇，再是一只金色蟾蜍，依次是一只毒蜘蛛，一只蜈蚣，一只毒蝎。

原来，这个铜鼎甚是神异，任何一个人在见了它之后，尚且不肯松手，对于毒虫来说，它就更有着致命的诱惑。铜鼎在雪地里立了片刻，方圆数里之内的毒虫，闻到铜鼎的气息，都争先恐后地爬了过来。

五只毒虫爬到近前，对两个昏倒在地的年轻人毫没兴趣，都是径直爬进了鼎腹中。

一进入鼎中，五只毒虫就拼命厮杀，最后，只有最强的那一只会存活，这一只，就是蛊王。连同后面来的数只毒虫，都身不由己地参与这场搏杀。一个时辰之后，那只金色蟾蜍，成为蛊王。

方圆数里之内的毒虫，已尽数前来，这只蟾蜍杀死十几只毒虫，成为蛊王之后，它又以鼎中毒虫的尸体为食，食尽毒虫，身子便鼓胀起来。因被鼎中的气息所惑，并不想离去。

此时，狂生悠悠醒转，睁眼一看，自己还活在人世，扭头一看，娟月仍是中毒未醒。好在罗桑的两个弟子，此时穴道未解，并未前来，那罗桑仍是伤重未醒。

他鼻子闻到一股浓烈的血腥气。低头一看，那只立在地上的铜鼎腹中，赫然有一只肚腹鼓胀的金色蟾蜍，眼睛已作血红之色。他并不知道，就在他俩昏迷之后的这一个多时辰内，已有十几只毒虫来此，变成了这只蛊王的腹中之物。如果是巫山帮中会炼蛊的药师，自会将金色蟾蜍捉出来，制成蛊药。

狂生虽然武功高强，但从未制毒使毒，对巫山蛊自是一窍不通。他见鼎中出现一只金色蟾蜍，猜想是二人昏死时被这只炼蛊的铜鼎吸引过来的，又见这只金色蟾蜍腹部鼓胀，眼中血红，想起在万柳山庄之中，见过那只两眼血红的白虎，想必这只蟾蜍是剧毒之物。

他知道以毒攻毒之理。此时自己既然醒来，只能死马当活马医了，不如吃下这只蟾蜍，就算被毒死，反正也是死过一回了。便将竹箫底端伸入鼎腹，拼尽力气，将那只金色蟾蜍捣了个稀烂。这只蛊王，虽是剧毒无比，只因贪恋鼎中的气息，哪里受得了狂生箫管的一击？一命呜呼之后，便要变成狂生的腹中之物了。

那金蟾血肉模糊，充满腥膻之气，狂生也顾不了那么多，双手尽最大的力气，将铜鼎握住，送到嘴边，如喝粥一般，将鼎中的金蟾连肉带血，倒入口中。只吃得一口，便要恶心吐出。但他知能否活命，全在此一举，便连嚼带吞，硬是将那金蟾肉吃下肚去。因又看到毒蛇、蜘蛛、蜈蚣、蝎子等毒虫的碎肉，推想是那蟾蜍吃进腹中之物，只觉更加恶心，再也吃不下去了。

过了一会，他发现自己不但没被金蟾毒死，反而身上渐渐有了力气，眼中也变得清晰起来。再过一会，他竟然能够站起身来，背上中招的地方，也不再疼痛。想到自己歪打正着，竟然救回了性命。他不知这只金蟾，经铜鼎一番淬炼，已成巫山蛊药，那罗桑所发的毒砂掌，在这天下第一等的蛊毒面前，自是不在话下了。

狂生既然救活了自己，便设法去除娟月所中的毒。此时娟月未醒，也没法将那金蟾的血肉，喂她吃下。只得将她背上衣服割开，心想她与自己已有婚约，此时为了救人，只得从权。看到她背上雪白的肌肤上，有一道乌黑的手指印。他听说有人可以用嘴去吸吮病患的毒疮，这时也毫不犹豫，低头以嘴吮吸娟月背上的黑印。来回数次，黑印消退，娟月也"嘤咛"一声，醒了过来。狂生知道自己吸吮的功用究竟有限，便拿起铜鼎，趁娟月刚醒，看不清鼎中的蟾蜍血肉，喂她喝下一小口蟾血。

等娟月完全清醒过来，狂生简单说了二人因为金蟾，死里逃生的过程。娟月听说他为自己吸了黑砂印，心中感动。听说自己喝下了蟾蜍血，便要呕吐。两个人见那罗桑未醒，也知眼前情势仍很凶险，应当尽快离开。

就在狂生刚放下铜鼎，要看娟月到底是否有力气站起来时，雪地里悄无声息地飘过来一个白色的身影。

那白影若有若无，若隐若现。对狂生和娟月二人，还有昏死在地的罗桑毫不理会。狂生只觉得那白影一晃，他身前的那只铜鼎便不见了，跟着那白影又飘飘荡荡，悄无声息地隐入了雪地的树林之中。

娟月刚刚恢复视力，看见那白影去得好快，如一阵轻烟。她隐约看到，那是个白衣白裙的女子，有着曼妙的身姿，已经在白雪掩映的树林中，越去越远，最后消失得无影无踪。

娟月在喝下了蟾蜍血之后，解毒更快。再过了一会，也能站起身来。两人虽失去铜鼎，但靠那铜鼎解了毒，还能活下来，实感侥幸。

狂生运一运气，知道功力尚未恢复。两人商议下一步的行止。娟月道："这里距青城山不算远，咱们就到青城山去，见一见我师尊，看看他老人家对铜鼎之事，有何见教，也顺便养伤。"狂生道："好，我们就去拜见你的师父若蹊道长。"狂生离去时，闪过一个念头，想将地上昏死的罗桑，一剑杀死。因为如果罗桑醒来后，跟他的两个弟子会合，看到狂生娟月已经离去，必定以为铜鼎也是两人带走，这将带来无穷后患。但狂生自居侠义道，不杀身受重伤之人。娟月更知跟狂生浓情蜜爱，既然死里逃生，也不忍动手杀人。两人对望一眼，均知对方的心意，应当放弃杀死罗桑的念头。两人相视一笑，举步向青城山出发。

一路上，两人有些奇怪，来时见过的景物，似乎变得有些陌生。这并不是下雪的缘故，有时两个人对望一眼，也觉得对方的形貌，如同变了个人似的。心中只好想到，也许两人都中了毒，才引起了形貌上的变化。最大的困惑是，一路上只要两人互相搀扶，或者心中产生爱意，腹中就会疼痛难忍。两人还以为是毒未除尽。其实这正是蛊毒发作的情形，两人虽然用蟾蜍克制了黑砂的毒，但自身又中了蟾蜍蛊王的毒。好在那只蟾蜍并没被制成绝情蛊毒，毒性的特征，还不明显。

狂生和娟月到山下买下两匹马，奔行不到一天，就来到了青城山。

项水田听说狂生和娟月两人到访，便和枣花二人一同出迎。

狂生在见到项水田和枣花的一刹那，只惊得说不出话来。好一刻，都跌坐在椅上，指着两人："你们怎么在这里？枣花，你是人是鬼？"枣花走到狂生面前道："哥这是怎么啦？不认识妹妹和水田哥了吗？路上是不是发生了什么奇怪的事？"娟月也指着枣花道："你是郑萼师姐？你还活着……"枣花挽住娟月的手："师妹，我这不是活得好好的吗？"话音未落，狂生和娟月二人身子一瘫，双双昏了过去。

项水田急忙请来本派的张真人来诊治。那张真人四十来岁，瞧了二人的情形，说是风邪乘于血气，阴阳不和，血气相乱，五脏精气大衰所致。又说二人有身中奇毒之相。开出人参养荣丸、金匮肾气丸、知柏地黄丸等药物，又灌了黄连解毒汤、普济消毒饮给二人解毒。两人先后醒了过来。

项水田便跟二人解释，他俩必是跟自己一般，情智损伤。在巫山帮所见的那些事儿，只是一场梦，不要再去想它。现在枣花活得好好的。连枣花的父母也活得好好的。狂生和娟月二人听了，虽然对亲人活着甚为高兴，但终难相信那是一场梦。狂生道："如果那是做梦，万蛇窟中的那些事，兄弟跟我二人是共同经历的吧？难道我们都做了相同的梦？"

这么一说，项水田和枣花面面相觑。狂生又简单说了铜鼎得而复失的事，项水田听了，也想不出那白色身影的是什么人。说道："那个铜鼎也不是什么好东西，丢了更好。"又道，"看兄长的情形，可能中了绝情蛊的毒。我也遭过这个罪。记忆错乱。只有……只有服下绝仙蛊，再练万爷爷的内功心法，才能根治。这件事儿要慢慢来。"枣花听项水田说到万爷爷，更是睁大了眼睛，不知他认识哪个万爷爷。

而狂生听他这么说，却知他说的万爷爷，就是大理郡主段瑶瑶的爷爷，万柳茶庄的主人万青云。项水田说到这里，自己的心中也更加疑惑起来。不知眼前的情景，到底做何解释。

娟月问起师父若蹊道长。枣花又做解释：若蹊道长已经闭关修炼，将掌门之位传给了项水田。数年之前，项水田就跟枣花私奔上山。狂生和娟月听了这话，又糊涂了，只得再次服药医治。

等再次醒来，狂生悄悄将项水田拉到一边，道："眼前的事，并不是你我和娟月有了什么情智损伤。可能是颠倒乾坤的奇事，我们来到了另一个世道。在这个世道里，枣花他们都活着，一切都跟过去不同了。"接着，便详细说到找到铜鼎，以及铜鼎上显出那四行字迹的经过，又道，"兄弟请看，'天灯若出，颠倒乾坤'这八个字的意思，是不是可以理解成为，天灯出现了，天地乾坤就颠倒了。我和娟月看到天灯的那一刻，就发生了颠倒乾坤。事实上，我跟娟月从羌塘一出来，就看到所有的景物，跟以前不一样了。"

项水田听了这话，也觉得用颠倒乾坤来解释眼前的事，比说自己情智损伤，要合理多了。自己身上的奇事已经够多了，也不会因为多了这个颠倒乾坤，再来大惊小怪。只不过，狂生说颠倒乾坤，是发生在他看到天灯的那一刻，从时间上推算，正好是项水田从树上醒来的那个时间。

但是，枣花却说项水田三年之前，就跟她一起，来到了青城山。如果乾坤颠倒而导致了世道的转换，是昨天才发生，那时间就不对了。狂生道："也许我们三人是同一个世道，却突然进入现在这个世道。也有可能，三年之前，已经发生过一次乾坤颠倒，枣花跟你一起上了青城山，你们就开始了另外一个世道……"

这么一说，两人又有些糊涂。不过，如果枣花和郑家庄的父母都活着，这可比什么都好。再也不用管他什么乾坤颠倒，世道转换了。两人约好，这个颠倒乾坤的想法，也不用跟众人去说了，因为说了，谁也不会相信，必定又说是犯了情智损伤。先看一看，在这个世道里，到底还发生了什么事儿。另外，那个铜鼎被神秘的白衣人抢走，又会有什么事儿发生。

狂生和娟月两人的身体渐渐好起来，二人的功力，也得到恢复。项水田和枣花的婚期，已越来越近。两个人既然当年是私奔而来，那就既无父母之命，也无媒妁之言，婚礼就不用照搬世俗的那一套了。现在狂生和娟月上山，张真人提出，干脆好事成双，项水田和枣花，狂生和娟月，这两对情侣都在青城山办一场婚礼。狂生和娟月二人也生性洒脱，一听跟项水田和枣花同时办婚礼，狂生也想将上个世道跟枣花成亲、枣花去世等沉痛的记忆，忘个一干二净。两个人都欢欢喜喜地答应了。

婚礼正日是五月十二日。这一天青城山上张灯结彩，青城派中的数十人全体出动，杀猪宰羊，披红挂彩，在老君峰南侧一间五进的石屋，名叫迎宾堂，为两对新人布置了两间新房。这两对新人因为远离家乡巫山，也无法请父母高堂到场，只是按照武林中的规矩，办一个简朴的婚礼了。

有人说，其他方面从简，新娘子总得坐一回花轿，这才有趣。众人轰然叫好。于是商定让两个新娘子前一天到山下的馆舍中暂住，新婚这天一早，由两乘花轿抬上山来，这才显出婚礼的喜气和热闹。枣花和娟月两人都感害羞，也感有趣，便提出不在一家旅舍中住宿，免得两人深夜聊天，误了行程，便各自下山选定了旅舍。周边的出嫁花轿自然是容易雇到，两个人各自精心准备，只等第二天坐上花轿上山成婚。

当夜，青城山方圆数百里地气温骤降，下起了一场鹅毛大雪。这场雪下得悄无声息，且厚盈数寸，一下子将青城山变成了玉树琼花的世界，果然是山如玉簇，树似银妆。枣花和娟月早起后看到瑞雪满窗，也是心中欢喜。直到两顶花轿在爆竹声中出了旅舍，天空中仍然雪花飘飞，玉鳞坠地。

抬轿的都是健步如飞的青城派青年弟子。没到掌灯时候，就赶在吉时，将两顶花轿，抬到了迎宾堂。婚礼由青城派一位德高望重的简长老主持。两对新人穿着新装，两位新娘头上蒙了红盖头，在经过拜天地、夫妻对拜等简单的仪式之后，将新娘送入了洞房，便算办完了婚礼。青城派的众人也摆开喜宴，喝了个一醉方休。

入夜，项水田踏入洞房，已是微醉。见两支明烛之下，新娘端坐在婚床上，只等他来揭开红盖头。他正想着将盖头揭开，忽然想起，上次在那万柳茶庄的锦帐内，自己就曾给段瑶瑶揭开过红盖头，虽然那是在蜜桃仙姑胁迫下所为，但段瑶瑶当时的情态，实有一番动人。现在，本来以为枣花死了，又以为她已经嫁作他人妇，谁知今日美梦成真，枣花成了自己的新娘，此刻，他要给枣花揭开红盖头，枣花该是怎样一番明艳娇羞的模样？此时鼻端闻到一阵浓郁的香气，早已心驰神荡，便伸手将那轻盈的红盖头揭了开来。

但见一位妙龄女子，满面娇羞，低垂双眼，见项水田揭开盖头，双眼一抬，立时明眸善睐，顾盼生春，欲语先娇媚。

他眼中一阵恍惚，还怕是自己喝醉了，忙擦了擦眼，仔细一看，这女子圆圆的脸蛋，如那天上的明月，大大的眼睛，清晰如湖水。虽然美丽绝伦，但分明不是枣花。

项水田再擦了擦眼，问道："你是谁？"

那女子忽闪着美丽的大眼睛："我是新娘呀。"声音娇柔，又软又糯。

第二章　六丑

词曰：

正新婚并日，错换轿，春宵虚掷。夜寻爱侣，芳踪如过隙，怅惘无迹。借问新来客，贵乡何处？美色思倾国，妆奁傍处留私密。六怪宾随，身形似鹞，神如兔奔鹰疾。更童叟意趣，难叩真息。

山房清寂，引豪雄隐逸，敬奉当年德，长屈膝，殷勤只待归集。岂人心叵测，目为山贼，空悲叹，横遭偷袭。终有祸，毒手纷然问鼎，聚歼轻抑，双龙会，梦断无极。竟未知，不抗崩云手，仙招制敌。

项水田慌了："枣花呢？你……你到底是谁？"说着就要出房去找枣花。

那女子道："枣花是谁？我不是你的新娘吗？"

项水田急道："你怎么会是我的新娘？枣花!"高声叫了一声，退开一步，就要打开房门，去找枣花。

那女子拉住他衣袖，眼中柔情无限："你走了，那我怎么办？"

"你、你怎么到我这儿来了？你不认识你的新郎吗？"

"婚姻大事，全靠父母之命，媒妁之言，我怎么认识我的新郎？"

项水田一想，她这话也对。那时的婚姻，得听父母的，得有媒人。新郎新娘只在新婚之夜，才能知道是丑是俊。他跟枣花这样私下相好，跑出来成婚，反而是不守规矩，不合礼法。

"你不知道夫家在哪，新郎是谁吗？"

"只知夫家在龙洞村，新郎姓滕……"

"我这里是青城山，哪里是龙洞村了？怎么会搞错了呢？"

"山下有座亭子，当时雪越下越大。我听轿夫说到亭中歇一歇。当时亭中已停了一乘花轿……可能后来就抬错了花轿……"

项水田直跺脚："龙洞村在哪里？"

那女子娇声道："奴家哪里知道？刚才……我们是不是拜过堂了？""拜了。""拜过天地，夫妻也对拜了，是不是？""是……是的。""现在是洞房花烛时，我们已经是夫妻了。"她眼中含情脉脉，语音如莺啼婉转，令项水田面红耳赤。

"可是，错了，弄错了……不行，我要去找枣花！"

"你这时去找，你的枣花，恐怕也已经跟人……洞房花烛了。"

"不会的，不会的！"项水田说着这话，逃也似的打开了房门，向外走去。

洞房外大堂之中，两桌酒席上，有人在喝酒，有人在赌骰子，吆五喝六，热闹非凡。

项水田大声道："轿夫呢？谁负责抬轿的？"

众人见项水田出了洞房，大声问话，都吃了一惊，满脸疑惑：这位入了洞房的新郎官，怎么这时会跑出来，问轿夫是谁？

抬轿的两人是青城派的年轻弟子吴建伟和吴建隆，两人正在喝酒摇骰子。

项水田道："两位大哥，当时在山下亭子里，是不是另有一乘花轿？"吴建伟道："是呀。雪下得太大，我们看到另有一只花轿，很是高兴，跟轿夫互道恭喜。那只花轿比我们后到，可能路途远，轿夫共有六人。一来到亭中，放下花轿，六个人嘻嘻哈哈的。我们看他们也是办喜事的，也没在意。过了一会儿，其中一人还说亭子外面有耗子，几个人去追，我们也都看他们追耗子，再回来，他们中有两个人就先抬了轿子，出亭子去了……"

"可是他们抬错了花轿，将枣花妹子的轿子抬走了，你们又把他家的新娘抬上山来了。"众人听了这话，都大吃一惊。这么说，刚才跟项水田拜堂的，不是枣花，项大掌门将新娘的盖头揭开时，才看清是别人的新娘。

众人都想看个究竟，这位抬错了花轿的新娘，是何模样？只见洞房内的花床床沿上，坐着一位红衣女子，此时红盖头已经揭去，粉脸圆润，容色照人，一看就知不是枣花。见众人看她时，那女子忽地取出一个面具，戴在脸上。那是一只半脸青铜面具，女子只露出双眼和下半脸的粉颊红唇。

项水田道："这位新娘说她嫁的是龙洞村的滕家。有谁知道龙洞村在哪吗？我现在去找！"众人听了这话，全无应答，青城派中二十几人，竟没有一人知道，附近哪里有个龙洞村，更无人认识姓滕的。

新娘出嫁抬错了花轿，这可真是一桩奇事！项水田急得在大堂中来回走动，众人也不知如何是好。过了一会儿，连在西边洞房中的狂生和娟月二人，也走出房来。听说抬错了枣花花轿，也感吃惊，娟月道："当时抬错了轿子，枣花师姐应该知道，这位新娘也应该知道呀，怎么没说呢？"那女子娇声道："轿子盖得严严实实，我不知道抬错了呀。"项水田一听这话，立刻大步走向大门，要下山到龙洞村找回枣花。

　　便在这时，石屋前立着六个形貌相同的男子，并排站着，如一堵墙一般。

　　只见六个人獐头鼠目，耳大招风，个个弓腰耸背，手长脚长，显然是六胞胎的孪生兄弟。六个人身穿玄色粗布长衫，腰扎皮绳，衣上披着雪花，口中呼出白气。

　　六个人见到身穿新郎红袍的项水田，全都哈哈大笑起来。其中一人道："这人虽然长得丑了点，还真的像个新郎官儿。"另一人道："他不是丑了一点，是长得很丑。"又一人道："我看他是天下第一丑男！"第四个道："我叫他丑男一号！"第五人道："丑男一号当了新郎，那是不是也要配个第一丑的新娘？"最后一人道："错，丑男一号要配最美的新娘，因为郎才女貌……"

　　这六个形貌丑怪的男人，一上来就对新郎官项水田评头论足，随意数落，更说他是天下第一丑男。青城派弟子安奇劲脾气火暴，再也忍耐不住，大声喝道："今天是我们项掌门新婚大喜的日子，哪来的六个怪胎？在这儿胡说八道，莫不是吃了豹子的胆，掏了老虎的心……"他话音未落，那当先的一个怪人道："今天是我们项掌门新婚大喜的日子，哪来的六个怪胎？在这儿胡说八道，莫不是吃了豹子的胆，掏了老虎的心……"其余五人闻言全都哄笑起来。

安奇劲气得火冒三丈，大声道："识相点就快滚，不然老子就不客气了！"那怪人又大声道："识相点就快滚，不然老子就不客气了！"安奇劲再也忍耐不住，挥拳就向当先那怪人打去，项水田伸手拦住，对六人道："六位到青城山来，不知有何见教？"那人挤眉弄眼地道："六位到青城山来，不知有何见教？"其余五人又笑。

负责抬轿的青城派弟子胡建伟和吴建隆，刚才喝多了酒，这时挤上来，一齐指证："抬错花轿的，就是这六个人。"项水田忙走上去，拉住为首的那人，道："兄弟，快告诉我，你们将我那枣花的轿子，送到哪里去了？山下是不是有个龙洞村？"

那人挣脱他的手，望着其余五人，道："天下竟有这般浑人，新婚之夜，洞房花烛，竟然娶了别人的新娘！"话音未落，其余五人笑得更欢。一人道："娶了别人的新娘，那他的新娘也被别人娶走了，倒也公平。"又一人道："要是他的新娘不愿意怎么办？"另一人道："嫁鸡随鸡，嫁狗随狗，不愿意也得愿意。"又一人道："谁说她不愿意了？那个男人再丑，总比这个天下第一丑男强……"

"呼"的一声，安奇劲身子蹿出，一掌击向最后说话的那个怪人，项水田一把拦住，对六人道："六位兄弟辛苦了。你们抬轿的新娘好端端在这里，快告诉我，六位将我那位新娘，送到哪儿去了，我现在就去找回来。"

忽听身边有一个娇柔的声音说道："六位来迟了。我已经与这位项大官人，拜堂成亲了。"说话的正是那位新娘，脸上还戴着露出半脸的铜面具。

六人中的当先一人，听了这话，立即赔上笑脸，恭恭敬敬地走上一步，道："主人，这可奇了，你只说是要来青城山上，办一件大事，却在这里，跟这个丑八怪成了亲……"项水田急道："我们只是拜了堂，还没有……"另外一个怪人笑道："她既要我六兄弟抬了花轿，就是来成亲的，大哥却没看出来……"

那女子似笑非笑地道："你六人将我丢在那个亭子里，全都去雪地里逮耗子，现在事情弄成这样，我有什么办法？"她这么一说，众人才知，原来是这六人在雪地里抓耗子，才导致抬错了轿子。

项水田已无心听这六人跟那女子说话，只是抓着那老大的手摇晃，道："兄弟，快告诉我，你们把我那新娘的花轿，送到哪里去了？"那老大眨了眨眼，又看了一眼那新娘，道："送到龙洞村的滕家了呀……"他话音刚落，项水田已经急冲而前，往山下去了。那新娘喊道："回来，追不上的……"项水田哪里听得进，如一阵风似的往山下奔去。

项水田在雪夜里疾奔。他轻功绝佳，也不辨道路，只沿着下山的方向，在树枝、山石上纵高伏低，仍是花了一个多时辰，才奔到山下，来到那座亭子的时候，已是深夜。借着雪光，他见那亭子的横梁上立着一个牌匾，大书"遇仙亭"三字，又见亭外往山下的方向，雪印犹在。心想顺着这雪印，必能找到那龙洞村，也就能找到那龙洞村的滕家了。但出了亭子才十来丈远，就找不到脚印了，不知是不是被雪盖住了。这时已是三更，想必枣花早就到了那新郎家里，她在轿中，或者在下轿之时，就知轿夫抬错了轿子，一定会分说明白。现在已过了大半夜，也不见她回山的身影，心中更加着急。

他离开亭子，往山外的方向，又奔行了一会儿，眼见右边山谷中有个村落，便大步走入了村子。那个村落有数十户人家，村子里静悄悄的，只听到一两声狗叫，尚无人起床。项水田正不知能找谁家去问，忽听前面有踏雪之声，忙赶上去，原来是一位早起的猎人。

项水田见是一位五十多岁的老者，打个手势："请问老伯，这是龙洞村吗？昨晚有没有姓滕的办喜事？"那老者答："这里名唤史家村，没有姓滕的，也没有哪家办喜事。""老伯，知道附近有龙洞村吗？""小老儿五十有七，自小就没听说这青城山方圆几十里，有叫龙洞村的……"项水田听了这话，心中凉了半截。

离了老者，项水田不甘心，又在附近十来里的地方，找了数个村子寻问，得到的答复无一例外，这里没有龙洞村，也没有姓滕的。

问龙洞村和姓滕的问了好多遍，他脑子突然灵光一闪，想起大前年，他跟枣花在乌梅峰参加摆手节的歌会，遇到一位年轻人，是大理国的皇宫侍卫，因为苦恋大理郡主风月蝴蝶，独自去到巫山帮万蛇窟，当夜被毒蛇咬伤，在枣花和他面前毒发而死。那人曾说过自己"家住灵鸠峰北边的龙洞村，名叫滕什么……"。

灵鸠峰是巫山总坛，后山那里有龙洞村，也有姓滕的。可是，那里跟青城山有数百里远，那女郎和六个怪人，不可能是去那数百里外的龙洞村吧？

只能再回到青城山，如果那女郎和那六个怪人没有离去的话，在他们身上寻找答案。

项水田在雪夜里，奔回青城派迎宾堂时，天已大亮。

他老远就听到有人在大呼酣斗。提气疾奔到石屋前，只见夷陵狂生一人，手持一根竹箫，在与那六个怪人恶斗，而青城派数名弟子，已经倒在雪地里，娟月和那个新娘子，并排在屋檐下观战。娟月满脸关切，那女郎戴着铜面具，看不出表情。

项水田心中忧急，只想找六怪打听枣花的下落，他也不知这六个怪人到底武功如何，冲入战阵，大叫道："不要打了，我有话说！"

那六怪手上并无兵刃，狂生一人一箫，在六个人中腾跃纵横，拳箫并用。但狂生打得并不轻松，那呼喝之声，便是从他口中发出。他每发出一声呼喝，便听到六怪中的一人，也跟着他同样呼喝一声，这般在打斗中鹦鹉学舌，看起来有几分滑稽。

项水田冲入战阵时，那学舌的怪人也跟着说了一声："不要打了，我有话说！"

项水田伸左手将狂生挥向一怪的竹箫尾端握住，右手以快捷无伦的手法，向每一个怪人的胸前发出一掌。狂生的洞箫倒是握住了，项水田右掌掌力的余锋，将六怪身后几棵松树上的积雪，也震落下地，六掌过后，六怪倒是每人都中了一掌，但是，每个人都是嘻嘻哈哈，笑道："好痒，好痒！"

项水田大吃一惊。这一连使出的六掌，是万青云所传芈家拳的一招"虬龙负熊"，在武林之中罕逢对手，怎么会打在六怪身上，却成了搔痒了？他一时之间不明所以，想到可能是因为寻找枣花，一夜之间狂奔，耗损了内力。他放开狂生的洞箫，左右手划出弧线，又向六怪使出一招"大鸟厥体"，这一招使出，是自上而下击打六怪的肩头，出招奇快，内力浑厚，连地上也腾起了六道雪雾。

六怪不闪不避，肩头啪啪直响，六人都大喊："好玩，好玩!"也不知是说打在他们身上好玩,还是在地上激起了雪雾好玩。

青城派没有受伤的弟子,看到项水田使出的这两招,都是万分惊讶。不知这位年轻的掌门,从哪儿学到这门神奇的拳法,拳招力道,那可比本门的青城伏虎拳强多了。

狂生心道,自万青云传授项水田这套拳法之后,自己就不是他对手。这一拳如果打在自己身上,无法避开,非倒地不可。

但项水田心中,只有更加吃惊。他这招"大鸟厥体",拳招中带着点穴的后招,已使出了七八分的力道,如果是寻常的武师,身子会被打得飞了出去,六怪却都说"好玩"。项水田感到,双手如打到铁板上。六怪还将他打出去的力道,反弹回来,令他两只手掌隐隐生疼。

项水田跟狂生对望一眼,两人都是面面相觑。看来六怪跟狂生也是这般打法,全没跟他真斗。

项水田只好停招不动。只听那六怪中一人道:"请问新郎官,你这叫什么拳法?"

项水田据实相告:"芈家拳,也叫九天拳。"他这么一说,那六怪又热闹起来:"到底是芈家拳,还是九天拳?""你有没有搞错?一套拳,怎么会有两个名称?""九天拳是要学九天,还是中招九天过后,就会死掉?""谁是你的师父,叫他来说清楚!""拳招倒是不错,只是这个新郎官太脓包,人长得丑,打出的拳也是老人挠痒痒。"

只听一声软语娇叱:"行了,别再乱说了。"

说这话的,是那戴着铜面具的新娘。六怪一听她这么说,一齐住口。

只听那新娘轻声道："六位大英雄，你们到青城山，是来打架说风凉话的吗？"那声音温柔甜腻，似是责备，却有无尽的温婉妩媚之意。

那大怪道："主人要找这青城掌门办一件大事，我看不必了。这人不仅长得丑，连掌门也不会当。去追他的新娘子回来，不知道分派手下去办，硬要亲自跑一趟……"二怪道："路程那么远，他叫别人去追，也追不上。"另一怪道："他是去追他的新娘子，当然是要亲自去呀！"另一怪道："不对不对。他昨晚已经跟我们主人拜堂了，主人才是他的新娘，那位新娘，也跟别人拜了堂，成了别人的新娘。"大怪道："对呀，对呀！他娶了我们主人做新娘，可从昨晚到现在，别说喝他一杯喜酒，连一口水也没喝，我看啦，他这个新郎，也当得不怎么样……"

那新娘明知六怪语带调笑，也不生气，只是抿嘴而笑。

青城派十几名子弟，都是脸有忧色。张真人等几名武功不错的同门，最早跟六怪过招，六怪也是先将众人戏弄一番，最终干脆将张真人几人点倒在地。狂生出面后，六人更是只跟他游斗，仍是猫捉老鼠一般。直到项水田回来，使出那芈家拳，也奈何不了他们。有几个同门见张真人几人，在雪地上躺得久了，去将几人抱起来，但几人被点了穴道，如醉倒一般，难以抱起。项水田见状，飞步上前，在几个人身上连连拍打，将穴道解开。张真人等几人站了起来，走回人群中，张真人边走边说："哪里来的邪魔外道？到青城山来撒野，这不是无法无天了吗？"项水田对六怪嘲讽他的话，并不着恼。这时听六怪说到要自己"办一件大事"，突然觉得错抬花轿这事，并不简单。一时更加着急起来，大声道："六位将我的新娘，到底送到哪里去了？我去那遇仙亭周围的村子问遍了，并没有龙洞村……"

那大怪道："你现在问我，却也迟了。如果昨晚你没有走得那么急，能多听我这位美男子多说一句话，事情也不会是现在这样。那龙洞村远得很，这时候天都大亮了，你那个新娘子，不是早就跟别人洞房花烛，做了快活夫妻了吗？"其余五怪跟着哈哈大笑。

只听狂生忽道："这位姑娘和六位朋友，莫非是冲着巫山宝鼎而来？今天是青城掌门的大喜日子，各位不要找我这兄弟的晦气，各位要找宝鼎，只来找我便是了……"

那女郎听了狂生这话，甜腻腻地道："这位狂生哥哥真好福气，娶了这个大美人做妻子，昨夜洞房花烛，自然是幸福美满，赛过活神仙了。不过，今早起来，我们六位大英雄跟你两位新人，开了几句玩笑，你就动上手了，这可就有点失了你新郎官的风度……你说我们是为了宝鼎而来，这也不对……"她大胆直白地说到狂生和娟月的洞房之夜，两人都不好意思，娟月脸上早已红了。

忽见那大怪走到项水田面前，伸出一只手道："拿来！"项水田道："你要什么？"

"巫山帮的英雄帖呀！"

"什么英雄帖？"项水田说这话时，已心生警觉，转头正视那戴面具的女郎，一本正经地道："姑娘到底是谁？是何门派？为何将我那枣花掳走？来青城山到底为了何事？"

那女郎嫣然一笑，向他招了招手，道："你过来，我只对你说。"项水田道："有什么话，不能公开说吗？"那女郎扭动了一下身子，柔声道："过来嘛，我也不会吃掉了你……"她这般温柔的语调和亲昵的动作，竟然使项水田无法抗拒，缓步走到她身前。

女郎将嘴唇靠近了项水田的耳朵，轻声道："我只对你一个人说，我叫温芊芊，从巫山神女峰来的。你的新娘，我也没有掳走，我来这里，也不是为了什么宝鼎，而是要求你办一件大事……"身上香气扑鼻，口中吐气若兰。

项水田听她是从巫山神女峰来的，感到又奇怪又意外，大声道："我能帮你办什么大事？我那枣花到底在哪里？快快告诉我！"

那女郎笑着用手指一指山下："有人来了。"

项水田侧耳倾听，并无响动。又过一会，山道上传来阵阵马蹄声，跟着转出来十几乘马，五六匹马背上驮着沉甸甸的物品，都用布袋包裹得严严实实。为首一人，身材魁梧，相貌粗豪。那人翻身下马，见到项水田，大踏步来到他面前，一边口称项掌门，一边双膝一屈，跪了下去。身后十几人也一齐跪倒在地。

项水田一看这些人突然行此大礼，心中惶恐，将为首那人扶住："各位快快请起，小生愧不敢当。"那人抬起头来，见项水田满脸迷惘，道："项大哥，您不认识我了？我是清风寨向松呀！"

项水田想起，上次去巫山总坛武落钟离山时，曾在清江上见过清风山寨主、铁牌手向松，但向松与清风寨的盗伙连船拦江，不让所有船只过去，项水田和高瑞升几人并未跟向松打照面，不知这位寨主为何对自己行此大礼，急忙应答："向大寨主久仰大名，快快请起！"

向松将身边左右两人一指，道："这两位是山寨二头领巴通权、三头领黄百川。项大掌门是我山寨的恩人，我兄弟三人今日到青城山，一来是给项大掌门谢恩，二来是恭贺项大掌门新婚大喜！"说着又是连磕了三个响头，才站起身来，身后众人也是这般咚咚磕完头，才随后起身。

项水田忙将三人拉起来，道："我是清风寨的恩人？"向松道："恩公你忘了？半年前，小可几个人手头紧，到成都做了一笔买卖，经过青城山，顺走了十几匹马。贵派老掌门派你一人到清风寨算这笔账。你来到清风寨时，遇上对手来找我寻仇。山寨艺不如人，就要任人宰割，本来你可袖手旁观，你却凭了青城派柔云掌法，将那一十八人全都制住，山寨得脱大难，又免了山寨盗马之罪。这番恩德，清风寨没齿难忘呀！"他大声将这件事详细说了一遍，就是要将这件事，在现场的人面前，宣扬一番。

向松见那新娘身穿出嫁的红裙，戴了露出半脸的铜面具，也不以为异常，忙道："这就是嫂夫人了，真是仙女下凡！"又要跪下磕头。项水田急忙止住："休要客气……弄错了……"向松将手往项水田肩上一拍，大声道："这哪里会有错！来呀，兄弟们，将小小礼物卸下来，请恩公和嫂夫人笑纳！"那些人答应一声，都将马背上的全部包袱卸下地来。向松又给项水田递上一张礼单："獐子五十只，狍子五十只，各色杂鱼一百斤，野鸡、兔子各五十对，熊掌二十对，鹿筋二十斤，榛、松、桃、杏各两口袋，各类点心两口袋，现银一千两……"

六丑一看有许多食物，呼啦一声，扑向那些礼盒，不能吃的随手丢下，能吃的往嘴里塞，双手不停，一边口中不停说道："好吃！好吃！"霎时就将那些礼盒弄得乱七八糟，地上一片狼藉。

温芊芊听向松夸奖自己，全不怪他认错了人，顿时脸上笑靥如花。

项水田却心中忐忑："我怎么不记得去清风山办过这件事？"想起狂生说起过的颠倒乾坤，可能这是跟枣花一起来青城山之后发生的事情，见向松等人一脸真诚，全无作伪使诈的模样，也只当是发生了这件事。

但眼前的情景极是尴尬。他要尽快应对这个姓温的女子和这六个怪人，并找回枣花。既然清风山向松是来谢恩和道贺的，说明他们是友非敌。时间紧迫，他也只好有话直说："感谢向大哥和一众兄弟的盛情。实不相瞒，小弟这个婚礼，新娘子弄错了……"

向松等人听了他述说错抬新娘花轿这事，都是惊讶得睁大了眼睛，不敢相信世间有这样的奇事。他刚才认那戴了铜面具的女子是新娘，她是坦然接受。现在项水田说出实情，向松才相信是真的娶错了新娘。

但项水田又说到这位错抬上山的新娘似不简单，说是要求他办一件大事，这样看来，这女子和六个怪人，似是有备而来。项水田想到六怪和这神秘女子索要英雄帖，多半是巫山帮向武林各派都发出了，想看看那姓温的女子所说的大事，是不是跟英雄帖有关，便问道："请问向寨主，贵山寨是否收到了巫山帮的英雄帖？"向松还没答话，只听那温芊芊道："清风山虽然在江湖上有些名声，只怕还不配收到巫山帮的英雄帖。"果然听向松道："恩公说的是什么英雄帖？"

向松察言观色，见这娘子虽然穿着新娘的服饰，却戴了铜面具，只露出半脸，有些诡异，又见跟她一起的这六个怪人，形貌怪异，全无规矩。又看到青城派的子弟，对这新娘子和六怪怒目相对，有的还身上带伤。在项水田解释了原来是错抬了花轿之后，知这新娘子来历不明，竟然索要英雄帖，虽不明所以，但多半是敌非友，便对他上山之前的情景，猜到七八分。

向松性格粗豪，恩怨分明。也不管他三头领的武功，远不及项水田的青城派，一心只想为恩公打抱不平，便将清风山的十几名盗伙聚在身边，对温芊芊道："这位新娘不知如何称呼，既然抬错了花轿，就当及时各归各家。现在，我这恩公已在急着找回他的新娘，你这位娘子的相公，想必也等你早点回去。你怎么还在向我恩公索要什么英雄帖？青城派是名门正派，我清风山却是绿林草莽，在这里要说一句公道话，还是请你跟这六位朋友早早离开吧！"

温芊芊听了这话，一双秋水般的眼睛，只望着项水田，轻声道："回向寨主的话，小女子名叫温芊芊。真的有事来找你这位恩公帮忙……"

向松说了那句硬话，本来以为接下来必是跟女郎和六怪大打出手，却没想到这女子语声婉转，全不是要打架的样子。道："你这女娃子说话乖巧，有什么事就跟项恩公直说，他这人最肯帮人了。"那温芊芊道："要他帮忙这件事，不能先说出来，却要他带着巫山帮的英雄帖，一起去巫山帮一趟……"

项水田听了这话，道："我哪有什么巫山帮的英雄帖？我要找回我的枣花！"向松一听，自己只与那女子接上一句话，就给她带入了温柔陷阱，顺着她的话头说下去了。忙正色道："既然项恩公没有英雄帖，也急着找回他的新娘，女娃子还是早早离开吧！"

温芊芊一脸妖媚地对六怪一指："我也想早点下山呀，可这六位大英雄,却忙着填饱肚子……"那六怪好像对她的话全没听到,仍旧在拆开礼盒,大吃大喝。

向松等三个头领取出兵刃在手,大声道:"六位朋友,识相点便请离去,不然,哥三个这可真的要得罪了!"

六怪仍只顾吃喝,并不回头。那新娘更是脸带笑容。

向松、巴通权、黄百川各挺兵刃,大声呼喝,向最近的三怪攻了过去。

只听"呛啷"几声,三个人的兵刃全都掉在地上,那三怪并不转身,只在背后伸腿踢了几下,便将三人的兵刃打落了。

向松三人顿时尴尬地站在当地,不知如何是好。项水田道:"感谢向寨主主持公道。我等也不是这六位朋友的对手。"向松大吼道:"为了恩公的事儿,不是对手也要打。"伸拳往六怪身上打去,另两人也如法炮制。但六怪仍是伸腿从身后钩一钩,三个人都是倒地,这次不知用了什么力道,三个人倒地起不来了,只在地上呻吟。清风寨其余的盗伙,只得上前将三人扶起身来。

温芊芊笑道:"向寨主,你对我夸奖,又送来了吃的,我也不责怪于你。"又看了项水田一眼,道,"又有人来了,这么多人,不会是送帖子的吧。"

项水田仍没听到半点声息,又过了片刻,才隐约听到有马蹄声,足足等了半个时辰,才看到山道上有数十骑马,声势豪壮,一齐奔上山来。

那三十余骑乘者,一色的紧身黑衣,头上戴了头罩,只露出眼睛,身上兵刃各异。这些人看到青城派的迎宾堂前,多了清风山的十多名盗伙,自是觉得有些意外。

这些人刚进入视线,项水田就睁大眼睛,在每个人身上扫过，指望看到枣花的身影。但从头看到尾，并无一个女子，方知不是送枣花回来的。来到堂前，这些人纷纷下马，却不露面容。项水田上前一步，客客气气地道："各位从哪里来？到青城山有何见教？"

为首一人走到项水田面前，举手行礼，一副鸭公嗓子大声道："项大掌门有礼了！我等只是江湖上的无名之辈，项大掌门大名鼎鼎，年纪轻轻，便从若蹊道长手中，接过掌门的位子，昨晚又与青城山的大美人郑萼洞房花烛，"他说这话时，眼望温芊芊，续道，"我等得信迟了，没赶上喝杯喜酒。恭喜了，恭喜了！"又将眼光在清风山的向松等人脸上一扫，接着说道，"清风山的向寨主比我等早到了一步，也是为了这件事而来的吗？"这人把话说完，却并不等向松回答，而是拿眼睛在狂生和娟月两人身上不停打量，同时发出嘿嘿冷笑。六怪仍在大吃肉食，鸭公嗓也没将六个形貌丑怪的人，放在眼里。

项水田听他恭贺自己新婚之喜，又错将温芊芊认作枣花，正想解释一番，只觉得这一行人的神态和动作，不全是来给自己道贺的。沉声道："多谢各位好意。小生年轻识浅，要请各位朋友多多关照。"

那鸭公嗓却是眼望狂生，哈哈笑道："不瞒项大掌门说，我等听说，昨晚跟项大掌门同时成婚的，还有这位夷陵狂生，和这位娟月妹子，听说这两人刚从羌塘那里，找到了那只宝鼎。狂生兄弟既然来到了青城山，能否将那只宝鼎拿出来，让我等开开眼界？"

众人听了这话，都吃了一惊。青城派的人，见到狂生二人上山，身上有病，却没听说他找到了宝鼎。清风山向松等人想到，刚才这人说到清风山"也是为这件事而来",方知这伙人是为了那只宝鼎而来。

狂生知道,既然没将罗桑杀死,就免不了江湖上的人,为了宝鼎而找他纠缠,他是狂傲的性子,道:"阁下是什么人?就算本人得了宝鼎,凭什么要给你开眼界?"那人听了这句抢白,嘿嘿冷笑道:"兄台果然不大识相。俗话说,见财有份。这年头兵荒马乱的,大伙儿日子都不好过。好歹将这个宝鼎拿过来换些银子。你这哥儿要是不给面子,那弟兄们只能来硬的了。"

狂生冷笑道:"这只铜鼎,不过是巫山帮用来炼蛊的。几时听说,能当成宝贝换银子了?"

鸭公嗓大声道:"大家是明白人,公子就不用装糊涂了。在下听说,这只宝鼎不仅能炼制蛊药,更能化运那千年巴蛇,甚至还藏有苍生命理,乾坤倒转的秘密。连当今武林第一人、魔教教主唐凤吟,也想得到这件宝物。还有人说,这宝鼎中还藏着一处大财宝的秘密。所以,我等一得信息,便星夜兼程地赶到这里,不过,比起清风山的向寨主,还是晚了一步。"

忽听温芊芊道:"这位朋友,小女子想要请教,那宝鼎如何运化千年巴蛇,又藏着怎样的苍生命理,乾坤倒转的秘密?"声音柔媚动听。

那鸭公嗓听了这话,觉得十分受用。微微弯腰,恭恭敬敬地答道:"回掌门夫人的话,小可也只是听得江湖上的朋友都这么说,宝鼎到底藏着什么秘密,只有看到之后,才能知道……"又不忘补上一句,"掌门夫人与项大掌门是天生一对,当年同上青城山,一时传为武林佳话,从此便在这青城山,做那神仙眷属,对那什么劳什子铜鼎,自是不放在眼里了……"

项水田见他越说越离谱，大声道："这位朋友，你弄错了。这位……这位姓温的姐姐，并不是在下的夫人郑萼，昨天的花轿抬错了，她才来到山上……"

鸭公嗓听了这话，一脸错愕，讪讪地有些不解：这位说话好听的绝色女子，刚才一见面就口称她是掌门夫人，她是坦然接受，怎不见她出言纠正？

项水田续道："在下听说，那只巫山铜鼎，并不是什么吸引巴蛇的宝物，跟命理呀，天地乾坤呀，更扯不上什么关系。其实这东西绝不是什么宝贝，甚至会带来厄运。朋友们不要听信传言，以讹传讹。"

他这话说出来，鸭公嗓等人哪里肯信？一众黑衣人纷纷叫道："不用费话了，只要那狂生早早交出宝鼎!"鸭公嗓高声道："项掌门既这么说，那是不会跟我们争这宝鼎了!"

狂生傲然道："各位要找宝鼎，尽管冲我狂生来就是!"

鸭公嗓道："公子说出这句话来，是摆明了要以你夫妻二人之力，跟我们这些人打一架了。清风山向寨主要不要加入进来？胜了这里有两位美人儿，都是你的压寨夫人了。"说完这句流里流气的话，一众黑衣人发出一声淫邪的怪叫，一齐摆开兵刃，就要动手。

只听向松道："各位慢来，青城派的项大掌门，是我清风山的恩人。今日我等上山，一来恭贺恩公大喜，二来是为谢恩。我清风山也爱宝贝，不过，今日是在这青城山上，我等丝毫不敢对项恩公，还有郑少侠夫妇不敬，更不敢对这位姓温的女侠，还有她的六位朋友，有半点不敬之处……"他说到这里，眼睛瞄着温芊芊，知道那鸭公嗓口出狂言，马上就要大祸临头了。

鸭公嗓哈哈怪笑，声音粗糙难听："向老儿倒有自知之明，你清风寨那点微末道行，也不用有非分之想。哼哼，那这宝鼎和美人儿，大伙儿就通吃了。哈哈哈哈！"

向松一听这话，毫不生气，只想火上浇油，用手一指六怪，大声道："你这小老儿坐井观天，不知道自己有几斤几两。你也不问问，要在这青城山动手，这六位大英雄、大豪杰，是不是肯答应。"

六怪此时正张开饕餮大口，狂嚼清风寨送来的食品点心，对这伙黑衣人上山和此前的对话，全没在意。

鸭公嗓哪里知道，这六个形貌丑陋、嗜吃如命的怪物，身怀惊人的武功？将手向空中一挥："上！"一众黑衣人挥动兵刃，向狂生面前冲了过来。

只听温芊芊柔媚的声音说道："六位大英雄大豪杰，不可贪吃美食了，快快将这群下流坏子打发了！"鸭公嗓言语中一再侮辱于她，已让她颇为着恼。

这声音并不如何响亮，更是带着她独有的魅惑。但有如给六怪发出了一道不可抗拒的指令。

只见六道影子，如同灵狐一般，冲向了黑衣人群，真可以说是所向披靡。黑衣人凡遇上一怪的，未交上半合，都是身子腾空，兵刃离手。从空中摔下地来，便已被点中了穴道，连调换下着地的姿势，也是不能。空中发出"啊啊"的惨叫，地上发出"噗噗"的闷响。

那鸭公嗓站在当地，见六怪如鬼魅般的身影，将身后同伴纷纷抛上天空，真不信世间有这样的奇事，只觉是大白天见鬼了一般。他口中刚发出"这……这……"的声音，一怪已走到他面前，鼻尖与他的鼻尖相对。他本能地举起手中的长剑，向这怪人身上砍落，只听"吱"的一声，他握刀的右手，从肩胛中被硬生生地扯出，那剑还握在断手上。他发出"啊"的一声惨叫，肩头鲜血狂喷，已痛得昏死过去。

那怪人正是六怪中的老大，此时嘴中还在大嚼食物，似觉鸭公嗓这人败了他的兴头，扯断了这人的手臂仍不解恨，正要将五根瘦骨嶙峋的手指，插向鸭公嗓的咽喉，忽听温芊芊柔媚的声音道："不可伤一人性命。"大怪的手僵在空中，再也无法向前。跟着那鸭公嗓的身子，便"噗"的一声，倒在地上。

温芊芊对倒在地上的黑衣人看也不看，款款走到项水田和狂生面前，娇声道："我帮两位打发了这群黑衣人，却要如何谢我？"

项水田身子跟她更近，鼻子闻到她身上的香气，她说话也是口吐芬芳。但刚才眼见她手下的六怪，使出这般惊世骇俗的武功，随便一招，便将人手臂扯下来。看来，六怪跟狂生和自己过招时，真是留了余地。听了温芊芊这话，只淡淡地道："多谢援手之德。这六位英雄功夫出神入化，果然不同凡响。"顿了一顿，又道，"我那枣花，还请放她回山！"

温芊芊将身子凑近了项水田，嘴唇快要贴近他的脸颊，柔声道："我不是跟你拜过堂了吗？你还是要去找你的枣花？不肯屈尊大驾，帮我办了这件大事？"

项水田快与她肌肤相接，闻到她扑鼻的香气，已是熏然欲醉，听着她娇媚的嗓音，脸孔都要红了。但项水田见到她，却不禁生出害怕。她越是这么狐媚，项水田越是对她不敢亲近。道："我那枣花，自幼跟我一起长大，又跟我一同来到青城山。你如不将她放还，硬要我走，除非我死了……"

温芊芊脸上风情万种："奴家向你保证，你的枣花现在好好的。小女子所求之事，并不违反你的侠义道，也无损于你青城派一分一毫，甚至是有益于苍生黎民。这样的事，项大掌门也不做吗？"她声音软糯，身子轻轻摆动，如同撒娇，叫人无法拒绝。

项水田终于转了语气："如果是不违反侠义道的事，为什么不能明说？"

"这就是这件事的难处了。如果明说，任谁一个人，都办不成，甚至前功尽弃，坏了我的大事。"

"我怎么知道，你不是骗我的？""只要拿到巫山帮的英雄帖，你便随我去巫山帮走一趟，一路上你一切自便，奴家对你绝无半点勉强，一旦我有骗你，可随时离去……"

"我没有找回枣花，怎能安心帮你办成这事？"

温芊芊咯咯娇笑道："你的枣花，已经去了巫山派左近的龙洞村，你不用担心……"

项水田猛然醒悟："果然便是巫山帮所在的龙洞村，难怪我下山时找不到。"又看了狂生一眼，对温芊芊道："你刚才向那黑衣人问起铜鼎做何理解，你要我去巫山帮，帮你办这件大事，是不是跟那铜鼎有关？"

温芊芊一听这话，收起脸上的笑容，一本正经地道："从见你第一面开始，我有提起过铜鼎两个字吗？如果这件事与铜鼎有任何关系，或者说，与巫山帮的事，有任何关系，项大掌门都可随时离去……"

项水田既然知道枣花便在巫山派那边的龙洞村，那就是刀山火海，也要赶过去了。说道："便是要去，可我手上并没收到巫山帮的英雄帖呀？这英雄帖又是怎么回事呢？"

温芊芊轻声道："巫山帮只向少林武当等少数几个门派发出了英雄帖，要在半山亭中举办一场宴会。你的青城派也在受邀之列，帖子这时只在送来的路上，时间不等人，我们这就下山，此处巫山就一条道，你走到中途，也能收到帖子。"

项水田正要答应，忽听那向松粗豪的声音说道："恩公千万不可上了这女娃子的大当。这女子跟她这六个怪人，来历不明，小老儿六十有四，遍历巴地，从未见过这等狐媚的女子，自来美女就会骗人。恩公新任青城山掌门，前程无量，如跟这狐媚女子搅在一起，难免自毁前程，身败名裂！"

这句话对项水田有如当头棒喝。他退后两步，喃喃地道："向寨主说得有理。可是，枣花已在她掌握之中，怎能不救？"

狂生道："大丈夫岂能受人胁迫？自有另外的法子，救回枣花。"项水田一听这话，点头道："好，我听向寨主和狂生哥哥的。"

温芊芊轻叹了一口气："向寨主和狂生兄弟好糊涂。奴家几时欺骗和胁迫项大掌门了？两位这么说话，真要坏我大事。"说完，向六怪招了招手。

向松和狂生等人，不知她招呼六怪，要做出什么事来。

便在这时，从山道上缓缓走来一人，身穿灰袍，大袖飘飘，缓步而行。

他看起来走得迟缓从容，一瞬间便已走到近前。

他见满地都是躺倒的黑衣人，又见地上那鸭公嗓断臂处仍在流血，便俯身出指，将断臂处的几处穴道封住，转头对着温芊芊，慢条斯理地道："不是说过，不可伤一人性命吗？"众人见那灰衣人已气定神闲地站在当地，看起来也只有二十来岁，已毫不费力地将鸭公嗓救醒。

更奇的是，这人的左手袖管空空，居然缺了一臂。

温芊芊答："你来迟了，这人也没死呀。"

那人道："项掌门是否答应前去？"温芊芊懒洋洋地道："项大掌门的大驾，我是请不动了……"

那独臂人漫不经心地道："这——好——办。"便起身缓步走向项水田。

狂生和娟月，清风山、青城派诸人，明知这独臂人会不利于项水田，但在这人面前，竟无半点抗拒的余地。

独臂人走到项水田面前，盯着他的脸，慢吞吞地说道："我见过你。"项水田竭力思索，想不起在哪里见过这个独臂人。忽见独臂人举起右手掌，拍向他头顶。项水田来不及反抗，头上中掌，当即昏死过去，被那人提在手中。

那独臂人伸手将项水田身子提起，如同拿起一件小小包袱一般，转过了头，漫不经心地对温芊芊道："走吧！"

温芊芊走回屋中的新房内，将一个乌木铜饰小箱抱出。众人眼睁睁地看着那独臂人，手中提着项水田，当先走向场边的一匹马前，将项水田身体向下，横放马身，一跃上马。这些马都是那些黑衣人骑来的。温芊芊和六怪都翻身上马，六怪上马之前，每人都不忘抓起食物，带在身上。

青城山的一众同门，还有狂生娟月，清风山向松等盗伙，双脚如同钉牢在地上，谁都没能挪动一步。

但听嘚嘚嘚马蹄声，几人下山而去。马蹄溅起雪花，腾起团团轻雾。

第三章　踏莎行

词曰：

> 巫子传书，石门邀宴。萧咽鸟语声声见，关河大漠竟相逢，熏风谁识幽人面？
>
> 卦象凄迷，知音梗断。猿身飞越溪头浅，长思旧侣苦追随，崦嵫山半云舒卷。

车行辚辚，鸟语间关。

项水田再醒过来，发现自己是置身在一辆马车上。车厢中弥漫着似曾相识的香气。微睁开眼，只见自己斜躺在车厢的座位上，可容两人落座的座位另一端，赫然坐着温芊芊，香味就是从她身上发出来的。其时她正目视前方，并未发现项水田醒来。两人之间，有一只淡黄色的乌木箱子隔开。

项水田急忙闭上了眼睛。他想起自己是听那独臂人说"我见过你"这话后，对方在头顶一拍，自己就昏了过去。现在成了温芊芊这一行人的因犯，应该是在前往巫山帮的路上。此时虽然醒过来，但他不想跟温芊芊说话。

他静静回顾事情的原委：看来，一开始时就不是什么错抬了花轿，而是温芊芊有意为之。目的就是通过扣住枣花，胁迫自己陪她到巫山帮去，办一件什么大事。而巫山帮有一份英雄帖发给自己，但现在并没收到。

温芊芊和那六怪，还有那独臂人，到底是什么人呢？

她自称是巫山人，也确是本地口音。但正如向松所说，在巴郡之内，从没见过这几个人。更奇的是，六怪和那独臂人所使出的武功，当真是深不可测，应该不属于任何一派。她自己没有露过一招一式的武功，但既能号令六怪，想必武功也跟六怪同门。

项水田仔细推究六怪和独臂人的武功，发现全无理路可循。招式直上直下，毫无转折回环的痕迹，出招往往是绝想不到的方位。最令人恐怖的是，出招奇快，身形似鬼魅，对手连招式都难看清，自然说不上抵挡了。这样的武功，比起万青云所授芈家拳，或者中土的少林武当拳法，都要高明得多。这几人必能打遍天下无敌手。

这一行人武功到了这个地步，还有什么事儿办不了？为何还要假手自己，去巫山办一件大事？这会是什么样的大事呢？项水田想不明白。

想到自己为何被选中，唯一有一种可能：自己是神女之子，有一半神仙的血统。自己的武功跟他们比，是不算高，但也多历奇幻之事。比如在神女峰上，见过母亲和那位瑶光仙子，多次能看到瑶光化身枣花的形象，而其他的人却看不见。还有被唐凤吟占去肉身，御魂而行，最后又找回肉身。还有自己中了绝情绝命的蛊毒而能不死，甚至还有百毒不侵之身。

不过，神女之子这件事，也有疑问。比如上次那唐凤吟的师尊云阳师太，便说我才是唐凤吟之子。神女峰上见到神女母亲，还有瑶光仙女，那不过是梦境和幻象。要不然，为什么自从这次见到枣花以来，就从来没在梦中见过神女？也再没见过瑶光仙女？自己也曾无数次地祷告和祈求，但神女和瑶光再也没有露过面。这次自己被那独臂人掌拍头顶，命在旦夕，也未见神女相助。

想到奇幻之事，昨天便听那鸭公嗓说起，那件巫山宝鼎中，藏着苍生命理和乾坤倒转的秘密，从枣花复生这件事来看，乾坤倒转的事已经发生了。这是对现在经历的这个世道，最为合理的解释。不仅枣花没有死，在前一个世道中已经死去的人，比如唐凤吟，还有枣花的父母、中原门派中的五十六位被毒死的人，都没有死。

而乾坤倒转的事，很可能发生在自己跟枣花一起，私逃上青城山之前不久。由于乾坤倒转，自己跟枣花的命运，发生了改变。所有人的命运，也发生了改变。

想起自己在上一个世道中，亲眼见到那只千年巴蛇，在万蛇窟中现身，将唐凤吟一口吞下，又在瑶光仙子的见证下，在金山寺的江面上口吐蛊药。这等情景，真是惊天奇闻，再世难逢。那么，在这一个世道中，巴蛇会出现在哪里呢？巴蛇身带绝仙蛊，当然是跟巫山帮有关，它最常出现的地点，就是巫山帮的万蛇窟。

现在是五月初，正要快到巫山的神女节，神女节当日的子时，便是千年巴蛇出洞吐蛊的日子，自己曾在上一个世道，无意中得了引导巴蛇吐蛊之法。莫非，温芊芊一行，去巫山帮办的大事，便跟巴蛇吐蛊有关，或者说跟宝鼎有关？

可是，找到宝鼎的狂生，又说宝鼎上显示"天灯若出，颠倒乾坤"，又说他看到了天灯照射在湖底的宝鼎上，此后发现世道不一样了。这又如何解释？他想不清楚。

这个宝鼎，一切都因为这个宝鼎。现在，最好是所有的人都找不到这个宝鼎。或者说，宝鼎最好不要落到武功最强的温芊芊这伙人手中。项水田心中暗暗祷告。

又想，自己在新婚大喜之时，众目睽睽之下，从家门口这么被掳走，枣花也被劫持不归，这个脸也真丢得大了，青城派数百年的声誉，就这么毁在自己手里。温芊芊既然要自己帮她办事，枣花就暂时不会有性命之忧。不知派中的门人子弟，下一步该如何动作？会不会去求告闭关修炼的若蹊道长？他老人家武功智计胜自己百倍，也许会出面来解救自己。

不过，温芊芊这一行的武功，实在是太高了，高到此前不仅没有见识过，连想也没有想到过。另外，他们会使毒吗？如果不会毒功，也许还有机会。

只能走一步看一步了。

"你醒过来了？"温芊芊问道。

项水田只得睁开眼，将身子坐直了。他注意到，温芊芊这时的语气和眼神，要冷淡得多，已不见此前的温柔婉转。

"我们这是去巫山吧？走了多久了？""是的，已经走了两天，快到万县，还有一天，就到巫山了。"

项水田道："我能马上见到枣花吗？"温芊芊淡淡地笑一笑："你想见她，不知道她是不是想见你呢。""怎么会呢？""到了你才知道。"

项水田看到那只将两人隔开的乌木小箱，四角以黄铜镶嵌，十分精美，问道："箱子里装的是什么？"

温芊芊眼神中增加了一丝暖意："你真想知道？"项水田点了点头。

"里面是我的嫁妆。如果你认我是你的新娘，你是我的……丈夫，就能打开看了。"项水田忙道："那我不看了。"

温芊芊语气又变冷淡："要是你的枣花已经跟别人洞房花烛……现在是别人的妻子了，你会怎么办？""枣花怎么会嫁给别人？"温芊芊冷冷地道："在另外的某个时候，枣花就是狂生的妻子，是不是？其实，你以前是见过我的，只不过，你当时不知道罢了……"项水田听到她说这句话，心头一震："我见过你？这怎么可能？"温芊芊点了点头："是的。我们一共见过两次。我现在不能告诉你。告诉你了，你也不会相信。"

项水田低头思索，这个温芊芊也知道他上个世道的事，她说我见过她，我怎么全无印象呢？

突然，他想起一事，抬头道："你是瑶光仙子？又换成了这个模样？"温芊芊轻轻摇头。项水田一想，瑶光仙子若隐若现，神通广大，怎么会有什么事儿求到自己头上呢？

项水田搜索枯肠，怎么也想不起，在上一个世道，在哪儿见过这位女子。不好，他脑中突然跳出了那个红杏女的形象，她会不会是那次声称，跟自己风流一夜的红杏女？一想到这点，他就感到不安，脸上窘迫，不敢直视温芊芊。

但他又想，不会不会。无论相貌气质，说话的声音，行事方式，那个红杏女跟温芊芊都是天差地别。这位温芊芊，是个清丽绝俗的女子，虽然大胆外露，浓腻妖媚，但又行踪神秘，高深莫测，统领着六怪和独臂人这样的角色。怎么可能会是风尘女子？一时为自己有了这样龌龊的想法而惭愧。

隔了一会儿，温芊芊声音低下来，几乎细不可闻，脸也红了："洞房花烛夜，那会是个什么样子……"项水田没想到，她会提到这个问题。看来，她虽然做了号令六怪的首领，还是个黄花女子。现在两人独处马车上，项水田脸上尴尬，不知这话怎么回答才好。

项水田问道："你今年多大了？""一十七岁。""嗯，比我小了一岁。等你真做了新娘时，就知道了。"

温芊芊脸更红了。

项水田换了一个话题："那独臂人和六个怪人，也是贵派的人物吧？你是他们的首领，你们到底叫作什么门派？"

温芊芊脸色恢复正常，故意来个鹦鹉学舌："嗯，你比我大了一岁。小哥哥，你一定要问我是什么门派，那我就是神女派吧。等你帮我办完这件大事时，就什么都知道了。"

川东一带的巴族，都信奉神女。中原武林之中，从没听说过，有个神女派。项水田明知她说的是假的，也不便反驳。

便在这时，忽听马车外有人问道："请教一声，车上坐的，可是青城派项大掌门？"

温芊芊将头探出窗外："正是。尊驾是巫山帮的吗？""是的。在下奉本帮郑帮主之命，前往青城山给项掌门送交英雄帖。事在仓促之间，看到马车上项大掌门的青旗，这才出声叨扰。"那人恭恭敬敬地答道。

温芊芊回身对项水田道："果然遇上了巫山帮的信使。你可下车收取英雄帖。"项水田道："我现在已成你的阶下囚，还拿什么英雄帖？狗熊还差不多。你们要它有用，直接拿去得了。"温芊芊温言道："项大掌门何必过谦？奴家实有不得已的苦衷，才有求于你。请你看在枣花的分上，将这出戏演下去吧。"这句话其实是将枣花拿来做砝码，项水田只得点了点头。

温芊芊又探头对那人说道："星使稍等片刻，项掌门这就下车来会见尊驾。"那人见这位脸戴铜面具、与青城派掌门人同车的女子，出语温柔甜腻，吐属文雅，虽不知她是何身份，已感受宠若惊。

项水田下车，向那人走去。那人已立在马旁，看着项水田的脸庞，啧啧称奇："项掌门果然与敞帮郑帮主生得一模一样。如果不是在路上撞上您的大驾，小人真的就要认作敞帮郑帮主了。"

项水田道："尊使辛苦了。在下年轻识浅，粗鄙少文，却能学步于贵帮郑大帮主的仙范，荣幸之至。惜与郑帮主缘悭一面。我老家就在巫山项家坝，正要去巫山帮拜访，得识郑帮主尊颜。"

那信使道："这样再好也没有了。敞帮郑帮主要小人转达项大掌门：说是项掌门天纵少年，龙章凤姿，英雄侠义，海内钦敬……"

他这话还没说完，前车中有一人说道："你这话不尽不实，我看这姓项的是又老又丑，简直是天下第一丑男，只有我们六位大英雄，才称得上年少英俊……"忽听"啪"的一声，那人脸上吃了一鞭，想是那赶车的独臂人，挥鞭制止了六怪中的一人胡说八道，那话就没有说下去，也无人接口了。

项水田轻轻一笑："车上坐了几位喜欢打趣的朋友，尊使请别介意。"

那信使不知六怪是何方神圣，但见项水田毫无责怪之意，抱拳道："难怪项掌门天下驰名，不仅身怀绝技，而且心怀博大，广交朋友。敝帮郑帮主再三交代小人，一定要请到项大掌门，前来巫山参加英雄宴。"说着双手将一张大红帖子，递给项水田。

项水田展读那张请帖，只见上面写道："青城派掌门项水田钧鉴：久慕芳范，未亲眉宇，冒昧致书，以求教诲……"又说他"荣登掌门，海内钦敬"等语，最后说道："今神女节将至，敝帮新近得一宝物，恭请阁下光降，慧眼鉴宝，共觉深美……"

项水田自己也觉奇怪，这封咬文嚼字的帖子，他竟然完全看懂了。大约是因为他在这个世道，于青城派中耳濡目染，不知不觉间有了长进。这张帖子除了客套以外，主要是说巫山帮得到一件宝物，请项水田前去鉴赏。但到底是什么宝物，却没有明说。项水田心中猜想，可能就是那个宝鼎。之所以要请江湖门派去巫山帮，可能与神女节的炼蛊有关。看来，温芊芊这几人并不在巫山派邀请之列，但他们却一定要去参加这个聚会。为何她要选择从青城山得到英雄帖，还要上演错抬花轿这一出，这就不得而知了。

"项大掌门，小人的英雄帖，已经交到您老人家手里，也算小人与您有缘，也省了小人去青城山一趟。小人这就回巫山复命。巫山帮自郑帮主以下，恭候项大掌门大驾光临！"见项水田看帖之后陷入沉思，那信使说出了这番话。

"哎呀，告罪了！看帖后一时走神，怠慢了尊使。请问星使尊姓大名？也没有请星使在青城山小聚，一览山色，喝杯薄酒。"项水田拉着那人的手说道。

那信使忙不迭地弯腰打躬："不敢不敢，多谢项大掌门动问，小人贱名骆一飞，在巫山帮专司送信之职。下次有机会，一定要上青城山，拜望您老人家和贵派高人大士，英雄豪杰……"

项水田见这人年纪比自己还大，却称自己是"您老人家"，忙道："骆先生太客气了！请转达在下对贵帮郑帮主的钦敬之意，青城派能收到贵帮英雄帖，本派上下均感荣幸，在下一定准时出席。"那信使又说了许多恭维的话，一步三回头地走向坐骑，掉转马头而去。

项水田回头看到，所乘坐的马车顶上，果然插着一面青旗，大书"青城山项"四个大字。他知道这是为了方便让巫山帮的信使看到，但太过张扬，现在已收到请帖，便要求温芊芊将这面青旗取下来了。

回到马车上，项水田将那张请帖交到温芊芊手中："英雄帖在这里了，你们就去办大事吧！"温芊芊并不接过请帖，满脸堆笑："项大掌门果然礼数周全，对一个信使都能面面俱到，奴家佩服。请帖还是项大掌门收着吧，反正还是要劳动你的大驾。"

马车到了万县之后，又换乘一条大乌篷船，顺流而下，到达巫山县，在大宁河口登岸，换乘马车，往上游走上大半天，就到了巫山帮的总坛灵鸠峰了。这条路项水田自然熟悉，走起来果然是恍如隔世——他自从跟枣花在一起醒过来，便没有再回来过。这次行来，景况依旧，他这个人，却不再是巫山帮的帮主，而巫山帮帮主，仍然名叫郑安邦，却是另外一个人，长得又跟他很像。只有感叹造化弄人。又想，枣花真的是被温芊芊送回灵鸠峰附近的龙洞村了吗？会不会是她骗了我？而只是将枣花扣留在青城山附近的某个地方？如果她真被送到了巫山龙洞村，一路上舟车劳顿，不知受了多少苦楚。自己枉为掌门人，连爱侣都保不住。他本想问温芊芊"枣花是不是真的在那个龙洞村"，但知她不会说真话，也就忍住了不问。

想到这里，便不想再跟温芊芊说话。

温芊芊似乎知道了他的心思，道："你今天就能见到你的枣花了。""真的吗？"项水田脸有喜色。"我已经说过了，等见到了，她愿不愿意再做你的新娘，那可说不准了。""不会的，她已经答应嫁给我了……""那可不一定……"温芊芊似笑非笑。"一定是你们用什么手段，要挟于她！"项水田绷起了脸。"要是在洞房花烛的时候，跟那位新郎怎样怎样了呢？"温芊芊仰起了脸，调皮地眨着眼睛，慢吞吞地道。

"不会的，不会的！"项水田明知她这话是假的，多半她只是将枣花扣住了，其实并没有一个另外的新郎，但是，听到温芊芊这么说话，还是心如刀割，心烦意乱。

忽听温芊芊道："前面有好戏看了！"

项水田不能不佩服温芊芊耳力灵敏，几次都是她远远听到了前面的动静，项水田等人要过好一会儿，才能听到。

马车又行了数百丈，才听得前边林中，隐隐传来打斗呼喝之声。

大宁河边的这条山道，是自南向北前往灵鸬峰的必经之路。只见打斗的两方，共有十多人在山道上过招，还有人在道旁的小树林中观战，将山道完全堵住了。

温芊芊这一行共一大一小两乘马车，前面大车里坐着独臂人和六怪，后面的马车里只坐了温芊芊和项水田两人。这时两车正好在山道的高处，距离下方打斗的人马有十来丈远，项水田将马车上窗帘拉开，将打斗的场面看得一清二楚。

只见过招的双方，各有八人在捉对厮杀。有拿兵刃的，也有比拳脚的。

项水田隐隐看到，身穿黑衣的一方里，有几个人他都认识，再一看，南边观战的黑衣人中，有一为首之人，骑着高头大马，竟然便是魔教教主，号称武功天下第一的唐凤吟。

唐凤吟好端端在这里，不再是记忆中被巴蛇吞噬和占据他肉身的怪物，项水田真切地感受到这种隔世为人的诡异。魔教上场交手的八个黑衣人中，在黄州被自己打死的宇文彪，还有在万蛇窟中战死的凌云、冯枭等魔教堂主，也活生生地在跟对手过招。

再看另一方身着玄衣的人马，上阵的八人个个青筋暴突，身手硬朗，但一个不识。

但是，八个玄衣人的后阵之中，为首一人骑着白马，丰神俊朗，气度不凡。项水田一眼认出，这人便是正在跟大宋朝交战，令大宋官兵切齿痛恨的金国四太子完颜宗弼，上个世道，他假充名叫英布，在大理国与宫廷侍卫白玉廷联手，策划了对巫山帮南北夹击的毒计，企图抢夺巫山蛊。后来奸计不售，而金国单独派出的夺蛊人马，被巫山帮的神女李青萍实施水淹之计，全军覆没。

不知现在这人为何又带着人马，出现在巫山帮的附近，难道又是奔着巫山蛊而来？金国四太子既然是跟魔教的唐凤吟在此交手，唐凤吟仍然是鸠占鹊巢地盘踞在巫山帮吗？那个郑安邦，只是顶着巫山帮帮主的空名吗？但从那骆一飞的信差口中看来，不仅巫山帮的英雄帖中，半个字也没提到唐凤吟，就是在言语之中，他也没有带上一句"五梅教唐教主"之类。可见在今世之中，情形也许会有不同。

项水田用心观看双方的过招。

如果说，这一场交战，跟普通的武林门派相比，有什么不同的话，那就是，双方并不使用一门一派的武功。唐凤吟的魔教，宇文彪、凌云、冯枭等堂主，多是来自不同的门派，武功博杂，四太子这一方，八人都是硬手，武功也是各呈异彩。

双方你来我往，有的是太极剑对鬼头刀，铜锤对钢叉，长枪对大戟，大斧对铁棍；也有的是罗汉拳对螳螂拳，武当拳对八卦掌，灵蛇拳对洪拳，看起来眼花缭乱，却有理路可循。也不知双方斗了几个回合，却是难分难解，旗鼓相当。

但两方这么僵持下去，如果不分出胜败，这条去巫山帮的山道，就会这么被占据，温芊芊的这两辆马车，也就无法前行。再斗一会，双方领头的唐凤吟和四太子，都注意到了立在坡上的这两辆马车，也知马车上的多是看客。因为如果属于任何一方的阵营，就不会只是冷眼旁观。

温芊芊看到了骑在马上的唐凤吟，脸上的神情也是大为不屑。

"你认识这位唐教主？"项水田问了一句，温芊芊若有所思地点了点头。

自从项水田学会了九天拳之后，跟少林、武当等中原两大武林宗师交过手，到后来又跟万青云学了芈家拳后，武功实已不在夷陵狂生之下，也可以说，在中原武林之中，已是顶尖儿的高手。他看了这一十六人竭尽全力的拼斗，招数的快慢，内力的运使，何人有破绽，何人得先机，都可以看出门道。

但是，在跟六丑过招之后，只觉这六个怪人所使出的武功，实在看不出任何武林门派的套路，又快又狠，远非寻常武师所能。在这样神鬼莫测的对手面前，项水田也毫无机会，只有认输这一途。直到现在，自己被温芊芊这一行人劫持在马车中，前往巫山帮而来，项水田仍有如梦似幻的感觉，只是觉得，自己这辈子无论如何苦练，也无法练出这么不可思议的武功。在这样的武功面前，中原任何一个门派的拳理功法，内力修为，都是如同儿戏。

项水田又道："跟唐凤吟这边过招的，是金国四太子，这个人是大宋的死敌……"温芊芊仍是面无表情地看着双方对阵，对项水田的话，不作回应。项水田道："那四太子来到巫山帮附近，必是对巫山帮图谋不轨。尊驾一行，武功出神入化，何不乘此机会，将那金国四太子聚而歼之，也算为国效力，为本朝的那些将士，去掉一个大对头……"

却听温芊芊道："好端端的降生为一个人，这是多么不容易！却要你争我夺，打打杀杀。最后白白失去许多性命，本姑娘对这种事，偏是不感兴趣。"项水田听了这话，心中大为赞同，他本来是个放牛娃，对于炼蛊杀人这些事，本来也很抵触。但是，他又觉得，眼下金国人跟大宋打仗，百姓遭祸，作为大宋的子民，为国家出力，也是分所当为。

只听温芊芊又道："人家官家打仗，犯得着老百姓参与拼命吗？再说了，现在皇帝的心里，可真不愿意把金国人打败呢！"项水田心中好奇："那怎么会呢？"温芊芊道："把金国人打败，赶回北方去了，再迎回被掳去的钦、徽二帝，对他有什么好处？"项水田没有想到，她的心思，会想得这么深。

正在回思她说的这句话，忽见温芊芊转过了头，双眼凝视着他，说道："本姑娘在乎的，是你项大掌门。如果是你……项大掌门，对我说一句话，要我将这些金国人杀了，冲着你这一句话，我便去做了……"她本来想说的是，"如果你是我丈夫，你当我是你妻子"，但这话在两人面前，终究说不出口。

项水田也听出她话中的意思，害怕因为求她办了这件事，反而对救回枣花不利，只得将那句求她出手的话，忍住了。

坡下的战局忽然陡生奇变：只见酣斗的黑衣人中，忽地有使兵刃的三个人体力不支，兵刃脱手，似要倒地，其中一人大叫："贼子使毒，好不要脸！"高手过招，岂容半点疏失？三个玄衣人对手立即兵刃齐出，痛下杀手，眼看魔教三个黑衣人有性命之忧，而其余五人被对手拖住，无力施救。

只听"当当当"三响，有三件小如石子般的暗器，同时打在三个玄衣武士的兵刃上，三个人手上一麻，兵刃一偏，也就无法向前。原来是唐凤吟危急中打出三颗围棋子，救了三个下属一命。

紧接着，唐凤吟以箫就口，吹出了呜咽凄恻的箫声。霎时间，从唐凤吟的身后地上，涌出来密密麻麻的无数毒虫，什么毒蛇、毒蛛、蟾蜍、蝎子、蜈蚣之类，一齐向玄衣人的那一边冲去，这一场面令人惊怖，毒虫是在唐凤吟箫声驱使之下，速度和密度都是大为增强。就连场中及在坡上的项水田等人，听到这幽咽喑哑的箫声，也是心神激荡，脚下也要不由自主地迎着箫声而去，成为那些毒虫的口中食。坡上的两辆马车，都在不由自主地往后退去。

项水田曾在巫山帮万蛇窟前，见识过唐凤吟这一手"箫驱毒虫"的绝技。当时中原武林的数千豪杰，都被他这独门绝技打得一败涂地。此时再见他使出来，仍觉声势惊人，所向无敌。就连武功深不可测的温芊芊这一行，都要退避三舍。

眼看四太子连同他的玄衣人，全都要淹没在毒虫的浊浪中。

但见过招的所有玄衣人，一齐席地而坐，双手相托，掌心向上，意守丹田，似在全力抵御那幽咽箫声。四太子及身后的十多名随从，已在耳中塞入了棉花布条之类，将箫声的侵扰，降到了最低。

说来也怪，那些毒虫，一进入玄衣人的一尺以外，便停步不前，转而绕道而行，后面的毒虫无一例外，显然，那四太子和所有的玄衣人，不仅对唐凤吟箫音事先做了防备，甚至连对付那些毒虫的药物，也备好了。

唐凤吟手下黑衣人，也事先备好了抵御箫音和毒虫之法，而在毒虫遍地的情况下，也无力向玄衣人发动攻击。这样一来，唐凤吟的绝招，竟然对四太子的玄衣人无功。

唐凤吟停了箫音，道："我这箫引万毒功，只有巫山帮的绝命蛊可解。四太子怎么得到巫山绝命蛊的？"

那四太子在马上答道："唐教主果然厉害！这次算是领教了。今日未分胜败，咱们后会有期。"说完这话，用手一招，所有的玄衣人，一齐起身迈步，退入身后的山林之中去了。

唐凤吟箫声一停，也不知他使了什么法子，那些毒虫便瞬间消失得干干净净。唐凤吟随即对受伤的三名堂主一一解毒救治。不一会儿，率领黑衣人退向另一边的林中，对坡上温芊芊一行的两辆马车，只当没看见。

看到金国四太子一伙人离去，项水田连叫"可惜可惜"。温芊芊知他仍是叹息唐凤吟没能将那四太子打败，轻声道："项掌门果然是心忧天下。眼下，自己的新娘还不知在哪，却惦记着，要杀掉交战敌国的主将。"

项水田被她这句话，呛了个面红耳赤，一句话也说不出来。

忽听身后人马喧哗，有许多人正疾驰而来。

这些人都停在离马车十来丈远的山道上。

有人高声喊道："相好的，马车里是不是坐着项大掌门？"项水田听出这声音是清风寨寨主向松，将头伸出马车，叫道："向寨主，我在这里。"只见向松和清风寨数人，还有青城派安奇劲等十多人，后面更有许多不认识的人，总共有数十人，都骑着马，黑压压一大片，停在山道上。

项水田道："向大哥，你这是……"向松道："项掌门离去之后，老哥自知本事低微，又沿路联络了二龙山的冯寨主，黑风寨的全寨主，铁叉帮的简帮主这些朋友，大伙一听恩公被那独臂人掳去，都说就算把命丢了，也要前来报恩，一路马不停蹄，总算在这儿追上了恩公……"

青城派安奇劲道："掌门师兄离开后，我们都去师父闭关的朝阳洞，想去报告师尊，却不见师尊的踪影，只见洞壁刻有'顺其自然'四个大字，一众同门觉得，不能任凭恶人将掌门师兄劫走，便朝巫山帮这边追过来，一路上遇上了这么多热心的朋友。"

项水田道："在下是无能之辈，各位朋友舍命前来，这却如何是好……"

一个紫膛脸的汉子大声道："恩公你忘了，去年黑风寨二十余口中了魔教的剧毒，得你以口吮毒，救了全部兄弟的性命，黑风寨尊恩公是活神仙。这次恩公大婚，小人得信迟了，一听向寨主说到恩公遭难，便赶过来了。"

又有人咳嗽一声，道："恩公，去年冬天，小人在二龙山因为劫错了官车，错杀了好人，被大头领废去武功，脱了棉衣，丢在后山的雪道上，就要冻饿而死，幸遇恩公捉了真凶，又解下身上的狐皮大衣，给小人穿上，救回小人一命，小人醒过来，恩公已经离去，是寨中的兄弟们说，救了小人性命的，就是恩公。这番大恩大德，小人就是死上百回，也难报万一。"

一个身材高大，头缠白布的人道："恩公，前年小人被仇家追杀，命在旦夕，要不是恩公恰好路过，铁叉帮也没我这号人了，恩公也是救人不留名，小人事后才知……"项水田对这些事却全无记忆。

前面的马车门开了，六怪从马车上鱼贯而去，在山道上一字排开。那独臂人却并没有下车。可能独臂人有话在先，六怪本来嘴上不停，这次却是一言不发，只是面无表情地看着那些追来的人。

温芊芊对项水田轻声笑道："看来你人缘不错。你下车去跟他们说话吧。"

项水田道："我下车去，不用跟你们一起去巫山帮了？""你都已经来到巫山帮的山门前了。前面不就是灵鸠峰吗？你的这些朋友这么热心，你怎能不去会会他们？""那枣花呢？"

"乌梅峰下的赛歌台，你还记得吗？你明天就能在那儿见到她。不过，她认不认你这个新郎，就难说了。至于说，我们之间的约定，你既然见了枣花，便要在后天的宴会前，在半山亭前现身，奴家到时恭候大驾。项大掌门是个守信人，该不会失约吧？"项水田答应了。

在向松等人大声鼓噪声中，项水田走下车来。

温芊芊也跟在项水田身后下了车。众人看到一位身穿红裙，戴着铜制半脸面具的绝色女子，鼓噪声停了下来。

温芊芊声音极尽柔媚浓腻："项掌门既是各位的恩人，各位拼了性命，也要将项大掌门救回，冲着各位的金面，就让项大掌门跟各位叙叙旧吧。"这话一出，便清晰地传入众人的耳中，听来却有无限的亲昵温柔之意。那些年轻弟子当即面红耳赤。

向松和那先前见过温芊芊的青城派门人，都明白这个美如天仙的狐媚女子一行，武功要高出众人太多。这番热心前来，也是想着拼了性命死缠烂打，以报项水田的恩德。本来想到以死相拼，没想到这个狐媚女子，轻轻易易的一句话，就将项水田放了出来。有人简直不相信自己的眼睛。

温芊芊又笑一笑："先寄下各位项上人头，待项掌门帮我办完这件大事，再来理论。项掌门，你去吧，记下我们之间的约定。"

项水田大步向众人走去。众人也大喊着"恩公""项掌门"，一齐奔了过来，围着他又拥又抱。

六怪中的一人忽然对着向松喊道："向寨主带了什么好吃的没有？"还没等向松回答，温芊芊挥手让六怪都上了马车，往北向灵鸠峰的方向，疾驰而去。

向松拉了项水田的手："恩公，到前面大昌镇上，痛痛快快喝顿酒去！"众人轰然叫好。

项水田道："感谢各位冒死相救，这番恩德，没齿难忘。走，咱们去喝个一醉方休！"向松高声道："对了，还有恩公的新婚喜酒，得一并补上！"众人都道："补上补上！"项水田道："说来惭愧，我那枣花妹子，被那女魔头的人劫走，说是就在灵鸠峰后山的龙洞村里，小可这条命不要，也要将她救回。"向松道："那还用说？咱们这些好兄弟，一起去到龙洞村，也像迎回恩公一样，将恩公的夫人迎回来!"

二龙山的寨主、飞天神龙冯云龙,黑风寨寨主、紫面阎罗全伯渠,铁叉帮帮主简赞,都与项水田一一见面。项水田其实对这些人并无印象,对他们前面所述之事,也是毫无记忆。但是,想必这也跟枣花复活一样,是在这个世道发生的事,也当是真的。何况这些人都是古道热肠地前来搭救自己,也就恭恭敬敬跟他们陪谈。

路上,有人问起温芊芊到底是什么来头。项水田道:"我也当面问过,她回答说她是神女派的,就在巫山。"几位头领听了这话,还是不明所以。因为在巫山方圆八百里的范围内,从没听说有个神女派。尤其是六怪和那独臂人所使出的武功,这几天早已哄传武林。向松是亲自见识过的,由他来亲口向这些绿林豪客说出来,不由得他们不信。

之所以众人舍命来救项水田,一来是项水田对他们确有恩德,二来是听向松转述过了,那鸭公嗓被六怪扯断了左臂,但独臂人却封住他的穴道,不让他流血而死,还说了一句"不可伤一条人命"。似乎温芊芊这一派,还有一条不伤人命的规矩。

能这样仅凭几句话,竟然能将项恩公从那女魔头的掌控下脱身,也是奇事一桩。

好在这些人本来过的就是刀口上舔血的日子,没有那么多的计较。一到大昌古镇,便吆五喝六,大碗喝酒,顿时就将几条街的酒家,全部占满了。

项水田跟向松等几位头领,在一家聚仙楼的酒楼中落座。席间,项水田谈到,温芊芊这两乘马车,在坡上旁观了唐凤吟和金国四太子之间的一场恶战。

一听说金国四太子的名字，几名头领就大骂起来，也为唐凤吟的毒攻，没能结果这人的性命，感到可惜。要知这些头领所在的巴东一带，有不少的家族子弟，也参与了前线与金国的交战，很多人都死在这金国四太子手下，听说那个与中原武林为敌的大魔头唐凤吟，竟然在跟那四太子恶斗，还是纷纷为唐凤吟叫好。

　　黑风寨寨主全伯渠对项水田道："据恩公亲眼所见，那号称武功天下第一的唐凤吟，他的武功与这神女派的六怪和独臂人相比，哪个更高呢？"

　　"依小弟看来，还是六怪和独臂人更高一些。他们出招太快，全无理路可循。只怕唐凤吟出手，也走不了几十招，就要落败。"几个头领听了这话，都是作声不得。"好在，小弟倒是看出，他们这一派，似乎对毒攻这一招，有所忌惮。"项水田补充了这一句，随即说出，唐凤吟使出箫音驱毒的阵法时，在坡上的马车还后退数丈，似要退避。这样一说，众人脸上才略放松一些。

　　项水田又道："那姓温的女子，劫持了我和枣花妹子，说是要到巫山帮办一件大事，也不知她们要办的到底是什么大事。要说巫山帮的大事，便是郑安邦发出英雄帖，要办一个宴会，让人见识一件宝物。不知这件宝物，是不是巫山宝鼎。我也问过，她是不是冲着这个英雄大会和宝鼎而来，但她一口否认了。再说，如果她们不会使毒，就算武功再高，来参加这个宴会，能占到什么便宜呢？"

　　二龙山冯云龙一拍大腿："准是她们也想夺得这个宝鼎，学会使毒之法，这样就不怕巫山帮的蛊毒了。"项水田道："小弟传自若蹊道长的青城派武功，自是不在女魔头眼里，在下也不会使毒，她们却大老远跑来青城山，搅黄了小弟的婚礼，却要小弟前来巫山，帮她办一件大事，她若是要夺宝鼎，哪里用得上小弟呢？"

冯云龙道："老弟的相貌，与那巫山帮帮主郑安邦很像，她会不会要让你去巫山帮，来个鱼目混珠，她再浑水摸鱼，也有可能……"向松等人听了这话，微微点头，似觉有理。

铁叉帮帮主简赞笑着举起一杯酒："说不定是那个姓温的女魔头看中了恩公你一表人才，要来横刀夺爱。她跟你同乘一辆马车，何等亲密？想必是要跟你一起，将巫山帮挑了，夺了巫山宝鼎和蛊药，便跟恩公一起，过快活日子。不然，她为何还要扮成新娘，跟你拜堂成亲？来来来，恭喜恩公喜上加喜……"众人欢笑，一齐举杯。

项水田知他只是说笑，道："晚辈是个不成器的货色，自是不会被那女魔头瞧在眼里。向大哥前日提醒，这狐媚女子，定是包藏祸心，小生已然牢牢记住。小生心中，也只喜欢枣花一个。她已答应明天让我跟枣花妹子，在乌梅峰见面。这样看来，倒也不必惊动众位哥哥前去乌梅峰了。再说了，这女魔头是外热内冷，大伙看她在外面说话，卖弄风情，迷惑男人。但跟小生独处马车时，却是不假辞色，两人中间，还用木箱隔开。可见她心思极深……"

向松道："正是，恩公千万不可上了这女魔头的大当。"

说到巫山帮的英雄帖，在座的头领，却没有一个人收到。

简赞道："不过，江湖上不少三教九流的人物，这几天也都在赶往巫山，这些人也没收到英雄帖，大概都冲着这个宝鼎来的吧。"

项水田看了向松一眼，本来想说出，那鸭公嗓不知从何处听说，那宝鼎还藏着苍生命数，乾坤倒转的秘密，还跟什么财宝有关。他明知眼前的世道，只有乾坤倒转才能解释，但再也不愿意失去枣花，又要牵扯到狂生，也就没有扯出这个话题。

偏偏向松说道："那鸭公嗓还上青城山找夷陵狂生，说那宝鼎还事关苍生命理，乾坤倒转，也不知这事，是否跟那女魔头有关……"

便在这时，大街上又传来打斗的声音。几位头领以为是有人喝酒闹事，一齐跃出大门，看个究竟。

只见有四个人围住了一男一女，正在过招，那四人并非绿林好汉，都是身穿红袍的藏僧，被围住的两人，竟然就是狂生和娟月。已有不少本在喝酒的绿林盗伙，在旁观看。

项水田见四名藏僧合斗狂生二人，急忙出声制止："四位法师，有话好说，请住手！"四僧见围观众人中有人说话，一齐收招。狂生和娟月在这儿遇上项水田，又惊又喜，都走过来跟项水田打招呼。

四名藏僧看到狂生跟项水田相熟，都面露愠色。

项水田道："四位法师如何称呼？跟我狂生哥哥有何过节？"

那四僧都是身材高大，体壮如牛，身着红色的僧袍，将右臂露在外面，手持禅杖。听说项水田是青城派掌门人时，似有不信，却指着狂生道："这个逆徒，私吞了本派的宝鼎……"项水田听狂生说过，那密踪门的罗桑抢夺宝鼎的事，问道："四位是密踪门的？"四僧交换了一下眼神，点了点头。

项水田哈哈笑道："四位法师也是为那宝鼎而来的吗？凭什么说，那宝鼎是贵派的呢？"一僧道："这个逆徒，在羌塘得了宝鼎，却不肯交给本派师尊，还加害于罗桑师兄，想要私吞宝鼎。

宝鼎既是本派弟子找到，自是本派之物……"

狂生道："那罗桑说是要将宝鼎献给金国，你这几位大师父都去金国，享受荣华富贵，这话不假吧?"

那四人却道狂生是胡说八道，气得哇哇大叫，抢起手中禅杖，又要动手。

项水田急忙劝道："四位法师不必动怒。这里众位绿林豪客，都是我狂生哥的朋友，四位硬要动手，也讨不了好去。再说了，四位可能不知，那只宝鼎，现在到了巫山帮主郑安邦手上，郑帮主已发出英雄帖，让大伙去巫山帮，共同见识这只宝鼎呢! 那宝鼎本来就是巫山帮的，这也算是物归原主了。你们这时找我狂生哥讨要，却也迟了。要不也去巫山帮见识见识?"说着便将那英雄帖拿出来，让四僧过目。

四僧从罗桑那里得到宝鼎的信息，从吐蕃赶来，一路打听，好不容易找到狂生的行踪，他们只是粗通中土文字，信息不灵，以为宝鼎还在狂生手里。听项水田这么一说，又看了他的请帖，方知宝鼎已到巫山帮手中，顿时如泄了气的皮球。

领头的一僧挥了挥手，带着其余三人，气呼呼地走了。

这边狂生娟月又过来，跟项水田叙话，说是项水田被独臂人劫走后，两人也随即下山，一路往巫山而来。想要为救回两人出一把力。没想到在这大昌镇上，遇到罗桑派来的密踪门四僧，几句话过后，就已动手。却在这儿见到项水田及向松等绿林人物，得知枣花还没寻到，那个女魔头温芊芊已先行去了巫山帮，两人也打算跟项水田一齐前去。

项水田和狂生、娟月跟向松等绿林豪客一起，骑着马前往巫山总坛灵鸿峰，数十乘马，摆成了长长的队伍，声势雄壮，奔行甚速。一路上，也有数匹快马，匆匆超过他们的马队，马上乘者，扭过头来，对他们匆匆扫一眼，便快马加鞭，飞奔而去，自是抢先赶往巫山总坛去了。

正行之间，忽见一白一黑两匹马迎面而来，黑马上乘的，是一位老妇，白马上是一位妙龄女子。

路上去往灵鸠峰的人多，返回来的人少。众人都想看看，从灵鸠峰出来的，是何人物，不由得放慢了速度。项水田更是心中怦怦乱跳，以为那妙龄女子，便是枣花。行近一看，便知不是，自然失望。

那老妇打马在前，匆匆而行。走到娟月身边，就要擦身而过，忽地勒住马头："请问这位少奶奶，前面是否见过魔教的黑衣人？"娟月自与狂生成婚后，挽起发髻，还在发髻上缠缚一根红色缨线，那老妇见她作少妇打扮，自然称她少奶奶。娟月对这个称呼，还不习惯，脸上一红，道："婆婆客气了！我没见过魔教的黑衣人。"

"晚辈见过了。五梅教唐教主跟金国四太子，在前边道上大战了一场，唐教主使出箫音驱毒的功法，将那人打败而去。"说话的是项水田。他一眼认出，这满脸皱纹的妇人，是唐凤吟的原配杜芸，她身后的女子，是她的弟子李青萍。在上个世道里，这两人不仅都认识他，李青萍还跟他在黄州相识相助之后，更在巫山帮被选为神女，跟他有婚姻之约，后在庐山出家。但两人这时却不认识他。

杜芸看了项水田一眼，脸现诧异，道："多谢……这位少侠！少侠……尊姓大名？不知那唐凤吟，这时往哪去了？"

杜芸和李青萍不认识他，项水田知是身在这一世道的缘故，也不以为异常。自见了唐风吟驱走四太子后，对魔教已有好感，也就没有说出魔教两个字，而按五梅教这个正式的称谓相称。他知道杜芸是唐风吟强抢而成亲，不知这时杜芸跟唐风吟是友是敌，还是将唐风吟对战金人的事，原原本本说了出来。见她问到自身姓名和唐风吟的去向，道："晚辈是青城派弟子项水田，亲眼看到，唐教主打败那群金人后，沿河岸往下游去了。"

杜芸一听这话，似不相信眼前之事，轻轻摇了摇头，说了一声"多谢少侠"，就要打马离去。

却听项水田道："前辈是不是尊姓杜？晚辈有事向前辈请教，可否借一步说话？"杜芸见这年轻人竟将自己姓氏说出来，有些吃惊，道："恕老身眼拙，贵派的若蹊道长倒是见过。少侠有何事问我？"说着便已下马。娟月补上一句："前辈，这位项大哥，已经从若蹊道长手中，接下了青城掌门之位。现受邀前往巫山帮，参加宴会。"杜芸若有所思地点了点头。

项水田也已下马。杜芸在他脸上定定地看了片刻，道："如果不经这位少奶奶提醒，老身还真的以为，这位的年轻的青城掌门，就是那个热得烫手的巫山帮主郑安邦了！你跟他，长得太像了。"

项水田这才知道杜芸感到奇怪的原因。这已是第二次有人说他跟巫山帮主长得相像了。项水田问："前辈见过郑帮主？"

杜芸冷笑道："岂只见过？两个月之前，这位心思机敏，手段高明的郑帮主，将号称武功天下第一的魔教教主唐风吟，逐出了巫山帮，这份智谋，这等手段，谁人能及？"她语气之中，故意将"心思机敏，手段高明"这八个字，说得很重。

项水田听了这话，只觉惊讶。这几天来，他多次听说，这个巫山帮的年轻帮主，跟自己长得很像，却并未见过此人。在上一个世道，郑安邦就是他项水田呀，那时他名为帮主，实际上被唐凤吟控制，郑安邦这个名字，也是唐凤吟嫌项水田三个字太土气，给他改的名。现在，郑安邦却另有其人，又跟自己长得很像，不知这个郑安邦，从何处而来。更为不可思议的是，这位郑安邦竟然是个"心思机敏，手段高明"的人物，能将中原武林最大的对头唐凤吟逐走，这个本事，可要比他项水田大得多了。这次，正是这位郑安邦发出了英雄帖，要大开英雄宴。项水田收到英雄帖，更是增添了要见识一下这个郑安邦的念头。

项水田将杜芸请到路边，低声说了他知道杜芸有占卦卜算之能，又说了枣花被掳的事，他救回枣花心切，是想请杜芸算上一卦，看看温芊芊一行是什么人，他能否顺利救回枣花。

杜芸向李青萍招一招手，李青萍下马走过来，杜芸将项水田的要求转述了，道："我这位弟子，已得我真传，让她给你算一算吧！"李青萍走到项水田面前，一脸腼腆。按师父的吩咐，帮项水田算了一卦，片刻便得出结果，轻声道："恭喜项掌门，弟子功力太浅，瞧不出那姓温女子，是何等人。倒是……尊夫人在龙洞村，当可无恙。"项水田听了这话，喜上眉梢，连声称谢。他想起曾得到李青萍"遇火上山见女守丹"八字锦囊，正想再问她能否再给指点。

只听杜芸忽然一脸郑重地对项水田说道："项少侠不可前去巫山帮。"

第四章 淡黄柳

词曰：

　　不关晓月，闲解鸳鸯结，此去灵山情切切。素面矜容决绝，满腹愁思向谁说？

　　鹤如雪，垂杨似堪折。吹玉笛，诉离别，今番怅惘成呜咽。伊不解春风，笑谈诗意，空自飞花摘叶。

原来杜芸在李青萍给项水田卜算枣花一事时，自己也悄悄为项水田算了一卦，所得结果竟然是大凶。她担心卦象有误，又拿出从东坡赤壁江边找到的五色石，观看石中的影像，竟然看到，项水田在巫山帮的万蛇窟中，被千年巴蛇吞噬。她甚至清晰地看到了项水田身穿的青城派灰袍。

这种大凶的影像极其惨烈，与卦象完全一致。杜芸心中十分震惊，但不能对项水田明说，只能劝他不要去巫山帮。

项水田也看到杜芸刚才在卜卦，听了这话，道："莫非前辈卜算的结果，跟您的弟子有所不同？"杜芸道："徒儿算的，主要是你的妻子。老身专门为少侠算了一卦，两种命相都是大凶，据此奉劝少侠，此行有性命之忧，决不可前往巫山帮。"

项水田立时想到，温芊芊要他去办一件大事，这几人武功盖世，自然是凶险万分，说有性命之忧，毫不奇怪。他心中只想救回枣花，就算冒生命之险，也是不会退缩的，便道："多谢前辈好意提醒。为了枣花，也因为晚辈已答应别人，一定会守诺去走这一遭的。告辞了！"说着向杜芸长长作了一揖。

杜芸好意提醒，但项水田全然不听。她不忍心看着这个年轻人落入虎口，尸骨无存，道："少侠既然相信老身，又如何不听良言？老身还有一个良方，可以解除少侠这次困厄……"项水田道："前辈赐教！"杜芸道："你此番跟我师徒二人一起，往南边而行，必能逢凶化吉，遇难成祥……"

那李青萍一听这话，脸又红了。

项水田知杜芸还是不想要他去巫山帮，挥手道别："青城山有一副名联：事在人为，休言万般皆是命；境由心造，且迈一步自然宽。去巫山帮，就是晚辈的命吧，多谢前辈！"回身上马而去。

马队经过项家坝和郑家庄时，天已全黑。项水田已听枣花说过，他母亲已在巫山帮中，但还是下了官道，前往项家坝祖屋看了一下。祖屋因为无人居住，已经有些破败，荒草丛生，枯叶遍地，左邻右舍也无人居住。狂生和娟月也去了郑家庄，门上一把大锁，郑逢时和吕问菊不知去哪里了。项水田过来跟狂生娟月会合时，只觉得眼前的情境，令人既迷惑又恍惚，只能一再提醒，只有眼前所见是真的，郑家庄被唐凤吟血洗，是上个世道的事情。

再往前走，就到了灵鸠峰脚下，只需渡过大宁河，穿过一片开阔的河谷，就能到达巫山帮总坛灵鸠峰了。

项水田远远望去，所见的景象，与他印象中的巫山总坛，又有不同。只见灵鸠峰山腰上，赫然立着一间高大的石屋，白灰色的石墙，在绿树掩映下，格外显眼，就像一座古堡。石堡前面，还有一座亭子，给石堡增添了韵致。石堡看起来气势雄伟，固若金汤。看来这位巫山帮主郑安邦，确实能力非凡。

巫山帮早就派出人手，在河岸迎接宾客。河中准备了多条渡船，给不便过河的来宾摆渡。向松等绿林草莽都将马匹散放在河岸，大部分盗伙都分乘渡船过河。项水田、狂生和娟月等轻功好的人，几个起落，在河中漂浮的木头上借一借力，便已过了河。

巫山帮听说青城派掌门项水田到了，已飞报总坛，那信差骆一飞，带同几人，来到河边迎接项水田。但项水田跟狂生和向松等人说好，他先不去灵鸠峰，而要去赛歌台那边，因为温芊芊说过了，枣花会在那儿出现。狂生也关心妹妹安全，要跟项水田同去。向松等几位头领，也要跟着前往。项水田解释，这次去见枣花，明摆着是那女魔头安排好的，不需众位前去，只留下狂生娟月陪同，劝了向松等头领，还有青城派门人，都往灵鸠峰而去。

三个人展开轻功，往河岸左边的山谷行去。乌梅峰跟右侧的巫山总坛灵鸠峰只隔着十来里地，约走了数里，便到了乌梅峰下的赛歌台。这里就是峰前几座小山包之间的一片平缓谷地，中间镶嵌着一个小湖。三个人在赛歌台前的树枝上，睡了一夜。次日天明，除了鸟儿的鸣叫以外，四野无人。三个人等了好一会，还是不见枣花的身影。

项水田想起，那位名叫滕细根的武士，对大理郡主一片痴情，在这里被蛇咬而死，是枣花和项水田将他安葬在山坡下的。这时便想去他坟上看看。就只让狂生和娟月，在赛歌台等待，他去一去就回来。

项水田下了山道，绕过那个熟悉的池塘，穿花拂柳，几个转折之后，渐渐接近那个坟包的位置。他正在左顾右盼的时候，忽见前边一位身穿白裙的女子，正好立在一个长草齐膝的土堆前，看那身形，正是枣花。项水田心中怦怦乱跳，边走边喊："枣花，是你吗？"那女子闻声回过头来，果然就是枣花。

项水田心神激荡，大喜若狂，就要走上前去，一把将枣花抱在怀中。只见枣花脸现惊恐，摊开了手，道："别过来，别过来，你不要碰我！"

项水田急忙止步，大惑不解："为什么？发生了什么事？"

枣花脸色惨白，颤声道："我已是这位滕细根的妻子……我来这里……陪伴他，他人若有滋扰，会令他魂魄不安……"说完这话，俯身提起身边的竹篮，转身便走。项水田看到坟前放着点心、果子等贡品，却不明白为何会发生这样的事。他赶上几步，道："枣花，你本是我的妻子，这到底是怎么回事？"枣花转过身来，道："缘由天定。我的花轿被送到这里的滕家，已是生是滕家的人，死是滕家的鬼。你也已经跟别人拜堂成亲，成了别人的丈夫了。男女授受不亲，现在你我孤男寡女，身处荒郊野外，嫌疑之地，项先生，请回吧！"

项水田大声道："我没娶那姓温的女子，当夜便出来找你，也没有跟她洞房花烛……""你跟她拜过堂了，拜过了天地，夫妻对拜过了。这就已经是夫妻了……""你呢，这里跟青城山数百里远，你是怎么被送到滕家来的？他已经死去几年，你怎么跟他成亲，现在还要到他坟头上贡？不行，你得跟我回去……"枣花道："没用的。你快回去，你去巫山帮参加英雄大会，把那件大事办好，我俩之间的缘分，就到这里了……"

项水田大步上前，就要拉住枣花的衣袖，枣花往身后一晃，右手衣袖中，抖落一根白布条，掉在地上，又指了指身后的树林，转身便走。

项水田朝那片树林看去，见那是一片柳林，此时方当初夏，长长的柳枝，挂着片片绿叶，随风摇曳，一片薄雾笼罩着柳林，除了枣花奔跑的身影，柳林里什么也没有看见。

项水田本想去追上枣花，但双脚如同钉在了当地，就是迈不动步子，眼睁睁地看着枣花的背影，消失在柳林深处。

他俯身捡起布条，只见上面写着"母困速找温女"六个红字，正是枣花的笔迹，而那红色，分明是以血写就，已经干涸，说明先已写好，只等现在交给他。

项水田看了这张布条，立时明白，这一切全是那温芊芊所为。看来，温芊芊不仅劫持了枣花，还劫持了项水田的母亲陈氏。昨天他去了项家坝祖屋，确实没看到母亲。枣花曾告诉他，母亲在巫山帮中，却不知温芊芊又是怎样将母亲捉住了，现在又关在哪里。他想到母亲只是一位农妇，丝毫不会武功，自己和枣花身在武林，尚且不是温芊芊对手，她要捉住母亲，更是易如反掌。母亲年老孤苦，又因为自己，受此困厄。想到这里，顿时心如刀剜，对温芊芊恨得咬牙切齿。

温芊芊既然将枣花和陈氏都劫持在手，自然敢放出项水田，离开她的马车，她知道项水田见了枣花之后，枣花就会告诉他母亲在她手里，所以才会说出"枣花认不认你这个新郎，就难说了"这句话。不过，如果她劫持枣花和母亲，都是为了要帮她办一件大事，为什么还要让枣花嫁给已经死了的滕细根，还要为他到坟前上贡，这都是为了什么呢？

他急切地想去找温芊芊。只要找到这个女魔头，眼前这些事，才有答案。

他突然想到，狂生和娟月此刻可能也有危险，急步穿出山林，足不点地奔向那个赛歌台。

到了那土台之前，一个人影也没有。狂生和娟月，也不知到哪儿去了。

他大喊了几声"狂生哥"，除了山谷的回音，不见狂生应答。他围着那数十丈方圆的赛歌场跑了几遍，就是不见二人的身影。这一下他惊怒交迸，想到枣花刚才手指柳林，想必温芊芊伏下了六怪或者独臂人那样极厉害的帮手，狂生和娟月消失，一定又是被掳走。这时再也忍耐不住，大声喝道："温家女魔头，你们冲着我来好了，专跟我的亲人过不去，这算什么？"

四周仍是静悄悄的，无人应答。

他急步从赛歌台奔向巫山帮总坛，走过那个湖泊，水平如镜。想到曾在这儿跟大理郡主独处，还演练过从黄州学会的九天拳。现在也不知那段郡主在哪里。猛然想起，湖的西北方向，有一个娘娘庙。抱着一丝侥幸心理，他想到，狂生等不到自己，会不会带着娟月，去庙里给神女娘娘上香去了？

项水田大步绕过湖岸，穿过竹林，赶到半山坡上的娘娘庙。那娘娘庙仍是残垣断壁，茅草丛生。项水田走进巫山神女所在的正殿中，未见两人的踪迹。失望之余，正要退出，忽见那女神泥塑彩像栩栩如生，尤其是那一双眼睛更是湛然有神，正慈爱地看着自己。

项水田是这位女神在人间的儿子，曾在神女峰上见过她的面容，也曾跟她在梦里相见。但是，那是上个世道的事情。后来发生的事，使他对自己这个身份，将信将疑。自从在树上从枣花对面醒来之后，他已是青城派的人，再也没有梦见过这位神女，他再也不敢相信，这位巫山神女，是自己的生身母亲了。

不过，置身在这破庙之中，看着这位神女娘娘的泥塑彩像，庄重端丽，面容慈祥，那慈爱的眼神，仿佛不论他走到殿中何处，她都亲切地看着他。

项水田心中涌过一阵暖流，急步跪倒在拜台前，深深地给神女娘娘磕了四个响头，心中默念："大慈大悲、神通广大的神女娘娘，不管您是不是我的母亲，您总是巫山的保护神，请您保佑我，救回我的母亲陈氏和妻子枣花，我在这里万分虔诚地乞求于您，请您赐给我力量，请您赐给我胆气，请您赐给我战胜那女魔头的无上法力……"

祷告已毕，他默默起身，出了庙门，向巫山帮总坛飞奔而去。

项水田急着去找温芊芊，也不辨什么路径，只沿着巫山帮总坛灵鸠峰南峰行去，他展开轻功，蹿高伏低，足不点地，在树梢、草尖上借力，奔行如风。只小半个时辰，就跨过那片谷地，来到灵鸠峰下，抬头看去，便能看到半山腰的石堡和石亭子。此时谷中并无行人，巫山帮的英雄宴要到午时才开。他明知这时还不到温芊芊跟他约定的时间，仍是心急如焚地要赶去石堡。

正在他举步上山时，只见眼前一亮，有一个淡黄色的光点，浮现在他眼前。此时太阳还没出山，林间有雾，他疾行之间，还以为只是一只萤火虫，细看之下，便知不是。因为那光点刚要与他额头触碰的一刹那，竟然突然折返，保持在眼前尺许，又往山上而行，似在给他引路。

项水田跟着光点行了数步，猛然想起，这个光点，就是巫山帮最有名的绝仙蛊。上个世道，巴蛇吐出绝仙蛊，数十个这样的光点，如一线穿珠一般，飞进李青萍的衣袖中。此后，为了治好他身上的绝情蛊之毒，他还服下了一颗绝仙蛊。此时再见到这个金光闪闪的巫山帮至宝，他是既感亲切，又觉意外。现在他不属巫山帮，正要从那神秘的女魔头温芊芊手中，救回母亲和枣花，怎么会在眼前出现一颗绝仙蛊呢？

他知这个绝仙蛊很是灵异，既然是在给他引路，便也兴冲冲地跟着它前行。但只走了数十丈，便觉不对。因为他要去的是位于山腰的半山亭，但这光点只登高了数尺，就折而向左，往后山的一条小径行去。越往前走，离石堡越远。

项水田急着去见温芊芊，已无心深究这颗引路的绝仙蛊有何用意。本想径直转身而去，一来这神奇的光点令人着迷，二来他也想到，如果能将这颗天下罕有的绝仙蛊拿在手中，就能成为对付温芊芊的一件神器——那女魔头功夫深不可测，似乎只有毒物这一项，令她有所忌惮。

想到这里，他便伸出了手，想要抓住这颗闪光的绝仙蛊。说来也怪，他试了几次，无论单手双手，手快手慢，他始终无法抓住这个小小光点，总跟它差着一寸。每次脱却了他的捕捉，小光点便继续前行。一个抓，一个逃，不知不觉又往后山走了里许。到得后来，项水田明知无法抓住这颗绝仙蛊，只得老老实实，跟在它后面，看它到底要将自己引到何处，要干什么。

朝霞初生，林雾渐散。那光点还是看得分明。

正行之间，忽见迎面走来十几个身佩刀剑的武林豪客，这一行人一声不响地赶路，显然是从这条后山小径，赶去前山石堡的。这些人见到项水田一个人逆向而行，去往后山，虽脸有诧异，也不多问。

项水田以为这些人必定也能看到那光点，谁知这些人只看到他这个人，明显是没有注意到，有光点在他身前。项水田想，这必是绝仙盅的神异之处，就像那瑶光仙子一样，只让他一个人看见，别的人却看不见。跟这一行人擦身而过后，他仍是跟着光点，快步而行。

再行片刻，又见奇事。只听身后林中传来一声低啸，声振林樾，跟着刮过一阵急风，林间地上的腐叶被一片片掀动，发出沙沙的响声。猛见到一只斑斓大虎，突然从右边林中奔了过来，虎爪点地，落叶纷飞。

项水田艺高人胆大，并不惧怕狮虎猛兽，以为这只老虎是奔他而来，拉开架势准备对付老虎。哪知这只老虎眼中并无恶意，只在他右边的林中伴他而行，隔着他身体一丈有余。

他正不知何解，左边林中也是一声猛兽的低吼，竟然又看到一只鬃毛抖动，威风凛凛的雄狮，也是隔着他一丈有余，踏叶而行。

项水田心中隐隐想到，难道还会有一只大象？正这么想到，身后果然传来一声大象极为响亮的长鸣，连林间的鸟儿，也惊飞而去。

项水田隐约猜到，这淡黄色的光点，会引导他，去见到一位大有身份的客人。这位客人带着狮虎象队，也来到了灵鸠峰。这三只颇有灵性的老虎、狮子和大象，就是明证。想到既然这些野兽散放在这后山林间，那这位客人也就在前面不远的地方。

他又想到，上个世道跟他在巫山帮打过交道的人，比如杜芸和李青萍，都已经不认识他了，怎么这位客人却有不同，还能用天下罕有的绝仙蛊给他引路，而将他带到后山来见面，这又是什么缘故？

便在这时，前面的那颗光点突然一闪而逝，接着天空中飞来一张大网，瞬间就将他全身网住，网口一收，将他兜在网中，高高吊离了地面。

只因他以为来者是友非敌，毫无防备，瞬间便着了道儿。

柳林中走出一群人来。为首的是一位绝色丽人，长发披肩，身上珠光宝气，正是大理国郡主段瑶瑶。她身边的总管高瑞升，侍卫白玉廷、麻胡桃等人，项水田也都认识。

段瑶瑶在距项水田五尺远的地上止步，冷笑道："郑帮主真是好兴致，大清早便出来赴约，莫不是前来兑现跟我方的承诺？"

项水田一听这话，大声道："段郡主你认错人了！"

段瑶瑶一怔，随即发笑："郑帮主，我如何认错人了？"项水田道："在下是青城派弟子，身上穿的是青城派的服饰。你们却当我是巫山帮郑帮主。"段瑶瑶略一沉吟："如阁下是青城派的，怎知我的身份？"

项水田在看到三只狮虎大象同行时，便已猜到是段瑶瑶到了这里，先还以为她是来找自己的，这时才知她找的是巫山帮主郑安邦。听段瑶瑶说到自己不可能知道她的身份，项水田心想，这是因为自己还有上个世道的记忆。但如果将这件事说出来，必是无人相信，只好说："段郡主率领狮虎象队来到中原，早已哄传武林，在下自然就知道了。"

段瑶瑶向左右扫了一眼，道："你们怎么将这人，当成了郑帮主？"白玉廷道："唐凤吟的魔教跟那金国四太子的人交战时，属下在林中旁观，此后，又见到这位……青城派的朋友，从山坡上的马车出来，后来又跟前来参加宴会的江湖人物会面，众人对他十分抬举，因看到此人相貌神态，确与巫山帮郑安邦长得一样，看到他跟那些人分开后，又同一男一女两个人往山左边走来，便以为他是郑安邦了。"

段瑶瑶叹了一声："天下事偏这般巧法，这人跟那郑帮主，真是长得太像了……这可得罪了！"示意将项水田放下地来。项水田心想，我也觉得奇怪，人人都说我跟他长得很像，却一直没见过这人。"且慢，"只听高瑞升道，"郡主，听说那郑安邦智计过人，如果凭这几句话，就将他放了，那就要闹笑话了。"段瑶瑶道："高总管言之有理。等确认他身份之后再说。"她也只跟郑安邦见过一面，且是在巫山总坛的会客堂中，那郑安邦跟这人口音也差不多。这次不惜动用了绝仙蛊，将这人引过来，也是为了十分要紧的事。眼看事已办成，却说是抓错了人，实是心有不甘。

段瑶瑶道："你既说是青城派的，那青城派中，可曾有一位女子，名叫娟月？"项水田道："正是，那娟月前天跟我狂生大哥，刚刚成婚。今早正是他们两人，跟在下一起，到那仙女湖边，去找另一个人……"他不愿说出枣花的事，就这么含糊带过。

段瑶瑶问白玉廷："那一男一女中的女子，便是娟月妹子？"白玉廷道："因相隔较远，那女子又作少妇的打扮，卑职没有看出来。"段瑶瑶听说娟月刚成婚,嫁的是中原武林的成名人物夷陵狂生,脸含笑意。

却听项水田道:"我只是去了路边的柳林一下,狂生和娟月二人便不见了,是不是也是你们将他两个,一并请来了?"他明知刚才段瑶瑶没有见到娟月,仍是这么一问。果然段瑶瑶道:"娟月也不见了?这是怎么回事?"高瑞升和白玉廷等人一齐摇头,表示与己无关。

段瑶瑶又道:"如果你是青城派的,怎么会识出给你引路的这个虫儿?"她没有直接说出这是巫山帮的绝仙蛊,而只有巫山帮的人,才能认出绝仙蛊,并跟绝仙蛊发生互动,这话确实令项水田难于回答。

项水田心中明白,段瑶瑶此番来到巫山帮,仍是冲着巫山蛊而来。不知为何,她有了这颗可以引路的绝仙蛊,且已经跟巫山帮主郑安邦见过面了,又不知是什么缘故,竟在宴会之前,要将巫山帮主在此捉住,一定有什么不可告人的事。自己误打误撞地碰上了这件事,现在身处嫌疑之地,只能含糊回答:"我好像是看到了一只萤火虫儿,在眼前飞来飞去的,一会儿又不见了……"段瑶瑶也听出他这话不尽不实,却也无法拆穿。

段瑶瑶道:"那你走到这后山来做什么?"项水田道:"我,我是找狂生哥和娟月呀。"

眼见此人既然能说出狂生和娟月两人,看来确然不是巫山帮的郑安邦了。大理郡主在灵鸠峰前想抓住巫山帮主,这本身就是万分机密的大事,却又抓错了人,所抓错的人,又是名门正派的青城派弟子。这个人可丢得大了。段瑶瑶和高瑞升、白玉廷对望一眼,都知不能留下活口,只能神不知鬼不觉地将此人杀了灭口。

项水田也知段瑶瑶起了杀机，危急之际脑中灵光一闪，道："段郡主不要杀我，在下知道你的祖父姓万，正在闭关修炼……"

段瑶瑶听了这话，睁大了眼，急道："是吗？我爷爷……他在哪里？"

便在这时，几个人影倏忽而上，有人一把扯断了网绳，将项水田连人带网，扯到身边。跟着一个又软又腻，娇媚无双的女子声音笑道："堂堂青城派掌门人，却让人吊在网中，就要当刀下鬼，好威风吗？"最后这句，说的是项水田，却也像是嘲讽段瑶瑶。

正是温芊芊到了。

段瑶瑶突然看到，这个头戴铜面具，只露出半脸的狐媚女子，连同六个长得一模一样的怪人，一伸手就扯断了坚韧至极的网索，轻轻巧巧就将那网中人劫走，更说出网中人就是青城派掌门人，不禁大吃一惊。她身边高瑞升、白玉廷等人，不自觉地向她靠拢，以防来人暴起袭击。

段瑶瑶沉声问道："来者何人？将这位青城派的客人劫走，是何用意？"

六怪中的大怪，伸手将项水田身上的网线扯断了，拉项水田站起身来。口中却学着段瑶瑶的口气说道："来者何人，将这位青城派的客人劫走，是何用意？"其余五怪哈哈大笑。

温芊芊望着项水田，爱怜横溢，语音甜糯："项郎呀，你刚才怎么不对这大理郡主说，我温芊芊，也跟你在青城山上，拜堂成亲了呢？"

她这么一说，段瑶瑶等人听了，又是大吃一惊。

却听项水田恨恨地道："谁是你的项郎？你使了什么诡计，让我的枣花嫁了一个死人？我母亲在哪？快快放了她老人家！"

温芊芊毫不生气，仍是以同样的腔调说话："项郎呀，我就说过了吧？你见到枣花，说不定她不肯嫁你了。你说到你的母亲，你的母亲就是我的婆婆呀，我怎么会对不起她老人家呢！她现在正好端端，在巫山帮中享福呢！你看，刚跟我成了亲，你就被这狐狸精迷到这儿，差点性命不保，幸亏我们及时赶来了……"

段瑶瑶道："尊驾要将这人带走，且留下姓名。我还有事要问他。"

六怪中一人，又将段瑶瑶这话，学说了一遍。只因六怪露了一手只手断索的功夫，段瑶瑶身边高瑞升等人，谁也不敢轻举妄动。

温芊芊对段瑶瑶毫不理睬，拉了项水田的手，柔声道："走吧，你的英雄帖，没有给狐狸精骗走吧？那是用来跟我一起，去办那件大事的哟。"

项水田使劲挣脱了她手："你使了什么诡计，让我那枣花，愿意嫁个死人？你才是貌美心毒的狐狸精！快快放还我的母亲，不然我今天就是死了，也不跟你迈出一步！"

温芊芊一脸娇羞："项郎你说为妻的貌美心毒，那你是认为我也长得很美的，是不是？我那婆婆本在巫山帮好好的，你叫我怎么放还？你今天去参加英雄宴，自然就能见到你母亲了，来来来，别耍大掌门的脾气，我们快快走吧！"大理国的年轻武士，听了她娇媚的语音，只感骨酥肉软，恨不得随她而去。

项水田知道，她这一番娇揉造作的举动，纯粹是做出来给人看的。如果是项水田单独跟她在一起，她又是一本正经。她为什么要这样，项水田不得而知。项水田对她只有厌恶和害怕，只是一个劲地说道："不去不去！"

段瑶瑶看到这等情景，心中更加吃惊。不知这青城派与郑安邦长得很像的掌门人，跟这神秘女子之间，到底发生了何事。青城派何时换了这个年轻的掌门？听那口气，这女子是这掌门的妻子，但这男人却又不认，又说叫枣花的才是他妻子。这女子和那六怪的武功，要比这青城派掌门人高得多了，但这女郎却对那掌门人极尽迁就奉承，到了令人肉麻的地步。见两人僵在当地，段瑶瑶道："青城派项大掌门，刚才多有得罪，这里给你赔不是了。还请告知：我爷爷他老人家……现在何处？"

却听六怪中的大怪，又将段瑶瑶的话，学说了一遍。话音未落，二怪道："这狐狸精虚情假意，刚才要将项掌门杀人灭口，听到项掌门说到她爷爷，这才改了口气……"三怪道："大哥你错了。你说她是狐狸精，好像是说她也长得很美，我看她长得太丑，不配叫作狐狸精……"四怪道："三哥，你的意思是说，只有我们这位女主人，才配叫狐狸精？"五怪道："不能说咱们女主人是狐狸精，要说她是美貌又温柔的大美人……"六怪道："我就不想拍她的马屁，就算她貌美，哪里比得上咱们哥六个长相英俊，英雄无敌……"大怪大拇指一跷："是呀，只有我们六兄弟，才能称得上当世的美男子，大英雄，大豪杰……"想是没有那独臂人同行，他们又可以大放厥词了。

六怪这么说话，连段瑶瑶和身边的大理侍卫听了，也是忍俊不禁。

段瑶瑶忽然口中作哨，身后树林之中，忽然冒出三十余只狮虎大象，这些巨兽身形高大，张开嘴发出嘶吼，声势惊人，一步步向温芊芊和六怪、项水田这边走了上来。

说来也怪，这些猛兽刚刚近了温芊芊身旁五尺之处，突然便像遇到可怕之事，情不自禁地止住脚步，匍匐在地，露出畏惧的神色。

温芊芊对狮虎大象看也不看，柔声道："六位大英雄，时间不早了，接了项掌门的大驾，去办正事吧！"

六怪一声怪啸，一齐架起了项水田，跟在温芊芊身后，一阵风似的往来路上疾驰而去。

段瑶瑶还要向项水田问她爷爷在哪，却见温芊芊这七个人如疾风般地将他席卷而去。她身边的侍卫，全都待在当地，一动不动。谁也没想到迈步追赶。

六怪的轻功比项水田高多了。项水田只觉身边树木，不住倒退，过了片刻，便已来到前往半山亭的山脚。只见这里已经聚集了上千个江湖中的人物，其中有不少的女子。

向松和青城派弟子安奇劲等人，见到项水田跟温芊芊和六怪一起，都走过来，跟项水田打招呼。向松问起，是否救回枣花，项水田看了温芊芊一眼，道："见是见到了，但枣花身不由己，这也算作兄弟的无能了。"

向松正要说话，忽听通往半山亭的石阶前，传来争吵的声音。有人大声道："小人一定要上去见一见郑帮主，回报他老人家的大恩大德！"另一人道："小人带来了长白山的野山参，东海捕获的海马，要去孝敬郑帮主……"又一人道："郑帮主请神医治好了小人的毒症，他老人家对小人是恩同再造。让我上去……"又有人道："郑帮主救了我川西桂家满门，我上去给郑帮主磕个头……"四名巫山帮的弟子，只是拦住这些人苦劝："众位朋友没收到英雄帖，此时不能上去。"

项水田忽然被人一把抱住，有个四十来岁的红脸汉子道："这不是郑帮主吗？你老人家去年在苍南，花了一千两银子，从绑匪手中赎回我一家老小……"安奇劲将那人扯开，道："朋友你认错人了。这是我们青城派的项掌门，不是巫山帮的郑帮主。"那人一听这话，脸上尴尬，脚下后退，嘴上道："对不住了，真像……"

在得知巫山帮有这样一位名声极好，又跟自己长得很像的帮主郑安邦时，项水田是很想马上去跟他见面，结识这个人物的。但是，他现在受到这位女魔头温芊芊的胁迫，身不由己，连妻子枣花也被控制，母亲也是安危不明，跟郑安邦见面已变成兴味索然。温芊芊既然要用到项水田的英雄帖，自然是在何时上山，如何应对这些事情上，都要由她说了算。项水田急于上山见到母亲，便问起温芊芊："你说我母亲在巫山帮好好的，我现在能去见一见她吗？"

温芊芊咯咯娇笑："项大掌门，你要去见你母亲，现在她老人家就在神女堂中，必得要巫山帮主郑安邦陪同，才能见她。可那郑安邦，这时正在跟少林方丈微尘、武当掌门虚云、泰山掌门赤松子、庐山东林寺掌门枕尘这些人陪谈。你这时去，他怎能分身？请你相信……奴家的话，先在这里，稍候片刻。"

项水田看到，温芊芊今天身上穿了一件淡黄色的长裙，露出眼睛的半脸铜面具，也是黄铜的颜色，黄衫与黄铜面具两相映衬，半张肌肤胜雪的俏脸更增秀色。她这时说话，显然有所收敛，没有像刚才在段瑶瑶面前那样，"项郎项郎"地叫着令人脸红。

项水田越是见她并不急于赴宴，心中越是焦虑不安。

忽然，西南角上，传来清越的竹笛声，声动四野，有崩云裂石之态。吹笛人不使内力，将笛声吹得柔和舒缓，有如云雀在天空鸣唱。

笛声一起，便有一个声音与笛声相伴，似是人声的啸叫。时而低吟，时而高昂，与笛声的高渺不同，这啸叫声如行走的歌者的吟哦，清晰地传进每个人的耳中。

一只白鹤高出大半个人头，立在吹笛人身边，不时随曲而舞。

项水田依稀记得，那白鹤是黄州陈鹤老的坐骑，吹笛的是黄州李委之子，名叫李榷，所吹的笛曲叫《鹤南飞》，他们一行共有四人，另两人是姓潘的外号"癞头龟"，姓庞的外号"软皮蛇"，四人的父辈与被贬黄州的大学士苏东坡交好。四个后辈也因这一机缘而交厚，因苏东坡在黄州龙王山中建有一间名叫雪堂的石屋，四人便合称"雪堂四友"。

项水田最初所学九天拳，正是从苏东坡两赋中化出。他得这位陈鹤老传授了一套神奇的醉鞭功夫，并在黄州东坡赤壁下游的栖霞楼中，用陈鹤老所授鞭法，力抗魔教堂主宇文彪。项水田见"雪堂四友"来到了巫山帮，便要前去相见。温芊芊道："这样的人物，不能不见！"说着当先循着笛声而去。

一曲既终，众人大声喝彩。

项水田走到陈鹤老面前，行了一礼，道："尊驾是陈老先生吧？四位便是大名鼎鼎的雪堂四友？"陈鹤老见这名身穿青城派服饰的年轻男子，开口便叫出自己的名字，却不认识这人是谁。

道："不敢，正是老朽。少侠是……"

项水田知他不会认出自己，道："晚辈名叫项水田，是青城派子弟，因为敬仰东坡先生，也对四位高贤仰慕钦敬。"

陈鹤老尚未答话，只听温芊芊道："老先生高吟之中，莫非是在寻找《鹤南飞》中的舞者？"这话一说，如同一记重锤，敲打在陈鹤老身上，他身子一震，满是皱纹的脸上，顿时生动起来，浑浊老眼放出光彩。他见说这话的是站在项水田身边，戴着面具、身着黄衫的女子，道："这位女侠，是不是见过有人跳这支舞？"

温芊芊答："小女子没有见过，倒是听人说起，本朝的武曲星狄青，在平复南方叛军时，军中有一位名唤花妖的奇女子，能随着《鹤南飞》的笛曲而舞，驱除恶鬼，最终令狄青大获全胜。"

狄青是仁宗朝的著名武将，是抗敌平叛的常胜将军，民间称他是武曲星下凡。狄青的时代距当朝不过百年，说起狄青，仍是如雷贯耳。尤其是眼下朝廷仍在跟金国人打仗，二帝被掳，迁都临安才不过三年，半壁江山失守，河南以北，尽在金国的铁蹄之下。众人听到狄青的大名，不禁精神为之一振。

不过，大部分人都没听说过，狄青军中，有会跳舞的花妖这件事，都觉这事听来新鲜。

陈鹤老听了这话，好生失望。项水田却知，陈鹤老年轻时的恋人杜芸，被魔教唐凤吟强抢为妻。想必那杜芸也会跳这支舞曲，陈鹤老此番前来，是要通过啸叫声，寻找杜芸。正要告知，杜芸带着弟子李青萍，往山外去了，却听温芊芊叹道："这支《鹤南飞》的舞曲，不知还有何人会跳？"她这话说得甚轻，也少了先前的妩媚之意。

"小女子会跳。"人群中传来一个响亮的声音。众人看去，是一个身穿淡绿裙衫，紧身束腰的女子，长得眉目如画，二十来岁。

"是吗？姐姐会跳这支舞。姐姐从哪里来的？"温芊芊一闪身便到了女子身边，拉着那女子的手问道。那女子道："奴家是狄青拳的传人，狄家祖居地山西汾阳，已被金人占领。刚才听到笛声，已觉亲切，又听闻这位姐姐提及先祖英名，只感到快慰。"

温芊芊拍了拍手，道："太好了，狄家姐姐，你给大伙表演一下这支舞，好不好？"众人听了，都连声叫好。大宋的江山被金人踩躏，钦徽二帝被掳，这是奇耻大辱。大伙在这里看到当年的常胜将军狄青的后人，又听说她会跳这支舞曲，精神为之一振。

那女子毫不推辞，从身旁取出一张瑶琴，走进场中，向众人行了一礼，便持了那张瑶琴，柔身而舞。

笛声和啸叫声响起。只见那女子的舞姿，由慢到快，渐渐掌中带风。但见她绿色的身影，时而如灵蛇吐芯，时而似鹞子翻身。笛声高处，她纵跃而下击，势如电闪雷鸣；啸叫尖厉，她持琴横搠，琴同剑影。笛有裂帛之声，她手拨琴弦，琴音如飞珠溅玉，琴身指天，有横扫九霄之概；啸出龙吟之气，她持琴拂扫，琴声似万骑出列，成气吞山河之态。旁观的人，被她夭矫如金蛇狂舞般的气势所慑，纷纷退避。到后来奔腾驱驰之姿，飞天摘月之貌，令众人睁大了眼，不敢呼吸。直至笛声止歇，舞姿已停，众人呆呆出神了好一会儿，才如梦方醒，想起喝一声彩。她身子倏地一停，琴收于身侧，身不移，气不喘，身形静若处子。

奇的是，那只白鹤也随着她的身姿而舞，只不过舞步孤傲，略略伸颈展翅而已。

温芊芊拍手笑道："姐姐果然有先祖的风范。这明明是一门极高深的武功，怎么被说成花妖的舞步？"那女子听了这话，轻轻挽住了温芊芊的手，道："姐姐谬赞。先祖行伍出身，他老人家说过，越是高明的武功，越要跟琴艺书画相融合，这才不会失于野蛮和凶恶。"温芊芊听了这话，摘下铜面具，对那女子道："尊先祖说得太对了！学武的人，都该知道这句话！"她一摘去面具，众人更见她容貌秀丽，不可方物。但有人听了这话，又不以为然："比武过招也好，行军打仗也好，得胜才是唯一的目标，还要加上什么文绉绉的虚礼？"

那狄姓女子睁大眼睛，看了温芊芊好一会儿，道："姐姐，你可长得真标致！"温芊芊被她夸奖，有些不好意思，拉住她手，道："姐姐才是文武双全的奇女子。妹子听说，贵先祖还传下了一套拳法，想必也融合了这种艺礼教化的思路？"那女子听她说到狄青拳，似不愿意多谈，低头行了一礼，道："这里高人很多，狄家的拳法不值一提，妹子告退了。"轻挟瑶琴，退入人群。温芊芊追了一句："姐姐别走，告诉妹子你的大名……"但那女子不愿引人注意，瞬间便消失在人流中了。

温芊芊回到项水田身边，见他正在东张西望，悄声道："我知道你在找谁。是不是找你的狂生哥和娟月？"项水田一怔，没想到这个心思被她猜中了。他自从进入广场中以来，一直就想着狂生和娟月二人，会去了哪里？二人都是雅爱琴箫的人，如在现场，听到笛声舞曲，一定会过来。听这温芊芊话里有话，道："他二人也被你捉去了？"温芊芊嫣然一笑："他们跟独臂滕兄，一起去了龙洞村。项大掌门放心好了。等这边大事一了，奴家便跟你一起，去龙洞村，到了那里，你便什么都明白了。"项水田听出她口气轻松，想必她心中快活。虽然仍不知要为她办什么大事，但总算知道了狂生和娟月二人的下落。又想到，难怪六怪又能七嘴八舌地胡说一气，原来那独臂人是跟狂生娟月二人去了龙洞村。原来这人也姓滕，他去龙洞村干什么呢？温芊芊说事毕后，也会同去龙洞村。看来，一切都在这女魔头的掌控之中。

项水田看到陈鹤老有些失魂落魄，悄悄走到陈鹤老身边，跟他说道，昨天亲眼见到杜芸和李青萍，两人从巫山道上，去了山外。为避免影响陈鹤老心绪，他没有说杜芸是去寻找唐凤吟的。

"真的吗？"陈鹤老一把抓住项水田的肩头，不停摇晃，"少侠没有看错，真的是她？"项水田答："是的。杜前辈还给晚辈算了一卦……"

"鹤兄，咱们找她去！"他回头对身边的那只白鹤道。

那白鹤轻唳一声，昂首阔步，当先往大宁河的方向行去。陈鹤老跟吹笛的李榷，连同另外两人"癞头龟"和"软皮蛇"，跟项水田和温芊芊等众人作了一揖，一言不发地跟在白鹤身后，往广场外走去。

河谷上仍然有前来巫山帮的武林豪客，除了陈鹤老一行，再也没有一人，会提前离去。

项水田目送陈鹤老离去，想到，上个世道里，陈鹤老和杜芸在万蛇窟双双死在唐凤吟手上，现在，能见到两人活得好好的，或者陈鹤老此去找到杜芸，破镜重圆，唐凤吟也不再被那巴蛇吞噬，这些人都能活着，那便比什么都好。

便在这时，人群中传来一阵骚动。众人眼光纷纷向通往半山亭的台阶看去，看到一位华服公子，被人前呼后拥，正从台阶上走下来。众人兴奋地叫起来："郑安邦！郑安邦郑帮主来了！"

巫山帮帮主，今天宴会的正主儿郑安邦，亲自下山来了！这件事吸引了所有人的注意。刚才就算笛声舞曲，也只有部分人来围观，另外一些人照常喝酒赌钱，下棋猜拳。但这时听说郑安邦来了，所有人都静下来，伸长脖颈，看着这位当今武林中万众瞩目的第一人。

郑安邦和巫山帮副帮主樊铁柱及堂主共十来人，都穿白袍。郑安邦的白绸衫金线为边，更显华贵。他身材比众人略高，又被人簇拥着，自然显出了帮主的气派。

郑安邦正好是往项水田所在的谷地东南角行来，但行进很慢。一路上不断有人上前问安和赠送礼品："郑帮主，河北三雄问您老人家好……""郑帮主，这是小人送给您的……"郑安邦一一给来人回话致意，不时停下来与人叙旧一两句，又对送礼的表示答谢，意态亲切，言语周到。每个得到他酬答的人，都是如沐春风，感到极大的满足。只听身边温芊芊悄声道："原以为项大掌门侠名播于江湖，看看人家这架势，可不是将项大掌门比下去了吗？"

数十步的距离，走了半个时辰，终于来到了项水田的面前。两个人四目相对。

项水田一看到郑安邦，顿时自惭形秽起来。虽然相貌上两人酷似，但郑安邦一身白绸，宽袍大袖，显得气宇轩昂，华贵至极。他目光炯炯，一双眸子如寒星闪烁，既充满热情，又神气内敛。相比之下，身穿青城派灰袍的项水田，活像个在山中修道的年轻道士。项水田只觉得这个郑安邦举手投足之间，潇洒自如，风度翩翩，远远胜过了自己。在所有他见过的人中，只有那金国四太子的风度，能与之相比，便是魔教唐凤吟，也有所不如。

巫山帮副帮主樊铁柱及堂主潭明等人，项水田都能认出。但这些人一概不认识他。

郑安邦是由那信差骆一飞领路过来的，一见面，那骆一飞便高声叫道："项掌门，本帮郑帮主看您来了！"

"项掌门久仰了！项掌门接任青城派掌门，敝帮及在下未及专程登门祝贺，罪过罪过！"郑安邦一见面，便热络地拉住了项水田的手。

"郑帮主言重了，在下对郑帮主，也是久仰大名。青城派远在川中，在下才识不足，接下掌门之位，就得到贵帮星使专程传邀，与当世英雄参与贵帮大宴，实在荣幸之至，愧不敢当。"项水田在心神略为宁定后，也说了这番客套话。

郑安邦道："青城派是传承数百年的名门正派，贵派若蹊道长是一派宗师，项掌门少年英侠，行侠仗义，威名远播，早就听说在下的相貌，学步于项掌门，一见之下，更见项掌门仙风道骨，英气逼人，在下是驽马之见骏骓，燕雀之比鸾凤，自叹不如，自叹不如……"项水田听他这么一说，明知他是出格的恭维，听着也十分舒服，于是又客套了几句。

骆一飞望着项水田身边的温芊芊，以手示意，对郑安邦介绍："这位是项帮主新婚夫人，温女侠，跟项掌门同车前来，参加宴会……"

郑安邦一到现场，就闻到了一股浓烈的香气。听了这话后，脸上一怔，对项水田道："项掌门，恕在下无礼。巫山帮虽处僻处深山之中，但也听说，项掌门的妻子姓郑，是武林中出名的美人，难道是我记错了？"项水田脸现尴尬："这件事……"只见温芊芊轻轻挽住了项水田的手，戴上了青铜面具，用娇媚的声音说道："郑帮主，莫非奴家不姓郑，长得也不美，就做不了青城掌门的新娘？"郑安邦看着温芊芊的脸，忙道："哪里哪里？当得了，当得了！只是……"温芊芊道："那郑姓女子，前天已嫁到灵鸠峰后山的龙洞村。郑帮主可曾听说？"郑安邦恭恭敬敬地道："没听说。原来如此，原来如此，"他脑子转得极快，急忙转过了话头，"我说咱们巫山帮有福了，神女节这天果真天降神女。恭喜项掌门人，娶到了这样美若天仙的妻子。不知嫂夫人是咱们川中哪一家的名门闺秀，又或者是哪一派武林宗师的千金？敝帮得信迟了，自要补上一份贺礼。"

项水田正要说话，只听温芊芊甜腻软糯的声音说道："郑帮主过奖了。奴家不是什么名门闺秀，只是来自神女派的普通弟子。多谢郑大帮主邀请拙夫参与盛宴。奴家此番随夫婿前来，还想拜望身在贵帮的公婆陈老孺人，不知郑帮主是否方便安排？"

郑安邦一听这话，躬身道："方便，方便！陈老夫人在敝帮神女堂中，陈老夫人是贤伉俪的母亲，也是敝帮与两位难得的缘分。今日宴会一了，在下便带贤伉俪前去拜见。"他心中狐疑：神女派从来没听人说过，不知这个美艳的女子，到底是何来历。

项水田心中稍安，温芊芊通过问话，由郑安邦亲口证实了，他母亲身在巫山帮神女堂中，并没什么危险。他本以为，这个温芊芊既知他母亲的境况，想必她跟郑安邦极是熟络，但现在看来，两人似乎今天才见面，甚至温芊芊还要硬充自己的新婚妻子这个身份。似乎还想见他母亲，不知她到底打的什么主意。但知她要办的这件大事，与他的母亲，并无关联。正要问一问他母亲在巫山帮中，到底是何身份，只听六怪中的大怪大声道："不美

104

不美，这人跟青城掌门长得很像，但长得更难看。"他说到"这人"，眼睛瞟了郑安邦一眼。

二怪道："他说项掌门的妻子姓郑，心中打的什么主意？"三怪道："那还用说，自然是对咱们这位女主心怀不轨了。你看他看咱家小姐的眼神，虽然装得一本正经，心里却动上了歪脑筋了。"四怪道："他动了什么歪脑筋？是想将这位长得像他的项掌门杀了，然后取而代之，让咱们的小姐，变成他的帮主夫人？"五怪道："对呀，这人嘴上能说会道，其实心术不正，姓项的可得防着他点儿……"六怪道："不对不对，他说项掌门的夫人姓郑，就是想当上项掌门的大舅子……"大怪忽道："就算是姓郑，也不一定当得了大舅子……"

众人看着温芊芊身边六个长相相同，形貌丑怪的人，对那郑安邦肆无忌惮地贬低，说他长得不美，更说他对温芊芊打歪主意。这些话是公然对万众瞩目的巫山帮帮主的大不敬，有些对郑安邦衷心拥戴的人，就要对六怪出口呵斥。但温芊芊对这些话充耳不闻，只微笑不语。

众目睽睽之下，郑安邦对六怪的话丝毫不以为意。只见他望着六怪笑了一笑，道："想必跟嫂夫人在一起的这六位朋友，是六兄弟了，在下跟项掌门也是长得很像，自然是亲如兄弟一般。今日大伙前来，这是巫山帮好大的面子，山中简慢至极，没能招待好各位好朋友，我郑安邦在此说声对不住了。"他说出这番话来，那些对六怪不满的人，又赞他气量宏阔，涵养极深。

巫山帮副帮主樊铁柱大声说道："各位好朋友大家静一静，本帮郑帮主有话对大家说。"他这话加上了内力，中气十足，场上所有的人，都能清晰地听见。

只听郑安邦洪亮的声音，在谷地响起："各位远道而来的朋友，大家辛苦了。巫山帮在中原武林之中微不足道，却得到各位朋友如此眷顾，实感荣宠。借此机会，感谢各位对巫山帮的鼎力支持，对巫山帮众的关爱提携，本帮全体帮众，衷心铭记，终生感恩。巫山帮这次发出请帖，原只想请少数几位武林同道，帮巫山帮决疑一件大事。但没想到，今天来到灵鸠峰的朋友的数额，远远超出了意料。尽管准备不足，但我们还是热诚欢迎各位赏光。来的朋友越多，我们就越能集众思，广众益。集中大伙的智慧，解决这个巫山帮的难题。现在，我们临时做出调整，将原定在半山亭中的宴会，改到谷地广场中来。大家欢聚一堂，山野中没有什么美酒佳肴，只有自酿的水酒，大家喝个痛快!"又补上一句，"请在半山亭就座的武林前辈，一同到谷地中来!"

众人一听这话，都是掌声雷动。原本以为，只有收到英雄帖的名门大派，才能到半山亭中，跟郑安邦同饮。却没想到，郑安邦能够临时变通，让在半山亭中的人，下到谷底来，与大伙一起吃喝，也就是说，没有英雄帖，大伙都能参加这场巫山帮主办的盛大宴会。尤其是郑安邦说到，要参与决定一件大事，一时之间，大伙对郑安邦，又是没口子的称赞："巫山帮在武林中响当当，郑帮主更是难得一见的少年英侠!""郑帮主年纪轻轻，便有统领之才，大名播于江湖，这朋友我交了!""郑帮主的事，就是我们大伙儿的事!""郑帮主有什么为难的事儿，小人愿意为您效劳。""郑帮主讲义气，够朋友，胸怀广，气魄大，有领袖群伦之才! 有哪一个不服，老子便跟他过不去!"

在众人的赞颂声中，郑安邦对项水田、温芊芊道："项掌门和夫人以及青城派的朋友，在下听说青城派的朋友驾到之后，专程前来迎接。请随在下到半山亭下的台阶前，跟少林武当的大师们一起入席吧！"项水田不喜热闹，加上枣花被掳，自己受这温芊芊的挟制，什么喝酒的心情也没有，对郑安邦道："郑帮主今日重任在肩。小弟年轻识浅，没法跟那些武林前辈比肩。我青城派的人，就在这儿席地而坐。郑帮主的盛情，心领了！"

郑安邦看了温芊芊一眼，道："那怎么行？青城派是本帮的贵宾，无论如何，要让本帮一尽地主之谊。再说了，项掌门的母亲……也在本帮。怠慢了项掌门，那可是大大的罪过！来来来，一起去吧！"说着伸手来拉着项水田往前走。

温芊芊一直挽住了项水田的另一只手，项水田只觉得她手上冰凉，全无暖意。只听温芊芊道："既然郑帮主这么热情，我们就恭敬不如从命吧！"两人便随着郑安邦等人，向半山亭走去。

青城派安奇劲和清风山向松，二龙山冯云龙，黑风寨全伯渠，铁叉帮简赞等人，并未动身跟随。那六怪本想迈步前去，但他们不喜与郑安邦在一起，也停在当地。

少林方丈微尘、武当掌门虚云、泰山掌门赤松子等人走下石阶时，众人都是大声欢呼。这十来人都是武林的大宗师，平时要见一面，也是不易。但那欢呼声，并没有刚才对于郑安邦的欢呼赞美声那么热切壮观。

微尘、虚云等人，虽然出门不多，但在武林之中有不少的朋友，门人弟子极多，这一番下来，少不了互打招呼，问候叙旧。

郑安邦将项水田和温芊芊引荐给了微尘、虚云等人。这些武林前辈对项水田出任青城掌门，都免不了一番祝贺和客套。见到温芊芊头戴面具，说是项水田的新婚妻子，也不以为异常。项水田看到微尘、虚云等人的形貌，与他记忆中的形象差别不大，只是略增风尘之色而已。这些人自然没有一个人认识他。倒是见他跟郑安邦长得酷似，也有一番感叹。

一会儿，巫山帮宴会上的菜肴，流水般地从半山宴的台阶上送下来。郑安邦说是准备不足，但大瓷钵盛装着的大盆菜，竟有上百件之多。这些菜色，除了本地独有的野味和山笋以外，甚至连辽西的山参、南海的鱼翅、吐蕃的虫草、宣威的火腿，都是连珠般端上来。尤其难得的是，天南地北的美酒，什么杜康老酒、山西汾酒、泸州老窖、绍兴黄酒，也一坛坛搬出来，足见巫山帮事前就做足了准备。

巫山帮的菜肴之中，还有一样独特之处。每一个菜式中，都少不了蝎子、蜈蚣之属。这些毒虫虽然肢体残存，已成熟食，但混在山珍海味之中，仍是难免令人皱眉。而所谓巫山帮自酿的水酒，每一坛酒中，都有不少的毒蛇、毒蛛、蟾蜍。但是，众人也知巫山帮既是盛情待客，也就壮着胆子，囫囵吞枣地吃喝下肚，倒也味道甘美，并未中毒。

微尘、虚云等修道之人，固是饮食清淡，不食荤腥，另外安排了一席素餐。可是那些江湖草莽，个个是酒肉之徒，有些人还自带了酒肉，也一并拿出来大快朵颐。最兴奋的是六怪兄弟，见了这些美食，双手连抓，风卷残云，只一会儿就将面前的食物，吃了个精光，还毫不客气到邻桌去抢，大呼过瘾，吃了个不亦乐乎。

第五章　宴山亭

词曰：

> 亭下虚谈，垓心啸聚，同饮蛇蛛坛酒。深黛粉妆，巧笑嫣然，潘安舞翻长袖。玉面神伤，偏只羡，人间佳偶。垂首，定下虎狼计，痛施毒手。
>
> 鸾凤台上清吟，欲名加冠盖，运胜蒲柳。饿马摇铃，归鸦遮云，枭雄竟能当否？绝世箫音，更唱彻，汨罗哀奏。偏有，龙霹雳，披坚抖擞。

来巫山帮的人，虽是出席宴会，除了六怪这样的饕餮之徒外，大家心里并不在一个吃字。在郑安邦带着副帮主等人，沿着场中，向所有人敬过酒之后，多数人已经酒足饭饱，就等巫山帮接下来向大伙展示宝物。

项水田在温芊芊身边，更是如坐针毡。他见温芊芊食量极小，每道菜都只是伸筷轻夹，浅尝辄止，那些毒虫更是碰也不碰。她不停给项水田夹菜，同桌的前辈都觉得，这个戴着面具的神秘女子，跟这位青城派的年轻掌门，倒也十分恩爱。泰山派掌门赤松子等人，见到这女子细颈挺腰，仍是守身如玉的少女模样，却又称是青城掌门的新婚妻子，虽感惊讶，也见怪不怪。

项水田所关心的，与其说是巫山帮中的鉴宝，还不如说是温芊芊所说的那件大事。先前以为她要项水田的英雄帖，以便参加宴会。但现在不用帖子，她也跟郑安邦见面了。她和六怪武功那么强，哪里还用得着项水田？只盼她早点将大事办完，项水田就可以去将枣花接回了。

午时三刻，酒宴已毕。只见郑安邦登上石级数步，朗声道："少林派微尘方丈、武当派虚云掌门、泰山派赤松子掌门、青城派项水田掌门众位朋友，敝帮能请来各位大驾，一同鉴识本帮的宝物，实感荣幸。本帮这件小事，却惊动了众位朋友前来，敝帮蓬荜生辉！以下鄙人就鉴宝一事，略作说明……"

众人听郑安邦这么说话，显然十分兴奋。能请到少林武当等中原大派的掌门人，自是难得。温芊芊听到将项水田的名号与少林方丈同列，转头向项水田送来一个会心的微笑。众人中收到英雄帖的，本就从"前来鉴识敝帮宝物"这句话中，猜出此行多半跟江湖传闻的那只宝鼎有关。但总是要等巫山帮主亲口说出来，方能确证。但郑安邦仍然只说是宝物，没说是宝鼎。众人都想听他下文。

郑安邦道："这第一件事，就是本帮有一个规矩，一旦各位朋友参与这件事，首先须跪拜本帮神女。这是本帮敬奉神灵的头等大事，不可违背。这一件事，尚请众位海涵。"众人一想，门有门规，帮有帮约，到了人家的地盘，就得守人家的规矩，这倒不难。中原门派之中，不少佛道人士，都对所修的神灵虔诚至极，知道巫山帮所尊崇的，便是巫山神女，并且还有一位帮主的神女，作为巫山神女的化身，接受本帮帮众的膜拜。有人首次听说，巫山帮中还有神女，不免觉得新鲜。

项水田听了这话，突然想到，上次自己亲眼见到，那巴蛇吐出绝仙蛊之后，绝仙蛊飞入了李青萍的衣袖里，也就是由绝仙蛊选出了李青萍，作为巫山帮的神女。现在，巫山帮又是谁人担任神女呢？

少林方丈微尘双手合十，轻轻点头："阿弥陀佛，敬奉神明，这是第一等要紧之事，大伙自然是遵从这一条的。善哉善哉！"郑安邦道："少林方丈既是这样说，那便好了。"又道，"第二件为难之事，便是这件宝物，放置在本帮万仙洞的深处。专为本帮炼蛊之用。本来，炼蛊之事，只能由本帮秘密行事。但本帮神女得到神明的宣示：今晚子时炼蛊，只要各位朋友自愿，可以入洞旁观。只需遵守本帮的规仪即可。"

众人听说能亲眼见识巫山帮炼蛊，真是又惊又喜。多年以来，巫山蛊在武林中令人谈虎色变，人人都知这是天下第一毒物。就连五梅教的七尸脑神丹，也要甘拜下风。要不然，唐凤吟以教主之尊，为何要来巫山帮寻找绝仙蛊？但有人又不免心中打鼓，如果不小心沾上了蛊毒，轻则性命不保，重则会隐伏在身，多年之后发作，遭受种种痛楚，苦不堪言，痛不欲生。有人听说炼蛊时还有千年巴蛇现身，心中更是惴惴。

正在担心这事，便听郑安邦续道："还有一点要说明：本帮炼蛊时，可能会有千年巴蛇吐蛊，这是本帮炼蛊完成的标志。各位进洞的朋友，只要如同本帮帮众一般，保持静默，心存敬畏，也就没事了。在下再次提示，如果有朋友对此有所介怀，本帮绝不勉强任何一位朋友入洞。"

他这么一说，倒有一半的人，打消了去鉴识宝物的想法。如果在黑洞中，遇到可以吞下大象的千年巴蛇，逃都没处逃。

一位老者道："郑帮主，这些你都事先明说了，就算有事，我们也不怪你！再说了，贵帮的千年巴蛇炼蛊，几十年间都没听说过了。老夫就有点不相信，今天就能见到它现身？"

郑安邦道："如此甚好。大伙排个顺序，便到半山亭去，先去跪拜本帮神女，再随在下，去万仙洞见识宝物。"

忽听一人大声道："各位不要去万蛇窟！"这声音并不如何响亮，却清晰传入众人耳鼓。只见一个黑衣人影，先是绕场在众人头顶滑行，只一瞬间，就轻轻落到郑安邦身后的台阶一丈开外。

郑安邦一看此人，认出是魔教教主唐凤吟。

唐凤吟使出轻功，这般神出鬼没地来到现场，郑安邦不免心中有些慌乱，仍然强自镇定，道："唐教主已被本帮逐出，为何不请自来？"巫山帮副帮主樊铁柱等人，急忙围在郑安邦身前，以防唐凤吟暴起伤人。

唐凤吟面色冷峻："郑帮主和贵帮神女，不理会本教主的一番好意，使奸计逼走本座，那也罢了。今日却让中原武林的上千同道，去万蛇窟中送命，本座不能不管。"

郑安邦冷冷地道："唐教主的五梅教，视中原武林为朽木，必欲除之而后快，今天怎么关心起现场同道的性命来了？"唐凤吟道："老夫只是瞧不起那些装神弄鬼的假把式，几时要除去中原武林了？你手上真有那巫山宝鼎吗？如果真的引出千年巴蛇，这些人还能有命在吗？"

郑安邦道："本帮故老相传，只听说那天龙能赐绝仙蛊，从未听说他老人家会取人命。"唐凤吟道："一蛇吞象，厥大何如？炼蛊只在洞口，何须去到内洞？如遇巴蛇出洞，众人如何腾挪避闪？"郑安邦道："本帮已有神谕，岂容邪门歪道置喙？"唐凤吟道："如果是你巫山帮自己炼蛊，外人自不必多嘴。但你今日花言巧语，要骗这上千人进洞，老夫就不能坐视不理！"

郑安邦提高了嗓音："唐教主，你今日想当中原武林的护身佛，可惜你这算盘打过头了！你不让这上千的武林同道进洞，是你唐凤吟和魔教的人想进洞，打那绝仙蛊的主意，是不是？听江湖上的朋友说过，唐教主也曾得到过巫山宝鼎……"众人听他揭穿唐凤吟的真面目，都觉得大有道理。

唐凤吟哈哈大笑："本座若要取蛊，何惧你巫山帮？这里又有几人能阻挡于我？只不过想提醒众人一句，不可被你这个郑大帮主蒙骗了！"对"唐教主也曾得到过巫山宝鼎"这句话，并不直接作答。

忽听一个声音说道："阿弥陀佛，唐教主好大的口气，你说的装神弄鬼的假把式，这是何用意？"说话的是少林方丈微尘，他内力深厚，这话说出来，众人耳中嗡嗡作响。

唐凤吟道："微尘方丈失敬了！你少林派的武功，自然是响当当，我说的假把式，不是指你少林一派。"只听武当掌门虚云摇头道："唐教主的意思，除了少林一派以外，唐教主便视中原武林为无物了！"

唐凤吟一听这话，道："虚云老儿，本座夸了少林派，你便生气。来来来，你那武当长拳的绝活儿，跟我的无影幻掌过几招，看我是不是你对手？"虚云挪开步子，叫道："听说你武功天下第一，老夫第一个不服，我们现在就打一架！"微尘伸手将虚云拦住，连连点头："阿弥陀佛，今日是巫山帮的吉日，岂可在这里动手？且看郑帮主如何安排……"

只听有人大声鼓噪："今日是巫山帮的大好日子，莫要这个大魔头坏了我等的好事！""郑帮主讲义气，心胸大，岂是你这邪门歪道能比的？""郑帮主是我等的大恩公，绝不会害了我等！""邪门歪道快快滚开，别在这里碍着大爷的正事！"众人仗着人多势众，纷纷对唐凤吟叫骂。

却听唐凤吟道："你们说这个郑安邦讲义气，做正当的事，我看未必，可别被他这光鲜的外表给骗了……"他也是用深厚内力将这话说出来，现场上千人都是听得清清楚楚。

郑安邦大声道："唐教主，你说这话是什么意思？你今日就当着中原武林众位英雄的面说清楚，在下有哪一件事行得不正，做得不公？"

唐凤吟道："郑安邦你这小娃娃，休要嘴硬，不要以为你做得隐秘，别人就不知道。等到本座查实了，自然会公布出来，让中原武林知晓。"

唐凤吟以高深武功和炼毒的手段，强占巫山总坛数月之久，却于数月之前，被巫山帮逐出。这件事在巫山帮和中原武林大快人心。今日他又对郑安邦大肆诋毁，众人听了这话，还不等郑安邦反驳，又是纷纷叫骂："狗贼真不要脸，全是胡说八道！""郑帮主行事光明正大，岂容狗贼血口喷人！""还不快滚，大伙儿一起，将这魔头灭了……"

项水田听了唐凤吟的话，陷入了深思。在他的记忆中，巫山帮炼蛊确实是在洞口，而那千年巴蛇出来，身躯庞大，声势惊人。第一次是将这位唐大教主一口吞下，第二次更是从内洞中吹出一口气，便将上百人吹到了千里外的镇江金山寺。现在，众人都没看过巴蛇现身，唐凤吟也活得好好的，他的枣花也再世为人。如果他这时要站出来，说出唐凤吟的话，有可能是真的，众人一定以为他是疯子。这样一想，也只能不作声了。

只听温芊芊悄声道："你有点相信唐凤吟的话，是不是？"项水田道："唐凤吟的话是真是假，还有那个宝鼎，我都没兴趣。温大主人，现在宴席也结束了，现场任何一人，都可以去万仙洞了，你要办一件大事，再也用不着我这个没本事的掌门人了，现在我可以去找枣花了吗？"

温芊芊笑道："你要去找枣花，没有人会拦住你。昨日你去找枣花，结果是我猜对了吧？今天你再去找，还是这个结果。你要是不信，可以打个赌。再说了，你不去见你妈妈了？"项水田道："我去见枣花，也去见我妈妈，就是不想跟你……神女派的人在一起。"他本来想说"就是不想跟你在一起"，还是说成了现在这样。

温芊芊沉默了片刻，道："项大掌门，今天见过你我的人，都知我温芊芊，已经嫁你为妻。光凭这一点，你的枣花也说不定心生误会。奴家的这件事，除了你，没第二个人帮得了。这件事，要去万仙洞内洞，过了今晚子时，才能办完。现在就算我再次求你，瞧在咱们……相识一场，帮我办完这件大事。办完之后，我陪你去见枣花，如有什么误会，由我来给枣花和众人做出解释，岂不更好？从现在到今晚子时，不过数个时辰，我不会吃了你吧？"

温芊芊如果是出言威吓，项水田多半扭头就走，最多就是被六怪追回。但现在温芊芊在他耳边软语相求，所说的也有可取之处，项水田在她温柔缠绵的嗓音和浓郁香甜的气息的攻势之下，再也迈不动脚步了。

温芊芊提到今晚子时，这使项水田想起，上次唐凤吟也是要求他，先跟中原武林的人抵挡一阵，说是过了当晚子时，那千年巴蛇就会从万蛇窟中出来。温芊芊这么说，是不是与千年巴蛇出来有关？她为什么要我来陪着她？她如果想要那绝仙蛊，或者是要那个宝鼎，就该去求郑安邦呀，找上我这个不相干的人，那不是毫无益处吗？想了半天，还是没有头绪。

众人都在注意场上唐凤吟和郑安邦的举动，项水田和温芊芊的对话，旁人并没留意。

便在这时，只听郑安邦道："各位朋友，刚才本帮神女向晚辈传话，她已照准各位去万仙洞鉴赏宝物了，大伙也不用去本帮的神女堂跪拜了。只除了一个人不能去，大伙都能去。这个人，就是五梅教唐教主。"

能够进洞并且省去了跪拜神女的麻烦，众人本来应该大声叫好。但是，只是不让唐凤吟一个人进去，众人都是默不作声，要看唐凤吟作何反应。

只听西北角上，一个女子清脆的声音："郑帮主，我大理国只是来跟贵帮做生意，对贵帮蛊药，并无兴趣，我们也能进洞一观吗？"说这话的，是大理郡主段瑶瑶。项水田跟温芊芊对望了一眼，意思是连大理国的人，也到了现场。

另有一人，操着生硬的四川话道："洒家四个，也可进洞吗？"正是在大昌镇见过的四个红衣藏僧。

郑安邦道："本帮神女传话说过了，除了唐教主一人，现场的朋友都能进洞。"

段瑶瑶道："如此多谢了!"

只听唐凤吟嘿嘿冷笑了几声，大声道："郑安邦，你巫山帮不让老夫一人进洞，今天老夫就跟众位打一个赌：本座就凭一人之力，不让现场任何一人进洞。有人不服，就来跟老大打一架，无论单打独斗还是一拥而上，功夫、暗器、使毒，老夫全都奉陪。如果无人胜得了老夫，你巫山帮就不得允许任何一人，进入万仙洞一步。"

众人听了唐凤吟这句话，均知此人要凭一己之力，阻止众人进洞，不知他到底是何用意。有人被他这一股睥睨一切的气势所慑，心想这人跟中原武林势不两立，一场恶战在所难免，下一刻现场就要血肉横飞。此前有的人本来对于进洞打了退堂鼓，但不能被唐凤吟这话吓倒了，他不让进洞，反而非得进洞不可。项水田听了他这一句话，虽然佩服他的胆气，但也觉得他未免托大。因为只要六怪出场，唐凤吟便不是对手。

郑安邦沉吟道："且不说本教神女是否会同意唐教主这个赌法，看来唐教主今日前来，是存心给本帮这个英雄大宴搅局来的……"唐凤吟扭头向天，负手在后，并不作答。

郑安邦又道："今日中原武林高僧大德聚会于本帮，就算本帮无人胜得了你，你便真能打遍天下无敌手吗?"唐凤吟不答。

郑安邦又道："唐教主，如果现场无人跟你比武，而本帮照样安排众人进洞，你便怎样……"

"本座就守在洞口，见一人杀一人。反正这些人进洞也会被那巴蛇杀死。"

忽听有人高声道："唐教主，本人受本帮帮主指派，向你挑战!"说这话的，是巫山帮副帮主樊铁柱。此人四十多岁，身材粗壮。众人都知，巫山帮的人都是以使毒物见长。这位樊副帮主，还会摆出一个名叫玄女阵的毒阵。但是，樊副帮主会使什么拳法，大多数人都没见过。众人都想，就算樊铁柱功夫再高，又怎么会是唐风吟的对手？

唐风吟道："好。樊副帮主要为贵帮出头。本座就来领教你的巫山拳。"说话还有几分客气。

只听微尘高宣佛号，道："慢来！唐教主，今日只是比武，还是定下规矩，点到为止，不可伤人性命。"唐风吟道："大和尚担心我一拳将这樊副帮主打死了？"樊铁柱大声道："你老子偏偏就不怕死！"唐风吟飞身跃起，直扑樊铁柱："本座就送你上西天！"

樊铁柱身在通往半山亭的台阶前，众人见他要跟唐风吟比武，让出一块十丈见方的空地。

唐风吟黑色的身影，如同一只老鹰般，居高临下冲向樊铁柱时，樊铁柱使一招巫山拳的"鸣蝉脱壳"，双手上举，脚下移动，肩头运劲，想要卸去唐风吟的这一击。但他身子缓了，还没看清唐风吟的招数，就被唐风吟凌空踢中了肩头，当即滚倒在地，已是输了一招。

樊铁柱只觉得左肩也并不怎么疼痛，他应变奇速，着地一滚，已爬起身来，就势使了一招"悬羊击鼓"，那是在己方被动时，身子倒转，以手撑地，伸双腿连环打击对手的招法。但这招用在唐风吟身上，全不见效用。唐风吟只伸腿一钩，樊铁柱撑在地上的双手就已离地，腿上的招法跟着落空，眼看又要倒地。

樊铁柱双腿尚未着地，中途变招，身子一转，只将头往唐风吟胸前撞去，两只手直取唐风吟双耳。这一招其实大为冒险，在出招之前，就已经将自己的脑袋送进了对手的圈子，就算后招再狠，毕竟甘冒大险，实在是不顾性命的打法。只听台下巫山帮众齐声喝彩，原来这是巫山拳的一招"饿马摇铃"。

唐凤吟身法灵动，变招极快，只略退一退，身子一晃，就将这一招同归于尽的打法化解了。

项水田看到这一幕，又惊又喜。他想起他在巫山帮主就位那一天，狂生前来叫阵，跟他比武时，也用了这招"饿马摇铃"，巫山帮众也是大声叫好，而当时项水田身为巫山帮主，连这招的名字都没听说过。对付这一招时，他使了九天拳的"羽化登仙"，冲天一跃，笨拙地避开了这一招，这时看到唐凤吟一退一晃，就轻轻松松化解了这拼命的一招，不能不佩服唐凤吟招法老到，举重若轻。项水田后来在万柳茶庄得万老爷子传授，学到了这手巫山拳。这时在现场看到，樊铁柱使这套拳法，远比自己娴熟老辣，却被唐凤吟毫不费力地化解反击，不禁替樊铁柱捏着一把汗。

樊铁柱再使出"壁虎断尾"一招时，更是令人吃惊。只见他不停伸双腿攻击唐凤吟下盘，全无收招防卫的意思，明眼人一看便知，他这是要引得唐凤吟直接反击他的双腿。俗话说胳膊拗不过大腿。相比之下，腿击要比拳打更重，任谁都会把双腿看成杀手锏。势均力敌的两人在过招时，遇到对手双腿连环，另一方多半先行退避，等对方收招之后，再以牙还牙。但唐凤吟明明比樊铁柱武功要高得多，他这样主动送上双腿，唐凤吟不等避开，就能直接出招反击。只觉樊铁柱就是要将一条命，送到唐大魔头手上。

果然，唐凤吟轻哼了一声，旁人已听出他恼怒之意。只见他右手以掌作刀，直往樊铁柱双腿横切下去。以唐凤吟这等无人能及的幻影掌法，樊铁柱如何避得开？

微尘、虚云等大高手都知，唐凤吟这招如切下去，樊铁柱这双腿就保不住了。微尘叫道："唐教主手下留情！"虚云手中扣着一颗石子，也知来不及出手施救了。

却见樊铁柱双腿无半点收回的动作，借势一扭身，将一股力道传到双臂，一把将唐凤吟抱住，拼着双腿折断，双手抱住唐凤吟的双肩，更张开大口，直接朝唐凤吟的咽喉咬了过去。

巫山帮的人，谁也没有见过如此这般的使用本帮的"壁虎断尾"，看到樊铁柱这样以性命相搏，众人都惊呆了，谁也没有想到喝一声彩。

唐凤吟手一收，脚一踢，樊铁柱一个粗壮的身子，如同纸鸢一般，飞出一丈开外，重重摔在地上。樊铁柱在地上挣扎几下，竟然站起身来，恨恨地看着唐凤吟。只听唐凤吟道："看你在巫山帮还是条汉子，今日便饶你性命！"樊铁柱一听这话，又冲上来。

虚云知唐凤吟没废去樊铁柱的双腿，只让他这么重重地摔了一跤，已是手下留情了，上前将樊铁柱拦住。转头对唐凤吟道："唐教主，老道来会一会你的高招。"还没等唐凤吟答复，虚云却又转头对郑安邦道："少侠，老道有一事请教。"郑安邦道："前辈请讲。"

虚云道："老道一路行来，听道上的人讲，少侠行侠仗义，出手大方，是因为巫山帮的万仙洞中，除了有宝鼎以外，还藏有许多金银财宝，这是不是真的？"郑安邦愕然道："哪有此事？"

虚云道："老道本也以为这是无稽之谈。却从谈这事的人口中，听出他想要进洞，是冲着金银财宝来的，这才向少侠问及。"

众人心道："郑安邦这几年手面阔，接济了不少的武林同道。但巫山帮僻处深山之中，也不像有些绿林山寨打家劫舍，还有份子钱可收。如果不是在山中有财宝，他的钱是从哪里来的呢？"郑安邦虽然否认虚云的问话，但语气中并不是那么干脆。这样一来，有人反而相信巫山帮除宝鼎以外，还有其他财宝。

虚云又对郑安邦道："巫山帮还有人出战吗？"他本来只是客套，表示自己出战，已征得巫山帮帮主的同意，却听郑安邦淡淡地道："本帮新创了一个阵法，也不使毒。当可与唐教主周旋一番，只是尚未演练娴熟。唐教主既然是要阻挡天下英雄入洞，前辈跟他过招，也是不妨。"

虚云听了这话，暗想此人年纪轻轻，果然老到。明明是有后招，却没有急着拿出来。此前只听说巫山帮有个玄女阵，不知何时又创出了新阵。

虚云虽是修道之人，却性子爽快。他灵机一动，顿时有了主意，摇头对唐凤吟道："唐老儿，老道在武当山也练了一个阵法，要不在你身上试试？"

任何武师一听说有新拳法新阵势，无不是跃跃欲试。却听唐凤吟道："道长不敢跟我单打独斗？"虚云叹道："想我中华武术，自是比那番邦金人要高明得多了。但人家靠排兵布阵，使用火炮，却轰开了我方城池。现在少林、武当都失陷在金人手里，想到这里，老道心中大是不甘。他能布阵，我为何不能？"唐凤吟道："道长你错了。金人掳我二帝，主要是朝政腐败。行军打仗的玩意，本朝的武将，怎会打不过金人？你牛鼻子老道，练出一个阵法，是要去跟金国人打仗吗？"说到抗击金人的事儿，唐凤吟对虚云少了敌意。

虚云连连摇头："天下兴亡，匹夫有责。如果要跟金人拼命，有个阵法，总比单打独斗要强。这么着吧，我现在跟你过招，虽说是个阵法，倒还是我一个人上阵。"说着，也不管唐凤吟是否同意，便眼观半山亭，口中作啸起来。

众人忽然见到一个奇景。天空中猛然间飞过来一大群黑压压的乌鸦，伴随着"呱呱"的尖叫声，像一股黑色的旋风，直冲唐凤吟而来。

唐凤吟从未见过这么多乌鸦，一时猝不及防。只见数百只乌鸦在一瞬间，便如一条天外飞来的黑龙，直扑唐凤吟的胸前，对着他胸腹这一处，又抓又咬。此时尚是六月的天气，身上单薄，胸腹又是膻中、丹田等要穴之所在，最为练武之人看重。唐凤吟身上，已有好几处被乌鸦抓破，他虽然及时使出了无影掌法，打得毛羽纷飞，但架不住无数的乌鸦接连扑来，仓促之间，狼狈不堪。

虚云这个阵法，就叫乌鸦阵。第一招叫"万箭穿心"，数百只乌鸦直攻唐凤吟心口，已使唐凤吟大吃了苦头。

为避免乌鸦伤亡过多，虚云啸声一收，乌鸦又飞回天空。待啸声再起时，乌鸦又从四面八方，扑向唐凤吟。虚云高声道："小心了，这一招叫'百鸟朝凤'！"

唐凤吟心中一沉，自己的名字中有个凤字，这老道黑压压的乌鸦阵，偏偏叫"百鸟朝凤"，岂不是冲着我而来？心中顿时大感晦气。这个百鸟朝凤的招法，乌鸦不再是直冲他胸腹，而是全身上下，全方位攻击。奇的是，虚云引导这些乌鸦，攻击的是唐凤吟身上的每一处穴道，虽然一只乌鸦嘴上的力道，比不上一名寻常的武师，但胜在数量之多，这相当于数百只会飞的手，同时在唐凤吟身上点穴。

唐凤吟身法奇快，一边手脚并用地击打乌鸦，一边灵活地移动身子，乌鸦虽然也跟着他进退趋避，但唐凤吟内力深厚，被乌鸦点中穴道，也无大碍。

虚云啸声一变，乌鸦又排出一个"老树昏鸦"阵，这个阵法，颇有独特之处，所有的乌鸦先飞去树林之中，从老枝上摘取枯干，飞过来，以冲刺的力道，一齐投向唐凤吟身上。这又像数百支小小箭羽，射向唐凤吟全身。乌鸦虽然力道有限，但久经训练，突如其来，唐凤吟这个大高手，突然遭受万箭齐发之厄，也是手忙脚乱，那些尖尖的树干，已有不少击中他身上穴道，要不是他内功深厚，早就中招倒地，仍是不免又麻又痒。

虚云大逞其能又使出第四阵"鸦声聒噪"。这一阵使上了乌鸦特有的叫声扰敌。只见乌鸦虽然将唐凤吟身子围住，像一个不停转动的黑色圆柱，却并不靠近他身上抓咬，而只是发出难听至极的"呱呱"的叫声。乌鸦的叫声确实难听至极，众多的乌鸦围住一人而叫，这也成为一个利器，比起内功高强的武林宗师发功伤人，也差不了多少。

百忙之中，唐凤吟手中忽然多了一根长箫。他以箫就口，双手按指，吹出了一段金铁交鸣的箫音。箫声一响，鸦声就见松动。虚云啸叫尖厉，大有催促群鸦之意。群鸦极力支撑，但最终还是箫音越来越激越清朗，似有崩云裂石之势。再过一刻，已有不少乌鸦经受不住箫声，落败而飞，到后来，箫音一变，忽作大雕猛禽之鸣，群鸦听得天敌来到，呼的一声向天空逃散，这个第四阵"鸦声聒噪"，就这样被唐凤吟破了。

在人群中观斗的项水田这才想起，唐凤吟识鸟音会鸟语，这个"老树昏鸦"阵，多半奈何他不得，也不得不服此人不愧是武功天下第一的大宗师。

虚云仍不甘心，又以啸叫声呼唤群鸦，使出最后一个阵法"暗无天日"。这一招跟武当山大有渊源。武当山乌鸦极多，这一点与其他名山颇有不同。其他的山上，也有乌鸦，但绝没有武当山上成千上万的数额。人们多将乌鸦视为不吉之兆，但武当将乌鸦视作镇山之宝。因武当玄武大帝是北方黑色之神，武当人便将乌鸦看作玄武大帝的化身，对乌鸦极是尊崇。

虚云从抗金失败的现实中，悟出了将乌鸦演练成为神兵阵法的道理。这第五阵就是将群鸦聚拢成为一个暗无天日的巨网，在一瞬间就将对手罩在这个密不透光的巨网之中。本来经过虚云厉啸催逼，群鸦已将大网编排成形。但唐凤吟箫声尖厉，雕唳时作，群鸦终究害怕，这"暗无天日"之阵，也没完全布好，而透出稀疏的光亮。

突然，身在网中的唐凤吟感到有许多腐臭之物往身上飞来。原来这也是"暗无天日"阵的后招，乌鸦是食腐之性。虚云训练群鸦将对手围在黑暗之中，再从口中吐出胃中的腐食，以毒攻敌。这只是收效较慢的病毒，与武林中的毒物自不能比，但也有攻敌之效。

这一招对唐凤吟恰是打到痛处。唐凤吟极是爱洁，一天洗两次发，换几套衣。乌鸦吐出的这些腐肉，有些沾在他的身上，使他大感恶心。唐凤吟怒极攻心，突然挥出竹箫，将一只领头的乌鸦击毙，他识鸟语，自然能认出哪只是头鸦。头鸦一死，虚云再也调动不了群鸦，这个乌鸦阵，也就此破了。

旁观众人头一次见识这个乌鸦阵。都是佩服虚云道长奇思妙想，花去无数心力，排出这个独一无二的乌鸦阵，却没想到唐凤吟终因有识鸟语，会吹箫这等异能，破了此阵，心中连叫可惜。

微尘点头道："阿弥陀佛，虚云老友躲在武当山上，创出这等别出心裁的神乌之阵，大开眼界，善哉善哉！唐教主果然好手段，老衲佩服！"

虚云又是摇头："说什么神乌之阵。本来老道是要带到巫山来，跟你这老伙计切磋一番，现在看来，也不用再丢人现眼了。"

却听唐凤吟道："道长创出这个惊世骇俗的神乌阵法，实是武林中一大奇才，不愧是大宗师。在下侥幸得很，也不能说是破了此阵。"言下已少了此前的狂傲之气。唐凤吟从地上拾起长箫，语音一转，道："还有谁跟老夫过招？"

人群中一阵沉默。微尘清了清嗓子，正要说"老衲上来领教"，忽听一个女子的声音道："唐凤吟你知罪吗？唐凤吟你知罪吗？"这声音先是从东南角传来，倏尔又从东北方发出，场上人人都听到这句话，但不知说出这话的女子，为何有这么快的身法，谁也没有看清她身在何处。唐凤吟听这声音似一位老妇，却又像是某个他熟悉的年轻女子声音，心中迟疑不定，他强作镇定，道："你是谁？干吗不站出来说话？"

那声音仍然是倏忽来去，反复说着这一句"唐凤吟你知罪吗？"，最后渐渐消失，似已远去。

只听一个粗豪的声音道："唐老儿，你侥幸破了道长的神乌阵，也并非武功天下第一。"唐凤吟道："来者通名。"向松道："清风山铁牌手向松……"唐凤吟哈哈大笑："你姓向的那一点微末功夫，也配上来送死？"向松道："你爷爷不配上来收拾你，这里有六位大英雄大豪杰，任何一位都能轻而易举胜过你！"

众人一听有六位大英雄，都感奇怪。唐凤吟道："哪六位？"向松一指身旁几步远的六怪，道："就是这六位大英雄大豪杰！"

唐凤吟一看，竟然是六个獐头鼠目，形貌丑怪的男子。这时六人正在手抓肉食，自顾喝酒，对场上过招全没在意。众人也大多不识六怪，以为向松是对唐凤吟心存嘲弄，都大声鼓噪。唐凤吟道："这六位是哪一派的？姓向的是消遣本座来着？"就要对向松发作。

忽听六怪身边一个柔媚的女子声音道："唐教主，不用这六位大英雄跟你过招，现推举一位名门正派的少年英侠上场，必能将你打败。"唐凤吟见这女子头戴只露半脸的铜面具，也不识得此女。刚才那绕场发音的女子声音，已弄得他心烦意乱，这时不耐烦地问："是哪一位？"温芊芊答："青城派新任年轻掌门人项水田。"说着将项水田推出身前。

唐凤吟一看到身穿灰袍的项水田，立时大感吃惊。他又转头望着巫山帮主郑安邦，道："这……你两人如此相像，是孪生兄弟吗？"郑安邦笑了笑，道："这位项掌门少年英雄，不久才从若蹊道长手上，接任青城派掌门。晚生也是今日才首次跟他相见，那女子便是他新婚的妻子，姓温……"

项水田突然被温芊芊推出来，要去跟这号称武功天下第一的唐凤吟放对，大感窘迫。此行他被这个温芊芊以枣花和母亲相要挟，对她恨得牙痒痒，却又无可奈何。此时再也忍耐不住，对温芊芊道："好，我便死在这唐凤吟的手上，只求你放过枣花和我母亲……"温芊芊嘴角微动，嗔道："谁要你死在他手上？我要你将这人打败，你的枣花和母亲便安全了。"项水田听了这话，心头一宽："我如何胜得了他？"温芊芊道："我只问你，你相信今夜子时，那千年巴蛇会出来吗？"

项水田不知她为何问起这事，脑中闪过唐凤吟被巴蛇吞下的镜头，道："我不知道，也许巴蛇会出来……"温芊芊拉住他手，道："那你便替我将这人打败，来，这里有一颗药丸，可以帮你增些力气，你服下了，便上场去吧！"跟着从左手掌心之中，将一颗小小药丸，送入了项水田的口中。

项水田感到这药丸又香又凉，来不及犹豫，便已将药丸囫囵吞下肚去。想到温芊芊要他将唐凤吟打败，就是想要进洞，她要办的大事，多半是与进洞有关，便大步从人群中走出，对唐凤吟道："唐教主，晚辈代表青城派向你讨教！"话音未落，向松、巴通权等盗伙已大声叫起来："项恩公必定打败这大魔头！"唐凤吟道："要送死也不多你一个。"

项水田道："唐教主，你已连斗了两位高手，稍事休息，再跟晚辈交手，这才公平。"唐凤吟冷冷地道："你倒好心。青城派的青天玉真功，你学得几成？"项水田想不起自己学过青天玉真功，只好老老实实回答："晚辈不会……"唐凤吟摇头冷笑："青天玉真功也不会，你这掌门人如何当的？也配上来送死？"

只听温芊芊道："要打败你这邪魔外道，何须青天玉真功！"唐凤吟一听这话，脸含杀气："小娃娃出招吧！"项水田道："唐教主刚才跟虚云道长过招，地上有不少死鸦和腐肉，清理过后，再打不迟。"这一句话，打中了唐凤吟心坎，他这人爱洁，见了这些秽物，心中嫌弃，却不好说出来。但有些人听了项水田说这话，以为他是怕了唐凤吟，只好拖延时间。

郑安邦立即安排帮众，将地上清理干净。

项水田站在当地，闭上了眼，细细思考如何跟唐凤吟交手。在上个世道，他亲眼看过唐凤吟箫引毒虫的神技。他还以九天拳跟段瑶瑶联手，双斗过唐凤吟，仍然不敌，最后使出了向唐凤吟抛投秽物的无赖打法，才不致双双落败。后来高瑞升和"风花雪月"四女加入合斗，唐凤吟急于赶在子时炼蛊，才打伤两女，匆匆离去。可以说，唐凤吟以一敌七，仍占赢面。后来项水田得万青云传授了芈家拳和巫山拳，内功上又有长进。此后却在万蛇窟中，被唐凤吟占去躯体，唐凤吟通过这副躯体使出幻影神掌等功夫，威力更大。

不过，在这个世道里，唐凤吟和自己都不在巫山帮中，他应该还没有见识过九天拳和芈家拳，只能打他一个出其不意了。反正如果自己打不过他，还有六怪在后面。忽又想到，那会算卦的杜芸，正是唐凤吟的妻子，她劝我不要来巫山帮，难道是指今天跟唐凤吟比武，会死在他手上？

"出招吧！"唐凤吟昂起了头，反剪双手，看也不看项水田一眼。

项水田身子下沉，双手提起，前虚后实，先使出了一招九天拳的"羽化登仙"。唐凤吟瞥眼之间，觉得此人的出招与武当拳有几分相似，却又使得似是而非。他随手应了一招，只使出了三分的力道："青城派的，怎么偷学武当拳法？"唐凤吟对于中原武林各派武功无一不熟，眼见项水田使出这招，便讥讽了这一句。

但他与项水田一接招，竟然身子一震，后退了两步。唐凤吟大吃一惊，这个年轻人招中所含的内力，如江河行地，沛然而至。这等内力，已跟武林中一流的大高手不相上下，顿时收了小觑之心，身子一沉，凝神接战。

项水田第二招使了"幽壑潜蛟"，第三招使了"麋鹿乘风"，第四招使了"冯夷幽宫"，一十八招九天拳，他一口气使出了四招。唐凤吟见这个年轻人，每一招使出，或如飞鸟凌空，或如青龙探海，或如天马行空，或如大鱼潜游，都是奇谲诡巧，见所未见。连退了四五步，更是吃惊，大叫："慢来，你这是什么拳法？武当拳中，可没有这样的招数。"

项水田停招答道："这叫九天拳，不是武当拳，也不是青城派的武功。"唐凤吟眼中露出异样的神色，从第一招开始，一招一式，从头到尾使了一遍，招数上竟然丝毫不差。项水田不能不佩服这人记性奇佳，明明是首次见到，就将对手刚使出的新招，悉数记住，实是武林奇才。

旁观众人之中，除了向松等几人看过项水田跟六怪过招，其余的人也都没认出这套拳法，许多人见到项水田连出四招，将唐凤吟打得连退数步，都是大声叫好。有人见唐凤吟叫停过招，自相演练，早已叫骂起来："老魔头不是青城派掌门的对手，告饶认输就得了，干吗还学人家的武功？""魔教妖人，你要学这青城派掌门的功夫，另外磕头拜师，不要误了大伙进洞！""项掌门，不要上了这老魔头的当，接着打，将这老魔头打得跪地求饶！"

唐凤吟对这些人全不理睬，对项水田道："若蹊老道没这份功夫，教你拳法的是什么人？"项水田答："这……晚辈不能说。"唐凤吟做出一个手势："接着出招吧，看你还有什么把式！"

项水田为防他记住招式，下面使出"顾菟在腹""鸱龟曳衔""河海应龙"等拳招，力道威猛，动作也快。这一回，唐凤吟竟然跟他以硬碰硬，招招对攻。这一下两人拳脚交加，斗得砰砰直响，地面上沙起尘飞，旁观的人被两人发出的内力，逼得连连后退。

项水田掂量唐凤吟使出的力道，跟微尘、虚云和万青云等大高手，是在伯仲之间，但跟六怪相比，那就逊色多了。唐凤吟的幻影掌法，无论招数速度，毕竟有迹可循，而六怪的出招，不仅方位怪异，出招更是快逾闪电，教人应接不暇，只有任他摆布的份。看来，唐凤吟也算不得什么武功天下第一，只有六怪还有那独臂人，才可有一争。

想到这一点，项水田对唐凤吟已不再惧怕，竟是愈战愈勇。他将这一十八招九天拳翻来覆去地使出，唐凤吟也只是使他的幻影掌法。两个人斗了个旗鼓相当，难分难解。众人只见灰黑两团影子在场中往来奔突，交手过了百招，也未分出胜负。唐凤吟数招过后，即知项水田这套九天拳虽然古奥，仍是道家的理路。他近年罕逢敌手，此时这一套幻影掌法，也使得酣畅淋漓，一时也打得兴发，难以收手。没有想到这位青城派的年轻掌门，跟巫山帮主郑安邦相貌相同，还使出了这套罕见罕闻的拳法。

项水田使出这套惊世骇俗的武功，旁观群雄更是吃惊。有人想到，那被称作掌门夫人的女子，要他这位如意郎君，跟武功天下第一的唐凤吟出战，原来是要她夫君今日扬名立万，一战成名！但青城派掌门不使青城派的武功，这又从何说起？青城派同门也是难以索解，从未见过掌门人使出这套武功，不知他从何处学来？

百招过后，唐凤吟明知这年轻人十八招拳法打来打去，反反复复，就是无法找到其中的破绽，心中焦躁起来。百忙中取箫在手，道："你不使青城派功夫，老夫也变招了。"以箫当剑，在项水田转换招式的时候，向项水田连刺了三剑。

这一下众人又是大声起哄。本来两人比武，拳脚对拳脚，项水田作为挑战者，先出招也是理所当然，两人拳来腿往，打成了平手，唐凤吟也不能算输。但唐凤吟是年过五旬的武学宗师，名满天下；而项水田乳臭未干，虽为一派掌门，仍属稚嫩。唐凤吟夸下海口，现场无人胜得了他，自是将对手，看作是微尘、虚云、赤松子等几位顶尖的高手，绝没有将项水田这样的初出茅庐之辈，放在眼里。现在，竟然被项水田斗成了平手。

在众人看来，唐凤吟不能在拳脚上取胜，竟然首先使上了器械，单凭这一点，唐凤吟已经是输了。虽然高手过招，有无兵刃，差别不大，但兵刃器械在手，总是占了便宜。不过，比武只看结果，唐凤吟率先使上器械，只是面上不大光彩，倒也并不违规。

项水田见唐凤吟以箫当剑，使得顺手，突然有了主意。叫道："唐教主请等我一等。"唐凤吟只得住手。

项水田环视场内，只见一位虬髯大汉，腰间缠了一根软鞭，上前一揖道："这位大哥，借你软鞭一用。"那人将软鞭解下来，项水田双手接了，走回场中，见六怪仍在喝酒吃肉，又走过去，将一碗酒一口喝了，对唐凤吟道："晚辈使一套醉鞭，应对教主的长箫。"

众人见项水田也使上了兵刃，轰然叫好。

项水田歪歪斜斜使了一招"纸醉金迷"。陈鹤老传给他的这套鞭法，共有一十二招。这招"纸醉金迷"，曾在黄州栖霞楼对魔教堂主宇文彪用过，也在巫山总坛前，跟少林微尘方丈交过手。那一丈有余的鞭身展开，有如一条灵蛇起舞，鞭头如黑蛇吐芯，向唐凤吟面门扑来。这一招使出，立即反客为主，逼得唐凤吟箫剑转攻为守。

以唐凤吟的腹笥之广，中原武林各门各派的武功，几乎没有他不知道的。偏偏项水田前面使的九天拳，他闻所未闻。现在使出的这套醉鞭，他又没见过。皆因这两门武功，不在任何一个门派中流传。唐凤吟心中发怵，不知为何钻出这么一个年轻人，以前所未有的招数，前来跟他作对。只怕自己武功天下第一的名头，就要毁在这少年手上。他先前对项水田的轻蔑，已变成了谨小慎微，不敢怠慢，完全将项水田看作一个势均力敌的大高手了。

此时见鞭头袭来，唐凤吟箫剑不敢直撄其锋，只能伸长箫一引，将鞭头拨开。

项水田使出第二招"醉生梦死"时，鞭身如一条奔腾夭矫的闪电，直扑唐凤吟周身。唐凤吟见鞭长箫短，鞭头内力惊人，伸竹箫使个卸字诀，避过了这一鞭。

项水田再使第三招"醉翁之意"时，想起当日陈鹤老教他鞭法时，以他没有喝酒为憾。此后与微尘交手时，一口气喝下了一坛酒，出鞭之时，醉态迷离，狂放不羁的意趣，得到充分发挥。而此时他只喝了一碗酒，鞭头的内力比此前有过之，但酣畅淋漓之感，便有不足。唐凤吟眼光何等老到，出箫应对之际，渐觉他这套鞭法，比九天拳反而容易对付。进而问了一句："青城山何时练了这套醉鞭，老夫也成了井底之蛙。"表面说得谦逊，其实难掩窘态。

项水田再使第四招"醉打金枝"时，唐凤吟已出手反击，伸长箫在鞭头力道将尽之处，用力一击，一股力道从鞭身激荡回来，项水田手上感到一震。唐凤吟跟这少年过招已一个多时辰，知道这少年武功内力，都远超同侪，已是武林中第一流的人物。不出数年，只怕自己也不是他对手。想到此人年纪轻轻，便为一派掌门。如果不能为己所用，必成后患。刚才那妇人绕场发出的质问声，已让他心中惶然，觉此地不可久留，这时见项水田鞭法变弱，再也顾不得去记下项水田的新招数了，本来对项水田所起的杀心，又进了一层。

项水田心中，也急躁起来。"醉舞狂歌""如痴如醉""伊人独醉"和"海棠醉日"等招数一连使了出来。这些以醉态取胜的鞭法，配合身姿有晃动，令旁观众人大开眼界，纷纷大声喝彩。但唐凤吟渐渐摸出了这套鞭法的薄弱之处，就是内力传递，要靠酒力，而项水田偏偏不善饮，使这套鞭法，大打了折扣。唐凤吟在应对项水田急攻的这四招时，每一招都顺着长鞭的力道，见招拆招，身体却跟项水田越靠越近，就像逆水上行的游鱼。到项水田再使"贵妃醉酒"一招时，唐凤吟呼一声："着!"竹箫直抵鞭头力道的中心，顺势一转，一股如电光石火般的力道，从鞭头传往项水田持鞭的右手上，项水田的手上一震，软鞭竟然拿捏不住，脱手飞出。如果他不放手，身子也会跟着被拉着飞离出去。

唐凤吟得势不饶人，以箫就口，吹了一曲《汨罗绝世曲》。

该曲是写楚国大夫屈原得知国破后，愤然投江的旷世悲凉之情，曲调惨绝人寰，云谲波诡。从雨夜之中的踯躅徘徊，到阴风怒号，浊浪排空，以致飞身一跃，葬身鱼腹。其中无边的绝望，将人带入冰冷的水下世界：恶鬼兴风作浪，鱼龙混杂，掀起巨大旋流，水中恶龙横行，虾兵蟹将，水妖怪兽，大行其道。项水田是第二次听到此曲。那时唐凤吟占住项水田的身躯，用这首箫曲，在万蛇窟中与万青云的琴曲《流水》比拼内力。此时再听此曲，对于曲中意境理解更深，不禁听得痴了。

唐凤吟这首箫曲，并不调动毒虫，只以内力和悲情伤人。场上群雄大多抵受不住这首《汨罗绝世曲》所含的内力，稍通韵律者，会被曲中忧愤百绝的悲伤情怀所摧残，以致肝肠寸断，欲狂欲死。除了几名大高手屏息静气，竭力抵抗曲音以外，大多数人急忙撕扯衣襟，塞住双耳，方得不受箫音折磨。

只有项水田呆立不动，似乎听得如痴如醉。

忽然，那幽咽凄惨的箫音停了，唐凤吟口中，又发出似哀似哭的吟唱。这声音比箫音更加真切，直达人的心底，荡气回肠，似乎在劝说着：这么多的人生苦闷，这么多的不得志，谁也无法改变，算了吧，放弃了吧，只有自我了断，才能最终解脱，才是唯一出路……

唐凤吟知道，他的《汨罗绝世曲》，击中了项水田的痛处，将他带入了国破家亡，遭受诬陷，伤心欲绝的悲惨心境，这种大悲痛，已经导致项水田情智损伤。只是，项水田自身也具深厚内力，才使他得以支撑下来，没有失心发狂，或者吐血而亡。这是最紧要的关头，只要再加一把劲，就能将这年轻人送入绝境，当场毙命。所以，唐凤吟拿出了最后的绝招，长歌当哭，引人自戕。眼看项水田抬起了双手，指向自己的咽喉，越来越近……

众人看到这个情景，明明替他着急，却又无能为力。因为大部分人都已将双耳塞住，这才不受箫音和哀哭的摧残。有人刚想去摘下布条，却又不敢，生怕自己非死即伤。微尘等大高手明明跟唐凤吟说过，点到为止，不伤人命，但这时自身也在勉力抵抗唐凤吟的啸叫，再也腾不出手来，制止唐凤吟将这年轻人置于死地。

突然，项水田耳中，传来一个清脆的声音："不用怕，你有强大内力，定能战胜老魔头，他的这种哀哭，奈何不了你！"这是温芊芊的声音，温柔妩媚，娇嫩清脆，项水田顿时感到一阵清凉，感到温暖亲切，感到了勇气和力量。

他的手并没有停止往上延伸。双手伸到嘴边后，他忽然做成了一个喇叭的形状，也从喉咙中，发出了一阵龙吟虎啸的吼叫。

原来，项水田并没有被唐凤吟的箫音和哀哭所击倒，他一直是用内力与之相抗，看看唐凤吟的功力，到底达到了什么样的程度。同时，项水田自身也有一门功夫，那就是九天拳中的狮吼功。他曾用这门功夫，催动那千年巴蛇，吐出了腹中的绝仙蛊。这是段瑶瑶引导他找寻到了巫山帮的炼蛊秘法。只是，眼前的这些人，都没有对上个世道的记忆。

唐凤吟在听到项水田发出雄强的啸叫之后，心神大乱。方知自己最厉害的招数，也没法将这年轻人除掉。忧急之间，只有竭力抗拒，一旦收了内力，便如江河溃堤，一败涂地。

就在这时，项水田腹内突然起了异样感觉。只觉丹田之内，有一股巨大的力道，流向了四肢百骸，自己的内力陡然增加了数十倍。这股内力使他热血如沸，仿佛连发尖和汗毛都竖起来，心明眼亮，连十几步外的唐凤吟的脸上的皱纹，也看得一清二楚。唐凤吟心脏的怦怦跳动，也在耳中。他只想大叫大跳，啸叫的声音中断了，只发疯似的往唐凤吟身边走去。

众人看到了一个奇景。项水田的躯体形似鬼魅，也没看清他是怎么走近唐凤吟的，但他灰色的身影，已经将唐凤吟围住了，忽焉在左，忽焉在右，巫山帮的帮众看得真切，似乎项水田使出了巫山拳法，"饿马摇铃""悬羊击鼓""鸣蝉脱壳""壁虎断尾"这几招，虽然使得极快，令人眼花缭乱，但还是有迹可循。只听到唐凤吟不停发出"这、这、这"的惊叫，带着惊慌和惶恐。

谁也没有想到，这个不可一世，叫嚣打遍天下无敌手的大魔头，突然之间，被这个年轻的青城派掌门，以最寻常的巫山拳法，打得如此狼狈，如同碰上恶鬼，毫无还手之力。

微尘、虚云等人也是大感疑惑，此前二人的争斗，大体是势均力敌，或者说唐凤吟稍占上风，为何这位青城派的年轻掌门突然功力大进，如同着魔一般。

向松等清风山的盗伙，以及青城派的门人看到，项水田突然就有了六怪的身手，虽然没有达到六怪和独臂人的程度，但理路是一致的。

只有温芊芊毫不惊讶，神色如常。

六怪仍旧在吃肉喝酒，对场上过招胜负毫不关心。

唐凤吟终于看到了最为可怕之事。只见眼前的年轻人突然使出了自己的独门武功幻影神掌。他掌影飘忽，变幻无方，只是比自己使得更快，更有力道。要不是自己对这套掌法了然于胸，那就完全看不清他的一招一式。

众人只是看到项水田灰色的身影，在使出一套极为精妙的掌法，但这个掌法完全看不清楚。人们不知道，因为唐凤吟的魂魄，曾经占据了项水田的身体，用项水田的这副躯体，使过他最得意的幻影神掌。现在，项水田获得了神奇的内功之后，居然从身体里，发掘出了唐凤吟这套神掌的记忆，又将这套掌法以牙还牙，用到了唐凤吟的身上。

唐凤吟大叫一声，吐出了一大口鲜血，持箫在身周乱打乱舞，如同不会武功的泼皮无赖一般。奇的是，他长箫打在对手身上的力道，又悉数反击回来，击中了自己的身子。唐凤吟身上肋骨、手臂如同败草，肋骨也断了几根。唐凤吟大吼一声，飞身向项水田拍出一掌。但他如同蚍蜉撼树，身躯被项水田反弹而出，抛出数丈以外，手上血肉模糊，心头气血翻涌，倒在地上，再也无法动弹。

项水田见唐凤吟身子被自己打飞，手上一松，忽然力道尽失，身子一歪，委顿在地，如同醉酒一般，沉沉睡去。

场上静得出奇。千余人被眼前这一幕惊呆了。谁也没有说话。尽管唐凤吟被打败了，他再也无法阻挡大伙进洞了，但众人看到项水田倒在地上，看到他使出如鬼魅般的武功，谁也没有想到为他喝一声彩。

突然，有一个妇人越众而出，她快步走到唐凤吟身边，将他的身子抱起，又快步走入人群之中。人群自动为她让出了一条道，看着她抱着唐凤吟，离开谷地，向河边走去，一位少女跟在那妇人的身后。

向松等人认出，抱着唐凤吟的，是昨天在路上向项水田打听过唐凤吟，还为项水田算过卦的妇人，正是唐凤吟的妻子杜芸。那位少女，是杜芸的弟子李青萍。

第六章　尉迟杯

词曰：

> 熏风起，引癫狂痴汉见猎喜。抛离岁月风尘，尽显纤佩金紫。凝光兰芷，妍态冷，堪比和璧美。洞深深，魅影幢幢，冀望桃换僵李。
>
> 原知入窟奇诡，幽光里，诸般蛊虫如蚁。举步维艰，惊惊颤颤，恐惧渊沉骨髓。天灯摇，潜藏恶鬼，最可虑，觅宝将命毁。且宽心，耸峙强梁，鼎杯谁执牛耳？

唐凤吟被青城派掌门打败，众人从刚才那场惊心动魄的比武中回过神来。知道可以进洞了。

项水田也由青城派门人安奇劲抱回，昏昏沉沉地躺在地上。郑安邦、微尘、虚云等人都走上前来，说了些夸赞抚慰的话。按说项水田打败了号称武功天下第一的魔教教主唐凤吟，完全是可喜可贺之事，但三人的夸奖之中，都语带保留。只因项水田最后使出的武功，十分诡异。虚云一边摇头，一边还劝告青城派"不可陷入魔道"。在项水田身边的温芊芊，微笑不语。郑安邦邀请温芊芊和项水田一起，随着少林武当掌门，由自己陪伴进洞。这是因为项水田打败唐凤吟有功，巫山帮给了极大的面子。但温芊芊说项水田需在稍事休息之后，跟她一起进洞。郑安邦随后宣布，众位朋友可以进洞鉴宝。众人都安静下来。

此时日已西沉，天很快黑下来了，众人简单吃了些饭菜。那些对巫山蛊和毒虫有些害怕的人，对于进洞这事，还是心存忐忑。但对于鉴宝这事，又忍不住好奇。看到微尘、虚云等领袖群伦的人物，在巫山帮的陪同下，向万仙洞走去，心想这么难得的机会，怎可错过？便大着胆子，跟随在后。但也有一小部分人，在听了唐凤吟的一番说辞后，害怕遇到千年巴蛇，放弃进洞。

万仙洞是巫山帮自己的说法，其实武林中都知它叫万蛇窟。巫山帮总坛灵鸠峰下，有红黑二洞，黑洞的入口，就是令人谈之色变的万蛇窟。传说有人前来偷取蛊药，或者巫山帮的仇家或者内部受到惩罚的人，都是丢入万蛇窟中，被群蛇所噬，吃个尸骨不剩。

郑安邦在入洞前，对着总坛神女堂的方向，恭恭敬敬地磕头祷告。随后，郑安邦领头，微尘、虚云、赤松子等名宿跟在他身后，余人都自觉排成队形，鱼贯而行。巫山帮几名帮众，在洞口分发驱毒的药物，众人将这些药粉药膏，涂抹在脸上身上，就不用怕毒虫了。

当众人穿过谷地，踏上十来步的石阶，面对正处在黑洞入口的万蛇窟时，还是免不了毛骨悚然。只见距地面一丈有余的窟底，光滑的石面上，无数条色彩斑斓的毒蛇，缠绕扭动，昂首吐芯。群蛇密密麻麻，一直延续到洞内，不知有几千几万条。常人就是见到一条无毒的蛇，也难免害怕，在一个山洞中突然见到这么多的毒蛇，而且下一时刻自己就要走进山洞中去，这些杀人不眨眼的武林豪客，还是免不了心中发怵。

巫山帮早已在坑壁悬挂了由粗索编成的大网，只需脚踩网线，就能顺利下到坑底。洞中每隔数丈，又在洞壁上点起了火把。来到坑底，众人这才看清，原来坑底的石面上，已经清理出了一条约有三尺来宽的路面，自然是用药物做了布置，蛇儿便不敢越过路面上的界限。

入洞的队列才走了数十丈深，突然洞顶呼啦啦一阵响，众人吃了一惊。原来洞中有大群的蝙蝠，正逢此时出外觅食，又或许是见到入洞的人多，受惊而群飞出洞。

入洞的人默不作声地行进，那些平时大大咧咧、爱说个笑话的人，也是屏声静气。偶尔有人发出低呼，原来是有一两条毒蛇越过药线，闯入路面，有人飞身避开，也有人大着胆子，踢回蛇群。

再往前行，又有人发出惊呼，有人甚至当场作呕。原来，蛇群过后，又看到了成群的毒蜘蛛、蟾蜍、蝎子、蜈蚣，这些不同的毒物品类，各自隔开，成带分布，虽然同样是分隔出了一条路，但还是令人感到不寒而栗。有些人终其一生，也没有见过这么多的毒物。这些毒虫，通体红黑斑驳，在火把照耀下，发出淡淡幽光，有的静止不动，有的成团翻滚，发出浓烈的腥臭。只要被任何一只毒虫叮咬，就足以致命。虽然用上了防毒的药物，仍是难免心头打战，泫然欲呕。

只有微尘、虚云、赤松子，还有衡山、嵩山、恒山等名门正派的人物，跟在郑安邦的身后，神色如常地大步前行。

洞内越变越狭窄。初入洞时，洞口有数丈高。待走了数十丈，经过了全部的毒虫的区域后，洞内只剩下一丈方圆的空间了。但这时脚下已无毒物，众人心头轻松下来，只地面有些湿滑而已。

越往前行，众人越是感到莫可名状的恐惧。这时虽然没有毒虫，但却在狭窄幽暗的山洞深处。先前的注意力，主要集中在脚边的众多毒虫上，现在不见毒虫，许多人不约而同地想到，要是这个时候，那条传说中的千年巴蛇出来，那就是万劫不复了，就算不被它一口吞下，也不免会被挤死、撞死、踩踏而死，又或者掉入那些毒虫的中间，被活活咬死。有的人不知不觉之间，身上就被汗水湿透了。有人后悔没有听唐凤吟不要进洞的话。可是，大家都在往前走，谁要想转身往洞外逃出，也是不可能的了。

突然，队伍的中段，有几个人又叫又跳："有毒虫！""不好了，我被虫儿咬到了！"同时感到颈中一片冰凉，就像毒虫爬到了颈中一样。几个人伸手在颈上乱抓一气，脚下乱弹乱跳。

郑安邦急从队前赶了过来，那几个人早已吓得魂不附体，瘫倒在地。但众人并未看到一只毒虫。有人举起火把，走近一看，原来是从洞顶壁上，掉下粒粒细沙，这些细沙又湿又凉，落到几个人的头上颈上，就像冰凉的毒虫，而细沙又从颈中滑落，这感觉又跟毒虫爬动无异。

郑安邦伸手一一给那几个人整理衣服，将他们从地上拉起来，连声安慰，又说巫山帮安排欠妥，让几位受惊了，实在抱歉。几个人看清只是细沙，又受到郑安邦亲自安抚，才讪讪站起身来，对郑安邦连声称谢。

众人抬头看向洞顶，似乎又有一些沙粒掉下来。不知是不是洞顶年深月久，而落下沙粒。郑安邦安慰众人不必担心，催促大伙加快步伐，只说："内洞就快到了！"

这话又让人看到了希望。众人随着队伍，越走越快。后面的人再感觉到颈中细沙，只抖落几下，就快步通过。

又走了数十丈远，终于到达内洞。众人眼前豁然开朗。原来内洞是个能容下数百人的宽大洞府。火把映照之下，洞顶有十几丈高，左右两边也有十几丈宽。

更奇的是，内洞宽阔的地面以外，是一片黑沉沉的水面。这片水面向前延伸，黑漆漆的看不到边，不知这水面通往哪里。

内洞空间开阔，也无毒虫，再加一片清澈的洞水，众人心中轻松下来，开始聊天说话，有些人还将手伸到水中，洗手浇水，感受洞水的清凉之意。性急的人，早就伸长脖子，看着巫山帮主郑安邦，要看他下一步做何安排，就差出口催他，拿出那个人人心动的巫山宝鼎了。

有人说道："郑帮主，这里便是山洞的尽头了吧？"郑安邦答："湖对面还有一个小岛，岛后面又有一条暗河，那里才是山洞的尽头。不过，大伙再不用涉水前行了，就在这里坐地，稍事休息，便可转入正题。"

早有数名巫山帮众，拍开靠在洞壁的数十个密封的酒坛，郑安邦道："洞中湿热，毒虫性寒，大伙喝几杯药酒，祛湿祛寒。"说着，拿起一个鸡蛋大小的木杯，在坛中舀了一杯酒，一仰脖子喝下了。

酒坛中飘出药酒特有的气味，稍微靠近，已有醺醺之意。有人依次舀了一杯，饮了一口，只觉入口醇厚绵甜，并不比午间喝的那些白酒辛辣，略带腥味，想必与那些毒虫脱不了干系，但知喝下去的必定不是毒药，就毫不犹豫，一饮而尽。也有人终是害怕，忍住不喝，又或是僧侣道人的，滴酒不沾。不一会儿，已是坛中见底。

就在众人等待郑安邦说话的时候，忽然传来争吵声。只听一人大声喝道："狗官，你装成江湖中人，混进来想干什么？你便烧成了灰，老子也认得你！"

另一人道："兄弟，你认错人了吧？"

众人围上去看时，只见一个身穿短衣，满脸虬须的年轻汉子，揪住了一个中年男人的衣领，那人身穿打着补丁的皂色长袍，手提一根木棍。

那年轻汉子喝道："狗官，你明明是巴州刺史衙门的狗腿子，怎么扮成了丐帮的人？我洞庭五鬼去年落在你手上，差点丢了性命，今天你倒来送死了，快说，你来想干什么坏事？"那中年人伸右手上翻，已将年轻汉子的手腕卸开，嗓音干涩："这位朋友，在下确是丐帮中人，别误会，你真的认错人了。"

众人都是江湖中的人，跟官府势不两立，纷纷喝道："将这狗腿子打出洞去，莫要他坏了大伙的好事！""他奶奶的，将这狗腿子丢进水里喂王八，岂不痛快！""郑帮主，这人是巫山帮请来的吗？"

郑安邦尚未答话，那中年人争辩道："众位朋友，这位兄弟真的认错人了。世上长相相同的人，多得很。大伙看到了，巫山帮郑帮主，就跟那位打败唐凤吟的青城派项掌门，长得很像。大伙不能冤枉了好人……"

他话音未落，那年轻汉子上前一步："他妈的，我让你假充好人……"只听"吱"的一声，那中年人的背上衣襟，已被撕下了一大块，露出白晃晃的后背肌肤。年轻汉子大声道："各位朋友，小人是洞庭五鬼中的老大，名唤杨幺，一向在湘鄂川的水中讨生活。去年在巫江中为了一笔生意，失陷在这王八羔子的手里，他是刺史衙门的一个都尉，名叫蒯大通。为了勒索银两，将我五兄弟打得死去活来，幸得郑帮主搭救，才得脱身。这人便烧成灰，我五兄弟也认得他。大伙看看，这人要真是丐帮的，背上怎么会生得白皮嫩肉的？丐帮的兄弟有在现场的，认得他是丐帮的吗？"他身边"洞庭五鬼"的另外四人，也纷纷帮腔，指证此人。

丐帮似无人进洞。那人见无法抵赖，便对走近他的郑安邦说道："郑帮主，本官受刺史大人委派，此番随众人入洞，未事先告知贵派，实因此行关乎中原武林存广，也关乎国运兴衰。特向郑帮主告罪。刺史衙门侦获，巫山帮的英雄大宴，不只有中原武林的人参加，也有大理国、吐蕃，甚至金国的奸细，混杂其间。刺史大人言道，郑帮主邀请各路英雄鉴宝，必定与巫山蛊有关。巫山蛊虽是贵帮神药，也是国中至宝。如果被番邦所乘，绝非幸事。现今宋金交战，金人亡我之心不死，秦淮一线，命在旦夕，听说那金国四太子，也在左近活动。刺史大人唯恐贵帮蛊药有失，特命下官前来现场查看。现在洞庭五鬼跟下官纠缠旧事，请郑帮主周全。"

他这话一说，显然自认了官府的身份，还给出了一番说辞。入洞之前，众人亲眼所见，郑安邦公开应允了大理国郡主一行数十人入洞，而几名身穿红色僧袍的藏僧进洞，巫山帮也未阻止。这几天有传闻说金国四太子，跟魔教唐凤吟在巫山道上过招，也不能排除金国的奸细混进洞来。这才想到，原来巫山帮的这场英

144

雄大宴，并不简单。现在听了这官儿说话，不知郑安邦如何应对。

忽听一个清脆的女子的声音道："大理国来巫山参加神女会，并无意于什么宝鼎，这一节，已事前让郑帮主周知。"这人是大理郡主段瑶瑶。

郑安邦应道："大理郡主说得对。"转头对那姓蒯的官儿说道："蒯大人，敝帮在神女节办英雄宴，绝无损害中原武林甚至危害国家之意。蒯大人既然来了，稍后就可见证，请蒯大人和刺史大人尽可放心。"

众人听到郑安邦左一个大人，右一个大人地对这个狗官说话，都觉得肉麻。但巫山帮处在巫山地头，郑安邦年纪轻轻，长袖善舞，说出这番场面上的话，也是他圆滑之处。

那官儿听了郑安邦的话，立刻打起了官腔道："郑帮主既这么说，下官自是相信。回去定当禀告刺史大人，贵帮处事周全。"

却听那杨幺道："去你奶奶的，我洞庭五鬼跟你的这笔私账，现在就来算一算。"郑安邦待要说一句劝告的话，杨幺已上前动手。

杨幺展开步法，身子一矮，连攻了三招。他所使的拳法，是一套在洞庭湖区流传的鸭子拳。这套拳法主要依据洞庭野鸭的特性而创立，习练者身子下蹲，主要攻击对手的下三路，而自身躲闪灵活，滑溜异常，让对手无处着力。

蒯大通将木棍一竖，使一套截家棍，木棍凌空下击，劲力非凡。蒯大通对杨幺的鸭子拳不大熟悉，连退了三招。三招过后，他知对方内力不如自己，便展开反击，截家棍中拳脚并用，他手上虚招，脚下使力，没过三招，便将杨幺踢了一个跟斗。

洞庭五鬼中的另外四人，见杨幺没占到便宜，一齐上来，以五斗一。旁观众人谁也没有觉得有什么不妥。

五个人上阵，拳法一变，使的都是虎拳，且五人同使，互相配合，虎虎生风，成了一个阵势。蒯大通仍使截家棍应对。众人见识了洞庭五鬼的真实功夫，五个人都是年轻力壮，拳招带风。往往逼住对手，一齐使力，拳招到处，真能开碑裂石。但蒯大通内力更强，身手灵活，又善于借力使力，五个人虽力壮如牛，但没一招打到蒯大通身上，反而是被他乘隙反击，五个人连连中招，不是被击中一棍，就是身上中拳。十来招过后，有一人又被姓蒯的踢倒，再过数招，五个人中又有三人被打倒在地。但五人身子硬朗，倒地后立即起身，照样加入团战。二十招过后，五鬼中每个人都倒地一次以上，不知是蒯大通手下留情，还是他力有不逮，他只能将五人打倒，却无人伤重不起。五人还是围住蒯大通恶斗。如果按比武的规矩，五个人已经是输了。旁观众人谁也不站在姓蒯的这一边，郑安邦也不好出面叫停。

就在这时，五鬼中的四人，倒地后忽然抱住了蒯大通的身子，拼着头上身上中招，一齐将蒯大通的身子一掀，只听"扑通"一声，蒯大通的身子被摔入了洞水之中。

蒯大通入水之后，四鬼却站在岸上不动，只杨幺一人，独自走进水里。蒯大通从水中爬起来，杨幺只伸出一只手，便将蒯大通拖入水中。没过一会，两个人都是洞水过顶，沉入了水中，水面平静，全无声息。众人正在疑惑之中，水花一动，杨幺探出了头，跟着往岸上走来，到岸边时，手上提到蒯大通的身子，往岸上一丢，蒯大通如死人一般，重重摔在地上，肚腹肿起，也不知喝了多少水。另外四人又上去朝他身上又踢又踹，以此泄愤。原来，杨幺等五人号称洞庭五鬼，在水中，只杨幺一人，便将蒯大通制服了。

郑安邦不愿五人在此将姓蒯的打死，上前劝止。蒯大通片刻后醒来，仍在"哇哇"吐出洞水。

这个插曲过后，郑安邦让两名帮众抬出一张石桌，石桌上有一物，用红布盖住。郑安邦让人将火把全部熄灭了，洞中一片漆黑。只听郑安邦轻声道："各位请看！"他将那红布缓缓拉开，只见桌上露出一个碗口粗的玉杯，在黑暗中发出幽幽的宝蓝色光芒。玉杯通体无一丝杂色，光彩莹然，冷艳的光泽如夜空中的皎皎明月。

众人从未见过这样的宝物，都看得呆了。黑暗中只闻粗重的呼吸声，谁也没有说话。有人站得远些，要挤过来观看，便有帮众安排众人以单人队形走到玉杯面前，流转观赏。众人细看之下，只见杯底还有三个小小的垫脚，说它是鼎，也不为过。郑安邦转动杯身，众人都见到杯底，对称地镌刻着"敬天重德"和"顺天恭神"两行镂金小楷。

待众人都看过宝物一遍，郑安邦道："各位，之所以请大伙到洞中来，其中一个原因，就是便于大伙看清这个宝贝。如果是在室外，哪怕是在夜晚，有星月的干扰，也不能尽现杯上夜明珠的光彩。"

虚云轻轻道："真是令人大开眼界。这就是贵帮的宝鼎吗？"

郑安邦答："这便是敝帮请各位鉴宝的原因。实不相瞒，本帮的宝鼎，因为年久失落，以致现在的长老，甚至上一代的同门，谁也没有见过宝鼎。所以，在得到这个宝物之后，谁也说不清，是不是巫山宝鼎。有人说过，本帮宝鼎是铜鼎，不是玉杯。

但又有人说，这个宝物也有三足，说是宝鼎，也不算错。众说纷纭，难有定论。这才邀请天下英雄，前来鉴宝。"

泰山派赤松子道："传说巫山宝鼎运化千年巴蛇，又藏着苍生命理，还有乾坤倒转的秘密，这可是真的？"

郑安邦眼望玉杯，喃喃地道："江湖上是有这个传闻。就连本帮的人，也不知是不是真的。"

来到巫山帮之前，所有人想到的是，巫山帮请人鉴赏的宝物，多半是那个江湖上传闻最多，名头最响的巫山宝鼎。却没想到，眼前看到的，是这个由夜明珠雕刻而成的玉杯。虽然杯是有三足，但是三足更像是杯底的雕刻装饰，并未从杯底伸出。说它是杯，更为确切。不知巫山帮中，为何有人认为它是鼎。有人想到杯底"敬天重德"和"顺天恭神"这八个字，可能与炼蛊有关，既然连现在的巫山帮中，也没人见过宝鼎，有人认为它是宝鼎，也说得过去。

一个山西口音的老者，走到郑安邦面前，道："郑帮主，这件宝贝名叫尉迟杯，不是用来炼蛊的，是喝酒的酒杯。是大唐时的传世珍宝，可以说价值连城。"

"喝酒的酒杯？"郑安邦似不相信，从没想过，喝酒的酒杯，会有这么大。

那老者续道："各位都知道，唐朝有一位开国名将尉迟恭，字敬德，帮李世民打天下，他武艺高强，品德高尚，后来李世民在长安修了一个三层的楼阁，名叫凌烟阁，阁内有二十四位功臣的绘像，尉迟恭位列第七位。贞观十九年，他以退休的身份，应唐太宗李世民之召，征讨高句丽，大胜而归。李世民为了表彰他的盖世功绩，赏赐给了他这个夜明珠的玉杯，给他喝酒。传说这位尉迟将军性情豪爽，喜欢用大杯喝酒……"

见众人都屏息静听，老者又道："传说这杯底的八个字，是李世民亲笔题写，这位皇帝最喜欢书圣王羲之的字，八个字的笔法，也有书圣的遗韵。而这八个字，将老将军的名字'恭'和'敬德'都嵌进去了，也大有妙处。数百年来，这件宝贝数易其主，但一直不离尉迟将军的老家山西朔州，不过……"老者略显犹豫，最终还是说了出来，"老朽听说，老朽听说，前几年金国人攻破朔州，从一位大豪家中，将这件宝物抢走了……天幸，天幸今日又回到了巫山帮的手中……"

这老者将玉杯的来历，说得一清二楚。看来这宝物是玉杯无疑，不是巫山宝鼎。也幸亏有这位老者，知道这件宝物的来历，解开了巫山帮和众人的疑惑。

众人都听出，老者既说出玉杯是被金国人抢走，现在巫山帮又是怎样得到这个玉杯？老者没有直接发问，只说"天幸到了巫山帮手中"。

只听郑安邦道："老丈高姓大名？小人井底之蛙，竟然不知玉杯这番来历。多谢老丈慧眼识珠，指点迷津……"他说这话时，竟有点兴味索然，众人都想，那是因为宝物是杯非鼎的缘故。今日巫山帮炼蛊，巫山宝鼎可比一件玉杯更重要。

那老者道："小老儿名唤夏侯剑，就是朔州人，现在五台山落草。年轻时在尉迟后人家中，见识过这件玉杯……"说着眼望玉杯，似是沉浸在对往事的回忆之中。

没想到这件宝物，是皇帝赐给尉迟将军喝酒的玉杯。尉迟将军天生神武，流传下来一招武功"尉迟夺槊"，中原武林无人不知。这一招原本是在马战之中，空手将对手的长矛一类的兵器夺过来，后来演变成了步战空手入白刃的功夫，也算是一项绝技。但多数人不知这一招的来历，至于尉迟杯这件宝物，听说过的人，就更少了。

郑安邦沉默片刻，大声道："此刻敝帮知晓了这件宝物是尉迟杯，小可仍有一个想法，那就是，今日到此的英雄豪杰，有哪一位手上持有巫山宝鼎？本帮愿意以此尉迟杯，交换巫山鼎。"

众人心道："以价值而论，尉迟杯是传世珍宝，价值连城。而巫山鼎，只是巫山帮的炼蛊之物，如果是外帮别派持有，不懂炼蛊之法，不值分毫。因此，这个交换，绝对合算。而巫山帮以尉迟杯换回镇帮之宝的巫山铜鼎，也不吃亏。"

但郑安邦这话说完，却无人应声。

郑安邦续道："小可推想，如果持有巫山蛊的朋友，就在现场之中，又觉得这笔交易合算，那就持鼎前来，交与本人。正好现在大家身处黑暗之中，本帮一经确认宝鼎真身，便重新将尉迟杯密封，将得杯的朋友，连杯带人，礼送出洞。确认安全之后，也不举火，再将大部分朋友，礼送出洞。使人无法知晓得杯朋友的身份信息，以免日后被人惦记，不得安宁。各位朋友以为妥否？"

郑安邦将以杯换鼎的意思又说了一遍，反复强调这笔交易各取所需，双方划算，又加重语气，说了几遍："各位朋友以为妥否？"但众人还是一片沉默，像那平静的洞水一般，不泛一丝涟漪。

郑安邦道："这样吧，请各位配合一下，由本帮樊副帮主领路，从左至右，大伙都从我身边走过，往湖水边转一圈，持鼎的朋友走到我的身边，就停下来。这个办法更加稳妥……"

他话音未落，忽见一个身影，从涧水边走向郑安邦身边的石桌，口中叫道："这尉迟杯、尉迟杯，不能流落民间，要交给刺史大人，进献皇上……"这人正是那喝饱了水的蒯大通，知道这是尉迟杯后，竟然抑制不住对这稀世珍宝的贪恋，想来伸手抢夺。只是他身子虚飘，步履蹒跚，还没走出几步，就被旁边哄笑的人群绊倒。

有人骂道："狗官，平日里伸手拿惯了，见了这宝贝，就忍不住了！"有人笑道："狗官儿，你路都走不动了，怎么拿得了这个宝贝，要不要你爷爷帮你一把，给你送到府上去？"哄笑声中，又有人踢了他一脚："呸，国家就是毁在你们这些狗官手里，只知道欺负老百姓，不肯拿出本事去打金人……"另一人抬脚将他踢回涧水边："多说什么，干脆送他喂王八！"众人又是一阵大笑。

笑声过后，泰山派掌门人赤松子大声道："郑帮主，你这个以杯换鼎的法子不灵了。还是将玉杯妥为收藏吧，免得被人惦记。"

郑安邦喃喃地道："是吗？难道现场的上千位朋友，没有人持有巫山鼎？"失望之情，溢于言表。赤松子道："那倒不一定。像我等手上没有巫山鼎的人，想换也没用。如果他跟你一样，把巫山鼎看得比这尉迟杯还重，你叫翻天他也不换。是不是这个道理？"

郑安邦沉默半晌，颓然道："那晚辈还有一个想法。敝帮故老相传，每隔十年的神女节，当晚子时，那千年神龙，便会从这万仙洞中出来，享用本帮敬献的五种毒虫之后，再吐出本帮至宝绝仙盅……"

赤松子道："郑帮主说的千年神龙，就是那千年巴蛇了？"众人听了这话，猛然想起，那魔教教主唐凤吟说道，千年巴蛇今晚会来到洞中，有可能是真的，而进洞时看到的那些毒虫，正是给那个能一口吞下大象的千年巴蛇吃的，心中又是一紧。

郑安邦道："前辈说的是。不过，不知是本帮态度不够虔诚，或者是本帮失落了巫山鼎，又或者是别的原因，总之，这位神龙，除了在四十年前，从这万仙洞中出来，给敝帮赐予绝仙盅以外，此后的两个十年，都不见它现身，到今日子时，已是第三个十年了，此时又遭逢乱世，番邦犯境，生灵涂炭。好在本帮僻处深山之中，眼下秦淮一线，战事吃紧，在这朝不保夕之际，本帮上下一心，筹备了这场英雄大宴，除了希望寻回巫山鼎之外，就是想借助天下英雄之力，完成神龙赐盅的大事，给本帮，也给中原武林，留下独一无二的绝仙盅……"

赤松子道："炼盅是贵帮自家的事，江湖上的朋友不懂炼盅，能出上什么力？"

郑安邦黯然道："道长，各位前辈，各位朋友，实不相瞒，虽然本帮上下虔心祈祷，希望神龙能在今晚降临，但是，就算它真的现身，单凭敝帮之力，也无法取到绝仙盅。"他顿了一顿，神色黯淡而又语带愧疚地道，"因为，导引神龙吐出绝仙盅的长啸功法，在本帮已经失传。这门功夫，本帮已经无人会使。"

赤松子道："那神龙……赐予绝仙盅，还要贵帮内功导引？"

郑安邦道："是的。敝帮有文字记述，神龙在子时降临，先享用五种毒虫，再倾听敝帮长啸导引，才会口吐绝仙盅。"赤松子道："贵帮长啸功既已失传，郑帮主就是想问一问，今天在现场的朋友之中，有谁会这门长啸功法，献了出来，助贵帮炼成巫山蛊？"众人均想，原来巫山帮邀请大伙进洞，还有这个想法。

郑安邦道："大抵是这个意思了。就算朋友不肯传授长啸功，就在神龙面前，直接施展出来，令神龙赐蛊，本帮照样将这只尉迟杯相赠……"

赤松子道："以尉迟杯相赠，那巫山宝鼎，又有什么用呢？"郑安邦道："晚辈臆测，那宝鼎，是不是用来存放蛊药，以此作为本帮重器，连蛊带鼎，妥为收藏……"

武当道长虚云听到这里，连连摇头，道："在老道看来，郑帮主这件事，太过玄虚，恐难办成。首先是贵帮的神龙今晚会不会来，就是未定之数。其次，就算来了，贵帮没有巫山鼎，似乎在器具上有所不足。最后还要帮外之人，在神龙面前使出长啸功夫，且不说要有过人的胆气，单就长啸功而论，会使得贵派功法的人，有偷功之嫌，多半不肯当众使出。而别派的狮子吼、龙吟功，又不知能否导引出绝仙蛊。这就难啦……"

少林方丈微尘点头道："阿弥陀佛。神灵之事，最讲缘法。只要巫山帮上下有虔敬之心，诚心向巫山神灵祈祷，积德修心，广结善缘，凭郑帮主数年之内所积下的功德，要完成贵帮这套炼蛊的仪轨，也有可能。老衲想要请教，贵帮现职神女，是否为此向巫山神灵虔心祷告，是否得到这件事的神谕？"

郑安邦弯腰向微尘作了一揖，道："多谢方丈教诲！方丈谬赞，愧不敢当。本帮正是在神女堂中，由本帮神女虔诚祷告，得到了巫山神女的谕示，才开了这场英雄大宴，求教于方丈大德这样的武林宗师……"微尘点头道："善哉，原来贵帮已经向神女祷告过了，这样最好。不过，老衲虽然也会一点粗浅的狮子吼功夫，也不知对不对得上贵帮神龙的胃口，再说了，老衲方外之人，也不在意什么尉迟玉杯，如果也去上场，未免叫天下英雄笑话了。"

郑安邦向微尘又是一揖："方丈前辈言重了，您是大德高僧，如能以狮吼功导引神龙赐蛊，本帮将以佛门规矩，另行重谢方丈的这个大功德。"

只听虚云道："此时离子时还有几个时辰，时间尚早。老道还有一事不明，要向郑帮主求教：刚被青城掌门打败的魔教教主唐凤吟，也会那狮吼功夫。来到贵派数月之久，据说也是为了绝仙蛊而来。贵帮为何在神女节来临前夕，将此人逐走，而要舍近求远，再请别人来导引巴蛇？如能跟唐凤吟合作，就算他拿走一些蛊药，也当是酬谢于他，贵帮这笔生意，还是很合算，为何要大费周章，开英雄宴，反其道而行？"

虚云说出这话，是因为今日午宴过后，唐凤吟一个人出来，阻止众人进洞，当时他说，他出于好意，帮助巫山帮炼蛊，却被帮中神女，使奸计逐出。还说巫山帮有别的不光彩的事，等他查实了，就会公布出来。似乎他的手上，抓着巫山帮的什么把柄。虚云是个精细之人，听了唐凤吟的这番话，心生疑虑，也说了出来。

郑安邦脸上掠过一丝不易觉察的神色，朗声说道："多承道长指教。道长说到那大魔头唐凤吟，此人是中原武林的公敌，本帮与他正邪不两立。此人强居本帮数月，确是为了抢夺绝仙蛊。幸得本帮神女英明睿智，天赐良机，才将此人逐走。此人号称武功天下第一，却败在本帮神女的智慧之下，或许有些不甘心，散布本帮的流言蜚语，清者自清，相信各位朋友自有公论。再说了，此人不知从哪儿得到的一套炼蛊之法，与本帮记述全不相符，说什么要以千年灵芝，炼金童玉女蛊，简直是一派胡言，本帮神女痛恨至极，断然拒绝……他被逐走还想阻拦各位进洞，就是不想让本帮炼成绝仙蛊。请各位周知。"

唐凤吟本来就为中原武林所不齿。郑安邦这番解释，令众人疑虑全消。

忽听一个清脆的女子声音说道："郑帮主，听说贵帮有一个记述炼蛊之法的石碑，这个石碑上面，是否有如何炼蛊，如何导引千年巴蛇的记载？或者是否有那啸叫功法的记载，否则也就不用这么有求于人了？"说这话的，是大理郡主段瑶瑶。

众人听了这话，不免疑惑，这位千里之外的大理郡主，怎么会知道巫山帮有这个石碑。她的这句提示，似乎是为巫山帮着想，语气之中，也不在意是否开罪于中原武林。

郑安邦吃了一惊，不知这位大理郡主，为何知晓本帮会有这个石碑。他不愿意将这个话题打开，只是含糊说道："本帮炼蛊的文字记述甚多，炼蛊之法，除了在下现在这个思路，已是别无选择。还请各位朋友，大义相助，不吝赐教！"

他说完这话，众人仍是无人回应。想必是微尘、虚云这样的有道高人，洁身自好，不肯使出吟啸功夫。而会使这门功夫的江湖好汉，不一定有这份胆气，也怕其长啸过后，不一定能导引那巴蛇吐出蛊药，反而现场出丑，因此，明明想得到那传世珍宝尉迟杯，还是不敢出面。郑安邦让人重新点起了火把，长叹了一声："国难帮危，难道那神龙，再也不会赐予本帮绝仙蛊了吗？"就打算收起尉迟杯，礼送众人出洞。

忽听有人说道："郑帮主，兄弟倒有一个法子，能使那千年巴蛇吐出蛊药。只是不知贵帮是否采纳?"这人是刚才与那官儿恶斗的"洞庭五鬼"之首杨幺。

郑安邦一听大喜:"杨兄有什么好办法,快说出来!"

杨幺道:"郑帮主对我五兄弟有救命之恩,兄弟无以回报,临时想出这个法子,郑帮主和巫山帮各位看是否妥当。首先,如那蛇儿要在子时现身,必是从这洞水之中上来。那大伙就要静心屏气,保持安静,不可惊扰了它。其次,刚才我们入洞之时,已经看到洞口有那么多粗网绳,供众人手扶脚踩,下到坑底。兄弟想到,我们现在就可以派出人手,在洞口和这后洞入口,备好网绳,一旦那巴蛇入洞,便用网绳将前洞后洞封住。用这个法子,将那蛇儿封在洞中,它将地上的五种毒虫,吃饱喝尽,自然就会吐出蛊药。就算它今晚不吐,那便留它几天,就不信它不会吐出来。兄弟想到的,就是这个法子……"

听了这话,许多人都是张大了嘴巴,觉得这人异想天开,想出了这个办法,要将巴蛇留下来。

只听郑安邦连声道:"不可不可。那神龙是本帮神物,虔敬尚且不及,怎能用这个办法,强加留难?再说了,那神龙有天生神力,来去如风,区区网绳,怎么关得住它?而强索蛊药,也不符合本帮敬天顺神,祷告求药的本意。还有,如果那网绳单靠人力封住,一旦神龙入洞,必然引得那五种毒虫四散惊逃,惊扰到了牵网之人,最终前功尽弃……多谢杨兄弟的好意,这个法子,本帮是不能用的,连想也不能想……"

杨幺作揖道:"郑帮主对不住了。小人五个诨号叫'洞庭五鬼',却不信鬼也不信神,无法无天惯了,想用这个法子将贵帮那神龙硬留下来,却没考虑到会冲撞了贵帮神灵。如有任何报应的事，我五兄弟甘心承担，绝不连累贵帮炼蛊大事!"

郑安邦道："杨兄不必介怀。杨兄是为了本帮炼蛊大事而出谋划策，其心可鉴。想必神灵也不会怪罪于你。"

忽听好几人"噫"的一声惊呼，众人看到一个奇景：黑暗中有一只火把，从内洞入口飘飞进来，缓缓落向地面。仔细一看，原来是一个人手上举着火把，以绝佳轻功，从洞外飞进了洞内。那人白发飘飘，身穿灰袍，另一只手上拿着一根拂尘，是一位老尼姑。

郑安邦认出，这位尼姑是峨嵋派掌门天风师太，上前深深一揖，道："师太有礼了! 敝帮信使回说师太外出云游，不知归期。今天是巫山帮的运气好，总算在子时之前，等到了师太的仙驾。"

天风师太将右手的火把，递给一名巫山帮众，轻轻笑道："阿弥陀佛! 巫山帮太看得起老尼了。贵帮的神女呢? 我要跟她叙话。"众人见天风师太满头白发，但面容并不显苍老，说话的声音，更似一位中年妇人。她说到要跟巫山帮的神女叙话，看来她与这位几乎不跟外人见面的神女相熟。

郑安邦道："本帮神女在神女堂中修真。委托晚辈在此与各位英雄陪谈。"天风师太瞥了一眼石桌上的玉杯，道："刚才贫尼听说有人想留下贵帮的千年神龙?"她说出这话，众人更为吃惊：她轻功绝佳，又耳力敏锐，在飘行入洞的过程中，竟将杨幺与郑安邦的对话，都听到了。

郑安邦说对本帮神龙只有虔敬之意，不会强行留住。

天风师太在与微尘、虚云等人简单致意过后，对郑安邦道："贫尼今日前来，是应贵帮神女所请，在这后洞之中，做一场法事，是不是对贵帮炼蛊有用，就不知道了。"

郑安邦道："请师太赐教，晚辈洗耳恭听。"天风道："《修道录》中有这么四句口诀：真言镇巴蛇，万年永不休，八极连地脉，一涧通江流。那是说，贵帮的巴蛇，被修道的真言镇住了，就在这一处连着地脉的后洞中，而这片洞水，跟远处的江水是相通的。"

郑安邦道："师太，本帮神龙……如被镇住，如何能够炼蛊？"天风道："贫尼已得到解除真言的咒语，这就念出咒语，令贵帮神龙得到解脱吧！"说着，便走向石壁，面壁肃立，手执拂尘，低声念诵起来。

她念诵咒语时，所有的人都安静下来，默默听她诵读。那声音安详平静，似祷告，似抚慰，似劝勉，似祈求。具体的内容，却听不清楚。大约持续了小半个时辰，便告结束。众人静静地等了片刻，只见天风将拂尘一收，转过了身，对郑安邦道："贤侄，贫尼的法事做完了，这就告辞。"说完就要举步离洞。

便在这时，忽见一人奔到天风面前，语音发颤："你是蚕儿吗？找得我好苦……"天风一愣："你……蚕儿已经死了……"那人拉住了天风的手："不，就算过了二十多年，你变成了师太，可你的相貌没有变，你的声音，也没有变……"

郑安邦认出，此人就是大理郡主的总管，名叫高瑞升，听说他本是川西人氏，年轻时就闯下"云里锦"这个诨号，后来去了大理皇宫，没想到他跟这位天风师太，还有一段纠葛，似乎天风出家前的俗名，叫作蚕儿。

天风轻轻挣脱了高瑞升的手："二十年前的蚕儿，已经死了。听说居士是大理皇宫的总管，有享不尽的荣华富贵，再也不必纠缠过去许多年的事儿了……"高瑞升道："不，不，当年巫山帮的神女，帮我从这万蛇窟逃得性命后，我就一直在找你，不知你是死是活，没想到，你，你出家到了峨嵋派，更没想到天风师太，就是你本人……"

天风道："师父觉月师太，救了我一命，又收我为徒……"高瑞升道："今天在广场上绕场而飞，说着'唐凤吟你知罪吗'这句话，那就是你的声音，那时我就认出是你了……"正要问她当年腹中的孩子怎样了，忽觉在这大庭广众下不便出口，又道，"走，我跟你出洞去。找到了你，我就再也不能跟你分开了！"

天风正色道："居士好糊涂。你我俗道不同，就此别过！"说着一起身，飘然向洞外飞去。高瑞升道："别走！"也纵起身子，追在她身后。

大理郡主段瑶瑶等人，看着高瑞升随天风离去。谁也没想到，高瑞升年轻时，与这位出家前的天风师太有这番瓜葛，更没想到，高瑞升曾失陷在这万蛇窟中，又得巫山帮神女相助，逃得了性命。段瑶瑶想起，刚才进洞时，高瑞升神情紧张，一言不发，想必是想起当年的遭遇，心有余悸。

又过片刻，天风和高瑞升两人已飞出洞外，郑安邦正要说话，忽听前洞传来窸窸窣窣的声音，越来越大，似有什么东西，成群结队，奔入后洞。

众人正迟疑不定，忽见后洞突然涌进来无数毒虫，这些毒虫，正是在前洞中的那些毒物，不知何故，竟越出了克制住它们的药物，发疯般地向后洞里奔逃。一进入后洞宽敞的内室，立即四散而去，也不管后洞中站立着的人群，甚至到了洞水边，也毫不犹豫向水中冲去，这些拼命奔逃的毒虫，似乎是在躲避什么可怕的物事。

众人从未见过毒虫这样发疯，以为毒虫是冲着人群而来，本能地向后逃避，有的人边逃边拍打身上，有的人又叫又跳，有的人手上本来举着火把，忙乱中将火把丢在了地上。但地上奔逃的毒虫，连燃烧着的火把也不避，被后面的毒虫推挤，直接将火把盖住、窒息，留下毒虫烧焦的尸体……

那躺在地上的官蒯大通感到无数毒虫加身，以为瞬间就会被毒虫吃得只剩一个骨架，只吓得魂飞天外，大声号叫："救命啊，救命啊……"只有微尘、虚云等人艺高人胆大，从容拍打爬上身的毒虫。

巫山帮帮众无人害怕毒虫，郑安邦叫道："各位不必惊慌，可能是那魔头唐凤吟使了什么法子，报复本帮，这些虫儿，不会咬人……"

听他这么一说，众人果然发现，所有的毒虫，都是在往内洞深处，包括水中奔逃，并无一人被毒虫咬上一口，连地上那号叫的蒯大通，仍在不停叫唤，未见被毒虫咬死。

众人心神稍定，眼睁睁看着毒虫不绝涌入。大约过了片刻，所有的毒虫全部逃进内洞，再也不见前洞有一只毒虫进来。众人身周也看不见一只毒虫，那大叫救命的蒯大通也发现自己的性命还在，不再号叫。

只有洞水中漂荡着无数毒虫的尸体，有些毒虫在水中挣扎。

内洞中又重归平静。

便在这时，前洞中传来有人走路的脚步声。

脚步声不紧不慢，步声杂沓，似有好几个人，同时走进内洞里来。

郑安邦心中疑惑，如果是唐凤吟进到内洞，他应该会用箫音驱赶毒虫，但此前并未听到箫音。他带伤进洞，应该是带了他魔教的数名属下，一同护卫。

有火把的亮光，渐渐照亮了内洞入口，脚步声渐近，数人举着火把，出现在内洞入口。

众人一看，来的共有八人，为首一人，竟然是那位女郎温芊芊，温芊芊脸戴铜面具，手上抱着一个小小木箱。她身后跟着六个怪人，其中一个怪人，将青城派掌门项水田背在后背，那项水田似乎还是昏迷不醒。另外五个怪人，手上都横抱着一大捆花草。

郑安邦见进来的是温芊芊一行，又惊又喜："原来是项掌门和夫人几位。正等着你们来鉴宝呢！"温芊芊淡淡地道："郑帮主，听说这涧水的对面，有一个小岛，今晚能否借我们一用？"

郑安邦听温芊芊语气，对巫山帮炼蛊，巴蛇吐蛊毫无兴趣。他仍在疑惑为何所有毒虫会逃进内洞。听温芊芊说要去涧水对面的小岛，道："几位但去不妨。今晚本帮炼蛊，青城派项掌门如能亲临现场最好。"

温芊芊淡淡地道："奴家要借贵帮小岛，给项掌门疗伤。贵帮能让众位知晓，不去小岛那边打扰最好。"

说完，也不等郑安邦回答，径直向左边的洞壁走去。

众人都默默注视着这一行人往洞壁深处走去。越往前走，越是靠近那些逃往左边的毒虫。

这时，众人再次看到了一个奇景。火把映照下，这一行人一走近，那些毒虫又是没命价地逃开，有的毒虫无路可逃，直接爬进了水中。水中已有不少毒虫的尸体。

温芊芊对这些毒虫看也不看，仍是目视前方，不慌不忙，踏着细碎的步子，向那个黑暗中的小岛，信步而去。

原来这些毒虫，拼命要避开的，是温芊芊这一行人。

第七章　夜合花

词曰：

淡月钩垂，谢娘歌醉，雪肤沁润花香。花中弄玉，娇羞
不负清光，耽情断愁肠，错将愚夫作痴郎。补天娲女，春风
一度，岂可相忘。

深潭问渡无方，锦龙沉，又逢玄怪癫狂。回天乏术，檀
心犹记阿芳，此际一何伤，忍看爱怜换冰霜。兽心人面，奸
邪巨憝，怒海苍黄。

项水田再醒过来，耳中听到了一段女子的歌声，那歌声清甜
婉转，珠圆玉润：

风吹山林兮，月照花影移。
红尘如梦聚又离，多情多悲戚……
望一片幽冥兮，我与月相惜。
抚一曲遥相寄，难诉相思意。

南柯一梦难醒，空老山林。

听那清泉叮咚叮咚似无意，

映我长夜清寂……

项水田听到歌声，心中一喜，以为是枣花在唱，睁眼一看，却是温芊芊。这时她已摘去面具，露出明月般的俏脸。这才想起，自己在广场上跟唐凤吟过招，服用了一颗温芊芊给的药丸，突然间功力大长，将唐凤吟打得大败，自己也被唐凤吟撞昏。现在天色已晚，他跟温芊芊两人身在山石花草之间，不知这是什么地方。

等到温芊芊歌声停了，项水田道："唱得真好听。这叫什么歌儿？"温芊芊喜道："这歌名叫《云水禅心》，晋朝人王晋写的。"项水田对这位晋朝的古人不甚了了，只是觉得那词意与眼前的景物有相通之处。又问："这是在哪儿？其余的人呢？"

温芊芊道："这里是巫山帮万仙洞的内洞，中原武林的那些人，正在潭水那边，欣赏巫山帮的宝物呢。"说着用手指了指对岸。

项水田站起身来，沿着她手指的方向一望，远远看见涧水对面，有许多影影绰绰的人群，聚成长长的一列人潮，有几个火把，点缀其间。因距离太远，听不清说话声。

项水田知道这个内洞，但绝没有想到，涧水的这一边，还有一个小岛。

项水田环视身周，只见他和温芊芊两人，身处一处光秃秃的岩石上，这片岩石三面环水，只一面通向小岛中央。岩面如同一个一丈见方的小小平台，火把映照下，台面上摆上了一圈各色花草，红叶朱蕉，一丛丛地点缀其中，其中一株红而不艳，竟是一株灵芝，又有丁香、夹竹桃，正好将他和温芊芊围在中间。两人所占的地面，只有一张大圆桌大小。六怪却在小岛靠近中央的方位，跟他二人隔了十几丈远，似乎是充当了护卫。温芊芊一身红裙，身边还放着她说装着她嫁妆的那个小木箱。项水田问："我们这是……干什么？"

温芊芊嫣然一笑，道："还记得小女子有求于项大掌门，要办一件事吗？这件事，就是在这里办了。"

项水田心中疑惑，在这个夜色沉沉的小岛上，温芊芊和他二人，用花草围成一圈，让六怪远远守在外面；他二人孤男寡女，温芊芊柔声软语，他闻着她身上的浓烈香气，这一件大事，竟然像是……项水田忽然面红耳赤，一时不知说什么好。

项水田有一个感受，每当在公众场合，温芊芊说话，必定妩媚，但只要是单独跟她在一起，比如在那马车上，她就一本正经，反而少见亲密。这时两人单独在这儿，就算说到有求于他的事，仍然是话出天然，并无缠绵之意。他立时心中宁定下来，大骂自己心猿意马，将事情想歪了。道："姑娘的智计武功，远胜在下，还有什么事儿，需要我这个人来帮忙的？"

温芊芊道："你先别急。你受伤昏迷，先要调整内息，我刚才唱那首《云水禅心》，也有助你调匀内息之意！"项水田这才想起，听她唱这首歌时，果然觉得心中平静，物我两忘。她这话虽说得平静，但项水田仍听出她对他身体颇为关怀。

项水田道："对了，你给我吃的那颗药丸，为什么能使我的武功大进？"

温芊芊道："嗯，这颗药丸，是我的一件小玩意儿吧，算不

165

上什么宝贝。如果对项大掌门有所助益，那也不过是小女子的一点私心，要靠项大掌门，将那唐凤吟打败，我好到这岛上来。"

项水田道："那可不是小玩意儿。如果没有它，我怎能打得过唐凤吟？"

温芊芊转了话头，道："现在时间还早，咱们可以坐下来说说话。你打败唐魔头的九天拳，可俊得很啦，是哪位师父教了给你的？"项水田道："姑娘说笑了。本人使的九天拳，全是花架子，在贵派眼里，算得了什么？"

温芊芊道："项大掌门何必自谦？刚才唐凤吟也不知你这拳法的来历。你跟小妹聊聊，又有何妨？"项水田道："教我拳法的那位师尊，我也不知道他的尊姓大名，只知道他叫鱼划子。而这套拳法，是从前朝苏大学士的《赤壁赋》《后赤壁赋》中，推演出来的。"

温芊芊道："苏东坡的《赤壁赋》《后赤壁赋》，隐藏着绝世武功，这倒新鲜得很。世人都知，苏大学士是文章大家，生性又洒脱，他能将武功融合到他的文章里去，看来他也是一位武林高手了。"项水田道："苏大学士是不是武林高手，我不知道。但是，我曾听一位老者说过，他是苏大学士的朋友。他去黄州，将这手九天拳，当面演给苏大学生看过，苏大学士将这位高手的武学，融汇到了《赤壁赋》《后赤壁赋》之中。"温芊芊若有所思，道：我也听说，本朝有一位词人，名叫林正大，将苏东坡的《赤壁赋》，改写成了一道《念奴娇》，我念给你听一听：

泛舟赤壁，正风徐波静，举尊属客。渺渺予怀天一望，万顷凭虚独立。桂桨空明，洞箫声彻，怨慕还凄恻。星稀月淡，江山依旧陈迹。

因念酾酒临江，赋诗横槊，好在今安适。谩寄蜉蝣天地尔，瞬目盈虚消息。江上清风，山间明月，与子欢无极。翻然一笑，不知东方既白。

项水田此时初通文墨，听了温芊芊解释词意，知道这首词所表达的，还是东坡《赤壁赋》的内容，只是词句更加简练。

温芊芊道："你可以仔细品一品，看看这首词，在内力和意象上，与苏东坡原赋的连贯性，又是如何体现出来。这说明文意是相通的。同样的意思，可以用不同的文章形式，表现出来。对于武功上的事，可能也是这个道理，武功的技击本意，总是万变不离其宗的。但要通过探索不同的表现形式，使你的功夫独辟蹊径，自成一家。也不知道，小妹这样理解，是不是对的……"

项水田此时知道，无论武功文采，这位温芊芊都要比他强多了。只不过温芊芊出语委婉，就算是在帮助项水田，也常自谦，抑或是以自私等语，加以掩饰。听了温芊芊解释这首东坡《赤壁赋》的词意，他对于九天拳的领会，又深了一层。

两人再没有说话。这时，洞内没有一丝儿风，项水田觉得身上一阵燥热，偏偏这时身周的那些花草，发出浓郁的香气，加上温芊芊身上的浓香，更觉醺醺然。六怪身在远处，似乎还在吃喝，洞水平静如一潭死水，众人的声音，隐约从洞水对面传过来，却听不清说了些什么。

项水田看着温芊芊红裙中明丽的身姿，对她的敌意，如退潮一般，慢慢退去。

突然，他心中猛醒，想起向松说过的话："千万不可上了这女子的大当!"项水田想到,不管这个温芊芊要办的是什么大事,但她通过这种错换花轿的办法,将枣花送去龙洞村,变成了那个死去的姓滕的妻子,而她却来跟自己拜堂,这本身就是包藏祸心。既破坏了自己跟枣花的姻缘,也胁迫自己,在众人面前,成了她的丈夫。就算过了今晚,自己得以脱身,也得首先去将枣花找回来,此后,还得跟众人费力地做出解释。这样想着,项水田就免不了对这个神秘的温芊芊,又恨又怕。

想到这点,项水田打破沉默,道:"温姑娘,小人是直肠直肚,还是要问个明白:就算你有事要我帮忙,那何必要来错换花轿这一出?害我没能跟枣花成亲……"

温芊芊咯咯笑道:"为了要办小妹这件大事,害得项大掌门在新婚之夜,没有能够洞房花烛,真是抱歉得很。不知该如何弥补你项大掌门。不过,小妹听过'缘由天定,分在人为'这句话,两个人是不是能结为夫妻,老天爷早就定好了,并不是任谁能拆散得了的。明早事情一了,你就可以去找你的枣花了……"

顿了一顿,又道:"她是不是想做你的妻子,这可就难说了。再说了,小妹所以要项大掌门来做个丈夫的名分,也是为了今晚的这件大事,要不然,咱们怎么方便待在这儿,不让别人来打扰呢?"说到这里,声音渐低。

她这样一说,项水田更是忧心。不知枣花这几天是怎么过的,连那独臂人和狂生娟月,也去了龙洞村。他只想快点过了今晚,便能找回枣花。

偏偏温芊芊还是不慌不忙。两人又沉默了一会儿,温芊芊突然提高了声音,正色道:"请项大掌门放心,今晚小妹要办的这件事,虽然要借你这个丈夫的名分,但是,完全不必……有那夫

168

妻之实。而且，我知道项掌门是正人君子，对你那枣花一往情深，这才敢请你办这件大事。如果你是那心术不正的好色之徒，本姑娘早就一剑将你杀了。总之，只要项大掌门帮我过了今晚子时，我的大功告成，便要重重酬谢你了。"

项水田道："我不要你的什么重重酬谢。我还要问，就在今天早上，我还看见枣花出现在那个姓滕的人的坟前，还说已经嫁与此人为妻，她是不是受了独臂人的胁迫？"温芊芊道："我说得再多，也不如你明天去见她一见，见了她，一切就都明白了。"

见项水田脸色紧绷，温芊芊语气软下来，道："好吧，小妹给你解释。本姑娘对项掌门，还有你的妻子、母亲，并无恶意。其实，主要还是有求于项掌门，办理这件大事，而之所以出此下策，实有不得已的苦衷。"项水田道："你有什么苦衷？"温芊芊道："如果我事先直言相告，不但是项掌门，就是天下任何一个人，知道实情之后，都不可能答应。所以，只能先将项掌门请到这里……另外，这件事，中原武林之中，只有项掌门一个人，才能帮得了我，所以，才请到项掌门的大驾……"

项水田心想，她说这件事，中原武林之中，只有我可以办。这未免不实。自己在武林之中，并无什么特异之处，神女之子，虚妄难测。如果说有什么最令人困惑的事，那就是自己还保留着上个世道的记忆。这件事，想必这个温芊芊也不知道。心中越发困惑，问道："到底是什么事，请姑娘明说吧。"

温芊芊低声道："这件事，等子时办完之后，才能跟你说。还得给你说明，就是……就是，到子时，就是我最紧要的时刻，除了那六兄弟已经守在外围，你，就守在我的身边，我只有靠你了，无论如何，你不要离开我的身边，而且，你也要静心守丹，心无杂念。不要受我的干扰，哪怕我恳求你，说我冷，我痛，你也要把持大局。你守在这儿就行。既不可让那六兄弟前来，更不可让任何一个别的人，到我身边来……过了子时，那便好了。"

项水田道："这么说，你是要我帮你练一门功法？由此不希望别人打扰？"

温芊芊道："也可以这么说。其实，对于我来说，比练一个功法，更为重要。总之，我知道你是一个好人，你帮助我，渡过这个难关就是了。"

项水田道："是不是你的仇家要来跟你寻仇？可是，我的武功，也不见得打得过所有的人呀。"

温芊芊道："没有问题的，你的武功很好，你的九天拳，天下没有几个人是你的对手。如果你还嫌不足的话，等会儿我再介绍一个本门的功法给你，看你是不是瞧在眼里……"

项水田听她这么说，知道她说的一定是一门很厉害的武功。

见他不作声，温芊芊道："就当你帮了小妹的大忙，我给你一点小小回报，可以吗？"

项水田道："好吧，只要你信守诺言，我可以帮你办成这件大事。"温芊芊道："那好，我现在就给你介绍这门武功。你也看到了，这六位活泼可爱的兄弟，经我传授了本门的一门功夫谷神功，便超过了一般的武师。本门还有水神功、风神功，种种功夫，能达成千里眼，顺风耳……"

项水田想起，一路上很多事儿，她都是老远都听见了，过了很久，别的人才能听见，至于她看到了多远的物事，这是旁人无法体会的。这才对她的功夫，有了真切的认识。想不到她一个年轻女子，功夫到了这种地步，真是艺无止境。那六怪兄弟，只是学到了她一门功夫，便有这般厉害。正想问六怪到底是什么人，为何当了她的仆人，温芊芊又道："这样吧，趁现在这一两个时辰，你就可以将这门功夫学会。你的名字中有个水字，我就将本门的水神功，介绍给你。你先背熟五千言《道德经》吧。"

说着，便大声念道"道可道，非常道；名可名，非常名""无名天地之始。有名万物之母""上善若水，水善利万物而不争""将欲歙之，必固张之；将欲弱之，必固强之；将欲废之，必固兴之；将欲取之，必固与之。是谓微明。柔弱胜刚强。鱼不可脱于渊，国之利器不可以示人""天下之至柔，驰骋天下之至坚，无有入无间。吾是以知无为之有益。不言之教，无为之益，天下希及之""江海所以能为百谷王者，以其善下之"……

项水田此前也看过《道德经》，以为只是一部道家的经典，却没想到，神女派竟然也能从中化出武功的诀窍，这样一来，他不由得侧耳聆听，用心记忆。

见到项水田记性甚好，温芊芊十分高兴。接下来，便教他内力运使之法，拳招运使之道。项水田理解，这门水神功的招数，多半以静制动，后发制人。与九天拳的功法，也有相通之处，只是速度更快，出招更加直截了当，威力更大。不到两个时辰，便将水神功的五个招式，大致学全了。项水田道："要练成千里眼和顺风耳，不知要到什么时候？"温芊芊笑逐颜开："项大掌门头脑聪明，一点就会，假以时日，必有大成。"

眼看快到子时，温芊芊忽然站起身子，跟着那件红裙从身上滑落，只穿着短衫内衣，向项水田走了过来。

项水田所相识的女性之中，枣花甜美大方，段瑶瑶智慧果决，李青萍温柔委婉，从来没有谁像温芊芊这么大胆热辣。这时他见温芊芊脱去了长裙，只穿着内衣，火把映照之下，温芊芊肩上露出如银的肌肤，手臂和双腿，也是白得晃眼。她这时双颊晕红，眉目生春，说不出的妩媚动人。她身子走近，那股香气夹杂着花草的熏香，更加浓郁。项水田心中怦怦乱跳，不知她这是要做什么。

温芊芊却径直走过了项水田的身边，缓步走下石台，来到水边，脱了鞋袜，举步向水中走去。

项水田转过身来，看到她一双玉足踏入水中，清澈潭水泛起涟漪，激起点点水花，洞水渐渐淹没她的膝盖，浸湿了她身上衣衫，等到水及胸口，她回过头来，向项水田招了招手，示意项水田也到水中去。项水田定定地站在石台上，只是摇头。温芊芊转过身去，身子一沉，低头钻入了水中，留下了一个小小的水花。

项水田以为温芊芊是在水中游泳，仔细一看，便觉不对。只见温芊芊在水中快速移动，时隐时现，似乎在追逐水中的鱼虾。项水田不知道，她所追逐的，并不是鱼虾，而是内洞中的那些毒虫，只因他由六怪背进洞时，并未看到那些毒虫惊恐逃窜的情景，也不知这些毒虫，有一部分已经逃到了水中。直到温芊芊有时追逐毒虫，接近岸边，有些小蛇儿蟾蜍之类，惊跳到了岸上，项水田才看清楚。

下一刻，项水田才看到令他毛骨悚然之事：只见温芊芊将捉到的小蛇、蟾蜍，直接送入了嘴中，津津有味地吃了下去。没等项水田回过神来，她又纵入水中，追逐毒虫。她身子异常滑溜，在水中快速穿梭，丝毫不差于游鱼。她洁白如银的身子，如一条矫健的大鱼一般，在洞水中往来奔突，数十丈的距离，她在两边出没，也只是一瞬间的事。

又过了一刻，涧水对面传来众人的喧哗声，温芊芊从水中走回。项水田真切地看到了她捕食毒虫，先前尚对她有几分男女之防的想法，这时对她唯恐避之不及。

温芊芊上岸的时候，项水田表情木然地看着她手拿鞋袜，一步一步走上石台，走过他身边。湿漉漉地带着满身水气，身上的那股浓香早已荡然无存，代之以浓烈的鱼腥味。项水田脑中一片空白，此前对她的所有猜测，全被颠倒。只是机械地听她说着"转过身去""可以了"等话语。等他再转过身来，温芊芊已擦干身体，换好衣服，又穿上了那件红裙，只是头发还有些湿气而已。

项水田不声不响地看着她又在做另一件事。只见她将那些花草的花儿都摘下来，平摊在石板上，先用手翻动，接着搓揉，那些花儿渐渐变细，她手上也冒出热气，如同在将这些花草在烘烤一般。不一会儿，伴随着浓烈的香气发出来，那些花朵全变成了小小的颗粒。项水田被这花粒的香气所逼，感到微醺，好像醉酒一般，他身子稍稍退后，想要避开这种香气。接着，他又看到，温芊芊抓起这些花粒，频频送入口中，总共吃下了一大碗，然后，盘膝坐下，双目微闭，守丹练功。

温芊芊道："子时快到了。我先温习一下功法，等一下你再帮我。"

便在这时，六个身影掩了过来。项水田看得分明，正是六怪。

只听那大怪语带惶恐地道："属下有事禀告主人，现在我六兄弟身上蛊毒发作，请主人赐给解药。"

温芊芊睁开了眼睛，轻声道："你六兄弟身上的蛊毒，要到七七四十九天之后，才会发作，现在不过才过了七天，怎么会发作了？"那大怪道："小人也不知何故，现在我兄弟六个，肚子疼得很，哎哟……"其余五人也跟着哎哟哎哟地叫了起来。

温芊芊道："肚子疼，也不一定是蛊毒发作的症状，会不会是你们吃了什么不干净的东西？"那第六怪道："禀告主人，刚才，我们六兄弟见到洞中的蝎子、蜈蚣等虫儿很多，一时仗着酒劲，打赌吃下了几只，现在肚疼，也许是这些虫儿作怪……"

温芊芊道："这就是了。巫山帮的这些毒虫，是专门在这万仙洞中供养，毒性比外面野生的虫儿，要厉害得多，六位大英雄吃下肚去，自然就不会那么舒服了。"二怪道："痛死我了，痛死我了！刚才老大硬要打赌，说是我们身上有蛊药护体，能克制这小小毒虫，说是喝酒过后，正要将这些小小毒虫，当作解酒的小点心，当时吞下肚去，倒也觉得凉飕飕的，舒服得很，谁知现在，个个肚子翻江倒海，哎哟，哇，我要吐了……"他这么说着，倒也没有吐出来。

温芊芊道："你们越吃越有味，只怕吃下去的，不是几只，而是几十只了，而且，不管死的活的，都是一口吃下了，是不是？"六怪面面相觑，其中一人道："主人说的是，好像你看到了一般。"温芊芊笑道："这个赌局，却是谁赢了？"六怪道："哎哟，谁也没有赢，我们个个都输了，吃下去的虫儿，都是一样多，发作起来也是一样快，谁也没有赢。"温芊芊道："这样看来，是这些虫儿在各位肚中作怪，怎么你们说是蛊毒发作呢？"大怪道："听说巫山帮中的这些虫儿，肥美可口，比外面的虫儿更带劲，所以我们才会打赌吃下去的。这些虫儿，就算我们生生地吞下肚去，也变成了肚中的美食，怎么会肚疼呢，自然是那蛊毒发作了。"

温芊芊道："看来各位是自作自受了。六位英雄要比赛谁不怕吃下这些虫子，现在没有分出输赢，那就再比，谁再不怕肚疼了。反正我要告诉各位，蛊毒不会在这时发作，再说了，蛊毒发作，可不是现在这样的疼法。"第五怪道："那是怎么个疼法？"温芊芊道："要看是中的什么蛊，有的如万虫叮咬，有的如恶兽撕咬，有的似烈火烧灼，有的如肉体撕裂……"

大怪道："哎哟，我的肚中，现在就好像有虫儿要钻出来，好痛，好痛！"

温芊芊笑了一笑，道："其实，要治好各位的肚疼，似乎不难，现成就有法子。"六怪齐道："求求主人，有什么现成的法子，能解除我们兄弟的疼痛？"

温芊芊道："这儿有几样花草的药粉，六位先吃下去，对治疗肚子疼，或者有益。"说着示意项水田，将石上的花粉，用手给六怪分发过去。

六怪将花粉吃下肚去，嘴中吧唧作响，只过一会，又道："不得了，不得了，全无效用。这些花粉完全治不了疼痛。主人那儿，还有宝贝，请求主人，再赏赐我们兄弟一颗。"温芊芊道："你们说的是天罡龙胆丸，这可治不了你们身上的疼痛。"六怪连声叫嚷："不会的，不会的，你下午不是发给这丑八怪的小子吃了一颗吗？怎么就不肯再给我六兄弟一颗？"温芊芊道："我说过了，这两种药物，效用不同，就算你们吃下了天罡龙胆丸，也治不了你们身上的疼痛。"她说话声已越来越弱。

大怪看出温芊芊身体有异，道："主人，你是不是也吃下了这些毒虫，也不舒服了？"说着，向温芊芊走近了两步。温芊芊这时身上已经没有一丝力气，但还是强作镇定，道："主人吃下什么毒虫，是为了运功。六兄弟不要犯上作乱，不然无人能解得了你们身上种下的蛊毒。"大怪道："主人，你此前都是让那独臂老兄管着我们，现在他也不在这儿了，你说的解药，一定就在你随身带着的这个木箱子里。是也不是?"这么说着，胆子更大了一点，又向前走了两步。

项水田听了他们的对话，方知六怪是被温芊芊用蛊药治住，才受她管束。那颗让他吃下去大增功力的药丸，叫作天罡龙胆丸。

其余五怪这时痛得大叫："不管她什么蛊药了，这时先止住痛再说，她也不行了，咱们上去将她木箱抢到手。"

温芊芊拼着最后的力气，道："且慢，我先前说过，木箱里面装的，是本姑娘的嫁妆，只有我的丈夫，才可以打开，其他任何人，不可以碰。"说着，向项水田招了招手。

项水田跟她只隔着两步，见她招手，正在犹豫，温芊芊气若游丝地道："六位英雄都是见证，我跟项掌门拜过了堂，他就是我的丈夫!"没等六人回答，便将那木箱，递到了项水田的手上。

项水田接过木箱，着手沉重。低头一看，乌木的箱盖已经打开，里面露出一件黑乎乎的物事，圆口深底，似乎是一个碗口粗的铜杯。

"这是巫山宝鼎。"温芊芊说完这话，已是身体不支，坐倒在地，支起双手，守丹运功。

大怪道："什么巫山宝鼎? 一定藏着解药!"项水田摇了摇头，示意箱中并无解药。六怪仍是不信，项水田将箱子侧过身，让六怪看清箱底，道："六位英雄，箱中确实没有解药。"大怪道："箱子里没有，一定在她身上，咱们去搜一搜！"项水田知道，此时温芊芊运功最是紧要，也最脆弱，她连说话的气力也没有。偏偏六怪在此时腹痛，闹起了内乱。无论如何，也不能让六怪碰到温芊芊身子。他已来不及思考，为何木箱中会装着宝鼎，为何温芊芊说木箱所装之物，是她的嫁妆？将木箱放在温芊芊身前，转身朝六怪踏上一步，挡住六怪，道："六位不可冒犯你们的主人！"

项水田跟六怪首次见面时，就已经交过手，只觉得这六兄弟的武功，全不按寻常的理路，而且又快得出奇，自己所练的九天拳，全不是他们的对手。现在才知，他们所练的，是神女派的谷神拳。加上又服用了温芊芊的天罡龙胆丸，这才神功惊人。足见温芊芊神女派的功夫，确有出类拔萃之处。现在自己刚学了这个水神功，也服过一颗丸药，是不是能真的跟六怪做对手，心中还没有把握。

六怪咄咄逼人，六对眼珠子，一齐盯着项水田，在夜色中如同六只怪兽，发出幽蓝的光芒。项水田按照温芊芊所授功夫，吸了一口气，沉入丹田，静等六怪动手。

只听六怪一声怪啸，划出六道弧线，一齐扑向项水田，六人手上各自认准他身上一处穴道，想要就此一击，将他身上戳出六个破洞。

在这一瞬间，项水田已经感到这次交手，六怪一上来就要置他于死地，而在青城山上，六怪只是陪他过招，他全无性命之忧。这时他有水神功在手，立时感受到了六怪来拳的理路，跟着使出水神功的一手"六龙御驾"，分袭六怪咽喉要穴。只此一招，六怪就怪声大叫，纷纷避开。

而此前，项水田连六怪使出的招数都看不清，没想到学到这水神功，只一招就将六怪打退。

项水田知道此时已容不得他有半点差错，展开温芊芊所授水神功，向六怪频频出招。数招过后，六怪大声叫嚷："哇哇，主人真的教了他本门的功夫！""他练的不是谷神拳，这是什么拳法？""他动作这么快，不是水神功，就是风神功了！"

六怪气急败坏，一连又使了谷神拳的几个招式，但项水田都轻而易举地避开了。再过数招，六怪却改了套路，只分出五人跟项水田对敌，其中大怪绕到水边，试图直接来到温芊芊身边侵袭。项水田识破此计，除了对付五怪以外，又分身阻挡大怪，局面略显被动。

忽听温芊芊笑吟吟地道："六位英雄小心了，项少侠已经让了你们十几招，下一招，他会使水神功的第六招，攻击你们的环跳穴，来了！"项水田见温芊芊已能说话，说这话又是给自己指点招数，早已如法炮制，飞起一脚，分向六怪身上踢去，六怪急忙各自护住自己的屁股，个个都是狼狈不堪。原来，环跳穴就在人身体的臀部，温芊芊要项水田出招攻击，是为了让六怪出丑。

温芊芊道："下一招，使水神功第十招，攻击六兄弟的脑后玉枕穴，这是他们的罩门。"项水田依言使出"龙门玉指"，直刺六怪后脑，只吓得六怪抱头鼠窜。项水田刚学了水神功，并不熟练，加之以一敌六，本处于劣势。但经温芊芊出言指点，甚至将对手最弱的武功罩门都直接点出，六怪早已手忙脚乱，只有被动挨打，毫无还手之力了。

大怪连声叫唤："不公平不公平。他只靠主人支招，不能算是他自己的本事。这样将我六人打败，我们也是不服，还要死缠到底。"

温芊芊道："今日事在紧急，六位突然发难。本来就失信在先。此时如若不是项少侠出面，六位就要上来直接对本主人不利了。本人早已算到了这一点，故此才请到这位项掌门，好叫你们知难而退。现下你们犯上作乱，我本来可以令蛊毒发作，重重责罚你们一番，念在还有用你们六位之处，这才让项少侠以本门功夫教训你们一场，以让你们知道，不可轻举妄动，不守规矩。"

她说了这话，已是气喘连连。大怪看出便宜，道："没法子，肚子痛得厉害！她再没法指点这姓项的了。大伙并肩上呀！"

在这紧急关头，项水田脑中电光石火，忽然想起九天拳中的一招"冯夷幽宫"，冯夷就是水神的名字，这一招是九天拳中以水神冯夷，调动水中各种虾兵蟹将，龙蛇水怪的力量，攻击对手的怪异招数。项水田在温芊芊传授水神功时，已是若有所悟。这时触类旁通，将水神功的招式，与九天拳的这招"冯夷幽宫"结合在一起，大喝一声"起"，向六怪一齐出拳。两个拳法的力道合二为一，产生了一股排山倒海的力道，六怪哪里经受得起？六人如败絮一般，身子被打出老远，骨碌碌滚出十几丈远，全都昏死过去。

温芊芊见项水田将六怪打倒，一口气松下来，连说话的力气也没有。项水田回过身来，见温芊芊身子无法坐直，摇摇欲倒。他知这是练功最危险的景况，想要扶住温芊芊肩头。温芊芊从牙缝里挤出一句话："你坐下来，双掌跟我相抵，不用输出内力……"

项水田依言坐下来，心想她这一门功夫也怪，助她练功的人，不必输送内力，只需以掌相接。

项水田跟温芊芊相对盘腿而坐,两人掌心相对,双手相接。项水田将一口真气稳稳收在丹田,虽与温芊芊如葱根一般的小手贴在一起,触手却是一片冰凉。这种冰凉的感觉,使项水田感觉十分怪异。只过了一会儿,就感到那股凉气,已传递到自己身子,项水田感到身子发冷,他急忙将丹田中一股热气提上来,与那股凉气相抗。但温芊芊又说不能给她输送内力,项水田只得将这股热力,止于自己手上。又过片刻,项水田感到,温芊芊那冷冰冰的双手,渐渐不再冰冷,而变得温热起来。他不知是不是自己手上的热力传导所致,又或者是其他的原因。跟着听到温芊芊呼吸渐重,手上也微微发抖。

在这紧要时刻,项水田意守丹田,继续保持手上的热力。时候一长,温芊芊双手上的寒凉之气,两个人身上冷热两股气流,已在两个人的身上来来回回地奔流了好几回。在温芊芊从项水田手掌上吸收他的燥热之气时,项水田脑中闪出一个念头,幸亏这只是传送热度,而不是内力,听说武林中有一门邪恶的功法,专门吸人内力,顷刻之间,就能将数十年修为的内力,吸个一干二净,变成废人。如果这时温芊芊真要吸他内力,也是无力抗拒了。是不是因为这个原因,温芊芊才要他不可输送内力?

项水田忽觉两人手上有了异样感觉。两人手上温度相近,似乎全身都有了水乳交融的感觉,手掌越贴越紧,项水田身上热血上涌,手上也抖起来,只想将温芊芊温软的小手一把抓住,甚至想要将她身子也拉过来,一把抱住。睁眼一看,温芊芊已是脸泛潮红,呼吸声越来越重。

项水田急忙闭了双眼,心中暗骂:"项水田呀项水田,人家只是请你助她练功，你怎能往歪路上走？快快打住，枣花才是你的爱人，除她以外，不能对任何女子，有非分之想。"跟着收摄心神，只想着毒虫猛兽，双手五指撑开，硬生生将那肢体相接的想法，压了下去。又想到刚才见到温芊芊在水中捕食毒虫，心中对她避之唯恐不及，或者也把她想成一条鱼，或者一条蛇儿，以防自己心猿意马，对她产生非分之想。

但他这是第一次与温芊芊肌肤相接。他这时才十八岁，温芊芊也只有十六七岁的年纪。古时候男女这般年龄，早已成婚生子，项水田这次跟枣花本就要洞房花烛，而此前跟段瑶瑶有过鸳被相拥，跟李青萍有过救伤背负之谊，甚至跟魔教的蜜桃仙姝，还有那个红杏女的经历，虽然是上个世道的事，这些记忆，却还保留在他灵魂深处，也困惑着他。眼前这个温芊芊，武功计谋远胜过了他，又主导错抬花轿，换过了枣花，前来跟他拜堂成亲，甚至在众人面前大肆宣扬是他新婚的妻子。

温芊芊是他所见过女子之中，最为甜腻热辣的一个。虽然两人私下里相处时，温芊芊不假辞色，但她在公开场合所体现出来的妖媚婉转，已深深刻画在项水田脑海里，闭了眼就能浮现出来。现在，两个人在这样一个初夏之夜里，置身涧边小岛之上，六怪的干扰已经排除，两人心中轻松宁定。二人双手相接，鼻端阵阵花草的熏香，就算温芊芊手掌是冰冷的，脸上传过来的是鱼腥味，项水田也还是难于不为所动。

只觉得温芊芊双手抖动，忽然紧紧攀住了项水田手指，甚至直接扣住了项水田十指，往她身前拉去，口中呼呼娇喘。项水田只得将手掌稳住，又想到那位瑶光仙子。上次他跟段瑶瑶在绣床鸳被之中，正在意乱情迷之际，就是那位瑶光仙子，以枣花之身，突然喝止，他默默念着瑶光仙子的名字，心中的欲念，渐渐退去。

这时，温芊芊好像变了一个人似的，紧紧扣住了项水田的手，身子发颤，口中喃喃地道："项郎，我就是你的新娘，我就是你的枣花，我好热……快过来……快快抱住了我……亲亲我……亲亲我……"这声音带着无限的妖媚缠绵，温柔甜腻，有着无法抗拒的魔力，令人骨酥肉软，项水田心中严防的堤坝，如同打开了缺口，就要崩溃……

就在这时，他看到温芊芊柔声呼唤之中，口中吐出团团白雾，这些白雾不断扩散，弥漫开来，遮住了温芊芊的俏脸，遮住了她身穿红裙的整个身躯，白雾之中，突然幻化出了枣花的身形，她身上只有薄薄的一层轻纱，正在解衣宽带，呢喃软语："项郎……抱住我……"项水田只觉得这就是他新婚之夜，洞房花烛之时，面对着终于成为他的新娘的枣花，柔情蜜意，胸腔要炸开一般。他拉住了那双玉手，正要将她温柔的身子，抱入怀中……

便在这时，一个阴恻恻的声音道："嘿嘿，大伙急着寻宝，有人在这里上演春宫大戏了！"

项水田一惊，急忙放开了双手，从这迷雾般的幻境中清醒过来。

只见眼前站着五个黑乎乎的人影。五人什么时候走近，全没注意到。

第八章　薄幸

词曰：

  一窝蛇鼠，猎奇宝，徘徊不去。隐后洞，深耕坡面，向壁频挥玉斧。梦魇沉，贪欲难消，良言奉劝成俳语。恐命断幽冥，魂销末路，心悸巫娘阴鸷。

  人不寐，来相救，巨树高墙封阻。算关山远赴，长河飞越，烟波度尽金仙舞，与君胪叙。恨天公违美，重逢变作分离侣。愁思万段，凄惨难消苦楚。

  项水田站起身来，走到五人身前，定睛一看，五个人服饰各异，高矮不同，有的背着竹篓，有的背着布袋，有的手拿药锄，却一个也不认识。沉声道："各位是谁？想干什么？"五个人见到项水田灰色的身影，一眨眼就到了他们面前，吃了一惊。他们跟二人只隔着五六步的距离，但项水田是怎么起身，怎么走到他们面前，竟没看清楚。先前那说话的人，擦了擦眼睛，用尖细的嗓门道："你，项掌门，不是受伤了吗？怎么……"项水田见这五人脸上疑惑，但都面露凶相，道："各位是哪个门派的，报上名来。我二人正在此处练功，识趣些便请离开。"那尖细嗓门的人道："项掌门，咱们是几个练毒的门派。本人是百药门的劳百能，其余几位是药锄帮、布袋帮、苗家和唐家的朋友。"跟着说出了每个人的名号。项水田知道这五人都是使毒的门派，夜色中也分不清彼此，只道："各位幸会。我二人在此练功，时刻紧要，请各位回避。明日再向各位赔罪。"他见那人说出姓名，语气稍和。

只听药锄帮的那人，用粗糙的声音说道："项掌门，你这话，骗骗三岁小儿，倒是可以。要跟咱们几个使毒的哥们耍花腔，那就嫩了点儿。你跟这女娃儿躲在这儿，用了这十几种花草，做成花粉，明摆着是调制九转回元散这味药，看来，不是你，就是这个女娃儿，受了极重的内伤，要靠此法还阳……"

布袋帮那人脸色白如金纸，冷笑道："两位也低估了我们采药人的鼻子。那个药箱里装的，不就是制蛊药的巫山宝鼎吗？"话音未落，忽然项水田身上手上，都出现了数只蜘蛛、毒蝎、蜈蚣，不停游走。项水田注意听那花粉的名称，没有提防，这些人一边说话，一边放出了毒物。先前那尖细嗓门的百药门劳百能道："项掌门识相点，快快退开，我们拿到宝鼎，大家一拍两散。"他说这话时，脸露微笑，但手上暗施掌力，一袋毒粉，劈面朝项水田脸上打来，毒雾立时在项水田满脸满身散开。项水田怒不可遏："奸邪之徒，岂有此理！"屏住呼吸，向五个人发出一招水神功的"落花流水"，以迅捷无伦的掌力，同时击向五人胸口，他痛恨这五人手段毒辣，出掌没留余地。

就在这时，温芊芊用微弱的声音提醒："不可伤人性命。"项水田急收劲力，五个人全都中招，被他摧枯拉朽的掌力，打出了十几丈远，要不是温芊芊提醒，这五人必死无疑。

五个毒派的人，自是使毒的行家。在见到六怪抱着花草、温芊芊手拿木箱进洞，便已起疑。这时从洞水边摸过来，正巧碰到温、项二人在运功，温芊芊意乱情迷，功力尽失，也失去了敏锐的耳力。项水田也是心无旁骛，所以二人没能觉察到危险临近。五人凭着采药制毒的嗅觉，闻到了木箱中的铜鼎的气味，甚至是看到打开了的箱盖，露出黑乎乎的鼎口。五人志在必得，假意与项水田敷衍，说话之间，就对项水田毒虫毒粉齐施。本以为项水田必死无疑，哪里想得到，项水田这个青城派的掌门人，竟然百毒不侵。项水田下重手反击，要不是温芊芊提醒，这五人就已做了项水田的掌下之鬼。

项水田来到水边，将脸上手上的毒粉洗净，感到一阵清凉。正准备回到温芊芊身边，助她运功，忽见水边十丈开外，有个白色的身影在向他招手。定睛一看，是巫山帮帮主郑安邦，不知他这时为何来了。他对郑安邦十分敬佩，郑安邦又是这里的主人，便不加犹豫，走上前去。

郑安邦伏低身子，示意他不要讲话，递给他一张字条，项水田展开一看，是枣花的笔迹："速来龙洞村滕家救我。"字迹潦草，显是临时写就。

项水田心中大急。枣花写来这张字条，彼时她在滕家遇险，要他火速前去搭救。现在自己却被温芊芊拖住。想到刚才帮温芊芊练功，差点把持不住，心中大感惭愧。心想温芊芊今晚的这件大事，办得也真有点邪门。这时既然枣花有难，当然要赶去营救，温芊芊这边，也顾不了那么多了。

他对这位热心助人，名声在外的郑安邦十分信任，悄声告诉他，去帮助温芊芊扶住双手，助她运功，直到大功告成。郑安邦点了点头。项水田正要离去，郑安邦将他一拉，悄悄让他互换了两人的外衣。项水田依言而行，换上郑安邦的白色长衫后，疾步离去。他这时内力充盈，在九天拳之外，又新学了温芊芊传授的水神功，真的是飘行如飞。只一刻，便从涧水边进入内洞，由内洞到万蛇窟出口，飞身一跃，就跃出了地面。出得洞来，只见月明星稀，林深路静。他在跟大理郡主段瑶瑶见面时，已经熟悉去后山的那条路，借着星光，疾步往后山赶去。

郑安邦身着项水田的灰色道袍，悄悄走到花草丛中的温芊芊身边。温芊芊身着一袭红裙，双颊红晕，眼神迷离，正对他张开了手，道："快过来，我们重新来过……"他自见到温芊芊第一眼时起，就被她的风情万种迷上了。她这时脸上没戴铜面具，俏脸胜雪，周身弥漫着花草的香气。这时他明知温芊芊所招唤的是项水田，也不管温芊芊自称是项水田的新婚妻子，以为"我们重新来过"这句话，是说他们刚亲热过了，再来亲热一回。这正是他求之不得的。他热血上涌，快步走上前去，此时，项水田已经远去，六怪和那五个使毒门派的人，都被项水田打得昏倒在地。他如同饥渴的野兽，上前抓住了温芊芊的手，虽觉是一双冰凉的手，仍是无法把持自己，早将项水田要他帮温芊芊练功的话，忘到九霄云外。他一把将温芊芊扑倒，跟着便喘着粗气，撕扯她身上的红裙，要行那云雨之事。

温芊芊看着郑安邦穿着项水田的长衫，当然以为他是项水田。刚才因为五毒门派的人过来，意外打断了她跟项水田运功，两人陷入幻境，险些功亏一篑。

项水田跟他们交手的当儿，温芊芊身上温度又变得冰冷，见项水田听从她的劝告，没将五人打死，正好没有坏她运功的规矩，心中宽慰。在项水田去水边清洗时，温芊芊心中重新宁定下来，想着跟项水田再次运功，一定心如止水，不受心魔的干扰，守丹理气，完成运功。她见项水田回来，便说出重新来过这句话。郑安邦伸手抓住她双手时，手上一接触，她便觉不对。待到郑安邦将她扑倒，更拉扯她身上红裙时，她便知这人不是项水田，而是那个巫山帮帮主郑安邦。她只想竭力反抗，但身上没有一丝儿力气，她做着徒劳的挣扎，连说话的力气也没有，脑中一片空白，任凭郑安邦在慌乱、急迫中，得逞其兽欲。

一阵疾风吹了过来，将那火把吹熄了。也许是那火把，闭上了它的眼睛。它再也不愿意看到，一位冰清玉洁的女子，被一个人面兽心、虚浮伪善的恶徒玷污，这是人世间最无耻、最丑陋的一幕。

一行眼泪，从温芊芊眼中滴下来。她又羞又急，心如死灰。她知道，她在人世间最美好的贞操，已经被这个衣冠禽兽的郑安邦夺去了，而她最为重要的，她全副身心筹备的，关乎她命运和未来的这件大事，也在最后的关头，功亏一篑，前功尽弃。

她盘算好了所有的情节，对项水田的所有的安排，都做到了天衣无缝的地步，本以为可以在今晚子时，度过这个最为重要的时辰，完成她最为重要的这件大事。

她唯一没有想到的是，这个郑安邦会安着这份毒蛇心肠，如蛰伏一旁的毒蛇，拿住了项水田的弱点，利用枣花送来的字条，将项水田支走，前来满足了他的兽欲，将她玉洁冰清的身子夺去了，也夺去了她的一切。

她不明白，为什么在最后关头，项水田变成了郑安邦。她的心中，留下了无尽的遗憾和痛悔，还有对郑安邦无以复加的痛恨和复仇的愿望。

就在那些毒虫奔逃到了后洞，引起众人一阵慌乱，温芊芊一行八人走进后洞的时候，郑安邦等巫山帮的人，都在疑惑，为什么这些毒虫，全从前洞中逃窜到了后洞？武林中只有唐凤吟才有以箫音驱使毒虫的本事，但唐凤吟这时已被青城派掌门人项水田打败，再也无力进来。而毒虫是在温芊芊一行的前面奔逃进来的，尤其是她一行往那小岛走去时，身边的毒虫也是纷纷逃进了水中。这样看来，有可能是温芊芊一行，将这些毒虫赶到了后洞。

这些毒虫是用来吸引那千年巴蛇，在今晚子时，前来吐蛊的。既然被驱散了，也就不利于吸引巴蛇，看来今晚子时巴蛇现身，可能性就更小了。本来以为尉迟杯就是巫山鼎，可以用来炼蛊，或者是以杯换鼎，现在都已落空。巫山帮的一众同门，不免感到沮丧。此时子时将过，精心准备的这个炼蛊大事，眼看就要泡汤，而下次的机会，又要再等十年。

来自巫山帮以外的这些武林同道，则是心情相对轻松。这次前来巫山帮，他们本来就是冲着那个天下闻名的宝鼎而来，虽然没有看到宝鼎，但总算见识了这个尉迟杯，这也是难得一见的宝贝。尤其听说是皇帝送给那位千古名将尉迟恭的礼物，更是感到同样作为一位武人的荣耀。

但是，众人忽然发现，在忙着躲避那些毒虫的时候，那件闪着蓝色幽光的尉迟杯，已经不见了踪影。

"尉迟杯呢？"有人问了一句。

还没等到巫山帮的人回答，又有更多的人问："是啊，尉迟杯呢？""郑帮主，尉迟杯在哪儿？"

"敬告各位朋友，由于无法用尉迟杯交换到巫山宝鼎，本帮的五仙库房，宝虫也已溃逃。看来今晚本帮难于迎来天龙赐盅。本帮郑帮主，已将那件尉迟杯收起，现已送回本帮，妥为收藏了。"说这话的，是巫山帮副帮主樊铁柱。

众人听了这话，也知巫山帮这位郑帮主，果然做事周详。虽然没有按照预期，找回宝鼎，但事情的退路也早已想好，并先人一步办好。避免了混乱之中，那件重宝有什么闪失。但来巫山帮见识宝物的这趟行程，也将落幕。果然便听到樊铁柱道："本帮今晚后洞的鉴赏宝物的行程，宣告结束。请各位朋友移步洞外，也免受这洞中虫儿的腥臊之气。"

少林方丈微尘、武当掌门虚云等人听了这话，大踏步向洞外走去。身后泰山、昆仑、衡山等名门正派的人士共有二十多人，都一齐走出了后洞。

但大部分人却并未移动身子。只听有人说道："那个樊副帮主，现在夜已深了，我等出去了，你巫山帮也住不下，不如我们在这后洞中待着，到明天白天再走。"这话一说，同时有多个人齐声应和："是啊，是啊，大半夜的，我们还能去哪儿，就在这里待着，反正那些毒虫也不咬人……"

樊铁柱一时没有明白，这些人为何不肯离去，正要问起，只见有人已经挥动手中药锄等铁器，开始在后洞的地面挖掘，另有一些人，持手中的兵刃，在洞壁上敲敲打打。樊铁柱拦住一个正在挖掘的人，道："喂，你这是干什么？"那人道："樊副帮主，在下就明说了吧，江湖上早就哄传，你巫山帮郑帮主出手豪阔，是因为这后山洞中藏着无数的宝贝，因为有那么多毒虫，众人才不敢进来，现在毒虫也没了，大伙就是一样的心思，要在这里，找一找宝贝。"

樊铁柱听了这话，大吃一惊，笑道："这是从何说起呢？本人在巫山帮中数十年，从来没听过这里的宝贝，后洞是本帮私密之地，向来是用来炼蛊的，各位不要听信谣言。再说了，这里是本帮之地，岂容各位乱挖一气？"

那人道："江湖上都是这么说的。不然你巫山帮僻处这荒山野岭之地，如何得来许多银子？再说，这个尉迟杯的宝贝，你又是从何处得来？樊副帮主您行行好，贵帮郑帮主，更是乐善好施的大好人，你巫山帮银子也够多了，就算是见财有份，让我等众人，也有个发财的机会吧！"樊铁柱听了这话，只是摇头冷笑。他知道这些人已是财迷心窍，加上人多势众，怎么劝也是没有用的。只得说道："在下再次奉劝各位，这后洞之中，并无宝贝，各位身上克制毒虫的药物，是有期限的。如不速速离去，被虫儿咬到，会有性命之忧。请各位周知。"这句话他用内力送出，整个后洞的人都听得一清二楚。

但是，众人全都无动于衷。一个正在挖地的人笑道："樊副帮主，你巫山帮的好意，兄弟心领了，如果今晚我被虫儿毒死，算我倒霉，不关你巫山帮的事。"樊铁柱连连摇头，带着巫山帮的同门，往洞外走了出去。

项水田沿着后山，寻找有人烟的村子。直到离前山已有五十来里地，果然看到一个村子。几十户农舍，星散在山谷中。一条羊肠小道，从山上通往村子，道旁立着一块石碑，依稀看出"龙洞村"三字。过了石碑再走了半里地，来到村口，不禁吃了一惊。原来村子的四周，环绕着一条一丈来宽的护城河。村子那边的河岸上，又筑上了道丈来高的石墙，只有一座吊桥进出村内。石墙上似有人巡哨。

原来，自辽、金、蒙古等南侵宋朝后，民间便筑城自保，外抗强敌，内防盗匪。蒙古入侵蜀地时，大汗蒙哥挟西征欧亚非四十余国的威势，亲率一路人马，进犯嘉陵江边的合川。宋朝军民在这里的钓鱼山上，筑起了钓鱼城，支起火炮，对蒙哥大军发起顽强抵抗。那蒙哥到城南察看地形，被城内射出的火炮击中，重伤致死。这个不可一世的大汗的死亡，促使蒙古汗国从欧亚战场全面撤军，改变了蒙古人的军事进程。一座钓鱼城保卫战，自蒙哥南侵开始，到南宋灭亡，一共持续了三十六年，大小战斗二百余次，蒙古兵却始终不能越雷池一步，创造出中外战争史上的奇迹。这是后话。

自练了水神功后，项水田步履更快。从万蛇窟奔到这里，只用了小半个时辰，一丈来宽的护城河，他一跃而过。进村后，他跃上一棵树，观察村中情景，只见西南方有一间高大的屋宇，门前亮起了两盏灯笼，还有人影晃动，便闪身来到那大屋外。大屋外面，围了一道粉墙，门前有两棵高大的樟树。项水田跃上一株樟树，藏身枝叶之间，正好可以透过大屋的窗户，看到屋内的情景。

只见橘红色灯笼照耀下，有几个人正席地而坐，围成了一个圈子，似乎正在练功。一看中间一位白衫女子，正是枣花，项水田差点惊叫出声。其余几人，也多是熟面孔。枣花身前，竟然便是那位独臂人，此时他左袖空空，右手伸出，手掌与前一人的后背相接，而他的后背，已由枣花伸出一掌相接。枣花的身后，依次是娟月和狂生，再后面，是狂生、枣花的父母郑逢时和吕问菊，最后两位中年男女，年貌跟郑吕夫妇差不多，却不认识。这八人围成一圈，每个人都用右掌抵住前面一人的后背，似在合力练一门功夫。

项水田没想到，他不仅见到了枣花，见到了狂生娟月二人，还见到了枣花的父母。上个世道里，郑吕二人被唐凤吟杀死，此时好端端坐在这里。但不知那个独臂人，为何跟他们在一起，且是在练一门高深的功法，每个人都是面色凝重。项水田见这八人在一起练功，枣花并无什么危险，也就不急于现身。

又过了一会，只见那独臂人的身前，出现了一团白雾。那团白雾渐渐扩展，弥漫开来，最后将那独臂人全身遮盖住了。项水田看到这里，突然想起他跟温芊芊在那小岛上，两人手掌相抵，温芊芊面前也出现了这样一团白雾。但白雾中却幻化出了枣花的形象，以至两个人都有些把持不定。独臂人跟温芊芊好像是同门，两人练功的路数，想必也差不多。此时枣花右手与那独臂人后背相接，项水田担心她也会出现尴尬一幕，正在犹豫要不要从旁喝止，破除他们练功的幻象，忽见白雾中一个人影一动，那独臂人站起身来，从白雾中走出，向其余七人举手行礼，道："多谢各位相助。现在子时已过，我的大关口已经渡过了，我回来了……"

项水田远远看到，那独臂人从白雾中出现之后，突然像是换了一个人，比之前显得年轻多了，此时他看上去像是脱胎换骨，虽然仍是只有一条手臂，但身材相貌，却变成了一个十七八岁的翩翩少年。他心中万分惊讶，想不到他神女派中，有这么一门功夫，能在练功之后，令人变得年轻。

他忽然觉得，他相助温芊芊行动，一定有什么地方不对。但到底是哪儿不对，他也说不清楚。

其余七人都从地上站起身来，祝贺独臂人练功完满。其中，项水田不认识的那一对中年男女，上前一把将独臂人抱住，三个人紧紧拥在一起，那妇人喃喃说道："我的儿，你回来了!"眼中流下了两道热泪。项水田这才知道，那独臂人，竟是这对夫妇的儿子。

后洞中的数百人，正在到处挖掘敲打，寻找宝物，忽然传出"轰隆"一声巨响，后洞的地面，也微微震动。众人听到这声巨响，都安静了下来，不知发生了什么事。有人以为是后洞中挖开了什么机关，那说明寻宝有了进展。但那巨响是从前洞发出来的，后洞并无异样。有人又想到，此时接近子时，会不会那条千年巴蛇，从前洞中进来了，引发了巨响。但巨响过后，又是寂然无声，并无什么千年巴蛇，从前洞中进来。

过了片刻，有几个人大着胆子，举了火把往前洞中走去，只过了一会儿，便惊慌失措地跑回后洞，大声叫道："不好了，不好了，洞被沙石堵住，出不去了!"众人往前洞走了几十丈，果然看到，前洞一个最为狭窄的地方，已经被细沙夹着粗大的石块，牢牢堵住，直到洞顶，无一丝缝隙。刚才的"轰隆"之声，就是细沙带着石块，从洞顶突然落下，而发出的声音。那个地方，正好是进洞时，有细沙从洞顶掉落的地方，当时以为是冰凉的毒虫，掉入了颈中。没想到，这里是一个机关，有人打开了这个机关，上方的细沙和石块倾泻而下，将出路堵死了。

毫无疑问，打开机关的，一定是巫山帮的人。这里是巫山帮万蛇窟的内洞，刚才众人不听那巫山帮副帮主樊铁柱的劝阻，执意要在洞中寻宝，想必巫山帮就打开了这个机关，将大伙关在内洞之中。有人还存了一丝侥幸，觉得巫山帮帮主郑安邦以仁义闻名，应该不会做出这件事。但想到自己这一干人，仗着人多势众，强行在人家炼蛊的内洞中寻宝，这时被封在洞中，那也是咎由自取。

这样巨量的细沙和石块，从洞中的机关倾泻下来，如同一座小山一般，再要从这儿出去，那是万万不能了。众人都有一种大祸临头的感觉。开始后悔没有像微尘虚云等人那样，不受宝物的诱惑，及时出洞。

"扑通"一声，有人双膝跪倒，连连磕头，大声叫道："郑大帮主，请多多开恩，放小人出去。小人再也不敢起非分之心，想来贵帮寻宝了！"

话音未落，但听得"扑通扑通"之声，不绝响起，有十几人有样学样，也跪地磕头，大声向郑安邦告饶，说什么"郑帮主乐善好施，大仁大义""郑帮主是武林领袖，宽宏大量""郑大帮主真比得上救苦救难的观音菩萨，是玉皇大帝的化身，定能原谅小人的过错，让小人离开山洞，再世为人"……

便在这时，只听内洞上空，传来一阵阵阴恻恻的冷笑。那笑声一声接着一声，如夜半枭鸣，尖厉刺耳。笑声甫毕，那人又尖声说道："嘿嘿嘿，天堂有路你不走，地狱无门偏进来！"竟是一位年老妇人的声音。

众人不知这位老妇是谁。但这时既然发声，一定跟巫山帮有关。那些在地上磕头的人，又连声哀求："老婆婆，老奶奶，求您发发善心，放我们出去，小人重重报答！""这位仁慈的奶奶，小人家中还有八十岁的老母，请看在我老母的分上，放小人出去，回家尽孝……"

那老妇冷笑道："你们不是在寻宝吗？出去干什么？"那些跪在地上的人连声说："小人误听谣言，财迷心窍，请老奶奶慈悲，放我们出去，下次再也不敢了。"那老妇大笑道："哈哈哈，你们这些卑鄙小人，个个该死，没有人有下次了！"她这么一说，众人全都吓呆了，霎时之间，全都说不出一句话。

有人突然想起，这位老妇说话大有身份，这时在巫山帮内洞中出面说话，想必是巫山帮供奉的那位活神女，立即大声哀告："您老人家一定是巫山帮的神女娘娘，小人是山西雁字门的关炎平。在五台山一带也算小有薄名，请神女娘娘看在小人做过一点功德的分上，饶了小人一命。"他这样一说，众人都如梦方醒，"扑通扑通"，更多的人跪在地上，连连磕头，请神女娘娘饶命。有人觉得这位神女娘娘一定是妇人的心肠，讨饶声中带着哭腔。

只听那妇人道："雁字门那姓关的老儿，你说的小有薄名，是不是在金人攻陷五台山时，你救过几位五台山拼死抵抗的和尚；后来当地大旱，颗粒无收，你又打开你家的粮仓，救了数百条百姓的性命？"关炎平听她说得有如亲见，连声道："娘娘神目如电，果然将小人所做的这两件区区小事，看得清清楚楚。"众人听了均想，凭此人所做下的这两件恩德，当抵得了今日冒犯巫山帮的罪过，神女娘娘会放他出洞。

谁知那妇人说道："你明明有了原配，为何讨了一名十六岁的贫家女做小？单凭这一点，你就该死！"关炎平道："她家贫困，无力养活，是她自愿……"老妇道："谁说她是自愿？如果她不是没有饭吃，能愿意嫁给你这个老淫棍？你不用说了，在这洞里受死吧。"其时男人三妻四妾，事属寻常。大宋的律令，只是禁止十三岁以下的女子做妾。但这老妇竟然因为关炎平讨了这一个小妾，就说他该死。更多人在吃惊之余，又感疑惑：巫山帮与五台山有千里之遥，关炎平的这些事儿，这老妇怎么就能了如指掌？

只听一个沙哑的声音，一字一顿，操着半生不熟的中原口音说道："神女娘娘在上，小人是福建武夷山洪拳一门，小人是洪拳门金龙镖局的镖师，日前到巫山走镖，才来贵帮开眼界。小人尚未婚配，说不上娶妻讨妾，求娘娘给条生路……"他知道当地土话难于听懂，特地以中原口音，对神女娘娘说了这番话。众人都想，这人尚未娶亲，总说不上什么欺男霸女的罪过吧？

那老妇平静地道："金龙镖局洪德贵，惠安海角村，蔡女一尸两命。"那男子听了这话，当即瘫倒在地。原来前年他到惠安走镖，跟一位姓蔡的寡妇好上了，导致女方怀孕，事后又不认账，更不想娶这寡妇为妻，导致这位怀胎五月的女子自杀身亡。这件事连金龙镖局的人也是一无所知，不知这老妇为何知道得一清二楚。

忽见有人朝洞壁右上方攀爬，想是他发现，那里是老妇发出声音之处，可能是洞壁高处的出口，但他未爬上两丈，离说话之处还有一大截，不知从何处飞来一件暗器，打在那人后背，那人一声惨叫，骨碌碌滚下地来。老妇道："想从这个说话的小孔中出去，那也是做梦！"

一个粗豪的声音道："神女娘娘在上，我等是清风山的绿林汉子，干的是没本钱买卖，专门跟官府作对。我们几个当家的兄弟，都没有讨老婆。神女娘娘既是无所不知，我们哥几个，有没有做过对不起女子的事？"说话的是清风寨的向松。那神女娘娘道："向寨主，你这个强盗头儿不错。今天在那广场上，你能看出有人能打败唐风吟，敢跟唐魔头唱反调，证明你胆子大，有见识。冲着这一点，老婆子就该饶你一命。你说你们跟女子没什么瓜葛，那我来问你，想抢一个女子，来做山寨的压寨夫人，这样的想法，你有过没有？"向松口中打结："这样的想法，也许是有的……"老妇道："有这想法，那也别想着出去了。"

老妇又大声道："你们这些男人，有哪一个是好东西了？哪一个不是想着三妻四妾，作威作福？今天你们在这巫山万仙洞里，贪图宝物，本来就个个该死。老婆子说出女子的话题，不过是给受你们欺负的那些女子，讨个公道，也教你们死得安心。你们不是喜欢动刀动枪吗？你们不是谁也不服谁，想争武功天下第一吗？从现在开始，你们自个儿打架吧！哪个能将众人全部杀死，最后存活下来，就有机会活命，可热闹了，哈哈哈哈……"

她话音刚落，众人又听到毒虫爬行的声音。不知她使了什么法儿，后洞中还剩下的毒虫，突然又成群返回众人站立之处，朝着人群又扑又咬。现场顿时大乱，所有的人，全都取了兵刃在手，既要扑打冲上来的毒虫，又要防止身旁的人出手将自己杀死。

所有手持火把的人，都将火把丢弃在地，火苗在地上闪烁。洞中变得更加昏暗，只有扑打毒虫和相斗被杀的惨叫声。洞中就要变成人间炼狱，一个血肉横飞的修罗场。

忽然，所有的人都听到，一个男人在大声叫喊："我找到宝鼎了！我找到宝鼎了！"那声音带着狂喜，是从后洞水边发出的，这男人的声音，听起来像是巫山帮主郑安邦。

郑安邦玷污了温芊芊的身子，起身穿好了衣服，正要迈步离开，回到后洞的众人身边，瞥眼之间，看到了温芊芊身边的乌木小箱，木箱打开，露出一个黑乎乎的杯口。他点亮火把，取出那物一看，着手沉重，底部四足，隐然见到"巫山宝鼎"四个字，不禁惊呆了。这正是他朝思暮想，求之不得的巫山宝鼎。他一时不明白，为什么巫山宝鼎，会在这个温芊芊手里？竟然在温芊芊手里？这时，他心中狂跳，喜不自胜。没想到他一举两得。不但将这位美若天仙的温芊芊的贞操占有了，还得到了今晚梦寐以求的宝鼎，他成了天底下运气最好的人。

他看到温芊芊神情木然，仍在垂泪，对他拿到宝鼎无动于衷，一时心中起了杀机，干脆一不做二不休，杀了温芊芊灭口。但又想到，一旦项水田回来，看到鼎失人亡，必知是自己所为，自己不是他对手。与其多杀一条人命，不如先拿到宝鼎要紧。看看子时将到，如果巴蛇现身，正好用得上宝鼎。这样一想，急忙手拿宝鼎，疾步向后洞的炼蛊之地奔去。一里来地的距离，他只走了不到一袋烟的工夫，就快到了后洞涧水边，却没看到一个人影。

他不知在他离开的这段时间，前洞的沙石机关已被打开，那些挖宝的人，都被堵在沙石机关那里。他只想到，找到宝鼎，便是今晚最为重要的事，也是他给本帮立下的最大一件功劳，他实在抑制不住心中的狂喜，便大声喊叫。

那些正要杀个你死我活的人，听了他的喊声，都一齐罢手，奔向后洞。火把照耀之下，眼中看得分明：那发出喊叫声的，并不是身穿白袍的巫山帮帮主郑安邦，而是那身着青城派的灰袍、进洞之前打败唐凤吟，进洞后昏迷不醒，被温芊芊带到那个小岛疗伤的项水田。众人不知，郑安邦是调换了项水田的外衣。这时他正从小岛的方向跑过来，一手举着火把，一手拿着一个黑乎乎的物什，嘴里不停喊着："我找到了巫山宝鼎！"

众人不知道，此人到底是巫山帮帮主郑安邦，还是青城派掌门项水田。因为他穿着青城派的灰袍，却又是郑安邦的声音。正在惊疑不定，众人又看到了一件更加不可思议的事：在这人身后的涧水中，忽然立起了一只巨蟒的身子，那蟒蛇身子暗黑，比水桶还要粗。两只眼睛，瞪得圆圆的，放出绿光。蟒蛇立起的半个身躯，比那个欣喜若狂的男人高得多，仅是蛇头，就高出了那男人一丈有余，张口吐芯，似在追逐那个男人。

但那个男人，似对身后水中的巨蟒浑然不觉，仍在发疯般地叫喊，纵情地奔走。只是，当他看到众人脸上惊呆的表情，看到众人惊恐地看着他的身后，这才扭头向后观看，这一看，吓得他魂飞天外。一瞬之间，他知这只巨蟒，就是巫山帮祈求十年一见的千年巴蛇！

这只千年巴蛇突然出现在他身后，简直就是触手可及，他甚至闻到了巴蛇身上的腥膻气，感受到了它身上发出来的冰冷气息，他全身汗毛直竖，再也无力奔跑，"扑通"一声，跪倒在地，他内心慌乱，哆哆嗦嗦将那只宝鼎高举过顶，只等蛇仙赐予蛊药。

便在这时，众人看到毛骨悚然之事。只见那只大蟒，将那比大箩筐还要大的蛇头，伸了下来，到了地上那男人头顶，又嗅了一嗅，突然张开血盆大口，一口就将郑安邦连人带鼎，吞进口中，喉头一动，送入蛇腹。

众人"啊"地发出一声惊呼。

只听那老妇低声下令："所有人都跪地祷告！"话音未落，所有人都黑压压地跪倒在地，诵声一片。

那些毒虫，又已远远逃开。

那只大蛇，待在洞水中不动，绿幽幽的眼珠子，直视所有匍匐在地的人们。这些人的心，跳到了嗓子眼，不知道自己，会不会也像那男人一样，被那千年巴蛇，一口吃掉。

又过了许久，众人见全无动静，才敢战战兢兢，抬起头来。

那巴蛇已经悄悄没入水中，不见了踪影。

众人见那大蛇不见踪影，暂告放松。但仍不敢起身，有人想起洞被堵死，又大声乞求神女娘娘饶命。那老妇却再无声息。

只听一个清脆的女子声音说道："神女娘娘，千年巴蛇已经离去，你再让洞中这些人自相残杀，就算最后有一个人活下来，给你当了人蛊，也是不成的。不如放了这些人吧！"说这话的，是那大理郡主段瑶瑶。

那老妇尖声道："你这个女娃子，带着一班大理武师来巫山，安着什么好心？你也别想出去了！"

段瑶瑶平静地道："晚辈有办法从这里出去。"老妇大声道："女娃子有什么办法？"段瑶瑶道："你堵住出口的这些沙石土坝，不过是模仿了防止盗墓的沙石填充之法。如果内洞是座古墓，倒也有用。可现在内洞大得很，又有这么数百号武林高人在这里，这个土坝就挡不住大伙了。"老妇道："土坝就是一座山，等你们搬开了，人也累死了。"段瑶瑶道："前辈有所夸大。贵帮设下这个机关，当是为了在紧急情况下，挡住那只大蛇，或者是在它进入前洞之后，不让它从这后洞的洞水里退走。贵帮人力有限，还要秘密行事，从山外搬运进来的石块和细沙，总数终究不多。晚辈猜测，大概正好将这处最狭窄的内洞堵住，略有多余，也就够了。这些石块虽然沉重，但细沙却便于搬运。哪怕我们这数百人，每个人去洞顶，用衣服将细沙兜住，往后洞走上二十几步倒掉，不消几个时辰，不用到天亮，洞顶机关中的细沙，就会全部漏下来。这时，只要再挖出能容一人穿过的小洞，大伙就能走出贵帮的万仙洞了。"她这么一说，众人都佩服这位大理郡主，年纪轻轻，却所知渊博，又足智多谋。用她这个法子，大伙真有可能逃得性命。

却听那老妇道："女娃子真是异想天开。你们要找死的话，就往外挖沙吧。老婆子这里，还有使不完的毒虫儿呢……"语气却没有先前那么严厉。

段瑶瑶道："请恕晚辈无礼。其实，晚辈还知道，这后洞之中，还有另外一个通道，可以出去。让晚辈再猜上一猜：贵帮设下这场英雄大宴，到底是何用意。如果晚辈猜对了，前辈就开开恩，放我们从这个通道出去，也省得大伙去搬运沙子……"

老妇道："小姑娘胡说八道，这后洞中还能有什么通道？"

段瑶瑶道："前辈能将这里一众英雄好汉的行踪，掌握得清清楚楚，自然是因为前辈身在神女堂中，却又能神游物外，观照四方，这样的本事，除了前辈自身勤加修炼以外，身居贵帮神女之位，也是一大助益。然则，掌握这些武林朋友的私德隐秘，用意并不是为了对这些朋友专司处罚，晚辈再猜一猜，前辈是想通过这些朋友的行踪，查知贵帮宝鼎的下落。否则，如果前辈对这些朋友的私德不可容忍，大可当时就或打或杀，而不必等到现在。"

见那老妇没有出声，段瑶瑶又道："贵帮神女节将至，千年巴蛇十年一次的吐蛊日临近，贵帮宝鼎尚无着落，贵帮就想出了发出英雄帖，举办英雄大宴这一招。贵帮帮主郑安邦近年来乐善好施，广交朋友，其用意也不排除是为了找回宝鼎。正好这位精明强干的年轻帮主，得你神女娘娘相助，还赶跑了魔教教主，号称武功天下第一的唐凤吟，那唐大魔头来到贵帮，本意也想通过参与炼蛊，分一杯羹。但既然被你们逼走，贵帮就更想在神女节正日，如期举办炼蛊仪式，炼成巫山蛊药。在没有巫山宝鼎的情况下，贵帮的请帖中含糊地说出'来本帮鉴赏宝物'这句话，意在吸引更多的江湖朋友，前来参加大宴，同时，那位手上拿着宝鼎的朋友，也有可能得到信息之后，来到贵帮的大宴现场。贵帮明知尉迟杯不是巫山鼎，但想用尉迟杯交换巫山鼎，可以说是用心良苦。用巫山鼎交换尉迟杯，任谁也会觉得大占便宜，只不过，持鼎的人，如果也如贵帮的人这么看重炼蛊，而看轻财宝的话，这笔买卖就做不成。结果是，想得到这个尉迟杯的众多朋友，手上却没有巫山宝鼎。而看了尉迟杯的这些朋友，觉得来了这一趟就空手而归，有些不甘心，就按江湖上的传闻，想在这后洞之中挖掘宝藏。贵帮在子时将届，没有找到巫山宝鼎，也没见到那千年巴蛇现身，自然是对这些自不量力，寻找宝贝的朋友们大为不满。于是由神女娘娘亲自动手，打开前洞的机关，要将这些朋友留在后洞之中，让大家自相残杀，最后活下来的一位变成所谓的人蛊。却没有想到，贵帮帮主郑安邦，从那个小岛找到了巫山宝鼎，正在欣喜若狂地奔回来，想在后洞拉开架势，迎接那千年巴蛇时，却被巴蛇一口吃下。巴蛇一去不返，贵帮的蛊也没有炼成。在小女子看来，巫山宝鼎，千年巴蛇，这些都是贵帮神物，一定有什么地方弄错了。小女子只是妄加推测，并非掌握了什么真凭实据。只是觉得，既然某个地方出错，干犯了天和，所以，小女子在此向贵神女娘娘，巫山上仙发出恳求，饶了这一众朋友的性命，以免犯下更大的过错。"

众人听了段瑶瑶这一番分析，都觉得她的话大有道理。最后听她代众人说情，正是求之不得，又一连跪下向那老妇恳求，说是既然另外有一条通道，便放众人出去。

那老妇恨恨地道："你这女娃娃废话太多了。你不是说可以挖沙出去，你们就去挖吧！"

段瑶瑶道："老前辈，小女子来到贵帮，这是小女子个人的原因。"她接着换了一个语气，又道，"前辈神通广大，识芥子于幽微。小女子向前辈打听一个人。有一位名叫万青云的老前辈，年龄和辈分，比前辈您还要长上一辈。我想请问，这位万青云老先生，现在存身何处？晚辈这么一个小小的问题，当是难不住前辈了？"

那老妇没有想到，这个大理郡主段瑶瑶，会突然提出这个问题。万青云是巫山帮中的前辈，这老妇自然知道。她立即闭目凝神，思索这个人现在何处。

就在这时，段瑶瑶突然从洞水旁转身，快步向内洞的出口处走去，走到出口左边的洞壁，身子一跃，便已轻轻落到了洞壁上方丈余高处，伸手在洞壁上按了几按，只听得轧轧有声，众人抬头看去，洞壁上的石门打开，露出了一个一人高的洞口。众人均想，这一定是她所说的另一条通道的入口。

先前众人敲敲打打地寻找宝物，谁也没有想到这么高的洞壁上，会隐藏着一道石门。再说，这道石门也有机关控制，如果胡乱敲打，也是打不开的。众人大喜过望，没想到这位大理郡主，竟然打开了这个出口。

段瑶瑶提出这个问题，虽然也想知道答案，但她也是想转移老妇的注意力，好在她这一刻打开壁上的石门，而不至于被老妇施放暗器。

只听那老妇骂道："小蹄子果然奸猾，趁老身分神之际，打开了这个石门。"

段瑶瑶歉然道："实不相瞒，那万青云老先生和贵帮上代神女巴英娜，跟小女子的爷爷奶奶，算是旧识。直到昨日，小女子才知，那万青云老先生尚在人世，所以想借助前辈的神通，查到万老先生的下落……"

那老妇愤然道："这两人是本帮的叛徒，你还有脸说起他二人来？呸，老身明知那万青云现在何处，就是不告诉你……"

段瑶瑶轻声道："贵帮误解了这两位前辈。晚辈找到万老前辈，定能劝他回来，揭开当年的真相。晚辈还知道，前辈这么憎恨这些江湖朋友私德有亏，就是因为……因为前辈痛恨坏人的缘故，不如放了这些朋友，积德行善……"

那老妇一听这话，发疯般地咆哮道："小姑娘嘴上胡说什么？快给我住嘴……"段瑶瑶道："神女娘娘在上，小女子这么说话，的确不是对娘娘有何不敬。只是想再一次恳求娘娘，给晚辈的大理国一行人，还有江湖上这些犯了过错的朋友，放一条生路，不要在大伙走出这条通道的时候，再次发动机关，让朋友们死于非命。这里众位朋友，也发下誓言，今生今世，再也不敢对巫山帮有任何不敬，对今日后洞之事，也当守口如瓶……"

那老妇恶狠狠地道："谁要敢进去，就等着送死吧！"

段瑶瑶听了这话，明知走进这条通道凶多吉少，也只能硬着头皮，当先从那道石门一跃而上。大伙也是这个想法，内洞已经堵死，搬运沙子太费力，就算这个通道还有机关，也只能闯一闯。便跟在她身后，鱼贯而进。这个通道要狭窄得多，有的地方仅够一人通过，又多有岔路。大伙分头摸索，在好几个地方，不是有刀剑飞出，就是触发了暗器。有四五人没能避开，或死或伤，但机关用尽，众人终能继续前行。最后，洞中又出现了众多毒虫，但众人既备得有药，又拼命拍打，又有十来人被咬伤。终于在灵鸠峰后山的树丛中，找到了出口。段瑶瑶留心那暗道中，是否有记载炼蛊之法的石碑，但遍寻之下，全无踪影。只好随众人一道，走出了通道的出口。一干逃得性命的江湖汉子，在后山的树林中重见天日，自觉是再世为人。对段瑶瑶千恩万谢，道别而去。有人想到那当了神女娘娘的老妇，年轻之时，一定遇上了什么不堪的事，但想到自己私德上的事，更被她看得清清楚楚，逃得命来，已经万幸，哪有心思去管这位神女娘娘的闲事。

那对夫妇将独臂人紧紧抱住，过了好一会儿，才松开了手。只听那个父亲对郑、吕夫妇说道："我们的孩儿既然回来了，那么，两个孩子的婚姻，仍当算数。这桩婚事，是我们四个人定下来的，也有媒妁之言。虽然我们的孩儿缺了一臂，但咱们学武之人，当不必拘泥此节。枣花差点跟那姓项的成亲，但幸得两位兄弟，将花轿抬回了龙洞村。姓项的跟温女已经拜堂，可以算是夫妻了。今天我们孩儿平安归来，也让他俩在今晚拜堂，好事成双，岂不很好？"

项水田此时耳力敏锐，对这话听得一清二楚。没想到，枣花和那独臂人的父母，早就为两人定了亲。而他跟枣花当年是私自逃出家门，现在青城山结亲，反而既无父母之命，也无媒妁之言，成了离经叛道者，为世所不容。听到这里，心中不禁大急。

却听那独臂人道:"爹,妈,枣花妹妹跟那位项兄弟,自幼一起长大,现在又是青城派同门,两人情投意合,心心相印,谁也拆散不开。孩儿刚刚回家,暂时无意于婚配,当年你们和郑伯伯、吕婶婶所定的婚约,不必守了。"

一阵沉默过后,只听郑逢时对那位父亲道:"滕兄所言极是。自古以来,婚姻都是父母之命,媒妁之言。咱们不能任由孩子们胡闹。想当年,为防那唐魔头追杀我夫妇,我们将豆官送到吐蕃去学武,将枣花送到青城山,都是为了保护那件物事,方便跟唐凤吟周旋。幸得贤伉俪相助,让我俩在这龙洞村藏身达半年之久,最终也算保住了巫山南宗的那件物事。现在根儿既平安归来,贤伉俪对我夫妇又有大恩德,我们两家结亲,才是正理。水田那孩子……现在是当上了青城掌门……我们跟他母亲,也是至交,他跟枣花成亲,他母亲并不赞同……"

项水田听到这里,不禁大吃一惊。他本就知道,母亲陈氏跟郑、吕夫妇都是巫山帮的同门,自己跟枣花私自逃去了青城派,一定也为母亲所不喜。他不知母亲现在巫山帮中,到底是何身份。但据这位郑伯伯所说,母亲也不赞同他娶枣花为妻,项水田对母亲十分孝顺,觉得自己这么跑出来,母亲一个人孤苦伶仃,一定十分伤心。又想,连母亲也不赞同他娶枣花,心中不禁一阵冰凉。

却听狂生道:"爹妈,伯伯、伯母,枣花跟滕兄弟由双方父母做主,结为夫妇,当然是好事。不过,孩儿也知,水田兄弟跟枣花,在青城山数年交好,数日之前,他俩举办婚礼,同时,孩儿跟这位娟月姑娘,也在当天拜堂成亲。而今,我俩已经成亲,他们却好事多磨,变成了今天这个局面。在孩儿看来,父母之命，固然是自古不易的规矩，但如果是自由相识……自结同心，似乎更好……像我跟这位娟月妹子，现在就很好，我们感到很开心……很幸福。今晚滕兄弟功行圆满，回归滕府，这件事本来就是一件造化神奇之事，何况，巫山内洞之中，温芊芊那一边，不知她是否功行圆满，能否平安归来。滕兄弟既然说到不急于成婚，这事是否可以从长计议，或者至少等到温姑娘那边有了消息，再作主张……"

忽见枣花掩面流泪，顿足道："这么说，你们将我硬留在这里，还说陈妈妈有难，要水田哥来救我，这些都是骗我的?"郑逢时和吕问菊拍着枣花的后背："孩子，这都是为了你好……等见到那个温芊芊，她自会给你解释。"枣花急道："如果郑安邦将字条送到了水田哥手中，会不会给温芊芊的运功，带来影响……"

项水田听了枣花这话，心中大急。温芊芊这个运功，是需要由自己帮她转换热力的，而临近子时，偏偏有六怪和那五个毒门的人打岔。当时看了枣花的字条之后，担心枣花的安危，一步不停地赶往龙洞村，全没想到，从这个滕兄弟的功行来看，竟然由七个人给他加持，才得圆满。自己这么不顾一切地离开，将温芊芊丢在当地，实在是十分凶险。想到这里，不禁心中对她十分愧疚，只能指望那巫山帮主郑安邦，做人仗义，热心快肠，帮助温芊芊渡过这个难关，达成圆满。他内心并不知这个功行圆满是什么意思，但他看到这位姓滕的对于能够功行圆满，这么郑而重之，也知对温芊芊同等重要。

但温芊芊既然跟滕细根同是神女派的，为什么不回到这龙洞村里，找到龙洞村的高手，护卫她办成功行圆满这件大事，却要找到自己，去那巫山帮的后洞，冒着危险，去办这件大事？为什么她行功之前，却要去捕捉那些毒虫来吃？刚才郑伯伯又说道，她还会最后一次，帮巫山帮炼蛊，这又是什么意思？这样看来，似乎她的功法，与这位姓滕的，又有所不同，而且非得到巫山后洞去运功。种种疑问，一时难以索解。

忽听那滕细根的父亲大声道："树上的朋友是哪一位？请下来说话如何？"原来，项水田听了枣花说话之后，心潮起伏，连呼吸也粗重了。他先前凝神静气，屋内的众位武林高手，也没听出他藏身树上，此时呼吸一重，竟给那滕父听到了。

"什么人？"院外巡哨的庄丁，还有屋中八人，全都闪身来到了树下。

项水田大是尴尬，只得跃下树来。

枣花一见项水田，立即将他一把拉住，再也不肯松手。

项水田道："枣花，我见了你的字条，就急急忙忙赶了过来。不知那温姑娘练的功法，是否成了……"

八个人听了这话，立即转头看着那独臂人滕细根。滕细根道："事不宜迟，大伙赶快去巫山帮！"

第九章　高阳台

词曰：

　　古堡欺云，山亭挂月，五更不奈罗衾。劳燕分飞，良辰
美景难寻。宿缘雨打风吹去，雾里花，零落浸淫。最相思，
婉转银铃，梁上余音。
　　翩翩到访云中客，记切磋技艺，抚弄箫琴。试剑平湖，
石泉谈笑深林，也羡吟罢骑黄鹤，并蒂莲，霞映青衿。算如
今，对面参商，莫诉芹心。

　　路上，项水田向那滕细根发问："你说见过我，是不是几年
前在乌梅山的那个摆手节上？"其实，他还想问，当时你已死了，
怎么又活过来？这是怎么回事？滕细根道："我知道你会有很多
事不明白，但现在我不便告诉你。还是见了温芊芊后，由她告诉
你吧。"说着便足不点地，快步而行。
　　九个人轻功都不错，不到一个时辰，便已到了半山亭下的广
场，正要去往万蛇窟而去，忽见许多人从半山亭的方向下来，一

问之下，便知晓了前洞被堵，郑安邦被巴蛇吞吃，段瑶瑶指点众人从另一条通道出来这些情况。

滕细根顿足道："糟了糟了，温芊芊功没练成……"项水田道："功没练成，她是不是受伤了？我们去救她出来！"滕细根低声道："不用了，来不及了，她……"项水田想到，巴蛇是从小岛那个方向来的，既然连郑安邦也被那巴蛇吞入腹中，温芊芊和六怪几人，会不会也很危险？但众人说的是，巴蛇只是在后洞吞吃了郑安邦一人，便隐入水中。项水田想到郑安邦为了给他传递枣花的信息，竟然被巴蛇吞吃，心中感到内疚，也有几分后怕。他突然想到，那位杜芸前辈看到的卦象，原来是郑安邦穿着我的灰袍，被巴蛇吞吃。而我跟他长得太像，杜前辈自然以为，卦象中是我了。

九个人一阵沉默。郑逢时一挥手："郑安邦已死，我们到神女堂去，会一会神女娘娘。"说着当先往半山亭的石阶上走去。

走了数百步石阶，便见有亭翼然，立在山腰。跟那亭子相距数十步，便有一座石堡，依山而建，气势巍峨。项水田想到，此前的巫山帮总坛，就在山谷尽头的那片石屋中，没想到几年过去，巫山帮又在半山腰，修建了这座坚固高大的石堡，还有个赏景的亭子。

石堡大门由一块巨石打就，有四名帮众置守。郑逢时高声道："陈大姐，故人到访！"里面妇人应道："进来吧。"声音低沉而又沙哑。

厚重的石门打开，一名帮众领了这九人，右转后上了二楼，面对一扇厚重的木门，门前牌匾高悬"神女堂"三个金漆大字。

门中出来一位老妇，灯笼映照之下，项水田一眼看到，这妇人竟是他母亲陈氏。

项水田一把将陈氏抱住，道："妈，是你吗？"老妇将他推开，道："不是我还能是谁？"项水田见他母亲陈氏，比以前要苍老得多，满脸皱纹，身形佝偻，好像比以前老了十几岁，差点认不出来了。不知她为何又回到巫山帮，做了帮中的神女。

"孩儿不孝，离家出走，害得母亲操心受累了。"项水田道。枣花忽然双膝跪倒："婶娘，一切都是我不好，是我要水田哥跟我去青城山的……"陈氏将枣花一把拉起："傻孩子，婶娘怎么会怪你呢？"

郑逢时看到一个小供桌后面，挂着厚厚的竹帘，他知道平时巫山帮中的帮主坛主或者帮众，前来供奉神女，都只能隔着这道竹帘说话，还要下跪行礼。但郑逢时这九人，包括项水田，没有一人属于巫山帮，便道："陈年旧事先不去管他，大家也不用多礼，先说说眼前紧要的事儿吧！那蛇仙……怎会将郑帮主吞吃了？"

陈氏道："老婆子当时一心一意，祷告蛇仙，子时来临。后洞现场，由郑娃子带领本帮帮众，备好灵芝香花，虔心等候蛇仙到来，他却私自跑到那小岛上去了。竟然在小岛上找到了宝鼎，不知什么缘故，惊扰到了蛇仙，得了这个报应。当时，他穿着青城派的灰袍，老婆子还吓了一跳，以为是我的水田。不过，他手拿铜鼎，大声喊叫，我就知道是郑娃子。"众人都听懂了，她说的郑娃子，就是指的郑安邦。

项水田简略说了在温芊芊的木箱中，看到铜鼎，还说郑安邦拿了枣花的字条，要他前去救援，并提出调换衣服的情况。

陈氏恨恨地道："天杀的，他定没安好心，对那温姑娘，起了坏心，又夺了宝鼎。就这样坏了我的大事……"郑逢时长叹了一声，道："那件宝鼎，怎么到了温姑娘的手中？"

只听狂生忽道："爹爹，孩儿想起，四月二十这天，孩儿跟娟月妹子一起，去了羌塘，却在湖底，捞起了这件铜鼎。但是还没过半天，就被一个白衣人抢走了。那个白衣人身形好快……"他说这话时，娟月紧紧抓住了他的手，她是想起当时的情景，仍感后怕，跟狂生依偎到一起。

郑逢时摸着头上的白发，喃喃地道："当年我将这件铜鼎，带到老家，本来想埋到地下，等今年神女节时再取回来，供奉蛇仙吐蛊，还没来得及想好埋藏的地点，宝鼎当晚就神秘失踪，没想到，夺去宝鼎的人，只是将它丢入了湖中，这是为何？"

滕细根轻声道："这件事的所有内情，我都知道。那个白衣人，就是温芊芊。因为事关温芊芊是否还能练成功法，所以现在不能将全部情由，告诉各位。连父母也不能告诉。就算天机不可泄露吧。"

他母亲拉了他仅有的那只右手，道："儿啊，不告诉就不告诉。你能平安回来，娘就心满意足。"

项水田看着滕细根道："如果温芊芊和那六怪，并没被那巴蛇吞吃，那他们到哪里去了？"滕细根道："嗯，这个……他们应该出洞去了。温姐姐会去到一个隐秘的所在，从头开始修炼。"

郑逢时道："这么说，我们要拿到蛊药，还有那天罡龙胆丸，又要等十年了。"

陈氏双眼定定地看着项水田，看了好一刻，低声道："儿啊，娘有一个主意，只有这么办，才能渡过这个难关……"

第二天早上，一位身穿淡黄衫子的妙龄女郎，来到巫山帮总坛的石堡前。

帮众向内传话："大理国郡主求见！"这女子正是段瑶瑶。

石堡大门打开，一名年轻帮众迎出门来，躬身道："段郡主请进，本帮郑帮主恭候凤驾！"并将段瑶瑶领进石堡内靠左的一间屋子，牌匾上有"聚仙堂"三字。

段瑶瑶听到郑帮主这三个字，心想郑安邦不是在昨晚被巴蛇吞吃了吗？今天前来，正是商讨巫山帮主不在了，原来跟巫山帮商定的事儿，如何接续。她来到石堡前，看到巫山帮中，毫无办理丧事的气氛，这时又听说是郑帮主跟她见面，不免心生疑惑："难道郑安邦昨晚没死？"

走进那聚仙堂中，只见那郑安邦端坐在主位的虎皮石椅上，见她进来，站起身来，请她在左首客位的太师椅上就座。

郑安邦回身就座，道："郡主昨晚受惊了。"声音有些沙哑。

段瑶瑶见那郑安邦，身穿一件崭新的白绸长衫，金线绲边，身材健硕，虽然面色有些憔悴，仍然不失少年得志的气派，道："昨晚那巴蛇将一个手拿宝鼎的人吞下，众人都以为是郑帮主，原来是弄错了……"

郑安邦道："那个人嘛，身穿青城派的灰色长衫，自然是那青城派的掌门人了……那时候在下正在将尉迟杯妥为收藏，没见到蛇仙吃人的这一幕……"

段瑶瑶道："原来如此。郑帮主果然福大命大。贵帮的绝仙蛊，当是炼成了？"郑安邦"哼哈"一声："这个……段郡主见笑了。昨晚你也看到了，那蛇仙只吃人，不吐蛊，敝帮也不知，问题出在哪里。总之，这绝仙蛊，也就没能炼成……"

段瑶瑶道："那郑帮主亲自承诺，要给我大理国赠送二十颗绝仙蛊，这事还算数吗？"郑安邦摊开两手，脸有难色："昨晚没炼成绝仙蛊，本帮也没什么存货了，哪里还能给段郡主二十颗蛊药？"段瑶瑶哈哈一笑，道："听说金国四太子，给了贵帮重金，你们给了他五十颗绝仙蛊，这事可是有的？"

郑安邦听了这话，脸上大惊失色，结结巴巴地道："段郡主，眼下……那个宋金正在交战，你，你这话可不能乱说。如果敝帮给了金国蛊药，那不是通敌大罪吗？没有的事，没有的事……"

段瑶瑶冷笑道："贵帮是不是觉得，我大理国国小力弱，比不上金国出手大方？请郑帮主放心，只要郑帮主信守诺言，给足那二十颗蛊药，大理国这两万两银子，还是拿得出来的。"

那郑安邦脸现苦笑，咳嗽几声，道："这时候便将我杀了，也变不出二十颗蛊药。两万两银子虽好，敝帮也没这个福分，发这笔大财了……"又道，"听说段郡主的祖辈，竟然跟本帮上一辈的帮主是旧识，这倒是难得的缘分。段郡主的爷爷，怎么认识了本帮的帮主？这可奇了……"

段瑶瑶道："那有什么稀奇的？你现在是巫山帮帮主，不也认识我这个大理郡主吗？我还听说，你也认识那大金国的四太子呢！四太子要是做了大金国的皇帝，你也认识他呀！"

郑安邦双手乱摇，连声咳嗽，道："段郡主，这话可不能乱说，不能乱说……段郡主昨晚还打听那万青云老先生的下落，敝帮神女娘娘，已经查知，不过……"

段瑶瑶显得十分急切，道："不过什么？"郑安邦道："好像他老人家在一个十分隐秘的地方，可能不希望被人打扰……"段瑶瑶急道："不会的，不会的。我奶奶，不，那个巴英娜就在大理国，很想见到这位万老先生的！"

郑安邦慢吞吞地道："现在兵荒马乱的，大理跟我们这巫山有万里之遥，那巴英娜老前辈，本是敝帮帮主，却又听说，她是本帮叛徒……这事十分棘手，还是要稳妥处置，从长计议……"

段瑶瑶愤愤不平地道："这件事全是误解，那位……巴英娜老帮主，是被巫山帮的内奸暗算了。你们巫山帮里，怎么就无人明白？"郑安邦道："这事过去很久了。段郡主除了蛊药这件事，还有什么吩咐？"

段瑶瑶听出他是在下逐客令，忽然计上心来，道："郑帮主贵人多忘事。除了蛊药以外，你曾经答应我，要办那一件事，是不是忘了？"

郑安邦听了这话，又是连声咳嗽，好半天喘不过气来，最后，嘶哑着嗓子说道："啊，是了，段郡主，在下曾答应过段郡主，要陪你去万仙窟……看一看敝帮的内洞。昨晚，你不是看都看过了，连本帮的那个秘密通道，也给你打开了。想必是本帮上代神女巴英娜，事先给了你指点。敝帮现任的神女娘娘，今天还为这件事而生气，只不过，因为敝帮需要与贵国修好，加上本人又极力劝解，神女娘娘才没有出来，当面跟你算这笔账……"

段瑶瑶听了这话，站起身来，郑重其事地道："郑帮主，本宫不能不向贵帮转达一句：贵帮使用所谓的人蛊，过于沉迷于宝鼎，而疏于对千年巴蛇的虔敬，不仅陷入魔道，而且是本末倒置。或许正是这个原因，才没有炼成绝仙蛊，而致巴蛇一怒之下，吞吃人命，遁身而去。"

郑安邦听了这话，脸色微变。段瑶瑶更不向他看一眼，正要起身告辞，郑安邦忽地问道："小可听说，郡主昨日还在山腰，将那青城派掌门人捉住了，以为那位项掌门就是本人，不知是何用意？"段瑶瑶听了这话，淡淡一笑："也怪你二人长得太像了。要不然众人怎会以为，是你郑帮主被那巴蛇吃了？至于要在山前将你郑帮主捉住，还不是配合你演一出戏，巫山帮耳目众多，帮主却被我捉住了，说明双方关系很僵，也不会怀疑你卖蛊药给大理国了。"说了这话，告辞而去。

这个郑安邦，实是项水田所扮。

原来，陈氏看到项水田的长相，跟那郑安邦酷似，正好项水田身上穿着郑安邦换给他的白色外套，当即想到，让项水田假扮郑安邦，以解燃眉之急。

巫山帮今日的气象，与项水田上个世道时相比，已是大为改观。这主要得益于巫山帮南宗的郑逢时、陈氏等人暗中努力，也与龙洞村的滕家大力支持有关。

唐凤吟从师父云阳师太那里，偷得巫山宝鼎和《炼蛊秘要》这本书，还有一块绿玉这三件宝物之后，就投入了魔教。他念念不忘巫山蛊药，在坐稳教主之位后，便来到了巫山帮，鸠占鹊巢，最后害死了巫山帮帮主陈世炬，并强暴帮中神女陈氏，致陈氏怀孕生子，陈氏后得川西侠盗高瑞升帮助，母子逃出巫山帮，前来投靠郑家庄郑逢时夫妇，后郑逢时夫妇将狂生收为养子，又生下枣花。其实陈氏母子被高瑞升从巫山总坛救出，得到了唐凤吟的默许。因为陈氏已生子，急需离开巫山帮。唐凤吟当晚暗中看到高瑞升将陈氏母子送进郑府，后对高瑞升忽施暗算，正巧路过的万青云咳嗽一声，将唐凤吟惊退。唐凤吟因被仇家追杀受伤，得到郑逢时夫妇搭救，并在家中养病数日。他万万没有想到，随身携带的巫山宝鼎，被郑逢时调包。他不知郑逢时和陈氏等人，其实是巫山帮南宗的后辈，一直隐居在灵鸠峰周围，表面上是山民或者商户，其实一直有志于复兴南宗，夺回对巫山帮的控制权以及掌握巫山蛊的炼蛊之法。等到唐凤吟发现宝鼎被调换，为时已晚。郑逢时夫妇早已将宝鼎转移，但表面上不动声色。

有一天唐凤吟忍无可忍，上门逼供，这一幕竟然被枣花看到了。她以为父母拿了不属于他们的东西，心中大受打击。就在参加摆手节那天，约了项水田，一齐出走青城派。郑逢时夫妇本来要去青城山，追回枣花和项水田，但两人与陈氏一合计，觉得两个孩子去了青城山，反而避开了唐凤吟的魔爪，狂生也已送到吐蕃，三个孩子远离巫山，不必对唐凤吟投鼠忌器。

唐凤吟依照那本《炼蛊秘要》的秘籍，始终无法炼成巫山帮的绝命蛊和绝情蛊。他认为是缺少宝鼎的缘故，有一天又来郑家庄强行索要。陈氏提出，她做神女时，知道巫山帮总坛之中，还有前任帮主留下的这两种蛊药，甚至还有少量的绝仙蛊，可以将这些蛊药取出来。前提是，她重新回去担任帮中神女，专心敬奉巫山神灵，唐凤吟不得再对郑逢时有任何加害，并且由她来为巫山帮找寻一位新的帮主，这样巫山帮在武林中才能名正言顺，巫山神灵才有可能驱动千年巴蛇，在神女节正日子时，吐出巫山帮的至宝绝仙蛊。

唐凤吟对这些要求全部答应。陈氏回到灵鸿峰总坛后，果然取出了部分蛊药。为了防止唐凤吟过河拆桥，她只取出了一部分，而剩下的蛊药，既可挟制唐凤吟，也是她自己保命的筹码。

有一天陈氏回到郑家庄，跟郑逢时夫妇商讨南宗的事宜，看到一个乞讨男子，又病又饿，倒卧路边，便救回郑家庄，将养数日，发现这名青年男子，跟她的项水田长相酷似，一问之下，这个男孩是川中丰都人，今年一十九岁，因宋金交战，父母双亡，逃难到此，要不是遇上陈氏，一条命就丢在这里了。陈氏念子心切，当即决定将这孩子，收养在巫山帮中，当作巫山帮帮主来培养。巫山帮帮主并非靠武功或者炼蛊而立足，只是为了给巫山帮撑门面，主要是敬奉神灵。唐凤吟见这少年既不是巫山帮现任的帮众，也不是江湖中任何一派的武师，只是一个流浪儿，对他全无威胁，便同意了陈氏的主意，并为他取名郑安邦。

但是，令所有人吃惊的是，这个郑安邦在巫山帮中才待了数月，便将帮中数十人全都笼络得极好。此人最大的能力，便是善于结交朋友，周济他人。他年纪轻轻，却仗义疏财，每每有了好处，无论是蛊药，还是财物，他全都给了别人，自己一分不取。在成功地处理了几起跟周围帮派的事务之后，巫山帮众，无论年龄大小，竟然都对他心悦诚服，真心认他是巫山帮帮主。这一点，陈氏和郑逢时等人都没想到，连唐凤吟也对他刮目相看。

由于郑安邦名声越来越大，所结交的江湖人士，圈子也越来越广，竟然迎来了一个驱离唐凤吟的机会。

随着郑安邦在巫山帮中声望越来越高，唐凤吟觉得他难于掌控，已生杀机。而郑安邦也多次跟陈氏密谋，要找机会除掉唐凤吟。但唐凤吟武功智计都高，势力庞大，且对巫山蛊毒也是了如指掌，双方实力对比悬殊，只有等待机会。

数月前的一天，一个北方口音的老者，一身富商打扮，来到巫山帮总坛的石屋，要找唐凤吟。恰巧唐凤吟外出，郑安邦接待了他。郑安邦知道，如果此人跟唐凤吟是故交旧识，或者就是他魔教的属下，必定事先就联络好了，这样突然上门，一定是有急事。

郑安邦对这人着意接纳，盛宴款待。那人对他顿生好感，连声夸奖。但这人口风很紧，只说自己姓张，在河北做皮货生意，对于来找唐凤吟是为了何事，半点也没有吐露。郑安邦也不打听。但他心中十分清楚：此时宋金交战，这人甘冒风险，从河北来找唐凤吟，身份一定非同一般。

　　唐凤吟事事精明，只是疑心太重。教中许多大事，不肯放手，一旦他对某人某事生出疑心，即使并无真凭实据，即行杀伐，以至那些堂主长老，个个对他又恨又怕。

　　果然，在唐凤吟回到巫山帮时，这人跟唐凤吟在密室中会面了一整天，第二天离去之前，由唐凤吟找到郑安邦，请郑安邦向陈氏转达一个请求：用三万两黄金，购买巫山帮的三十颗绝仙蛊。陈氏本来定下规矩，绝不会单独会见唐凤吟。陈氏跟郑安邦一合计，必定是那个北方的客人，提出来购买蛊药。因为唐凤吟的魔教，也拿不出这笔巨款。再说，唐凤吟如果想要蛊药，必定明偷暗抢，也不用拿金子来购买这样费事。陈氏只好回复：手中密藏的蛊药本就不多。再说蛊药是帮中神物，本帮规矩，并不允许以金钱售卖。唐凤吟绝不相信这话，但对陈氏也无法可施。

　　但那客人却知，今年的神女节上，如果千年巴蛇吐蛊，那么，绝仙蛊便有来源。只需允许唐凤吟到场，唐凤吟直接取蛊，谁也无法阻挡。那客人对郑安邦道：为表示诚意，他手上已经带来了一万两黄金，可以先作为定金，交给巫山帮。到时候，巴蛇无论是否吐蛊，这一万两黄金均为巫山帮所有。如果真的吐蛊，便再付剩余的二万两。陈氏对这个方案一口回绝，但郑安邦却答应下来，说他有一计，可以借此赶走唐凤吟。那客人向郑安邦交付了这一万两黄金后，当即离去。走前反复叮嘱，双方交易只能秘密进行，不可给外界知晓。郑安邦满口答应。

到了端午节这天，巫山帮帮主郑安邦和副帮主樊铁柱及十几名堂主、长老，跟唐凤吟及魔教的四名堂主一起，喝酒过节。郑安邦突然发难，将这一万两黄金当众拿出来，并将当日之事和盘托出，直指那个北方的客人，实际上金国的奸细，意图来收买巫山帮，而唐凤吟作为魔教教主，竟然勾结金人，出卖巫山帮的利益。现在，自己作为巫山帮帮主，只能将这件事抖搂出来。要杀要剐，唐教主和座下坛主，悉听尊便。讲武功巫山帮是打不过五梅教的，但大家都是大宋子民，这件事自有公论。

唐凤吟没有想到，郑安邦年纪轻轻，会来这样一手。魔教虽然跟中原武林作对，但跟金国同样不共戴天，唐凤吟的老家便在燕京，已经沦陷在金国铁蹄之下。那客人并非金国奸细，但他的真实身份，以及购买蛊药的用途，又不能当众解释。而能拿出三万两金子，除了金国的奸细，却又无从解释。唐凤吟百口莫辩。他恼怒之下，本可以将巫山帮杀个片甲不留，但对于蛊药和神女节炼蛊的期待，还有这位客人要办的这件大事，都使他不能现场发作。

郑安邦提出，金子由唐凤吟拿走，退还客人。此后，唐凤吟和魔教的人便不能再待在巫山帮。否则，巫山帮便要将唐凤吟勾结金人这件事，昭告中原武林。唐凤吟仍想在巴蛇吐蛊时回来，只得拿了金子，跟四名坛主，狼狈地离开了巫山帮。临出门时发话："今日之事，要是有人说出去，巫山帮将不留一个活口。"郑安邦用这个奇计，逐走了唐凤吟，在帮中大快人心，自然也无人对外吐露这件事。

但是，郑安邦在巫山帮主的光环下，渐渐迷失在色欲之中。

他外出频繁，交游广阔，结识的人鱼龙混杂。近墨者黑，他常出入青楼之中。副帮主樊铁柱等人，渐渐对郑安邦不满，知道这样下去，巫山帮和巫山蛊，必将毁在郑安邦手中。一场撤换帮主的行动，已在密谋之中。郑安邦和陈氏手上没有巫山宝鼎，只好策划了英雄宴这件事，希望在神女节当日，能有巴蛇吐蛊。樊铁柱等人也先行隐忍。

陈氏在神女堂中借助秘法，能测知天下武人隐秘中的一举一动，却对眼皮底的郑安邦视而不见，听之任之。只因郑安邦是她亲自找来的心腹，即使有何过错，她也会袒护遮掩。

现在，郑安邦已葬身蛇腹。陈氏在巫山帮孤掌难鸣。眼前还有许多大事，需要应对。陈氏当即提出，让她的儿子项水田，扮成郑安邦，先渡过眼前的难关。

项水田先是觉得，自己跟郑安邦的光鲜外表相比，差得太远，且说话的声音，也有差别，要瞒过众人，实难做到。但陈氏劝道，只要他委屈十天半月，过了这个关口，后面就好办了。帮内的人，先可以不见，至于声音上的差别，可以在嗓子上涂点药，让嗓子变得沙哑，就听不出来了。

项水田一想，上一个世道，自己本来就是那巫山帮帮主，对帮中一应事务，全部人物，无有不知。只不过自己这个帮主，做得窝囊，而这个郑安邦，比他风光得多。想必要扮演几天帮主，也做得到。他想尽早理清枣花跟那滕细根这件麻烦事，就可以带着枣花，双双回到青城山，但经不住母亲和郑逢时的一再恳求和劝告，连枣花也说，先不急于回青城山，他只得依了。

结果，在跟段瑶瑶会面的过程中，虽然他气质上略差，但以身体疲惫来遮掩；声音有异，但以嗓音沙哑和咳嗽蒙混过关。而段瑶瑶说到以黄金换蛊，他应对无误；听段瑶瑶说到金国以三万两黄金购蛊，他更是吃惊。段瑶瑶打听万青云的下落，项水田明知他在万柳茶庄，只能以隐秘二字带过。段瑶瑶昨晚明明看到郑安邦手拿宝鼎，高声喊着"我找到宝鼎了"，被巴蛇吞下，但那时又是穿的青城派的灰袍，段瑶瑶心中将信将疑，最后问了一个郑安邦"曾经答应过"的问题。也幸亏项水田还记得，上个世道里，他曾答应段瑶瑶，要带她去万蛇窟内洞。在一番做作的咳嗽之后，算是答出了她这个问题。项水田还故意说出在后山被捉的事，得到了段瑶瑶名为索要蛊药，实为向巫山帮演戏的答复。

樊铁柱等人听说巴蛇吞吃的不是郑安邦，为探听虚实，几次要见郑安邦。项水田都推说身体不适，没敢见他们。

但是，那些受过郑安邦恩惠的江湖人士，听说郑安邦被巴蛇吞下，纷纷派人前来巫山帮，要来吊唁郑安邦。帮中负责典客的帮众，费尽口舌做出解释，郑帮主好端端地活着，只是身体不适，正在调养。但这些人非得眼见为实，说是回去好给掌门人交代。巫山帮只得集中安排这十几个门派的访客，来到石堡中的聚仙堂，跟郑安邦见一次面。

项水田跟这些人一一握手致意，显得十分亲热，他仍是嗓子沙哑，声音低沉，起身迈步也不利索。这些人看到眼前这人确实是郑安邦，对他抱病会见更是感动，都大赞："郑帮主是仁善侠义之人，绝不可能被巴蛇吞吃！"简单会面后，就一齐离去。

这些人刚出门，突然门口响起一个洪亮的声音："故人求见！"项水田一看这人，不禁大吃一惊，这人竟是那金国四太子完颜宗弼，身后还跟着两人，腰板笔挺，目光锐利，一看便知是武林高手。

项水田失声叫道："你是那金国完颜……"他说出这话，也令完颜宗弼吃了一惊，道："听说昨晚郑帮主在贵帮后洞之中，与那蛇仙炼蛊互动，经历一番波折，贵体欠安，怎么将在下的名字，也记错了？"

项水田心想，这可糟了，不知他在郑安邦面前，用的是什么名字。猛然想起上个世道，在大理国跟他相遇时，他是化名叫作英布，只得沙哑着嗓门说道："哎哟，昨晚真是惊险万状，可把小可吓糊涂了。足下……可是叫作英布？"

完颜宗弼脸上轻松下来，笑道："正是在下。"他一见这个郑安邦，一脸惊慌失措的样子，全没有往日的精明干练，心中起疑。但听到对方说出"英布"这个名字，才放下心来。

项水田请三人在左首客位就座。只有完颜宗弼落座，另两人站在他身后。

项水田定下神来，想到这人前几天还在巫山道上，跟唐凤吟大打出手，今日是神女节次日，他就来到了巫山帮总坛。看来，段瑶瑶所说，金国花了重金购买绝仙蛊，只怕是真的。今日再来，不知是何用意。他这个假帮主，对前面的事情并不清楚，为了避免露馅，他干脆主动出击，说道："想必阁下也听说了，昨晚那蛇仙虽然出来了，除了吞吃了……一个人，却没有赐予仙蛊……炼蛊之事，功败垂成。本帮上下，都很失望……"言下之意，你若是要蛊药，我这儿也没有。

那四太子道："郑帮主，本人听说昨晚的实情，却不是这样。"项水田道："那是怎样？"四太子道："本人听说，昨晚郑帮主用鄙人所送的尉迟杯，跟人换得了巫山宝鼎，又使用鱼目混珠的办法，让那个青城派的年轻掌门，当了蛇仙口中之食，因为蛇仙吞下的那人，分明穿的是青城派的灰袍。而事后，郑帮主暗中持了宝鼎，从蛇仙那里，得到了贵帮所要的足量的绝仙蛊……试想，那绝仙蛊乃是天下至宝，贵帮岂可在众目睽睽之下，贸然取之？"

项水田已经听说了郑安邦以杯换鼎这件事，却没想到，那件尉迟杯的宝物，也是这四太子送的。顿时明白，郑安邦跟这个四太子勾连甚深，除了接受金银，还收了这个价值连城的尉迟杯。难怪这个四太子，要使用化名。但四太子这个说法，表面看起来有几分道理，但实际上是想用这个虚构出来的事堵住巫山帮无蛊可交的口实。

项水田咳嗽一声，道："兄台给小可安上这样一段故事，算是为巫山帮脸上贴金了。如果是那样，本帮得到了蛊药，倒也是好事。刚才大理郡主到访，她昨晚就在内洞，一切都是她亲见，自然能证实在下所说的不虚。她也是空手而归。大宋与大理，并非敌国。如若有蛊，她也出了银子，巫山帮卖一点给她，有何不可？阁下这边，却又不同。目前……宋金交战，如果蛊药用到战场上，害的是大宋的官军和百姓，巫山帮却收下了阁下的金子和宝物，这要是被人知道，岂不是那个……那个通敌的大罪？事关重大，巫山帮也须慎之又慎啦……"

完颜宗弼哈哈笑道："郑帮主言重了。鄙人听说的，原来不过是谣传，郑帮主不必在意。郑帮主担心蛊药用到战场上，这个大可不必，大可不必。何况，郑帮主跟在下做生意，也并非一天两天，这中间的轻重缓急，郑帮主智珠在握，自然明白。再说，咱们是在商言商，就算两国在打仗，生意总是要做的，是不是？

比如说，贵帮的这座石堡，不正是前两年修的吗？郑帮主用做生意得来的金钱，做了不少的仁义之事，在中原武林之中，名声好得很，不会有人给你身上泼脏水的。"

项水田这才明白，郑安邦在江湖上仗义疏财所用的银钱，并不是因为巫山帮有宝藏，而是收了金国四太子的金银。他心中对这人不齿，先前对他被巴蛇吞吃，尚有同情。现在就觉得他是活该了。但这时他还顶着郑安邦这个帮主身份，今天这场戏，还得演下去，又咳嗽一声，道："不知阁下今日光临，有何见教？"

完颜宗弼道："郑帮主客气了。鄙人听说昨晚郑帮主受惊，特来登门拜望。此外，先前郑帮主说过，今日可以交付鄙人三十颗绝仙蛊……既然蛇仙有变，能否从贵帮的存货之中，调剂一部分，小可也不至于空手而归。"

项水田只得连声咳嗽几声，道："在下已经明白阁下的意思了。敝帮的蛊药，都在神女娘娘的掌握之中。此事尚需跟娘娘禀明，再作答复。今日是神女节次日，江湖上的朋友多在左近，物议甚多。阁下再等数日，小可给出回复如何？"

完颜宗弼心中不悦，脸上不好发作。又敷衍了几句，起身告辞。

刚送走了完颜宗弼，一名帮众就来向他禀告："神女娘娘发病了，请帮主快过去！"陈氏所居住的神女堂，就在石堡右侧的二层楼房之中。项水田闻言急步走进神女堂中，只见内室的床前，陈氏在地上不停地左右滚动，照顾她生活的那位仆妇束手无策。

项水田走进房间，一边喊着母亲，一边俯身将她抱了起来，放在床上。只见她眼神迷离，已经不认识项水田。到床上之后，又爬起身来，面对枕头那一边的墙壁，下跪磕头，口中连连说道："上仙，饶了我吧，饶了我吧，老婆子只顾着自己报仇，却误了帮中炼蛊的大事，我有罪，我有罪……"

项水田听她这么说话，似在向神灵忏悔，急忙双膝一屈，跪倒在地，双手合十，也替母亲向神灵祷告。陈氏不停重复着那几句话，身体发抖，身子一歪，就要倒下床来。项水田眼疾手快，伸右手扶住他娘右肩，左手掌竖起，对着陈氏后颈的大椎穴，缓缓输入一股真气。陈氏当即宁定，不再说话，过了一会儿，眼睛闭上，似要睡去。项水田又抱起她身子，平放在床上，那仆妇递上枕头，又帮她盖上被子，陈氏便呼呼睡着了。

项水田将那妇人请到室外，悄声问她是怎么回事。那仆妇哪里认得出，他这个郑帮主是假扮的？听他喊着母亲，也感奇怪。这时也顾不上那么多了，只说是早上来到陈氏房中，就听她在床上自言自语："是我不好，误用了上仙的法力，误了炼蛊的大事，请上仙饶命。"这位仆妇平日里见多了神女娘娘做法事，也不以为异常。但陈氏在房中走来走去，口中反复就是这些话，那仆妇觉得情况有异，轻声提醒，神女娘娘用早餐，陈氏全然不理，最后跪倒在地，甚至在地上打滚，仆妇吓坏了，只好下楼来，让人请郑帮主出面了。

项水田见他母亲睡得很沉，便叮嘱那仆妇，不要将这事说出去。那妇人本就知道这里的规矩，自然口风也紧。

项水田来到外间的神女堂中，对着中堂那座彩绘的神女塑像，恭恭敬敬地磕下头去。心中默默祷告，如果神女娘娘真的是自己的生身母亲，一定给自己指点迷津，眼前巫山帮主被巴蛇吞吃，养母陈氏作为帮中神女，突然发病，自己该怎么做？磕头默想了半天，也没有什么动静。他想起前几天在乌梅峰前的那座娘娘庙里，他曾向巫山神女磕头祷告，也没得到任何回复。哪怕在梦里，他也没见这位曾在神女峰前，跟那瑶光仙子一起，跟自己见过面的亲生母亲，来到梦中给自己做出提示或者指引。

他静静坐在神女堂外，给帮众落座的木凳子上，默默想着母亲陈氏为何发病，想到她为了巫山帮能够炼成蛊药，又不得已回来担任神女。但她担任神女之后，有了法力，能够洞悉江湖武人的一举一动。不过，母亲似乎也用上了唐凤吟曾经要用的人蛊，甚至要将那些私德有亏的江湖人士，全都关在后洞之中，让他们自相残杀，让最后活下来的人，当成人蛊。这当然是因为她曾经受过那唐凤吟的污辱，对失德的男人极度愤恨。但是，她所给予的惩处，也太过严重。他又想起，在小岛上，那温芊芊跟他提到，她神女派中，修炼高深武功，服用天罡龙胆丸，必受琴棋书画的人文陶冶，这样才能心怀善念，不致陷入魔道。似乎神女派的做法，符合世道人心。而母亲陈氏，还有上个世道的那位云阳师太，炼蛊所走的路数，与正道相去甚远。而那个以仁侠之名播于江湖的郑安邦，更是个表里不符的人。无论是段瑶瑶所传递的老帮主巴英娜的信息，还是温芊芊让他背诵的《道德经》，都在证明巫山帮现有的做法，于理不合，于道不符。这才是巫山帮没有炼成蛊药，而母亲陈氏还受到神灵惩治的原因。

巫山帮炼蛊的事，他并不关心，现在最主要的是，要帮助母亲脱离当前的苦况。他又想到，自己跟枣花一起出走，留下母亲一个人孤苦伶仃，母亲也不知流了多少泪水，自己也有过错。现在只有自己多替母亲赎罪，才有可能得到神灵的宽恕，使母亲尽快好起来。

他曾经听说过有大德高僧燃肩救母的故事，那是在自己的两个肩窝里，放上灯油，置入灯芯，点燃，跪倒在母亲床前守候，以求得到神灵的宽恕和救赎。

他自己现在正可以做这件事。

想到这里，他就让那位仆妇找来灯油灯芯，他将自己上身脱成赤膊，露出两个肩窝，置入灯油灯芯，让那仆妇点亮了两根灯芯，他跪在母亲床前，默默祷告。

双肩上的火苗在静静燃烧，他也感觉到火辣辣的灼痛。他闭上眼睛，竭力忍耐。想到自己所承受的疼痛每多一分，母亲所要承担的责任就少了一分。他心中默默为那些在洞中不幸去世的江湖武师超度，愿他们得到神灵的垂顾，而不再将罪责和愤怒，转移到他母亲的身上。

日近过午，他肩头的灯油燃尽，两灯熄灭。正好他母亲陈氏也醒了，已经恢复神智，一见他跪在床前，双肩灼成红肿，便知晓了他是在为自己向神灵赎罪，一把将他抱住："我的儿啊，委屈你了。娘做错了事，怎能要我儿承担……"眼中早已热泪滚滚。

当晚，项水田来到郑安邦在石堡中的住室，想要好好睡一觉。但见室内陈设华贵，床桌都是雕花木制，墙上的古画、桌上的瓷瓶，尽显奢靡，室内燃着檀香，床上鸳枕绣被。他洗浴一番，只想早早上床。忽听门外值事的帮众禀告："杉木堂副堂主向忠全求见。"

项水田打开门，见是一个身材魁梧的方脸大汉，垂首低眉，站在门外。项水田道："向大哥，请进来。"那人进屋后，项水田请他在椅上坐下，正要问他来访何事，那人忽然起身将房门闩上，转过身来，口中骂道："畜生，蛇仙怎不吞吃了你？"手上多出两把匕首，朝项水田身上乱刺。

项水田此时身兼九天拳和温芊芊传授的水神功，当世已罕逢对手，那向忠全虽是暴起伤人，使的又是要命的狠招，但项水田身上自然生出反弹之力，只听"嘭"的一声，向忠全身子飞出，重重摔在墙上，一条右腿当即折断，两手上的匕首被震飞，全身瘫倒在地，再也爬不起来。

项水田知这人是将他当成了郑安邦，似有极大的仇恨，竟来到郑安邦卧房，不顾性命，要跟郑安邦拼个你死我活。只见向忠全在地上戳指怒骂："恶贼，淫贼！老子不活了，拼了命也要杀了你这淫贼！"项水田对于假扮这个郑安邦，已经全无兴趣，道："向大哥，你认错人了……"向忠全大骂道："你这畜生，老子怎会认错人？你那一天趁老子外出夜巡的机会，潜入我家，将我妻子强暴了，当我不知？当日你仗了唐凤吟的势头，老子打不过你，好容易等到了今天……"

项水田道："向大哥，我是说，我不是郑安邦，是青城派的，我姓项，名叫项水田。"向忠全哪里肯信，道："姓郑的，你便烧成了灰，老子也认得你。你不用扯上别人，老子听说你在后洞伤了，生怕你这条狗命没了，老子没机会报仇，今日算是老子走眼了，不知道你从哪里，学到了这样邪门的功夫，你是个男人的话，快快一刀将老子杀了，你老子死后变成厉鬼，让你不得安生……"

项水田听他说到郑安邦强暴了他妻子，心中对他生出同情，这时蹲下身子，对向全忠说道："向大哥，你仔细听听我的声音。我真的不是贵帮的郑帮主，而是青城派的项水田。我只是跟郑帮主长得很像。我的母亲……就是你们现任的帮中神女陈娘娘。贵帮的郑帮主，昨晚已经在那后洞中，命丧巴蛇之口，我母亲要我扮成郑帮主，先帮助处理一下帮中的急事，所以对所有帮众说郑帮主正在养伤……"

向忠全听他说话，嗓音果然跟那郑安邦有所不同。他盯着项水田的脸，半晌说不出话。最后喃喃自语："报应！老天有眼！可惜……小人不能亲手宰了这个淫贼……"

项水田将向忠全抱到椅上，帮他接骨。并嘱他不必声张今晚之事，只说是不小心摔伤了。打开门后，又安排帮众，送向忠全回去休养。至于假扮帮主之事，也嘱向忠全暂时不必在帮中揭穿。

送走向忠全后，项水田忽然想到，这个郑安邦竟是人面兽心，连帮中兄弟的眷属，也不放过。昨日自己搭救枣花心切，将郑安邦留在温芊芊身边，此人是淫邪之人，温芊芊当时身体虚弱，无力反抗，只怕是凶多吉少。

项水田心中忐忑不安。第二天一早，他去看了母亲，见母亲还在沉睡，便去了一趟龙洞村滕家，约齐了滕细根和他父母，还有郑、吕夫妇，狂生和娟月，一齐去巫山帮后洞，想去看个究竟。滕细根连称不必去了，温芊芊一定不在那里。但他既不肯说出原因，只好答应同去。枣花却不想去那后洞，项水田也不勉强。

一行人从前山密林的入口进洞。巫山帮值守的帮众，见到这个由项水田假冒的郑安邦，也不怀疑，放了众人入洞。

项水田等八个人举着火把，来到后洞的涧边小岛。只见地上只余下那个镶着铜饰的木箱，还有那件半脸铜面具，石面上还有些残留的花粉，本来围成一圈的花草，已散落满地，一片狼藉，哪里有温芊芊和六怪的影子？

项水田要滕细根给出答案，但滕细根摇头不答。

在项水田一再恳求下，滕家老爷说出了温芊芊来到他家的经过。

"七天前的那天早上，一位女郎带着六个怪人，来到我家中，说是我的根儿会回来。还说只要我们找到几位朋友配合，不仅根儿能平安回家，还有一段好姻缘……"

"我们问她是何人，她只说是巫山帮南宗的，姓温，其余不愿多讲。只说事情紧急，要我们按她说的尽快去办。在我印象中，巫山南宗，有一位姓温的帮主，名叫温子仁，但这人早已退隐，不知到哪儿去了。不知这女子，跟那温帮主是何关系。但听她说到根儿会回家，我们还是万分惊喜。因为根儿自从去了大理皇宫，前几年突然跟家中断了联系，音信全无。我们赶去大理，那边的同门侍卫说，他突然外出，已有一个多月不归，并未派他公差。言语之间，还提到孩儿已经失去了一只左手。练武之人，失去肢体，事属寻常。我们等了数月，仍无音信。便以为这个孩子，已经死在云南。几年来，年年给他烧香。没想到这女郎说他还活着，我们只是不信。"

"但那温女郎言之凿凿，说再过三天，我的根儿便会回来。又说我家未来的儿媳，名叫枣花，会提前到来。如果有花轿上门，只需我们按照她说的去做，便可保万无一失。"

"温女郎所说的这件事，外人并不知晓。我们夫妇，跟枣花的父母，也是故交。郑、吕伉俪早年便跟愚夫妇约定，将枣花许配根儿为妻。只因根儿去了大理之后，突然失踪，我们再也无心理会这门亲事。但是，温女说道，这一回，根儿回家之时，就是他姻缘成就之日，只要我们按她说的，去将郑、吕夫妇接来家中，就能大功告成。我们只能按她说的，将郑、吕二人接到家中……"郑吕两夫妻听到这里，点头确认。

滕老爷子续道："温女说完这些话，就跟那六个怪人一起，出门离去。七个人的身法，实在太快，一瞬间就消失了。四天前的五月十二日当夜，我家门口突然放了一只花轿，庄丁也是都没看见怎么进来，花轿就已到门口。抬轿的是那六怪中的两个怪人，放下花轿，二话不说，便飘然而去。我们一看，那花轿上还有积雪，不知这花轿是从哪里来的。打开花轿，轿里坐着的，正是枣花姑娘。"

"我们按温女的安排，和枣花的父母一起出面，对枣花进行解释，说了她跟我家根儿的姻缘，枣花只是不信，说是弄错了，她要嫁的是青城派的项水田，还说她也不认识姓温的女子。在问清楚这里是龙洞村时，她不信自己顷刻之间，就从青城山，来到了巫山帮后山，当场就吓得昏了过去。我们对她精心救治，到了第三天，她才悠悠醒来，醒来后又说，她不可能嫁给根儿，因为她知道，我们的根儿已经死了。

"枣花对我们讲了数年之前，她在摆手节上，亲眼见到我儿去世的情况，还说是她跟项水田兄弟一起，将根儿埋葬了。当天她还带着我们，一起去了那个墓地。这事也在温女的预料中，我们又按温女所说的，带上了果品香烛等，在根儿坟上上香祭拜，说是给根儿还魂。

"我们起身离开，枣花一个人留在坟上，正好当天项掌门找到坟头，看见枣花。枣花只得说了那几句话，劝止项掌门。退进树林之后，我们和枣花父母，又遇上了狂生娟月两人，又给两人解释，说这是温女事先的安排，让他们两人不必去巫山帮，只要陪着枣花，去到滕家，共同帮助根儿练功。"

狂生这时也补充一句："我本来对去巫山帮赴宴，也没有什么兴趣，这时和娟月一起，见到父母，本就高兴，又见妹子枣花遇到这件奇事，便一同到了滕家……"

滕老爷子续道："神女节正日，午时过后，根儿一人风尘仆仆，果然回到了家中，只说从现在起到今晚子时，他恢复功力最为重要，要请七位高手，给他一力护持。我滕家夫妇两人，加上郑、吕夫妇，狂生娟月，还有枣花，正好七人。这全是温女事先安排好了的。七个人一直守着根儿，直到子时，他功行圆满。却没想到，枣花请一位庄户，悄悄给郑安邦送去了字条，令这件事节外生枝……"

众人都知，滕老爷所说的温女，就是温芊芊了。温芊芊安排好了滕细根这件事，但她自己运功的事，却出了差错，现在她和六怪，都不知所终。这中间的原委，只有滕细根知道，但他既然不肯明说，项水田也就无法知晓。

在后洞中得到这个结果，项水田只好颓然而返。

第十章 大有

词曰：

九界花魁，六重灵体，尽收归，天翼金袖。叹嘉年，罗
裙翠袜纤手，寻他众里百千度，人不寐，雪中霜后，怅惘一
盏残湖，徘徊五园消瘦。

桃花岛，银杏酒，深涧起蛇纹，楚腰摆柳。安度情波，
早是大家闺秀。退避绿潭岩底，幡然对，江涛依旧。再思
恋，海阔风清，天长地久。

陈氏的病情时好时坏，项水田每天给她侍候汤药。渐渐地，
巫山帮内部出现传闻：这个帮主是陈氏的儿子、青城派掌门项水
田假扮的，真正的帮主郑安邦，已被蛇仙吞吃了。巫山帮副帮主
樊铁柱直接来求见项水田，项水田干脆对他直言相告，郑安邦已
死，请他接任帮主，自己要接母亲回去养病。樊铁柱是巫山帮北
宗的传人，此前受郑安邦和陈氏排挤，本就对他们不满，但听到
要他来接任帮主，却又踌躇不安。

项水田只说他去意已决，请樊铁柱考虑周详，以什么方式对外宣告。说完他就离开了石堡，到龙洞村滕家，去找枣花，想一齐回到青城山。

滕家管家告知，枣花随滕细根和他父母，去了滕氏宗祠祭祖，并要在那附近的亲戚家住一两日，不知哪一天会回来。郑、吕夫妇和狂生娟月，也已回到郑家庄。

项水田心中有些不解，枣花跟姓滕的一起祭祖走亲戚，这不是真的成了他家的人了吗？心中闷闷不乐，只得返回石堡。

刚走到通往半山亭的石阶，便见谷口两位女子飞奔而来，一老一少，却是杜芸和李青萍。那杜芸叫道："郑帮主请留步，老身有急事找贵帮求援！"项水田转过身来，不知是以郑安邦的身份答话，还是直言自己是项水田，只是看着杜芸。

杜芸递过来一纸信笺，道："这是唐教主的亲笔求救信。"项水田展开一看，上面写道："郑帮主贤契如晤，现五梅教为解救被金国掳掠的五百巴人，在巫溪激战，战况胶着，胜负难料。望贵帮念在巴人同族，武林一脉，就近驰援，备足蛊药，当可速胜。唐凤吟上。"字迹潦草，显然是仓促写就。

杜芸告知，唐凤吟的魔教一直在被金国占领的河南河北腹地，暗中跟金国人对抗。从巫山帮购买蛊药，也是为了对付金人。这次在巫山神女节上，唐凤吟本想从巫山帮得到蛊药，以便用于跟金国人作对，但被那青城派掌门打败，由杜芸救到近处农家养伤。后得到玄武坛主急报，金国人在巫溪县抢掠粮草，屠杀了青壮年男子，将五百名巴人女子和未成年的孩子，押送中都大兴府为奴，押送的金兵有上百人。玄武坛主凌云，已尽数调集坛中六十余人前往拦截，双方在牛耳山激战。唐凤吟得知情况后，忍着伤痛，直接赶到了战场。现场战况难解难分，便飞鸽传书给了杜芸，要杜芸找郑安邦紧急援救。

杜芸言辞十分恳切，说是唐凤吟的魔教虽然与中原武林为敌，但其对抗金人，这是民族大义。其人品或有不端，但赴死救难，大节不亏。如果不是被项水田打伤，在跟金国人的对阵上，可以一当百，但现在他只能是坐镇指挥，无法亲手杀敌。只能请郑安邦郑大帮主，以族人利益为重，尽弃前嫌，率巫山帮武林同仁，就近前去巫溪县增援。

巫溪县与巫山是邻县，就在灵鸠峰以北百来里地。项水田只叫得一声苦，道："那郑安邦……已在万蛇窟后洞中，被巴蛇吞吃了……"杜芸大惊："老身看了卦象，显示被巴蛇吞吃的，是那青城派的年轻掌门，还劝他不要前去巫山帮，怎么会……"项水田道："郑安邦被巴蛇吞吃时，换上了晚辈的衣服。所以前辈看到卦象，以为就是晚辈。前辈当日对晚辈好言相劝，言犹在耳。晚辈感激不尽。"杜芸道："少侠是青城山项掌门？怎么你又穿了郑安邦的灰袍？"一边对项水田身上的白绸长衫反复打量。项水田只得将前后情形，简略向两人解释一遍。

杜芸感叹了几句，随即说道："事情紧急，项掌门还是可以带巫山帮的武师前去应援。何况项掌门武功远胜郑帮主，赢面要大得多。"说着，要他回到石堡，说服副帮主樊铁柱，暂不揭破项水田假扮郑安邦的身份，并得到他母亲陈氏恩准，带上五十余名帮众，急速前行。路上，杜芸向项水田献上一计，说只需如此如此，便可解救族人，一举两得。

五十余人全都骑上了快马，天明时便到达了巫溪县的灵巫岭。只见唐凤吟等魔教数十人，被上百金国军士，围在山谷的出口要道，十多个黑衣人倒在地上，或死或伤。其余三十多人，摆成阵势，将唐凤吟和伤者护卫在一个坡地，已危在旦夕。金国军士也有数十人伤亡，但人数居多，步列齐整，马车上手持长矛的武士，和地面排成阵势的铁甲兵互相配合，一步步往前推进。马车的后面，五百多名巴族妇女和幼童，被绳索成串地绑缚着，艰难步行，早已是哭声一片。

项水田见此情景，血脉偾张，大喊一声："巫山的救兵到了，大伙儿杀金人呀！"一马当先地杀入金军阵中。一名金军士兵拍马迎上来，挥舞手中大刀，向他头上砍落。项水田双掌齐出，势大力猛，那人当即口喷鲜血，从马上撞飞一丈有余，倒地而死。被围在坡顶的唐凤吟，看到项水田使出这等武功，大声叫道："郑帮主来了，大伙杀出去！"魔教教众精神一振，都朝项水田这个方向聚来，合力突围。十几个金国军士，手持长矛挡在他的白马前，一齐向他刺来，他手一挥，便将这些长矛，全都夺过，顺势一扫，十来人都滚倒在地。

一名金国的百夫长，见这名前来救援的巫山武师出招神勇，打马过来跟他交手，一支长槊往他身上乱刺，项水田两手一抄一带，将对手长槊夺了过来。魔教和巫山帮众大声喝彩："尉迟夺槊！"那百夫长一呆，项水田轻舒猿背，便将那百夫长从马上抓了过来，高举过顶，大声喝道："住手！不然这人没命了！"金军听得耳中发麻，但不为所动，右前方另一辆战车，载着军士，向他这边逼近。项水田将那百夫长丢出两丈开外，远远看到，右首数十丈外的山坡上，一名骑着高头大马的金军军官，挥动手中小旗，指挥着所有军士的行动。这名军官见项水田神力惊人，知道打败这人，是此役的关键。这时他将小旗一指，令左边几十名铁甲兵配合右边那辆战车，向项水田围拢过来，对他形成夹击之势，小旗又一指，正对面的战车上，二十多名弓箭手，一齐向项水田射出箭羽，箭如飞蝗。项水田挥槊拨打箭杆，但身上似乎中了一箭，但他全然不顾，催动战马，大喝一声，向那挥动小旗的金军指挥官，疾奔而去。

那指挥官听到这一声喊，心头乱跳，叫了一声："啊也！"掉转马头，往后便走。军官身前两名骑手，都手持弯刀，迎上来将项水田架住，护着那军官逃走。这时，巫山帮副帮主樊铁柱带着几十骑帮众，大声呐喊，与被围住的魔教黑衣人里应外合，痛击金兵。金军的阵势松动了，战车、骑兵和铁甲兵，纷纷向侧后方溃退。巫山帮众和魔教众人一阵冲杀，终于将这一队金兵赶跑，五百多个妇女和幼童，除最前面的被溃退的金兵践踏，有十几人死伤，其余都保住了性命。

在打扫战场的时候，忽听巫山帮副帮主悲愤地大叫："郑帮主！郑帮主！"只见樊铁柱抱着一人，身穿白袍，身中两箭，脸上已被砍得血肉模糊。这人分明就是刚才单骑冲入敌阵的巫山帮帮主郑安邦。他为打败金人立下大功，却寡不敌众，死于飞箭和刀伤之下。那些得救的妇孺都跪地向郑安邦磕头致哀。巫山帮众和魔教教众，也一齐向郑安邦默哀致敬。唐凤吟见郑安邦为给魔教解危，竟然战死，抱住他尸身，恸哭不止。

唐凤吟和樊铁柱两边的人马，将五百妇孺护送回巫溪后，用白布将那郑安邦的遗体包裹了，送回灵鸬峰总坛，立碑厚葬。随后，樊铁柱继任帮主，并书告中原武林各门派，巫山帮前任帮主郑安邦，前往巫溪解救被掳妇孺，血战金军而亡，为国捐躯，虽死犹荣云云。

这正是项水田接受杜芸的建议，跟樊铁柱商量好的一石二鸟之计。项水田冲入敌阵，将那名指挥官逼退后，持槊又将两名手持弯刀的护卫杀死。在混乱之中，他将一名死去的护卫尸体拖入树丛，将脸上剁烂，又将自己的白袍换上，将他身上插进两支箭羽，丢在显眼之处，便于樊铁柱找到。自己则钻入密林之中，悄悄脱离战场，沿原路退回了巫山帮，将陈氏接回项家坝老屋，侍候母亲养病。

这样一来，中原武林都知，巫山帮这位有仁侠之名的前任帮主郑安邦，并不是在巴蛇窟后洞中被巴蛇吞吃，而是在抗金之战中节烈而死。巫山帮新任帮主樊铁柱也顺利继位。

项水田想起，上个世道，他曾由那瑶光仙子带领，去往神女峰顶，见过了神女母亲。但是，自那以后，这位亲生母亲再也没有出现过，就算在他的梦中，也没梦到。最近这两次，他在乌梅峰的神女庙和灵鸠峰的神女堂中，都诚心祷告，还是没有得到神女母亲的任何回馈。他想再到神女峰一趟，将心中的所有疑问，在神女母亲面前，倾诉一番，就算没有得到任何回应，也是好的。

他将母亲陈氏送往郑家庄园中，由郑、吕夫妇陪伴，狂生和娟月二人也已回郑家庄居住。项水田只说有事要出去一趟，数天就回。行前他精心准备了鱼肉浆果，鲜花香烛，满满一袋，背在背上。一路上施展轻功，翻山越岭，不一日，就来到了长江北岸，跪倒在壁立万仞的神女峰脚下。他沿着神女峰险峻的石壁向上攀登。

他这时内力甚强，身轻如燕，大步向峰顶纵跃。不到一炷香的工夫，就已到达峰顶。

峰顶依然峻峭，岩尖直刺青天。峰顶的石壁光滑浑圆，难以立足。他想起上次他和瑶光仙子来到这里，看到这个石壁上，曾经真切地见过神女母亲现身。这时他心潮激荡，手上微微发抖。他在峰前的石台上，找了一个稍高的石块，将那些供品摆放上去，跪倒在地，心中默默祷告，祈求神女母亲显灵。良久良久，石壁上还是毫无动静。

项水田正有些失望，忽然感到，在他身后，有轻微的响动。回头一看，竟然有六只狐狸，不知什么时候，站在他身后数尺的石台上，静静地看着他。

项水田心中略感奇怪。他这时连狮虎都可以拿来当坐骑，自然不在乎这六只狐狸。又转身对着神女峰，继续跪地祷告。

六只狐狸都支起前腿，静静坐在地上，一动不动。眼神清亮明净，并无冒犯他的意思。

时近黄昏，天朗气清。峡江上吹过一丝微风，神女峰前一片寂静。

神女母亲始终没有在石壁上现身。

项水田只得站起身来，准备离去。

忽听背后一个声音说道："他要走了，我们可以享用供品了！"项水田扭头一看，说话的似乎是六只狐狸中的一个。

项水田的身体，曾被唐凤吟的灵魂占据，所以能听懂鸟语，但他没想到，这只狐狸说话，他也听懂了。另一只狐狸道："好久没有吃到鱼肉了！"又一只狐狸说道："他对神女娘娘也算诚心的，不过，他还是长得太丑……"

项水田全身打了一个激灵，道："你们说话，怎么像我认识的六位朋友？"先一只狐狸道："是啊，项大掌门，我们六个变回这样，都是拜你所赐啊！"项水田道："你们？变回了狐狸？这是怎么回事？"那狐狸道："你那招什么'冯夷幽宫'的破烂拳法，不仅害得我们没保住人身，而且连累我们的主人，也受人污辱，功力尽失，也没保住修来的人身……"

项水田心中隐隐不安，道："你们的主人……是谁？""我们的主人，就是温芊芊了！""你说她受人污辱，功力尽失？""那还用说，本来听说你是神女之子，有半仙之体，她带我们专门到青城山找到你，要你来保护她完成修炼，保住人身。可你呢，在最后的关口，却被那个什么郑安邦骗走了。姓郑的趁她无力反抗的时候，污辱了她，我们六个那时被你打昏，也无法相救，这一切不都是你这个大英雄造成的吗？"

另一只狐狸补充了一句："主人真是看走了眼，对这个熊包男人一往情深，说跟他拜了天地，就是他的娘子，练功圆满之后，还要跟他洞房花烛。谁知这丑八怪靠不住，关键时刻，却被一个小人骗了，害得我们主人清白被玷污，所有的功法，毁于一旦。"

项水田面红耳赤："温芊芊……功没练成……她现在怎样了？""她还能怎样？还不是跟我们一样，变回了原来的身形……""她也是狐……那个狐狸？""她才不是呢？她就是那千年巴蛇，已经修炼成了人形，只等这最后一次运功，就能变成你的老婆了！"

项水田脑袋轰的一声，温芊芊就是千年巴蛇！她就是千年巴蛇！千年巴蛇和这六只狐狸一样，修炼成了人身，变成了温芊芊，只因为自己没保护好她，她被郑安邦污辱，又变回了蛇身。这是怎么回事？这又怎么可能？他不敢相信，但六只狐狸就在眼前，实言相告，说得明明白白，不由得他不信。

项水田喃喃地道："我要娶的是枣花，怎能另娶她？后来她被污辱了，她变回了蛇身，她……后来她怎样了?"一只狐狸道："她变回千年巴蛇之后，又痛又悔，愤怒之下，将那个污辱她的郑安邦一口吞下，就潜入水中，再也不想回到巫山帮后洞了……"

项水田坐倒在地，身上早已大汗淋漓。"我这人真是又笨又蠢，将她这件大事办砸了……"

六只狐狸早就等得不耐烦了，一溜烟地跑到供品旁边，张口大嚼起来。

项水田痛心疾首，自怨自艾。他朝着神女峰磕了四个响头，站起身来，大步往山下奔去。一边走，一边喃喃自语："千年巴蛇……温芊芊，我要再去后洞，看能不能找到她！能不能救得了她!"便往巫山帮总坛灵鸠峰奔去。

金国四太子听到巫山帮帮主郑安邦抗金而死的说法，不肯相信。他找到那押送五百宋民的军官，将他下在狱中，详细询问了当天的战况，当问明那增援的白袍武师所使的武功时，便明确判断：郑安邦并没有这么高强的武功，而郑安邦收受了金国的大量金钱，也不可能带着帮众，来跟金国作对，更不会死在战场上。事后金兵的尸体，也少了一具。这样看来，当日在巫山帮后洞中，被巴蛇吞吃了的，便是郑安邦。而第二天在石堡中跟自己会面的，只是个冒牌货，他果然跟郑安邦长得很像。但假扮不能长久，巫山帮找来一个金兵的尸体，冒充是郑安邦战死，给他安上了一个风光的死法。

四太子在郑安邦身上花了大价钱，不能拿到他所要的蛊药，心有不甘。他将那个关在监狱里的指挥官放出来，要他带上当日剩余的近百号人马，四太子又另外调集了近百个身有武艺的兵士，其中有不少是大宋叛逃到金国的军士，对巫山一带地形熟悉，口音也接近，组成了一支二百多人的队伍，沿着巫溪到巫山这条北边的山道，趁夜从灵鸠峰杀过来，对巫山帮发起了一次报复行动。

　　幸亏巫山帮早有防备。在总坛向外的四个方向，离总坛五十里，都安排了哨探。哨探测知了金兵的行动，就快马奔回总坛示警，樊铁柱召集全体帮众，共有近百人，全部离开了总坛，在大宁河谷口的北边山地里设伏，并就近向武林门派包括魔教求援。其中，他专门请杉木堂主谭明，前往项家坝去请项水田来助阵，却被告知项水田出门去了。

　　金兵前队所遇到的，是毒虫阵。数不清的毒蛇、蜘蛛、蝎子、蜈蚣、蟾蜍，往他们身上爬上来，又叮又咬。不过，金兵有备而来，备好了克制这些毒虫的药物，身上腿上，也裹得严严实实。毒虫阵对他们奈何不得。

　　巫山帮除了毒物和炼蛊之外，武功并不擅长，行军布阵更不是金军的对手。而蛊药炼制不易，不可能大规模地使用在战阵上。所以，在过半的队伍进入伏击圈后，巫山帮帮众便从山上推下滚石，并射出箭羽，给了金兵一个迎头痛击之后，主动后撤。

　　金兵偷袭未能得手，本就气馁。跟巫山帮这样使毒的对手打仗，心中也发怵，随时要防备中毒或者被种蛊。蛊药这种毒物，在金国人中，也传得神乎其神。那四太子花重金购蛊，也不是打算用在与宋军的作战上，而是作为他在争夺皇位过程中的秘密武器。

接近黎明时分，这队金兵好不容易到达了通往巫山帮总坛的谷地，距离灵鸠峰石堡尚有数里之遥。这时，又遭到第二轮攻击。魔教玄武坛坛主凌云，在得到巫山帮求援信息后，带着几十名教众，连夜驰援，会同其他门派的武师，在谷地上摆开阵势，与金军对攻。同时，樊铁柱又带领巫山帮的人马，从后面对金军发起夹击。

金军毕竟久经战阵，使用强弓硬弩和马步军战法，步步进逼。魔教凌云等在杀死了十几名金军武师之后，己方也有数人丧命或者受伤，只能且战且走。那金军指挥官大声喊叫："巫山帮吃里爬外，快快将尉迟杯交还金国！"一众中原武师方才知道，原来那尉迟杯竟然是金国送的，便知巫山帮或者说郑安邦和金国之间有些不清不楚。

到晌午时分，金兵攻占了巫山帮红洞前的石屋和半山亭边的石堡。但里面空空如也。金军既没有找到四太子想要的一颗蛊药，也没有找到那个价值连城的尉迟杯。他们只得在石屋和石堡点起火把，将巫山总坛烧光泄愤。

正当金兵在灵鸠峰肆放火时，忽然出现了一个飞将军。只见有一人骑着快马，在金军中往来冲杀，如入无人之境，金军中无人抵挡得了他神奇的武功，交手的不过一回合，不是中招倒地，就是兵刃被夺，狼狈逃窜。有人认出，这人正是上次在巫溪将他们杀败的那白袍武师，还传闻此人已经身死，却没想到又出现在巫山总坛。那名指挥官心有余悸，以为是巫山帮用了奇计，将全部金兵引到总坛，再由这名有万夫不当之勇的武师，将他们挥剑杀死。只吓得大叫："有鬼！"当先溃退，也不管回去又要被下大狱。其余金兵抱头鼠窜，不一刻，就随着那军官，沿着北边山道撤回去了。

这飞将军正是项水田。他本是从神女峰回到万蛇窟后洞，想要找寻温芊芊的足迹，却没想到赶上了这场遭遇战。凭着他的绝世武功，将金兵赶跑了。事后，巫山帮众发现，后山上郑安邦的墓碑被砸，墓穴也被挖开，棺中的尸体已被取走，自是金国人所为了。

项水田与随后赶回巫山总坛的巫山帮帮众，及中原武师，合力将火扑灭，所幸石屋中木材很少，只需修缮一番，将被熏黑的墙壁粉刷一番，石屋和石堡仍可使用。

项水田向樊铁柱提出，想去内洞，再去寻找温芊芊及六怪留下的痕迹。樊铁柱知道温芊芊是他拜过堂的妻子，加上他对樊铁柱和巫山帮颇有恩义，自然应允。他带了火把，从那个密道口进去，已无毒虫的踪迹，来到小岛上的时候，那些花草已经枯萎，零乱地散布在十几丈的石面上。

他静静地坐在小岛的石岸边，想着温芊芊是那千年巴蛇的化身，那些毒虫见了她而逃避，可能是感受到她真身巴蛇的气息。她在水中游动迅捷，如鱼得水，也就不难理解。捕食毒虫，也是为在子时运功补充体力。她上岸后接近子时，这是她运功最为关键的时刻，身体也最为虚弱，需要项水田给予热力上的支撑，以及用武功护卫，防止外敌侵扰。

项水田自怨自艾。当时，温芊芊说过："这件事，中原武林之中，只有项掌门一个人，才能帮得了我，所以，才请到项掌门的大驾……"她还说："这件事，等子时办完之后，才能跟你说。还得给你说明，就是……就是，到子时，就是我最紧要的时刻，除了那六兄弟已经守在外围，你，就守在我的身边，我只有靠你了，无论如何，你不要离开我的身边，而且，你也要静心守丹，心无杂念。不要受我的干扰，哪怕我恳求你，说我冷，我痛，你也要把持大局。你守在这儿就行。既不可让那六兄弟前来，更不可让任何一个别的人，到我身边来……过了子时，那便好了。"

到后来，六怪在岛上捣乱，要来打开木箱，温芊芊甚至不惜说出"木箱里面装的，是本姑娘的嫁妆，只有我的丈夫，才可以打开"的话。都是为了要自己当时不要离开她。可是，当两人双掌相抵，她身上由冷转热时，自己偏偏有些把持不定。但是，温芊芊事先提醒过他，要他不要受她干扰，无论如何，不要离开她身边。可是，郑安邦拿了枣花的字条，自己就将温芊芊这话抛到脑后。万万没有想到的是，郑安邦是个人面兽心的坏人，正好利用了这个机会，跟他调换了外衣，不仅没有帮助温芊芊运功，而且在她最紧要、最脆弱的时候强暴了她。

他想到自己犯下这个大错，当时温芊芊被郑安邦污辱，她的心中多么痛苦，多么绝望？她的清白被玷污，她无法修成正果，又变回蛇身，不知又要经过多少时间，才能再次变回人身，又要经历一次这样的磨难。

他又想起，温芊芊在马车上对自己说过："我们一共见过两次。我现在不能告诉你。告诉你了，你也不会相信。"现在想来，他的确是见过两次那千年巴蛇，一次是她在万蛇窟中现身，将唐凤吟一口吞下。另一次，是她在瑶光仙子的见证下，在金山寺的江面上口吐蛊药。温芊芊还说过："等你帮我办完这件大事时，就什么都知道了。"她这样说，当然是对的。她如果告诉我她是那巴蛇的化身，我一定不敢相信，或者被吓跑了，反而无法帮她运功，保住成为温芊芊的人身。现在也是因为到了神女峰，跟那变回真身的六只狐狸对话，才知道温芊芊是那巴蛇化身这个事实。

他站起身来，眼望洞水，一动不动，心中默念："温芊芊，一切都是我的错！你能从水里再上来吗？就算你是蛇身，我也愿意再次帮助你，只要你能变回人身，要我做什么，我再也不会做错的……"

他一直这样站着，虔心祷告，良久良久。但水面上平静如镜，一点动静也没有。温芊芊，或者是那只巴蛇，并没有从水中出来。

失望之余，他忽然想到，那位独臂的滕细根，跟温芊芊和六怪像是同门，他也是在子时运功。但他是选择在龙洞村的家中，而且一共有七位武林高手，包括枣花和狂生夫妇，帮他运功，子时过后，宣告大功告成。而且他第一时间就知道，温芊芊因为自己的离开，运功失败。那么，滕细根能保住人身，此前一定也是什么灵物的化身。他心中隐隐有个答案，但这个答案，一定要去当面问了滕细根，才能证实。而且滕细根之所以在此前不肯告知真相，一定是因为这件事匪夷所思，无人相信，他才不肯先说出来，要等有恰当时机，才能做出解释。现在，这个滕细根竟然带着枣花，走亲访友。枣花会不会因为跟他有婚约，被他迷住了，对自己反而疏远？想到这里，心中更急。只好手拿火把，悻悻离开内洞。出洞后，他也不去跟樊铁柱告别，又直奔龙洞村，要去找滕细根和枣花。但枣花和那滕细根仍然访友未归。

这天下午，项水田正在项家坝家中，给他母亲熬药，忽听门前脚步声响，原来是狂生带着一辆马车来访。狂生父母前来，接陈氏母子二人去郑家庄小住，说是有一件要事相告。项水田和母亲来到郑家厅堂的时候，竟然看到桌上放着两件物品：一块绿玉和一本书册。绿玉上的字迹依稀可辨：武落钟离山，天龙吐仙丹。若得瑶光顾，飞焰照金山。那本书册，封面上有四个隶字：炼蛊秘要。巫山帮南宗的这两件宝物，不是都在唐凤吟手中吗？

郑逢时讲出了事情的经过。

这天上午，唐凤吟在杜芸的陪同下，来到了郑家庄园。此时唐凤吟已变得形销骨立，羸弱不堪。他主动将这两件东西，交给了郑、吕夫妇，说是这两件物事，本来就是巫山帮南宗的，自己当年从师父云阳师太那里，偷盗而来，现在交到郑、吕夫妇手中，最为合适。一来当年宝鼎是在他家失去，二来，他夫妇当年收留了陈氏，而他对陈氏犯下罪孽，要来郑家庄谢罪。

唐凤吟性情孤傲。他自恃聪明，但三件宝物在手，却始终没有炼出巫山蛊，就连最基本的绝命蛊和绝情蛊，都未炼成。失去铜鼎之后，他知炼蛊更难。而这时在他的老家燕京之地，发生了一件大事，改变了他的人生轨迹。

五梅教玄武坛坛主凌云禀告他，他位于燕京的唐家村八百余口唐氏族人，因为有青壮年组织抗金，被金国人灭族，八百余口老幼，没有留下一个活口。由此，他跟金国人结下了不共戴天之仇。他这样一个在中原武林赫赫有名的魔教教主，就把主要的重心，转到了向金国追偿血海深仇这件事上。

那位带着重金，前来巫山帮找唐凤吟的燕京人，是当地的另一名异姓富户，在得知了唐凤吟的大名之后，前来找他联络抗金事宜，向郑安邦购买巫山蛊，是为了对付金国人，但又不能明说。这件事被颇有心计的郑安邦利用，将那一万两金子，说成是唐凤吟收受的金国人的黄金，说唐凤吟当了金国人的奸细。唐凤吟哑巴吃了黄连，只好狼狈离开巫山帮。

唐凤吟继续在暗中组织本教抗金。他查访到了在唐家村实施屠杀的那支金国部队，得知这支部队在安康的鸡足山与宋军交战。在一个月黑风高的夜晚，唐凤吟带了魔教四十多名好手，悄悄潜入营帐，将这支金人小队的四十八人，杀得一个不留，报了这件灭族大仇。

在跟金人作对的过程中，唐凤吟得到消息，金国四太子，似乎在用重金收买巫山帮帮主郑安邦，郑安邦用这些金钱，在江湖上扶危济困，得到了仁善侠义的名声，但暗中又偷偷将蛊药卖给四太子。对于这件通敌卖国的勾当，唐凤吟苦于找不到证据，只能密切注意巫山帮的动向。在神女节前夕，唐凤吟也知这是巫山帮炼蛊的重要时刻，便早早带着所有坛主，藏身大宁河边的密林之中，果然与金国四太子不期而遇。双方一场毒攻，胜败未分，四太子受惊离去。

神女节正日，他得知郑安邦广邀中原武林同道，名义上说是鉴赏宝物，其实是为了给巫山帮壮胆。因为如果当晚能够有巴蛇吐蛊的话，唐凤吟带着魔教好手，前来抢夺，巫山帮必定独木难支。但有了中原武林的上千同道，少林武当高僧大德，这些人的武功跟唐凤吟在伯仲之间，魔教就不容易得手。因此，唐凤吟突然只身出现在广场上，想以一己之力，打败所有敢于挑战的武师，借此阻止众人入洞。

万没料到，唐凤吟竟然被项水田这个年轻的青城派掌门人，打得大败，口吐鲜血，肋骨也断了几根。比武之初，唐凤吟还占了上风。但到后面，那年轻人不知何故，竟然功力大长，招数内力，形同鬼魅。经此一役，唐凤吟心灰意冷。没想到世上还有这样的武功，真是天外有天，唐凤吟再也不敢自称武功天下第一了。

在解救五百巴族妇孺的过程中，战况胶着。他抱着侥幸一试的态度，请杜芸向巫山帮帮主郑安邦求救。等到项水田带着巫山帮帮众出现在战场上时，项水田穿着白袍，往来冲杀，唐凤吟一眼就认出，这人就是那个青城派掌门，而不是郑安邦。唐凤吟也识破了巫山帮将那金国人的尸体，当成郑安邦的假死之计。念在巴人已经得救，他也不用拆穿这个西洋镜。

事后，唐凤吟得知神女节当晚，巴蛇将郑安邦吞吃，也未吐绝仙蛊，便知天道难违，忽而良心发现。自知对恩师云阳师太犯下恶行，必无好报。而手上这两件物事，绿玉和炼蛊秘籍，拿在手上也无法炼成巫山蛊，应当物归原主。他的妻子杜芸本来对他鄙夷，离开他二十多年。目睹他抗金的义举，她又回到他身边。尤其这次解救巴族妇女儿童，她还积极传信求救，助了一臂之力。

这一日唐凤吟忽感身体不适，只觉病势沉重。他知道这是因为长期强练武功，受了内伤，这次被项水田打败，难以复原，自知将不久于人世。便将教主之位，传给了凌云。又想在死前弥补旧恶，在杜芸陪同下，他来到郑家庄，表达忏悔之意。他也知陈氏不会想见他，只求郑、吕夫妇转达谢罪之意。隐约知道狂生是他与陈氏所生的儿子，但这是自己造孽所致，心中百感交集，无脸相认。狂生想着这人终归是自己生身父亲，此生再无机会见面，本想喊一声"父亲"，还是忍住了没有喊出口。临出门时，唐凤吟望了夷陵狂生一眼，见到狂生玉树临风，那位如花似玉的娟月，正依偎在他身旁，知两人已结成爱侣。狂生将头扭到一边，视线不与他相接。

唐凤吟忽道："陈神女呢？老夫今日是来赎罪的，如果她要杀我，可任由她处置。"郑逢时劝道："唐教主，她不在这里，已回到项家坝，由她儿子项水田陪着她。"唐凤吟长叹了一声，与杜芸告辞出门，说是要去镇江金山寺，找出云阳师太遗体，厚葬于寺后塔林之中，守陵拜祭，终生赎罪。

陈氏在听到唐凤吟已经离去后，恨恨地道："该杀的贼子，便宜了他！"

项水田心中唏嘘：在上个世道，唐凤吟这个恶人，受到了被巴蛇吞噬的恶报。这个世道，他改恶从善，抗金救难，归还宝物，葬师赎罪。虽然身患重症，不久于人世，也算得了善终。

项水田终于等到滕细根外出归来，再次来到他家，想将心中的疑问，从他这里得到证实。同时，也希望枣花回到他身边，但枣花传话说身体不适，还是没有出来见他。

项水田见房中正好只有他们两人，便问滕细根："滕兄，在下正要请教：我已知那温芊芊，是那巴蛇的化身。六怪兄弟，也是六只狐狸变来的，滕兄跟他们是一路，想必也是……"

滕细根脸上吃惊，道："这件事你已经知道了？"项水田点了点头，说了在神女峰见到六只狐狸的情景。滕细根道："本来想再等些时候，找个合适的机会，将这件事告诉你。既然你知道了，我也不能再瞒着你了。你说的温芊芊和那六怪的身份都没错。我呢，就是江中的一只三足巨龟变来的。"项水田听了这话，自觉心中对滕细根的猜测，终于得到了证实。

滕细根又道："还记得我对你说过，我们曾经见过面吗？上一回，你从大宁河瀑布中跌下来，摔得昏死过去，是我将你放到我左前足的空囊中，一直送到了那位鱼划子手上。也算为了救你，立了一功呢！"项水田想起，上个世道，他在舟中醒来时，隐约听那鱼划子说过这事，道："多谢滕兄。"

滕细根道："我们这些生活在三峡的水族动物，都归神女娘娘掌管。那巴蛇和我，都已修炼千年，六位狐兄，也修炼了九百年。如果今年顺利渡过关口，就可化为人身，享受人间烟火。其中，我和六位狐兄过关较为容易，而巴蛇就相对困难，"看到项水田问询的眼光，滕细根慢条斯理地道，"只因我和六位狐兄是男身，而巴蛇是女身——女身在变为人身的过程中，本来就难一些。她在最为关键的时刻，不能被破身——否则，就是前功尽弃，只能变为原形。而巴蛇又因身有蛊药，她只能在巫山帮万蛇窟后洞的那个岛上，经历运功的关键时刻。此外，我们都不能伤人性命。"

"为了渡过神女节子时这个关口，巴蛇从神女娘娘那里得到指引，说是可以去找青城派的新任掌门人项水田，作为过关时的保护人。为什么神女娘娘要推荐你这位仁兄，在下就不知是什么原因了。"项水田心想，一定是神女母亲不愿意让他们知道，自己是她儿子这个身份。

滕细根续道："神女娘娘提前七天，将我们变为人身，就是为了我们提前适应，巴蛇就这样变成了温芊芊。但我们得知，你五月十二日，就要跟枣花姑娘成婚，温芊芊就借那场大雪，先去龙洞村我父母那边，做了交代，接着，又安排下了错抬花轿这个情节……"

项水田想着，温芊芊一定知道，我揭开盖头之后，看到新娘不是枣花，定会出外寻找，这样，当晚就不会跟她洞房花烛了。后面说要我办一件大事，自然不能跟我明说。难怪她在公开场合，说她是我拜过堂的妻子，神态亲密，但私下里两个人相处时，便以礼相待，少了温情，当然是为了子时过关这件大事。

"为了我们能够顺利到达巫山帮，温芊芊给我们都服下了那颗天罡龙胆丸。所以我们都能日行千里，耳听八方。六位狐兄在当晚将枣花的轿子，送到龙洞村一个来回，都是轻轻松松。这六位兄弟修炼时间稍短，样子长得怪一点，说话随意些，又有些贪吃，一路上倒也没有误什么事儿。只是到了巫山帮广场上，唐凤吟突然杀出来，不让大伙进洞。这时，温芊芊将剩下的那颗天罡龙胆丸，给你服下了，助你最终打败了唐凤吟。我按照事先的安排，回到龙洞村的家中，请了包括郑、吕夫妇，我的父母，还有狂生娟月等七位高手，在子时之前给我护住身子，顺利地渡过了这一关。没有想到，枣花那时出于误解，给你传出了字条，而那个郑安邦见了这个字条，便加以利用，对温芊芊起了歹心，将你调开，害了温芊芊，连六位狐兄，也被打回原形……"

项水田心中的痛悔无以言表。道："我还能从哪儿去找到温芊芊？我在那后洞的岛上乞求了很久，还是没有见到她上岸现身。有什么办法，可以让她再来修炼一次？"滕细根讷讷地道："温芊芊是谁家的女儿？巴蛇为什么选了她，作为化身？这我是一点儿也不知道。倒是我自己，因为做乌龟时只有三足，正好滕细根缺了一臂，倒也合适，我便选了滕家。至于说，你再要怎么找到巴蛇？巴蛇又如何再次修炼？在我变身为滕细根之后，就再也不会知道，天机不可泄露吧！就是我这个变身的经历，也是不宜跟滕家父母，或者枣花明说的，最好就说我走失了一段时间，现在回来了……"

项水田听了这话，心中一片茫然。正要说到枣花的话题，一位女仆敲门进来，给项水田一个信封，说是不必等她见面，现在不用拆开此信，回去后再拆开阅读。

项水田只得起身告辞。回到项家坝老屋，扯开那封信，只见上面写道："水田哥：我在成亲当日，花轿被抬到滕家。滕兄运功时，我与他肌肤相接。后父母告知，我与滕兄本有婚姻之约。回思当年跟水田哥出走青城山，实为少不更事，不懂孝道。妹与哥一同长大，兄妹之情更多，男女之情实少。成亲之日，花轿送到滕家，岂非天意？现滕兄身有残疾，更须怜爱。妹已决意跟他结成夫妇，望哥成全。水田哥仁侠敦厚，自有天赐良缘……"

项水田看完这封信，哭倒在床，心中最爱的枣花，已离他而去，变作他人妇了。

陈氏的身体有好转，已可下地做家务。项水田反而因为失去枣花，晨昏不分，整日闷睡。又一日，青城派的两名年轻弟子吴建伟和吴建隆，受张真人委托，前来项家坝，请项水田回青城山，履行掌门人之职。项水田在经历了前后两个世道的种种磨难之后，尤其是枣花另嫁他人，只觉再去青城山，都是痛苦的记忆，对于去当掌门人，了无兴趣，只想待在项家坝老屋，侍奉母亲，打鱼耕田。

但这件事需要回到青城山去，面见若蹊道长，获得道长恩准。他将母亲托付给了郑家庄郑、吕夫妇和狂生，便跟两人一起上路，回到了青城山。一到老君峰，他直奔后山，在前任掌门人若蹊道长闭关的青幽馆舍之前，长跪不起，请求若蹊道长见他。几个时辰之后，若蹊道长终于打开大门，叫他进去。这位道长虽然闭关达半年之久，依然鹤发童颜，面色红润。

项水田说自己年轻识浅，难担掌门人之任。尤其这一次巫山帮之行，被人利用，坏了巫山帮的炼蛊大事，甚至连当年跟自己一起出走，来到青城山的枣花，也不肯跟他回到青城山结为夫妇，而另嫁了姓滕的那人。项水田只是请求道长恩准他回到项家坝，终老田园。

若蹊道长已经知道枣花另嫁。他安慰项水田，缘由天定，分在人为。不必为这件事过分伤痛，假以时日，项水田会从这件事上走出来，得到属于自己的姻缘。

听说巫山帮帮主郑安邦命丧巴蛇之口，若蹊道长不胜唏嘘，叹道："此人用心之深，实在是后一辈人中少有，却落得这个下场。"

原来，半年之前，若蹊道长考虑到自己年事已高，萌生了在后山闭关修炼，将掌门人之位，交给年轻弟子项水田的想法。项水田虽然加入青城派才三年，但生性纯朴宽厚，练功又勤，进步很快，很对若蹊道长的胃口。但若蹊道长又担心他太年轻，武功、威德难以服众。恰逢郑安邦来青城派做客。若蹊道长对这位长相酷似项水田，且处事老到，言语妥帖，早就名声在外的巫山帮帮主，很有好感。言语之中，露出了将掌门之位传给项水田，但又有所担忧的意思。没想到这个郑安邦，立时说道，项水田是巫山帮神女陈娘娘之子，他会暗中助一臂之力。

没过多久，清风寨的盗伙在青城山盗马，郑安邦竟然悄悄以项水田的身份，说是受若蹊道长委托，前去处理向松等人，正遇上向松的仇人，找他寻仇。郑安邦将仇人全部打跑，又免了向松盗马之罪。一时清风寨到处宣扬，青城派新任掌门项水田仁侠仗义，但这件事郑安邦只告诉了若蹊道长，连项水田本人都不知道。此后若蹊道长就安心闭关清修，将派中的事务，交给项水田打理，并嘱托张真人，在适当时候，为他和枣花举办婚礼。

项水田这才想起，五月十三日，也就是自己婚礼第二天，清风寨大头领向松，带人前来青城山谢恩。当时向松提起这事，但项水田全不记得。郑安邦智谋过人，但面善心黑，终究为自己的恶行，付出了生命的代价。

若蹊道长见项水田去意已决，也不好勉强他。只好答应项水田先回去陪伴母亲，并随时欢迎他回到青城山。他也暂时中断闭关，出来主持派中的事务。

项水田回到项家坝后，终日陪伴母亲陈氏，过起了打鱼种田的日子。有时狂生请他，去郑家庄喝酒助兴。有一天枣花陪着丈夫滕细根，回到郑家庄娘家做客。项水田心中愁闷，远远避开。他见母亲身体基本复原，不用他整天陪着，干脆离开项家坝几天，出外游玩散心。他出长江，过黄州，直到镇江金山寺。他想起"若得瑶光顾，飞焰照金山"这句绿玉上的诗句，说的就是那千年巴蛇，在金山寺的江面吐蛊。他希望能再次在金山寺的江面，看到巴蛇，也许能通过这个机会，去跟那巴蛇说一句话。一连好几天，他悄悄登上金山寺后山，在深夜里静静等待，想要见到巴蛇吐蛊，红艳满天的奇景。但江水东流，毫无声息；乌雀夜啼，禅院钟鸣。哪里有什么巴蛇吐蛊？只得溯江而上，在经过庐山、黄州时，也没有停留，直接回到了巫山。

这一日傍晚，他终于回到大宁河边，走到了那位老婆婆的坟前，想起神女母亲，曾假托这位老婆婆，让自己对她喊了一声"妈妈"，霎时感到十分亲切，靠在长满青草的坟前，不肯离去。

河面上风儿轻轻吹拂，河水哗哗流淌，项水田感到一阵困意，不觉沉沉睡去。

突然，一个面容姣美的圆脸蛋的女子，身着红裙，身形婀娜，轻移莲步，来到项水田的面前。她的眼神，是那样摄人神魂；她的笑容，是那样动人心魄；她身上发出的幽香，沁人心脾。女郎对项水田道："项少侠，还认得奴家吗？"

项水田一看这女子，道："怎不认得？你是温芊芊。"温芊芊脸色黯淡下来，眼中流下了眼泪："妾身被那贼子玷污，没能修成正果，只能继续在江河之中，做那巴蛇了……"

项水田道："都怪我轻信人言，上了大当。现在，有没有什么办法，可以使你再来运功一次，这一次，我一定小心翼翼，保证你运功圆满。"

温芊芊拭泪道："有的事，一旦铸成大错，就再也没有机会了。"项水田大声道："不会的，不会的！你再求一求神灵，求一求我的神女母亲，求她大发慈悲，再给你一次机会……"

温芊芊道："没有用的，我已经求过她多次了……这就是我的命吧。"项水田喃喃地道："那怎么办？那怎么办？"他本想说，我也来帮你求她，但立即想起，自己也是多次向神女母亲祷告，却没有得到回应。

温芊芊道："你的枣花，已经嫁了滕细根为妻，你的心中，一定不好过……"项水田道："缘由天定，她既嫁了别人，那她本来就不是我的妻子了。"经过这些天的出游，项水田对这件事看淡了。

温芊芊又拿手巾擦了擦眼泪，道："如果我在后洞小岛上运功完满，保住人形，不被那恶贼玷污，过了这个大关，便也能像那藤细根一样，在人间喜结良缘……可惜，我们两个……也曾拜过堂，却无缘分，结为夫妻。"说着又流下泪来。

项水田拉住她手，道："我们一起到神女峰去，再去求我的母亲神女娘娘，让她成全于你，再给我们一次机会！"

温芊芊只是摇头，轻轻挣脱他的手，柔声道："我今天来找你，是有两件东西，要送给你。你拿到这两件东西，要善加保护，到时候，还要由你这个神女之子，来帮巫山帮，炼出正宗的巫山蛊来。"说着将那件巫山宝鼎，和尉迟玉杯，交到项水田手中。

项水田问："你是怎么得到这两件宝物的？"温芊芊道："狂生从羌塘翠海中一找到宝鼎，我就在千里之外，感受到了。立即赶过去，从他手上拿到了。此后，就放在我的那个乌木箱子里。你不是问过我，箱子里是什么吗？我回答这是我的嫁妆，只有我的丈夫，才可以打开看呢……后来，宝鼎被郑安邦这个恶贼抢走，还有，这个尉迟玉杯，也在他身上。我将他吞吃下肚……这两件宝物，自然就在我这里了。"

项水田道："你说你曾见过我两次，是指上个世道，你在万蛇窟吐蛊，和在金山寺飞焰这两次了。既然你在巫山内洞运功这一次这么重要，为什么不直接对我说出你的真实身份呢？"

温芊芊幽幽地道："我告诉你，我是巴蛇变来的，你哪里会相信呢？再说，你一颗心，都在枣花身上……"项水田又道："就算我是个蠢笨的人，那你为什么又找了那六只狐狸，前来护卫你，而不是像那独臂藤细根一样，多找几位高手来运功呢？"温芊芊叹道："我听说人心诡诈。有时候，畜生比人更可靠些。唉，这就是我的命吧。"随即语气一变，道："我跟你说正事了。

这只尉迟杯，你要放到巫山宝鼎之中，就像是它有内胆。请记住这十六个字：'蛊之为毒，以玉和之，丹丸怯恶，导之以艺。'简单说，如果以百毒之虫炼出了蛊药，要放在装有以玉为胆的宝鼎之中，宝鼎就不会有那么多的邪恶蛊惑之气。另外，还记得我给你吃的天罡龙胆丸吧？那便是用正宗蛊药炼成的神奇药丸，能使你功力大增，不仅内力奇高，动作迅捷，还有千里眼顺风耳的功能。但这个灵药，要求服用者要用琴棋书画等陶冶心性的技艺，约束自己，才不致滥用神药，亵渎神灵。我在岛上跟你谈论苏东坡的词赋，传你水神功时，要你背诵《道德经》，用意全在于此。"

项水田这才知道，巫山宝鼎要用宝玉来中和它的毒性，才能培养出冲和正道的蛊药出来。他想起上次唐凤吟将那本《炼蛊秘要》的书册交给郑逢时，他随意翻阅了一下，看到有这样的句子："以众炼之，男女同蛊。"道："这么说，炼什么金童玉女蛊，将众人互相厮杀，胜者作为人蛊，这些都是错的？"温芊芊道："当然是错的。人为万物之灵，岂能同类相残？巫山帮南宗这一套，全都错了，可惜我也没机会来纠错，只有将这件事交给项少侠了……"说完这一句，她转过身道，"时间不早了，我要走了……"

项水田一把将她拉住："你不要走，你告诉我，你找到的这个温芊芊，是哪一家的女子？她家住哪里？"温芊芊眼帘低垂，道："这位姑娘，是巫山帮南宗温帮主的女儿，今年一十七岁，和她父亲一起，隐居在神女峰下。可惜她身体羸弱，今年二月，偶感风寒，溘然而逝。我同情这位妩媚大方的女子，便请求神女，接引她的魂魄，变成了她的化身。还记得我还对你说，我是

259

神女派的吗……"说完这话，温芊芊对项水田挥一挥手，走向了水边，向河水中央走去，身子渐渐被河水淹没，越走身子越低，从肩至头，直到全身没入了水中，再也看不见了。项水田耳中还飘荡着她温柔的声音："十年之后，神女节上，重新修炼，圆满运功……"

项水田徒劳地喊着："你不要走，你不要走！你十年后再回来，我定会帮你，圆满运功！"

他醒过来，发现自己做了一个梦。

睁开眼来，环视周身，他背靠在那婆婆的坟前，芳草萋萋，河水清澈。

忽然，他低头一看，身前的水岸边，一只碗口粗的铜鼎，在河水中露出了半截鼎身，里面有一只淡蓝色的玉杯。他将两件物事一并拿起来，鼎底和玉杯身上都有字，果真是巫山宝鼎和尉迟杯。刚才明明是做了一个梦，但温芊芊却通过梦境，将这两件宝物，交到了他的面前，也是奇事一桩。

尾　声

　　项水田想着，这一鼎一杯，该如何处置。上个世道，凡与这个宝鼎相关的人和事，几乎都没有好的结果。云阳师太是巫山帮南宗的长老，她得到巫山宝鼎，但被自己的徒弟唐凤吟害死；她依《炼蛊秘要》一书所载的秘法炼蛊，也从未炼成。枣花和父母郑逢时和吕问菊夫妇，从唐凤吟手上得到巫山宝鼎，双双被唐凤吟杀死。至于说唐凤吟受到报应，被他师父云阳师太诅咒，肉身被巴蛇吞噬，魂魄也不得安宁。在这个世道，那些为了找到宝鼎的人，费尽了心机，不是丢了性命，就是身残智损。现在，按照温芊芊的说法，将玉杯置入鼎内，另外要多习文明教化之法，就可以去除蛊毒中的邪恶之气。

　　温芊芊在梦中要他将巫山宝鼎的使用，引入正途。可是，自己现下不属于巫山帮。再说，现在兵荒马乱，就算温芊芊十年过后回来，要保住这两件宝物，也是一件大事。

　　项水田想到，这个巫山宝鼎，其实不是什么宝贝，反而是害人之物。宝鼎底部的这十六个字，更是玄乎："巫山宝鼎，巴蛇显灵。天灯若出，颠倒乾坤。"看来，这个铜鼎，跟巴蛇的命运关联很大。巴蛇显灵，可能是指巴蛇修炼而显出人形，也可能是指巴蛇吐蛊。后两句"天灯若出，颠倒乾坤"。这更可怕。就是说，这个宝鼎若处在天灯能照到的地方，就会发生乾坤颠倒这样的奇事。根据狂生的说法，他和娟月二人，就亲眼见识了天灯发出光柱，照耀湖底的宝鼎，取出宝鼎后，他们周围的景物，就跟原来不一样了。

郑逢时伯伯也说过，当时从他手上拿到宝鼎的人，可能也意识到宝鼎是不祥之物，便将宝鼎丢入湖中，却没想到，天灯的光柱，能破冰穿透水底的污泥，照到了宝鼎的底部，令它发出光彩，因此又发生了一次小环境中的乾坤颠倒。

项水田由此推测，应该是他跟枣花约好，去到乌梅峰赛歌台一起出走的时候，已经发生过一次乾坤颠倒。这个颠倒回来的世道，将前一个世道里的事，从那时起，就全都改变了走向。所幸的是，在上个世道里枣花、郑逢时和吕问菊夫妇、娟月、陈鹤老和杜芸，甚至是唐凤吟，这些遭受厄运，不幸逝去的人，都活过来了。这可比什么都好。

但是，如果再次发生乾坤颠倒，让项水田回到上个世道，再去经受那做人蛊的惨烈撕杀，吃下绝情蛊的失忆和肚腹中的万般苦楚，还有摔入河中，漂行千里，险些葬身鱼腹，被唐凤吟灵魂附体，还有自己害得枣花惨死……再去经历这些巨大创痛，绝世悲苦，无论如何，他也是不愿意了。

虽然温芊芊已经告诉了他十六个字的克制之法，但是，项水田对于炼蛊，对于这个巫山宝鼎，就是没有什么兴趣。在他看来，有了蛊药，有了更高的武功，反而不会带来什么好事。蛊药会害人，武功高，杀的人更多。

他只想做一个普通的农人，在巫山的这片灵山秀水之中，平平安安度过一生。这也是他那位神女母亲，将他送到郑家庄交陈氏抚养的最初愿望。

至于说，十年之后，温芊芊会不会再度现身，继续来找他运功，那就只需要耐心等她就是了。现在最要紧的，不是怎么使用好宝鼎和玉杯，而是怎么将这两样物事藏起来，放到一个稳妥之处，让天灯无法照射到它，也就不会再发生乾坤颠倒的事。

他终于想到了一个地方：巫山后洞的洞水深处。在这个暗无天日的深潭中，连星光都无法透进去，应该就没有天灯照耀的环境了。那里也是温芊芊受苦受难的地方，如果她身为巴蛇，要继续修炼，那她再回到这个伤痛之地，也算是将这两件宝物，还给了她。以她修炼所得的功德，应该不会带来恶果。这也不是他这个凡人所能掌控的。只有将宝鼎和玉杯，送到这个地方，才是它们最好的归属。

主意定了，他就要找机会，将两物送进内洞。正好打听到，巫山帮的人，正在清理被沙石堵住的洞内通道。有一天深夜，项水田见四野无人，便用一个布袋，装了这两件物事，悄悄往万蛇窟奔去。他这时的轻功，已是飘行如风，了无痕迹。趁巫山帮巡哨的人不注意，他像一只飞鸟一般，飞进了万蛇窟，穿过已经清理通畅的内洞，来到小岛上。静静坐了一会儿，确信洞中再无旁人，他就带着布袋中的两物，踏入洞中，慢慢游向潭水深处，直到感觉有数十米深的水底，才将两物沉入了水底。

项水田从水底回到小岛，又从内洞中出来，离开巫山总坛，回到项家坝老屋，谁也没见他的行踪。再上床睡了两个时辰，不知东方之既白。

第二天早上，项水田和母亲陈氏刚刚吃了早餐，忽听门外一声鹤唳，门前飞来一只白鹤。项水田走出门，那只白鹤对他伸颈拍翅，很是亲热。项水田知道，这只白鹤跟他是旧识，一定是黄州的"雪堂四友"到了。果然，笛声之中，陈鹤老和那吹笛的李榷，还有"癞头龟"和"软皮蛇"，四个人来到了院子里。

　　陈鹤老等四人在巫山帮总坛的谷地，跟项水田分手后，一边游玩，一边寻找杜芸的行踪。后来听说项水田将武功天下第一的唐凤吟打败，又听说了巴蛇将巫山帮帮主吞吃等奇闻，这一回四人路过项家坝，听说项水田在家中陪伴母亲，便来跟他叙旧。寒暄过后，陈鹤老委婉提到，听说那杜芸陪着唐凤吟，到郑家庄来过？项水田心生感慨，这位陈鹤老，对他的昔日恋人，始终不能忘怀，这份痴情，老来不减，令人钦佩。现在，杜芸已回到唐凤吟身边。陈鹤老要跟杜芸重修旧好，恐怕要等到唐凤吟去世之后。当即将杜芸陪唐凤吟来过郑家庄一事，简略相告。

　　陈鹤老一听这话，立即召唤白鹤，起身告辞，说是要去那镇江金山寺游玩。"雪堂四友"另外三人相视而笑。项水田也不强留，送了四人出门，挥手道别。

　　回到祖屋，项水田正在房中发呆，忽听门外有一个清脆的女子声音说道："请问，这是陈娘娘和项掌门项水田的家吗？"

　　项水田一看，这女子身穿淡黄衫子，不矫而贵，不妆而美，正是那大理郡主段瑶瑶。

　　陈氏听到声音，也走出房来。

　　段瑶瑶对那陈氏盈盈下拜，道："陈娘娘，小女子受我奶奶委托，专程从大理赶来府上，请求娘娘和项掌门指引，帮我找到我那万爷爷万青云。我奶奶听说爷爷还在人世，日思夜想，要回来跟爷爷团聚。如果不能找到爷爷，我就不打算回去大理了!"

项水田一听这话，想起上个世道，唐凤吟在灵鸠峰后山做主，令他与这位段瑶瑶，也曾拜过堂，算是未过门的夫妻。

现在，她要来找她爷爷。项水田跟他母亲对望一眼，心中均想，这事倒是无法拒绝。(全书完)

后　记

　　我开始构思本书的时候，觉得巫山神女的传说是个极好的素材。古往今来这一文学形象被不断演绎，追根溯源，还是楚国辞赋作家宋玉的《高唐赋》和《神女赋》，奠定了神女作为中国古代最美女子的标志性地位。将神女这一形象纳入武侠玄幻的写作，无疑是十分有趣的。而巫山的巫蛊文化，极具神秘色彩，也是武侠玄幻不可多得的素材。

　　促使我将这部小说与我的故乡叶路洲和黄州、巴河及苏东坡联系起来，是因为一位老师和两位同学助力的结果。我中学同学吴定对我说，你前面两本书（指拙著《琴剑桃源》和《神功霓裳》），怎么没把家乡写进去呢？大江之中的绿洲那么美，不值得你写入小说吗？这话很有道理。因此，本书虽然是写的巫山神女和巴人的神秘蛊毒，但一定要完成这个任务，把千里之外的黄州写进去。恰好我另外一位高中同学史智鹏，出版了一本《黄州简史》，我在书中看到，黄州境内巴河等五条长江支流的流域内，从两晋时代就大量迁入了巴人居住，这才会使我们当地出现巴河，以及上巴河、下巴河这样的地名，只是我们对这些地名熟视无睹。我的高中历史老师，现年九十四岁的何学善老师，退休后出版了多部研究苏东坡的专著。有了这些史料，加上苏东坡的《赤壁赋》《后赤壁赋》中本来就有道家老庄思想和武功招数的影子，所以，这本书中巫山巴人和黄州巴人，就很自然地联系起来了。故事背景，就定在苏东坡去世不久的宋代。

三峡工程建设过程中，我曾在大坝现场采访一个月之久。这期间就三峡移民专题，上溯巫山县的大宁河，踏访了即将被库水淹没的大昌古镇，领略了沿途的峡江风景。此后又从宜昌到重庆，做过长江三峡自然灾害防治的专题采访，曾登临极顶，近距离地欣赏了神女峰的英姿。这些经历都为我的写作，储备了一些背景知识。

在思考本书的章节名时，也在进行宋词的习作。这才偶然发现，宋词的很多词牌名，本身是有一定的意思的：比如说《雨霖铃》的词牌名，可以意会出"雨打湿了铃儿"这样的意思；同理，《踏莎行》就是"踏着莎草而行"；《阮郎归》，是指远行的儿郎归来了；《三姝媚》是三位妩媚的女子；《六丑》是说的六位长相丑陋的男子；《解连环》，那就是"接连解开了几件难事"……而且词牌名与词作的内容，至少在意境上是相合的：《满庭芳》《贺新郎》所写多是喜庆之事；《薄幸》《蝶恋花》多半与男女情爱有关……于是我突发奇想，干脆以词牌名作为小说的章节名，并在每一章前面，创作一首与该词牌名相符的章前词，且大致将这一章的内容，经过章前词加以概括和提示，这其实是借鉴了古典小说的做法。但是，自己的文学功底实在有限，要完成这个目标，难度不小。好在宋词的词牌名宝库里宝贝儿很多，我又找到十个不同的词牌名，凑成了第三卷。实话说，有些章节的内容，反而就是先由词牌名而确定的，这在小说的写作中，也算是一件趣事吧。

《神女劫》是我写的第三本同题材的小说，虽然可以算玄幻作品，但有浓重的金庸武侠的影子，毫无疑问我是个金粉。在为本书寻找名家作序的过程中，我很荣幸地通过《深圳商报》的同事杨大鸣，找到国内大名鼎鼎的金庸研究专家陈墨先生，蒙陈先生不弃，仅在半个月间援笔立就，写出了这篇字字珠玑、点石成金的序文。我只有用"书以序贵"这四个字，表达我对陈墨先生由衷的敬意和谢枕。

这次出版本书，要再次感谢家人朋友的鞭策、勉励和大力支持。感谢我在《湖北日报》的同事、高级编辑熊焕军，湖北省作协前副主席高晓晖，中国作家协会会员、《长江丛刊》杂志社前任社长刘诗伟等朋友和领导的鞭策和鼓励。像我的另两本玄幻作品一样，这本书仍然请深圳著名青年女书法家徐磊（山石）题写了书名，这是我的荣幸。

本书在出版前，已在我的微信公众号"鹭洲凫羽"上连载。许多同学朋友都热情推介和转发拙文，在此一并致谢。

二〇二四年九月九日　于深圳